U0525910

三 读 集

读稗读曲读诗文

陈美林 / 著

2013年·北京

图书在版编目(CIP)数据

三读集:读稗读曲读诗文/陈美林著.—北京:商务印书馆,2013
ISBN 978-7-100-10054-0

Ⅰ.①三… Ⅱ.①陈… Ⅲ.①古典小说—小说研究—中国②古典戏剧—戏剧研究—中国③古典诗歌—诗歌研究—中国 Ⅳ.①I206.2

中国版本图书馆 CIP 数据核字(2013)第 135250 号

所有权利保留。
未经许可,不得以任何方式使用。

本书为江苏省高校优势学科项目成果

三 读 集
——读稗读曲读诗文
陈美林 著

商 务 印 书 馆 出 版
(北京王府井大街36号 邮政编码100710)
商 务 印 书 馆 发 行
北京市松源印刷有限公司印刷
ISBN 978-7-100-10054-0

2013年12月第1版　　开本 787×960 1/16
2013年12月北京第1次印刷　印张 32 1/2
定价:69.00元

目录

上 编

明嘉靖朝都察院和武定侯郭勋为什么刊刻《水浒》　3

《〈宋元春秋〉序》略评　8

《后西游记》的思想、艺术及其他　19

试论《金瓶梅》对《儒林外史》和《歧路灯》的影响　30

《西湖二集》考论　47

重视对瞿佑小说的研究　63

《阅微草堂笔记》浅议　72

略评《红楼梦》　78

李汝珍和《镜花缘》　85

《歧路灯》散论　89

试论中国古代小说的历史地位和社会作用　97

重视小说评点的研究、促进小说评点的繁荣　109

中 编

中国传统戏曲简述　117

中国传统戏曲的传承与发展
　　——以《牡丹亭》的"通变"为例　　132
戏曲研究与戏曲改写的回顾与思考　　141
试论元杂剧对明清杂剧的影响
　　——为首届国际元曲讨论会作　　152
试论董《西厢》的思想和艺术　　164
"太平多暇"与董、王《西厢》的产生　　179
论董《西厢》的艺术个性　　190
《西厢记》的题材、人物及其他　　202
《倩女离魂》的题材、情节与语言　　210
试论杂剧《女贞观》和传奇《玉簪记》　　220
论李玉剧作题材的现实性　　233
关于李玉的生年问题　　244
阮大铖浅议　　251
沈嵊与且居批评《息宰河》传奇　　257
论《桃花扇》　　266
稿本《秣陵秋传奇》作者和创作时代考辨　　281
清代三部以南京为场景的传奇　　294
别具一格的"杭州景"
　　——关汉卿〔南吕·一枝花〕试析　　307

下　编

试论杜诗的形象思维　　315
旅游山水诗小议　　327
晚明爱国学者张岱　　329
明代南京学人　　353
明代民歌试论　　360

清初的学者文人程廷祚	366
布衣诗人陈古渔	382
新旧时代之交的文化巨人	
——辜鸿铭	389
重视对文学史著作的研究工作	396
略述中国文学史分期问题的几种意见	408
关于文学史主流问题讨论的回顾	422
试论武则天以周代唐与儒道释之争	432
南京清凉山文化蕴涵的感受与思考	
——为首届"清凉山文化与南京"主题论坛而作	442
物质文明、人文科学与中国古代人文精神	452
中国传统思想与古代文学	
——兼论和平环境对繁荣文艺的作用	461
对文学研究工作的几点思考	
——在江苏省哲学社会科学界第六届学术大会（2012.12.8）文学、历史与艺术学专场的主题演讲	476
代跋：萋兮斐兮　成此贝锦	
——陈美林教授访谈录	484
编选后记	502
作者附语	503

上 编

明嘉靖朝都察院和武定侯郭勋
为什么刊刻《水浒》

小说《水浒传》成书于元末明初，但过了近一个半世纪，未见有刻本流传。而嘉靖皇帝朱厚熜即位后，不但达官贵族武定侯郭勋刊刻它[1]，连中央政府机构都察院也刊刻它[2]。嘉靖朝这两种《水浒》的出笼，不是孤立现象，是与当时阶级斗争和统治集团内部矛盾有紧密的关系的。

明代中叶，土地高度集中，兼并激烈。弘治时，官田占全国私田七分之一，皇帝本人的私产皇庄多达三百余处。到嘉靖时，更是"畿内土地，半成庄田"[3]。当时，"地土之在小民者日侵月削……小民日见逃亡"[4]；再加上赋税徭役不断加重，地主庄头"帮助为虐，多方掊克"[5]，农民无以为生，被迫揭竿，全国各地爆发了多次农民起义。最大的几次是：正统时，浙、闽、赣一带以叶宗留、邓茂七为首的农民起义；成化时，郧阳地区以李原为首的农民起义；正德时，以刘六、刘七为首的农民起义，这次起义甚至进逼北京，京师震动。

纵观历史，反动统治阶级对待工农群众的革命行动，都是交替使用两种方法：一种是暴力、迫害、禁止和镇压；另一种方法是分化、瓦解、收买。封建统治阶级在破坏农民起义方面也是如此，所谓"从来治盗之法，曰剿曰抚"[6]。他们或则严酷镇压，大肆屠戮，如成化时郧阳地区农民，在起义后被统治阶级杀得"死者枕藉山谷"、"弃尸江浒"[7]。或则诱降招安，收买叛徒，从内部破坏，如正

---

[1] 晁瑮：《宝文堂书目》"子杂类"。
[2] 周弘祖：《古今书刻》上编。
[3] 《明史·费宏传》。
[4] 刘麟：《乞免查拨庄田疏》，《明臣奏议》卷十九。
[5] 王圻：《续文献通考》卷六。
[6] 范景文：《抚贼未可轻信疏》，《明臣奏议》卷四十。
[7] 《明实录》，成化七年十一月。

统时福建农民起义队伍中，张鏐孙、罗汝先两个叛徒在降敌后作为内奸，先后逮捕刘宗、罗海、郎七等人"械送京师"，向封建王朝献忠，并诱引起义军在大敌压境时盲目出战，以致起义领袖邓茂七在战斗中"中流矢死"，这次起义遂告失败；又如浙江农民起义军中，其领袖叶宗留牺牲在战斗之中，而动摇变节分子陶得二、叶希八、杨希等人，在封建王朝的招降下，共率"男妇二万余人"受"抚"，这次起义又是被反动阶级用分化、瓦解、收买的方法所破坏①。或则剿、抚交替并用，如正德六年刘六、刘七拥众三千起义，"直捣幽燕之境"。当初由右都御史马中锡提督军务，驻兵德州桑园，主张招抚。刘六"欲降"，并亲赴桑园。但封建王朝剿、抚主张不一，掌权"诸中贵无招降意"，主张围剿。由于起义军内部以刘七为首反对招安，坚持起义，所以革命形势发展很快，据有"南北直隶、山东、河南等处地方，聚众数十万"，声势十分浩大②。朱厚照"闻之惧"，调动陆完、彭泽、仇钺所部，以及京营禁军和山西、宣府、延绥、辽东边军几乎全国兵力，竭力围剿。刘六、刘七在战斗中先后"中流矢"、"赴水死"③。这次农民起义也同样是被封建统治阶级交替使用抚、剿反革命两手而破坏的。

朱厚熜即位后也继承了这两种手法，镇压与招安交替使用。嘉靖元年，在京师附近通州富河庄一带"响马强贼""村寨联络"，大似"往年刘六、刘七……之为也"。朱厚熜极为震惊，严命兵部"设法剿捕"，"务在一月之内，擒获尽绝"④。但到了嘉靖三年，福建、广东、山东、河南、安徽、湖广等地，农民起义"在在生发"，而反动军队在农民起义军打击下，或则"闻贼在前，惟择善地而远守；与贼对垒，乃先望风以奔遁"。或甚至"偶闻风吹于兵仗有声"，就大惊失色，"返奔入城"。面对如此局面，朱厚熜也无法再下"擒获尽绝"的命令，而是无可奈何地叫"兵部看了来说"⑤。到了嘉靖七年，广西少数民族起义声势浩大，其余各地也有农民起义。在这种形势下，既要"破山中贼"、又要"破心中贼"的王守仁也惊呼"即今地方已如破坏之舟，漂泊于颠风巨浪中，覆溺之患，汹汹在目"，只能向朱厚熜建议：用兵不如行抚。他分析镇压有十患，诸如朝廷兵连不息，财

---

① 谷应泰：《明史纪事本末》卷三十一。
② 陈洪谟：《继世纪闻》卷四。
③ 《明史·陆完传》。
④ 张原：《弭盗疏》，《明臣奏议》卷十八。
⑤ 张原：《勘地方贼情疏》，《明臣奏议》卷二十。

匮粮绝；士兵溃散逃亡，斩杀而不能禁；农民不得耕织，则群起为"盗"；其他各地劳苦群众，则将乘间而发。而招抚却有十善，认为招抚之后，农民虽穷困也不敢为盗，"反侧之奸自息"等等。他的结论是"今日之剿抚，利害较然"。朱厚熜考虑了利害得失，也不得不勉强"从之"，用招安的方法破坏农民起义，"罢兵行抚"①。

小说《水浒》首先就是在这样阶级斗争形势下，才由皇帝"耳目"、专门"纠劾百姓"②的封建国家的专政机构都察院加以刊刻的。从《古今书刻》中可以看到，朝廷和地方官府中，唯独都察院这个专政机构去刊刻它；而且在都察院刊刻的三十三种书目中，小说只有两种，《水浒》即是其中之一。这些都说明都察院版《水浒》的出笼，是配合了从"内里"破坏农民起义的需要的。

郭勋刊刻《水浒》又是怎么一回事？为什么"武定侯"突然对稗官小说感兴趣？

郭勋何许人？他是世宗皇帝朱厚熜的死党、心腹。朱厚熜继帝位，他颇有拥立之功。原来武宗朱厚照死时无子，朱厚熜是武宗叔父兴献王朱祐杬的儿子，此时就以从弟身份继位。正当授受之际，郭勋与太监张永、安边伯许泰、尚书王宪率兵分布皇城四门、京城九门及南北要冲，稳住局势，保证了朱厚熜顺利即位③，因而获得了朱厚熜的欢心。接着就发生了"大礼议"事件，也就是皇统继承与家系继承问题。朱厚熜做了皇帝，是考生父兴献王还是考伯父孝宗朱祐樘（武宗父）？统治集团内部借此问题逐鹿阁权，以现任首辅杨廷和为首的一派，主张考孝宗，甚至跪哭泣求，"声震阙庭"；而张璁、桂萼、席书、方献夫等却迎合世宗，主张"继统不继嗣"，应考兴献王④。这场斗争相当激烈。杨派对张璁、桂萼等人十分嫉恨，就准备"于左顺门捶杀之"。他们逃到"武定侯郭勋家以免"⑤。因此，张璁与郭勋等人深相结纳，形成死党。在两派争执不下时，郭勋"首右张璁"⑥，说"祖训如是，古礼如是。璁等言当，更何议！"⑦于是决定考兴献王。杨派大败，

---

① 王守仁：《罢兵行抚疏》，《明臣奏议》卷二十一。
② 《明史·职官志》。
③ 《明通鉴》纪四十九，武宗正德十六年。
④ 谷应泰：《明史纪事本末》卷五十。
⑤ 《明史·桂萼传》。
⑥ 《明史·郭勋传》。
⑦ 《明史纪事本末》卷五十六。

牵连有关者二百多人，有的"夺俸"，有的"杖之"[1]，甚至被杖死者多达十七人[2]。而郭勋、张璁、桂萼、方献夫却大受宠幸。此外，郭勋还与张璁等人迎合朱厚熜崇信道教，朱厚熜召他们"入观祀天青爵，作纪乐同游诗"，郭勋也推荐方士给朱厚熜，君臣整日与道士鬼混，讲求烧炼术，朱厚熜就更以为郭勋忠君。"帝益以为忠"，"加勋禄米百石"[3]。这样，他的权势越大，而骄纵不法之事也越多，时人将他与严嵩等人称作"四凶"[4]。

但是，在"大礼议"中失败的一派仍在伺机反扑。嘉靖五年，白莲教徒王良"谋反"事败，其"党徒"李福达吓破了胆，改名张寅逃到京师，与其子"以烧炼术往来武定侯郭勋"。后被人揭发，山西御史马录欲穷究其罪。郭勋为了利用李福达的烧炼术，以求得朱厚熜的宠幸，乃写信为其求免。但马录正是杨派官僚之一，就抓住这点"劾勋党逆贼"，并"知情""故纵"，以此为突破口，企图击败"议礼大臣"。当时刑部尚书颜颐寿、左都御史聂贤、大理寺卿汤沐都说郭勋有罪。而"勋乃与张璁、桂萼等合谋为蜚语，谓廷臣内外交结，借事陷勋，渐及议礼大臣，逞志自快"[5]，大造舆论。因牵涉到朱厚熜本人，所以世宗深信其说，并且十分震怒，将颜颐寿、聂贤、汤沐等人下狱[6]。而"命璁署都察院，桂萼署刑部，方献夫署大理，覆谳，尽反其狱，倾诸异己者。大臣颜颐寿、聂贤以下咸被榜掠，录等坐罪远窜"[7]。既翻了案，又击败了政敌。郭勋由武定侯进封翊国公，其族叔郭宪还"理刑东厂"，渗进特务组织[8]；张璁、桂萼、方献夫则先后入阁，特别是张璁从嘉靖六年起为宰辅，直到十四年[9]，权倾一时。

郭勋、张璁掌权后，更加迎合世宗，谋固权位；同时网罗党羽，扩大势力。王守仁曾多次镇压农民起义，例如他进兵上杭，则"连破四十余寨，俘斩七千有余"；进兵大庾，又"破寨八十有四，俘斩六千有奇"，为封建王朝立了大功。朱厚熜

---

[1] 谷应泰：《明史纪事本末》卷五十。
[2] 《明史·韦商臣传》。
[3] 谷应泰：《明史纪事本末》卷五十二；《明史·郭勋传》。
[4] 谷应泰：《明史纪事本末》卷五十四。
[5] 谷应泰：《明史纪事本末》卷五十六。
[6] 《明史·世宗本纪》。
[7] 《明史·张璁传》。
[8] 《明史·郭勋传》。
[9] 《明史·宰辅年表》。

甫即位，即欲重用，但为杨廷和所抑扼。而到此际，他的朋友席书和学生方献夫、黄绾都因议礼有功而身居显要，乃向张璁、桂萼推荐，为张璁所罗致；再"由璁、萼荐"给朱厚熜。王守仁深感知遇之恩，为封建王朝的长治久安出谋划策，面对着揭竿莫御的局面，"陈用兵十害，招抚十善"，亲赴广西少数民族营中，"抚其众七万"，破坏了这次起义。①

自从王守仁投入张璁一派后，与郭勋等人沆瀣一气，互为奥援，秉承帝意，左右朝政。此时，由于农民起义此伏彼起，连绵不绝，而封建朝廷则师老财匮，征剿无力，王守仁就提出了罢兵行"抚"，为朱厚熜所首肯。郭勋好利用小说造舆论。据沈德符说："勋以附会张永嘉（璁）议大礼，因相倚，互为援……自撰开国通俗传名《英烈传》者，内称其始祖郭英之战功……令内官之职平话者，日唱演于上（朱厚熜）前"，因而"大得上眷"，"拜太师，后又加翊国公世袭。则伪造纪传，与有力焉"②。可见他刊刻鼓吹招安的《水浒》，也就是同王守仁提出的"抚"的策略相配合，表示他们这一派的策略"好"，以邀恩固宠，压倒政敌。

由上所述，可见嘉靖朝都察院刻和郭勋刻两种《水浒》的出笼，是由当时阶级斗争和朝廷中两派政治斗争所决定的。这两种《水浒》，还很可能就是一种刻本的两处印行（因为，都察院也掌握在他们这一派手中），以便在统治集团倡导"招抚"之策。正因为这样，所以嘉靖以后《水浒》成了小说中"特盛"的一部书，连万历皇帝朱翊钧都非常"好览《水浒传》"③。

（原载《文史哲》1976年第1期）

明人郑晓《今言》卷一第九二条云："嘉靖十年，郭勋欲追尊其祖武定侯于大庙，乃仿《三国志》俗说及《水浒传》为国朝《英烈记》，言生擒士诚、射死友谅，皆英之功。传入宫禁，动人听闻。"

1978年春节读书补记。

---

① 《明史·王守仁传》。
② 沈德符：《万历野获编》卷五。
③ 刘銮：《五石瓠》卷六。

《〈宋元春秋〉序》略评

成书于元明之际的小说《水浒传》，自明代中叶以后，曾被广为刊刻，前后出现多种刊本，或于书名冠以"忠义"二字以表明编者用心，或用"增补"田、王二传以号召读者，甚至将书名改题为《汉宋奇书》、《英雄谱》再行印制。20世纪70年代初，笔者为研究吴敬梓及其《儒林外史》的需要，曾涉猎清初有关科举、制艺方面的书籍，于清初八股文大家、湖北黄冈人刘子壮的《屺思堂文集》中发现有《〈宋元春秋〉序》一文，可知《水浒传》又曾被改名为《宋元春秋》。其实，在刘子壮以前就有人将《水浒传》比作《春秋》，如万历二十二年余象斗所刻《水浒志传评林》序中说："昔人谓《春秋》者，史外传心之要典。愚则谓此传者，纪外叙事之要览也，岂可曰此非圣经，此非圣传，而可藐之哉！"但径直将《水浒传》称为《宋元春秋》，并为之写序者，却是自刘子壮始。此一书名，海内研究《水浒传》者鲜有提及，倒是邓之诚在《清诗纪事初编》中有所披露。但邓书限于体制，既未录出序文全篇，又少有评论，于刘子壮生平、思想介绍亦极简略。当时笔者曾根据有关材料，对刘子壮生平、思想略作考索，但未涉及《〈宋元春秋〉序》一文。后复见1977年出版的马蹄疾《水浒资料汇编》也只转录邓著所摘引的数句。如今，南京大学中文系曾将他们于20世纪70年代中期编的《水浒研究资料》作为内部材料印出，并将笔者当年所录《〈宋元春秋〉序》一文收入。今于《水浒论文集》征文之际，再行写文介绍此序（序文附录于后），并略加评说，以期引起海内外《水浒》研究者的重视。

一

刘子壮字克猷，又字稚川，明万历三十七年（1609）生[①]，清顺治九年（1652）

---

① 金德嘉在《刘修撰子壮传》中说刘卒于清顺治九年，四十四岁，上推可知其生于明万历三十七年。

卒，有年四十四岁。湖北黄冈团风镇人。原籍江西清江，因其先人先后逼死邻妇、捶死家仆，两次避走湖北，最后遂定居黄冈。其父辈兄弟五人，生父名绍贤，号养吾，母单氏。九岁时，母死；十六岁时，父又死，遂出嗣其叔绍祥。崇祯三年（1630）举于乡，崇祯四年（1631）赴京参加会试，不第而归，直到顺治六年（1649）才以第一名进士及第，即考中状元，并且是清代第一个会元、状元连捷者。中状元后，即授官国史院修撰，后任满洲学教习。顺治九年（1652）任会试同考官，这是清代首次举行八旗会试。不久即辞官归里，旋死去。总之，刘子壮在明季屡困场屋，入清不久即考中状元，并猎取得一官半职，因而对新朝充满感激之情，用他自己话来说就是："草茅书生，荷蒙圣恩，拔置词垣，三年以来，日夜思维，矢竭专愚，少赞高厚。"①可以说，将《水浒传》改名为《宋元春秋》并为之写序，也就是这位"草茅书生"报答"圣恩"的一种表现。

刘子壮因早年丧母，所以名其堂为"屺思"，乃用《诗·魏风·陟岵》"陟彼屺兮，瞻望母兮"之意，诗文集亦以此名之。诗集不分卷，按四言、五言、七言编次，文集八卷，按文体编次。《〈宋元春秋〉序》收在文集卷四。邓之诚说：此序"当作于明季，以惊贪顽。宋将为元之言，不幸竟验。然清初贿赂公行，尤以甚焉。恐此序亦丛忌之一端耳"。笔者却以为此序或作于清初，因为刘子壮于崇祯三年（1630）举于乡，四年（1631）参加会试不第而归，此后屡试不售，一般不大有可能来刊刻稗官小说，而要忙于作制义，应科举。同时，一个举人身份，于国事治乱的发言权也不太大。入清不久，即于顺治六年（1649）考中状元，如果此序作于明末，在清初"亦丛忌之一端"，就不会取其为状元的。相反，刘子壮在顺治六年（1649）考中状元后不到三年时间即辞官归里，最后郁郁以终。这倒说明，此序如成为"丛忌之一端"，当亦为顺治六年（1649）之后的事。顺治六年（1649）正月，福临曾说："朕欲天下臣民共登衽席，日夕图维，罔敢怠忽。……乃迩年不轨之徒，捏作洗民讹言，小民无知轻信，惶惑逃散，作乱者往往而有……自元年来，今六年矣，宁有无故而屠戮民者？民苟思之，疑且冰释。至于自甘为贼，乐就死地，必有所迫以致此，岂督、抚、镇、按不得其人，有司朘削，民难自存欤？将蠲免赋税，有名无实欤？内外各官其确议兴利除弊之策！"②不久，福临亲自主

---

① 刘子壮：《进奏议疏》。
② 《清史稿·世祖本纪》。

持己丑（六年）科会试，临轩发策，就有"联满汉、养民力、化顽梗"的内容。刘子壮之"廷对策万言，略谓二帝三王治本于道，道本于心，讲学为明心之要，修身为齐家治国平天下之本，一时士林传诵"[1]，大谈其"上下情通、满汉道合、中外权均"的策略措施，被称为"亦开国有数文字"[2]。刘子壮作为一介"书生"，能够报效新朝的行动，也只能是为"开代致治亿万年久远"[3]而出谋划策耳！因此，与其说此序之作，"以惊"明季之"贪顽"，倒不如说总结宋亡于元的历史教训，提供新主借鉴。刘子壮在此序中所指责的"崇贿赂而不修廉节"、"尚虚名而不治实业"，与他在顺治七年所说的"盖自先朝之末，士争去实务名，而其坏至不可言"[4]的见解一致，更足以说明此序当作于顺治六年（1649）之后。此外，清初曾将《三国演义》等译成满文"颁赐耆旧，以为临政规范"[5]。而满文《三国演义》则为顺治七年（1650）正月所颁行[6]。顺治八年（1651），刘子壮就曾将福临"恩诏"、诸臣奏议辑录进呈，要求译满文，以供"御览"，为福临提供借鉴，并且表示如能做到，他就要感到"不胜幸甚"[7]。刘子壮或受此启发，遂借助《水浒传》，将其更名写序，以表达政见。可是福临并不能接受刘子壮过于忠忱的表现，通过《屺思堂文集》（包括《〈宋元春秋〉序》一文在内），刘子壮的出发点是为清朝的长治久安计，但对新朝种种弊端的揭摘与抨击，言辞十分激烈，也许因此而触动逆鳞，"忠而获咎"，才于中状元三年之后就被迫辞官归里。

二

在刘子壮作《〈宋元春秋〉序》之前，曾有人对《水浒》何以名之为"传"的意义作了阐说。万历四十二年（1614）袁无涯刊本《出像评点忠义水浒全书》

---

[1] 《清史列传·刘子壮传》。
[2] 梁章钜：《制义丛话》卷八。
[3] 刘子壮：《进奏议疏》。
[4] 刘子壮：《答沈昭子书》，其中有"苦仆之不敏，居京师二年矣"，可知此信写于顺治七年。
[5] 昭梿：《啸亭续录》卷一。
[6] 蒋良骐：《东华录》；俞正燮：《癸巳存稿》卷九。
[7] 刘子壮：《进奏议疏》。

"发凡"第一句即说明"传,始于左氏"、对于《水浒传》,"昔贤比于班、马,余谓进于丘明,殆有《春秋》之遗意焉,故允宜称传"。刘子壮更在此基础上进一步称之为《春秋》。在序文中开宗明义地说:"《水浒》,传也,曷以谓《宋元春秋》?曰志宋之将为元也。"也就是说从《水浒》中可以总结出宋亡于元的历史教训,在这一点上,他认为《水浒传》与孔子作《春秋》之意正相同。刘子壮所总结的历史教训有二:崇贿赂、尚虚名,认为南宋末年"此二患者兼而有之",以致"民患"、"国祸"并起,焉能不亡!崇贿赂、尚虚名,原是任何封建王朝、任何剥削阶级所不能免的现象,根源在于剥削阶级和剥削制度的存在,刘子壮是不可能认识到这一点的,他只是按照孔子作《春秋》"端其源"、"始其渐"的用意,总结宋代之所以形成"崇贿赂"、"尚虚名"局面的原因,在于"始以乱臣、继以乱民",丝毫没有触及封建制度,也为最高封建统治者皇帝无形中开脱了罪责,在这个意义上,《〈宋元春秋〉序》也是"只反贪官,不反皇帝"。

刘子壮在序文中,还表现了他敌视历史上革新派的顽固立场,认为宋代的革新家王安石为了"起名誉、攫富贵"而进行变法,以致"民患"、"国祸"迭起,"卒成有元",肯定"宋之亡不于海上盟金、襄阳失守之日,而于平山堂夜读之时"的见解。这与当时代表贵族官僚利益的保守派攻击王安石变法的言论如出一辙。当然,王安石的变法,通过对官僚机构的整顿、修改某些政策,采取一些措施,发展生产,缓和矛盾,以挽救宋王朝政治、经济危机,从根本目的上来说也是为了维护封建统治阶级的长远利益的。但王安石的变法,确实也对生产的发展产生了一些积极的作用,有历史进步意义。由于他所采取的措施,触及了大地主大官僚的利益,因而遭到猛烈的攻击,最后以失败告终。事隔几百年,刘子壮又大肆攻击此事,只是表现了他的顽固立场而已。兹撮其要,略加驳正。

刘子壮在序文中说"王安石以财困天下",指责王安石变法引起生产凋敝,天下穷困,导致了赵宋王朝的覆亡。这与历史事实截然相反。王安石所处的时代是北宋中期,当时阶级矛盾已日趋尖锐,以皇帝为首的地主豪强对广大农民横征暴敛,土地兼并现象也日趋严重,"势官富姓占田无限"[①],极少数人占有全国

---

① 《宋史·食货志》。

耕地十分之七，赋税差役又十分繁重，农民终日辛劳，不得温饱，"富者财产满布州域，贫者困穷不免于沟壑"[1]，国家财政也出现了巨大赤字，如英宗治平二年达 15,726,047 贯[2]。正是在这种"天下之财力日以困穷"[3]的局面下，王安石得到神宗赵顼的支持，为了改变积贫积弱的形势，开始变法革新。他认为"理财为方今之急"，而"理财以农事为急"[4]，即农业生产的发展为变法的首要内容。在他采取种种措施之下，耕地有所扩大，粮食产量有所增加。如河北治理诸河，耕地即扩大四万余顷，开封府淤田增产粮食达几百万石。农民承受的繁重差役，由于新法的推行也有所减轻，大批"力田之民，脱身于公"[5]。这样，就积累了大量财富，造成"熙宁、元丰之间，中外府库，无不充衍。小邑所积钱米，亦不减二十万"[6]的丰盈局面，在一定程度上改变了变法前的积贫积弱面貌。但是，刘子壮所肯定的保守派代表人物司马光，对王安石的变法不以为然，说其"大讲财利之事"，"尽夺商贾之利"，"使人愁痛，父子不相见，兄弟妻子离散。此岂孟子之志乎？"[7]《〈宋元春秋〉序》指责"王安石以财困天下"，不是与此正相类似？

　　刘子壮还指责王安石的变法引起了"民变"，说什么"始以乱臣，继以乱民"。这就颠倒了因果关系。不是变法引起农民起义，正相反，是由于农民起义的冲击，才促使地主阶级内部革新派的变法。列宁说："正是革命的阶级斗争，这种斗争的独立性、群众力量和顽强精神才迫使人实行改良。"[8]在王安石变法前夕，仁宗庆历三年（1043），河南、河北、山东、山西、陕西、四川、湖南、湖北、江西等处，农民起义"一年多如一年，一伙强如一伙"[9]。此时王安石已宦游各地达十余年之久，观察了社会的种种矛盾和弊端，察觉了日趋严重的阶级对立的现实，才在仁宗嘉祐四年（1059）上仁宗皇帝言事书，说："汉之张角，三十六方

---

[1] 王安石：《临川集·风俗》。
[2] 《宋史·食货志》。
[3] 王安石：《临川集·上仁宗皇帝言事书》。
[4] 李焘：《续资治通鉴长编》卷二百二十。
[5] 同上书，卷三百六十。
[6] 《宋史·安焘传》。
[7] 司马光：《与王介甫书》，《司马文正公集》卷七十四。
[8] 列宁：《再论杜马内阁》，《列宁全集》卷十一。
[9] 欧阳修：《再论置兵御贼札子》，《欧阳文忠公全集》卷一百。

同日而起，所在郡国莫能发其谋；唐之黄巢，横行天下，而所至将吏无敢与之抗者。汉唐之所以亡，祸自此始。"用汉、唐王朝被农民起义所推翻的历史教训，提醒赵顼注意改良政治。由此可见，王安石的变法正是迫于当时农民起义连绵不断的形势才实行的。相反，在王安石变法时期，阶级矛盾倒是有所缓和。只是由于他的变法并未能根本改变（也不可能）农民深受封建统治阶级压迫、剥削的现实，特别是赵佶上台后，任用投机家蔡京，利用和改变了新法的实质，对农民进行更残酷的剥削，阶级矛盾又空前趋向尖锐。但这与地主阶级革新派王安石的变法并无瓜葛。刘子壮首先肯定王安石是"乱臣"，接着又说由于"乱臣"敛财于上而引起"民穷""变起"，继之以"乱民"，以致一发而不可收拾。这既诋毁了地主阶级革新派王安石变法在历史上的进步意义，又歪曲了农民起义的根本原因在于封建地主阶级国家的政治压迫和经济剥削。

《〈宋元春秋〉序》还将宋之灭亡归咎于王安石。刘子壮在序言中肯定了历史上保守派对王安石的攻击，认为"宋之亡不于海上盟金、襄阳失守之日，而于平山堂夜读之时"。这不但歪曲了历史事实，而且开脱了以皇帝为首的封建地主阶级顽固派的罪责。所谓海上盟金与襄阳失守，是北宋、南宋先后覆灭的关键，在此有必要加以剖析。海上盟金是指北宋与金合力攻辽。为维护民族统一进步，收复被辽占领的失地是必要的。但宋徽宗攻辽本无决心，两次出兵均告失败，反把王安石变法以来积蓄的财力全部葬送，燕京反被金所攻占，"燕之金帛、子女、职官、民户为金人席卷而东，宋朝捐岁币数百万，所得者空城而已"[①]。宋王朝则一变攻辽而为降金。金兵却大举南下，在钦宗靖康二年（1127）灭掉北宋。襄阳失守则为南宋之亡的转折。襄阳原是南宋抗金的重要据点，几度被围，失而复得。度宗咸淳三年（1267），又被蒙古军围攻，直到咸淳九年（1273）守将吕文焕投降，襄阳遂失，蒙古军沿江直下，攻破建康，于恭帝德祐二年（1276）占领南宋都城杭州，赵宋王朝灭亡。这两件历史事实，与王安石本无干连。他生于真宗天禧五年（1021），哲宗元祐元年（1086）即去世。北宋之亡在其死后四十一年，南宋之亡更在其身后一百九十年。但刘子壮却同意当时保守派的言论，所根据的是邵伯温为攻击变法而编写的《闻见录》一书中所谓"平山堂夜读"一事。邵录说庆历五年（1045）王安石二十五岁时官扬州签判，每晚在平山堂读书至深夜，

---

① 宇文懋昭：《大金国志·太祖纪》。

次日常"不及盥洗"即去办公，韩琦怀疑他"夜饮放逸"，劝他"毋废书，不可自弃"。从此王安石衔恨在心，常"短魏公（韩琦）"。邵伯温造此故事，借以说明韩琦劝王原出自好心，而安石却心怀不满，以致上台后一意变更韩琦成法，遂导致赵宋王朝的灭亡。这与序言中所引用《辨奸论》一样，都是保守派为了攻击变法而诽谤及王安石个人，前人已屡有辩驳[①]，兹不赘述。此处需要指出的是，明清之际进步思想家王夫之，尽管对王安石也颇多批评，但却公正地指出赵宋王朝的覆灭与王安石并无关系，他说："安石用而宋敝，安石不用而宋亦敝。"[②]而与王夫之差不多同时的刘子壮却将赵宋的覆灭归咎于"乱臣"王安石，这正表现了他的保守立场。

此外，刘子壮在序言中，还将改革家王安石与投机家蔡京混为一谈，相提并论，说"王、蔡其源也"，从而加以挞伐，显然也是欠妥的。王安石是历史上进步的改革家，无须多言。蔡京却是一个投机政客，他原投靠司马光，颇受赏识。王安石得到神宗支持变法革新，他又混进新党，主张变法。元祐年间旧党复辟，他又回到旧党中去。当时司马光期以五日为限尽复旧法，"同列病太迫"，而蔡京却"独如约，悉改州县雇役，无一违者，诣政事堂白光。光喜曰：'使人人奉法如君，何不可行之乎？'"[③]徽宗上台后，他又以新党身份四次入相与徽宗推行"新法"，但这已非王安石之新法，而是以"变法"招牌，更多地榨取人民血汗，以供徽宗的挥霍纵欲而已。王夫之即曾指出："乃考京之所行，亦何尝尽取安石诸法"，"京之所为，固非安石之所为也"[④]。但历史上的保守派却总是将罪名归之于王安石，如杨时就认为蔡京之祸国殃民"实安石有以启之也"，陈汝锜对此已作了驳正[⑤]。刘子壮不过承袭历史上保守派的唾余，深文周纳，将王、蔡并提，罗织罪状，这与同时代的王夫之所论，相去何远！

以上所述诸点，均为《〈宋元春秋〉序》中扭曲史实、否定革新、维护保守、开脱皇帝罪责的种种言论，足以觇知刘子壮的思想观点。至于在序言中诬蔑农民

---

① 参见李绂《穆堂初稿》卷四十五；蔡上翔《王荆公年谱考略》卷三、卷十。
② 王夫之：《宋论》卷六。
③ 《宋史·蔡京传》。
④ 王夫之：《宋论》卷八。
⑤ 参见蔡上翔《王荆公年谱考略》杂录卷一；陈汝锜《甘露园长书·论王安石（二）》。

起义为"乱民"，不独保守派如此，刘子壮如此，即连地主阶级革新派亦复如此，这是阶级属性使然，道理十分显然，毋庸再为辩驳。

三

刘子壮在《〈宋元春秋〉序》中流露出这种保守的观点不是偶然的现象。他自幼就接受了"学则庶人之子为公卿，不学则公卿之子为庶人"①的教育。早年读书文昌阁，"省身惟谨，昼之所为，夜必焚香以告"②。他颇受其房师朱之弼的影响。其会试得售，全由于朱之弼的识拔，他曾说："己丑春都谏朱（之弼）君分校闱牍，所得士为一时冠，比廷对又多居前。而克猷刘子，乃为子所识拔，于是都之人咸称朱君知人。"③朱之弼为朱熹后裔，而朱熹却也是攻击王安石变法的一个重要人物，他在编写《五朝名臣言行录》时，就曾将诬蔑王安石的《辨奸论》摘引入书；而在《三朝名臣言行录》中也辑录了北宋后期以来诽谤、攻击王安石的文字。作为朱熹子孙的朱之弼，"好手辑先儒遗书，刻之家塾。其所精思熟复者，尤在《近思录》、《朱子节要》、《上蔡语录》诸书"④。刘子壮由于受到朱之弼的"识拔"，对其感激涕零，为学方面也多少受其影响。在《霞城问答序》一文中，刘子壮同样表彰攻击王安石的朱熹，认为朱子说道最为纯正。他还极力推崇孔子作《春秋》，认为"《春秋》一书，乱贼惧矣"，"学者亦以为功不在禹下"⑤，因为《春秋》之义，就在于主张"人臣礼"⑥。由这些方面看来，他将《水浒传》更名为《宋元春秋》是有一定的思想基础的。

刘子壮为《宋元春秋》写序，与清初阶级斗争的形势也有关。当时农民起义力量、反清武装还相当强大，以摄政王多尔衮为首的清政权多次用兵镇压扫荡，直到顺治八年（1651）福临正式亲政前夕，中原大局才在清政权的控制之下，而

---

① 刘子壮：《家谱传略》。
② 金德嘉：《刘修撰子壮传》。
③ 刘子壮：《代贺朱都谏弟乡荐序》。
④ 徐乾学：《朱之弼墓志铭》。
⑤ 刘子壮：《己丑文辟序》。
⑥ 刘子壮：《汉寿亭侯祠序》。

西南边远地区的斗争仍在继续。面对着如此局面,顺治八年闰二月,福临曾说:"各省土寇……年来屡经扑剿,而……真盗未歼",要求"各督抚宜剿抚并施"①。早在顺治六年(1649)会试时,福临就曾提出"化顽梗"(顽梗,是封建统治阶级对起义农民的诬蔑之词)问题,要求应试士子发表议论。在《屺思堂文集》中,我们可以看到刘子壮对如何"化顽梗"问题一再建言,他曾就湖北一地情况向握有兵权的王直指进言说: "……治某初至京师,即言敝乡土寇可一呼而降,当时长者多不之信。昨见敝府白同知入山招抚,四十余寨尽皆归顺,朝廷无一矢之费,而百姓亡杀掳之惨,乃始知某言之不谬也。"②这无异是刘子壮初入京师,也就是应顺治六年(1649)会试时,对福临所提出的"化顽梗"问题的回答。此后,他又对先后总督川湖的罗绣锦、祖泽远运用剿抚两手对付农民起义大加赞扬,恭维罗绣锦"老祖台以德为威,不战而服,小民免锋镝之惨,而国家仁恩义勇,令悍逆者皆感泣而归心也"③;称赞祖泽远"之于川湖,可不用兵而服哉,而诸反侧皆可折简召之","将见梗者以苅,顺者以植"④。罗绣锦本明朝诸生,早年降清,入关后曾巡抚河南、总督湖广,到处截击农民起义军⑤;祖泽远是明将祖大寿的从子,降清后因扑灭农民起义"积功"至湖广总督⑥。而刘子壮却对这样两个投降新朝、屠戮起义农民的刽子手极为倾倒。因而可知,他在《〈宋元春秋〉序》中将宋代的农民起义诬蔑为"乱民",说成是导致宋朝覆灭的重要原因,就不是偶然的表现。因而也可知,他将《水浒》更名为《宋元春秋》,并为之写序,正是借历史故事,总结教训,为新朝主子提供借鉴。

刘子壮报效新主过于心切,言辞难免激烈,面对当时瞬息万变的形势,他为新政权的巩固而心焦如焚,大声疾呼道:"今天下之事机,亦一日一变矣。机甚微而甚捷,大利大害或在于细",但福临却深居内宫,"召对盛典,数月而始一举"⑦。

---

① 《清史稿·世祖本纪》。
② 刘子壮:《楚事便宜与王雪枢直指书》。
③ 刘子壮:《与川湖罗总制书》。
④ 刘子壮:《贺川湖祖总制序》。
⑤ 《清史稿·罗绣锦传》。
⑥ 《清史稿·祖泽远传》。
⑦ 刘子壮:《振纲领策二》。

他建议必须改变这一局面,要求福临每日临朝,与诸大臣面议朝政。这都触犯了福临的忌讳。虽然是新中状元刚刚三年的刘子壮,也被迫归里。他的一片忠忱,显然没有得到福临的重视,然而他所写下的《〈宋元春秋〉序》一文,却为我们研究《水浒传》的演变以及封建统治阶级如何利用这部小说的企图,提供了宝贵的材料。

附:

刘子壮《宋元春秋》序

《水浒》,传也,曷以谓《宋元春秋》?曰志宋之将为元也。自古国家崇贿赂而不修廉节者,必有民患;尚虚名而不治实业者,必有国祸。汉之东也,天子为市鬻爵,及于三公,而黄巾起。承以魏晋,何晏、王衍,黜远王事,傲尚名誉,以供职为俗,以放达为高。五姓因之。盖财敛于上则民穷而变起;好名则实备虚而边方碎。故古之明君,必敦清方之节,放华虚之人,诚畏其萌也。及至宋末,此二患者兼而有之。王安石以财困天下,童、蔡相缘,肥家瘠国,沟壑内愤,强邻外啙,卒成有元。以施、胡(原文如此,疑为罗字之误)二公之才,幽辱塞漠,进不得为岳、韩,退不得为晁、宋,托诸《水浒》,发其孤愤,其所由来渐矣。夫崔烈之子,耻其铜臭,良心不昧,于骨肉排墙之际,临死而悔。在当时未尝不自知也。独是安石之勤、蔡京之敏,虽司马、欧阳犹为所欺。吾意尔时朝野读其文章,捧其翰墨,皆以为古之良士文人,相与称道,为之佐使,因之以起名誉,擢富贵。而二子复高自引任,执持不变,奔走强佞,摧坏廉能,人心凋丧,国气单羸。一旦祸发,无人为理。虽有一二贤者,殚忧时事,而小人媒孽其短,位未安而旋夺之,事未行而中沮之,莫能少救,以至于亡。岂非崇贿赂尚虚名之过哉!施、罗二公身居人国,不敢直言,而托之往代;不忍直言讨童、蔡四贼,而托之河北、江南,盖亦犹春秋之义云尔。春秋之义一曰端其源,一曰治其渐。王、蔡其源也,晁、宋其渐也。始以乱臣,继以乱民,岂非强邻之资乎?方安石进用之时,举朝同推,草野想望。而辨其奸者,止一文安主簿,又在下位,不得明言于朝;要虽言亦必以为狂而不信。而后之论者,以为宋之亡不于海上盟金、襄阳失守之日,而于平山堂夜读之时,不可思其故与!后之君子,自度其才,何如古人,亦务洁其心志,习练干,毋徒高张声援,苟济私益,而使小人因之,以为迷天子、浚百姓之媒,为梁山盗贼所讨。此余所以谓《宋元春秋》也夫。

——《屺思堂文集》卷四

(原载《水浒争鸣》第一辑,长江文艺出版社1982年版)

《后西游记》的思想、艺术及其他

一

　　《后西游记》的思想倾向究竟如何，这是学术界尚未取得一致见解的问题。鲁迅在《中国小说史略》中说它"儒释本一，亦同《西游》，而行文造事并逊"。1982年春风文艺出版社出版的《后西游记》校后记中则认为该书对儒、释、道诸家也都有所批判，同时也认为他们又各有优劣，未可偏废。确实，在小说中先后出现了"文字不拘儒、释、玄，但能有补即真诠"（第四十回）；"道家修性命，佛氏重慈悲。儒者立名教，敦崇伦与彝。各说各有理，各行各相宜。虽亦各有短，短苦不自知"（第三十七回）；"儒有儒之正，儒有儒之邪。释有释之得，释有释之差"（第二十三回）的言论。但这仅是作者主观见解的直接表露，作品所显示的客观意义却远远不限于此，主客观之间存在着一定的距离。笔者以为《后西游记》中尽管有对儒、道二家之"短"的嘲讽，但并不占据重要地位，篇幅也有限。而作品所展现的主要画面，倒大多是"释之差"，讽刺和抨击佛教释子之处比比皆是，随处可见。

　　首先从作品如何展开主要情节来看，半偈师徒赴西天求取真解的起因，就在一定程度上指摘了"释之差"。作品描写了陈玄奘取经东来以后，一时"人情便崇信佛法，处处创立寺宇，家家诵念经文，皆谓舍财可以获福，布施得能增年"，而"将先王治世的君臣父子仁义礼乐，都看得冷冷淡淡，不甚亲切"。造成这种社会风气的罪魁祸首却是封建统治阶级，小说中指责唐宪宗既然"崇佛教，又不识那清净无为、善世度民之妙理，却只是祸福果报，聚敛施财，庄严外像，耸惑愚民。使举世之人希图来世，妄想他生，不贪不嗔，却将眼前力田行孝的正道，都看得轻了。所以有识大臣，维风君子，往往指斥佛法为异端、髡缁为邪道"（第五回）。这种现实状况，使得当年求经的陈玄奘不但对孙悟空叹息道，"我与你一番求经度世的苦功,倒做了他们造业的公案",而且还对如来佛忏悔说,当年求得真经送往东土,原指望消愆灭罪,岂知"众生贪嗔痴诈,转借真经,妄设佛骨佛牙之名,上愚帝王,下惑臣民,使我佛造经慈悲与弟子求经辛苦,都为狡僧骗诈之用",因而被"孔门有识之士""指为异端"。面对玄奘的忏悔,如来佛才说出当年只传真经而未传真解,以致"以讹传讹,渐渐失真",并要求玄奘寻觅高僧前往西天求取真解,以真解解真经,就可"使邪魔外道,一归于正"(第五回)。由此而产生了求解一节,由此而展开了《后西游记》的故事情节,也由此而对玄奘取经以来"不但未曾度得一人,转借着经文,败坏我教"(第三十五回)的崇释活动进行了总结性的批判和否定。

其次,再从半偈师徒求解的结果来看,它果真能振兴释教、唤醒愚民吗?在作品中答案是否定的。当他们师徒四人历尽艰险到达灵山雷音古刹时,只见寺门内外以至大雄宝殿上"既不见金刚守护",又"静悄悄不见一人",以致半偈"惊得默默无言"。作者于此际让小行者和笑和尚先后说出"佛家原是空门"、"万佛皆空"的一番话来。这一情节绝不是对释教色空空色教义的单纯演绎,而是别有深意。实际上是暗示着真经已经流毒甚深,真解也必不能补弊救偏,同样是"空"的。紧接此节,作者更进一步描写了如来世尊接见半偈朝拜时的情景。在半偈求取真解时,如来表示自己并"不惜真解",可以将它传授,但对真解能否度世救人则颇表怀疑,他说:"纵有灵文,止可暂消一瞬,任传真解,也难开释多生。"在交付真解的过程中,伽叶又说:"经是从无到有,解是归有还无。"(第三十九回)这是"佛家原是空门"、"万佛皆空"思想的更进一步的表白,无异是说师徒四人求取的真解只不过是"归有还无"。至此全书的思想意旨昭然若揭。果不其然,师徒们返回长安后不久,"就有不肖僧人"附和着乌漆禅师"败坏言诠",使得"真解""渐失其真",而"愚夫愚妇"依然在"乌漆桶子里讨生活"(第四十回),百姓并未得到超脱,世道依然黑暗如故。可见小说结束之际,告诉读者的是:无论真经还是真解均无补于世道人心,也未能振兴释教本身。

再次,作品中出现的一些释门弟子,他们的所作所为也暴露了佛教的某些丑恶,颇具批判意义。如"讳无中,道号生有"的风翔法门禅寺大法师不断告诫善男信女"布施乃为善之根","信佛乃修行之本",从而诈骗了大量财物,以致"钱财山积,米谷川来,金玉异宝,视如粪土,绫罗锦绣,只作寻常"(第五回)。

又如"性极贪淫，专以讲经说法哄骗愚人"的天花寺点石法师，他的"口舌圆活"，"耸动的男男女女"信佛施财，从而也聚敛了"如川水一般涌塞而来"的"钱财粉米"（第十回）。再如"志大心贪"的众济寺和尚自利"全仗利齿动人"，一向借种佛田名色骗人布施，搜刮了大量财富，众济寺中"处处皆有仓廪，仓廪中的米麦尽皆堆满"（第十二回）。还有创立"从东教"的从东寺的冥报和尚，每行一善也强要人"舍帛施钱，必以百万计"（第三十六回）。这几个佛门弟子都是借崇佛以欺世惑民，靠讲经而聚敛财物。他们为维护到手的利益，不惜对同是佛门弟子的大颠和尚进行陷害，甚至公然下毒手。生有法师自己畏惧艰险，不敢去西天求取真解，却用心险恶地推荐大颠和尚前往（第八回）；点石法师则怂恿僧徒以武力围困大颠（第十回）；冥报和尚要"下个狠手"，让大颠"师徒四人倾刻而亡"（第三十七回）。可见这些口口声声慈悲为怀的佛门弟子只不过是披着袈裟的凶残之徒。但是，他们却又自称是"我佛"正宗，如生有法师自称"传的陈玄奘第六代衣钵，求来的三藏真经无一不通"（第五回）；自利和尚更是自诩为"一向住在西方清净土"的来自如来佛所在地西天灵山的法师（第十二回）。因而他们的种种作为，不仅对他们本身而且也对他们所崇奉的佛教，无疑是一种强烈的讽刺和有力的挞伐。

此外，《后西游记》毕竟是神话小说，其中一些精魔神怪的活动，也对佛教释典有所嘲讽和批判。流沙河边"窀穸庵"中的媚阴和尚，原是九个骷髅修炼成形，但却妄想用唐半偈的"纯阳之血"使自己"着骨生肉"（第十五回）。这种以人之死易己之生的修炼，正暴露了佛教诈人欺世、损人利己的残忍本质。上善国太后原是凡人，却妄图成佛，造了一座待度楼；九尾山中的九尾狐狸幻化成古佛，将她摄入洞中强行非礼，百般凌辱，后幸得小行者救出（第二十七回）。这无疑是在喻告世人：妄想成佛、待佛救度，非但不能成仙，反要招来魔障，大受其害。文昌帝君管辖的一支"春秋笔"，下凡成为玉架山上的文明天王，他专与释教作对头，认为"盘古开天，未曾有佛"（第二十三回），指斥佛经"虽说奥妙，文辞却夯而且拙，又雷同，又艰涩，只好代宣他的异语，怎算得文章"，并决心要"兴我文教，灭他释教"（第二十四回）。虽然他最后被小行者斗败，但他的言论、活动，却对释教欺世诈人的罪行抨击颇多。其实小行者自己对释教也有所揶揄和嘲讽，他曾对火云楼大仙说，佛家的规矩"都是些虚套子，习他只好哄鬼"（第十九回）。正因如此，他敢于闯入幽冥地府森罗殿，与十殿阎君辩论，指斥寿夭祸福、因果报应一说的无凭无理，驳得阎君开口不得，任其将森罗殿上的对联改为："是是非非地，毕竟谁是谁非？明明白白天，到底不明不白。"（第三回）这种祸福因缘、生死报应的迷信思想，正是释教经义的一个重要组成部分，也是历来统治阶级都乐于利用来愚弄和毒害劳苦群众的一种思想工具。小行者对它进行的揶揄讽刺，当然也就是对这种教义的某种程度的批判和否定。

　　由上述几个方面看来，《后西游记》的主要思想倾向无疑是揭发"释之差"，对佛经释徒进行了有力的揭批和辛辣的讽刺。当然，对于儒、道二家之"短"，也有所批判，但却不占重要位置，篇幅也有限。就对道家的揭发而言，主要是斥责用黄婆姹女做鼎炉药器的参同观的祖师为"邪道"（第二回），嘲讽"道家装束"的不老婆婆的荒淫无耻（第三十二回）。就对儒家的批判而言，只是借通臂仙之口，指责"儒教只是孔仲尼治世的道法，但立论有些迂阔"；"衣冠礼乐颇有可观，只是其人习学诗书专会咬文嚼字，外虽仁义，内实奸贪"（第二回）。这种批判化作具体情节，则是弦歌村民个个满口之乎者也，以及文明天王的"文笔压人，金钱捉将"。自然，这些对道、儒二家的嘲讽和谴责，也都具有一定的进步意义。然而在整部作品中并不占有重要地位，应该说，《后西游记》突出的思想内容则是对佛教释徒的揭发和鞭笞。

　　不过，作者并非整个否定佛教。从作品的实际来看，作者只是揭发和谴责那些借崇佛欺民敛财的世俗装僧的丑恶和罪责，而对主张顿悟、不立文字、教外别传、直指人心、见性成佛的禅宗大师们则无微词。求取真解的唐半偈就说"清净无为，佛教之正也。庄严奢侈，佛教之魔也"（第十回），认为"只消回过心来"，"亦回头尽解脱矣"（第十八回）。小行者也说他"言言无上，滴滴曹溪（六祖慧能的别号）"（第三十七回）。作者更在第七回的"诗曰"中说："万派千流徒浩渺，曹溪一滴是真源。"这些都表明半偈是禅宗门徒，也表明作者对禅宗并不否定。由此可见作品中的一些嘲佛批释的情节，最多也不过是"宗教中的某些反宗教现象"。这种情况，在整个作品中处处可见，例如大颠和尚对韩愈说："大人儒者也，以儒攻佛，而佞佛者必以为谤，群起而重其诟。若以佛之清净而规正佛之贪嗔，则好佛者虽愚，亦不能为左右祖而不思所自矣。"（第六回）小行者与九尾狐狸斗争的方式是"他以假佛弄太后，我即以假佛弄他。儒者谓之'出乎尔者反乎尔'，佛家谓之'自作自受'"（第二十八回）。而他战胜解脱老怪的手段也不过是"因魔之魔以伏魔耳"（第十八回）。这种以佛规佛、以魔伏魔、以假佛弄假佛的思想，当然有很大的局限。不过，它毕竟也揭披了佛门之中的种种黑暗，谴责了世俗装僧的桩桩罪恶，也具有很大的暴露意义和认识价值。

二

《后西游记》在艺术表现方面也有值得肯定之处，虽然没有超越《西游记》的艺术成就，但也不可全然抹杀。

首先，在《西游记》的许多续作中，它颇有自己的特色。清初刘廷玑对于一些小说的续书，一般持否定态度，他说"每见前人有书盛行于世，即袭其名，著为后书副之，取其易行"，一时"词客稗官家"竞相如此，"竟成习套"。他认为续作的价值一般不如原作，而其原因则在于"作书命意，创始者倍极精神，后此纵佳，自有崖岸，不独不能加于其上，即求比美并观，亦不可得"。但他对于《后西游记》却有所肯定，说："如《西游记》乃有《后西游记》、《续西游记》。《后西游》虽不能比美于前，然嬉笑怒骂，皆成文章，若《续西游》，则诚狗尾矣。"①邱炜萲也十分同意刘氏的见解，说"此论甚善"②。的确如此，且不论"狗尾"之《续西游》，即以"造事遣辞，则丰赡多姿，恍忽善幻，奇突之处，时足惊人，间以俳谐，亦常俊绝"③的《西游补》而论，董说于《西游记》"三调芭蕉扇"之后横切入十六回书，叙述孙悟空为鲭鱼精迷入梦境后所经历的种种情事，讥弹世风固属不少，然与《西游记》原作情节实少必要呼应和有机联系。《后西游》则不然，作为续书，与原作既没有重复又未全然脱节。《西游记》是求取真经，《后西游》则是求取真解，同样是师徒西行远赴灵山，情节似乎雷同，其实各异。从总体构思来看，由于《西游记》求经之后并不能像如来佛所说可以"劝人为善"（第八回），"超脱苦恼，解释灾愆"（第九十八回），这才有《后西游》中求取真解一节。显然，《后西游》的西行是在《西游》西行无效的情况下发生的。续作以此为立足点，发展了原书的情节。可见《后西游》的情节发展并未蹈袭原作的轨迹，而

---

① 刘廷玑：《在园杂志》卷三。
② 邱炜萲：《客云庐小说话》卷一。
③ 鲁迅：《中国小说史略》。

是与原作紧紧接榫之后又别开生面地去展现自己独特的故事。有人评论《续西游》"摹拟逼真,失于拘滞",《后西游》则无此病,而是"潇洒飘逸"①,可谓得当。《后西游》这种总体构思不仅是技巧问题,而且更重要的是对现实社会的把握程度问题,表现了作者对生活、时代等一系列问题的深刻思考和独立见解。即以《西游记》和《后西游记》中两个如来的不同来看,《西游记》中的如来佛一再声称"我今有三藏真经,可以劝人为善"(第八回),"我今有经三藏,可以超脱苦恼,解释灾愆"(第九十八回);而《后西游记》中的如来佛却再三表示,即使发付真解,也怕"东土业重,无福消受","只恐中国的孽重魔深,自生嫉妒,求去也与不求去一般""(第三十九回)。由此可知《后西游记》的总体构思无异是对《西游记》思想内容的一个重要方面的否定,正表现了续书作者对现实问题的艺术认识。

  正由于《后西游记》的总体构思不同于《西游记》,因而在这种构思指导下的一些具体情节的构成、安置上也必然显示出它的独特之处,而且也同样"生动异常"②,与原作或呼应或发展或驳难。此处试举数例略加探讨。《西游记》中魏徵寄书与八拜之交的酆都判官崔珏,请其为唐太宗"方便一二"。崔判官受其嘱托,擅将李世民的阳寿一十三年添改为三十三年,李世民于是"返本还阳"又做了二十年皇帝(第十、十一回)。《后西游》中就此一节写出一段妙文来,让小行者闯进冥府查出情弊,而且还发现又将寇洪的阳寿"六十四岁"改为"七十六"(第三回)。寇洪延寿一节,在《西游记》中为九十七回事。《后西游》作者将此二事并在一回书中叙述,使情节更趋集中,不但深入暴露了崔判官徇私舞弊的详情,而且也借寇洪一案塑造了与孙悟空不同的孙悟空后继者小行者的形象,使其前后更趋一致。在《西游记》中是地藏王菩萨看在孙悟空面上才延寇洪"阳寿一纪",并由孙悟空将他引出"冥府,复返阳间"的;《后西游》中则是由于"地冥教主地藏王菩萨因念他生平好善",主动"加他一纪"的,小行者并因以此案及崔珏一案而讥讽"阴司道理"只是将"生死"作为"赏罚之私囊"(第三回)。这就与《后西游》以批释为主的思想倾向保持了一致。又如《西游记》中三位师徒过凌云渡,因有接引佛祖撑船引渡,就"稳稳当当的过了凌云仙度"(第

---

① 无名氏:《续西游补杂记》。
② 同上。

九十八回），这只不过是作为脱却胎胞登上彼岸的一个情节加以描写而已。可是到了《后西游》中却得到发展，将凌云渡改名为云渡山，并借牧童之口说出此山名的由来，是一些不肯脚踏实地而又妄想成佛的"机巧百出"的人，"将天下金银之气聚敛了来，炼成一片五色彩云，系在两山，渡来渡去，所以流传下来叫做个云渡山"（第三十八回）。这实在是一篇骂世之文，从而赋予这一情节以更积极的意义。《西游记》中还有一些情节，在《后西游》中虽没有得到发展，然而经作者着意点染一二，涉笔成趣，即具有讽刺意味，批判力量也随之而增强。如《西游记》中说明布金寺得名的由来，是因给孤独长者用黄金布地"才请得世尊说法"（第九十三回）。《后西游》中无此一节，但在小行者怀疑"金母"是否能帮他战胜"木妖"时，金星说："若没效验，我佛用黄金布地做什么？"小行者连连点头道："有理，有理！"（第十四回）这颇似戏剧中的插科打诨，然而却不仅呼应了原作的有关情节，而且将原作的揶揄深化为嘲讽。总之，这些具体情节的构成与安置，是与总体构思密不可分的。它们使得《后西游》作为《西游记》的续作，具有了自己的特色，既未曾游离于原作又未被原作所拘囿。而从其思想意义来说，《后西游》并不有逊于《西游记》，在某些方面甚至较《西游记》更为积极，是《西游记》许多续作中确实值得称道的一部。

其次，《后西游》的结构也颇有特色。全书四十回，表现了小石猴的出生和求道、上天和入地，以及护送大颠和尚去灵山求取真解，线索分明，情节集中。虽然不如《西游记》那样富于曲折变化，然而却更为"谨严"[①]。《西游记》实际上由孙悟空大闹天宫和唐三藏赴西天取经两个故事组成，这可能由于作者对以往有关传说、诗话、平话、杂剧的取舍改删有关。大闹天宫一节在全书中的篇幅并不多，但却写得很精彩；西天取经一节却占了八十八回之多，以九九八十一难为线索构成，虽然写得饶有兴味但也难免拼凑之处。在这两部分组合时，尽管作者着力保持孙悟空性格上的前后一致，取得了相当的成就，然而明眼的读者仍然会看出组合的痕迹。《后西游》中小行者闯入天宫一节，尽管写得不如原作精彩，但作者却将它纳入总体构思之中，作为小行者皈依佛法、保护大颠取解的必要的过渡情节予以表现的。原作中的两个部分在《后西游》中显得浑然一体，使得作品的总体结构更具完整感。

---

① 张冥飞：《古今小说评林》。

此外，在神魔人的形象塑造方面，《西游记》取得了极高的成就，具有浓郁的浪漫主义色彩。在作者笔下，"神魔皆有人情，精魅亦通世故"①，特别是塑造了孙行者、猪八戒等形象，是我国文学史上前所未有的，能使读者产生极其新颖而又不陌生的审美情趣。作为续书的《后西游》在这方面却大为逊色。不过，《后西游》在塑造形象方面也有可以称赞之处，特别是作品的后半部，对缺陷大王、解脱大王、文明天主、十恶大王、造化小儿、三尸大王这些神魔精魅的描写，较之《西游记》中的神魔更具现实感，其讽世程度也就更为直截和强烈。如小行者借得"金母"归来时，猪一戒风趣地说："如今的世界，有了金银之气，那里还有什么缺陷？"（第十四回）又如十恶大王之间的"凡恶不足，便求相济"，"恶已盈了，必妒忌相吞"的时或狼狈为奸时或尔虞我诈的丑恶本质（第二十六回），以及造化小儿的"自家的圈儿自家套"（第三十回）的种种描写，其讽世、警世、骂世的程度，则是《西游记》所不及的。诚如冥飞所说："《西游》之文，讽刺世人处尚少，《后西游》则处处有讽刺世人之词句。"②综上所述，《后西游》作为《西游记》的续作，无论在思想内容还是艺术表现方面都具有自己的独特成就。正因如此，方能在《西游记》已享盛誉之后，《后西游》仍然可以在中国小说史上占有一席之地，为一些研究者所肯定，并为相当多的读者所欢迎。

三

《后西游记》的成书时代是明末抑是清初，由于根据不足，论者只能作一些推定，因而说法不一。鲁迅在《中国小说史略》中将其归入《明之神魔小说》一篇中论述，而孙楷第《中国通俗小说书目》则云："清无名氏撰。题天花才子评点。此书《在园杂志》卷三引，则作者清初人也。"新出之点校本《后西游记》的"校后记"中，推定其"成书年代当在明万历二十年（1592）至清康熙五十四年（1715）这一百二十年间"，而未确指成书朝代。近来也有的研究者根据书中曾出现明代官制、服饰，以及某些类似明季发生的政事等现象，推断此书当作于明季天启、崇祯朝。此说也不无道理，但亦尚不能作为定论，成书于清初的可能性并不能排除。

---

① 鲁迅：《中国小说史略》。
② 张冥飞：《古今小说评林》。

首先要确定作者的生活时代。鲁迅虽然将其归入明季神魔小说来论述，但于其作者只云"不题何人作"。因此书曾由"天花才子批点"，戴不凡认为天花才子即天花藏主人也即嘉兴人徐震[①]。不同意此说者颇不乏人，胡士莹就认为天花藏主人（又称素政堂主人）与徐震并非一人，而是同时同地的两个人，并据钟裴序《闺秀佳话》推定，徐震约为顺治、康熙时人，直到康熙末年还在世[②]。柳存仁同样认为天花藏主人与徐震原为两个不同的作者，"天花藏主人本身的时代大约是明末到康熙中间"，而"徐震的生存时代当较天花藏为晚"[③]。但胡、柳二氏对于天花才子即天花藏主人一说却未置一词。天花藏主人曾于顺治十五年（1658）为《平山冷燕》作序，康熙十一年（1672）为《麟儿报》作序，同年又为《锦疑团》作序，由此可见柳氏推定天花藏主人当为明末清初人，直到康熙中叶尚在世，不为无据。而"天花才子批点"的《后西游记》，在初刊于康熙五十四年（1715）的《在园杂志》中已曾提及，可见天花才子与天花藏主人时代相近或相同。另外，题署"天花藏主人著"的《人间乐》，首有"锡山老叟题于天花藏"的序，可知天花藏主人可能是无锡或其附近吴语地区人，天花才子批点的《后西游》中亦出现不少吴语方言，因而天花才子与天花藏主人的籍贯可能相同或相近。从这两点看来，天花才子即天花藏主人的可能性仍然存在，而天花藏主人一般又被认为直到康熙中叶仍在世，因此《后西游》成书于清初的可能性就不能决然排除。

其次，至于文学创作中涉及前朝官制、服饰、政事等情况颇属多见，并非《后西游记》所仅有。这种现象的产生，有时是因为作者未曾着意经营，有的却是作者有意为之。如天目山樵评《儒林外史》第二十六回"恰好向太爷升了福建汀漳道"一语时说："既托明官，不当径称今制，此亦疏忽之过。"平步青对此评颇不以为然，认为"此等皆稗官家故谬其辞，使人明知为非明事。亦如《西游记》演唐事，托名元人，而有銮仪卫明代官制，《红楼梦》演国朝事，而有兰台寺大夫、九省总制节度使、锦衣卫也"[④]。同样，《后西游》中涉及明季官制、服饰、政事等等，也不一定就说明它成书于明季。至于小行者所说"近日皇帝多耗精神，爱行房术；

---

① 参见戴不凡《天花藏主人即嘉兴徐震》，《小说见闻录》，浙江人民出版社1980年版。
② 胡士莹：《话本小说概论》第十五章，中华书局1980年版。
③ 柳存仁：《伦敦所见中国小说书目提要》九十七，书目文献出版社1983年版。
④ 平步青：《霞外捃屑》卷九。

崔判官既私延太宗之寿，何不即将他罚作方士，献丹药，以明促宪宗之寿"（第三回）云云，似也不宜抓住"近日"二字完全比附明季宫廷秽事，何况小说中又明言唐太宗、宪宗时事。再退而言之，即使作者有意以唐事影射明事，也不能断定作者必为明人，"近日"一词，清人作者亦可用之，以"故谬其辞"。

再次，《后西游记》破除释道，特别是释教思想颇为有力，一再斥之为"异端"。这种崇儒贬释的现象虽历代有之，但清代初期却远较明代末叶为严厉。福临入关不久，即一再追封孔子为"大成至圣文宣先师"、"至圣先师"；玄烨即位后更是大力推崇儒学，抑制释道，曾在康熙十八年（1679）颁行上谕十六条，其中就有"黜异端以崇正学"的条款。"正学"即指儒学，"异端"则为释道。从入关之初直到康、乾以降，清统治者竭力限制释道势力的扩张，顺治十一年（1654）"定禁止创建寺庙，其修理颓坏寺庙，不得改建加广大"；康熙元年（1662）又规定"凡作道场，止许在本家院内，不许当街悬榜，绕街行走，违者官议处、民治以违禁之罪、僧道杖二十为民"①。康熙二十三年（1684）七月，玄烨又颁旨："一切僧道，原不可过于优崇，若一时优崇，日后渐加纵肆，或别致妄为。"② 朝廷这种功令，不能不在一定程度上对学术研究和文学创作产生某些影响。清初，固然有不少学者承继明代学风，治佛谈禅，然亦有很多学者站在各自的立场、从不同的角度批判释道"异端"。因而以抨击佛教释子为重要内容的《后西游》，成书于清初的可能性也更大。

此外，清初一再禁绝私刻"琐语淫词"。如顺治九年（1652）、康熙二年（1663）均有谕旨③，特别值得注意的是康熙二十六年（1687）二月上谕："淫词小说，人所乐观，实能败坏风俗，蛊惑人心。朕见乐观小说者，多不成材，是不惟无益而且有害。至于僧道邪教，素悖礼法，其惑世诬民尤甚。愚人遇方术之士，闻其虚诞之言，辄以为有道，敬之如神，殊堪嗤笑。俱应严行禁止。"④ 在此上谕中直把"淫词小说"与"僧道邪教"相提并论。康熙五十三年（1714）四月更雷厉风行地将"一应小说淫词""严查禁绝，将板与书，一并尽行销毁"⑤。而在此谕颁布一

---

① 阮葵生：《茶余客话》卷十四"清禁建寺庙"。
② 蒋良骐：《东华录》卷十三。
③ 《钦定学政全书》卷七"书坊禁例"。
④ 王先谦：《东华录》"康熙三十九"条。
⑤ 同上书，"康熙九十三"条。

年后成书的《在园杂志》中，曾记载《后西游记》一类作品是"人所习见习闻者"，可见当时已公然行世。在朝廷一再严行禁绝的功令下，《后西游》却未曾遭到查禁，并且一再翻刻，如乾隆四十八年（1783）癸卯本、乾隆五十八年（1793）金阊书业堂本、道光元年（1821）贵文堂重刊大字本，以及贵文堂本之后的袖珍本，等等。而乾、嘉两朝对于禁绝"淫词小说"的措施并未放松。乾隆三年（1738）禁告"该管官员"如查禁不力，"明知故纵者，照禁止邪教不能察缉例，降二级调用"[①]；嘉庆十八年（1813），更允准御史蔡炯请禁民间结会拜会，及坊肆售卖小说等书，并查核僧道一折[②]，也是将"小说"与"僧道"两者同时提出。在这些严令之下，《后西游》却能一再翻刻行世，可见它的以破佛为主旨的内容，尚不与"黜异端以崇正学"的谕旨相扞格，由此亦可见此书成于清初的可能性并非不存在。

　　当然，上述种种考虑也还是一种推测，最后的结论当然有待于有关资料的进一步发掘。

（原载《文学评论》1985 年第 5 期）

---

① 《钦定学政全书》卷七"书坊禁例"。
② 《仁宗实录》卷二七六。

试论《金瓶梅》对《儒林外史》和《歧路灯》的影响

在中国小说的发展史中,《金瓶梅》在一定程度上起着承先启后作用。它从《水浒传》中截出一段情节,然后生发开去,创作出一部皇皇巨著来。如此借用前朝小说的若干情节,而创作出反映当代现实生活的新作,前此还少见有。同时,它对后世小说的创作也产生了巨大的影响。

小说史上最享盛誉的《红楼梦》接受《金瓶梅》的影响,前人多已指出,如脂砚斋《红楼梦》第十三回批语中即说是书"深得《金瓶》壸奥";诸联在《红楼评梦》中也指出其书"脱胎于《金瓶梅》";张新之在《红楼梦读法》中亦云"《红楼梦》是暗《金瓶梅》";张其信在《红楼梦偶评》中同样认为"此书从《金瓶梅》脱胎"。近人曼殊在《小说丛话》中对这种见解,也加以肯定,说:"论者谓《红楼梦》全脱胎于《金瓶梅》,乃《金瓶梅》之倒影云,当是的论。"当代论述《金瓶》启迪《红楼》,《红楼》承袭《金瓶》的论者更不乏见。对此,本文不拟再予论述。《金瓶梅》还对略早于《红楼梦》的《儒林外史》和《歧路灯》产生很大影响。它对《儒林外史》的影响,前人也曾注意及之,如闲斋老人在序《儒林外史》时,即指出是书"有《水浒》、《金瓶梅》之笔之才"。自然,闲斋老人是否即吴敬梓本人,言人人殊,姑不具论。但是敬梓自幼即喜"穿穴文史窥秘函","从兹便堕绮语障"①,《金瓶梅》这样的"秘函"、"绮语",吴敬梓是不会不去"窥"读的。特别是吴敬梓与评点过《金瓶梅》的张竹坡有"世交",他的族曾祖吴国缙与张竹坡之父张翱为文友,据《铜山县志·张翱传》:"张翱,字季超……暇则肆力芸编,约文会友,一时名流毕集,中州侯方域朝宗,北谯吴玉林国缙,皆间关入社,有《同声集》行世。湖上李笠翁渔……常与翱流览于山水间。"而李渔与《金瓶梅》

---

① 金榘:《次半园韵为敏轩三十初度同仲弟两铭作》,《泰然斋集》卷二。

的关系也甚为密切,张竹坡据以批评的《第一奇书》诸多刻本,均署"李笠翁先生著"。可见吴敬梓先人的交游中颇有与这部"奇书"有各种不同关系的人在。这样的家庭"传统"也必影响及后人。自然这种影响不是直接的,而是自幼耳濡目染渐次受到熏陶,在他从事创作时,笔下自然流露出这种潜在影响。后人在批评《儒林外史》时亦曾指出此点,说"《外史》用笔实不离《水浒传》、《金瓶梅》范围"①。至于《金瓶梅》对《歧路灯》的影响也是显然可见的。尽管李海观在自序《歧路灯》时如同闲斋老人在序《儒林外史》时那样,也曾指斥《金瓶梅》为诲淫之作,尽管李海观在书中自称"草了一回又一回,矫揉何敢效《瓶梅》"(第五十八回),但这只不过是掩耳盗铃的伎俩,序文所云"若夫《金瓶梅》,诲淫之书也。亡友张揖东曰:此不过道其事之所曾经,与其意之所欲试者耳。而三家村冬烘学究,动曰此左国史迁之文也。余谓不通左史,何能读此;既通左史,何必读此?老子云:童子无知而胶举。此不过驱幼学于夭札,而速之以蒿里歌耳。"正透露了李海观也曾研究过这部"诲淫之书"。而深入研读一下《歧路灯》,不难发现它取法于《金瓶梅》之处实多,甚至《金瓶梅》中污秽语,亦在《歧路灯》人物夏鼎口中出现(第九十六回)。可见《金瓶梅》对《儒林外史》和《歧路灯》都曾产生很大影响,兹一并予以研论。

一

在我国小说史中《三国演义》、《水浒传》、《西游记》与《金瓶梅》向来被并称为"四大奇书"。在这四部长篇小说中,《三国演义》与《水浒传》均是历史小说,《西游记》则是神魔小说,唯独《金瓶梅》是一部反映世态人情的"世情书"②,而且是反映了这部小说产生时代的"世情"之作,是创作者直面现实,对自己生活着的社会作同步反映的长篇白话小说。尽管它以《水浒传》"武松杀嫂"一段情节生发开去、衍化而来,然而却实实在在是反映了《金瓶梅》产生的时代——明季嘉(靖)隆(庆)万(历)朝的现实。谢肇淛在《金瓶梅跋》一文中即云:"书凡数百万言,为卷二十,始末不过数年事耳。其中朝野之政务,官私之晋接,闺闼之媟语,市里之猥谈,与夫势交利合之态,心输背笑之局,桑间濮上之期,

---

① 天目山樵识语,《儒林外史》,申报馆第二次排印本。
② 鲁迅:《中国小说史略》。

尊罍枕席之语，驵侩之机械意智，粉黛之自媚争妍，狎客之从臾逢迎，奴伦之稽唇淬语，穷极境象，骇意快心，譬之范公抟泥，妍媸老少，人鬼万殊，不徒肖其貌，且并其神传之。信稗官之上乘、炉锤之妙手也。"①细读全书，确是一部"寄意于时俗"②、"指斥时事"③的创作。从这部小说中我们可以看到嘉隆万年间的社会现实：政治黑暗，吏治腐败，官僚豪夺，奸商巧取，世风颓丧，人情浅薄，兽欲横流，伦理败坏，妇女不幸，平民遭殃，无异是一幅明季后期的社会世俗风情长卷。正如《满文译本金瓶梅卷首》所云：书中"自寻常之夫妻、和尚、道士、姑子、拉麻、命相士、卜卦、方士、乐工、优人、妓女、杂戏、商贾，以及水陆杂物、衣用器具、嬉戏之言、俚曲，无不包罗万象，叙述详尽，栩栩如生，如跃眼前"。通过这些人物活动，让读者看到"朋党争斗，钻营告密，亵渎贪饮，荒淫奸情，贪赃豪取，恃强欺凌，构陷诈骗，设计妄杀，穷极逸乐，诬谤倾轧，逸言离间之事"的明代现实。

当然，《金瓶梅》的创作者在开宗明义的第一回中写道："话说宋徽宗皇帝政和年间，朝中宠信高、杨、童、蔡四个奸臣，以致天下大乱"云云，说明这一故事是宋徽宗政和年间发生的事，在第一百回中又有"徽宗、钦宗两君北去，康王泥马渡江，在建康即位，是为高宗皇帝"云云，表示这一故事结束于宋高宗建炎年间。然而这是稗官家的伎俩，不足为信。昭梿在《啸亭续录》中曾指责其书叙述宋代官制之谬误，有云："至叙宋代事，除《水浒》所有外，俱不能得其要领。以宋、明二代官名，羼乱其间，最属可笑。是人尚未见商辂《宋元通鉴》者，无论宋、金正史。"这一指责无疑是正确的，小说中涉及的"六部尚书"、"三边总督"等均为"大明制度"。然而，从这一摘误中正反映出这一讯息：《金瓶梅》的作者何尝是在叙写宋代社会，倒确确实实是在反映明代现实，即作者自己生活在其中的明季后期社会。如果说，其中还存留一些宋代职官，那也只是由于借用以反映宋事的《水浒》一段情节而沿袭下来的残余痕迹而已。有的学者根据《金瓶梅》中涉及的有关太仆寺马价银、佛教盛衰情况，乃至有关皇庄、皇木以及女番子等情况予以考证，确认小说所反映的情景应为明季晚期社会。即如《金瓶梅》

---

① 谢肇淛：《小草窗文集》卷二十四。
② 欣欣子：《金瓶梅词话序》。
③ 沈德符：《万历野获编》卷二十五。

明写宋事的一些细节，如深入考察，仍然以明事为素材，只不过套在宋人身上而已，如第二十七回西门庆送蔡京的寿礼中有一包"四阳捧寿的银人"，其实是从明事严嵩所立的一座"水晶嵌宝厢银美人"化来，如将西门庆贿赂蔡京的各色礼品，与《天水冰山录》中所录抄没严嵩家产的清单细加对照，就会发现二者类同之处颇多。凡此，均足以说明《金瓶梅》的创作者在作品中确实是反映了他（们）所生活着的现实社会的，是对自己时代作了同步的反映的。这种对现实生活的同步反映，在短篇小说中由来已久，唐传奇、宋人话本、明人拟话本中就不乏这类作品，凌濛初更倡言要从"耳目之内，日用起居"①的现实生活中选择创作题材。但在长篇小说中，首先作如此同步反映的则为《金瓶梅》。

《金瓶梅》这种直面人生、反映现实的优良传统，对《儒林外史》和《歧路灯》是产生了积极影响的。《儒林外史》虽然在"楔子"一回中借元末"名流"王冕来"隐括全文"、"敷陈大义"，"幽榜"一回中说神宗皇帝下诏旌贤，尚书刘进贤"奉旨承祭"，（正文开始为成化末年，结束于万历二十三年）似乎反映的是明代社会，但作者所描写的其实为他自己时代（清朝康雍乾时期）的社会生活。如同《金瓶梅》写明事而有宋代职官一样，《儒林外史》写明事而有清代职官，也同样有人拘泥于此等细末之处而予以指摘，如张文虎对小说中人物向鼎"升了福建汀漳道"一事，就加以批评，说："明时布政司有左右参政、左右参议，按察司有副使、佥事，皆即今之道员。既托名明官，不当径称今制，此亦疏忽之过。"②这其实是将小说当作史籍来要求，自然方枘圆凿，格格不入了。平步青就曾公允地指出："按此等皆稗官家故谬其辞，使人知为非明事。亦如《西游记》演唐事，托名元人，而有銮仪卫明代官制。《红楼梦》演国（清）朝事而有兰台寺大夫、九省总制节度使、锦衣卫也。"③《儒林外史》中出现一些明代职官实不能说明其书所写为明事。吴敬梓族兄吴檠"女孙"之子金和在跋《儒林外史》时就说："是书则先生嬉笑怒骂之文也。盖先生遂志不仕，所阅于世事者久，而所忧于人心者深，彰阐之权，无假于万一，始于是书焉发之，以当木铎之振，非苟焉愤时疾俗而已。"可知该书所叙乃作者"所阅"之"世事"。此言的是，只要考察小说书中出现的人和事，

---

① 凌濛初：《拍案惊奇序》。
② 张文虎：《儒林外史评》第二十六回。
③ 平步青：《小栖霞说稗》，《霞外捃屑》卷九。

大都有踪迹可寻，前人多有考证。当然，人物原型并不就是艺术典型，吴敬梓毕竟是文学家而不是史学家，他从现实生活中猎取的原型，经过剪裁，重新熔铸成为艺术形象了。黄安谨在《儒林外史评》序中说其书"颇涉大江南北风俗故事，又所记大抵日用常情，无虚无缥渺之谈；所指之人，盖都可得之，似是而非，似非而或是"，就极为辩证地说明了二者的关系：小说中人物确是当时社会所实有的，但又与真实人物有所不同。金和跋中也说："全书载笔，言皆有物，绝无凿空而谈者，若以雍（正）乾（隆）间诸家文集细绎而参稽之，往往十得八九。"正因为如此，卧本评语作者的友人就说："慎毋读《儒林外史》，读竟乃觉日用酬酢之间无往而非《儒林外史》"①。甚至多次批评《儒林外史》的张文虎（啸山、天目山樵）以之对照现实，据刘咸炘《小说裁论》云："啸山好坐茶寮，人或疑之，曰：'吾温《儒林外史》也。'"②凡此，均可说明《儒林外史》确实是吴敬梓对他自己生活时代所作的同步反映的产物。

《歧路灯》亦复如是。当《儒林外史》定稿之际，李海观已过了不惑之年，在四十二岁（1748）时开始创作《歧路灯》，直到七十一岁（1777）时方始定稿，而此际吴敬梓的戚友金兆燕正为扬州府学教授（1768—1779），据金和跋语云，金兆燕曾将其书"梓以行世"，但至今未曾见有此一刻本行世。而程晋芳于乾隆三十五年、三十六年（1770—1771）间写的《文木先生传》则云："又仿唐人小说为《儒林外史》五十卷，穷极文士情态，人争传写之。"可见在《歧路灯》脱稿前数年，《儒林外史》还仅有抄本流传，其实是否传至中州、李海观是否曾经寓目，都属有待考索的问题。不过无论《歧路灯》的作者是否曾经读过《儒林外史》，都不妨碍他从《金瓶梅》中汲取他认为的"养料"。综观《歧路灯》一书，首先在直面人生、反映现实方面，如同《儒林外史》一样，也是受到《金瓶梅》的启迪的。如果说《金瓶梅》在反映明代社会现实生活时，犹需从《水浒传》中借用武大、潘金莲的故事以为依傍从而生发开去，那么《歧路灯》则和《儒林外史》一样，完全是作家凭"空"结撰，与既往的小说创作绝缘，是从现实生活中撷取题材自行创作的，所谓"空中楼阁，毫无依傍"，小说中一些人物原型如同"所指之人，盖都可得之"的《儒林外史》一样，也生存于作者所生活着的社会之中。

---

① 卧闲草堂本《儒林外史》第三回批语所引，惺园退士序言亦引此语。
② 刘咸炘：《校雠述林》卷四。

李海观为了避免他人指责其书有"影射"之嫌，曾经郑重声明"至于姓氏，或与海内贤达偶尔雷同，绝非影射。若谓有心含沙，自应坠入拔舌地狱"①。但从作者赌咒发誓般的语言中，正透露了小说《歧路灯》是一部作者对自己时代的社会情景作同步反映的创作。杨懋生在序洛阳清义堂石印本《歧路灯》时，也认为此书是作者"以无数阅历、无限感慨"写成的。李敏修《中州先哲传·李绿园本传》亦云："海观学问渊博，尤洞达人情物理。乃以觉世之心，自托于小说稗官，为《歧路灯》一书，阅三十年，凡数十万言。"这些评论颇得作者创作之用心，他确是从自己生活的"阅历"来汲取这部小说的素材的。

如同《儒林外史》托名明代而写清事一样，《歧路灯》也托名明代而写清事。《儒林外史》虽从明代成化末年写起，到万历年间结束，但作品中的主要情节大都发生在嘉靖朝。而《歧路灯》的故事也发生在嘉靖朝。它们所反映的生活时代全然相同，都是托名于明代嘉靖年间，其实都是反映清朝康雍乾时期的现实情景。这一特定的历史阶段，既是中国封建社会的"末世"，但由于清朝统治者入关之初，励精图治，苦心经营，政权逐渐巩固，生产不断发展，所以又是清朝二百余年中的"盛世"。在这样的历史矛盾中，潜伏着种种危机，所谓"盛世"景象只不过是回光返照而已，在封建经济内部已孕育着资本主义生产关系的萌芽，生产力的发展与现存社会制度的矛盾日趋复杂尖锐，并且也反映到文化、道德等上层领域中来。在《歧路灯》中展现的封建末世社会生活情景，亦如同《儒林外史》中所呈现的一样。如果说有什么差别的话，那就在于两部作品产生的地域不同，南北风格各异其趣。此外就是在涉及社会下层生活时，《歧路灯》较之《儒林外史》描绘得更多、更广一些，而《儒林外史》则将其主要描写面范围在知识分子层中，虽亦涉及"士子"圈外人物，但未若《歧路灯》那样有众多的三教九流人物。总之，在古代长篇白话小说中，创作者对自己时代作同步反映的作品，当推《金瓶梅》为始，这一优秀传统，对清初的《儒林外史》、《歧路灯》（包括《红楼梦》）均产生了程度不等的积极影响。

二

《金瓶梅》发端，《儒林外史》与《歧路灯》继后，均是对时代社会作同步

---

① 李海观：《歧路灯·自序》。

反映的长篇小说。何以如此呢？这是与作者的创作意图有关。他们都十分强调小说的教化作用，因而大都从现实生活中摄取实有的人事加以艺术表现，进而达到告诫世人、挽救颓风的目的。弄珠客在序《金瓶梅》时，就曾明确指出该书"作者亦自有意，盖为世戒，非为世劝也。……借西门庆以描画世之大净，应伯爵以描画世之小丑，诸淫妇以描画世之丑婆净婆，令人读之汗下。盖为世戒，非为世劝也。"欣欣子在序该书时也认为"其中语句新奇，脍炙人口，无非明人伦，戒淫奔，分淑慝，化善恶"而已，"其他关系世道风化，惩戒善恶，涤虑洗心，无不小补"，也是强调它的教化作用。闲斋老人在序《儒林外史》中，李海观在序《歧路灯》中都不约而同地引用了"子朱子"所云"善者，感发人之善心；恶者，惩创人之逸志"，但他们均认为《金瓶梅》是"诲淫之书"，"致为风俗人心之害"（闲序），足以"驱幼学于夭札，而速之以蒿里歌耳"（李序），并不是能有益于世道人心之作。闲序在斥责《金瓶梅》的同时，肯定《儒林外史》方是能使"读者有所观感戒惧，而风俗人心庶以维持不坏"之作。这一见解，颇为历来评家所赞同，金和在跋《儒林外史》时就说作者之"苦心"在于"警世"；黄安谨在序《儒林外史评》时也认为"作者之意在醒世计"；东武惜红生在序该书时则说它"如暮鼓晨钟，发人猛省"；邱炜萲更将它与《诗经》的美刺传统联系起来，说该书"颇得主文谲谏之义"，是一部"警世小说"[①]。李海观在《歧路灯自序》中引用"友人"之语称许该书"于纲常彝伦间，煞有发明"，这与他在《绿园诗钞自序》中所主张的文学创作要"道性情，裨名教"的精神是一致的。《歧路灯》一书也被一些评家认为是有益于"名教"的小说，乾隆抄本的过录人在识语中就说该书"命意措词大有关世道人心"，"发聋震聩，训人不浅"；《缺名笔记》作者也推许它是一部"有益世道之大文章"；明善书局排印本蔡振绅序中更有这样的评价："描写八德实深，随在感动善心。"杨淮更认为它是一部"醒世之书"[②]。可见，这三部小说的评者、作者都强调它们能起到"戒世"、"警世"、"醒世"的作用。

那么，这三部小说又是如何从现实生活中采撷题材加以艺术创造从而实现这一目的的呢？

---

① 邱炜萲：《客云庐小说话》。
② 杨淮编：《国朝中州诗钞》卷十四。

《金瓶梅》是通过西门庆一家的兴衰以反映明季社会现实的。在小说中，西门庆是一个"不甚读书，终日闲游浪荡"的破落户，因为交结官府，说事赚钱，逐渐发迹，在县门口开了一座生药铺，此后"又得两三场横财，家道营盛"，更是发达起来，在"功名全仗邓通成"的社会中，他重贿太师蔡京，获得理刑千户一职，从此有钱有势，更是贪财枉法，无恶不作。最初交结的官府，不过是县衙皂隶之流，此后则由知县、知府而巡按、御史、太尉，甚至当地的皇亲国戚也向其低首。他用重金买来的权势又转化为更多的金钱。在钱和权支配一切的社会中，西门庆可谓左右逢源，不但知府奈何他不得，连巡按御史也无法惩办他。朝廷中，他有靠山；地方上，他有庇护；身边有群小，手下有地痞。他的家庭已成为明朝末季社会关系网上的一个网眼，整张网不破，网眼也不破。他就凭借钱和权，过着剥削小民、渔色妇女的生活。除了已死的原妻和一妾外，仍有一妻五妾，但还不能满足他的兽欲之需，同时又与众多的妓女、奸妇宣淫，与有夫之妇私通，最后终因纵欲而亡，从此家也散了，"老婆带的东西，嫁人的嫁人，拐带的拐带，养汉的养汉，做贼的做贼"（第九十一回）。在西门庆一家兴衰的过程中，我们可以看到当时社会的真实图景，那就是第三十回中蔡京受贿后授西门庆官职一事，作者插说有云："那时徽宗，天下失政，奸臣当道，谗佞盈朝。高、杨、童、蔡四个奸党，在朝中卖官鬻狱，贿赂公行，悬秤升官，指方补价。夤缘钻刺者，骤升美任；贤能廉直者，经岁不除。以致风俗颓败，赃官污吏，遍满天下，役烦赋重，民穷盗起，天下骚然。"由于整部小说托名于宋代，所以此处也虽然点明宋朝而实际上却是抨击明代社会。西门庆一家正处于这样一个社会之中，他们一家的种种血腥罪恶、斑斑秽迹丑行，无不是这一社会经济状况和道德风气的反映。从这一点而论，《金瓶梅》一书实具有巨大的认识意义。

但是，由于作者指摘这种种黑暗时缺少崇高的道德理想为凭借，审美情趣也不高尚，因而对黑暗社会和丑恶事物的抨击就显得软弱无力。在小说中除了黑暗、丑恶之外还是黑暗、丑恶，西门庆死了又有"张门庆"（张懋德）。面对如此黑暗的现实，作者束手无策，无能为力，既未寻求新的探索，更提不出新的理想，而是将这一切归之于天道循环、因果报应。在全书结束之际作者有诗为证，云："闲阅遗书思惘然，谁知天道有循环：西门豪横难存嗣，经济颠狂定被歼；楼月善良终有寿，瓶梅淫逸早归泉；可怪金莲遭恶报，遗臭千年作话传。"这种天道循环、善恶有报的思想可说贯串全部小说始终，从而大大削弱了这部小说的批判力量。

清初产生的《儒林外史》和《歧路灯》如同前文所叙，也具有"醒世"、"警世"之意，它们的创作者继承了《金瓶梅》对现实生活作同步反映的优良传统，但却有自己的社会理想和道德观，审美情趣也不同于《金瓶梅》的创作者，因此二书虽同为反映现实生活之作，却具有不同的意义和价值。自然，在这方面《歧路灯》与《儒林外史》也不能同日而语、并驾齐驱。为便于论说，此处先行探讨略后于《儒林外史》的《歧路灯》。

《歧路灯》以谭孝移一家的兴衰为题材，反映了河南社会的生活情景。在作者笔下，谭孝移"以上四世，俱是书香相继，列名胶庠"的人物，及至孝移自身，也"为人端方耿直，学问醇正"，但孝移之子绍闻，却未能"绳其祖武，克绍家声"。尽管孝移为其子敦请"端正博雅"的娄潜斋为塾师，让他"学个榜样"，但绍闻仍然未能接受他的"用心读书、亲近正人"的教诲，在乃父孝移死后，被浪荡公子和市井无赖所诱引，玩戏、宿娼、赌博，无所不为。母亲王氏又溺爱纵容，使他生活日趋腐败，开销不断增大，终于将家产花尽败光。后来在族人、父执、义仆的挽救帮助之下，浪子回头，走上所谓"正路"，痛改前非，立志读书，成了家之孝子，国之良臣，谭氏家庭又呈现中兴局面。在《歧路灯》中，李海观是通过谭绍闻腐败堕落过程的描绘，让我们了解到当时社会的真切情景。在李海观笔下，当时一些封建阶级中下层官僚的子弟如盛希侨（祖为云南布政、父是向武州州判）、张绳祖（祖为蔚县知县）、管贻安（父为进士）等，也同谭绍闻一样整日聚赌宿娼，吃喝玩乐，日趋腐败堕落，从而在客观上透露了封建末世地主阶级已面临全面没落的深刻危机。至于书中出现的土豪乡绅、流氓光棍、媒婆娼妓、幕僚术士、商人经纪以及衙役皂隶，他们的种种不堪和恶劣表现，更在《歧路灯》所描绘的这幅封建社会末世图上添了浓浓的几笔，更其暴露了它的无限黑暗。从这个意义上说，《歧路灯》也无疑是有着很高的认识意义的。

但是，由李海观的社会理想和审美情趣所决定，他并未让谭氏一家从此没落衰败，寂寞无闻，而是让谭绍闻在族人和父执的教诲与提携之下，败子回头，重振家业。"谭绍闻父子虽未得高官厚禄，而俱受皇恩，亦可少慰平生；更可以慰谭孝移于九泉之下，孔慧娘亦可瞑目矣。倘仍前浮浪，不改前非，一部书何所归结？"

作者认为只有"笔墨至此",方"可完一部书矣"。至于谭绍闻之所以能够败子回头,则是按照乃父所教"用心读书,亲近正人"行事之故。这一教训果能挽住日逐堕落的封建士子的滑坡吗?谭家的中兴,也果能挽救封建社会之狂澜于既倒吗?显然不能。作者安排这样的结局,对封建社会的黑暗与腐败只能起到粉饰作用。李海观创作小说的意图既然在于"警世"、"醒世",从小说的结局看,他又显然是站在封建地主阶级立场来对世人进行告诫的,这就大大削弱了此书的思想价值。

《儒林外史》则与《歧路灯》大异其趣,尽管它也被认作是"警世"、"醒世"的小说。它所描写的对象是生活在科举制度下的士子阶层。小说的正文从成化末年开始,直写到万历二十三年,前后历时百年,整整一个世纪中的许多天南海北的知识分子前前后后地涌现出来。正如卧闲草堂评语所云:"名之曰《儒林》,盖为文人学士而言。"作者挚友程晋芳也说这部小说"穷极文士情态"[①]。自然,全书人物多达三百余人,士子只有百人左右。不过,这百名左右的读书人却在小说中占据了主要地位。而且,知识分子也不能脱离现实而孤立于社会之外,他们也必须与自己圈子以外的人发生这种那种关系,所以《儒林外史》中也出现许多不属于士子阶层的人物,但也并不足以否定它是以描写知识分子为题材的长篇小说,正如张文虎在识语中所说:"是书特为名士下针砭,即其写官场、僧道、隶役、娼优及王太太辈,皆是烘云托月,旁敲侧击。"

从《儒林外史》的实际内容来看,吴敬梓塑造了许多不同类型的知识分子形象,他们大都以儒为业,意图谋一功名以求仕进。作者从不同角度描写了他们生活的浮沉,境遇的顺逆,功名的得失,仕途的升降,思想情操的高尚与卑劣,社会理想的倡导与破灭。他们在清朝统治者怀柔与镇压并举的政策下,或受其羁縻,或拒其牢笼,或惨遭镇压,或远祸全身。作者通过对他们各自际遇和不同命运的描写,深刻地暴露了政治的黑暗,辛辣地讽刺了道德的败坏,沉重地抨击了封建统治阶级的罪恶。而对于广大士子,则既有讽刺也有赞扬,既有否定也有肯定,并且对于知识分子的前途,作者也作了极为难能可贵的探寻,给读者以多方面的启迪。

在《儒林外史》中出现的正面人物形象大体有三类:一类是"楔子"中出现

[①] 程晋芳:《文木先生传》。

的王冕，一类是小说中部出现的以虞育德、杜少卿为代表的几个人物，一类是小说结束之际出现的"四客"。王冕的思想主张和处世之道，显然是一个遵循"天下有道则见，无道则隐"的儒家知识分子典型。他能正确地抉择出与处，固然是受到这一传统思想的影响所致，但他之所以能"不愁衣食"则是依靠卖画所得，方始能摆脱以做官俸禄维持生计的生活模式。虞育德身为国子监博士，却对受其管教的生员武书说"我也不耐烦做时文"，并表示"我要做这官怎的"，但为生计所迫又不能不再做二三年，"积些俸银"，"养育着我夫妻两个不得饿死"，他甚至考虑让儿子"学个医，可以糊口"。这些，都表现了他对这种读书——做官生活模式的厌倦。杜少卿也如此，尽管族中颇多显宦，但他却功名式微，而且花尽了家产，被高翰林之流视为败家子。不过，他没有像《歧路灯》中的谭绍闻那样浪子回头，重振家业，而是一直沿着自己的理想走下去，辞却征辟以后，他欣喜异常地说道："好了！我做秀才，有了这一场结局，将来乡试也不应，科、岁也不考，逍遥自在，做些自己的事吧！"显然，他已抛弃了追逐功名富贵的生活模式。但他的生计并未能解决，最后仍不得不去浙江投靠依然"做官"的虞育德。知识分子如何才能摆脱这种读书—做官的生活模式呢？如何才能保持"不降其志，不辱其身"的人格尊严呢？书末出现"四客"已显现出作者探寻之路。荆元、王太、季遐年、盖宽大都是市井中人，但他们都喜爱琴、棋、书、画，具有读书人的性格和情趣。他们又不同于一般读书人，能以自己一技之长谋取生活之资，用季遐年的话来说"我又不贪你的钱，又不慕你的势，又不借你的光"，因而能保持自己的独立人格。荆元的一番话说得更其明白，以自己成衣技艺，"每日寻得六七分银子，吃饱了饭，要弹琴，要写字，诸事都由得我；又不贪图人的富贵，又不伺候人的颜色，天不收，地不管，倒不快活？"这就与小说前文中出现的无数陷溺于功名、挣扎在富贵之中的士子大相径庭。《儒林外史》中这几类人物走马灯式地先后出现，正表露了作者吴敬梓社会理想的不断转化和日趋成熟。尽管他对知识分子这一生活之路尚有犹疑，但却已足以引起同时及后世知识分子的深思。

从这个意义上说，《儒林外史》的"警世"、"醒世"作用，显然是《金瓶梅》和《歧路灯》所无法比拟的：《金瓶梅》只是揭露现实黑暗，未有社会理想；《歧路灯》虽有社会理想，但却是维护封建体系的社会理想；《儒林外史》则是否定科举社会中广大士子追逐功名富贵的思想作为，而指出一条依靠一技之长自食其力、从而保持人格尊严的生活之路。生活在二百余年前的吴敬梓，能提出这样的社会理想是极为难能可贵的。

三

《儒林外史》和《歧路灯》在艺术表现方面继承和发展《金瓶梅》之处甚多。从《金瓶梅》到《儒林外史》、《歧路灯》，也正显示了我国长篇小说从古代词话体到具有近代意义体的发展轨迹。

《金瓶梅》究竟是出自一人之手抑或是在集体创作基础上成书的，姑置不论，但书中采撷了大量宋元平话和南北曲作品则是公认的。以平话而言，诸如《宣和遗事》、《五代史平话》、《清平山堂话本》、《京本通俗小说》乃至《古今小说》等，均有部分故事情节被糅合进来。至于词、曲，则为数更夥，据赵景深统计，有小曲二十七支、小令五十九支、套数二十套；冯沅君则列出词曲七十六种，其实《金瓶梅》中所引用的词、曲远远不止此数。除此之外，小说中还存在大量的韵语、词赋、酒令、格言、顺口溜，它们均可讲、可唱、可吟、可诵。这些话本、戏曲韵语的大量存在，正显示了《金瓶梅》是积累了宋代以降小说、戏曲创作经验的作品。也正因为此，在表现形式上《金瓶梅》脱离不了说话艺人演说的痕迹，作者直接叙述和议论的文字甚多，每一回正文之前有韵文唱词，每回正文结束之后大部分有作结的韵语。而作者的叙述和议论则经常以"看官听说"的形式出之。以第八十回为例，正文之前有一首五言诗起首，接着是一段作者申论，"此八句诗，单说着这世态炎凉，人心冷暖，可叹之甚也"云云。回末又以"看官听说"提示一段议论，"但凡世上帮闲子弟，极是势利小人"云云。正文中"有诗为证"四处，以抒情之语作议论。"有词为证"一处，以强化叙写潘金莲与陈经济苟且之事。"正是"后联句六处，"常言道"后发议论二处。仅此一回，即可见作者现身说法次数之频繁。再以作者所发议论的内容看，固然有不少符合情节发展、人物刻画所需，但更多的则是类似说话人对正文的解说，对引用诗词的申论。而其所宣扬的因果报应的内容也复不少，如第九十回"有诗为证"所云"报应本无私，影响皆相似。要知祸福因，但看所为事"云云，甚为无谓。更有的作者议论与正文的描写相扞格之处，如第五十六回在回首七言诗之后，作者加以申说道："这八句单说人生世上，荣华富贵不能常守，有朝无常到来，恁地堆金积玉，出落空手归阴。因此西门庆仗义疏财，救人贫难，人人都是赞叹他的。"这就与西门庆的性格极不相称，也有悖于全书对这艺术形象所表露的批判倾向。这种作者直接发表议论的插说，无疑是小说中的败笔，有损于小说的思想和艺术。

　　清初产生的《儒林外史》和《歧路灯》则逐步汰洗去《金瓶梅》这种词话体的表现形式，但仍留有残遗痕迹，尤其是在《歧路灯》中仍多处存在。仅以第一回为例，一开始就是用"话说……"形式引出第一自然节；第二自然节开始又是用修辞中的设问格"我今为甚讲此一段话？只因……"；第三自然节开始，也同样用设问格"这话出于何处？出于……"。这显然是说书人的口吻。正文中，每段情节转换时，则以"却说"、"只说"、"不说"等形式出之。此一回中有七言四句的"有诗为证"，回末又以"正是"形式引申出四句七言。可见《金瓶梅》词话体表现形式的残余痕迹，在《歧路灯》中仍然存在。不过已较《金瓶梅》大为淡化。此外，由于李海观思想的保守落后，《歧路灯》中以这种形式表现出来的作者议论，内容之陈腐也是令读者生厌的。如第三十六回，"正是"以下四句："忠仆用心本苦哉，纵然百折并无回。漫嫌小说没关系，写出纯臣样子来。"第四十一回回末又有七言诗云："贞媛悍妇本薰莸，何故联编未即休？说与深闺啼共笑，人间一部女春秋。"（二首引一）都透露了李海观创作小说的目的，无非是以封建道德的忠孝节义观念来"警戒"世人，说教意味十分浓烈，令人不堪卒读。

　　《金瓶梅》词话体的表现形式，在《儒林外史》中的残余痕迹较之《歧路灯》又大为减少，整部小说中几乎很少有游离于情节发展、塑造人物所需之外的诗词歌赋，如果说尚有一些词话痕迹的话，那就是回末的"有分教"的形式引申出两句联语，以"且听下回分解"的形式结束本回引发下回。在章回体小说中，《儒林外史》较之《歧路灯》更为接近近代小说的特色。至于插说，《儒林外史》中也并非全然没有，但为数甚少，且作者借用插说形式所发表的议论，又大都是紧密结合小说的思想内容而发，如第二回书中对生童之间则有"小友"、"老友"区别，吴敬梓比之为"新娘"、"奶奶"，同时在解释二者的差异之中又寓托着作者辛辣的嘲讽和深刻的不满。第七回中，吴敬梓也借解释"明朝的体统"对新进士的"臭排场"作了讥讽。这些，都是对明、清两朝所实行的八股科举制度的某些弊病的谴责。对当时的恶劣社会风气，吴敬梓除通过形象塑造以鞭挞之外，也通过这种插说形式予以沉重抨击，如第四十四回中说"五河人有个牢不可破的见识，总说但凡是个举人进士，就和知州知县是一个人"；第四十五回中说"五河的风俗，说起那个人有品性，他就歪着嘴笑"，等等，在凌厉非凡的谴责中，倾泻作者无比的愤慨。吴敬梓在小说中除了运用上述这种议论式的插说以外，还运用了一些叙事性的插说，如第五十三回中"……自从太祖皇帝定天下，把那元朝功臣之后都没入乐籍，有一个教坊司管着他们"，这就在叙述史实过程中，暴露了"太祖皇帝"的"桀纣之政"。又如第四十一回中"把一个南京秦淮河，变作西域天竺国"，也是在叙写事实时流露出作者对当时崇敬释道风气的深刻不满。《儒林外史》中还有几处作者抒情式的插说，如第二十四回中说南京"里城门十三，外城门十八，穿城四十里，沿城一转足有一百二十多里。城里几十条大街，几百条小巷，都是人烟凑集，金粉楼台。城里一道河，东水关到西水关足有十里，便是秦淮河"云云，更是一篇赞美南京的抒情散文，与作者在《移家赋》中对南京的赞美情绪是一致的。而第五十五回中的插说："看官！难道自今以后，就没有一个贤人君子可以入得《儒林外史》的么？"则又是作者对读者的直接呼唤，无异是要求读者来回答他的疑虑、解除他的忧端，与他一道来进行新的生活之路的探索。这种抒情式的插说与前面述及的议论式的、叙事式的插说一样，都是作者直接出来说话，以深化对人物性格的刻画、对情节发展的描写，从而起到突出作品思想主题的作用，并进而表明作者的创作意图，把自己评价人生、探寻新路的愿望更其显明地告诉广大读者，以期引起他们强烈的共鸣。从这个意义上说，《儒林外史》的插说，已与《金瓶梅》中的词话体的插说大不相同，虽然它接受了《金瓶梅》的影响，但已在一定程度上产生了质的变化，成为小说表现形式的有机组成部分。而且，这些插说的内容又表现了作者进步的观念和见解，因而也不必因作者的观点不够隐蔽而去苛求它。与吴敬梓同时代的英国小说家菲尔丁（1707—1754）就曾经说过："我不能叫书里的角色自己解释，只好自己来讲解一番。"[①]稍后的英国小说家萨克雷（1811—1863）在他的《名利场》"开幕以前的几句话"中也说，他这部作品"表演每一幕都有相称的布景，四面点着作者自己的蜡烛，满台雪亮"。这表明他们都在小说作品中直接站出来说话。一些世界著名的长篇巨制如果戈理（1809—1852）的《死魂灵》、列·托尔斯泰（1828—1910）的《战争与和平》中也有不少作者的插说。他们的生活时代都后于吴敬梓，在各自的作

[①] 菲尔丁：《汤姆·琼斯》第三卷第七章。

品中尚且运用插说这种表现形式，因而对《儒林外史》中的插说也无须诟病，何况它的存在还有着如上所述的积极意义。总之，《歧路灯》和《儒林外史》对《金瓶梅》的词话体的表现形式都有所继承，也有所扬弃，更有所发展。《歧路灯》汰洗了《金瓶梅》中出现的大量词、曲的引用，而保留了它的一些插说形式，但其所作的插说多有陈腐之论；《儒林外史》则几乎不引用词曲，词话体的形式已以章回体替代，书中不多的插说已成为作品的有机组成部分。

此外，从作者反映生活的视角来看，《金瓶梅》对《儒林外史》和《歧路灯》也是有影响的。在所谓"四大奇书"中，《西游记》是神魔小说，且不去论它。《三国演义》与《水浒传》都是取材于历史事件，着眼于英雄豪杰，市井细民的日常生活在书中是不占重要地位的。尽管《水浒传》中较之《三国演义》已出现了更多市井小民、泼皮赌棍、小贩工匠、店主伙计、妓女艺人，他们的生活气息也被渲染得十分浓郁，他们的形象也被刻画得惟妙惟肖。然而他们并不是小说的主角，他们只是作为与英雄好汉发生这样那样瓜葛而存在的配角。从总体来看，《三国演义》与《水浒传》反映的现实，与普通群众的生活总有或多或少的距离。直到《金瓶梅》出现，才缩小了这一距离，它反映现实生活的视角，不再像《三国演义》和《水浒传》那样以社会来俯视人生，而是从一个家庭去仰视社会。它以西门庆一家的日常生活为小说叙写的中心，从而辐射到当时社会生活的各个领域。《金瓶梅》在中国古代长篇小说史中，开创了以一个家庭的兴衰映射社会生活的新局面。家庭是一种以婚姻和血缘关系为基础的社会生活的组织形式，可谓是个人生活的放大、是社会生活的缩小。自从私有制出现以后，经济条件就成为家庭生活的基础。家庭的职能、性质、形式、结构以及和它有联系的道德观念，也受着不同的生产方式、不同的经济条件所制约。因而《金瓶梅》通过西门庆一家生活的形象描绘，即能具体而微地再现明季嘉、隆、万时代的社会现实。张竹坡在《金瓶梅读法》第八十四中即指出，该书"因西门庆一个人家，写好几个人家，如武大一家、花子虚一家、乔大户一家、陈洪一家、吴大舅一家、张大户一家、王招宣一家、应伯爵一家、周守备一家、何千户一家、夏提刑一家。……凡这几家，大约清河县官员大户屈指已遍，而因一人写及一县。吁！一元恶大憝矣"。鲁迅亦指出："缘西门庆故称世家，为缙绅，不惟交通权贵，即士类亦与周旋，著此一家，即骂尽诸色"①。凡此均说明《金瓶梅》通过一个家庭反映社会的特色。

　　《金瓶梅》所创造的从家庭的视角去反映社会的艺术经验，对后世小说影响至巨，《红楼梦》如此（此不具论），《歧路灯》也如此。李海观也是选择河南开封府祥符县谭孝移一家的日常生活为题材，以反映现实社会的。小说中所呈现的河南社会情景，前文已曾述及，不再赘叙。此处须要指出的是，李海观在《歧路灯》中通过一个家庭以反映社会的同时，又流露了强烈的封建宗法意识，谭绍闻之所以能败子回头，与族兄谭绍衣对其规劝、提携是分不开的。而谭绍衣之所以如此，全是从宗族观念生发的。谭氏原为江南丹徒（今江苏镇江）人，明朝宣德年间谭氏族人进士谭永言在河南灵宝做知县，遂传下这一支，是为鸿胪派，谭孝移即此派传人。而在原籍丹徒一支则为宜宾派，其传人则为孝移侄辈谭绍衣，即小说主角谭绍闻的族兄。小说开始的第一回，孝移即南下与绍衣"同拜祖墓"，"续修家牒"以叙"木本之谊"即宗族情义。回目所云"念先泽千里伸孝思，虑后裔一掌寓慈情"即此之谓。后来谭绍衣在河南做了道台，谭绍闻父子"皆游黉序"，绍衣乃令其父子入署，聚谈"联属族谊，明晰行辈"。总之，李海观的宗族观念在《歧路灯》中表现得十分强烈，如在第九十五回中借一位"理学名儒"之口对《西厢》故事大加斥责说："唐重族姓，范阳卢，博陵崔，荥阳郑，陇西李，俱是互为婚姻的世好。郑崔联姻，重重叠叠，见于书史者不少。纵令变起仓促，何至寄嫠妇、弱媛、少婢于萧寺？阀阅家当必无是。即使强梁肆恶，这玉石俱焚，理所宜然，何至于一能解围，即以朱陈相许？相国家有如是之萱堂乎？"显然，在李海观看来阀阅世家是不会有败子劣孙的，所以谭绍闻虽然一度堕落，却有族人、父执规劝、提携，使其回头上进，重振家业。由此看来，《歧路灯》虽然继承了《金瓶梅》以家庭日常生活反映社会现实的创作经验，然而却又糅合进落后的门阀意识。

　　《儒林外史》与《歧路灯》不同，没有简单地汲取《金瓶梅》以西门庆一家的兴衰反映一定时代社会的艺术经验，而是直接将读者带入整个社会中来，虽然《儒林外史》中也描写了无数家庭，但作者不需要让读者跟随他进入西门庆一家、谭孝移一家的生活，从他们的家庭生活情景去仰视兰陵笑笑生的时代社会、李海观的时代社会，而是让读者与他一道走门串户，闯进一个个家庭去探访一番，然

---

① 鲁迅：《中国小说史略》。

后又退出来，站在高处俯视整个社会。《儒林外史》中一些家庭的生活情景，只提供社会真相的一角，但却不能反映社会的全貌，只有综观小说中无数家庭的生活情景才能看清吴敬梓的时代社会。如严贡生、严监生一族，弟兄两人虽已分家，但老大仍在觊觎老二家财，老大之横豪，老二之啬吝，跃然纸上，这反映了有功名做护身符的封建地主阶级的凶残嘴脸，以及封建道德所鼓吹的"兄友弟恭"的破产。鲁编修一家父女热中于科举的精神状态；王玉辉父女被理学毒害的悲惨情景，等等，都是暴露清统治者推行八股取士制度、尊崇理学所造成的恶果。此外，娄琫、娄瓒的家庭生活则反映了仕宦人家的豪奢；匡超人的家庭生活又反映了农村贫苦人家的艰难；潘三之家是市井下层的赌场；鲍文卿之家则无异戏行；杜少卿夫唱妇随的家庭生活；庄绍光闭门谢客的著述生涯；盐商万雪斋、宋为富的骄奢淫逸的腐朽生活，等等，交汇成一幅18世纪上半叶的社会生活图。从这方面看来，《儒林外史》对《金瓶梅》借家庭反映社会的艺术经验也是有所借鉴的，只不过未像《歧路灯》那样亦步亦趋，而是有所变革创新，但也如同《金瓶梅》、《歧路灯》一样，完成了对自己时代社会生活的扫描。因此，《儒林外史》对《金瓶梅》艺术经验的借鉴方式较之《歧路灯》对《金瓶梅》艺术经验的继承方式，更其值得重视，艺术创作总是贵新的，继承是为了发展，是为了创新。

附记：本文仅就《金瓶梅》对《儒林外史》和《歧路灯》影响的几个方面略作申说，并非全面判定三部小说价值的高下优劣。而且，《金瓶梅》对包括《儒林外史》和《歧路灯》在内的后代小说的影响，是多方面的，也非此文所能尽述。俟之他日，当另文论说。

（原载《金瓶梅研究》第三辑，江苏古籍出版社1992年版）

《西湖二集》考论

一

拟话本《西湖二集》作者为浙江杭州人周清原。由于其生平事迹长期以来湮没无闻,历史上又有同姓名者,乃至一度被误为他人。鲁迅在《中国小说史略》中,根据《国子监志》、《两浙𬨎轩录》检出清初有名周清原者二人,一为康熙时人,但籍隶江苏武进,地区不合;一为钱塘(杭州)人,但活动于乾隆朝,代不相及,鲁迅乃判定此二者"皆别一人也",与作《西湖二集》之周清原并非一人,此论极是。周楞伽整理本《西湖二集》后记中言:

  《西湖二集》三十四卷,题武林济川子清原甫纂。书前有湖海士序,称作者为周子。新版《辞海》谓作者名楫,未知何据,似不足信。

此说则以是为疑。盖因周氏乃据1936年上海杂志公司排印本为底本进行整理。明刻本题署"武林济川子清原甫纂"、"武林抱膝老人讱讱甫评",又附《西湖秋色一百韵》,明白题署"武林周楫清原甫著"。由此可知,清原确名楫,武林(即杭州)人。

关于周楫生平事迹,目今尚未有足以了解其生平之文献资料发现,仅明清之际史学家谈迁在所著《北游录·纪邮》"顺治十一年(1654)七月壬辰"条中云:"观西河堰书肆,值杭人周清原,云虞德园先生门人也。尝撰西湖小说。噫,施耐庵岂足法哉!"除此而外,从《西湖二集》署名湖海士之序言中尚可窥知其生平点滴。

据序云"周子"乃"旷世逸才",为人又"胸怀慷慨",且善"谈古今",自愧弗如。湖海士序又记周清原自述其贫窭窘况,有云:"予贫不能供客,客至恐斫柱剉荐之不免,用是匿影寒庐,不敢与长者交游。败壁颓垣,星月穿漏,雪霰纷飞,几案为湿,盖原宪之桑枢,范丹之尘釜,交集于一身。"对此窘境,周楫表示"予亦甘之"。而使其"最不甘者",则在于"司命之厄我过甚,而狐鼠之侮我无端",即既有权贵之压抑,复受小人之欺侮。因此,由"怀才不遇"而生怨尤,一腔愤懑,全借笔端宣泄,以致"愿为优伶,手琵琶以求知于世"。对周楫之遭际;湖海士为之叹息不已,认为"周子间气所钟,才情浩瀚,博物洽闻,举世无两,不得已而借他人之酒杯,浇自己之磊块,以小说见,其亦嗣宗之恸、子昂之琴、唐山人之诗瓢也哉!"

周楫在撰成《西湖二集》之前,当先撰成《西湖一集》,唯其书已不可见,亦未见诸有关著录。仅在《西湖二集》第十七卷《刘伯温荐贤平浙中》文中,作者有云"先年《西湖一集》中《占庆云刘诚意佐命》大概已曾说过",无意中透露出作者确有《西湖一集》之作。

《西湖二集》成书约在明万历年间或稍后,因是书第三十三卷《周城隍辨冤断案》中说及"万历丙戌"年事,万历丙戌为神宗十四年(1586)。又第三十四卷《胡少保平倭战功》文中有云:"后来万历爷二十一年间,兵科给事中朱凤翔慨叹道……"又书中每以"繇"代"由"、以"简"代"检",显系避崇祯朱由检之讳,可知此书当刊刻于明崇祯朝。现存明刊本,有国家图书馆善本书目所载《西湖二集》三十四卷,附《西湖秋色一百韵》一卷,题明周楫撰。此为明末云林聚锦堂刻本,十六册,十行,行二十字,白口四周单边,有图。封面存,无眉批。现存为配抄本。另有残存本,款式全同配抄本,存十一卷,缺封面,有眉批。南京原泽存书库亦有收藏,作清刻本。书已并入南京图书馆,南图目作"清(?)刊本"。此书可能仍用明版刷印,铲去眉批,唯尚存残迹,依稀可辨。如卷二页十四下,眉批"此诗大有东坡意",南图本同一位置上,"意"字之下半部"心",尚可勉强辨识。

此书尚有题名《西湖文言》者,实则为《西湖二集》之卷四、卷二十四、卷二十、卷十三、卷十六、卷二十八、卷十一、卷八、卷十九等九篇,存于选抄本《海内奇谈》中,此书为大连图书馆收藏。清乾隆时杭州人陈树基(字梅溪)辑《西湖拾遗》四十八卷,首三卷为图,末卷为"止于至善",实为四十四卷,其中有二十八卷采自《西湖二集》。唯陈氏辑入时,对原文多随意删改。后"东冶青坡居士搜辑"《西湖遗事》十六卷,除卷二以外,其余十五卷全采自陈氏删改后之《西湖二集》。凡此种种刊本,除专业研究者外,一般读者知之甚少。迨至

1936年，上海杂志公司出版阿英据贝叶山房张氏藏本校点之排印本，此书方始为读者所知晓。1981年浙江人民出版社，1989年人民文学出版社另出版两种整理本。1994年江苏古籍出版社出版笔者整理本。此本底本为台北天一出版社《明清善本小说丛刊》所影印之崇祯本。

1996年，三民书局来宁约稿，嘱余为其校注《西湖二集》，乃以原先之整理本为工作本，重新校阅一过。该本湖海士序文为配印，附图六十八帧及《西湖秋色一百韵》，其款式一如国家图书馆藏本。卷一缺二十七、二十八页；卷十二缺一至五页，六页以后为抄配，最后两页窜入卷十三；卷十三缺二、三页，而窜入卷十二两页文字。笔者持此本与国家图书馆藏本相互校勘。该本所缺文字，则据南京图书馆藏本抄补，复以南图本校阅全文，极个别文字异处，以及明显错讹及脱漏者，在注文中作必要交代。书中有些词语不从今日习惯改动，如"该博"不改作"赅博"、"胡梯"不改作"扶梯"、"方以类聚"不改作"物以类聚"、"能言舌辩"不改作"能言善辩"等。此外，"生天"与"升天"等语义有别，不为统一而改。话本小说中常用俗字，其中亦有与今简体字相同者，如"个"与"個"、"赃"与"臟"、"体"与"體"等，此集中并存，亦不统改，以存原貌。唯涉及人名、地名者，则予更改，如卷十八"齐太"改为"齐泰"。底本原有眉批，但多模糊不清，可以辨识者亦无甚意义，不予移录。为便于广大读者阅读，附以简要注释。

二

周楫既为"旷世逸才"，何以要"以小说见"，湖海士序中已明白揭示，乃发愤而为，所谓"借他人之酒杯，浇自己之磊块"也。此说不为无据。在《西湖二集》三十四篇中，周楫每有自述，如开卷之一《吴越王再世索江山》即云：

> 看官，你道一个文人才子，胸中有三千丈豪气，笔下有数百卷奇书，开口为今，阖口为古，提起这枝笔来，写得嗖嗖的响，真个烟云缭绕，五彩缤纷，有子建七步之才、王粲登楼之赋。这样的人，就该官居极品、位列三台，把他住在玉楼金屋之中，受用些百味珍馐，七宝床、青玉案、琉璃钟、琥珀盏，也不为过。叵耐造化小儿，苍天眼瞎，偏锻炼得他一贫如洗，衣不成衣，食不成食，有一顿，没一顿，终日拿了这几本破书，"诗云子曰"、"之乎

者也"个不了，真个哭不得、笑不得、叫不得、跳不得，你道可怜也不可怜？

所以只得逢场作戏，没紧没要做部小说，胡乱将来流传于世。

可知其做小说，原非得已，不过借此宣泄愤懑之情而已。此种观念，由来已久，非周楫所独有。《论语·述而》有云："不愤不启，不悱不发。"《楚辞·惜诵》亦云："发愤以抒情。"司马迁《报任安书》更云："盖西伯拘而演《周易》，仲尼厄而作《春秋》，屈原放逐乃赋《离骚》，左丘失明厥有《国语》……《诗》三百篇，大抵贤圣发愤之所为作也。此人皆意有所郁结，不得通其道，故述往事，思来者。"诗文创作如此，小说创作亦然。李贽在《忠义水浒传叙》中以极其明白的态度宣告："太史公曰：'《说难》、《孤愤》，贤圣发愤之所作也。'由此观之，古之贤圣，不愤则不作矣。不愤而作，譬如不寒而颤，不痛而呻吟也，作何观乎？《水浒传》者，发愤之所作也。"善"谈古今"之周楫，既有"怀才不遇"之感，又历"蹭蹬厄穷"之境，乃"以小说见"，亦属自然之举。

然而，周楫又非仅以泄愤而作小说者，其为小说实寓有劝化之意。湖海士在其序文中即云："盖前人者，后事之师矣，流芳遗秽，其尚鉴之哉！况重以吴越王之雄霸百年，宋朝之南渡百五十载，流风遗韵，古迹奇闻，史不胜书，而独未有译为俚语，以劝化世人者。"他认为周楫以西湖故事创作小说实为"西湖之功臣"。检之三十四篇作品中，确多有劝忠教孝之词，如第二十六卷《会稽道中义士》开卷即云："从来国家有成有败，有兴有亡，此是一定之理，全要忠臣义士竭力扶持。……不论有官无官，有禄无禄，那一个不该与朝廷出力，那一个不该与王家争气？"又如第三十一卷《忠孝萃一门》卷末诗云："非忠无君，非孝无亲。王祎子孙，能子能臣。凛如日月，千古不湮。山高水深，勖我后人。"在第六卷《姚伯子至孝受显荣》中更借《西江月》词表明自己创作动机，词云："……举笔烟云绕惹，研朱风雨纵横。说来忠孝兴偏浓，不与寻常打哄。"又唯恐读者不能理解词义，在正文开始作了一番解释："这首词儿，名《西江月》，总见世人唯有'忠孝'二字最大，其余还是小事，若是在这两字上用得些功，方才算得一个人。"这种以创作小说进行教化、劝诫世人的观念，也由来已久。桓谭《新论》中就认为小说对于"治身理家""有可观之辞"。李公佐认为自己创作之传奇，"足以儆天下逆道乱常之心，足以观天下贞夫孝妇之节"[①]。在我国古代创作小说、戏曲，

---

① 李公佐：《谢小娥传》。

乃至一切文学创作,强调须有益于世道人心之观念,可谓根深蒂固。周楫亦不例外。

周楫既然自负才学,又深感"怀才不遇",必然借创作小说之机充分表现自己的才能,如第十七卷《刘伯温荐贤平浙中》所附《戚将军水兵篇》以及"满天烟喷筒图"、"飞天喷筒图"、"大蜂窠图"、"火砖图"、"火妖图"、"子平铳竹管图"以及"海防图式"四份;又如第三十卷《马神仙骑龙升天》中所列避难大道丸、除蛊毒之法、治喉闭之法、辟火三方等;再如第三十四卷《胡少保平倭战功》后所附《要紧海防》、《救荒良法》等文字图形,均是作者自炫其才的表现。而从文学创作来看又均非小说体裁所应有,显然是所谓"非情节因素",这正是作者"以小说见"其用世之心。在《救荒良法》后,作者又以小字批注"读者广为流传,真大功德事也",足见作者并非将此类文字视作可有可无者。正因在他所创作的小说中逞炫其才其学,乃使其所作突破小说体裁之一般模式。这种"突破"又非周楫始作俑者。我国古代小说起始依附于史书存在,后虽分离、独立成文,但史书之影响至巨至深。《史记》之"太史公曰",影响及于清代蒲松龄之"异史氏曰"。我国古代小说创作中作者大发议论之现象,原也存在,但像《西湖二集》这样附入长篇累牍或说明或议论之文字,又附上图形的情况,在周楫之前或之后,均还不多见。而且,此种文字在《西湖二集》中并非偶或出现,加之篇幅冗长,文字过多,亦令读者生厌。

三

鲁迅对该书有"多愤言"[①]之评。而细绎其"愤言",大都涉及帝王之昏庸、朝臣之擅权、吏治之腐败,凡此种种情状,周楫均有极其深刻之揭摘。如第一卷《吴越王再世索江山》,对宋徽宗之无道、高宗之苟安,鞭挞有加。

……后来徽宗渐渐无道,百姓离心……京师大水……兵戈起于四方。徽宗全不修省,不听忠臣宗泽之言,以致金兵打破了汴京,徽宗被劫迁而去。继位者高宗,其昏庸更甚于徽宗,可谓每下愈况,作者严加指责,说他:

……并不思量去恢复中原,随你宗泽、岳飞、韩世忠、吴璘、吴玠这一班儿谋臣猛将苦口劝他恢复,他只是不肯,也不肯迎取徽、钦回来,立意听

---

① 鲁迅:《中国小说史略》。

秦桧之言，专以和议为主，把一个湖山妆点得如花似锦一般，朝歌暮乐。……且又当干戈扰攘之际，一味访求法书名画，不遗余力。清闲之时，展玩摹拓，不少厌倦。四方献奉，殆无虚日。其无经国远猷之略，又何言乎？

批判、抨击不为不用力，忧国之情不为不强烈。其所描绘虽是宋代末世情状，但实际上还是隐约地反映出晚明之现实。

至于朝中大臣擅权，把持朝政，《西湖二集》亦多有叙写。如第十八卷《商文毅决胜擒满四》中，对明季一大弊政即宦官擅权，痛加鞭笞，说："那时汪直新坐西厂，威势汹汹，权同人主，害人无数，满朝文武百官畏之如虎。"又如第十三卷《张采莲隔年冤报》中斥责秦桧，说他"当年专权弄政，宋朝皇帝在于掌握之中，威行天下，流毒寰宇"，"屈杀了忠臣岳飞父子"，以致激起忠义之士无比义愤，"恨不得"将其碎尸"万段"。对于残害忠良的奸佞之徒，周楫无比愤慨，在第三十二卷《薰莸不同器》中，尽情谴责许敬宗这一"恶人"弃父求生、贪婪钱财、露才扬己、残害忠良、迎合帝意、拥立武后等种种罪行，最后竟以下文结束："若说到许敬宗，便人人厌秽，个个吐口涎沫，凡姓许者，不敢认敬宗为祖上焉。"有昏庸之帝君，有擅权之朝臣，自然就有吏治之腐败，唐如此，宋如此，元也不例外。第六卷《姚伯子至孝受显荣》中有云：

那时天下也不是元朝的天下，是衙门人的天下，财主人的天下。你道怎么？只因元朝法度废弛，尽委之于衙门人役。衙门人都以得财为事，子子孙孙蟠据于其中。所以从来道："清官出不得吏人手。"……凡做一件事，无非为衙门得财之计，果然是官也分、吏也分，大家均分，有钱者生，无钱者死。因此百事朦胧，天下都成瞎帐之事。

在如此社会中，百姓何以为生？以致"红巾贼""纷纷而起，都以白莲教烧香聚众，割据四方"。元如此，明亦不例外，内乱纷起，外患频仍，沿海倭寇入侵，民不聊生矣。第三十四卷《胡少保平倭战功》中说："嘉靖三十一年起，沿海倭夷焚劫作乱，七省生灵被其荼毒，到处尸骸满地，儿啼女哭，东奔西窜，好不凄惨。"而且，外祸与内乱相继，外寇与内贼相应，所谓"沿海亡命之徒，见倭奴作乱，尽来从附"，以致"倭船遍海为患"，"或聚或散，出没不常，凡吴越之地，经过村落市井，昔称人物阜繁，积聚殷富之处，尽被焚劫。……到处陷害，尸骸遍地，哭声震天。倭奴左右跳跃，杀人如麻，奸淫妇女，烟焰涨天，所过尽为赤地"。

面对内忧外患日益深重，居高位者又毫无自省之状况，周楫一方面以所创作之小说，竭力表彰他心目中之圣明帝君，如在第一卷《吴越王再世索江山》中，赞扬赵匡胤说："只因宋太祖免生民于涂炭，宽弘大度，立心仁厚，家法肃清，所以垂统长久，有三百余年天下。"在第二卷《宋高宗偏安耽逸豫》中又赞美朱元璋云：

> 说话的，不知从来做天子的，都是一味忧勤，若是贪恋嬉游，定是亡国之兆。只看我洪武爷百战而有天下，定鼎金陵，不曾耽一刻之安闲，夜深在于宫中，直待外边人声寂静，方才就枕，四更时便起……无一日而不如此……若饮食之时，思量得一事，就以片纸书之，缀于衣裳之上。或得数件事，便累累悬于满身。临朝之时，一一施行。把起兵时盔甲藏在太庙，自己御用之枪置在五凤楼中，以示子孙创业艰难之意。又因金陵是六朝建都风流之地，多李后主、陈后主等辈贪爱嬉游，以致败国亡家，覆宗绝祀……圣心儆惕，安不忘危，其创业贻谋之善如此。

另一方面，对"偏安耽逸豫"之赵构，则予以辛辣嘲讽。在第二卷中说他"耽乐湖山，便是偏安之本了"，历数其建造"非常华丽"之宫殿，大修庙宇，"不计其数"。又说他：

> 多栽花柳，广种荷花，朝欢暮乐，箫管之声，四时不绝。又因原先柳耆卿"三秋桂子，十里荷花"这首词，传播于金，金主完颜亮便起南侵之思，假以通好为名，潜遣画工入临安，图画西湖山水，裱成屏风，并画自己形像，策马于吴山顶上，题诗屏上道："万里车书合会同，江南岂有别疆封？提兵百万西湖上，立马吴山第一峰。"从此又为战争之端。

明白不过地宣告由于帝王之"逸豫"而引发战争之祸端。至于朝中大臣，作者则企望他们："文人把笔安天下，武将挥戈定太平。"在第十七卷《刘伯温荐贤平浙中》文中，在抨击"害民贼"之余，竭力赞扬刘伯温之识见和胸怀，说"他在元朝见纪法不立、赏罚不明、用人不当、贪官污吏布满四方，知天下必乱"。因此便举荐朱亮祖平定浙中，"洪武爷大喜"。从而对他"言听计从，鱼水相投，每与密谋，出奇制胜，战无不克，攻无不取，洪武爷信以为神而师之"。与此同时，作者对嫉贤妒能、残害忠良之现实状况，在谴责之余也叹息不已。第三十四卷《胡少保平倭战功》中，作者之感慨极深，说："从来道，未有权臣在内，而大将能立功于外者，所以岳飞终死于秦桧之手，究竟成不得大功。"因此，他企望为臣者须能尽忠守孝，忠孝集于一身，如上节所述。通观全书，可知周楫于小说中"好颂帝德、垂教训"①，其言陈腐至极，且无文学欣赏价值，读之令人生厌，但对了解其用世之苦心，也不无意义。

四

书中对明季社会弊端之批判亦颇深刻。虽然周楫的生平仕宦均无可考述，但从湖海士序文中云其"蹭蹬厄穷"、"匿影寒庐"，饱受"司命之厄"等语看，必无科第可言。因之，他在小说中揭摘考试选官制度之糜烂情景，至为深刻。在第二十卷《巧妓佐夫成名》中，借妓女曹妙哥之口，痛斥中式者并无学问，有学问者不得中式。

> 我自十三岁梳拢之后，今年二十五岁，共是十三个年头，经过了多少举人、进士、戴纱帽的官人，其中有得几个真正饱学秀才、大通文理之人？若是文人才子，一发稀少。大概都是七上八下之人、文理中平之士。还有若干一窍不通之人，尽都侥幸中了举人、进士而去，享荣华，受富贵。实有大通文理之人，学贯五经，才高七步，自恃有才，不肯屈志于人，好高使气，不肯去营求钻刺，反受饥寒寂寞之苦，到底不能成其一官。

何以如此？作者依旧通过曹妙哥之口说出缘故，但曹妙哥又不直截了当说出，而是引"经"据"典"地搬出汤显祖之《牡丹亭记》来，这就更有力地表明这种丑恶之现实，非仅妓女曹妙哥一人所见，亦为大文豪汤显祖所知，她说：

> ……那《牡丹亭记》上道："苗舜钦做试官，那眼睛是碧绿琉璃做的眼睛，若是见了明珠异宝，便就眼中出火，若是见了文章，眼里从来没有，怎生能辨得真假？所以一味糊涂，七颠八倒，昏头昏脑，好的看做不好，不好的反看做好。"临安谣言道："有钱进士，没眼试官。"这是真话。……当今贿赂公行，通同作弊，真个是有钱通神，只是有了"孔方兄"三字，天下通行，管甚有理没理、有才没才。

她也确实如此指导其相好吴尔知照样行事，广开网罗，撒漫使钱，以酒肴、金钱

---

① 鲁迅：《中国小说史略》。

结交各种"有名之士",对"乌纱象简、势官显宦"更是"掇臀捧屁,无所不至",赚得"名满天下",终于得逞,"登了进士"。吴尔知也颇有自知,当曹妙哥劝他谋求功名之初,他也坦白自呈,无此可能,他说:

> 我这无名下将,胸中文学只得平常。《西游记》中猪八戒道得好"斯文斯文,肚里空空",我这空空之肚,只好假装斯文体面,戴顶巾子,穿件盛服,假摇假摆,将就哄人过日。原是一块精铜白铁的假银,没有什么成色,若到火上一烧,便就露出马脚,怎生取得"功名"二字?

然而就连自己也不敢相信的梦想居然得以实现,这岂不是更深刻地暴露出这一社会存在之不合理吗?文理不通、广有钱财之人中进士,并非吴尔知一人。在第二十四卷《认回禄东岳帝种须》中还有一个赵正卿,"其人广有钱财,遂好交结天下名士,原系一窍不通、文理乖谬之人,假装体面,滥刻诗文,欺世盗名,花嘴利舌",居然也"中了进士"。可见其时科考选官之实情确实腐败至极。

选士之法既然弊端百出,必然导致世风江河日下,道德败坏,廉耻尽丧。作者在第二十卷《巧妓佐夫成名》中,通过妓女曹妙哥之口,对如此世风予以辛辣讽刺,她说:

> 近日有一个相士与一个算命的并一个裁缝,三人会做一处,共说如今世道变幻,难以赚钱,只好回家去。这两个问这相士道:"你相面并不费钱,尽可度日,怎么要回去?"相士道:"我先前在临安,相法十不差一,如今世道不同,叫做时时变、局局迁,相十个倒走了九个。"这两个道:"怎生走了九个?"相士道:"昔人方头大面者决贵,今方头大面之人不肯钻刺,反受寂寞。只有尖头尖嘴之人,他肯钻刺,所以反贵。"那个算命的也道:"昔人以五行八字定贵贱,如今世上之人,只是一味财旺升官,所以我的说话竟不灵验。"那个裁缝匠道:"昔人做衣因时制宜,如今都不像当日了。即如细葛本不当用里,他反要用里,绉纱决要用里,他偏不肯用里,有理的变做无理,无理的变做有理,叫我怎生度日?"

曹妙哥紧接这一"故事"之后,对其相好吴尔知说得更明白:

> ……衣冠之中盗贼颇多,终日在钱眼里过日,若见了一个"钱"字,便身子软做一堆儿,连一挣也挣不起……有了钱便眉花眼笑,没了钱便骨董了这张嘴。世上大头巾人多则如此,所以如今"孔圣"二字,尽数置之高阁。

这种风气不仅存在于一般人际关系之中，即连亲属关系也受其影响。第二十四卷《认回禄东岳帝种须》中，王彦光不理解其婿周必大为"救了五十余人之命"而被削除官职之举，"好生怨怅"，埋怨他：

> 半生辛苦，方才博得一个进士，怎生有这个呆子？世上的人，利则自受，害则推人，却比别人颠倒转来做了，岂不好笑煞人。……世上只有要官做的人，再没有有官自去削的人，可不是从古来第一个痴子么？明日见这痴子时，好生奚落他一场。

可是当他梦见黄巾力士说"明日丞相到此"，而次日除周必大以外别无他人前来，他又自忖：

> 今日并无一人，只得这个痴子。这个梦有些古怪，准准要应在周必大身上了。我本要奚落他一场，今既如此，不好奚落得，只得翻转脸来且奉承他一番，不要他明日做了丞相之时，笑我做苏秦的哥嫂。

如此，他"果然翻转脸来，欢容笑面，一味慰安，并无奚落之念，实有奉承之心"。丈人与女婿之关系，尚且如此被势利浸透，更何况一般人！周楫写出此情，当有无限之感慨。

五

明季拟话本之名作如洪楩所辑之《清平山堂话本》、冯梦龙之"三言"、凌濛初之"二拍"等等，其中不乏写及男欢女爱之篇什。与以往同题材之作品不同，封建礼教意识已逐步淡化，赞扬男女自主婚姻之作品渐多。《西湖二集》中亦有类似作品，如第十二卷《吹凤箫女诱东墙》，写宗室黄府小姐杏春，年十七而未许聘。善吹箫，一夜闻书生潘用中之箫声而生爱恋之情，潘用中见其"花容绰约，姿态妍媚"，惊为神仙，亦生爱慕之心。后因潘父强行迁居，远离黄府所在，两情备受阻抑，双双病倒。得客店主人吴二娘及杏春姨娘之助，方得结连理。作者如此赞美道：

> 因此风流之名播满临安，人人称为"箫媒"，连理宗皇帝都知此事，遂盛传于宫中，啧啧称叹。那时夫妻都只得十七岁。后来潘用中登了甲科，夫荣妻贵，偕老百年。至今西湖上名为"凤箫佳会"者，此也。有诗为证：凤箫一曲缔良缘，两地相思眼欲穿。佳会风流那可得？余将度曲付歌弦！

然而，在《西湖二集》中，如此美好婚姻并不多见，作者又写了才女嫁蠢汉之故事，即第十六卷《月下老错配本属前缘》，才女朱淑真被娘舅吴少江骗嫁一极其丑陋之"残疾之人"金罕货。朱淑真乃"日日怨天怨地"，责备"上天"道：

  上天，你怎生这般没公道？你的眼睛何在？怎生将奴家配了这般人？

并且写了"一张投词"，向"上天"哭诉，"拜了又诉，诉了又拜"，"从春间拜起拜到深秋"，终被"氤氲大使"请去，对她说明前因后果。原来朱淑真前生为一男子，名何养元，奸骗女子奚二姐，以致奚二姐含恨而死，在玉帝前告下御状，因此方有今生之报。朱淑真"自此之后，怨恨少减，因而戒杀诵经，以保来世"。此种描写，显然不值得肯定。

  周楫对旧时相当流行之"指腹为婚"也持赞赏态度。在第二十七卷《洒雪堂巧结良缘》中，叙写江浙行省参政魏巫臣之子魏鹏与父执钱塘贾平章之女贾云华在未出生之际，便由双方父母"指腹为婚"。及至魏鹏长大成人，便从故乡襄阳来访贾夫人萧氏，萧氏不欲爱女远嫁，乃再三阻隔。魏鹏失望之极，贾云华亦郁郁不欢而死，魏誓不再娶。此后云华却借尸还魂，与魏鹏"再缔前盟，重行吉礼"。这一故事虽在一定程度上肯定男女生死不渝之情，但却套上"指腹为婚"之外衣，自然也就夹杂着婚姻天定之宿命思想。

  此外，周楫还通过男女婚配之事，表彰妇女的机智。如第二十卷《巧妓佐夫成名》中，妓女曹妙哥见嫖客吴尔知"是个至诚的君子，不是虚花浮浪的小人"，因而看上他，欲托之终身。只因吴尔知此际是个"穷酸"太学生，不能常来走动。她主动约他前来，教其以赌博积攒银财，再以钱财广结显宦，从而谋得功名。此后又见机而作，劝吴尔知及早退归，说：

  如今秦相之势惊天动地，杀戮忠良，罪大恶极，明日必有大祸。况你出身在于曹泳门下，日后冰山之势一倒，受累非轻。古人见机而作，不如休了这官，埋名隐姓，匿于他州外府，可免此难。休得恋这一官，明日为他受害！

吴尔知听其所言，遂辞官远走高飞，秦桧势败，党羽尽除，吴尔知却得以免难。作者在篇末又写有古风一首"单道这妇人好处"：

  世道歪斜不可当，金银声价胜文章。
  开元通宝真能事，变乱阴阳反故常。
  ……

>平康女子知机者，常恐冰山罹祸殃。
>
>挂冠神武更名去，谁问世道变沧桑！

此诗其实是作者周楫赞美妙哥之"知机"。但曹妙哥手段离不开设赌行骗、收买行贿种种不法不义之举，并无可首肯之处。而周楫予以赞扬，其识见有限。至于恪守妇德之女子，即令是丫鬟婢女身份，周楫也十分赞赏，在第十九卷《侠女散财殉节》中，周楫叙写几个恪守妇德之婢女，赞扬她们"巾帼有男子，衣冠多妇人。贤哉大夫婢，一说一回春"之后，向广大读者呼唤道：

>列位看官，你道强中更有强中手，丫鬟之中，尚有全忠全孝、顶天立地之人，何况须眉男子，可不自立，为古来丫鬟所笑？

于是，他又详尽地叙写了蒙古伟兀氏之妻忽术娘子之义女朵那女能坚贞自守，主人伟兀氏患病，她"日夜汤药服事，顷刻不离"。伟兀氏病死，她"日夜痛哭，直哭得吐血"。然后与忽术娘子"扶柩而归"，对伟兀氏留下的"一双男女"，"分外爱护"，又照管伟兀氏家财。当"乱贼"绑住忽术娘子逼其家财时，朵那女冒死上前，"一把抱住主母身体，愿以身代主母之死"，一面对乱贼道：

>将军到此，不过是要钱财，何苦杀人？家中宝贝珠玉，尽是俺家掌管，主母一毫不知。将军若赦主母之死，俺领将军到库中，将金珠宝玉尽数献与将军。

果然说动"乱贼"，放了她主母。其后，她自责"失了财宝，负了主母教俺掌管之意，俺有何面目活在世上"，乃自刎而死。周楫对之大加赞美，认为其女虽不曾读书识理，但"率性而行，做将出来掀天揭地、真千古罕见之事，强似如今假读书之人，受了朝廷大俸大禄，不肯仗义死难，做了负义贼臣，留与千古唾骂，看了这篇传，岂不羞死"。显然，作者表彰朵那女之"死节"，实为贬斥食禄之负义朝臣，告诫之意昭然若揭。自然，周楫之赞叹中不免夹杂有封建伦理意识，今日读者尚须仔细辨别。类此落后意识，在其他作品中亦尚有表现，如第五卷《李凤娘酷妒遭天谴》中，认为"世上不好妇人多，好妇人少，奉劝世人不可就将妻子的说话便当道圣旨，顶在头上，尊而行之"。对妇人之"妒忌"，作者也极其反感，写出李凤娘酷妒"遭天谴"的报应故事。之后，作者意犹未尽，又在第十一卷《寄梅花鬼闹西阁》中开宗明义地写道：

>世上唯有女人最为妒忌，那一种妒忌之念，真是出人意料之外，无所不为，

无所不至。

周楫不仅嘲讽妇人之妒，又不问青红皂白地宣称"最毒妇人心"[①]，也未免过甚其辞了。

宋元以来理学盛行，对于文学创作影响至大，话本和拟话本中不乏这种新儒学之渗透。但释道思想之侵蚀亦不容忽视。《西湖二集》中充分反映出儒、道、释三者合流之趋势。第七卷《觉阇黎一念错投胎》中，开卷即云：

> 从来三教本同原，日月五星无异言。
>
> 堪笑世间庸妄子，只知顶礼敬胡髡。

在正文中，他赞同王阳明"三教圣人"之说，甚至还认为因果报应之说，亦非释家所独有，说："世上一种颠倒之人，只信佛门因果报应，不知我儒门因果报应一毫不差……"第八卷《寿禅师两生符宿愿》中，作者通过宋景濂之口对洪武帝朱元璋说："从来有王法以治明、佛法以治幽，儒、释、道三教不可偏废。"当时三者彼此融合之现象甚多，同卷中作者写道："……宗泐虽是佛门，却好说那儒家的话；宋景濂虽是儒家，却又专好说那佛门的话。"其实，周楫虽主张三教合一，但似乎更崇敬释教，在第二十五卷《吴山顶上神仙》中说：

> 列位看官，世上有一种迂腐不通之儒，专好谤佛，只因终身读了这几句臭烂文字，不曾读三教古今浩渺之书，不曾见孔子之言，所以敢于放肆如此。只是眼界不大，胸中不济，这也无怪其然。若说因果报应，尤为灵验。

正因为此，整部《西湖二集》中，颇多报应故事，亦多宿命之论。书中还多次提及众多佛经，如《金刚经》、《法华经》、《楞严经》、《圆觉经》、《华严经》、《般若多心经》等，以及大量佛曲，如《善世曲》、《昭信曲》、《延慈曲》、《法喜曲》、《禅悦曲》、《遍应曲》、《妙济曲》、《善成曲》等，也令人生厌。

六

《西湖二集》在题材以及表现手段方面，亦有可言之处。较之"三言"、"二拍"，《西湖二集》叙写商人之篇什较少。这可能与其所叙故事均有所本有关。冯梦龙、凌濛初之作虽有部分借助既往之笔记、文献写成，但亦有很多篇什，其

---

① 周楫：《李凤娘酷妒遭天谴》卷末诗，《西湖二集》卷五。

素材采撷自现实生活，二氏分别生活之吴县、吴兴地区，经济繁荣，商业兴盛，手工业者和商人众多，反映他们之生活，满足他们之需求，也就成为"三言"、"二拍"作者不能不考虑的问题。周楫虽然也生活在经济繁荣之杭州，但由于其创作以与西湖有关之故事为主，题材又大都借用既往记载，因此，其反映商人生涯之作较少，这也可理解。至于其所借用之故事来源，时贤多有考述，此不赘叙。当然，周楫在借用既往故事以创作小说时，也夹杂着一己之愤慨、融合进一己之感情，正如湖海士序所云"借他人之酒杯，浇自己之磊块"。这种情况已有学者注意及之，如周楞伽氏指出：

> 魏鹏故事（卷二十七）源出明初李昌祺《剪灯余话》中的《贾云华还魂记》，原作无一字涉及试官，本书却两次写瞎眼试官偏生中意魏鹏随手写去虚应故事的文章，"昏了眼睛，歪了肚皮，横了笔管，只顾圈圈点点起来"。由此可以看出作者是如何借题发挥。

周楞伽之评说极为中肯。此卷卷末题诗，即云："《还魂记》载贾云华，尽拟《娇红》意未赊。删取烦言除剿袭，清歌一曲叶琵琶。"这一自白，正说明周楫对所借用之素材也有所改造、发挥。这种情况并非仅限于此篇，如将其所借用之材料对照其创作之话本，一一比读，当有更多发现。

我国古代小说于景物描写，向来重视不够。《西湖二集》因全系撰写与西湖有关之故事，自不能不叙及西湖之旖旎风光。文字之多，涉及之广，在同时期拟话本中恐难有可与其比肩者。西湖之春夏秋冬、阴晴朝夕之山光水色，庵观寺院、亭台楼阁之景观胜处，书中无不有生动之描写。其于景物之描绘，不仅停在静态上，而且结合风土习俗作动态描写，呈现给读者的是一幅西湖山水全景图，而且是一幅杭州风俗书。例如第十二卷《吹凤箫女诱东墙》中，作者如此描绘三月艳阳天气之西湖：

> 青山似画，绿水如蓝。……柳枝头，湖草岸，奏数部管弦；……绿子畔，红花梢，呈满目生意。……吹的吹，唱的唱，都是长安游冶子；……饮的饮，歌的歌，尽属西湖逐胜人。……挨挨挤挤，白公堤直闹到苏公堤，若男若女，若长若短，接袂而行；逐逐烘烘，昭庆寺竟嚷至天竺寺，或老或少，或村或俏，联袂而走。三百六十历日，人人靠桃花市趁万贯钱回；四百五十经商，个个向杏花村饮三杯酒去。又见那走索的……跑马的……齐云社翻踢斗巧，

角觝社跌扑争奇，雄辩社喊叫喧呼，云机社般弄躲闪……

此外，如灯节、清明节、七巧节以及八月十八观潮日等民风习俗，在《西湖二集》中均可见及。这是一份极有价值之杭州明季风俗资料。自然，大量引用古代诗词虽可配合作者描绘，但未免也予读者以累赘之感。

《西湖二集》每篇卷首之"入话"，较之其他拟话本作品如"三言"、"二拍"为多。鲁迅曾指出"其书亦以他事引出本文，自名为'引子'。引子或多至三四，与他书稍不同"①。如第三卷《巧书生金銮失对》、第六卷《姚伯子至孝受显荣》均各有"引子"四则，其余每篇均有为数不等之"引子"。"引子"不仅数量多，而且所叙之事亦自具首尾形同一则"微型小说"。至于"引子"之内容或与正文相映照，或为正文之铺垫，因而又非游离于小说正文之外之附加物，每篇故事中均包含几则其他故事，从而也会增添读者之兴趣。

"文亦流利"，此是鲁迅对《西湖二集》之评语。综览全书，此评的是。可谓嬉笑怒骂，均成佳构。作者直诉胸臆之语，前文已有称引。此外，其"愤言"或借用诗词表述，或以笑话出之。前者如借用"山外青山楼外楼，西湖歌舞几时休？暖风熏得游人醉，直把杭州作汴州！"与"白塔桥边卖地经，长亭短驿甚分明。如何只说临安路，不数中原有几程？"二诗嘲讽南宋君臣偏安，"朝歌暮乐""殆无虚日"，全"无经国之远猷"②。后者如说周世宗末年学士陶穀，生性"极其悭吝"，夜间被阴府摄去，要他出些钱财为他换一副眼睛，他却不肯出一钱。被强行装上一副"鬼眼"，从此"一个极贵之相，只因'悭吝'二字，换了一双'鬼眼'，终身受累"③。此外，书中嘲讽之语颇多，如第三卷《巧书生金銮失对》云：

"都都平丈我"，学生满堂坐。

"郁郁乎文哉"，学生都不来。

不识字之塾师反受学生之欢迎，而满腹经纶之先生却遭家长之冷落，因此作者不禁发出这样的感慨：

世情宜假不宜真，若认真来便失人。

可见世情都是假，一斗米麦九升尘。

---

① 鲁迅：《中国小说史略》。
② 周楫：《吴越王再世索江山》，《西湖二集》卷一。
③ 周楫：《文昌司怜才慢注禄籍》，《西湖二集》卷十五。

这种"愤言",实源自生活现实,非周楫所凭空杜撰之语。

总之,无论从思想内涵或就艺术表现来看,《西湖二集》在明季拟话本中虽不是最佳,但亦属上乘。周楫之所以能取得如此成就,自然在于他之生活际遇,更在于他之才情。而其才情之形成又在于其善于向前人学习。从《西湖二集》中,可以觇知其对古代诗词极为娴熟。不仅如此,他对小说戏曲也所知极多。以戏曲而言,《西湖二集》中提及前代及同朝之作如董解元《西厢记》、王实甫《西厢记》以及其他元代杂剧多种,南戏向传奇过渡之《琵琶记》,传奇之《邯郸记》、《娇红记》,明杂剧《四声猿》等,均曾提及。至于汤显祖之《牡丹亭》,小说中更是一再称引,如第四卷《愚郡守玉殿生春》、第十卷《徐君宝节义双圆》、第十一卷《寄梅花鬼闹西阁》、第十九卷《侠女散财殉节》、第二十卷《巧妓佐夫成名》、第二十八卷《天台匠误招乐趣》、第三十四卷《胡少保平倭战功》等篇。由此可见周楫对汤氏之欣赏,也可窥知《西湖二集》之叙写,所受前人影响之大概。

(原载《西湖二集》校注本之首,台北三民书局1998年版)

重视对瞿佑小说的研究

"剪灯"系列小说自明初出现,以迄明末,纵贯有明二百余年,不但对明代戏曲、小说产生很大影响,也影响及易代之后的文言小说,同时流播海外。但学界对它的研究尚不充分,乔光辉专著的面世是一良好的开端。

一

中国古代叙事文学发展至明代而空前繁荣起来,以戏曲而论,宋元南曲戏文融合金元北曲杂剧而形成的传奇,作品总数当在千种以上,傅惜华《明代传奇全目》收九百五十种,庄一拂《古典戏曲存目汇考》又有增补;而存世者亦近二百部,李修生《古本戏曲剧目提要》收有传奇一百九十九部,书后所附吴书荫《明传奇佚曲目钩沉》著录一百二十六种。同戏曲一样,小说创作也出现了同样局面,刘世德《中国古代小说百科全书》收明代小说一百六十余种;宁稼雨《中国文言小说总目提要》著录明代作品六百八十八种,其中有些作品是否属于小说,尚可斟酌,但也有失收者。由此可见,叙事文学两种主要形式——戏曲和小说在明代的繁荣盛况。同时,无论戏曲的或是小说的创作队伍,也由历来为世代累积型的集体创作或艺人编制,到了明代进而有文人学士掺入。沈宠绥在《度曲须知》中说:"名人才子,踵《琵琶》、《拜月》之武,竞以传奇鸣;曲海词山,于今为烈。"[①]王骥德《曲律》亦云:"今则自缙绅青襟,以迨山人墨客,染翰为新声者,不可胜记。"[②]小说创作亦复如是,一些文士认为小说有辅助政教之功能而进行创作。如简庵居士为《钟情丽集》作序时就认为该书作者为"卓越通才",此作虽为"游戏翰墨",但"他日操制作之任",必能"经纬邦国,而与班、马并称"。可一

[①] 沈宠绥:《度曲须知》,《中国古典戏曲论著集成》(五),中国戏剧出版社 1959 年版。
[②] 王骥德:《曲律》,《中国古典戏曲论著集成》(四)。

居士在《醒世恒言叙》中也认为："以《明言》、《通言》、《恒言》为六经国史之辅，不亦可乎？"还有文人认为创作小说可以抒发情怀，如湖海居士在《西湖二集序》中就认为作者"周子（清原）间气所钟，才情浩瀚，博物洽闻，举世无两，不得已而借他人之酒杯，浇自己垒块，以小说见"。凡此种种缘由，导致"迄于皇明，文治聿新，作者竞爽"①的局面出现。

当然，有明一代小说戏曲创作空前繁荣的局面，主要出现于中期以后，但在明代初期也产生了名著《三国志演义》、《水浒传》；同时也出现了文言小说作家瞿佑（1347—1433）。只是学界对瞿佑的重视和研究程度，要远远逊于对《三国》、《水浒》的重视和研究。其实，瞿佑所创作的《剪灯新话》，虽然在自序中称其主旨在于"劝善惩恶"，但所叙写的内容均为"近事"，"远不出百年，近止在数载"，在一定程度上还是对元明之际的社会现实作了同步反映；而其"造意之奇，措词之妙，粲然自成一家言"②，显然是一部优秀的文言小说，上承唐宋传奇之余绪，下启后代文言小说之繁兴，不但对明清两代的文言小说和通俗小说创作，而且对传奇和杂剧的创作都产生了深远的影响，是值得重视的。

首先，在瞿佑身后长时期内，仿效之作不断出现。《剪灯新话》于洪武十四年（1381）梓行以后不到四十年，李昌祺的《剪灯余话》于永乐十七年（1419）成书，次年即永乐十八年（1420）自序中明言"有以钱塘瞿氏《剪灯新话》贻余者，复爱之，锐欲效颦"③，乃成此书。《余话》成书不及十年，又有仿作《效颦集》面世，赵弼在作于宣德三年（1428）的自序中称"尝效洪景庐、瞿宗吉，编述传记二十六篇"，"因题其名曰《效颦集》"④。此后又有《花影集》出现，作者陶辅在其作于嘉靖二年（1523）的《花影集引》中说，他曾"较三家（《新话》、《余话》、《效颦》）得失之端，约繁补略，共为二十篇，题曰《花影集》"⑤。此后近七十年，有邵景詹其人，自号自好子，于"万历壬辰（二十年，1592）……

---

① 笑花主人：《今古奇观序》。
② 凌云翰：《剪灯新话序》，《古本小说丛刊》第33辑，中华书局1990年版。
③ 李昌祺：《剪灯余话自序》，见董康诵芬室刊《剪灯二种》本，南京图书馆古籍部藏。
④ 赵弼：《效颦集后记》，南京博物馆藏明嘉靖二十七年赵子伯重刻本《效颦集》，《四库全书存目丛书》本。
⑤ 陶辅：《花影集引》，日本早稻田大学藏本《花影集》，见《中国古代孤本小说集》，中国文史出版社1998年版。

读书遥青阁，案有《剪灯新话》一编，客过见之，不忍释手，阅至夜分始罢"，进而"与客择而录之，凡二卷。客曰'是编可续《新话》矣'。……命之曰《觅灯因话》"①。其实，除上述数种外，受其影响而仿效者尚有《剪灯谈录》、《剪灯琐语》、《秉烛清谈》等，不一而足。二百余年间，出现如此众多的仿效之作，在中国文言小说史乃至整个中国小说史上也属罕见。至易代之后，对文言小说杰作《聊斋志异》亦颇有影响。甚至传播海外，诸如日本之《奇异杂记谈》、《御伽婢子》，朝鲜之《金鳌新话》、越南之《传奇漫录》等，其中不乏瞿氏所作之影响在。

其次，《剪灯新话》的深远影响不仅表现在文言小说仿效之作众多，还对通俗小说乃至戏曲创作产生了很大影响，不少通俗小说和戏曲的作者从以《剪灯新话》为代表的"剪灯"系列小说中汲取故事情节，根据自己对现实的审美认识重新创作出同样题材的作品。乔光辉在论文中有所综述，前辈时贤考述甚多，笔者亦偶有涉及。如《剪灯新话》中之《金凤钗记》之于沈璟《坠钗记》传奇；《翠翠传》之于袁声《领头书》及叶宪祖《金翠寒衣记》二部传奇。以《剪灯余话》而言，《秋千会记》之于"初刻"中《宣徽院士女秋千会　清安寺夫妇笑啼缘》；《芙蓉屏记》之于"初刻"中《顾阿秀喜舍檀那物　崔俊臣巧合芙蓉屏》；《贾云华还魂记》之于《西湖二集》中"洒雪堂巧结良缘"。以《觅灯因话》而言，《桂迁感梦录》之于李玉《人兽关》传奇；《唐义士传》之于卜世臣的《冬青记》和蒋士铨《冬青树》二部传奇。而《花影集》中《心坚金石传》之于佚名作者传奇《霞笺记》；《刘方三义传》之于"恒言"中《刘小官雌雄兄弟》，以及戏曲作品叶宪祖《三义成姻》、范文若《雌雄旦》、王元寿《题燕诗》和黄中正《双燕记》等。至于长篇通俗小说中受到"剪灯"系列小说影响者，如《花影集》中之《丐叟歌诗》，《金瓶梅词话》第九十二回中有类似者；而《剪灯新话》中之《富贵发迹司志》，乔光辉文中认为《儒林外史》有类似情节，并进而论证"外史"所受"剪灯"影响多处。凡此，都说明"剪灯"系列小说对于通俗小说（短篇、长篇）以及戏曲（传奇、杂剧）的影响甚远甚巨。虽经不少学人考索、研究，仍有可以拓展和深入的空间，尤其是对于这些作品在理清相互承传的基础上进行比较研究，似可进一步展开。

---

① 邵景詹：《觅灯因话小引》，清乾隆辛亥（1791）巾箱本《剪灯丛话》。

总之,"剪灯"系列小说这一课题是极富研究价值的。乔光辉以此作为自己研究的重点课题,是颇有识见的,也是十分有意义的。

二

四十余万言的《明代"剪灯"系列小说研究》颇有特色,略举一二。

首先,选题并非仅就《剪灯新话》一书进行研论,而是将视野扩大到整个"剪灯"系列,诸如《剪灯余话》、《效颦集》、《花影集》以及《觅灯因话》等,从洪武以迄万历乃至整个明代所产生的文言小说,因点及面,由面返点,可以从面拓展,从点深掘,相辅相成,不断深进,既可以取得阶段性成果,又可以进行后续研究;不重点深入剖析《剪灯新话》,所论必然肤浅;不全面探讨这一系列的其他小说,又难以对《剪灯新话》的历史地位作出切中肯綮的评价。笔者在为弟子吴波教授的博士学位论文《阅微草堂笔记研究》(上海古籍出版社2005年版)作序时曾说,不专一家无以致精,而非兼讨众家也无以名一家,即此之谓也。在对"剪灯"小说作系列研究时,必须首先对《剪灯新话》作出全面深入的研究,然后在此基础上,逐步将研究面拓展至《剪灯余话》、《效颦》、《花影》、《因话》,乃至整个明代文言小说,进而上溯唐宋传奇,下及清代蒲氏之《聊斋》以及纪氏之《笔记》;并进而对明代小说(文言的、通俗的)、戏曲(传奇、杂剧)乃至诗文创作进行一些必要的探索。只有如此,方能对文言小说"剪灯"系列尤其是本系列第一部作品《剪灯新话》作出客观而公允的评价。《孟子·离娄下》云:"博学而详说之,将以反说约也。"赵岐注曰:"不尽知,则不能要言之。"[①] 不对明代"剪灯"系列几部重要作品一一加以研讨,也就难以论析这一系列的最早,也是最为重要的作品《剪灯新话》。

其次,光辉此著既研究作家又论析作品。研究文学必须重视作家研究与作品研究的统一,透彻地了解作家,可以了解作家的生平际遇、思想感情与其创作的关系,也就是说作家的世界观如何支配其创作;深入地研习作品,则可以从作品反观作者的生活和思想以及创作意图,即《孟子·万章上》所云"以意逆志"。作家与作品二者之间既有联系又有区别,作品中有作者的身影,但与作家身影并

---

① 焦循:《孟子正义》(下)所引赵岐注,中华书局1987年版,第560页。

不完全一致，形象的意义经常超越作者的身影。因此，必须将作家研究与作品研究统一起来，相互发明，全面探讨。《明代"剪灯"系列小说研究》一稿，正包含了作家研究与作品论析两大部分。就作家研究而言，须做到"知人论世"，章实斋在《文史通义·文德》中云："不知古人之世，不可妄论古人之文辞也。知其世矣，不知古人之身处，亦不可以遽论其文也。"光辉此著正是遵循这一传统进行研究的。例如增补前辈所作瞿佑年谱、自编李昌祺年谱、考索陶辅家世等，均是"知人论世"之基础工作。又如，对作家生平际遇中的重要事件，在清理事实的基础上进一步阐明其对作者思想的影响，如李昌祺"董役长干寺"与其佛教思想形成的关系。再如从作家的其他著述中探索作者的思想因子，在《雪航肤见》中探索赵弼的史学思想，在《桑榆漫志》一书中勾勒气理学说对陶辅的思想影响。复如从作家交游中探寻其思想倾向，如对瞿佑在杭州、南京以及在任职周府和谪戍保安等不同地区不同时期的交往人士进行搜索、寻究，从不同侧面展示瞿佑的生平和思想，等等。显然，这些考索都是很见功力的，对于解析作品也是极其重要的。就作品而言，该作既注意"系列"的共同特点，又对几部作品进行"个案"研究，将宏观考察与微观探析相结合。诸如考索《剪话》版本的流变，特别是对《剪灯余话》版本的考辨，对这几部作品中有关爱情题材、士子题材等的分析，都表现了作者的见地；以个案为基础，进而理清这几部小说的发展轨迹，阐说它们的承传、变异，如以"从崇情到扬理"来描述"从《剪灯新话》到《剪灯余话》"的发展；又如在前辈时贤研究成果的基础上，对"剪灯"系列影响于海外文学进行比较研究，诸如揭示《剪灯余话》对《金鳌新话》的影响，揭示《雨月物语》首篇《白峰》与《剪灯新话》中《华亭逢故人记》二者为互文，等等，都闪烁着作者的独特见解。由此可见，乔君对"剪灯"系列小说的研究，无论是对作家的考索还是对作品的研习，都着着实实地下了一番功夫。

  此外，还值得一提的是，论文作者搜索资料的努力。笔者反复叮嘱他必须认真做好搜寻、辨析资料的工作，不能满足他人所提供的现成资料，一定要自己开矿、炼铜、铸钱。光辉非常赞同，在书中也有体现。当然，学术研究不可能尽然屏除前人的研究成果（包括文献资料的发掘、提供、引用，自然要有说明），但必须要有自己的东西，或提出新的资料，或开辟新的研究思路，或得出新的结论，等等，只有有所创新，方能在前人研究的基础上有所前进，推动学术的发展。乔君此著中有他个人发掘、研究所得，读者也自会见出，不再一一列举。

三

　　从瞿佑创作《剪灯新话》始，这一系列小说都重视小说的教化作用。瞿佑在序其《新话》时即表示其作"劝善惩恶，哀穷悼屈"；凌云翰在序言中也称"是编虽稗官之流，而劝善惩恶，动存鉴戒，不可谓无补于世"。此后，王英为《剪灯余话》作序时认为该作"使人读之，有所惩劝"。罗汝敬、刘敬、张光启等人序言中也都有类似的评说。至于《效颦集》，赵弼在后序中说："于劝善惩恶之意，片言只字之奇，或可取焉。"潘文奎在序中也说此集"褒善贬恶，溯显阐幽，皆得其好恶之正"。而《花影集》之作，也同样强调教化作用。张孟敬序云："夫文词必须关世教、正人心、扶纲常。"再后问世之《觅灯因话》，作者邵景詹在"小引"中也同样主张"妍足以感，丑可以思"。当然，这几部小说在具体描写中所表露的倾向并不完全一致，或扬情，或崇理，或近乎史学，或融入哲学，但强调作品的教化作用则显然是这些作者的共同意念。之所以如此，也非偶然。我国的学术传统一向重视文以载道，从孟子、荀子以至扬雄、刘勰，乃至韩愈、周敦颐等人对于文、道的关系均有论说，尽管他们的诠释有种种不同，但他们所说的"道"，大都不离儒家之道，强调文以载道也就是重视文艺的"教化"作用。而在产生《剪灯新话》的明朝初期，文化专制主义空前严重，朱明政权又竭力推崇程朱理学，据说朱元璋读过"不关风化体，纵好也枉然"的高明《琵琶记》后表示："《五经》、《四书》如五谷，家家不可缺，高明《琵琶记》如珍馐百味，富贵家岂可缺耶！"[①]在如此的历史传统和现实环境中产生的《剪灯新话》及其同类作品中强调"教化"作用，也就不难理解。问题在于对既往的文艺作品不能因为它们主张"教化"而予否定，应该对它们所强调的"教化"内容进行细致的辨识并作具体分析。因为"历史不外是各个时代的依次交替。每一代都利用以前各代遗留下来的材料、资金和生产力；由于这个缘故，每一代一方面在完全改变了的条件下继续从事先辈的活动，另一方面，又通过完全改变了的活动来改变旧的条件"[②]。可见，旧时代的"遗产"是不能全然弃置不顾的。自然，对于曾经影响着民族精神的我国传统道德，

[①] 黄溥：《闲中今古录摘抄》，《丛书集成初编》第2895册，中华书局1985年版。
[②] 马克思、恩格斯：《德意志意识形态》，《马克思恩格斯选集》第1卷，人民出版社1995年版。

也就"不能用干脆置之不理的办法加以消除的,必须从它的本来意义上'扬弃'它,就是说,要批判地消灭它的形式,但是要救出通过这个形式获得的新内容"①。

基于这样的认识,笔者以为光辉在论文中涉及《剪灯新话》、《剪灯余话》中关于爱情的道德观念尤其是士子的生活命运的论述,也是很有意义的内容。可以让我们认识过去士人的性格,也可让我们反思自己,增强我们的社会责任感和历史使命感,努力以符合时代发展的先进的思想去"教化"现时的读者(包括作者和研究者)。其实,对于既往士人的种种缺陷,无论是我国古代的典籍或是国外近人的著作多有涉及,如《颜氏家训·文章》历数屈原以下,以至司马相如、扬雄、班固、曹植、王粲、阮籍、嵇康、谢灵运、谢玄晖等"翘秀者"的负面性格,认为"自古文人,多陷轻薄"。英国学者保罗·约翰逊在其所著《知识分子》(江苏人民出版社1999年版)一书中,同样暴露了卢梭、雪莱、易卜生、托尔斯泰、海明威、布莱希特、罗素、萨特、威尔逊、高兰茨、赫尔曼特等杰出士人性格中的阴暗面。但由于这些"精英"中的某些人,或善于自我掩饰,或由于他人作伪,一般读者只了解其正面,而不辨其负面,难以全面认识其人。笔者自20世纪50年代任教以来,就很关注这一问题。远的不说,在1994年国际儒学讨论会上的发言,就曾涉及这一问题②,在为弟子胡金望教授的博士论文《阮大铖研究》(中国社会科学出版社2004年版)作序时,又提及这一问题,并引昭梿《啸亭续录》卷三所记王鸣盛事:

> 王西庄未第时,尝馆富贵家。每入宅,必双手作搂物状。人问之,曰:"欲将其财旺气搂入己怀也。"及仕宦后,秦谇楚谣,多所干没,人问之曰:"先生学问富有,而乃贪욕不已。不畏后世名节乎?"公曰:"贪鄙不过一时之嘲,学问乃千古之业。余自信文名可以传世,至百年后,口碑已没,而著作常存,吾之道德文章犹自在也。"故所著书多慷慨激昂语,盖自掩贪陋也。③

以《十七史商榷》、《蛾术编》等著作名世的学者王鸣盛居然是一个存心以"慷慨激昂语"掩饰其贪陋的士人。虽然昭梿明白其底细,予以暴露,但也有为假象

---

① 恩格斯:《路德维希·费尔巴哈和德国古典哲学的终结》,《马克思恩格斯选集》第4卷,人民出版社1995年版。
② 根据这一发言写成的《试论儒学对文学之影响》,为国外学者刊发于有关刊物:韩国《中国学研究》第10辑,1995年;日本《中国人文学会会报》1995年刊。
③ 昭梿:《啸亭续录》卷三,中华书局1980年版,第442页。

所蒙蔽者，如袁枚《随园诗话》卷九中有云：

> 王西庄光禄为人作序云："所谓诗人者，非必其能吟诗也；果能胸襟超脱，相对温雅，虽一字不识，真诗人也。如其胸襟龌龊，相对尘俗，虽终日咬文嚼字，连篇累牍，乃非诗人矣。"余爱其言，深有得于诗之先者。故录之。[①]

为金望所序时未引袁枚之语，现予录出，借以说明识人之难，识士人尤难，识杰出人才更难。而推动社会进步，不能离开知识分子，尤其是杰出的知识分子的努力。因此，为了人类发展、社会进步的需要，广大知识分子无论从事何项事业，都有必要以先进的思想在"教化"自我的基础上去"教化"他人，尤其不能以"慷慨激昂语"掩饰"其胸襟龌龊"。因光辉论及"教化"这一话题便拉杂言之。

四

笔者深知作序之难（有学术之难，亦有非学术之难），所以很少为人作序，更从不主动为人作序，近年已再三表示不再为人作序。然光辉以师弟之谊言说，求之不倦，情不可却，乃勉力为之。

写罢伫立阳台，放眼望去，只见大雪纷飞，积雪掩去地面肮脏，令人神情一爽，分外觉得世界美好，不禁想起光辉于本科毕业后考取硕士生，取得硕士学位后旋即考取博士，随我攻硕、攻博的情景，朝夕相处六年，对其为人治学，略有所知。2000年取得博士学位后，应聘东南大学，笔者举荐其面见该校文学院副院长王步高教授。通过有关领导考核、决定，光辉得以执教东南。笔者每以步高教授汲引一事提示光辉，光辉亦深为感激。岁月悠悠，光辉在我身边学习六年，执教又已六年，前后十二年，从一青年学子成长为大学教师，且亦指导硕士生，为之欣喜。犹记2000年初夏举行博士学位论文答辩之际，文学院要选定一人进行公开答辩。在指导教师回避的情况下，由领导选定光辉为唯一公开答辩人。所谓"公开答辩"，即答辩委员及论文审查人均由领导指定；指导教师不参与答辩，只介绍情况；听者也可提问。因之参加乔君论文答辩会者近百人，其中也有不佞弟子，包括本科、硕士、博士的已毕业者及正在攻读者多人在场，便于介绍情况时，勉励诸弟子不可忘记成长过程中所受教育，今日获得博士学位，也与往昔小学、中学、大学本

[①] 袁枚：《随园诗话》卷九，人民文学出版社1982年版。

科老师的教诲和培养有关,将来成为教授、学者也不可傲视当年老师,更不可派生出满肚皮的势利,不可忘本。光辉也以此自勉,在执教期间经常来舍间问难,颇得切磋之乐。其间,笔者也经常与之谈及为人与作文之关系,鼓励他严于律己,宽以待人;砥节励行,多闻治学;力求大才槃槃,勿为小器易盈。果能如此,必能蔓蔓日茂,芝成灵华。《明代"剪灯"系列小说研究》不过其阶段性成果耳,后续之作《瞿佑全集》的整理工作也必将顺利竣事。此项整理,乃与汉学家陈庆浩教授合作进行。2002年在沪上召开古代小说国际研讨会,光辉作为青年代表与会。笔者与陈庆浩教授相识多年,乃为之绍介。庆浩先生对光辉颇为赏识,乃有此倡议。近日该项目已获教育部古委会立项,不佞乐观其成。

丙戌立春后一日(2006年2月5日)于清凉山下

(原载《东南大学学报》2006年第5期;又见《明代"剪灯"系列小说研究》卷首,中国社会科学出版社2006年版)

《阅微草堂笔记》浅议

吴波贤弟学位论文《阅微草堂笔记研究》于 2001 年提交答辩时就获得一致好评，并以此取得博士学位。又经数年打磨，即将付梓，嘱余作序，乃欣然为之。

一

纪昀之《阅微草堂笔记》，在文言小说史上占有重要地位，极富研究价值。据纪氏门人盛时彦所述，纪晓岚对蒲松龄《聊斋志异》包容"小说"、"传记"二者表示"未解"，不知蒲氏何以"一书而兼二体"（《姑妄听之跋》）。在序言中纪昀更说明一己之作专取法"王仲任、应仲远引经据古，博辨宏通，陶渊明、刘敬叔、刘义庆简淡数言，自然妙远"，叙写之内容又"大旨期不乖于风教"。从艺术表现到思想内涵，纪昀都为自己定下轨范。

对于纪氏创作意图和成就，其门人盛时彦有所阐释和评述。综其所言，不外三点：学问好、技巧高、内容正。所谓"辨析名理，妙极精微；引据古义，具有根柢，则学问见焉"；"叙述剪裁，贯穿映带，如云容水态，迥出天机，则文章见焉"；而"大旨要归于醇正，欲使人知所劝惩"云云。盛氏所言大体符合纪氏所作之特色，对其后学人的评述颇具影响。如俞鸿渐在《印雪轩随笔》中即认为纪氏此著"专为劝惩起见，叙事简，说理透，垂戒切，初不屑于描头画角，而敷陈妙义，舌可生花，指示群迷，头能点石"，突出劝惩之意，未免偏离《阅微草堂笔记》之成就主流。其后，蔡元培对之亦有甚高评价，认为"清代小说最流行者有三：《石头记》、《聊斋志异》及《阅微草堂笔记》是也"，但未有进一步评述。直到鲁迅的《中国小说史略》、《中国小说的历史的变迁》中，方有具体、切实评价。首先，鲁迅肯定该书"立法甚严"，即"尚质黜华，追踪晋宋"，但也指出纪氏之作"过偏于议论"，与"晋宋志怪精神，自然违隔"。其次，肯定纪氏学问广博、描写精到，说其"凡测鬼神之情状，发人间之幽微，托狐鬼以抒己见者，隽思妙语，时足解颐；间杂考辨，亦有灼见"，进而认为该书之所以获得好评，全在于其叙述"雍容淡雅，天趣盎然"。再次，充分肯定该书对于"宋儒之苛察，特有微言"，"且于不情之论、世间习而不察者，亦每设疑难，揭其拘迂"，认为纪氏此种言论，为"先后诸作家所未有者也"，作了极高评价。此外，鲁迅还公允地指出《阅微草堂笔记》之所以能成为传世之作，是因为"无人能夺其席，固非仅借位高望众以传者矣"，即以书传书而非以人传书，这一评价可谓极高矣（以上评论均见《中国小说史略》）。迨至1924年在西北大学作学术报告《中国小说的历史的变迁》的讲稿中，鲁迅对于纪氏此作的内容，更有明白的评述，认为《阅微草堂笔记》的"材料大抵自造，多借狐鬼的话，以攻击社会"；"他生在乾隆间法纪最严的时代，竟敢借文章以攻击社会上不通的礼法，荒谬的习俗"，"真称得上很有魄力的一个人"。至于有关此作的劝惩之意，鲁迅也公允地指出："据我看来，他自己是不信狐鬼的，不过他以为对一般愚民，却不得不以神道设教"，"到了末流，不能了解他攻击社会的精神，而只是学他的以神道设教一面的意思，于是这派小说差不多又变成劝善书了"。鲁迅的评述极其精辟、深刻，或许限于"小说史略"之故，未遑详论细说，但这也为后来学人深入研究留置了宽阔的空间。20世纪上半叶，虽有一些关于纪昀的论著发表，但很少论及《阅微草堂笔记》，而到下半叶，特别是80年代后，评述纪昀及其《阅微草堂笔记》的论文才渐次多见。然而较之对《聊斋志异》的研究来说，仍然显得冷寂。因此，纪昀的《阅微草堂笔记》显然仍有深入研讨之价值。

二

综观吴波贤弟《阅微草堂笔记研究》一书，颇为欣喜。首先，吴波继承了研究文史"知人论世"的优良传统，清人章学诚在《文史通义·文德》中有言："不知古人之世，不可妄论古人之文辞也。知其世矣，不知古人之身处，亦不可遽论其文也。"鲁迅在《魏晋风度及文章与药及酒之关系》一文中也说："我们想研究某一时代的文学，至少要知道作者的环境、经历和著作。"而要做到"知人论世"，就必须充分了解作家的家世、生平，所处的历史社会和具体的环境。这就需要大量地占有资料，除了参考前辈时贤所提供的资料以外，还必须亲自发掘。而在寻求资料时，可充分发挥"地利"优势。例如弟子胡金望为皖人，长期在安庆师院任教授（现已调漳州师院），其学位论文选题为《阮大铖研究》，因阮大铖原籍怀宁，明清两朝，怀宁均为安庆府属县，可以就地寻访有关资料。功夫不负有心人，金望终于发掘出《阮氏宗谱》，这对于梳理阮大铖的先世极有功用。同样，纪昀虽为河北献县人，但其先人原为"上元"（即南京）人，后方迁居献县。纪昀曾祖纪钰、祖纪天申、父纪容舒，虽然最后官职高低不同，但都做过刑部江苏司郎中一职。因而除献县以外，在"上元"寻求有关纪氏文献，也可得地利之便。果然，寻得纪昀高祖纪坤的《花王阁剩稿》，虽然《四库全书》收入"别集类存目"，《四库全书总目》亦有提要，然并不为学者所注意。吴波却从南京图书馆中寻出，此稿对于寻求纪昀思想渊源以及《阅微草堂笔记》中某些故事题材来源均大有功用，在此基础上，进而阐论纪昀家世与其创作的关系便更具说服力。

其次，《阅微草堂笔记研究》一书，能从审美主体与审美客体的融合去研究《阅微草堂笔记》的产生。《礼记·乐记》云："凡音之起，由人心生也。人心之动，物使之然也。感于物而动，故形于声。"说的就是文艺的产生与现实社会的关系。《文心雕龙·明诗》也认为"应物斯感，感物吟志"；白居易《与元九书》更说"文章合为时而著，歌诗合为事而作"。在在说明，文艺作品的产生离不开现实生活。既然如此，那么一贯视小说为"诬蔓失真"之作，并于编辑《四库全书》时将其"黜而不载"的纪昀，何以在晚年耗费有限的精力去创作"猥鄙荒诞"的小说呢？这是一个值得深入探讨的问题。既往之研究者大多从"劝惩"观念窥测其创作动机，最著者如《听松庐文钞》所云："此文达之深心也。盖考据辩论诸书，至于今已大备。且其书非留心学问者，多不寓目。而稗官小说搜神志怪、谈狐说鬼之书，则无人不乐观之。故文达即于此寓劝诫之方，含箴规之意，托之于小说而书易行，出之以诙谐而其言易入。"借小说戏曲以寓教诲，明清以来不少学人均持此种观念。但如深入研究具体作家作品，则不尽然。吴波此书对于这一问题，是结合纪昀所处的时代以及他的具体境遇，并由此而形成的特殊心态，进行了细致的探析，认为纪昀面对乾隆晚年社会弊端日趋严重的现实十分忧慨，对一己所倚赖之弘历又无从进谏；而乾隆虽然赏识他的才能，但也只不过"以倡优蓄之"，因而纪昀终日生活在惶恐之中，力求保全身家性命；同时晚年的纪昀又为孤独与怀旧的情绪所控制。吴波认为这种腐败的现实、艰难的处境、复杂的心态，是促使纪昀创作小说《阅微草堂笔记》以寄慨的重要原因。总之，《阅微草堂笔记》既非全为劝惩而作，又非"消闲"之笔，其中寓有深意。吴波的分析可谓探赜索隐，颇中肯綮。

再次，《阅微草堂笔记研究》一书，在某些方面拓展和深化了前人的研究。虽然较之《聊斋志异》，研究《阅微草堂笔记》一书的论著为数不多，但前辈时贤也有不少论述，尤其是鲁迅的论说言简意赅、精辟深到，予后人以极大启迪。吴波贤弟在吸纳既往成果的基础上，又能自出机杼，表述一己之见。如就《阅微草堂笔记》的复杂的文化思想内涵，不局限于既往学人所提出的批判程朱理学、讽刺社会弊端等方面再行重复阐述，而从文本中勾勒出"彰显圣人'神道之教'的创作动机与矛盾的鬼神观、天命论"、"攻讦'道学'与对程朱理学的修正"、"客观辩证的认识论与审时度势、圆融顺变的处世哲学"、"世俗人间与狐界鬼蜮：批判现实及对理想社会秩序的建构"、"同情与无情：亲民思想与恪守礼教的二律背反"等内涵进行详尽评述。又如对《阅微草堂笔记》的艺术表现的探讨，同样不局限于从人物、叙事、讽刺等方面作一般性的介绍，而从"'尚质主理'的美学风格与审美价值取向"、"'寓言型'小说特征及其叙事谋略"、"'狐'形象的文化意蕴及其审美特征"等突显《阅微草堂笔记》艺术特征的亮点进行深入研析。这些，充分体现了吴波既能继承和借鉴前人的研究成果，又能展现和表述一己的独立见解，表现出治学的广阔视野和深入探索的精神。

当然，《阅微草堂笔记》是笔记小说，吴波贤弟从文学的视角去研析它，无疑是正确的选择。然而，纪昀毕竟是清代著名学者，名重一时。在《阅微草堂笔记》一书中也充分显示其学识渊博并有机地融进写人叙事之中，《阅微草堂笔记》极为深厚的文化涵蕴在既往的文言小说中可谓翘楚。因此，如何既从文学的视角，也不忽略从学术的视角去研究，则有待吴波下一阶段的成果。可以断言，如今面世的《阅微草堂笔记研究》一书，仅是吴波君的阶段性成果，其中某些不足，在今后的成果中必会有所弥补。

三

吴波君研究明清小说已有十七八年。早在1987年他即追随亡友李厚基兄攻读硕士，对《金瓶梅》等小说有所研探。1990年夏，厚基兄携其弟子二人来南京，由不佞主持论文答辩,吴波论文即为研究《金瓶梅》张批,另一弟子王承先的论文则为研究《儒林外史》而作。二文均获全票通过。吴波于1998年随我攻博之后,因悉知其根柢,2000年10月第四届国际《金瓶梅》学术研讨会在山东五莲召开,即携其与会,以便多方求教。攻博之初,吴波又表达了欲研治《儒林外史》的心愿,我也为其创造条件,出版社约稿,即推荐他和另一博士生孙旭二人承担,出版《儒林探微》一书;在我主持江苏省"九五"社科规划的《〈儒林外史〉研究史》项目时,也吸纳他参加,并由他主要根据不佞的成果,参酌己见执笔写成《〈儒林外史〉研究史》一稿。笔者如此安排,意在让其进行范围宽广的学习,接受治学方法的多种训练。笔者一向赞赏韩愈"师其意,不师其辞"(《答刘正夫书》)及其弟子李翱"创意造言,皆不相师"(《答朱载言书》)的主张。尽管韩、李所言有其具体内涵,但他们力求创新的精神却可予我辈以启发,而不必"夫子步亦步,夫子趋亦趋"(《庄子·田子方》)。因此,建议吴波贤弟可以在多方学习的基础上,选择某一领域以作深入研讨,力求有自己的专攻,不必步武导师。当然,在某一领域取得相当成绩后,应不断向深、广拓展,此乃因非专一家无以致精,而非兼讨众家无以名一家。学术领域天地广阔,可任我辈驰骋。白居易《归田》诗所云:"为鱼有深水,为鸟有高林。何为守一方,窘然自牵束?"虽说的是他的人生道路"何言十年内,变化如此速"的际遇,但借来比喻学术研究也颇形象,即占领一个领域,又不为此领域所局限,而要不断飞高、潜深,以成大器。吴波接受这一建议,经反复商酌,乃决定以纪昀的《阅微草堂笔记》为题撰写博士学位论文,并以之起始,专攻这一课题。不佞相信以吴波之识见、毅力和学养,假以时日,必大有所成,而且并不仅限于这一课题。

岁月荏苒,吴波取得硕士学位已十有五年,取得博士学位也已四年。犹记厚基兄夫妇携吴波、王承先二君来宁情景,如在眼前。不佞与厚基兄初识于1981年在滁州召开的《儒林外史》学术研讨会上,彼此闲谈,知其生于1931年,我则生于1932年。他于1951年考入北京大学,我则于1950年考入浙江大学。1950年为新中国成立后高校第一次招生,而且还是由各大行政区几所"国立"大学联合招生。1953年,由于国家建设需要,奉政务院(国务院前身)之命,所有大学生提前一年仍按本科学历毕业。笔者便于1953年秋参加工作,直到2003年夏季,送走最后一名博士后王进驹出站去暨南大学任教授,整整五十年苜蓿生涯。

而后我一年考入大学的厚基兄却已归道山近十年，令人感伤不已。据吴波云，厚基弥留之际，他正在外出差，未能侍疾病榻，每念及此，常引以为憾，此种师徒之情亦足感人。余老矣，也许正如吴波君论述纪昀晚年难免怀旧之情一样，因作此序而念及亡友厚基，料想他也会为吴波学业有成而含笑。

2005年1月11日于南京清凉山畔

（原载《中国文学研究》2005年第3期；又见《阅微草堂笔记研究》卷首，上海古籍出版社2005年版）

略评《红楼梦》

一

被誉为"传神文笔足千秋"[1]的小说《红楼梦》，不仅在我国文学史上占有崇高地位，而且在世界文学史上也享有极高声誉。它的作者是曹雪芹，但曹氏只写定八十回，后四十回文字，一般认为是高鹗所续。

曹雪芹名霑，字梦阮，号芹圃、芹溪居士。生卒年不能确指，生年有清康熙五十年（1711）和雍正二年（1724）二说，卒年亦有乾隆二十八年（1763）、二十九年（1764）诸说。祖籍辽阳（一说河北丰润）。先世原为汉族，五世祖曹锡远被后金（即后来的清王朝）的军队所俘，编为包衣人（家奴）。高祖曹振彦随清军入关，以军功先后任吉州、大同等地知府，累迁至两浙盐运使。曾祖曹玺也以军功为二等侍卫管銮仪事，又升内工部；康熙二年（1663）出任江宁织造。玺妻孙氏为康熙帝玄烨之乳母。祖父曹寅少时为康熙帝侍读，任御前侍卫，后外任江宁织造，又任苏州织造，复返江宁织造任，并加通政使衔，巡视两淮盐政，深受玄烨宠信，康熙六下江南，曹寅接驾四次。曹寅擅文，诗尤精，著有《楝亭集》，并曾主持《全唐诗》和《佩文韵府》刊刻事，与东南文士颇多交往。曹寅去世后，其子曹颙奉康熙特旨接任江宁织造。不三年。颙又去世，嗣子曹頫又奉旨继任。曹氏三代任职江宁织造竟达六十年左右。雍正五年（1727）曹頫终因"行为不端，织造款项亏空甚多"等罪名，被下狱治罪，"枷号"一年余，家产亦被抄没[2]，弘历继承帝位后，曹頫虽被乾隆免罪，但家业却无以振兴，从此式微。

---

[1] 永忠：《因墨香得观〈红楼梦〉小说吊雪芹（姓曹）》。
[2] 内务府满文上传档：《雍正上谕着江南总督范时绎查封曹頫家产》。

胡适、周汝昌等人认为曹雪芹乃曹頫之子，但晚近学者多主张雪芹为曹颙遗腹子之说。曹雪芹曾随祖父曹寅赴任织造，历尽江南的繁华绮丽。自曹頫获罪后，家道中落，举家北迁，晚年移居北京西郊，生计更是维艰，落入"举家食粥"[①]困顿不堪的境地。但他傲岸豪放的性格一仍旧惯，并无丝毫改变，依然蔑视权贵，不入官场。据零星记载，他工诗，"爱君诗笔有奇气，直追昌谷破篱樊"[②]；能画，"傲骨如君世已奇，嶙峋更见此支离。醉余奋扫如椽笔，写出胸中块垒时"[③]。不过，他对我国乃至世界文学史的最大贡献并不是他的诗文，而是不朽的小说《红楼梦》。

曹雪芹"披阅十载，增删五次"方始写成这部巨著的前八十回。后四十回文字续写者一般认为是高鹗，高之妻兄张问陶在《赠高兰墅鹗同年》诗注中云："传奇《红楼梦》八十回以后，俱兰墅所补。"俞樾在《小浮梅闲话》中亦据此发挥，说："按乡会试增五言八韵诗，始乾隆朝。而书中叙科场事已有诗，则其为高君所补。可证矣。"高鹗在程伟元刊印的一百二十回本序中说："今春友人程子小泉过予，以其所购全书见示，且曰：'此仆数年铢积寸累之苦心，将付剞劂，公同好，子闲且惫矣，盍分任之。'……遂襄其役。"

高鹗，字兰墅，一字云士，别号红楼外史。生年大约为乾隆十八年（1753），一说为乾隆三年（1738），卒年约为嘉庆二十年（1815）。汉军镶黄旗内务府人，祖籍辽宁铁岭，先世随清军入关，寓居北京，亦是豪门大族。高鹗少时颇喜冶游，中年一度课馆授徒，直到乾隆六十年（1795）方成进士，历任内阁侍读、乡试同考官、刑科给事中等职。高鹗工于八股制艺，熟谙经史，能诗擅词，亦擅长写作小说。其著作散逸颇多，有《高兰墅集》、《兰墅诗抄》、《月小山房遗稿》等，并不能包括其全部作品。

高鹗续作说，虽为世所公认，但亦有人以为续作乃高鹗与程伟元所共同完成。程伟元，字小泉，苏州人，生年不详，卒年约为嘉庆二十三年（1818）。因科场失意，终生未仕，乾隆末年流寓京师，得以与高鹗相识。其为人能诗善画，亦是文人，并非一般书贾，因而有人推测后四十回续作作者可能是小泉，而兰墅仅为其修订而已，因文献无征，此说尚难以论定。

---

① 敦诚：《赠曹雪芹》，《四松堂集》卷一。
② 《寄怀曹雪芹》，同上书，卷一。
③ 敦敏：《题芹圃画石》，《懋斋诗抄》。

二

《红楼梦》产生在18世纪上半叶并非偶然。从文学本身的历史看，它是我国两千余年文学创作（包括诗、词、歌、赋、散、骈诸文体）特别是宋元以来通俗小说创作的继承和发展，是我国古代小说趋向高峰的具有代表意义的巨著。而从社会生活的实际状况来看，它又是反映清朝康（熙）雍（正）乾（隆）盛世兴衰的形象史。

康雍乾三朝是清代两百余年历史中最为强盛的时期。但是，漫长的中国封建社会发展到这一阶段也已进入晚期。明季中叶以来，随着生产力的不断增长，在封建经济内部已孕育着资本主义生产关系的萌芽。清代初期虽一度实行锁关政策，但也并未能全然阻遏这一趋势的发展，封建社会正在逐渐解体并日趋崩溃。在曹雪芹身后不过七八十年光景，我国即沦为半封建半殖民地社会。由此可见，在曹雪芹生活的"盛世"中其实已潜伏着形形危机并表露出色色败象。在政治上，清王朝虽然在统一全国后政权已经确立并逐步巩固，然而君主制度空前加强，朝廷内部充满着满汉之争、朋党之争；同时吏治极为腐败，贪纵之风席卷全国。在经济上，生产虽然得到恢复和发展，但主要受益者却是封建朝廷、官僚地主和依附于他们的盐商票商，创造物质财富的劳动群众，则生活依然困顿不堪；同时由于资本主义萌芽的发展，封建经济更趋于衰落。在文化学术上，一方面大规模编纂图书，许多古籍得以保存留传，但大量内容却遭受删削篡改；另一方面又倡导维护封建秩序的程朱理学和烦琐考证的汉学，借以钳制广大人民的思想。在对待士人的政策上，一面广开仕途，诱之以利禄；一面又大兴文字狱，胁之以刑讯，实行怀柔与镇压相结合的政策。总之，在曹雪芹生活的康雍乾"盛世"中，民族的、阶级的、统治阶级内部的，以及文化思想领域中的矛盾并未有所缓和，相反却在潜流中发展并呈日趋尖锐复杂的态势，虽然封建势力依然占据统治地位，但暴露出来的种种迹象均透露出封建社会即将发生大变化的消息。《红楼梦》则以四个大家族的兴衰荣枯反映了这一时代巨变前夕的社会生活的真实图景。

在四大家族中，曹雪芹选择了为首的贾府这样一个具有典型意义的封建世家为描写的主要对象。而在贾府这一"赫赫扬扬、已将百载"的世家豪门中，又从众多人口中选择了贾宝玉这一人物为主角,真切而细致地描写他和林黛玉的爱情悲剧、他与薛宝钗的婚姻悲剧的发生发展及其演变过程,从而深刻地反映出贾氏大族的式微,并折射出封建政权的衰落。曹雪芹紧紧把握住这一中心,并且围绕这一中心,将他的视野扩大到整个封建社会,对科举教育制度、婚姻家庭制度、奴隶宗法制度等方面都进行了扫描,极其广阔地对封建社会作了深刻的解剖和有力的抨击。

贾宝玉虽然出身于豪门贵族,但由于他的特定的生活经历,逐步形成了他的叛逆性格。林黛玉亦复如是。他们两人的恋爱从一开始就注定是悲剧结局,因为他们首先违背了"父母之命、媒妁之言"的封建婚姻制度。尔后在他们的爱情遭到封建家长的反对下,又进而和以封建家长为代表的整个封建制度产生极其尖锐的矛盾。虽然,他们之间相互爱慕之情十分深沉、执着,然而却终究抵挡不住巨大的封建势力的摧毁,结局自然是悲惨的。薛宝钗的思想性格是符合封建规范的,因而被贾母选中为孙媳。虽然贾宝玉起始对她也不无好感,但却又经常将她与林黛玉放在一起比较,并从她规劝自己的言论中逐步意识到她的思想性格与自己大相径庭,从而对她的感情逐步冷却下来。因此,尽管薛宝钗拥有婚配的实际优势,但却丝毫未曾获得贾宝玉的爱恋之情,最后贾宝玉又弃她而去。他们的婚姻结局同样是悲惨的。

构成贾、林爱情悲剧和贾、薛婚姻悲剧的罪魁祸首自然是封建社会制度和封建意识形态。曹雪芹尽管以他形象的笔触扫描及此,却未能对此有清醒认识。尽管在他所塑造的贾宝玉、林黛玉等人物形象中已流露出对自由和幸福的追求,显示了对个性解放和人权平等的要求,闪耀着初步的民主主义的思想光辉,然而他所追求的理想是不能实现的,他所竭力反对的家庭和社会却正是他所赖以生存的。这就决定了他在现实生活中是寻找不出自己的出路的,最终将这一悲剧归之于人生的虚幻和命运的无常,从而大大削弱了这部小说对封建统治阶级罪恶的控诉和对封建社会制度的批判。但是,从他的形象描绘中,却让读者清楚地认识到统治者与被统治者的矛盾已极其尖锐,不可调和。而以贾府为代表的统治阶级,尽管对被统治者进行敲骨吸髓式的剥削,也再难以维持他们极度奢侈挥霍的生活。经济上入不敷出的危机更加深加重了对立阶级的矛盾。在这种现实状况下,统治阶级内部矛盾也必然加剧。因此,贾府的崩溃势在必然,整个封建社会的没落也势在必然。《红楼梦》这部不朽的巨著为广大读者认识这一历史现实提供了极其鲜明的、无可替代的形象史料。

三

鲁迅在《中国小说的历史的变迁》一文中说："总之自有《红楼梦》出来以后，传统的思想和写法都打破了。"对《红楼梦》这部小说划时代的意义作了高度的评价。所谓"打破""传统的思想"已在上文叙及，即一反我国小说"大团圆"结局的模式，以极其客观、冷静的目光扫视现实，按照生活本身发展的逻辑去反映现实，从而令人信服地揭示出贾、林的爱情和贾、薛的婚姻的双重悲剧。同时，又将这一双重悲剧置放于贾府乃至整个封建统治阶级的社会背景中加以表现。因此，贾、林和贾、薛的双重悲剧又形象地反映出贵族家庭乃至整个封建社会的式微和败落。正如二知道人在《红楼梦说梦》中所言"雪芹纪一世家，能包括万千世家"。

正由于《红楼梦》在"思想"上"打破了""传统"，严格地按照现实生活的原来面目去叙写，因而在写法上也创新极多，如同鲁迅所说"正因写实，转成新鲜"[①]。首先，在题材的撷取上，一反过去从作品到作品的"传统"，而从生活实践中选择。如《三国演义》、《水浒传》等著名小说，均有正史、笔记等大量记载为依据，经过民间长时期的流传、出自众多书会才人之手方始成书。即连《金瓶梅》，也是借用《水浒传》中西门庆和潘金莲的一段故事演化而来、生发开去的。《红楼梦》则不同，是作者依据自己的生活经历创作的，以小说中的主要人物而言，是作者"半世亲睹亲闻的几个女子"；以小说的故事情节而言，又"俱是按迹循踪，不敢稍加穿凿，至失其真"（均见第一回）。总之，这部小说纯然是以现实生活中的实人实事为题材，而非如一些小说从既往的作品或史实中借用情节敷衍成文。其次，在人物形象的塑造上，作者也"洗旧翻新"（第一回），一反好人全好、坏人全坏的格局，依据人物在现实生活中的实际表现加以形象刻画，既叙写出人物性格中的复杂内涵和发展变化，同时又将每一个人物放在群体中加以表现，因而能多侧面、多层次地反映出人物性格以及由此而产生的人际关系和所处

---

① 鲁迅：《中国小说的历史的变迁》。

的具体环境，达到个性与共性的和谐一致。整部小说写及的人物有七百余人，主要人物也近百人，个个栩栩如生，令人叹为观止。此外，《红楼梦》在结构艺术、语言艺术等方面均有创造性的成就，正如戚蓼生序言所云"敷华掞藻，立意遣辞，无一落前人窠臼"，令人耳目一新。

《红楼梦》这部巨著以它震撼人心的艺术力量吸引了无数的读者。最初以手抄本形式在亲友中流传，并逐渐在知识阶层中得到赏识，乃至"好事者每传抄一部，置庙市中，昂其值，得数十金，可谓不胫而走者矣"[①]。有的文人甚至已不满足于曹作高续的一百二十回本，而有《后红楼梦》、《续红楼梦》、《绮楼重梦》、《红楼复梦》、《红楼圆梦》、《红楼梦补》、《补红楼梦》、《增补红楼梦》、《红楼幻梦》等续作问世。此外，它的故事情节还被改编为戏曲，演出于舞台，一时也有《红楼梦传奇》、《红楼梦散套》、《十二钗传奇》、《红楼新曲》等。近年来又被改编为电影、电视剧，搬上银幕、荧屏，更令国人倾倒。同时，《红楼梦》还先后被译成日、英、法、俄、德、朝鲜、意大利、荷兰、希腊、罗马尼亚、匈牙利、捷克、越南、泰国等十几种语言文本在世界各国发行，可见这部巨著已为世界各民族所接受、所热爱。

现存《红楼梦》版本极多，可分抄本、刻本两系。抄本多附有脂砚斋等人批语，故又称脂本；又因抄本最多为八十回，故也可称八十回本。重要的抄本有乾隆甲戌（1754）本，即刘铨福藏《脂砚斋重评石头记》，又称"脂残本"、"脂铨本"；乾隆己卯（1759）本，即怡亲王藏本，又称"脂怡本"；乾隆庚辰（1760）本，即北京大学图书馆藏本，又称"脂京本"；甲辰（1784）本，是在山西发现的有梦觉主人序的本子，故又称"脂晋本"；1912年有正书局石印本，因为有戚蓼生序，故又称"脂戚本"，又称"有正本"等。除此而外，尚有脂蒙本（蒙古王府抄本）、脂舒本（有舒元炜序）、脂宁本（南京图书馆藏，与戚本同）、列宁格勒藏抄本等。

刻本自程伟元于乾隆五十六年辛亥（1791）由北京萃文书局出版活字排印本始，为一百二十回本。此本前有程伟元和高鹗分别写的序，一般研究者称之为程甲本。因此本出版不久，乾隆五十七年壬子（1792）又重新排印，书前增加"引言"，

---

① 程甲本程伟元序。

原文也有增改，被称为程乙本。此后，王希廉、张新之、姚燮等人的几个评本，也属于刻本系统。新中国成立以来通行本大都以程乙本为底本整理而成。1982年人民文学出版社出版了以庚辰本为前八十回底本、程甲本为后四十回底本的整理注释本。

  本书仍以程乙本为底本，并以王希廉本、藤花榭本以及程甲本、戚本等诸种参校，予以整理校点。因此套丛书面向广大读者，故不出校记。

（原载《红楼梦》校点本之首，中州古籍出版社1994年版）

李汝珍和《镜花缘》

《镜花缘》小说作者为清代学者李汝珍。汝珍,字松石,河北大兴(今属北京)人。生卒年不可确考。据有关资料推断,大约出生于乾隆癸未二十八年(1763)以后,卒于道光庚寅十年(1830)以前,有年近七十。

李汝珍兄弟三人,兄汝璜,字佛云;弟汝琮,字宗玉。李汝珍早年生活在家乡。乾隆四十七年壬寅(1782)年近二十岁时,随兄长李汝璜移家海州板浦(今属江苏连云港市)。李汝璜以监生资格于乾隆四十八年(1783)任板浦场盐课司大使,直至嘉庆四年(1799)卸任。嘉庆六年(1801)又调任淮南草埝场大使,方举家迁去。李氏居于海州板浦近二十年,汝珍后半生的活动,主要也在海州周围。不过,他曾于嘉庆六年(1801)任河南县丞,参加治河,于嘉庆九年(1804)回到江苏。此后,有记载云其再度赴豫,不过语焉不详。因汝珍续娶为海州许氏,因而"久作寓公",一直居留在海州一带,从事著述。

李汝珍于乾隆五十三年(1788)受业于著名学者凌廷堪。凌氏精通乐理,旁通音韵,其所作《燕乐考原》为学术史上之佳构。汝珍受其教诲,得益良多。此后,凌氏虽再度出仕,但汝珍仍执弟子之礼。平生好学不辍,但不屑于章句帖括之学。生平著述有成书于嘉庆十年(1805)之《李氏音鉴》(直到嘉庆十五年方始定稿并刊刻)。汝珍此作,固然受益于业师凌廷堪之教导,但亦得益于友朋之切磋。他与板浦世家许氏兄弟乔林、桂林往还甚密,交谊颇笃,其续娶许氏即为乔林、桂林之姊。桂林字月南,亦精音韵之学。李汝珍在《李氏音鉴》中有云:"月南为珍内弟,撰《说音》一篇,珍于南音之辨,得月南之益多矣。"切磋学问之欢娱情景,桂林也有所记叙,在为《李氏音鉴》所作"后序"中有云:"松石姊夫,博学多能。方在朐(板浦)时,与余契好尤笃。尝纵谈音理,上下其说。座客目瞪舌挢,而两人相视而笑,莫逆于心。"

此言非虚,李汝珍确实"博学多能"。他擅长棋艺,曾与友人进行"公弈",

著有《受子谱》。他于壬遁、星卜、医药、象纬之类，无所不窥，无所不晓。此实为其所作《镜花缘》一书之学养基础。此书也为李汝珍赢得长久的声誉。

《镜花缘》一书作于何时？有的学者认为此乃李氏晚年之作。但《镜花缘》一百回有云："恰喜生逢圣世……读了些四库奇书，享了些半生清福。心有余闲，涉笔成趣，每于长夏冬余，灯前月夕，以文为戏。年复一年，编出这《镜花缘》一百回……小说家言，何关轻重。消磨了三十多年层层心血，算不得大千世界小小文章。"由此可知，他在中年时即着手创作这部小说，直到晚年才定稿。孙吉昌《百韵诗》中所云"可怜十余载，笔砚空相随"，"聊以耗壮心，休言作者痴"，也可佐证。

李汝珍在第一百回之末写道："编出这《镜花缘》一百回，而仅得其事之半。"可见他原先准备将这部小说写成二百回，但如今传世的只有这"先付梨枣"的一百回书。这一百回书又可分为两部分：前五十回写主人公游历海外的故事，后五十回写众才女的学识才艺。全书大意是：武则天做了女皇帝，在严冬大雪季节，却乘醉下诏要百花齐放。众花神无奈，只能开花。上帝罪怪总管百花的百花仙子事先没有奏闻，竟然让百花"呈艳于非时之候，献媚于世主之前"，于是将百位花神连同百花仙子在内一齐贬降风尘。百花仙子降生为秀才唐敖之女，名小山。唐敖因曾与反对武则天的徐敬业结为兄弟，由探花被贬为秀才，从此对世事遂感消极，乃与去海外经商的妻弟林之洋出海游览，借以解闷。他先后历经海外诸国，见识了许多风俗人情、奇花异草、神怪禽兽；后又吃了"仙草"，以致"入圣超凡"，到了蓬莱山上。唐小山得知父亲失踪，强逼林之洋携她去海外寻访，遍历艰险，并未得见。后来遇到樵夫，得到父亲手信，令她改名"唐闺臣"，以图日后再会。蓬莱山上泣红亭中有一碑，上有一百名才女姓名，唐闺臣为其中第十一名，唐小山乃将碑文抄下携回国内。其时，武则天开科考试，录取才女一百名，名次正如泣红亭碑文所载。才女们不断举行庆贺宴会，各显才能，举凡琴棋书画、赋诗演算、灯谜酒会、医卜壬遁，乃至双陆、马吊、蹴球、斗草之类，她们无不擅长。此后，唐闺臣再次去小蓬莱寻父，从此也未返回。此时，徐敬业与骆宾王等人子嗣，起兵反对武则天。武则天失败后，中宗复辟，但仍尊武则天为"则天大圣皇帝"。武则天又下诏，宣布明年仍开女科考试，并命前科取录的才女重赴"红文宴"。小说至此结束。

李汝珍本是乾嘉之际一位学者，以其才情创作小说，不免失之"论学说艺，数典谈经，连篇累牍而不能自已"，他所创作的小说《镜花缘》也就被目之为"以小说见才学者"①。但它又与同样以才学自现的《野叟曝言》、《蟫史》、《燕山外史》等作品并不全然相等。李汝珍以他思想的新颖和想象的新奇，使得《镜花缘》尽管罗列典故，卖弄才艺，亦能绰约风姿，自成一家，在中国小说史上博得一定地位，而为后世所称道。

　　《镜花缘》一书，尽管内容驳杂，但其主旨从其书名《镜花缘》即可约略窥知，作者之意无非隐寓着"镜花水月"，意在为一批才女立传。但由于过分炫耀才学，反于人物命运之描写显得笔墨不足。不过，举凡涉及人物生活之环境，作者颇多讽刺抨击，尤其对唐敖所游历的海外诸国的叙写，作者通过虚拟境界来折射现实，如无肠国的人贪婪悭吝，两面国的人具有谦和、凶残的两张面孔，毛民国的人一毛不拔，长臂国的人到处伸手，穿胸国的人居心不良，白民国的人败絮其中而金玉其外，等等，无不切中时弊，对封建科举制度所形成的畸形现象、封建社会中的腐败的风气和道德的卑污，封建官僚的虚伪和凶残，都有生动的描绘和愤激的谴责。与这些国度同时存在的还有君子国、女儿国，作者描写这些国家的风土人情时，又显然寄托着社会改革的理想。在作者笔下，"君子国"纯然是"礼乐之邦"，"士庶人等，无论富贵贫贱，举止言谈，莫不恭而有礼"。在这个国度里，卖主付好货收低价，买主取次货付高价。这个国度当朝者十分清廉，拒不收礼，"国主向有严谕，臣民如将珠宝献进，除将本物烧毁，并问典刑"。在"女儿国"中，女子为社会中心，她们的才能智慧丝毫不逊于男子。在那里，"男子反穿衣裙，作为妇人，以治内事；女子反穿靴帽，作为男子，以治外事"。这些描写，无疑反衬出作者所生活的社会是这样一幅情景：礼崩乐坏，尔虞我诈，官贪吏污，贿赂公行；男尊女卑，男子无法无天，随心所欲，女子受气受压迫，地位卑下。这些叙写，也都充满着批判精神。不过，由于这些故事发生的处所全为虚无缥缈之地而非现实社会，其情节又过于荒诞离奇而非现实生活中所可能有者，因而作者意图通过它们来揭示现实社会之弊病，只不过显示出浓厚的谐趣，徒供读者一笑而已，批判的力度也就有限。特别是后半部，大谈学问，炫耀才艺，几近类书。

---

① 鲁迅：《中国小说史略》。

加之全书结构松散，形象单薄，亦为此书之大疵。至于书中一些落后意识，更是毋庸讳言。这些，大约均与李汝珍所承受的封建道德观念以及乾嘉学派的学术观念的影响有关。

李汝珍创作《镜花缘》历经初稿、二稿而最后定稿的漫长过程。大约在嘉庆二十二年（1817）秋冬或二十三年（1818）春，江宁桃红镇就有按照第二稿抄本的私刻本。其时，李汝珍正在苏州按定稿刊刻。此后，有道光元年（1821）刻本，道光八年（1828）芥子园新雕本，道光十二年（1832）芥子园重刻本，道光二十二年（1842）广东英德堂刊本等。新中国成立后，1955年人民文学出版社出版了校注本。国内学术界对它的研究也逐渐展开，1986年8月和1998年10月，由江苏省连云港市《镜花缘》研究会两次召开了全国《镜花缘》学术讨论会，对这部小说的思想意义和艺术模式进行了深入的探讨。在海外，《镜花缘》已有英、德、俄、日等语种译本。国内著作有孙佳讯《〈镜花缘〉公案辨疑》（齐鲁书社1984年版）、李时人《出入乾嘉——〈镜花缘〉的创作》（见《稗海新航》，春风文艺出版社1996年版）等。海外研究论著如夏志清《文人小说家与中国文化：〈镜花缘〉研究》（见《中国叙事体文学评论集》普林斯顿大学出版社1978年版），斯科罗包加托娃《李汝珍小说中的中国与其他民族》（见《远东文学研究的理论问题》莫斯科1977年版），太田辰夫《〈镜花缘〉考》（《东方学》1974年第48辑）等。

（原载邓绍基主编《中国文学手册》，英文版由美国耶鲁大学出版社出版；又见韩国《中国小说会报》第39号，1999年9月）

《歧路灯》散论

一

完成于清乾隆年间的长篇小说《歧路灯》，长期以来仅以抄本流传，直到1927年始有北京朴社的排印本面世，尽管只印出第一册而非全帙，但也引起学术界的重视。郭绍虞在《文学周报》五卷二十五号（1928.1.25）就发表《介绍〈歧路灯〉》[①]一文，予以高度评价，说："我们假使撤除了他内质的作用与影响而单从他文艺方面作一质量的标准，则《歧路灯》亦正有足以胜过《红楼梦》与《儒林外史》者在。"朱自清也于同年11月22日写有《歧路灯》一文，刊于《一般》6卷4号[②]，对郭氏之说表示认可，但亦略有差异，在文末写道："若让我估量本书的总价值，我以为只逊于《红楼梦》一筹，与《儒林外史》是可以并驾齐驱的。"

1980年中州书画社出版了栾星整理的《歧路灯》，世人方得以见其全貌，从而引起更多学人的重视。为此，河南有关方面曾于1981年在郑州召开研讨会，1982年又在洛阳再次召开。洛阳之会我收到邀请，会前认真研读了这部小说，也仔细阅读了郭、朱二氏的评论文章，认为他们的分析一般说来还是中肯的，但评价未免过高，乃撰写了《〈歧路灯〉与〈儒林外史〉》一文提交大会[③]。会后又略加修改，文题改为《〈歧路灯〉不能与〈儒林外史〉等量齐观》，以突出一己之见，发表于《江淮论坛》1983年第2期。文末说明之所以"较多地论及《歧路灯》的不足之处，这并非要否定它的文学价值和文献价值，也并不是以今日的是非观去求全责备二百年以前的作家李海观，更不是对《歧路灯》的全面评论"，

---

① 收入《歧路灯论丛》（一），中州书画社1982年版。
② 同上。
③ 收入《歧路灯论丛》（二），中州古籍出版社1984年版。

只是不同意将它与《红楼梦》、《儒林外史》并列为第一流小说而已。但也不以一己之见为定论，文末还说，随着"整理本的大量刊行，必将促进对它的深入研究，作出符合实际的评价，从而使它得到在文学史上应该得到的地位"。

为了探讨《歧路灯》如何继承前人的艺术经验，为其在中国小说发展史中的定位作些前期准备，我又发表了《试论〈金瓶梅〉对〈儒林外史〉和〈歧路灯〉的影响》一文[①]，意在说明《歧路灯》虽不能归之于一流作品，但也自有其价值，不能忽视，因为中国小说史上的繁荣局面，不仅仅是几部一流小说所形成，也有赖于大量的二三流作品的支撑，研究者不能只注意月亮的清光，而忽视群星的闪光。

二

栾星同志整理的《歧路灯》出版以后，1982年7月又由中州书画社出版了他编撰的《歧路灯研究资料》，该资料有三部分内容：栾星撰写的《李绿园传》；绿园诗文辑逸；《歧路灯》旧闻抄。《李绿园传》虽仅五十余页，但却包括了家世、生平、著述、交游、年谱等内容。这份"资料"的出版，为研究者提供了许多不易见到的文献。

为配合学术讨论会，中州书画社还于1982年8月出版了《〈歧路灯〉论丛》第一辑，辑录了1928年以来有代表性的论文以及郑州会议的论文，计二十四篇。1983年12月中州古籍出版社又出版了《论丛》第二辑，收录洛阳会议论文三十四篇。两次会议后到新世纪之初，发表的《歧路灯》论文，据李延年君统计亦有四十篇左右。

1992年10月，辽宁教育出版社出版了杜贵晨的《李绿园与歧路灯》，约六万字。1996年4月台北出版了吴秀玉的《李绿园与其〈歧路灯〉研究》，约三十六万字。由此可见，研究《歧路灯》者，代不乏人，且从大陆延伸至台湾。

笔者于上述二文发表后，未再对《歧路灯》作进一步的研究，并非以为它没有研究价值，而是另有课题，无暇顾及。但却鼓励弟子们对这部小说进行深入探讨。如20世纪80年代随我学习的研究生万建清，其学位论文就是作的《歧路灯》研究。其中主要章节已在《明清小说研究》上发表，如《论〈歧路灯〉反映的社会问题》

---

① 收入《金瓶梅研究》第三辑，江苏古籍出版社1992年版。

（1989年第3期）、《"运铅之役"·李绿园·〈歧路灯〉》（1990年第2期）、《论清初统治策略对〈歧路灯〉的影响》（1990年第3—4期）和《论清初学术思潮对〈歧路灯〉的影响》（1995年第2期）等。万君获得学位后，长期从事文史研究工作（现为省党史办副主任），不再专门作小说史的研究。

1994年随我攻博的李延年君，曾在陕西师范大学霍松林先生处获得硕士学位，由霍松林、朱一玄、王利器三位先生推荐前来报考我的博士生。他曾在《河北师大学报》、《河北学刊》上发表过有关李绿园和《歧路灯》的研究文章。三年攻博期间，重点研究《歧路灯》，其博士论文《歧路灯研究》答辩通过后又不断加工，再三打磨，于2002年7月由中州古籍出版社出版，全书三十余万字，并由笔者与朱一玄先生为之作序。延年现为河北师大教授、博士生导师。目前从研究《歧路灯》起始，扩大范围，对教育小说进行全方位的研讨。

从以上简单的排比中可以看出，自1980年出版《歧路灯》全本后，学界对它的研究就未曾中断。1982年洛阳之会后历经二十八年之久，河南有关单位又于2010年8月在平顶山召开有海峡两岸学者参加的《歧路灯》学术研讨会，较之前两次会议仅有大陆学者参加不同，规模和研究队伍均有所扩大。笔者以为在重视教育工作和文化工作的形势下，召开这样一部小说的研讨会，也是很有现实意义的。

三

产生于清中叶的《歧路灯》反映了我国18世纪封建社会的生活实景，重点在于市井细民的生活，他们之间错综复杂的人际关系，起伏兴衰的人生际遇。它既不同于《儒林外史》，又不同于《红楼梦》，而是通过浪子回头故事全过程的描写，让我们认识到当时社会的政治、经济、文化、教育乃至风俗民情的实况，同时，作者通过他所塑造的这一"失教"子弟回头的形象，着力提出了如何教育子弟这一重大问题，表明了他以小说创作"匡世济俗"的良苦用心，尤其值得我们重视。

在小说第一回，作者便开宗明义地表明："人生在世，不过是成立覆败两端，而成立覆败之由，全在少年时候分路。"这就告诫世人，如果少年时代走错了路，终生便陷入"覆败"局面之中。小说中塑造的由"失教"而"回头"的谭绍闻的一生，便形象地体现出作者这一理念，而其所作又名之曰"歧路灯"，更是意图以谭绍闻为教训，使之作为观照青少年前程或"成立"或"覆败"两条不同人生道路的明灯。

作者李绿园这一创作意图，历来的研究者都作了正确的揭示，早在 1928 年发表的朱自清的文章中就说："《歧路灯》的题材，简单地说，是'浪子回头'。"[①]20 世纪 80 年代发表的一些论文也都作如是观，如田璞在《〈歧路灯〉初探》[②]一文中说这部小说的"第一个显著的特点，是为劝诫青少年而作"，"第二个显著的特点是以青少年失足者为中心人物"。向达翔的文章题目即是《封建社会的教子弟书》[③]，认为李绿园"乃以觉世之心，自托于'小说稗官'，试图从教育入手，挽救那些封建阶级的风流浪子，为那个即将坍倒的封建大厦加一根支柱"。王鸿芦的《歧路灯五谈》[④]中第一节就说"《歧路灯》提出了'怎样教育后代'的问题"。胡世厚的《试论〈歧路灯〉的思想倾向》[⑤]一文，也认为它是一部"淑世书、教子弟书"。张国光的《我国古代的〈教育诗〉与社会风俗画》[⑥]一文，第三节小标题为"《歧路灯》是一部值得借鉴的教育小说"。该文从小说类型的视角为其定性，提出无论从李绿园创作这部小说的"动机"，还是从《歧路灯》作品本身的"主题思想、艺术风格"等方面来研析，"俱与其它古代小说不同，实应据实命名，称之为教育小说"。在此体认下，张文又进一步将其与法国思想家卢梭创作的《爱弥儿》和苏联教育家马卡连科所作的《教育诗》作了初步的比较，认为李绿园创作的《歧路灯》"填补了我国古代长篇教育小说的空白"。张文首次明确提出《歧路灯》实为"教育小说"。

四

新世纪初出版的李延年著《歧路灯研究》一书，对《歧路灯》的丰富内涵作了细致分析，认为该书具有多项主题，因此将其划分为主部主题与副部主题两部

[①] 收入《歧路灯论丛》（一）。
[②] 同上。
[③] 同上。
[④] 同上。
[⑤] 同上。
[⑥] 同上。

分。而主部主题认定为"教育小说",赞同张氏主张,并将这一主题概括为"形象化的教育思想,教育思想的形象化",以较大的篇幅对这一主部主题进行了探析。

首先在全书引论中,延年提出界定"教育小说"必须同时具备三要素,即"教育者(教师、家长等);受教育者(儿童或青少年学生);教育方法、内容、目的"。

接着,延年又将历来文学作品中有关这一题材的情节予以梳理后举例说明,"教育小说"自有来历,从唐传奇的《李娃传》说起,以至元杂剧中的《东堂老》,明人小说《觅灯因话》中的《姚公子传》,以及《二刻拍案惊奇》、《型世言》、《五色石》、《醒世恒言》、《豆棚闲话》、《西湖二集》、《醒世姻缘传》、《八洞天》、《照世杯》等作品,将其中类似情节摘剔出来,说明它们在不同的层面上对《歧路灯》所可能产生的影响,这可谓是对教育小说的溯源。同时,又将《歧路灯》与国外的作品进行横向比较,延年选择了与《歧路灯》几乎同时面世的卢梭的《爱弥儿》这部教育哲理小说作对比,将二者的思想内涵和艺术表现方面的异同作了精要的分析。这些探析工作,意在说明"教育小说"不仅在我国文艺史上早就产生,而且在国外文艺作品中也曾出现,因此,李绿园《歧路灯》的面世也就是很自然的事了。

根据"教育小说"同时出现的三要素,延年从家庭教育、社会教育、学校教育三方面对《歧路灯》所反映的现实作了深入研探,所述颇为中肯。

如果有补充者,则应考虑封建时代的教育制度的影响,也就是自隋唐兴起发展至明代已十分成熟的科举制度的影响,这一制度其实是教育和选官制度的结合,《明史·选举志》即云"学校以教育之,科目以登进之"。科举考试考什么,学校就教授什么,考试用八股,学校就教时文,《歧路灯》中谭绍闻的塾师侯冠玉就主张"学生读书,只要保功名;不利于功名,不如不读",他认为"时文有益"于考功名,所以他要求谭绍闻只把"新购的两部时文,千遍熟读、学套,不愁不得功名"。虽然绍闻之父谭孝移不以为然,但侯冠玉的识见在科举社会中却是被普遍认同的。因此,论及当时的家庭教育也好,社会教育也好,学校教育(私塾、社学等)也好,都不能不受封建朝廷推行的科举考试制度所左右,它的影响无所不在。《歧路灯》中正面叙及的笔墨虽不多,但当时的塾师大都是从这一制度中讨得秀才身份的士人,他们的言传身教不能不烙上这一制度的痕迹。

五

《歧路灯》是教育小说，是对"失教"少年的教育"课本"，这已得到历来研究者的共识。当今，我们对青少年的教育十分重视，各地都有关心青少年工作的相关组织，从事这方面工作的同志研读一下《歧路灯》也的确不为无益之举。例如《歧路灯》谭孝移临终前再三叮嘱其子绍闻要"用心读书，亲近正人"。这样的训诲，从抽象的意义来说也还是可以借鉴的，在旧时代士人心目中，读"书"首先读《四书》、《五经》，"正人"自然是指恪守封建伦理道德的君子。在今日，好"书"与"正人"的标准自然不同于往昔，如果按照有利于物质文明建设和精神文明建设的标准去选择"书"读，去亲近忠于国家、服务人民的"正人"，又有什么不好呢？

目前，举国上下都重视教育事业，都认识到全世界国力竞争，说到底是民族素质的竞争，而要提高民族素质，就必须重视和发展教育事业。而发展教育事业重要的一环就是师资。要以教师为本，要提高教师地位，改善教师待遇，在全社会大力弘扬尊师重教的传统，近年来又大幅度地提高义务教育师资的待遇。《歧路灯》中，在李绿园的笔下，对蒙师十分尊重，不仅束金丰厚，而且在多种场合待之以礼。

当然，《歧路灯》中尊重、优待塾师只是一方面；另一方面对教师也有所要求，那就是要"学问渊博"，为人"端方正直"，敢于管教，绝不"纵惯学生"。我们要求为人师者也必须有丰厚的学养，高尚的师德，能以先进的思想和科学的知识去培养、教育下一代。

但是在封建时代常有衣冠禽兽厕身于教师队伍中，如同《歧路灯》中所言，这些为人师者不过是"聊存名目而已"。他们的施教实在是误人子弟，贻害无穷。如塾师侯冠玉之流，只知教读时文，全无学问，这且不说，其行为也不端，"在家下弄出什么丑事"来。反观今日之师资队伍，思想品德、学术修养符合要求者当然占据主流，但也不可否认良莠不齐现象的实际存在，报端不时有所披露，以学养而言，学历造假，学位来路不正，著作抄袭，或倩人代笔，或侵占他人成果，等等；以操守而言，有教授嫖娼被捉，有博导谈婚外情，老师打牌让女学生作陪，等等；以施教而言，导师与研究生很少见面，人都不识，哪里谈得上指导，《歧路灯》中所写："有一日先生到，学生没来；有一日学生到，先生不在，彼此支吾躲闪，师徒们见面很少，何况读书"，岂料这种现象在今日之学校中也偶有出现，为师者之学问不足以指导学生，所以也尽量少见学生，偶尔一聚，彼此敬烟，老张老李乱嚷一通，真是"师不师，生不生"，老师不像老师，学生不像学生。这些情景，令人痛心。尽管它不成为今日教育事业的主流，但出现这种现象也不能不引起我们的重视和警惕。在这种现实面前，读读《歧路灯》不也可以有所触动和引起我们的反思吗！

六

李绿园从事文学创作是有所为的，不是一般文人为了自我愉悦，无论是作诗还是写小说，他都是为了宣传一种思想观念，在《绿园诗钞·自序》①中就表明"诗以道性情，裨名教"；在《歧路灯·自序》②中认为自己所作，完全符合朱子所言"善者可以感发人之善心，恶者可以惩创人之逸志"，认为《歧路灯》一书为"田父所乐观，闺阁所愿闻"，并且借友人之语称赞所作"于纲常彝伦间，煞有发明"。正如姚雪垠在此书的序言中所说，李绿园"所宣扬的是封建的宗法伦理、纲常名教，即维护封建社会的典型的正统思想，这是《歧路灯》的最大弱点"。栾星在序中也指出"他宣传封建伦理思想"。这些分析都是正确的，笔者也赞同。但必须指出的是在李绿园时代，由于生产力发展的程度，还不可能有新的阶级出现，自然也就不可能有新的意识形态产生，封建正统思想自然占据主流地位。《歧路灯》中反映这样的意识形态也不是奇怪的现象。

笔者要说明的是文艺创作要不要表达某种思想，也就是"文"与"道"的老话题。昔贤有言：一切的文艺都是宣传，但并不是所有的宣传都是文艺，任何一部文艺作品，总得表述某种思想，不是积极的就是消极的，所产生的作用不是正面的就是负面的。唐人柳冕在《答衢州郑使君论文书》③中言："君子之文，必有其道。道有深浅，故文有崇替。"宋人苏轼在《祭欧阳文忠公文》④引欧阳修所言："我

---

① 《歧路灯研究资料》，中州书画社1982年版。
② 同上。
③ 《唐文粹》卷八十四，《四部丛刊》本。
④ 苏轼：《东坡后集》卷十六，《四部备要》本。

所谓文,必与道俱。"清人叶燮在《与友人论文书》[①]中更明确地说:"文之为用,实以载道。"这些言论都表明为文者不能没有思想。李绿园在《歧路灯》中所宣扬的封建伦理思想自然是落后的,不必全然照搬。当然,也可以从中汲取可以借鉴的成分。姚雪垠序言中就说:"任何民族的文化,包括道德在内,都是遵照有因有果的规律向前发展;新道德与旧道德的关系,既有改革的一面,也有继承的一面。继承的方式,有时是照搬,有时不是照搬,而是吸收某些抽象的、具有普遍意义的道德规范,作为借鉴。"所言极是。

但笔者所要指出的是当前充斥文坛、影坛的作品有不少是以低俗的情节去愉悦读者,而缺少启蒙、教育功能;阅读起来十分轻松,却引不起读者的深思。生活在二百余年前的李绿园能明确地以自己的创作去"裨名教",为什么我们就不能通过自己的创作,以先进的思想教化人民,尤其是青少年一代,从而有益于自己的民族、有益于自己家国呢?面对如今文艺界的一些负面现象(显然它不占据主流地位),我们再来寻思一下李绿园有所为的创作动机,不是也很有意义吗?

(原载《东南大学学报》2011 年第 3 期)

---

① 叶燮:《己畦集》卷十一,梦篆楼重刊本。

试论中国古代小说的历史地位和社会作用

"古代小说评介丛书"出版后,《明清小说研究》拟出专辑介绍,主编同志要我写点文字,并要求不必泥定"丛书"中的某一本,可就小说研究的问题发表一些意见。"丛书"的出版说明中说"这是迄今为止第一套全面系统评价中国古代小说史和小说作品的丛书",只要略为检阅一下这套"丛书"的目录,就可明白此言不谬,九辑八十种几乎涵盖了中国小说研究的方方面面,独自为书是部专门著述,合而观之则可谓小说评介大观。而其编撰目的,又是"旨在向中学图书馆提供系统的课余读物,正确引导中学生阅读和欣赏,以启迪中学生的民族文化意识,弘扬民族优秀文化",可谓旨正语大,令人注目。而这套"丛书"的出版发行,亦可充分说明中国古代小说在历史上的地位和社会生活中的作用。本文也拟先就此问题略抒己见。

一

历史上对小说的地位和作用的认识与评价,是有一演进过程的。一般说来,小说的历史的地位不高,但人们对它的社会作用却未全然忽视。同时随着对它的社会作用的肯定日趋加重,它的历史地位也相应地得到一些承认。在古代,小说一直被视为"小道",《庄子·外物篇》即云:"饰小说以干县令,其于大达亦远矣。"虽然,此处所谓的"小说"不能与今日的"小说"概念混同,但它也包含了今日小说的萌芽。庄子认为"小说"无非是一些无关大道的琐屑言谈,故而鄙夷之。与这种全然鄙视小说观念不同的言论,则有《论语·子张》篇中子夏所云:"虽小道,必有可观者焉;致远恐泥,是以君子不为也。"子夏虽然不主张"君子"去撰作"小说",但并不完全否认它的价值,认为其所言亦"有可观者"。至汉代,桓谭在《新论》中对这一观点有所发展,说:"若其小说家,合丛残小语,近取譬论,以作短书,治身理家,有可观之辞。"桓谭所云,较之子夏所言已有所演进:一、摒弃"君子不为"之说;二、"譬论"、"短书",道出小说在表现手法和篇幅上的特点;三、对内容上的"可观者"有具体描述,即"治身理家"。稍后于桓谭的班固,在《汉书·艺文志》中,于引用子夏所云(班固作"孔子曰")的前后又有发挥:"小说家者流,盖出于稗官,街谈巷语,道听途说者之所造也。孔子曰:……然亦弗灭也。闾里小知者之所及,亦使缀而不忘。如或一言可采,此亦刍荛狂夫之议也。"班固在这段话中指出:一、小说源自民间;二、小说中亦有"可采"之言;三、"君子"固然"不为",但"亦弗灭"。由此可见,"鄙夷"小说的观念,至迟到汉代已被逐渐纠正。

不过,卑视小说的观念并未因此而根绝,甚至到了唐代,史学家刘知幾在《史通·采撰》篇中也还要对以《语林》为代表的小说加以斥责,认为"其事非圣"、"其言乱神",无非是一些"违理"、"损实"的"刍荛鄙说",但他也不得不承认"偏记小说,自成一家,而能与正史参行,其所由来尚矣"①的历史事实。由此可知,鄙夷小说者虽代不乏人,但从总的趋势来看,小说的历史地位和社会作用越到后来越得到承认、受到重视。唐代文人柳宗元从杨诲之处,见到韩愈所作的《毛颖传》,"仆甚奇其书,恐世人非之",乃"作数百言,知前圣不必罪俳也"②。柳"书"中所云的"数百言",即《读韩愈所著〈毛颖传〉后题》一文,亦收入河东文集中。在此短文中,柳宗元将韩愈此作比之于《史记·滑稽列传》,认为都是"有益于世"的著作。这一评价,虽然是针对《毛颖传》而发,但亦可视作对类似《毛颖传》的著作而言。柳氏所言可谓小说"益世"论的先声。

宋代以降,市民文学在文学史上的地位日趋重要,作为市民文学主体的小说、戏曲的地位也越来越受到重视。曾慥编选《类说》,在序言中,他根据"小道可观,圣人之训也",提出这部小说总集"可以资治体、助名教、供谈笑、广见闻",比较全面地论述了"小道"的"可观"之处,也即是具体地阐发了小说的社会作用。罗烨在《醉翁谈录·舌耕叙引》中,不但指出小说作者大都具有丰富的知识和阅历,所谓"夫小说者,虽为末学,尤务多闻。非庸常浅识之流,有博览该通之理","小

---

① 刘知幾:《杂述》,《史通》卷十。
② 柳宗元:《与杨诲之书》,《柳河东集》卷三十三。

说纷纷皆有之，须凭实学是根基"，而且还充分肯定小说的社会作用，无论是"演史"或是"合生"，其所作"皆有所据，不敢谬言。言其上世之贤者可为师，排其近世之愚者可为戒。言非无根，听之有益"。

及至明清，肯定小说历史地位和社会作用的言论屡见不鲜。这固然是由于斯时小说创作空前繁荣所致，但更重要的因素却是由于小说作品日益受到读者的欢迎，从而在社会生活中的影响日益彰著而使然。胡应麟对此现象有极为精辟的见解，他对于"古今著述，小说家特盛；而古今书籍，小说家独传"的现象，有如下分析：他认为"怪力乱神，俗流喜道，而亦博物所珍也；玄虚广莫，好事偏攻，而亦洽闻所昵也"。不但"俗流"喜之，即使"大雅君子"也爱之，他们"心知其妄，而口竞传之；且斥其非，而暮引用之"。他的结论是"夫好者弥多，传者弥众；传者弥众，则作者日繁"，是不足为怪的[①]。至于其地位和作用，明初问世的《剪灯新话》的两篇序言中，即已有所论述。瞿佑在序中即提出"劝善惩恶，哀穷悼屈"的作用。凌云翰在序中亦认为"是编虽稗官之流，而劝善惩恶，动存鉴戒，不可谓无补于世"。此后，述及小说社会作用的言论纷见迭出，认为小说可"警世"[②]、可"醒世"[③]、可"劝世"[④]者有之；认为小说可以"正人心、端风化"[⑤]、"维持名教"[⑥]者有之。不仅神怪小说具有教育作用，所谓"吾书名为志怪，盖不专明鬼，时纪人间变异，亦微有鉴戒寓焉"[⑦]，而且连一向被统治阶级视作"诲淫"的小说在一定程度上也被说成是有益于世。如欣欣子在《金瓶梅词话序》中就认为此书能"明人伦，戒淫奔，分淑慝，化善恶"，"其他关系世道风化，惩戒善恶，涤虑洗心，无不小补"；甚至对"诲淫"之责，亦有辩词。如憨憨子在《绣榻野史序》中即云："余将止天下之淫，而天下之趋矣，人必不受。余以诲之者止之，因其势而利导焉，人不必不变也。"总之，明清两代，众多的小说作者、评论者，都认为小说有益于世道人心而加以宣扬。自然，口诛笔伐小说创作的文人学者，

[①] 胡应麟：《少室山房笔丛·九流绪论下》。
[②] 无碍居士：《警世通言·叙》。
[③] 可一居士：《醒世恒言·序》。
[④] 天花才子：《快心编·凡例》。
[⑤] 洪棣元：《镜花缘·序》。
[⑥] 观鉴我斋：《儿女英雄传·序》。
[⑦] 吴承恩：《禹鼎志·序》。

在明清两朝为数亦多，甚至向朝廷建言应严加禁毁，而封建统治阶级也确实屡屡下诏严禁。

迨至晚清，对小说的历史地位和社会作用，更是作了极高的评价，甚至认为小说"入人之深，行世之远，几几出于经史上。而天下之人心风俗，遂不免为说部之所持"，以致"欧美东瀛，其开化之时，往往得小说之助"[1]。梁启超更是大声疾呼："欲新一国之民，不可不先新一国之小说。"他认为要"新道德"、"新宗教"、"新政治"、"新风俗"、"新学艺"、"新人心"、"新人格"，都必须先"新小说"，"欲改良群治，必自小说界革命始；欲新民，必自新小说始"[2]。与梁启超改良派主张不同，革命派强调小说要为民主革命服务，主张小说创作要有助于"观察社会之腐败"、"振刷学界之精神"、"建立国家之大业"[3]。为了倡导小说，甚至将其社会作用夸张到不适当的程度，例如《新世界小说社报发刊辞》中以"有革命小说之作，而后欧洲政治特辟一新纪元"为例，说明"小说势力之伟大，几几乎能造成世界矣"，从而得出"种种世界，无不可由小说造；种种世界，无不可以小说毁"的结论。此种言论，在当时即为有识之士所不取。

总之，从古代直至近代，虽然小说屡受鄙视、挞伐甚至禁毁，但它的历史地位和社会作用却越至后期越受到承认和重视。之所以如此，原因很复杂，非此短文所能缕述。但有一重要因缘却可于此指明，即我国传统的儒家思想对政治体制和文艺创作的影响不但源远流长，而且根深蒂固。《毛诗序》中即认为"正得失、动天地、感鬼神，莫近于诗"，诗可以用来"经夫妇、成孝敬、厚人伦、美教化、移风俗"，而《诗经》中的作品，即由朝廷派出的"行人"四出采访、收集而来，以供当政者考察民情风俗、政治得失。而中国古代小说，据《汉书·艺文志》载乃"出于稗官"，颜师古注引如淳曰："《九章》：'细米为稗。'街谈巷说，其细碎之言也。王者欲知闾巷风俗，故立稗官使称说之。"稗官，即小官。其任务与采诗的"行人"大约略同。由此亦可觇知小说的社会作用在历史上一直受到重视的缘故。

---

[1] 几道、别士：《本馆附印说部缘起》。
[2] 梁启超：《论小说与群治之关系》。
[3] 自由花：《自由结婚·弁言》。

二

既然小说历来受到统治者的重视，又何以要加以禁毁？而小说之禁又何以大盛于明清两朝？在此之前是否由于统治阶级视其为"小道"而加以忽视？这些问题均和小说的历史地位和社会作用有关。

如前所述，古代出于"稗官"的小说，亦如"行人"所采诗歌一样，统治者仅仅把它视作考察民情治乱的一种参考资料，对它的社会作用和深远影响显然还没有充分认识。随着社会的发展、小说创作的成熟，小说对社会生活的巨大影响也日益表现出来，从而得到社会广泛承认，受到各阶层人士的重视，但伴随而来的则是统治者对它的禁毁也日趋严厉。可以说对小说的禁毁正反证了它的社会作用和深远影响日益引起封建统治阶级的重视，以致统治者惊惶万端，甚至非用行政手段予以禁锢、销毁不可。试看明、清两朝的一些禁令就可明白。

正统七年（1442）二月辛未，国子监祭酒李时勉言："近有俗儒，假托怪异之事，饰以无根之言，如《剪灯新话》之类，不惟市井轻浮之徒争相诵习，至于经生儒士，多舍正学不讲，日夜记忆，以资谈论。若不严禁，恐邪说异端，日新月盛，惑乱人心。乞敕礼部行文内外衙门……凡遇此等书籍，即令焚毁。……庶俾人知正道，不为邪妄所惑。"……上是其议。

——明《英宗实录》卷九十

……李青山诸贼啸聚梁山……以梁山为归……其说始于《水浒传》一书。以宋江等为梁山啸聚之徒，其中以破城劫狱为能事，以杀人放火为豪举，日日破城劫狱，杀人放火，而日日讲招安，以为玩弄将吏之口实。不但邪说乱世，以作贼为无伤，而如何聚众竖旗，如何破城劫狱，如何杀人放火，如何讲招安，明明开载，且预为逆贼策算矣。臣故曰："此贼书也。"……《水浒传》一书，贻害人心，岂不可恨哉！

此为刑科给事中左懋第于崇祯十五年（1642）四月十七日为陈请焚毁《水浒传》的题本，同年六月十五日即下谕旨：

降丁各归里甲，勿令仍有占聚，着地方官设法清察本内，严禁《（水）浒传》。

入清以后,《水浒传》依然遭禁。《钦定吏部处分则例》卷十三《礼文词》即明文规定:

> 凡坊肆市卖一应小说淫词《水浒传》,俱严查禁绝,将板与书,一并尽行销毁。

而且规定无论刻印者、买看者,不论其为官或为民,均严加处罚。有清一代,不断诏令严禁《水浒传》。与此同时,对所谓的"不经之语,诲淫之书",也屡加禁毁。玄烨于康熙二十六年(1687)二月曾说:

> 淫词小说,人所乐观,实能败坏风俗,蛊惑人心。朕见乐观小说者,多不成材,是不惟无益而且有害。……俱宜严行禁止。
>
> ——《圣祖实录》卷一百二十九

玄烨对于禁毁"小说淫词"不遗余力,康熙五十三年(1714)四月又谕礼部:

> 朕惟治天下,以人心风俗为本,欲正人心、厚风俗,必崇尚经学,而严绝非圣之书,此不易之理也。近见坊间多卖小说淫词,荒唐俚鄙,殊非正理;不但诱惑愚民,即缙绅士子,未免游目而蛊心焉。所关于风俗者非细,应即通行严禁,其书作何销毁,市卖者作何问罪,着九卿詹事科道会议具奏。
>
> ——《圣祖实录》卷二百五十八

中央王朝颁下禁毁谕旨,地方政权机构即群起响应。如浙江巡抚梁宝常与浙江学政、杭州和湖州知府同时发布告示,禁毁"蛊惑人心,败坏风俗"的"淫词小说",所附书目中有《水浒传》、《三国演义》(即《汉宋奇书》)、《金瓶梅》等一百余种。又如江苏巡抚丁日昌于同治七年(1868)布告曰:

> 巡抚部院丁 札开:淫词小说,向干例禁;……《水浒》、《西厢》等书,几于家置一编,人怀一箧。原其著造之始,大率少年浮薄,以绮腻为风流,乡曲武豪,借放纵为任侠,而愚民鲜识,遂以犯上作乱之事,视为寻常。……近来兵戈浩劫,未尝非此等逾闲荡检之说,默酿其殃。若不严行禁毁,流毒伊于胡底。……此系为风俗人心起见,切勿视为迂阔之言。……
>
> ——《抚吴公牍》卷一

在此告示之后,附有应禁书目及续目,总计三百余种。《水浒传》、《三国演义》、《金瓶梅》等自必列入。

从上面的禁书命令、告示中,不难发现禁毁理由是由于这些小说不是"惑乱人心"、"邪说乱世"的"贼书"，就是"诱惑愚民"、"败坏风俗"的"淫词"，即所谓的"诲盗诲淫"。而《水浒传》与《金瓶梅》正是被视作诲盗诲淫的代表作，甚至袁中道亦云："……《水浒传》，崇之则诲盗，此书（指《金瓶梅》）诲淫。"①闲斋老人在序《儒林外史》时亦明白表示："《水浒传》、《金瓶梅》，诲盗诲淫，久干例禁。"封建统治阶级禁书的罪名除"诲盗"、"诲淫"以外，就是"违碍"，《三国演义》即可归入此类。"丛书"中《古代小说禁书漫话》作者欧阳健先生将禁书的罪名归结为"违碍"、"诲盗"、"诲淫"三者，无疑是符合实际的。从历史上看，以"违碍"罪名禁书由来已久，它不仅可以加诸小说、戏曲，而且也用以加诸一切著作。而以"诲盗"、"诲淫"罪名禁书则多见于明清两代，尤以小说、戏曲作品为主。"违碍"的罪名是有一定的时效性的，而"诲盗"、"诲淫"的罪名在封建社会中则有相当的历时性。

　　我国的禁书大约始于战国初期，是法家用以变法的政治手段。《商君书·农战》篇中即认为儒家的经典《诗》、《书》"独无益于治也"。《韩非子》中更主张"燔《诗》、《书》而明法令"②；"禁奸之法，太上禁其心，其次禁其言，其次禁其事"③。可见长期以来被奉为圭臬的儒家经典《诗》、《书》，为了变法缘故即成为"违碍"，非焚去不可。同样理由，在清王朝建立之初，《三国演义》小说曾被译成满文，或"颁赐耆旧，以为临政规范"④；或授之武将，"满洲武将不识汉文者，类多得力于此"⑤；或援引小说桃园结义事，以之"羁縻蒙古"⑥。可是一旦天下大定，《三国演义》这种作用已失去时效，相反倒有可能被反清者所利用，特别是毛宗岗在《读三国志法》中强调大汉正统观念，这就对满族统治者极为不利。同时又有"乱民假为口实，以煽庸流"，《三国演义》被"禁遏"⑦当为必然。原本无碍的作品，在政治形势变化之后又成为"违碍"之物。这种情况历代都有，凡是不利于当朝统治阶级的著作，均在被禁之列，非只限于小说、戏曲作品。因"违

---

① 袁中道：《游居柿录》卷九。
② 《韩非子·和氏》。
③ 《韩非子·说疑》。
④ 昭梿：《啸亭续录》卷一。
⑤ 魏源：《圣武记》卷十三《武事余记》。
⑥ 蒋瑞藻：《小说考证拾遗》引《阙名笔记》。
⑦ 徐时栋：《禁遏演义》，《烟屿楼笔记》卷四。

碍"罪名而遭禁的小说除《三国演义》以外尚有，如《樵史演义》等，此不例举。至于以"诲盗"、"诲淫"罪名禁毁小说戏曲，则是不同王朝所共同使用的手段。《水浒传》、《金瓶梅》，明人以此诟病，清人亦以此加罪，是有历时性的，这种情况屡见载记，毋庸词费。由此可见，"违碍"云云，多从有利于巩固当朝统治出发，服从于眼前政治需要；而"诲盗"、"诲淫"则多从思想文化考虑，着眼于封建王朝的长治久安。但无论以何种罪名禁毁，都反证出小说在社会生活中的巨大影响，已为统治阶级不能忽视而必须以行政手段予以处理。

至于小说之禁盛于明清两朝，则是与社会的发展、文化的积累、小说的兴盛有关。首先，中国的封建社会历史漫长，发展至明、清两朝，已届晚期，明中叶以后资本主义经济萌芽的长足发展，滋生了新的思想成分，并不断冲击封建制度和封建思想。封建统治者为了维护自身的存在，必然要加紧扼杀、大力扑灭这种"异端邪说"。其次，封建统治阶级在长期的统治中积累了许多经验教训，越是到了封建社会晚期，统治者控制文化思想的手段也越趋成熟，他们有所禁止，也有所倡导，所谓"黜异端、崇正学"。以明、清两朝而论，封建统治者一面倡导程朱理学，一面禁止异端邪说的小说、戏曲。再次，作为市民文学主要形式的小说、戏曲，经过长期的创作实践，积累了丰富的艺术经验，至元、明、清三朝尤其明中叶以后而大为发展兴盛，甚至成为封建社会晚期的主要文学样式，不但市井小民喜闻乐道，一些士大夫也爱不释手，以至"且斥其非，而暮引用之"，影响巨大，而其有悖于封建伦理的思想蕴含又所在多有，不能不引起封建统治者和封建卫道者的惊恐，视之如洪水猛兽，必欲扑杀而后甘心，故而禁毁不遗余力。但他们这种措施是徒劳的，从客观事实来看，是越禁越炽。不过，从他们禁毁的努力中，也正可看出我国古代小说越至封建社会晚期越是显示出它的巨大的社会作用和深远影响。

三

我国古代小说在今日的地位和作用，我们又如何认识和评价？笔者以为既不必对之作过高的期望，又不能全然忽视它的影响，而应予以恰如其分的地位。

不佞以为时至今日，古代小说仍有其认识意义、教育作用和借鉴价值，应该本着吸收其民主性精华、剔除其封建性糟粕的原则，予以系统整理、批判继承。

中国古代通俗小说作品虽无精确统计，为数亦当在千种以上，是一份弥足珍贵的文化遗产。首先，从认识价值来看，中国古代通俗小说为我们了解古代社会生活提供了极为丰富、极为真实的形象资料。小说也和其他文学样式的作品一样，是社会生活的反映。但由于其形式特点决定了它所反映的生活容量要大大超过我国传统的文学样式诗、词、歌、赋。它可以包融诗、词、歌、赋，而不被诗、词、歌、赋所包容。因此就了解古代社会生活而言，小说有着极大的优势，是诗词所不能替代的。一些学人曾视小说为"'今社会'之见本"（所谓"见本"即样本、样式之谓）。曼殊就认为："欲觇一国之风俗，及国民之程度，与夫社会风潮之所趋，莫雄于小说。盖小说者，乃民族最精确、最公平之调查录也。"[1]的确，小说作品中所透露和反映的内容涉及不同时代的社会、历史、哲学、政治、制度、经济、生产、民族、风俗，乃至宗教、语言等领域，是古代社会生活的综合表现，因而它的认识价值是一般历史著作无法替代的。此外，古代小说反映社会生活虽然已经过去，但由于社会意识落后于社会存在，在新的制度建立后，"旧氏族时代的道德影响、因袭的观点和思想方式，还保存很久"[2]，一些属于旧社会的思想意识并不能随着旧社会的历史而完全消失，它们仍能在现实生活中潜伏很久。因此，阅读古代小说对我们认识新社会中的旧意识并予以改造，也是大有裨益的。正如马克思和恩格斯所说："历史不外是各个世代的依次交替。每一代都利用以前各代遗留下来的材料、资金和生产力；由于这个缘故，每一代一方面在完全改变了的条件下继续从事先辈的活动，另一方面，又通过完全改变了的活动来改变旧的条件。"[3]

其次，从教育意义来看，古代小说作者，尤其是明、清两朝的小说作者，他们都有明确的创作目的，总是公开宣称自己创作的小说都是为了劝善惩恶，有益于世道人心。自然，他们无疑是以封建道德为准绳来判断人们的善恶，也是以封建道德规范来对人们进行劝惩的。"善恶观念从一个民族到另一个民族，从一个时代到另一个时代变得这样厉害，以致它们常常是互相直接矛盾的"[4]，它是有着时代的、阶级的内涵的。对此，我们必须有清醒的认识。但是我们也须认识到

---

[1] 曼殊：《小说丛话》。
[2] 恩格斯：《家庭、私有制和国家的起源》。
[3] 马克思、恩格斯：《德意志意识形态》。
[4] 恩格斯：《反杜林论》。

对曾经影响着民族精神的我国传统道德，也"是不能用干脆置之不理的办法加以消除的。必须从它的本来意义上'扬弃'它，就是说，要批判地消灭它的形式，但是要救出通过这个形式获得的新内容"[1]。例如儒家思想讲究"志于道，据于德"[2]，此所谓的道，是指理想的人格或社会图景；德则指立身的根据和行为准则。从这个意义上看，任何人都应该有"道德"。儒家道德的核心是"仁"，历来解释"仁"的言论极多，墨家不同于儒家，道家又不同于墨家，古代农民从平均思想引申出来的"仁"的观念，又与上述各家有异。近代康有为在《中庸注》中说"仁从二人"，有"二人"方有"仁"，这可理解为"仁"就是处理人与人之间关系的准则。我们可以不完全同意他们的解释，但在处理人与人的关系上，我们则可以赋予"仁"以新的内涵。因此，古代小说所反映的是非善恶观念和道德准绳，要在进行仔细的辨识后，发现和继承其"合理内核"[3]。此外，古代通俗小说所反映的文化、思想和道德规范，也不能全然将其归属于封建意识范畴，因为任何民族中都有劳动群众和被剥削群众，他们必然是"从他们进行生产和交换的经济关系中，吸取自己的道德观念"[4]。因此，古代劳动群众的是非善恶观念和道德准绳的民主性精华部分，无疑也会对我们产生启迪和教育作用。

再次，古代通俗小说经过长时期的发展，到明清时代已达极盛，它所创造和积累的丰富的艺术经验，对我们今天的文艺创作仍然有借鉴价值。从体裁来看，由短小的记事志人体，发展到有故事情节、有人物形象的话本小说，再进而产生反映内容极其广阔的长篇巨制。从语言来看，从文言小说发展到白话小说，既有运用地方方言创作的小说，也有运用普通话创作的作品；不但有叙述性的语言，还有描写性的语言。从人物形象的塑造来看，从类型的人物发展到典型，很多作品中的典型人物既有共性又有个性；而且典型人物的性格从定型性（即从出场直到退场性格保持不变）发展到变化型（即随着情节的发展、境遇的改变，人物的性格前后有所不同）。从结构艺术看，既有以一二主要人物的生活发展史来反映生活的直线结构的作品，也有以众多人物的生活从各方面表现主题的网状结构小说。从描写手段来看，古代小说作家创造了工笔刻画、白描勾勒、对比、照应、

---

[1]　恩格斯：《路德维希·费尔巴哈和德国古典哲学的终结》。
[2]　《论语·述而》。
[3]　马克思：《资本论》第一卷第二版《跋》。
[4]　恩格斯：《反杜林论》。

比喻、暗示、幽默、讽刺等手法，形成摇曳多姿、令人炫目的艺术风格。此外，在景物描写、心理刻画方面，又形成具有民族传统的特色，即少有静止的孤立的描写、刻画，大都结合人物的活动点染景物、烘托性格，与西洋小说形成鲜明的个性差异，符合我国民族的审美习惯。另外，在小说与戏曲的相互渗透方面，在小说创作中汲取诗词创作手法乃至借鉴时文结构的特点等方面，也都积累了不少经验。总之，对我国古代小说在漫长的创作历史过程中创造和积累的极为丰富的艺术经验，我们不能无视，相反倒应该认真总结古代小说作家艺术地反映生活的手段，继承其长处，认识其短处，从而在我们今天的小说创作中加以借鉴，为艺术地反映伟大的现实生活服务。

古代通俗小说的认识意义、教育作用和借鉴价值已如上述，这是不容否认的客观存在。但同时我们也无须对它的社会作用作不适当的夸大，人为地抬高它的历史地位。作为意识形态之一的小说毕竟是第二性的，社会现实生活方是第一性的。小说只是社会生活的反映，现实社会并不依赖小说而存在。古代通俗小说毕竟是历史的产物，我们既要充分肯定它的积极作用，也须清醒地认清它的消极影响。在精心整理的基础上批判地继承，有鉴别地予以不同程度的评价。这是古代文学教学者和研究者不容推卸的责任。"古代小说评介丛书"的出版，正表明广大的教学工作者和研究工作者有组织地进行这项工作，这是可喜的。

此外，对读者来说，也要树立正确的读书观，讲究读书方法。要善于从古代通俗小说中汲取有益的养分，而摒弃其中糟粕。清人刘廷玑就曾说过："四书（指《水浒传》、《三国演义》、《西游记》、《金瓶梅》）也，以言文字，诚哉奇观，然亦在乎人之善读与不善读耳"，他认为"读而不善，不如不读"[①]。类似的见解并不鲜见，闲斋老人在序《儒林外史》时亦有"善读稗官者"之说。例如同样一部《红楼梦》，有的读者和研究者认为它是"情书"，也有说它是"经书"，还有说它"明易象"的。可见从接受美学的角度来说，不同的读者读同一部作品的收获是并不一样的，这就要求读者也要善于读书。

对出版者来说，由于封建时代禁毁图书的原因很复杂，不能认为某一部作品在历史上曾遭禁就说明它必然是进步的。过去的"禁书"不能不加甄别地对广大读者全面开放。目前一些未经专家学者严肃整理的古代小说被大量刊行，其中一

[①] 刘廷玑：《在园杂志》卷二。

些低级内容和描写也未加删除就公开销售。对这种做法的消极影响，也不能掉以轻心。当然，为了保存古籍和为研究者提供参考，需要少量出版一些不加删改的原著。同时，根据需要另行出版一些经过整理（包括必要的删节以及用新的观点进行评点）的作品，供一般读者阅读，以求在最大程度上充分发挥古代小说的积极作用，而限制其可能产生的消极影响。

（原载《明清小说研究》1993年第4期）

重视小说评点的研究、促进小说评点的繁荣

一

我国叙事文学中的小说,作为一种独立的文学体裁,虽然起源也很早,但较之抒情文学的诗赋来说,却没有那么绵远悠长的历史。在"小说"这一词汇出现的庄子[①]以后,在"小说"这一词汇开始具有文体意义的桓谭[②]之际,我国已是诗、赋大国,而"小说"方始萌芽。因此,对小说理论的研究同样也晚于对诗、赋理论的研究。尽管如此,我国古代小说理论研究领域也并非一片空白。在我国古代文论中,小说理论的研究也自有其位置,尤其是自明季以来,随着小说创作的繁荣和出版的兴盛,小说理论研究也趋向一个新的高潮,并有许多成果面世。

中国古代小说理论主要以如下几种形态出现。首先是依附或夹杂在史籍、笔记中存在的零星丛谈。如前文提及的《庄子·外物》所云"饰小说以干县令,其于大达亦远矣"。此外,《荀子·正名》、《论语·子张》等古籍中也有所涉及。至汉代,桓谭在《新论》中所云"若其小说家,合丛残小语,近取譬论,以作短书,治身理家,有可观之辞",则已论及小说的内容与形式特点,虽然它所评论的主要还是寓言类作品。《汉书·艺文志·诸子略》更指出小说"出于稗官",为"街谈巷语,道听途说者之所造也"。至唐代,在一些传奇作品中,也夹杂着一些有关评论小说的言辞,如沈既济《任氏传》有言"著文章之美,传要妙之情",李公佐《谢小娥传》有言"知善不录,非《春秋》之义也,故作传以旌美之",同是李公佐的《南柯太守传》中又有"冀将为戒"的见解,

---

① 《庄子·外物》。
② 桓谭:《新论》。

凡此种种，均涉及小说的创作意图以及内容表现等问题。到宋代，洪迈《容斋随笔》、孟元老《东京梦华录》、灌园耐得翁《都城纪胜》、周密《武林旧事》、西湖老人《繁胜录》、罗烨《醉翁谈录》等，均有论及小说（传奇、话本）的言论。元明之际有陶宗仪的《辍耕录》、明代有郎瑛的《七修类稿》、胡应麟的《少室山房笔丛》、谢肇淛的《五杂俎》、沈德符的《万历野获编》等著述，其中夹杂有论述小说的内容。及至清季，诸如刘献廷《广阳杂记》、周亮工《书影》、李斗《扬州画舫录》、阮葵生《茶余客话》、俞樾《茶香室丛钞》，以及此后的平步青《霞外捃屑》、邹弢《三借庐笔谈》等，为数更夥，在这些著述中，都保存了不少考证、评述古代小说的文字。这些记述都是我国古代小说理论的重要组成部分。

其次是大量存在于小说作品前后所附的序跋（至于题辞、总论、引论、发凡、凡例、引言以至读法等，均可视为序跋一类）。自汉代刘秀《上〈山海经〉表》说"其事质明有信"以后，晋人郭璞在《山海经序》中说及该书"闳诞迂夸，多奇怪俶傥之言"，都涉及对小说的评论。干宝《搜神记》"自序"，更说及小说有"游心寓目"之功能。梁人萧绮为《拾遗记》作序，说其书"纪事存朴，爱广尚奇"，论及小说之题材特点。唐季李肇自序其《唐国史补》云，该书"纪事实、探物理、辨疑惑、示劝诫、采风俗、助谈笑"。宋人晁载之跋殷芸《小说》，认为其书所载"虽与诸史时有异同，然皆细事，史官所宜略"。明清以降，除文言笔记小说作品附有大量序跋外，通俗章回小说也同样附有大量序跋，如明人余邵鱼《题全像列国志传引》就论及作者创作动机，说"骚人墨客，沉郁草莽，故对酒长歌，逸兴每飞云汉；而扪虱谈古，壮心动涉江湖，是以往往有所托而作焉"。又涉及小说的社会功能，有云"善则知劝，恶则知戒"；还论及小说创作必须考虑读者的接受，"又惧齐民不能悉达经传微词奥旨，复又改为演义，以便人观览"，等等。遍览明清章回小说序跋，其中无不从各自不同角度表达出对小说这一体裁的见解。最著名又最为人重视的序跋也不少，如明人庸愚子《三国志通俗演义序》、李贽的《三国志叙》、金人瑞的《三国志演义序》，以及欣欣子等十几篇关于《金瓶梅词话》的序跋，天都外臣等十来篇有关《水浒传》的序、述语、小引、缘起、弁言、总论、传叙、读法，陈元之等近二十篇关于《西游记》的序跋。此外，《儒林外史》、《红楼梦》等著名小说几乎无书没有序跋。

这些序跋均受到研究者的重视。

再次，是以对小说作品的评点形式［眉批（夹批、侧批）、回评（回前评、回后评）］等存在的评论文字。其实，评点这一形式并不限于小说中才有，它最早存在于诗文中，是古代士人研读诗文时写下的零星札记。钱锺书认为如将陆云《与兄平原书》中所论，过录于陆机有关文章之眉或其后，就成为评点文字。从现存史料看，专门对诗文评点并成书的以宋代为早，如吕祖谦的《古文关键》等。对小说的评点，最早出现在宋季，明人许自昌认为小说评点始于刘辰翁评点《世说新语》①。近人叶德辉在《书林清话》中也提及宋人刘辰翁、方回二人曾评点"唐宋人说部诗集"。方回人品不佳，初媚奸相贾似道，后贾势败又先劾之，不久罢官。他为诗标榜江西诗派，倡"一祖三宗"之说，曾评选唐宋以来律诗，编为《瀛奎律髓》。但他所评点的"说部"则已不可见。刘辰翁曾做过濂溪书院山长，初荐史馆，因不满当时朝政，辞不就。宋亡后隐居以终。他曾对《世说新语》作过评点。《世说新语》为南朝刘义庆编著，全书分德行、言语、政事、文学等三十六门，主要记载汉末至东晋的遗闻逸事，文章短小，语言精练，韵味隽永，意趣横生，对后代小说影响颇大。刘辰翁也用同样精练的语言，对它进行评点，如庾亮讥讽陶侃俭啬条，刘氏评道"小说取笑，陶朱易愚"；又如卫洗马初欲渡江条，刘氏评道"似痴，似懒，似多，似少，转使柔情易断"，等等，后世一些小说的批语与其极其近似。明代以后，通俗小说戏曲作品大量涌现，随之出现了许多通俗文学批评家，如明人李卓吾（评点过小说《水浒传》）、清人金圣叹（也批评过《水浒传》）等辈，在中国古代小说批评史上占有重要位置。其时，几乎每部著名的通俗白话长篇小说，都有批评本，著名的如《三国演义》毛纶、毛宗岗父子批评本，《金瓶梅》张竹坡批评本，《红楼梦》脂砚斋批评本，而且有的小说还不止一家批评本，如《儒林外史》批评本，重要的就有闲斋老人、黄小田、齐省堂、张文虎等四种。在这些批评本中都有大量研讨小说的言论。

总之，我国古代小说理论主要是以上述三种形态保存下来的。对它们进行爬梳整理，细加研析，扬弃吸取并举，予以改造，借以评述古今小说，也将会有益于今日小说之阅读与欣赏，有益于当代小说理论之研究与发展。

---

① 许自昌：《樗斋漫录》。

二

迨至清季末叶，西学东渐，维新派人士受其影响，标榜并借鉴西方文化（包括小说创作及小说理论）作为鼓吹政治变革的工具，强调小说对政治革新与社会发展的重大影响，发表和出版了不少研究古代小说的论著，如梁启超的《论小说与群治之关系》、《译印政治小说序》，王国维的《红楼梦评论》，夏曾佑的《小说原理》，王钟麒的《中国历代小说史论》，吕思勉的《小说丛话》等。在这一历史阶段以及此后很长一段时期内，中国古代小说理论的上述三种传统形式的命运各自不同，序跋类文字，依然被作家和学者所采用（或改称前言、引言、后记、附记等）；笔记小札式的记叙、考订或评说，则衍变成专门从事考证或专门从事评论或二者兼而有之的论著；而评点形式则渐渐趋于寂灭无闻的境遇。

评点形式之所以趋于衰落，除客观形势变化外，也是其自身的局限和缺陷所使然。要而言之，它的不足约有三点：首先是零散而欠系统。尽管研究者深入寻绎，细心探究，可以发现某一评者对某一作品的评点，自有脉络，但对一般读者来说，只见其零星散碎的形态，难以发现评者匠心，难以承认其批评的系统性。其次是随意而欠客观。尽管一些著名评点者既能深入书中，又能脱身事外，作客观的评述，但毋庸讳言，在许多批评本中，也有不少评语是评者有所感而发，甚至借酒浇愁，游离于小说正文之外，呈现出很大的主观随意性，所作批评自然也就远离作品的客观实际。再次是蹈袭而欠创新。古代小说批评的一些概念常从其他学术领域中借来，如"同而不同"（佛学）、"忠恕"（儒学）、"虚实相生"（道家）等，甚至八股文法也被大量采用，如鲁迅所说"布局行文，也都被硬拖到八股的作法上"，"总在寻求伏线、挑剔破绽……"[①]。如何理解这些概念的本意，借用者又赋予何种含义，有时不免十分模糊。一些评点者总结出的种种"法"，虽然起始也反映了小说创作的某些艺术手段，但后起者蹈袭前人，陈陈相因，不断套用，无有新意，既不能反映出小说创作发展中的创新，又令读者反复见此而生厌。有此数端，这种形式受到冷落也就自属必然。

[①] 鲁迅：《南腔北调集·谈金圣叹》。

但是，古代小说理论的这一形式，自刘辰翁评点《世说新语》至五四运动前夕，也历经六七百年之久，而且一度呈现出相当繁荣的局面，产生了不少批评名著，积累了许多理论资料，总结了前人的一些艺术经验，这些都是值得重视的宝贵的文化遗产。不应简单地全盘否定，而应排沙拣金，予以继承发展，为当今的小说创作和小说理论研究服务。可以这样断定，中国古代小说的评点，虽缺乏明晰可见的系统，作为理论载体的文字也以零星状态呈现，但如前所述，只要细心寻绎，也不难发现它们的体系，那些批评已涉及小说的起源、历史地位、真实与虚构，乃至谋篇布局、遣词造句、人物刻画、环境描写等方面，论述面十分宽广，也有许多可资借鉴的分析。例如一些评论大都认为小说可补史之阙，为史之支流，由此而生发开去，研讨了虚与实的问题，渐次深入，终于明确地将"小说"从史的依附地位中分离出来，将其视为独立的文体。又如许多批评文字还从多方面讨论了小说的功能，有的主张劝诫作用，有的重视认识功能，等等。至于作者何以要创作小说，有的赞成情感宣泄，有的提出意在教化，等等。至于对小说的艺术表现，则是针对具体作品，大都从人物性格的描写技巧、情节配置的多样手段、语言运用的精到传神等方面，作了深入的评论。这些批评还探讨了评点小说的目的在于"通作者之意，开览者之心"；[①] 论及批评者的态度时，主张"批书当置身事外而设想局中，又当心入书中而神游象外"。[②] 凡此种种，已形成古代小说理论的架构，对我们从事小说理论研究，也不无启迪。同时，这种评点形式是在继承、借鉴我国古代典籍注疏基础上形成并发展起来的，是民族文化精神的长期积淀，具有鲜明的民族特征。在长期流传中，它也反过来，影响和培养了我国民众的阅读习惯和审美心理，是我国广大民众乐于接受、善于理解的小说批评形式，对它进行适合于今日读者所需的改造，注入时代的审美精神，它仍然可以为今日的读者和研究者所欢迎。

新中国成立以后，有识之士也曾想利用这一形式整理古代小说，徐柏容在他的专著《书评学》中提及20世纪60年代曾出现几回有关《水浒》的评点文字，惜未能蒇事。他认为1990年（应为1989年）面世的《新批儒林外史》是新中国

[①] 袁无涯：《忠义水浒传发凡》。
[②] 《金瓶梅》文龙评本第十八回回评。

成立以后第一部当代学者以新的观点批评古代小说的成功尝试。此后，有苏兴批评的《西游记》出版。漓江出版社又组织一批作家对几种古代小说进行批评，还有其他一些出版社已经出版或即将出版批评本的小说名著。可见，它已得到广大读者的认可和重视。面对这种局面，不妨对评点这一形式以及有影响的小说评点的代表作，进行深入研究和实事求是的评价，从而促进这一具有民族特色、符合民族审美习惯的文学批评形式的重新繁荣。

（原载《阴山学刊》2000年第1期；又见韩国《中国小说研究会报》第35期，1998年9月）

中 编

中国传统戏曲简述

中国传统戏剧与希腊的悲剧和喜剧、印度的梵剧，都是世界上历史悠久、成就辉煌的戏剧文化。中国的传统戏剧，自近代开始，习惯于称它为戏曲，这是由于它运用曲子作为剧本文辞之故。

中国戏曲的历史悠久。关于它的起源，历来有不同说法，如有的学者认为起源于古代巫觋以歌舞娱乐鬼神（王国维），有的学者又认为起源于春秋时代的优孟（任二北），有的学者说起源于宋代的傀儡戏、影戏（孙楷第），还有的学者甚至认为中国戏曲受到印度梵剧影响而形成（许地山）。其实，中国戏曲乃是植根于我国土壤中的一朵艺术奇葩，是我国多种艺术样式融合、渗透、变革、创新和发展的结果，是汲收了我国古代诗歌、说唱、舞蹈、音乐乃至绘画、雕塑、建筑等艺术成分而形成的具有自己民族特色的综合艺术。它起源虽早，但直到宋、金时代，方始成熟并兴盛起来。我们习惯称之为戏曲的作品，一般是指杂剧、南戏和传奇（虽然，清代中叶以后兴盛的地方戏也属于戏曲），从现存作品和影响来看，又当首推杂剧和传奇。

一

"杂剧"之名，至迟到晚唐时已出现，如李德裕《李文饶文集》卷十二即云"杂剧大夫二人"，但语焉不详。宋代"杂剧"，从一些记载来看，当是唐代参军戏和其他一些歌舞杂剧的进一步发展。在北宋时盛行于汴梁（河南开封），到南宋时则传入临安（浙江杭州）。据吴自牧《梦粱录》所记，宋代杂剧一般由末泥、引戏、副末、副净四个角色演出，有时亦添一个角色即装孤。金、元时所谓的"院本"也与此相同。陶宗仪《辍耕录》就说："院本、杂剧，其实一也。"金元院本演出时有五个角色，又称"五花爨弄"。周密《武林旧事》载有宋杂剧二百八十种剧目,《辍耕录》载有院本七百余种剧目。宋金杂剧(院本)此后在北方和南方分别逐渐发展成为元代杂剧和南曲戏文。

"杂剧"成为真正意义上的戏剧,是从元代开始,也是在元代才形成繁荣局面的。之所以如此,并非偶然,而是有着深刻的社会和文化背景。

首先,国势强盛、生产发展、城市繁荣、人口密集,为元杂剧的兴盛和繁荣提供了客观条件。元代是少数民族入主中原、掌握全国政权的时代。蒙古族统治者经过南征北战,创立了疆域极其宽广的大一统局面。起始,他们对汉族文化未予以足够的重视,其后则认识到汉族文化的价值,蒙古统治者终于与汉族人民共同采取重视和恢复农业生产的措施,又发展了水陆交通,这就使国内外的商业贸易活跃起来。四方之士虽然大多云集在元朝的统治中心大都(北京)和南宋故都(杭州),但利之所在,他们的足迹也遍及全国各地,从而繁荣了一批中小城市。城市市民和手工业者渐众,他们也都需要有娱乐自己的文艺,元杂剧正满足了这一需求。其次,中国古代歌舞和说唱艺术的发展,也对元杂剧的形成产生了很大影响,如《诗经》、《楚辞》中的歌舞,唐宋以来的参军戏、傀儡戏和影戏,以及宋金的杂剧(院本),还有宋金以来的说唱文艺诸宫调等,它们的有益和有效成分,都被元杂剧所汲取和容纳。再次,我国古代各种样式的文学作品的辉煌成就,对戏曲的繁荣也产生了很大作用,如唐代的传奇、宋代的平话,乃至唐诗、宋词等,或为它提供了创作题材,或被它化用为自己的唱词。此外,由于少数民族性喜歌舞,因而对具有歌舞成分的元杂剧也就特别关注,这也有利于戏曲的兴盛和发展。总之,这种种因素,使得元朝成为杂剧这朵奇葩的黄金时代,也使得元杂剧成为代表一个时代最高成就的文艺样式。清人焦循曾云:"夫一代有一代之所胜……余尝欲自楚骚以下至明八股撰为一集,汉则专取其赋,魏晋六朝至隋则专录其五言诗,唐则专录其律诗,宋专录其词,元专录其曲,明专录其八股,一代还其一代之所胜。"[①]焦氏所谓的元代的"曲"即元杂剧。显然,在他看来,元杂剧为一代之胜。

元代从事杂剧创作的作者极多,如关汉卿、马致远、李文蔚、王仲文、高文秀、张时起、赵文宝、萧德祥等,或为穷儒秀才,或为医生术士;还有不少艺人

---

① 焦循:《易余籥录》卷十五。

也从事戏剧创作，如花李郎、红字李二等。有国不到百年的元代，有姓名可考的杂剧作家竟多达二百余人，实际当还远不止此数。至于他们创作的杂剧剧本，为数亦甚多。明人李开先在《张小山小令后序》中说："洪武初年，亲王之国，必以词曲千七百本赐之。"在这一千七百种中，绝大多数当为杂剧。据傅惜华《元代杂剧全目》统计，元杂剧有七百三十七本之多，可惜至今仅存二百余本，而其中可断定为元代作品的只有一百六十本左右。在这许多作品中，有不少以揭露统治阶级罪恶的公案戏（包括包公戏），与之相关的则是冤狱戏；还有不少描写爱情婚姻的爱情戏，与之相关的则是妓女问题戏；更有一些歌颂水浒英雄的水浒戏，与之相关的则是历史人物戏。除此之外，还有不少神话戏，与之相关的则是一些具有消极影响的神仙道化戏。总之，元杂剧也和中国文学史上任何一种文学样式一样，有精华也有糟粕。但精华之作，却占主导地位。

　　元杂剧有着高度的思想价值。众所周知，整个元代充满着民族矛盾和阶级矛盾，广大人民群众生活极其悲惨艰难，而大多数杂剧作家也和人民群众一样，经受着同样苦难的命运。他们所创作的杂剧，其戏剧冲突就建立在强烈的民族矛盾和阶级矛盾的基础上，通过剧中各种人物的纠葛和矛盾，表现了对下层人物的同情和赞扬，对压迫者和剥削者的批评与抨击，反映了广阔的社会生活，具有昂扬的反抗精神和高度的现实意义。首先，在政治上反对沉重压迫，在经济上反对残酷剥削。统治阶级官府是"阎王生死殿，东岳摄魂台"（《蝴蝶梦》），"衙门自古向南开，就中无个不冤哉"（《窦娥冤》）；那些官吏不仅"告状来的但要金银"，而且还"无心正法"（《窦娥冤》），"官官相倚为亲属"（《蝴蝶梦》），"只要肥了你私囊，也不管民间瘦"（《陈州粜米》）。在这样严峻的现实面前，人民群众只能希望有为民做主的清官当政，有除暴安民的英雄问世。元杂剧作家深深了解群众的这一愿望，从而在他们的创作中出现了许多以历史上的清官包拯和梁山起义英雄为主角的公案戏和水浒戏。前者如《鲁斋郎》、《灰阑记》等，后者如《李逵负荆》、《双献功》等。其次，表彰历史上的英雄人物，强调汉民族的反抗精神。蒙古统治阶级推行的民族歧视和压迫政策，激起了广大汉族人民的义愤和抗争。但是，在沉重压迫下的元杂剧作家，只能从前代的历史演义中选取能够体现人民群众如此愿望和反抗的故事，作借古喻今的表现，从而创作出许多历史戏，如《赵氏孤儿》就借剧中人物赵盾的"赵家"影射赵宋故国。

这对于坚持爱国斗争的汉族人民是产生了极大的鼓舞作用的。在《单刀会》、《存孝打虎》等作品中，也有这种维护民族尊严、要求恢复故国情绪的强烈反映。再次，反对封建礼教意识，主张男女婚姻自主。如《西厢记》反对以门阀为基础的封建婚姻，《墙头马上》肯定男女青年大胆追求自主爱情，《倩女离魂》赞扬生死不渝的爱情，《望江亭》中对寡妇再嫁也不予反对等。这些剧作的出现，无疑是沉重地冲击了封建礼教和封建婚姻制度。如此种种，均表现了元杂剧具有高度的思想价值。

元杂剧的艺术成就也是十分辉煌的。首先，它是中国戏剧艺术已臻成熟的作品。如前所述，中国的戏曲艺术经历了漫长的发展过程，但直到金元时期，才融合了各种艺术成分，将歌、舞、说、演有机地熔铸在一起，形成一种新的艺术形式。其体制也已定型，由四折组成一本，或加一楔子，大抵根据戏剧矛盾的开端、发展、高潮和结局来分折；如有楔子，则相当于序幕。每本杂剧表演一个首尾完整的故事。在一本戏中，每折用同一宫调的几支不同曲牌组成的套曲演出，四折即四个套曲。不同的宫调，可以表达不同的情绪；不同曲牌的更迭，又衬托出人物感情的发展变化。每本杂剧由一个主要演员主唱，其他角色只能说白。由男主角（正末）主唱的称末本，由女主角（正旦）主唱的称旦本。均用北曲演唱。除男、女主角外，尚有若干配角上台演出。在唱词和说白之间，还穿插舞蹈和表演动作，以增强演出效果。这种艺术样式，在当时无疑是空前完美的。其次，元杂剧是我国叙事文学发展的一个高峰。在它以前，我国文学主要是以诗歌、散文为主的抒情性文学。唐宋之际，虽然有了一些传奇、话本，也出现了参军戏和宋杂剧，然而传奇是用文言写作的，话本也未成为当时的主要文学样式，参军戏和宋杂剧还只是戏剧的雏形。至于有完整的情节，有典型的人物，而又成为一代文学的主要样式，则不能不推元代杂剧。再次，作为叙事文学发展的一个高峰，它还继承了我国古代文学中现实主义传统，使之向更高阶段发展，塑造了许多具有典型意义的人物形象，如历史英雄、水浒好汉、廉吏清官、劳苦群众，当然也有赃官恶吏、权豪势要、高利贷者、地痞流氓等，从而广阔地反映了元代的社会现实。同时，在现实主义为主流的元杂剧中，也洋溢着浪漫主义的浓郁气息。它并没有消极地反映人民的苦难，而是积极地讴歌了群众的反抗及其胜利。这种积极的浪漫主义精神，对于引导人们去改变现实、鼓舞人们行动的意愿，产生了极大的作用。此外，它的语言"文而不文，俗而不俗"①，极其真实而形象地塑造人物、反映生活，既能使广大群众易于接受，又能提高他们的审美水平。

总之，无论就思想意义还是从艺术表现来看，元代杂剧的成就是十分巨大的，在中国戏曲史、中国文学史上都占有重要位置，对后世的文学创作产生了长远影响。

二

"杂剧"盛行并繁荣于元代，但其后并未绝响。明清两代的杂剧创作，为数大大超过元代，据傅惜华统计，元杂剧虽有七百三十七种，但存世本仅一百六十种左右。《明代杂剧全目》著录明杂剧为五百二十三种，但存世者却有一百八十种左右，超过元杂剧存世之作。《清代杂剧全目》著录一千三百种左右，存世者亦夥。仅从创作数量而言，明清两代的杂剧实不可忽视。惜乎既有的一些研究论著，对它尚缺少全面、深入的研讨。

明朝初期，杂剧创作承元末神仙道化剧的余绪，也产生了一些思想价值不高的剧作。但综观整个明、清杂剧创作，精华仍占主导地位。即以明代杂剧而言，题材依然十分广泛，反映现实的剧作颇多，并且有与元杂剧不同的时代特色。首先，元杂剧反映民族矛盾的剧作极多，而到了明代，民族矛盾渐趋缓和，相应地反映这类题材自然减少，而描写统治阶级内部倾轧排挤、宦海风波、人情险恶的作品则相应增多，如康海、王九思都写有《中山狼》，王衡有《真傀儡》，茅维有《闹门神》等。同时，由于明代统治阶级推行八股科举制度，暴露这一制度推行过程中的黑暗和腐败，反映这一制度对士人和社会风气的毒害和影响的剧作，也就相应而生，如冯惟敏的《不伏老》、王衡的《郁轮袍》、无名氏的《贫富兴衰》等。其次，明代中叶以后，由于资本主义萌芽势力空前活跃，极大地冲击了封建统治阶级所推行的程朱理学和所倡导的封建道德规范，一些剧作家敢于突破封建礼教的樊篱，讴歌自主的爱情。如凌濛初和孟称舜就分别创作了《北红拂》和《桃花人面》，借历史故事，充分赞扬那些冲破礼教束缚、追求爱情自主的女性。至于冯惟敏的《僧尼共犯》和无名氏的《女贞观》，更是将原应遵守禁欲清规的佛门

---

① 周德清：《中原音韵》。

弟子当作热情奔放的青年男女来描写，肯定他们敢于冲破封建礼教和宗教法规的束缚与限制，毫无顾忌地追求自己幸福爱情的斗争。再次，明中叶以后，与资本主义萌芽势力活跃相关而发生的思想解放运动，对于妇女地位的改善和提高，虽然在当时尚不能有任何实际助益，但一些进步文人越来越认识到妇女的才干并不亚于男子。他们和元杂剧作者的注意力已有所不同，不仅仅被妇女的苦难命运所震撼，也为妇女文治武功的卓越才能所吸引。如徐渭《四声猿》杂剧中，就有《雌木兰》、《女状元》两种，分别讴歌了花木兰从军、黄崇嘏从政的才干。虽然，她们都是女扮男装后才建立事功的，似乎有所不足，但这种变通方式却正反映了妇女在封建社会中所受到的歧视和压力，不如此，则无以表现她们的才华和能力。

入清以后，杂剧创作中这一现实主义传统也未中断。首先，在明清交替之际，杂剧创作中也产生了不少寄寓亡国之恨、故国之情的作品。例如曾为南明弘光朝的光禄卿、入清后隐居不出的陆世廉所创作的《西台记》，描写谢翱追随文天祥、张世杰抗元，失败后恸哭于西台的故事。王夫之的《龙舟会》，抨击靦颜事敌的变节之士。在明清易代之际，高唱"山河满眼俱非故"、"成仁取义自君标"，痛斥"花颜面愁人见，叩头虫腰肢软似绵，堪怜！翻飞巷陌乌衣燕，依然富贵扬州跨鹤仙"，充满着深沉的故国之思和遗民血泪，感人极深。其次，满族统治者对汉族士人虽然在镇压的同时也加以怀柔，但实际并不信任，处处严加防范。坚决抗清的士人固然遭到屠戮，一般士子也都心怀惴惴，即使投降称臣如钱谦益、吴伟业之流有"声望"的文人，也时有被祸的危机感，宋琬也被下狱三年。一些文人也不时创作杂剧来抒发自己的块垒，一泄胸中不平之气。如曾举博学鸿词科的尤侗的《读离骚》杂剧即是，张韬的《续四声猿》也是这类作品。至于对清承明制所推行的八股科举的弊端，徐石麒的《大轮转》、严廷中的《洛城殿》都有所揭摘。再次，在妇女题材的剧作中，不但有类似明杂剧中肯定妇女才干之作，也出现了讴歌妇女复仇雪恨之剧。如吴伟业的《临春阁》，肯定洗夫人及张贵妃的文治武功；张源的《樱桃宴》，赞扬了"女中男子"窦桂娘惩治国贼、申报家仇的精神。王夫之的《龙舟会》、尤侗的《黑白卫》、叶承宗的《十三娘》中均有这类妇女形象出现。此外，清朝是在明朝"天崩地解"的基础上建立起来的，作为反映现实的作家经历了这一翻天覆地的变化，自不能不对过去的历史作一番冷静的思索，因此，在清杂剧中又出现了不少所谓的"翻案剧"。如郑瑜的《鹦鹉洲》为曹操翻案。对元杂剧所叙写的故事，清杂剧中也有翻案之作，如查继佐的《续西厢》和碧蕉轩主人的《不了缘》，是对王实甫《西厢记》所作的不同结局的翻案。总之，明清两代，杂剧创作并未消歇，而且它们继承了元杂剧的现实主义传统，并有所发展，从而具有自己的时代特色，包孕着极其丰富的思想内涵。

明清杂剧在艺术形式方面，固然继承了元杂剧的成就，但有着较大的发展变化。因此，有的学者将明杂剧称为"南杂剧"。对这一称谓，又有不同解释，这些学术问题须待深入研究，此处姑且置而不论。从明清杂剧的艺术特点来看，首先，在音乐结构上，元杂剧用北曲，一般由末或旦主唱。明杂剧则突破一人主唱的格局，而且受到南戏影响，间用南曲；迨至昆山腔兴起之后，更是逐渐以南曲取代北曲，而且北曲创作的杂剧乃渐次陵替。其次，元杂剧体制通常是一本四折，明清杂剧则突破这种结构模式，根据剧情需要设计，少至一本一折，一本三至五折不等，甚至一本多达七折、八折乃至十折以上者。《曲品》说许潮所作杂剧，"每出一事"即一事一出（折）。这种短剧多为表现作者的某种意念和情绪而作，戏剧冲突不像元杂剧那样集中、尖锐，但却很难写得成功。明清两朝不少杂剧作者颇乐意为之，且也有不少成功之作，这正表现了他们高超的艺术素养。再次，元杂剧作者大多来自社会下层，其所作又大都为演出需要，自必注意故事的曲折变化，情节的波澜起伏。而明清两代杂剧，大多出自文人之手，且多为宣泄心绪而作，自然较少考虑故事的曲折、情节的动人。他们写作杂剧，也如同创作诗、词、赋一样，比较注意文笔的细腻、辞藻的华丽，谨守曲谱，讲究辞韵。他们或自称其杂剧为"写心剧"，并被后世论者判定为"文人剧"。这种倾向的不断发展，使得生命在"场上"的戏剧逐步移向"案头"，也从而导致作为综合艺术的杂剧的衰落。

三

在宋金杂剧盛行于北方之际，在南方却流行着宋元南戏。南戏的名称很多，周密《癸辛杂识》别集上云："……乃撰为戏文以广其事。"刘一清《钱塘遗事》云："王焕戏文盛行于都下。"可见南戏又称"戏文"。从钟嗣成《录鬼簿》卷下所云"又有南曲戏文等"可知，"戏文"乃"南曲戏文"之简称。夏庭芝《青楼集》记载龙楼景、丹墀秀"专工南戏"，则是将"戏文"称作"南戏"。目前一般研究者均以"南戏"称指宋元时代盛行于南方的戏文。同时，又因南戏最早流行于浙江温州，故被称为"温州杂剧"[①]；又因永嘉为温州首县，因而亦称"永嘉杂剧"[②]。

南戏产生的年代，祝允明在《猥谈》中说："南戏出于宣和之后，南渡之际。"宣和（1119—1125）为宋徽宗赵佶年号。徐渭《南词叙录》则云："南戏始于宋光宗朝。"宋光宗赵惇在位五年即绍熙元年到五年（1190—1194）。由此可知，南戏产生于北宋末期，而盛行于南渡之后。刘一清《钱塘遗事》"戏文诲淫"条记载："贾似道少时，佻达尤甚。自入相后，犹微服间或饮于妓家。至戊辰己巳间，《王焕戏文》盛行于都下，始自太学有黄可道者为之。"贾似道于宋理宗宝祐六年（1258）为相，戊辰己巳为宋度宗咸淳四年至五年（1268—1269）。从刘一清所记，可知产生于温州的戏文至南宋时已盛行于都城临安（杭州）了。而且，时至南宋，在京城已出现专门编写戏文的书会。现存的戏文《张协状元》中〔满庭芳〕曲词有云："教坊格范，绯绿可同声"，"状元张协传前回曾演，汝辈搬成，这番书会，要夺魁名"；〔烛影摇红〕曲词又云"九山书会，近日翻腾，别是风味"，等等。据周密《武林旧事》可知，南宋时杭州有杂剧社名曰绯绿，用"绯绿"与《张协状元》相比，可见这一故事发生在南宋都城杭州，且是杭州九山书会成员所编撰，由此也可见南戏在南宋时流行的盛况了。

南戏源自民间小曲。《南词叙录》云："永嘉杂剧兴，则又即村坊小曲而为之，本无宫调，亦罕节奏，徒取其畸农、市女顺口可歌而已。"正由于它来自民间，形式自由活泼，与逐渐定型的北曲杂剧相比，有更大的灵活性，如杂剧每本四折，南戏则长短自如；又如杂剧每折一人独唱，南戏则可独唱、对唱、合唱；再如杂剧每折限用一宫调，一韵到底，南戏则十分自由，可不协宫调，又可自由换韵。南戏这种自由、灵活的形式，有利于它的发展。此外，当时的社会条件，也促使它首先在东南一带流行。赵宋王朝迁都临安以后，对外交通不得不依赖当时设有"市舶司"的几个口岸城市，如浙江的宁波、温州，福建的泉州，广东的广州。而离京城最近的则莫若宁波和温州了。由于交通便利，这些城市也就成为货物的聚散地，人旅也就频繁。从北方迁徙而来的"路岐人"（演员、艺人）也逐渐由

[①] 祝允明：《猥谈》。
[②] 徐渭：《南词叙录》。

临安转移到这些口岸来谋生。温州地区的这种小曲，被这些艺人所汲取利用，也就极其自然。这就促进了"永嘉杂剧"的成熟，从而也首先在这一带盛行起来，尔后又向都城临安辐射。

南戏从形式上看，来自民间；从内容上看，取材现实。因此，从它产生之日起，就反映了社会生活，表达了人民意愿，因而获得群众的欢迎。从有关记载中可以看出它的干预生活的巨大影响力。据周密《癸辛杂识》记载，温州乐清县僧祖杰，淫人之妻，杀人全家，虽受害者逐级上告，但均因祖杰行贿而被置之不问。于是当地群众"惟恐其漏网也，乃撰为戏文以广其事"。有关当局方因"众言难掩，遂毙之于狱"，但"越五日而赦至"。由此可见如不是"戏文以广其事"，对这样一个凶顽恶僧还是不会绳之以法的。至于前文叙及的《王焕戏文》，据《钱塘遗事》记载，有一官僚娶妾多人，"诸妾"见了这本戏文，"至于群奔，遂以言去"，可见此剧对青年男女反抗不合理的婚配制度，也产生了很大的鼓舞作用。正因为南戏干预生活的态势，引起统治者的不安，也曾"榜禁"许多戏目，不许上演①。

南戏作品今存者极少，不过从目前可以见及的零星资料，可以断定在宋元时代其作品数量肯定不在少数。近人有辑录者，得南戏名目一百六十七种，其中有传本者十五种，全逸者三十三种，有辑本者一百十九种。庄一拂《古典戏曲存目汇考》则著录多达三百二十余种。在《永乐大典》中就保存有宋代作品《张协状元》一种和元代作品《小孙屠》、《宦门子弟错立身》二种。《张协状元》一般被认为是元人作品，但其实是宋人所作。此戏写张协中状元之后弃妻并以剑伤之，而其妻则为梓州州判王德用收为义女。张协被任为梓州府佥，为王德用之属官。王以女妻之，张协欣然应允，岂料洞房之夜方知乃是先前以剑刺伤之贫女。其妻对之痛斥之后，方与之团圆。这一戏文正反映了科举制下"富易交，贵易妻"的现实，对负心男子严加谴责，对薄命女子寄以同情，具有一定的现实意义。《小孙屠》描写的是一件奸杀案，写开封府孙必达、孙必贵兄弟二人，必达在家读书，必贵外出业屠，人称小孙屠。其兄为其妻与奸夫所陷下狱，小孙屠送饭，亦被下狱，并被毙之于野，为岳神所悯而使之复生，遇其妇并使妇自白，案情乃清。作品无甚价值，且有不少封建宿命色彩。《宦门子弟错立身》写河南府同知之子完延寿

---

① 祝允明：《猥谈》。

马不愿读书，苦恋女优王金榜，为其父所怒斥，乃携王金榜出奔。金钱用尽后，乃演戏谋生。其父出巡，旅居岑寂，召艺人演出，不想艺人正是其子。父乃允其与王金榜完婚。此戏表现贵介公子不顾自家门第恋爱女优的故事，反映了作者在当时较为进步的爱情观念。

现存完整的宋元南戏作品很少，尚难于对它的思想价值作出全面的客观的评判。从现存的戏目来看，大多以爱情、婚姻、家庭问题作题材，所体现的也大都是城市平民的生活情绪和思想愿望。不过，无论从题材或是形式上来看，南戏对明、清两朝的传奇是产生了很大的影响的。例如高明《琵琶记》，显然受到南戏《赵贞女蔡二郎》的影响，《南词叙录》记载此戏"即旧伯喈弃亲背妇，为暴雷震死，里俗妄作也"。这一故事，早在南宋时即已流传，陆游《小舟游近村，舍舟步归》诗云："斜阳古柳赵家庄，负鼓盲翁正作场。死后是非谁管得？满村听说蔡中郎。"南戏显然是根据"里俗"传闻所作，高明以之写成《琵琶记》则全然变了样，作者所赞颂的是"极富极贵牛丞相，施仁施义张广才，有贞有烈赵贞女，全忠全孝蔡伯喈"。不过，尽管高明改变了这一故事的主旨，但取材于它则是分明的事实。此后，一些文人又在南戏体制的基础上，汲取北曲杂剧的特点，加以包融铸合，创制出南北合体的戏曲新体制，逐渐形成明、清传奇这一新体裁。高明的《琵琶记》正是体现了南戏向传奇过渡的代表作。

四

南曲戏文汲取和融合北曲杂剧而形成新的体制——传奇。"传奇"一词，唐时已出现，裴铏称其所作小说为"传奇"。原书已逸，但郑振铎有辑本行世。明清以来，"传奇"则专用指南曲为主的戏曲作品。李渔在《闲情偶寄》中说："古人呼剧本为'传奇'者，因其事甚奇特，未经人见而传之，是以得名。可见非奇不传。"明、清两代传奇作家辈出，作品极多，在我国戏曲发展史上继元代杂剧之后又拓展了一个新的局面。由南戏发展而来的传奇，与南戏已有所不同，南戏原不分出，一本戏的长短也无定数，如《宦门子弟错立身》有七段，而《张协状元》竟多达四十段；传奇则分出，每本戏的长短均在三四十出之间。例如由南戏过渡为传奇的《琵琶记》为四十二出，《拜月亭》为四十出，《白兔记》则为三十三出，

《杀狗记》亦是三十三出。每本戏的篇幅有一定约数，便于组织情节，又有利于演出安排。传奇和杂剧的区别则更为显著，尤其在篇幅上大大超过杂剧，便于反映复杂的社会生活；杂剧唱北曲，南戏纯为南曲，而传奇以南曲为主，并不全然排除北曲。乐调既丰富，声情又繁复，与内容更相配合，极大地加强了戏曲这一艺术形式的表现能力，因而渐次取得比杂剧和南戏更受欢迎的位置。明清两代传奇作品为数极多，庄一拂《古代戏曲存目汇考》著录传奇作品有二千五百九十余种，远较杂剧一千八百三十余种为多，可见其流行盛况。

明、清传奇出现于元明之际，极盛于明末清初，至清朝乾隆、嘉庆之际，地方戏兴起，传奇乃渐次式微。在明初期至清中期这三百余年中，传奇的发展大约可分为前后二期。从明初至嘉靖朝近二百年时期内，可谓是南戏向传奇过渡、发展阶段。元、明之际的《琵琶记》和"荆（钗记）、刘（知远）、拜（月亭）、杀（狗记）"在舞台上演之后，运用南曲声腔创作的传奇从此大大兴盛，江西的弋阳腔，浙江的海盐腔、余姚腔，江苏的昆山腔，都被戏曲家用来创作传奇。迨至嘉靖以后，弋阳腔有了新的发展，昆山腔也有了新的变革，促成了传奇创作的鼎盛时期。沈宠绥《度曲须知》曾云："名人才子，踵《琵琶》、《拜月》之武，竟以传奇鸣；曲海词山，于今为烈。"足见其盛况空前。

明代戏剧作者大多为文士，所谓"今则自缙绅、青襟，以迨山人墨客，染翰为新声者，不可胜记"[1]，他们大多有不同的功名，与元曲杂剧作者大多出自下层市井不同。同时，元、明之际出现的《琵琶记》是"教忠教孝"之作，而且得到封建统治阶级的赏识，明太祖朱元璋在读过《琵琶记》后就曾说："五经、四书如五谷，家家不可缺；高明《琵琶记》如珍馐百味，富贵家岂可缺耶！"凡此，均导致明初剧坛充斥着封建说教之作，最著名者有邱濬的《五伦全备忠孝记》和邵灿的《香囊记》。前者明确提出"若于伦理无关紧，纵是新奇不足传"，全剧充斥着美化五伦的说教，"纯是措大书袋子语，陈腐臭烂，令人呕秽"[2]。后者亦踵步《五伦全备记》，情节杂乱，思想陈腐，唱词宾白多用文言，被人讥为"以时文为南曲"，无足称道。初期知名传奇尚有《金印记》、《金丸记》、《精忠记》、《千金记》等，大都演说历史故事，杂以野史传记，文笔不佳，亦时有鼓吹封建

---

[1] 王骥德：《曲律》。
[2] 徐复祚：《三家村老委谈》。

伦理之笔，价值不高，影响亦不大。

迨至嘉靖年间，产生了李开先的《宝剑记》、相传王世贞所作的《鸣凤记》和梁辰鱼的《浣纱记》，传奇中乃始有足称上乘之作。《宝剑记》是第一部将小说《水浒传》改编为戏曲的作品，主要叙写林冲逼上梁山的故事。虽然全剧仍离不开宣传忠孝以"振纲常"，但毕竟以农民起义中的首领人物作为主要人物来描写，并且肯定林冲包围京师、清除君侧的行为。尽管它还存在不少缺陷，但也属难能了。《鸣凤记》则揭露嘉靖年间丞相严嵩父子专权独断、残害忠良的罪行，是中国戏曲史上第一部反映时事、描写重大政治事件的剧作。因此，即使此剧存在头绪纷繁、结构松散、角色过多等不足之处，同样也应予以一定的地位。《浣纱记》写越王勾践发愤图强、灭吴复仇故事，肯定越王勾践虚心纳谏和臣子范蠡、文种舍身尽忠；批判吴王夫差宠信佞臣、排斥忠良和追逐声色、骄奢淫逸，终至亡国。这是第一部运用昆腔曲调创作的传奇。这三部传奇的问世，表明了作家有意识地以这种样式探索政治、历史、人生的重大问题，从而大大提高了传奇创作的审美品格和历史地位，对此后传奇创作的进一步繁盛产生了积极的影响。

及至万历时期，涌现出许多著名的剧作家，如汤显祖、沈璟、高濂、屠隆等等；稍后又有王骥德、吕天成、吴炳、孟称舜等。在这一阶段，并且形成了以汤显祖为代表的临川派和以沈璟为代表的吴江派。这两派的理论主张相互对立，汤显祖主张文采，注重剧作的文学性，要求格律服从文辞；沈璟则主张合律依腔，要求文辞服从格律。临川词主张"意趣神色"，吴江派强调"法胜于词"。两者主张均有合理之处，但亦均有失之偏颇之处。不过，沈璟主张的片面性更大。同时，他创作的传奇多达十七种之多（今存《红蕖记》、《埋剑记》、《桃符记》、《坠钗记》、《博笑记》、《义侠记》、《双鱼记》七种），但思想价值均不可与以《牡丹亭》为代表的汤显祖的"临川四梦"相比拟。因而，在戏曲史上的地位，吴江派自不可与临川派相抗衡。

仿效汤显祖的有吴炳（著有《粲花斋五种曲》）、孟称舜（著有《娇红记》）等；步武沈璟的则有沈自晋（著有《翠屏山》、《望湖亭》）等。高濂则既不属临川，又不隶吴江，他所创作的《玉簪记》，描写女道士陈妙常与书生潘必正的恋爱故事，批判了僧侣的禁欲主义，歌颂了青年男女追求自主爱情的精神，全剧充满喜剧色彩，一直被传唱不衰。

临川派与吴江派的争论，对后来的传奇创作产生了深远的影响，有的戏曲家就主张采取二者之长，去除二家之短，以开拓传奇创作的新局面。如吕天成在《曲品》中就说："倘能守词隐先生（沈璟）之矩矱，而运以清远道人（汤显祖）之才情，岂非合之双美乎？"这一设想，终于在清初苏州派首领人物李玉的创作中得到体现。

苏州地区，自明朝以来一直是我国东南地区的商业繁荣之地，商品经济十分活跃，不但新型的工商业主众多，而且市民阶层壮大，生产发达，人民富庶，但这一地区同时也就成为统治阶级垂涎之处。众所周知，明朝末叶，阉宦擅权，结党营私，朝政腐败，缇骑四出，税监遍布。因此东南地区的阶级斗争形势不但尖锐而且复杂。此外，苏州地区又是昆曲发源之地，沈璟为首的吴江派亦在这一地区之属，市民有喜爱传奇之习俗。因此，以李玉为代表的出身于下层的一批剧作家乃应运而生。李玉字玄玉、元玉，号苏门啸侣，又号一笠庵主人，江苏吴县（今苏州）人，约生于明朝万历末年，卒于康熙十五年（1677）左右。他来自社会底层，熟悉群众生活，又精通南北曲，长期生活在舞台艺人之中，因而他的创作贴近生活。从内容上看，他继承和发展了我国戏曲创作的现实主义传统，从现实生活中摄取题材，迅速而真切地反映了他的时代，如《清忠谱》、《万里园》等，所反映的东林党人和市民群众反对阉党的斗争，以及明清政权交替之际人民所受的苦难，都是他耳闻目睹的社会现实。他还创作了不少历史剧如《麒麟阁》、《牛头山》等，表彰阶级矛盾和民族矛盾激化时代的忠贞之士，鞭挞奸佞之徒，这也从另一视角体现了他所处时代的特点。此外，他还写有不少儿女风情剧，如《占花魁》等，也具有时代气息。从艺术上看，在他所写的三十几种传奇中，无论结构立意、曲调选配，还是角色安排、唱白运用等，都适于演出。《缀白裘》选录他的创作多达十一部三十八出之多，可见他的创作确能流传久远。他的代表作当推《清忠谱》。苏州派的剧作家尚有毕魏（著有《三报恩》、《竹叶舟》）、叶时章（著有《琥珀匙》、《英雄概》）等。稍后于李玉的则有浙江兰溪剧作家李渔，他所创作的传奇达数十种之多，有刊本流传的如《李笠翁十种曲》。他还是戏剧理论家，著有《闲情偶寄》，论及戏曲创作理论和舞台导演及表演理论。无论他的创作还是他的理论，在当时颇著声誉，对后世也产生了巨大影响。

清代初期剧坛上还出现了两大名著，即洪昇的《长生殿》和孔尚任的《桃花扇》，一时有"南洪北孔"之称①。这两部传奇继承了我国古代戏曲的现实主义优秀传统，深刻地反映了明清易代之际的社会现实。《长生殿》写的是唐玄宗李隆基和贵妃杨玉环的爱情故事，作者虽然充分赞扬了他们生死不渝的爱情，但又描写出由于他们的爱情生涯所导致的国家变故，所谓"弛了朝纲，占了情场"。作者在序言中明白地表明了他对社会治乱的认识，是"古今来逞侈心而穷人欲，祸败随之"，因而他的创作意图就在于"垂戒后世，意即寓焉"。在明亡不久的清初剧坛上"唱不尽兴亡梦幻，弹不尽悲伤感叹"②，怎能不引起观众的故国之思？《桃花扇》同样也是借复社文人侯方域与秦淮歌妓李香君悲欢离合的恋爱故事为线索，描写了明代弘光朝覆亡的悲剧历史，而以清王朝征求隐逸结束。在剧中，作者总结了南明王朝覆灭的教训，"私君、私臣、私恩、私仇，南朝无一非私，焉得不亡"③，鞭挞了统治阶级的丑恶，歌颂了爱国人物的气节。《余韵》出中柳敬亭所唱〔秣陵秋〕、苏昆生所唱〔哀江南〕二支曲子，既概括了南朝兴废的历史，又寄寓了作者强烈的故国之思。因此，当此剧演出之际，观众中"或有掩袂独坐者，则故臣遗老也；灯炧酒阑，唏嘘而散"。④这正反映了《桃花扇》的巨大感染力。总之，这两部传奇的出现，不仅将明清传奇的创作推向巅峰，而且在它们之后，传奇创作中也无有能超越其上者，实在是我国戏曲史、文学史上不可多得的佳构。

迨至乾（隆）嘉（庆）以降，地方戏蓬勃兴起，无论杂剧还是传奇乃渐次式微，不再具论。

五

中国古典戏曲的佳作如林，它们不仅是我国人民所珍视的文艺瑰宝，也早已成为世界各国人民所接受并喜爱的精品。例如元代杂剧《赵氏孤儿》，早在清朝康熙年间，法国传教士约瑟夫·普雷马雷（汉名马若瑟）就曾将它译成法文，题名《赵氏孤儿·中国悲剧》。这一译本被收入法国耶稣会会士迪哈尔德所编《中华帝国全志》一书中，于1735年出版，在欧洲陆续出现的五种改编本，也都主

---

① 杨恩寿：《词余丛话》。
② 洪昇：《长生殿·弹词》。
③ 孔尚任：《桃花扇·拜坛》眉批。
④ 孔尚任：《桃花扇本末》。

要是参考了马若瑟的译本。此后又有英、德、意大利、俄、日等语种译本问世。尤其值得一提的是法国大作家伏尔泰于 1755 年将它改编为《中国孤儿》，并曾在巴黎国家剧院上演；德国著名诗人和戏剧家歌德在改编《埃尔彭诺》剧本时，也受到《赵氏孤儿》的影响。元代杂剧《西厢记》也有拉丁、英、法、德、意大利、俄、日等多种语种译本。美国大百科全书"中国元代戏剧"条说《西厢记》是王实甫"以无与伦比的华丽的文笔写成的，全剧表现着一种罕见的美"。英国大百科全书"元代文学"条则认为《西厢记》"对后世戏剧产生了极大的影响"。《牡丹亭》也有英、法、德、俄、日等语种译本，《长生殿》则有英、法、俄、日等语种译本，《桃花扇》也有英、法、德、俄、日等语种译本。仅从这几种戏曲被译成多种文字来看，我国古典戏曲的优秀作品，不仅受到国内人民群众的欢迎，而且也早已得到世界人民的承认。

当然，由于传统戏曲本身的局限（如情节进展缓慢等）以及现代生活的快节奏，欣赏舞台上传统戏曲的观众已逐渐减少。为便于现代人接受这些佳作，从中汲取积极的营养成分，陶冶自己的情趣，增强自己的修养，提高自己的审美品格，继承先民的崇高美德，培养时代的高尚节操，我们选择传统戏曲中的优秀作品，将它们改编为小说，以利于读者的阅读、欣赏。这种做法，可谓古已有之，很多小说作品被历来作家改写成戏曲，不少小说名著也曾取材于戏曲作品，如《三国演义》与"三国戏"，《水浒传》与"水浒戏"等。这种做法，国外亦有，如莎士比亚的戏剧，经过英国散文家兰姆姊弟（Charles Lamb, 1775—1834; Mary Lamb, 1764—1841）的改写，也成为文学名著，家喻户晓。此外，法国戏剧作家莫里哀的作品，也曾被改写为小说，等等，不一而足。因此，应出版社之约，选定元杂剧十五种、明杂剧八种、清杂剧七种和明清传奇四种，改写为短篇（杂剧）和中篇（传奇）小说，以飨读者。由于受篇幅限制，传奇所选篇目较少，容日后有机会再补。此稿已受到外文出版社注目，拟将译成多种语本向海外发行。元杂剧十五种之法文版首先进行释译，英文版却先行问世。

（原载中国台北《复兴剧艺学刊》总 17 期，1996 年 7 月）

中国传统戏曲的传承与发展

——以《牡丹亭》的"通变"为例

一

　　一部中国文学史就是一部中国文学的通变史，一部中国戏曲史就是一部中国戏曲的通变史。一个时代的文学艺术总是在继承前代文学艺术优秀传统的基础上，汲取当代的虽嫌粗糙却具有新鲜气息的民间的文艺精华，予以改造和提高，从而得以发展的。《易·系辞上》所云"化而裁之谓之变，推而行之谓之通"，此种观念被引入文学艺术的创作和研究中，就形成文学的"通变"理论。陆机《文赋》有云"谢朝华于已披，启夕秀于未振"[①]，强调陈言务去，主张独出心裁。而刘勰更在《文心雕龙》中立有"通变"专节，阐论文学的继承与发展，说"名理有常，体必资于故实；通变无方，数必酌于新声。故能骋无穷之路，饮不竭之源"[②]，主张学习前人所作，以斟酌新篇。历来论述文学艺术时有献替、代有因革者颇不乏其人，如元人周德清《中原音韵》罗宗信序即云："世之共称唐诗、宋词、大元乐府，诚哉！"[③]明人李贽在《童心说》中有言："诗何必古选，文何必先秦。降而为六朝，变而为近体，又变而为传奇，变而为院本，为杂剧，为《西厢》曲，为《水浒传》，为今之举业也。"[④]清人焦循在《易余籥录》卷十五中更指出"一代有一代之胜"，并拟"至楚骚以下至明八股，撰为一集，汉则专取其赋，魏晋六朝则专录五言诗，唐则专录其律诗，宋专录其词，元专录其曲，明专录其八股，

---

① 六臣注《文选》卷十七。
② 刘勰：《文心雕龙》卷二十九。
③ 《中国古典戏曲论著集成》（一），中国戏剧出版社1959年版。
④ 李贽：《焚书》卷三。

一代还其一代之胜"①。再后，王国维作《宋元戏曲考》序首言："凡一代有一代之文学：楚之骚，汉之赋，六代之骈语，唐之诗，宋之词，元之曲，皆所谓一代之文学，而后世莫能继焉者也。"②再以戏曲发展而言，则汉有百戏，唐为戏弄，两宋有南戏，金元则为杂剧，明清演为传奇，其后又有花部、京剧等。

每个时代的文学艺术不仅继承前代精英，还从民间汲取滋养，即以昆曲产生的明代而言，无论戏曲声腔，抑或诗歌创作乃至木刻图像，都曾以民间创作为基础，将这些所谓"俗"的文艺锤炼并引入所谓"雅"的文艺中来。而这一过程对于文学艺术的提高和发展显然是大有裨益的。例如，明代的代表文学，虽然李贽、焦循均肯定八股举业，但亦有不少文人认为明代民歌极有价值。据《词谑》所记："有学诗文于李崆峒者，自旁郡而之汴省，崆峒教以若似得传唱《锁南枝》，则诗文无以加矣"；"何大复继之汴省，亦酷爱之"。说《锁南枝》"乃时调中状元也"③。卓珂月也以民歌为"我明一绝"④。而明代文人如李东阳、李梦阳、袁宏道辈尽管对民歌的评价不完全一致，但从民歌吸取精髓以充盈自己的创作则是共同的。又如木刻、图画，"本来就是大众的，也就是'俗'的，明人用之于诗笺，近乎雅了"⑤。鲁迅还具体指出："镂象于木，印之素纸，以行远而及众……宋人刻本，则以今之所见医学佛典，时有图形；或以辨物，或以起信，图史之体具矣。至明代，为用越宏，小说传奇，每作出相，或拙如画沙，或细于擘发，亦有画谱，累次套印，文采绚烂，夺人目睛，是为木刻之盛世。"⑥至于戏曲声腔的变化，也体现出这一从俗到雅、从民间原生态变而为经专业人士打磨成精制产品的过程。

此就文学艺术的发展整体而言，而某些具体的作品的产生和流传也能体现这一过程。例如，《牡丹亭》就经历了从笔记话本到传奇、从宜黄腔到昆腔不断创新的过程。

---

① 焦循：《易余籥录》卷十五，《木犀轩丛书》本。
② 《王国维戏曲论文集》，中国戏剧出版社 1957 年版。
③ 《中国古典戏曲论著集成》（三）。
④ 卓珂月汇选《古今词统》有黄河清序《草堂诗余》，其上方有云："明诗虽不废，然不过山人、纱帽两种应酬之语，何足为振。夫诗让唐，词让宋，曲又让元，庶几吴歌《挂枝儿》……之类，为我明一绝耳。"
⑤ 鲁迅：《且介亭杂文二集·全国木刻联合展览会专辑序》。
⑥ 鲁迅：《集外集拾遗·北平笺语序》。

二

汤显祖于万历二十六年（1598）完成《牡丹亭还魂记》，至今已四百零七年。四百年来，无论是文学创作还是戏曲演出，《牡丹亭》都处于通变之中。

就文学创作而言，众所周知，《牡丹亭》的题材渊源有自，在《题词》中，汤显祖就明言："传杜太守事者，仿佛晋武都守李仲文、广州守冯孝将儿女事，予稍为更而演之。至于杜守收拷柳生，亦如汉睢阳王收拷谈生也。"汤氏所言之李仲文事见于陶潜《搜神后记》卷四，冯孝将事见于刘敬叔《异苑》卷八，谈生事见于干宝《搜神记》卷六[①]。这些作品大多出现于魏晋南北朝的志怪书籍，多为记述神仙方士、妖魔鬼怪、殊方异物、神道灵异等故事。依照鲁迅论析，此种书籍的大量出现是与"中国本信巫，秦汉以来，神仙之说盛行，汉末又大倡巫风，而鬼道愈炽；会小乘佛教亦入中土"的社会环境有关。其中，"有出于文人者，有出于教徒者"，而出自"释道二家"者，"意在自神其教"；而"文人之作"也并"非有意为小说"，不过"叙述异事而已"[②]。由此可见，李仲文、冯孝将、谈生诸事都是作为怪异而为当时文人所记述，并非小说创作。但这些记述常为后世之人摘取，予以改造演为戏曲，作成话本，从而赋予新的内容。即以《搜神记》、《搜神后记》、《异苑》所辑录的谈生、李仲文、冯孝将故事而言，全无汤显祖《牡丹亭》的深刻内涵。

其实，选取上述诸事进行创作者，并非自汤显祖始，在传奇《牡丹亭》问世之前已有话本出现。《宝文堂书目》子部什类中就有《杜丽娘记》的著录。《宝文堂书目》为晁瑮及其子东吴所著，晁瑮为嘉靖二十年（1541）进士，东吴为嘉靖三十二年（1553）进士，均早于汤显祖。晁氏所辑录的《杜丽娘记》，在何大抡《重刻增补燕居笔记》（明刊本）卷九中作《杜丽娘慕色还魂》，在余公仁的《燕居笔记》（清初刊本）卷八中则题作《杜丽娘牡丹亭还魂记》。这一篇话本中所叙写的杜、柳故事虽然仍保留有死去活来、重新婚配的情节，但晋人志怪书中怪

[①] 此三事，《太平广记》卷三一九、卷二七六、卷三一六，分别据《法苑珠林》、《幽明录》、《列异传》所载辑入。

[②] 鲁迅：《中国小说史略》第五篇。

异色彩已经淡化，而爱情执着的内涵有所加深，并且刻画了人物性格，叙述了情节发展，描写了活动环境，交代了故事结局，显然已构成一篇完整的短篇小说。

　　前于《牡丹亭》传奇的这些笔记、话本，都曾被汤显祖所借鉴，成为他进行创作的基本情节的来源，甚至话本中的一些词句也被汤显祖借用，如脍炙人口的《惊梦》出，杜丽娘低首沉吟之词："春色恼人，信有之乎！常观诗词乐府，古之女子，因春感情，遇秋成恨，诚不谬矣。吾今年已二八，未逢折桂之夫；忽慕春情，怎得蟾宫之客？昔日韩夫人得遇于郎，张生偶逢崔氏，曾有《题红记》、《崔徽传》二书。此佳人才子，前以密约偷期，后皆得成秦晋。吾生于宦族，长于名门。年已及笄，不得早成佳配，诚为虚度青春，光阴如过隙耳。可惜妾身颜色如花，岂料命如一叶乎！"除个别词语如"常观"改为"常见"、"忽慕"改为"思慕"外，全然被汤氏引入传奇。其他如丽娘与其母之对话，也截取若干以入己作。但汤显祖并非全然照搬话本内容。在《题词》中，即表明"传杜太守事者"，"仿佛晋武都守李仲文、广州守冯孝将儿女事"，是"仿佛"，是"稍为更而演之"，既有变"更"又有敷"演"，其实已是重新创作。即以《惊梦》出言之，尽管汤氏引用话本内容之处颇多，但〔山桃红〕、〔鲍老催〕等曲牌所叙写的男欢女爱，并非出自话本，而全然是汤氏所"更"所"演"，以突出"情"而抗拒"理"。从汤氏所作传奇来看，其内涵远远超越话本。首先，全部传奇贯穿了"情"与"理"之争，而这一深刻的内涵则为笔记、话本所无。情与理的矛盾并不仅仅在《惊梦》一出中表现出来，而是表现在整本传奇中。例如，汤氏重新赋予男女主角以显赫的身世，一为杜甫之后，一为柳宗元后人，还增写一个恪守礼教的腐儒陈最良。杜丽娘之父杜宝与塾师陈最良就成为封建礼教的体现者，从而加重了杜丽娘追求情爱的艰难。这两类人物的对立，正透露出明代心学，尤其是王学与程朱理学的激荡。其次，传奇《牡丹亭》中还有宋金交战的描写，而话本中则无此内容，这也正反映了明代北方俺答部落入侵的现实。再次，传奇中识宝钦差苗舜宾前往南方为皇帝搜求奇珍异宝的情节，在话本中亦无，而这一情节正反映朱明一代帝王搜索财货的贪婪本质。仅从这几个方面就可以悉知，汤氏《牡丹亭》中丰富的内涵是志怪笔记和话本小说所远远不能望其项背的。由此可见，每个时代的作家在选取历史题材进行创作时，总要以自己的审美观念对这一题材进行艺术改造，从而不可避免地渗透进时代审美意识。汤显祖创作《牡丹亭》也是对话本、笔记之类题材记载的再创作。因此，也就可以说，这部传奇是在同一故事的"通变"中产生的新作。

《牡丹亭》传奇不但是在"通变"中产生的，也是在"通变"中流传的，面世四百年以来，它仍然处于不断的"通变"之中，它一问世，就有诸如沈璟、吕玉绳、臧晋叔的改编本。其后，又有冯梦龙的改编本《风流梦》，以及硕园删定本，等等，不下十余种。

时至今日，《牡丹亭》的"通变"仍在继续之中，即以新中国成立以后而言，1959年俞平伯、华粹深就曾改编过。20世纪80年代初，曾有过不同的改编本。仅江苏昆剧院即有《牡丹亭》和《还魂记》两个演出本。近期分别在南京演出的有江苏昆剧院的"精华本"和苏州昆剧团的"青春本"。可以断言，这种"通变"仍会继续进行下去而不会就此中止。

三

从戏曲声腔来审视，《牡丹亭》也是在"通变"之中趋于成熟的。众所周知，宋元时代在浙江温州一带出现的南戏，也就是所谓的"永嘉杂剧"，其源为民间小曲。徐渭在《南词叙录》中就说："永嘉杂剧兴，则又即村坊小曲而为之，本无宫调，亦罕节奏，徒取其畸农、市女顺口可歌而已。"[①]及至传播各地后，遂与各地语言声调结合而形成当地群众喜闻乐见的地方声腔。当时最著者有海盐、弋阳、余姚、昆山四大声腔。苏州、无锡、昆山一带均唱昆山腔。后经以魏良辅为首的一批艺人，以昆山土腔为基础，汲取海盐、弋阳、余姚诸腔之长，不断打磨，创造出新的昆山腔即昆曲，所以王骥德说："昆山之派，以太仓魏良辅为祖。"[②]昆曲的伴奏乐器又得魏良辅之婿张野堂的改造和创新，使得演奏的昆曲更加柔曼婉畅，优美动听，以至成为江南名曲，一时剧作家采用昆曲创作出不少传奇，尤以梁辰鱼的《浣纱记》最为成功，从此昆曲乃风靡全国，与各地戏曲结合，派生出北昆、湘昆、川昆、滇昆等，甚而"至传海外"[③]。可见昆曲也是汲取多种声腔之长磨合而成，也是不断"通变"的产物。

---

① 《中国古典戏曲论著集成》（三）。
② 王骥德：《曲律》，《中国古典戏曲论著集成》（四）。
③ 焦循：《剧说》引《蜗亭杂记》，《中国古典戏曲论著集成》（八）。

汤显祖对于这几大声腔的特色和传播也是很了解的。他在《宜黄县戏神清源师庙记》中说：“此道有南北。南则昆山之次为海盐，吴浙音也。其体局静好，以拍为之节。江以西弋阳，其声以鼓。其调喧。至嘉靖而弋阳之调绝，变为乐平，为徽青阳。我宜黄谭大司马纶闻而恶之。自喜得治兵于浙，以浙人归教其乡子弟，能为海盐声。大司马死二十年矣，食其技者殆千余人。”① 可见，其时海盐腔已流行于汤显祖故乡，并与弋阳腔糅合而成宜黄腔。又从当时以此为食者千余人，可知其兴盛一时。

汤显祖擅长北曲，臧晋叔《元曲选序》就指出：“汤义仍《紫钗》四记，中间北曲，骎骎乎涉其藩矣。”凌濛初《谭曲杂札》亦云：“近世作家如汤义仍颇能模仿元人，运以俏思，尽有酷肖处，而尾声尤佳。”② 姚士粦《见只编》卷中也认为：“汤海若先生妙于音律，酷嗜元人院本。”③ 吕天成《曲品》说他“熟拈元剧”④。而其所作，常被曲论家以元剧比拟品评，如王骥德《曲律》“论引子”说其“还魂、二梦之引，时有最俏而最当行者，以从元人剧打勘出来故也”。沈德符《顾曲杂言》说：“汤义仍《牡丹亭梦》一出，家传户诵，几令《西厢》减价。”⑤ 李调元《雨村曲话》卷下认为，《牡丹亭》中"雨丝风片，烟波画船"句，“皆酷似元人”⑥。但他们又同时以南曲去范围汤氏所作，如臧晋叔《元曲选》序说他“南曲绝无才情”，沈德符说他“不谙曲谱，用韵多任意处”；凌濛初《谭曲杂札》说他“至于填调不谐，用韵庞杂，而又忽用乡音，如'子'与'宰'叶之类，则乃拘于方土，不足深论”云云，认为汤氏所用之“弋阳土曲，句调声音长短高下，可以随心入腔，故总不必合调”⑦。

汤显祖除深谙北曲外，也确如凌濛初所言，对“乡音”，也就是宜黄腔，情有独钟，《牡丹亭》原就以宜黄腔演唱，他还亲自传授，在《七夕醉答君东二首》之二中云：“玉茗堂开春翠屏，新词传唱《牡丹亭》。伤心拍遍无人会，自掐檀板教小伶。”⑧ 在《复

---

① 《汤显祖诗文集》卷三十四，上海古籍出版社1981年版。
② 《中国古典戏曲论著集成》（四）。
③ 《汤显祖诗文集》"附录"。
④ 《中国古典戏曲论著集成》（六）。
⑤ 《中国古典戏曲论著集成》（四）。
⑥ 《中国古典戏曲论著集成》（八）。
⑦ 《中国古典戏曲论著集成》（四）。
⑧ 《汤显祖诗文集》卷十八。

甘义麓》中更明确表示"弟之爱宜伶学二《梦》"①。邹迪光为其作传,记其"每谱一曲,令小史当歌,而自为和,声振寥廓"②。唱曲之"小史"当为宜伶,在《寄吕麟趾三十韵》中即言"曲畏官伶促"③。在他的诗中屡次提及"宜伶",如《帅从升兄弟园上作》四首之三"小园须看小宜伶,唱到玲珑入犯听"④。《送钱简栖还吴》"归梦一尊何所属,离歌分付小宜黄"⑤;《唱二梦》"半学侬歌小梵天,宜伶相伴酒中禅"⑥等,不一一列举。

面对这些指责言论和任意删改他的创作的行为,汤显祖极为反感,曾作诗予以嘲讽,有《见改窜〈牡丹〉词者失笑》一诗,云"醉汉琼筵个味殊,通仙铁笛海云孤。总饶割就时人景,却愧王维旧雪图。"⑦在《答凌初成》信中也有与此诗相类的言论,说:"不佞《牡丹亭》记,大受吕玉绳改窜,云便吴歌。不佞哑然笑曰,昔有人嫌摩诘之冬景芭蕉,割蕉加梅,冬则冬矣,然则非王摩诘冬景也。"⑧所谓"吴歌"即指昆腔。而当吕玉绳将沈璟的《唱曲当知》寄送汤显祖时,他则在《答吕姜山》中申明自己的创作主张,说:"凡文以意趣神色为主,四者到时,或有丽词俊音可用。尔时能一一顾九宫四声否?如必按字模声,即有窒滞迸拽之苦,恐不能成句矣。"⑨甚至在《答孙俟居》中表示:"弟在此自谓知曲意者,笔懒韵落,时时有之,正不妨拗折天下人嗓子。"⑩语虽愤激,但并非不重视曲律。在《答凌初成》中认为"曲者,句字转声而已。葛天短而胡元长,时势使然","偶方奇园,节数随异","歌诗者自然而然",不必以彼就此,更不能因"按字模声"而有损"意趣神色"。

但如今活跃在舞台上的传奇《牡丹亭》却是以昆腔演唱的。其间业已经后人几度磨合。特别是清代乾隆年间音乐家叶堂的贡献最大。由于他对南北曲极为熟悉,重视词与曲的相互关系,同时又十分尊重原作者,因而他将"四梦"重新谱曲(即

---

① 《汤显祖诗文集》卷四十七。
② 邹迪光:《临川汤先生传》,沈际飞辑《玉茗堂选集》。
③ 《汤显祖诗文集》卷十四。
④ 《汤显祖诗文集》卷十八。
⑤ 同上。
⑥ 《汤显祖诗文集》卷十九。
⑦ 同上。
⑧ 《汤显祖诗文集》卷四十七。
⑨ 同上。
⑩ 《汤显祖诗文集》卷四十六。

收入《纳书楹曲谱》中的《玉茗堂四梦全谱》），以词为主，以曲去配，所谓"以意逆志，顺文律之曲折，作曲律之抑扬"，而其指归则在于"尽玉茗之能事"①充分表现出原作精神。当然汤显祖不可能见到叶堂改定的《牡丹亭》，其态度究竟如何，也难以猜度。不过，他曾在《玉茗堂评花间集序》中说："自三百篇降而骚赋；骚赋不便入乐，降而古乐府；乐府不入俗，降而以绝句为乐府；绝句少宛转，则又降而为词。"②可见其对于文学的"通变"形势也是明了的，也许不会像对待任意删改、不顾原作精神的"吕家"改本那样的深恶痛绝。

总之，无论从《牡丹亭》的文学剧本还是戏曲声腔来看，都是在对前人成果的改造而渐次趋向成熟的，也就是说是在"通变"中形成的。

四

昆腔《牡丹亭》成熟定型之后，是否可以就此一成不变、永远不变呢？其实，从《牡丹亭》问世以来，五十五出原本很少演出。且不说沈璟、冯梦龙等人的改编本，也不说新中国成立后的多种改编本，仅明清以来摘取《牡丹亭》精华而上演的所谓折子戏也不下十余出。而这些折子戏已非全本原貌，大多经过重新磨合，如《春香闹学》一折，就是以原作的《闺塾》、《肃苑》等内容为基础打磨而成。即如近日在南京同时演出的"精华本"与"青春本"，前者将全剧压缩为十三出，后者则为二十七出；这两种版本对原作全貌自然有所变动，如两个本子中也都保留了《言怀》一出，但两个《言怀》又不相同，各具特色。由此可见，《牡丹亭》传奇不会停留在汤显祖原创、叶堂谱曲的状态中，而必会与时俱进地在"通变"之中得以保存、发展。

文学也好，戏曲也好，它们的起源和发生、变革和发展的根源，在于物质生产的发展，在于社会生活的变化，在于人们精神生活的需求，脱离了这些条件，文学艺术是难以生存和繁荣的。即以明代何以出现北曲衰落、南曲兴盛的局面而言，根本原因在于受众的兴趣和要求发生了变化。何良俊在《曲论》中说得好："南人又不知北音，听者即不喜，则习者渐少。"③沈德符在《顾曲杂言》中更说："自

---

① 王文治：《玉茗堂四梦全谱·序》。
② 《汤显祖诗文集》卷五十。
③ 《中国古典戏曲论著集成》（四）。

吴人重南曲，皆祖昆山魏良辅，而北词几废，今惟金陵尚存此调。"但至万历时，金陵（南京）的舞台也发生了变化。顾起元在《客座赘语》中就说："万历之前，公侯与缙绅富家"，无论宴会、大席，均演唱"大套北曲"、"北曲四大套"；而到万历时，"乃变而尽用南曲"、"南戏"。彼时虽无接受美学的理论，但这些论断又无不符合接受美学的理念。由此可见，失去受众也就丧失了生命力。《牡丹亭》原作五十五出，演出费时，不但在今日，即使在明清时期，怕也很少能全本演出，因此乃有压缩本、折子戏的产生。据江苏昆剧院的有关人员相告，此次由东南大学主办的"精华本"演出，之所以上下本于同一天下午及晚间连续演出，就是考虑到新校区大学生的课程安排，但演出人员却感到十分疲劳。而南京大学主办的"青春本"的演出，连续安排三个晚间，每晚三小时。观众要自始至终看完这二十七出的改编本，在现代快节奏的社会生活中，也必须妥善安排，方有可能。昆曲剧本的演出，不能不考虑这一因素。它的振兴和发展，不能仅仅依靠扶持与赞助。20世纪50年代，《十五贯》一本戏救活了一个剧种，境遇虽有改善，但也说不上繁荣。如今昆曲申报世界非物质文化遗产成功，得到更大的关注和支持，但如何适应社会发展、人民的需求，这一剧种本身是否可以作进一步探索呢？当然，这种探索必须遵循艺术规律，尊重昆曲传统，不可率尔操觚，草率从事，更须力戒庸俗、媚俗、粗俗，而力求保持它的高雅。但承认昆曲是高雅的艺术，并不等于可以将它束之于象牙之塔，将它定位于所谓有文化的"小众"。须知大众的文化素质也是不断提高的，"小众"的队伍也在不断扩大，而高雅艺术也应承担起提高受众文化素质的责任。总之，只有这一高雅的艺术得到受众的承认和喜爱，作为非物质的人类文化遗产的昆曲才能振兴和繁荣。

（原载《中国昆曲论坛》2005年卷，苏州大学出版社2006年版；又见《东南大学学报》2006年第1期）

戏曲研究与戏曲改写的回顾与思考

我曾在《学林寻步》[①]一文以及《文艺研究》对我的访谈录[②]中，谈到我的研究工作是因教学需要而进行的，从事著述则是因为出版机构约稿所催生的，例如发表吴敬梓专题研究论文，是因人民文学出版社在20世纪70年代初约写《儒林外史》前言而开始的；改写戏曲作品则是因江苏人民出版社、外文出版社先后约稿而出书的；至于研究古代戏曲论著的面世，同样是由于中华书局约稿而启动的。兹就我个人的戏曲研究与戏曲改写的思路和体会略作回顾。

上篇：先说戏曲研究

一

1958年江苏师范学院（今之苏州大学）要恢复1955年并入南京师范学院（今之南京师范大学）的文科，便从南京师院中文系调入几名教师，其时我在南京一研究机构供职，有人向新被国务院任命为江苏师范学院院长的刘烈人推荐，他便将我要去苏州工作，参加恢复中文系。当时由省人民政府任命刘开荣先生为副系主任（正职缺），学院则任命钱仲联先生与笔者为古代文学教研组正副组长。钱先生是老教师，当年约五十岁，我则为二十余岁的"小青年"。夏季筹备，秋季新生入学，除立即为一年级新生开设现代文选、写作实习等课程外，还要准备为他们升入三四年级时开设的古代文学课。钱仲联先生声言不治小说、戏曲，要我承担。为此，我不得不准备一两年以后的古代小说、戏曲的讲授工作，除了编写将来要发给学生的讲义以外，还要编写教师自用的讲稿——讲义和讲稿既有联系又有区别，是一事物的两面，但要有两套材料。从1958年秋季起始，我用了近

[①] 《文史知识》1990年第3期。
[②] 《文艺研究》2006年第10期。

两年的时间编写了超过百万字的讲义讲稿。20 世纪 60 年代初，学校办了一个自编教材的展览会，有关部门选中了我所编写的戏曲教材参加展出。《光明日报》1961 年 3 月 22 日还在头版头条以《江苏师院积极培养红专师资队伍》为题作了报道，说"参加科学研究编写教材等活动，也是青年教师掌握科学知识和资料的重要途径。中文系古典文学教研组青年教师陈美林通过'宋元南戏'一章的编写，对南戏的名称、体制、产生的原因（社会原因和文学原因）、现存的作品等方面，都有了较多的了解"。

此后不久，钱仲联先生去上海参加《中国历代文论选》的编选工作，他将所担任的宋以前的古代文学课程交由我与另外一位先生分担。一段时日内，钱先生往来苏沪之间。有一次他回到苏州将找我去，交代我将清代的几篇曲论作注释、说明。我按照他的要求认真做好，此事也就过去了。不久，他对我说中华书局有约稿，我写你也写。显然是他推荐了我，但具体推荐过程，直到 2007 年 8 月间我才明白。当时已取得博士学位六七年的弟子孔庆茂君，从网上下载了一封正在拍卖的名人书信送来，此信乃是钱仲联先生给中华书局的复信。在信中，钱先生提出自己拟写的题目请编辑酌定。信的末尾就是对我的推荐，信上说"我院讲师陈美林同志擅长古典戏曲，文笔生动流利，马列主义文艺理论的修养较深，可以参加编写一些这方面的读物，特为介绍"云云。信是 1960 年 1 月 16 日写的。中华书局同年 2 月 12 日复信，建议钱先生"先写《黄遵宪》"，并询问钱先生"你所介绍的陈美林同志，不知他擅长哪一方面，适宜做哪一类题目，请告"。中华书局的复信是用"发文稿纸"拟稿的，有编号、事由、主送、地址等项，还有拟稿人、打字、校对、封发、签发等人员签字，是十分认真负责的。不久，钱先生告诉我中华书局约我写的题目是《李玉和〈清忠谱〉》。这大约是因为作家李玉是苏州吴县人，作品《清忠谱》的故事发生在苏州，而我又正在苏州工作，这一选题便落在我的名下。

正由于中华书局的约稿，开始了我的研究古代戏曲的生涯。虽然古代戏曲未成为我的重点研究项目，但半个世纪来，也陆陆续续地发表了一些戏曲的研究论著。这些成果当然不足称道，但却是在中华书局向一个"小青年"约稿的鼓励之下的产物。

二

　　明清之际的剧作家李玉虽是吴县人，但苏州地区为他保存的资料极少，我不但查遍苏州地区公共藏书，还寻访私人藏书，例如曾去锦帆路上章府寻求，承太炎先生夫人汤国梨女士热情接待，在她的书房读书一周，也毫无收获。同时，李玉存世作品，大都被辑入"古本戏曲丛刊"三集，江苏师范学院所藏于1955年并入南京师院，1958年重办文科时并未能收回此书。在苏州只能寻到《清忠谱》，李玉的其余剧作却需要到南京图书馆阅览，因此乃与友人合作，往返于南京苏州之间。经过共同努力于1961年6月完稿寄交中华书局。

　　在此以前，公开发表的研究李玉的论著并不多见，只有邓绍基《李玉和他的传奇》[①]，北京师大晚明戏曲研究小组《李玉的〈清忠谱〉及其他》[②]，辛旭《关于李玉生平及其他材料的几点认识》[③]。编辑部在审读我们的书稿后提了些意见，我们又作了修改，于1962年9月交稿，编辑部于1963年发排。这期间又见到允建、徐扶明、凌竟亚、吴新雷、吴晓铃等人所发表的有关李玉的文章。彼时中国科学院文学研究所主编的三卷本《中国文学史》征求意见本已经印出，并在有关城市召开座谈会征求意见。1961年四五月间余冠英先生率领几位研究人员来南京，参加由江苏省文化局局长周邨主持的座谈会。江苏与会者有南京大学、南京师范学院部分老教师，江苏师范学院则有刘开荣、钱仲联与笔者三人与会。1995年8月与邓绍基先生同住杭州六通宾馆谈起往事，他还记得在那次会议上我所发表的意见就是如何评价李玉的。当然，那只是我个人的见解，并不代表合作者的意见。

　　由于众所周知的原因，《李玉和〈清忠谱〉》书稿一直未能出版，直到1979年11月间方始收到中华书局寄来的1963年排印校稿，并附一信说："《李玉和〈清忠谱〉》是您的旧作，'文革'前我社已有排样，现拟重新付排，将原来的排样寄上请复阅。"一年后即1980年12月印了出来，因为是合作撰写的就用了"苏宁"笔名。这本

---

① 《光明日报》1958年11月2日。
② 《北京师范大学学报》1959年第4期。
③ 《光明日报》1960年5月8日。

小册子从初稿到见书，用了整整二十年，而作者也从"小青年"进入了中年！

《李玉和〈清忠谱〉》见书不久，我与另一位先生合作的《杜甫诗选析》也出版了，我乃将这两本书分别寄赠钱仲联、徐朔方二位。钱先生复信说杜诗分析得很中肯，但未提李玉的剧作。朔方先生回信却不提杜诗，而只说《清忠谱》，信上说："美林兄：手书奉悉，兼得赠书，喜不可言。李玉的是明清间一大家。此文考订甚见功力，论与曲选相合，可说是新创造，必受读者欢迎。李氏作品甚多，全而不漏，又得其要领，故以为难。顷为拙编沈璟集作前言，此公作品之多与李氏相类，欲全则嫌罗列而不深入，欲举其要则又无一公认的代表作，进退踌躇。"其后，杭州大学古籍所举办助教进修班，负责人平慧善教授邀我去讲授几个专题。住该校专家楼，朔方先生常来邀我登山，曾经谈及当年写好这一小册子后，拟进一步作《李玉研究》、整理李玉剧作等课题，但紧着而来的是"四清"、"文革"，连正常的教学工作都已中断，更遑论个人的研究工作了，朔方先生也为之惋惜——朔方先生近日已归道山，收到讣告时追悼会已经举行，忆及当年谈学情景，已不可再，令人神伤。

20世纪70年代初，由于人民文学出版社约请撰写《儒林外史》前言，从此以后，研究课题有了改变，吴敬梓和《儒林外史》便成为我重点经营的项目了。这一经历，在拙作《〈儒林外史〉前言有四稿》[①]和《跋涉"儒林"三十载》[②]二文中有所叙述，此不赘言。由此，李玉研究也就中断，但仍有四五篇有关李玉的文章发表，如《论李玉剧作题材的现实性》、《关于李玉生年》等。重要的是这本小册子的撰写，是我半生研究戏曲的起步，由此而陆续发表了一些研究戏曲的论著。

三

我研究戏曲既然是为了教学需要，因而在一些论著中就留有"教学"的痕迹。

中国古代文学的教学一般是按照文学史的发展顺序进行的，从先秦一直讲到明清，各种文体（诗、词、文、赋、小说、戏曲、文论等）均要涉及。以戏曲而论，从戏曲的产生到宋金的诸宫调、南戏，金元的杂剧到明清的传奇和杂剧，以及散曲、曲论等，有关古代戏曲的方方面面均要讲授。因此，为配合教学的需要，研究的

[①] 《文史知识》2001年第11期。
[②] 附见拙作《清凉布褐批评〈儒林外史〉》书末，新世界出版社2002年版。

课题也就相应的广泛，虽曾想以李玉为重点，但因彼时主客观条件不具备而未能做到，以致如今检视半生的戏曲研究成果，也就难以发现一己的重点，不能像小说研究方面吴敬梓和《儒林外史》已成为自己的重点课题那样。只是沿着古代戏曲的发展轨迹，从诸宫调董《西厢》起，陆续撰写一些文章，如元曲中有论及王实甫《西厢记》、郑光祖《倩女离魂》杂剧以及关汉卿、郑光祖、张养浩等人的散曲；明清传奇中有研讨汤显祖《牡丹亭》、孔尚任《桃花扇》以及稀见传奇《息宰河》、《秣陵秋》等；对于明、清两代杂剧如何承传元杂剧的特色，也有文论及；还有介绍戏曲文献《录鬼簿》、《辍耕录》的文章。甚至对某一作家、某一作品一再论及，如《牡丹亭》、《桃花扇》、《秣陵秋》等；此外还校注了《桃花扇》，它被选入大中华文库，拟出中英文对照本。笔者任教五十年，古代戏曲一直是我讲授的一项重要内容，因而未曾中断对戏曲的研究，直到2006年还发表了《"通变"中的〈牡丹亭〉》一文，这是根据笔者在昆曲名家座谈会上的发言整理而成的。

　　当然，研究的范围过于广泛就难以专精，但这只是问题的一个方面，另一方面由于全面讲授古代戏曲就有利于对不同时期的戏曲作家作品进行比较研究；同时，在讲授戏曲时，也要讲授小说、诗文等体裁的文学，又便于在不同体裁的文学作品中比较，有利于在宏观的视角下审视戏曲，有利于从文学的整体发展来评价戏曲作家和作品。

　　以戏曲结合小说进行研究而言，如《吴敬梓和戏剧艺术》[①]不仅论述了《儒林外史》中所反映的南京梨园情况，所塑造的演员形象的意义，而且还细致地研讨了吴敬梓在小说《儒林外史》的创作中如何运用古代戏曲的传统剧目，以表现人物性格特征和预示情节发展的艺术手段。如此结合戏曲进行小说研究的论文，在此前的吴敬梓研究成果中尚未见有。

　　以不同时期的戏曲作品进行比较研究的论文，如为20世纪90年代初首届国际元曲讨论会所撰写的《试论元杂剧对明清杂剧的影响》[②]一文，有感于当时论及元杂剧对后代文学的影响，大多限于有关水浒剧、三国剧、公案剧对小说《水浒传》和《三国演义》、公案小说以及对明清传奇的影响，而元杂剧如何影响于明清两代为数众多的杂剧，则少有论文涉及，拙作便从题材内容、艺术形式两方

---

① 《南京大学学报》1979年第4期。
② 《河北师范学院学报》1993年第4期。

面作了一些探索。至于发表在《艺术百家》2004年第1期上的《清代三部以南京为主要场景的传奇》一文，则探讨了清初的《秣陵春》、盛期的《桃花扇》和末期的《秣陵秋》三部传奇之间的递衍承传，评述三部传奇兴亡之感的强弱和地域文化特色的浓淡。

以同一题材而有不同体裁的作品糅合在一起研究的论文，如《试论杂剧〈女贞观〉和传奇〈玉簪记〉》[①]，则是将涉及潘必正与陈妙常故事的笔记、词作、话本、杂剧、传奇、弹词等作品，尽量囊括进视野，从而纵贯探索源流、横向比较影响，重点则论述杂剧《女贞观》和传奇《玉簪记》的得失。

以对整个中国古代戏曲发展的扫描而言，我曾应友人魏子云先生之约撰写《中国传统戏曲简述》一文，发表于台北《复兴剧艺学刊》第17期，后收入《清凉文集》中。至于为1990年召开的海峡两岸元曲会撰写的《"太平多暇"与董、王〈西厢〉的产生》，则更多地以历史事实的考辨来探索两部《西厢》产生的客观条件，这又是结合史学来研究戏曲。总之，教学内容的广泛性，也在我的戏曲研究中留下了"痕迹"。

在我撰写的戏曲文章中，既有考证文章，也有评论文章，还有少数应约而写的赏析文章。总之，这种不受限制的研读，不拘一格的写作，在很大程度上是由于内容广泛的教学工作所导致的，可惜限于一己的识力，并未能充分发挥这一优势。至于个人研究戏曲论著目录已附于三卷本《吴敬梓研究》书末，为节省篇幅，此处不一一列举。

下篇：再说戏曲改写

一

我之所以将古代戏曲作品改写成故事（小说），同样是为教学服务的。由于江苏师范学院的文科藏书（包括东吴大学、社教学院、文教学院等校藏书）已于1955年随着文科各系整体并入南京师范学院而移藏南师，因而，当时在江苏师院文科任教的最大困难之一就是缺少图书，甚至连《曲海总目提要》都难以寻到，更遑论元明清三朝大量的戏曲作品了。学生读不到剧本，连故事情节也不知晓，教师在课堂上怎能分析讲解？为了解决这一矛盾，我想起既往读过的一些中外著

---

① 《文学遗产》1986年第1期。

名的戏剧（戏曲）被改写为小说（故事）的作品来，便产生了自己动手改写，以便课堂讲授。

　　之所以有这样的念头，与我年轻时想当作家也不无因缘，我读中学时就发表过一些诗歌、散文，读大学时也曾在《人物》一类刊物上发表过短小的作品。浙江省文联在新中国成立初期发起过一场写"墙头诗"的活动，我也参加了。1951年夏季，浙江省文联负责人、著名作家陈学昭去杭州龙井体验生活，后来出版了中篇小说《春茶》。省文联还组织浙江大学中文系三个学生去余姚庵东体验盐民生活，我是其中之一。因语言不通（我是南京人，根本听不懂浙江乡间方言），在那里住了一个暑假无功而返。但这并不影响我练习创作的激情。不过毕业后却被分配去任教师，在任教期间也曾想在业余时间搞点创作，但繁重的教学工作已使我无暇去体验生活，也就不可能进行创作了。如今教学工作有此需要，便产生改写名著的念头，因为改写实质上也是一种创作，只不过是离不开原作框框的创作，虽然多了一层限制，但其间可以驰骋的天地还是有的。

　　有教学工作的客观需求，有从事创作的主观冲动，我便决心在教学之余从事这一项工作。

二

　　将古代戏曲作品改写成小说（故事），是有先例可资借鉴的。例如英国散文作家查尔斯·兰姆（Charles Lamb）与其姊玛丽·兰姆（Mary Lamb）合作，将莎士比亚的剧本改写成小说，风行一时，不但扩大了莎翁剧作的影响，而且改写本也成为文学名著。法国著名剧作家莫里哀的大量剧作，也被改写为小说（故事），同样盛行一时。

　　这种情况，在我国文艺发展史上同样存在，而且更为多见，这是因为在古代小说与戏曲都被视为"君子弗为"的"小道"[①]，而且古代一些文献资料如唐代段成式的《酉阳杂俎续集》、宋代周密的《武林旧事》、明代蒋一葵的《尧山堂外纪》等，都将小说、戏曲混淆并称；又由于小说与戏曲这两种叙事文体，都是以塑造人物来表现生活，而在人物塑造中都同样有虚有实，如明代谢肇淛《五杂俎》

---

① 《汉书·艺文志》。

所说"凡为小说及杂剧、戏文，须是虚实相半，方为游戏三昧之笔"。因此，在我国古代小说戏曲创作中存在着相互渗透的现象，小说（包括笔记）中的记叙被敷衍为杂剧、传奇，杂剧、传奇中的情节被重新创作为故事、小说，是屡见不鲜的。前者如汤显祖的《牡丹亭》，其本事见于《搜神后记》、《异苑》、《搜神记》等文言小说，后为人改写成话本小说《杜丽娘慕色还魂》等，汤显祖借用这些材料重写创作为戏曲《牡丹亭》，无论是在思想深度还是在艺术表现方面都大大提高了这一故事的意义和价值，成为不朽的名著。后者如孔尚任根据所采访的史实和笔记记载所创作的传奇《桃花扇》，是我国文学史上著名的戏曲作品，但也有人将它改写为小说，在清代乾隆年间有六卷十六回的小说《桃花扇》出现，基本情节与孔尚任《桃花扇》传奇相类，但结局又似顾天石的《南桃花扇》传奇，男女主角当场团圆，识见远逊于孔氏。总之，在我国文艺史上，小说、戏曲这两种不同类型的叙事文学一直有着紧密的血缘关系，对它们进行一些研究，也必然会有助于改写工作。

有需要、有冲动、有借鉴，于是从20世纪60年代初起着手进行改写。当时先改写的是元代杂剧如关、马、郑、白四大家剧作等。这些改写的小说（故事）在教学中运用后便长期搁置。20世纪70年代后期到80年代初期（当时我已在南京师院工作），江苏人民出版社多位编辑与我常有联系，既约我撰稿，又请我审稿，如王士君先生约我写《吴敬梓》、王远鸿先生约我作《杜甫诗选析》、张惠荣先生请我审读《李商隐传》，往还较多。王远鸿先生偶然知道我当年改写过戏曲作品，便说可以发表、出版。在他主编的一份期刊上发表数篇后便汇集成书，于1983年出版了《元杂剧故事集》，署了笔名"凌嘉爵"。不想，这本书却引起外文出版社时任文教编辑室主任的周奎杰先生注意。外文出版社为了弘扬民族文化，经常将古典文学名著改写后译成外文介绍到国外去。他们曾经约请著名女作家赵清阁改写过民间故事。后因赵清阁年事已高（现已过世），便不断寻找合适的作者。当周奎杰先生在国家图书馆中见到《元杂剧故事集》时，认为是同类作品中的上乘。她不知道"凌嘉爵"为何人，便通过中文版责任编辑王远鸿先生与我联系。她在给我的信中说，"承王远鸿同志帮助，我们终于找到了您——《元杂剧故事集》的作者，十分高兴……在拜读大作之后，我们拟将本书翻译出版法、德、斯、泰四种文版，想来您是会支持的。"在外文社欲出版多种文本的推动下，江苏人民出版社又将我改写的《明杂剧故事集》和《清杂剧故事集》先后出版，明代用"凌嘉昕"署名，清代用"凌嘉弘"署名；接着又精选元、明、清三代杂剧，并增加四大传奇——《琵琶记》、《牡丹亭》、《桃花扇》、《长生殿》的改写本，合辑成《中国戏曲故事选》出版，署名"凌昕"。经周奎杰先生及其继任者陈有昇、杨春燕先生的努力，《元杂剧故事集》先后出版了法、英、德三种文版，德文版并已重印。为了扩大影响，外文社要求署真名。20 世纪 90 年代中期，周奎杰先生调入新世界出版社任负责人，我以前改写的四大传奇又为她选中，由于《琵琶记》先已约人改写，其余三种均由我重新改写后出版中英文对照本，《桃花扇》、《牡丹亭》两种并已重版。正因为有了出版的机遇，促使我从 20 世纪 90 年代初开始的改写工作，直到世纪末一直未曾中断，前后出版有十种。

三

写小说是创作，将戏曲改写成小说其实也是创作，只不过是一种重新创作。这种创作活动也自有其必要，费里德里奇·赫尔在《日记摘录》中就说："一个剧本的命运最后总归是一样的：仅供阅读。那么，为什么不在动手之初，就按照它必然遭际的命运把它写成仅供阅读的剧本呢？"不过，我们承认剧本的阅读功能，但也不能抹杀其舞台演出的价值，二者给予受众的艺术感受是不同的。但从剧本创作的实际状况来考察，许多剧本其实不能演出或演出效果不佳，例如明清以来许多文人创作的案头剧，实际上只能供阅读而不能披之管弦、粉墨登场的。吴梅就指出清代一些剧作家"多不能歌，如桂馥、梁廷枏、许鸿磐、裘琏等，时有舛律"，他们只是"以作文之法作曲"[①] 而已。中国传统戏曲中即使能搬演的作品，也由于舞台演出所必须具备的时、空条件的限制，以及戏曲本身的局限（如情节进展缓慢等），也并不能在快节奏的现代社会生活中广为受众所接受。但是，任其渐次消歇以致泯灭也是不相宜的。为了保存并发展古典戏曲的优良传统，便于现代社会的受众接受传统戏曲佳作中的有益营养，继承先人的崇高美德，培养时代的高尚情操，陶冶情趣，提高审美品位，除了根据需求扩大并增加舞台演出的频率之外，将戏曲中的佳作重新创作成便于随时随地可供阅读的小说，也是一种可以广为实施的选择。

但是，这种创作是有"框子"的创作，有它特殊的要求。这"框子"就是原作，

---

① 吴梅：《清人杂剧二集·序》。

改写者不可违背原作的精神实质，因而改写者可以驰骋的天地又是有限的。创作小说，要深入社会，体验生活，况味人生，观察百态；改写戏曲，则要研究原作，探究原作所反映的社会生活和时代风貌，追踪原作作者在作品中所蕴含的人生态度及其对社会的审美意识，把握原作的精神实质。为此，要在改写之前进行一些研究。

不过，这种研究与通常意义上的学术研究是有所不同的。大略言之，首先要对原作所反映的时代历史有所知晓，例如戏曲盛行的元、明、清三朝的政治制度、社会风貌、生活习俗等。元、清两朝虽同为少数民族入主中原，但元朝为蒙古族，而清朝则为满族，明朝又是历来占统治地位的汉族。这三个朝代从朝廷官制到百姓生活以至服饰、饮食、起居等，虽有所承袭、相互渗透，但也有种种差异，反映在每个朝代的文学作品中自然呈现出各自特色。其次，对传统戏曲这一体裁的发展变化也要有所了解。由南戏演变为传奇，由元杂剧发展为明清杂剧，对它们在体制、唱腔、角色等方面的继承与发展应了然于胸，在改写以北曲为主，基本上是一本四折的杂剧和改写以南曲为主，一般有二三十出的传奇时，自然也必须有全面的考虑和不同的设计。再次，对同一题材不同体裁的作品也要熟悉，借以了解不同作者运用某一体裁创作时，如何向另一种体裁的同一题材作品借鉴；不同体裁的同一题材作品，又各自有哪些特点等，这对于改写是很有助益的。例如，明代马中锡写有《中山狼传》一文，康海有读《中山狼传》诗作，王九思、陈与郊、汪廷讷等人以此题材各自创作有戏曲作品。了解这些不同作者运用不同体裁创作同一题材的作品，在改写戏曲为小说时，是很有借鉴作用的。此外，还要对所拟改写的剧作进行深入的研析，对其思想内涵、艺术特色的方方面面都要有所了解并形成自己的见解，特别是要把握作者在作品中流露的爱憎感情，歌颂什么、赞成什么，批判什么、否定什么，任何一部作品不可能不反映作者的思想倾向和感情色彩，不能细致地把握这些，就不能完全体现出原作的精神实质来。

既然是重新创作，就必须在精神实质上与原作保持一致，不可随意添加原作所无的情节和人物，也不能任意改变原作的基本情节和人物的主要性格，绝不能改写成"戏说"一类的消遣读物。自然，所有的传统戏曲都是既往时代的产物，不能不留有时代的烙印；同时原作作者对现实的审美认识也与今日的读者、作者的艺术认识存有差异。这种种因素导致了古典戏曲（其实包括整个古代文学）中精华与糟粕并存的现象。因此，我们以今日的审美认识去重新创作往日的戏曲作品时，自不能不有所抉择；同时对择定的作品还要进行一些必要的"改造"，但这种"改造"不能伤筋动骨，只能做些强化与淡化的工作。对于原作中的精华即对于今天受众仍然有益的部分可作突出的叙写；而对于糟粕即对今天受众可能产生消极影响的内容则要稍稍作些删减，淡化处理，如仍不能全然抹去，可在每篇作品之后的说明文字中有所交代，因为毕竟是既往的作品，有这样那样的不足和缺失也是很自然的事，我们不能迁就其糟粕，但也不宜将古代作品现代化。

基于这样的认识，我改写了一些传统的戏曲作品，但是否取得预期的效果也不敢自信，外文出版社原编审陈有昇先生在审读拙作后来信说："您改写的《桃花扇》十分成功，既能忠于原著，又突出了故事性的可读的趣味。您是把研究古典文学的治学的严谨作风全放在改写上面。改写的文字处处融入原著的精华，每字每句几乎均有出处。"因此，我改写的《桃花扇》、《牡丹亭》的中英文对照本初次印出后不久就行重印。据责任编辑近日电告，这三部改写的传奇有在美国出版的意向。

通过多年的实践，我体会到戏曲研究与戏曲改写二者是相辅相成的，从事研究的同时，也不妨去"改写"一些戏曲作品。其实，这种看似普及的工作要做好也非易事。认真做去，对自己的研究工作也是很有帮助的。例如《元杂剧故事集》中改写了包括关、马、郑、白四大家的元代杂剧作家十二人作品十四部；《明杂剧故事集》中改写了自朱权以下，康海、徐渭等十二家的剧作十五部；《清杂剧故事集》中改写了自查继佐、吴伟业以下十五家二十一部剧作。为了选定这些作家、作品而阅读的剧作为数更多，广泛地研读三朝杂剧，对于我撰写《试论元杂剧对明清杂剧的影响》的论文显然是起了作用的。又如对《牡丹亭》、《桃花扇》等传奇的两次改写（初次改写文本，每种三四万字；再次改写的中英文对照本，每种八万字），对于原作的研析更为仔细深入，这对于我撰写有关《牡丹亭》、《桃花扇》的学术论文，自然是有所助益的。总之，普及与提高是相互作用的。而且，将传统戏曲中的佳作，经重新创作后，让它们走向更广大的群众、走向世界各民族，也是一件很有意义的工作，戏曲研究者也应乐于承担。

（原载《东南大学学报》2008年第3期）

试论元杂剧对明清杂剧的影响

——为首届国际元曲讨论会作

在中国文学史上,和唐诗、宋词一样,元曲(杂剧)也是代表一个时代的主要的文学样式。清人焦循即云:"夫一代有一代之所胜……余尝欲自楚骚以下至明八股撰为一集,汉则专取其赋,魏晋六朝至隋则专录其五言诗,唐则专录其律诗,宋专录其词,元专录其曲,明专录其八股,一代还其一代之所胜。"[①]它不但在我国文学史上占有重要地位,而且在世界文学史上也闪耀着夺目光彩。例如众所周知的元剧精品《赵氏孤儿》,早在清代康熙年间即被来华传教的法国耶稣会传教士约瑟夫·普雷马雷译成法文,名之为《赵氏孤儿:中国悲剧》。此后,在欧洲至少出现了五种改编本,法国启蒙主义思想家伏尔泰也曾改编此剧,名之曰《中国孤儿》,1755年8月还于巴黎国家剧院上演。除此而外,尚有为数甚多的元杂剧作品被绍介至海外,此不例举。总之,海内外对元杂剧的介绍和研究工作长期不衰,近年更出现蓬勃发展之势,仅河北有关院校即先后召开过大陆学者、海峡两岸学者的元曲研讨会,如今又召开国际元曲研讨会。至于海内外学人研究元杂剧的论著,也是层见迭出、蔚为大观的。

但是,元杂剧研究中尚有被冷落的一角,这就是它对后来文学的影响,尤其是对明清杂剧的影响。关于元杂剧对后代文学的影响,在一般文学史和戏曲史著作中也并不是完全没有叙及,但大都是粗略的扫描,而且所述也仅限于有关水浒剧、三国剧、公案剧等对小说《水浒传》、《三国演义》以及公案小说的影响而已。至于对后代戏曲的影响,也大多只限于叙述元杂剧与明清传奇的承传关系,而少有论及元杂剧对明清杂剧影响的篇章。其实,元杂剧现存作品为数远逊于明清两

---

① 焦循:《易余籥录》卷十五。

代杂剧,据傅惜华《元代杂剧全目》、《明代杂剧全目》、《清代杂剧全目》分别统计,元杂剧有七百三十七种,明杂剧为五百二十三种,清杂剧有一千三百种左右;元杂剧现存作品仅一百六十种左右,而明杂剧存世之作已超过元杂剧,多达一百八十种左右,清杂剧存世者更多。可见,杂剧创作的极盛时期虽然在元代,但明、清两代亦未消歇,甚至可用作家辈出、创作繁荣以形容之。这正如唐诗之后有宋诗、宋词之后有清词一样。不过,近代以来,对宋诗、清词的研究已取得可观成绩。与这种局面相对照,学界对明清杂剧的研究未免显得冷寂。

由于对明清杂剧的研究不足,也就难以对之作出全面而公正的批评,也就难以对元杂剧的深远影响以及明清杂剧的承传衍变,作出客观描述和精当评价。这对于我们总结中国戏曲发展的艺术经验来说,显然会形成巨大误区,导致历史缺憾。

一

如同一些文学和戏曲著作所指出的那样,明初杂剧中出现的神仙道化剧和封建伦理剧,与元杂剧特别是元代后期杂剧中同类剧作的倾向是一脉相承的。但是,如果我们仅看到元杂剧中的糟粕对明清杂剧的不良影响,而忽视了元杂剧中的精华对明清杂剧的积极影响,则是不全面的,也是不公正的。

元杂剧创作中鼓吹休明之作很少,相反颇多宣扬反抗之章。这正是元杂剧的现实主义特色的鲜明表现。在元杂剧作品中随处可见抗议政治迫害、反对经济剥削的内容。如《鲁斋郎》中就尖锐地揭露了统治阶级"权豪势要"的罪恶,指责他们"胆有天来大,他为臣不守法,将官府敢欺压,将妻女敢夺拿,将百姓敢践踏。赤紧的他官职大的忒稀诧";抨击封建衙门是"阎王生死殿,东岳摄魂台"(《蝴蝶梦》);斥责封建官吏"无心正法",使得小民们"有口难言"(《窦娥冤》)。平民百姓不但横遭政治迫害,而且还惨受经济剥削,正如《陈州粜米》所抨击的那样:"只要肥了你私囊,也不管民间瘦。"统治阶级在穷凶极恶地搜刮之外,还大放高利贷,上以皇帝为首,下有地主豪强,无不经营斡脱业即羊羔儿息,一年本利相当,次年则翻一番。穷书生窦天章借了蔡婆二十两银子,不久本息竟然滚到四十两,以致无力偿还,不得不以幼女窦娥抵债(《窦娥冤》)。

面对这种现实,劳苦群众并没有被压倒,具有抗暴传统的人民群众从未中断过自己的反抗斗争。有元一代,揭竿而起的农民暴动连绵不断。现实生活中这种斗争反映到元杂剧中,则是对人民群众抗争性格的肯定和歌颂。例如《陈州粜米》中的张㤘古,就敢于与统治阶级作殊死斗争,面对"权豪势要之家,累代簪缨之子,打死人不要偿命,如同房檐上揭一个瓦"的刘衙内,他毫无惧色地表示:"他若是将咱刁蹬,休道我不敢掀腾。柔软莫过溪涧水,到了不平地上也高声。"他在临死之际还嘱咐儿子小㤘古要为父报仇雪恨。

但是,在封建社会中,平民百姓与贪官污吏的斗争是难得取胜的。他们有时又不得不寄希望于清官,于是产生了许多以包公戏为代表的清官戏。即以《陈州粜米》而言,小㤘古之所以能为父报仇,也是因为得到了包拯的支持。但包拯身为统治阶级一员,虽然自身清正不阿,但毕竟权力有限,他在处置本阶级中贪婪不法的成员时,多赖智取,从《智斩鲁斋郎》、《智勘后庭花》、《智赚灰阑记》、《智赚生金阁》、《智赚合同文字》等题目正名即可觇知。

清官的作用毕竟是有限的,平民百姓在自己的斗争中,终于领悟到要依靠自己队伍中聚众起义的成员的支持,方能伸张正义、保护自己。于是元杂剧中又出现了许多水浒戏,例如《李逵负荆》。剧中的王林,认为梁山英雄是"替天行道"的好汉,所以当歹徒宋刚、鲁智恩冒充宋江、鲁智深前来饮酒时,他即唤出唯一的女儿满堂娇来敬酒,因而被歹徒强掳而去。李逵闻知后,出自疾恶如仇的心肠要去找宋江、鲁智深理论,为王林雪恨。但他为人鲁莽暴躁,对其中曲折又不细心考察,杂剧正是从李逵与宋江之间产生误会与误会消失的过程中,表现出梁山好汉与人民群众血肉相连的关系。据《梁山五虎大劫牢》杂剧所叙写,可知当时水浒英雄干预的事务有"滥吏赃官将民来攘"、"奸盗广"、"逆子毁爷娘"、"弟兄不肯行谦让"、"竞田宅无倚投词状"、"山寨中仓廪乏"、"权豪将民庶伤"、"蓼儿洼地业新开创"、"贼寇损农桑"等。这正反映出广大群众得到水浒英雄多方面的支持,常有水浒英雄为他们撑腰做主。

由于元朝是蒙古族统治阶级所建立的王朝,不必讳言,他们对汉族人民的统治有实行民族压迫政策的一面,这自然激起汉民族的反感和反抗。元杂剧中有不少历史戏出现,与此不无关系,作者大多借表扬历史上的英雄人物以宣泄汉族人民的愤慨情绪。如《赵氏孤儿》剧中所云:"凭着赵家枝叶千年永,晋国河山百二雄,显耀英材统军众,威压诸邦尽伏拱。"此处所谓的"赵家"虽指剧中的人物赵盾，实则影射赵宋王朝。至于《单刀会》中"百忙里趁不了老兄心，急且里倒不了俺汉家节"，更是明确地强调"汉家节"。

元杂剧中还有一些爱情剧如《西厢记》、《倩女离魂》等，均反映了盛行宋元理学的社会中男女为追求自身幸福所进行的生死斗争。至于《荐福碑》等剧中所反映的士人出路问题，则是元朝统治阶级歧视士人的形象反映。《救风尘》等剧中反映妇女的痛苦际遇，更是封建社会中妇女不幸命运的表现。

上述几方面内容的创作都是元杂剧中的精华部分，它们所提出的政治、社会问题，以及作家对这些问题所表露出来的进步倾向，在明清杂剧中同样有所反映和表现。当然，它们不会是元杂剧的"重演"，而是具有自己的时代内涵和作者个性的新创作。但元杂剧所蕴含的现实主义传统，在明清杂剧中依然得到继承和发展。

就明杂剧而言，其题材同样十分广泛，反映现实的剧作也不少，并且有着与元杂剧不同的时代特色。首先，元杂剧作者大都生活在蒙古贵族统治之下，备受民族压迫和歧视，因而反映和揭露蒙古统治阶级对广大人民群众残酷剥削和压迫的创作，一时出现甚多。到了明代，民族矛盾已趋向和缓，反映这方面题材的剧作自然减少，而反映统治阶级内部倾轧排挤和宦海风波、人情险恶的作品则相应增多，如康海和王九思的《中山狼》、王衡的《真傀儡》、茅维的《闹门神》等。同时，由于明代统治阶级推行八股科举制度，对广大士子产生了极为严重的毒害作用，而科举考试在实施过程中又暴露出它的黑暗和腐败，对社会风气也产生了极其恶劣的影响，不少杂剧作家自觉或不自觉地对这种考试状况作了形象的描绘和深刻的揭发，如冯惟敏的《不伏老》、王衡的《郁轮袍》、无名氏的《贫富兴衰》等。

其次，尽管明初期统治阶级大力推行程朱理学，竭力倡导封建道德规范，但在明代中叶以后，由于资本主义萌芽势力的活跃，极大地冲击了封建礼教，这种时代潮流不仅在小说创作中表现出来，而且也在戏曲创作（包括传奇与杂剧）中有所反映。以杂剧而言，不少剧作家，如凌濛初和孟称舜就分别创作了《北红拂》和《桃花人面》杂剧，借用一段历史故事，讴歌敢于冲破礼教束缚，敢于追求自主爱情的女性。至于冯惟敏的《僧尼共犯》和无名氏的《女贞观》，更是将原应遵守禁欲清规的佛门弟子当作热情奔放的青年男女来描写，肯定他们敢于冲破封建礼教和宗教法规的束缚与限制、毫无顾忌地追求自己幸福爱情的斗争。

再次，明中叶以后，与资本主义萌芽势力活跃相关而发生的思想解放运动，对于妇女社会地位的改善和提高虽然在当时尚不能有任何实际的助益，但一些进步的作家越来越认识到妇女的才干并不亚于男子。他们的注意力同元杂剧作者已有所不同，不仅被妇女的苦难命运所吸引，也垂青于妇女文治武功的卓越才能。如徐渭《四声猿》四种杂剧中就有《替父从军》、《女状元》两种，分别讴歌了花木兰从军、黄崇嘏从政的才干。虽然她们都是在女扮男装以后才能建立功业的，似乎有所不足，但这种变通方式却正反映了妇女在封建社会中所受到的歧视和压力，不如此则无以表现出她们的才华和能力。

当然，这些优秀的杂剧作品大多产生于明中叶以后。它们既继承了元杂剧的现实主义传统，又充分体现出自己的时代面貌。入清以后，杂剧创作中现实主义传统也未中断。首先，在明清交替之际，杂剧创作中颇多寄寓亡国之恨、故国之情的作品。例如曾为南明弘光朝光禄卿、入清后隐居不出的陆世廉所创作的《西台记》，叙写谢翱追随文天祥、张世杰抗元，事败后恸哭于西台的故事。在明清易代之际，高唱"山河满眼俱非故"、"成仁取义自君标"，无疑是一种深沉的故国之思的抒发。王夫之在《龙舟会》里，更通过剧中人物抨击靦颜事敌的变节之士，斥责他们是"破船儿没舵随风转，棘钩藤逢人便待牵，羞天！花颜面愁人见，叩头早腰肢软似绵，堪怜！翻飞巷陌乌衣燕，依然富贵扬州跨鹤仙"。全剧充满着遗民血泪，感人肺腑。

其次，满族统治阶级入主中原后，对汉族士人虽然在镇压的同时也实行怀柔策略，但实际上并不信任，处处严加防范。坚决抗清的人士遭到残酷屠戮，一般士子也都心怀惴惴，即使像投降称臣的钱谦益、吴伟业之流有"声望"的文人，也时有被祸的危机感，宋琬就被下狱达三年之久。一些文人也就不时以杂剧形式来抒发自己所感受的现实块垒，一泄胸中不平之气。例如曾举博学鸿词科的尤侗，他所写的《读离骚》杂剧，就是作者"与二三知己，浮白歌呼，可消块垒"而为之的，诚如作者在自序中所言，其中是颇有"深意"的。至于张韬创作《续四声猿》的用意，他在序中也明说："猿啼三声，肠已寸断，岂更有第四声，况续以四声哉？但物不得其平则鸣。胸中无限牢骚，恐巴江巫峡间，应有两岸猿声啼不住耳。"士人这种情绪的流露，都可视为是清初政治状况刺激下的产物。

再次，清代承继明代八股科举取士制度，而在推行中暴露出来的弊端更趋严重，为广大士人所深恶痛绝。清代杂剧中也有不少反映这一现实状况的作品，如徐石麒在《大转轮》中，借剧中人物之口，对"天下士子不遵正法，俱以贿赂取官，文章一道贱如泥土"的现实，予以咒天骂地般的抨击。严廷中的《洛城殿》、蒲松龄的《闹馆》等作品也都对八股科举的弊端以及实施过程中的黑暗作了淋漓尽致的描写和深刻有力的挞伐。

复次，在以妇女生活为题材的清杂剧中，不但有着类似明杂剧中肯定妇女才干的作品，而且还产生了不少讴歌妇女复仇雪恨的创作。如吴伟业在《临春阁》杂剧中对冼夫人及张贵妃的文治武功均予以肯定的描写。洪昇的《四婵娟》则是对谢道韫、卫夫人、李清照、管道升的诗、书、画才艺风韵的歌颂。至于描写复仇雪恨妇女形象的杂剧，除王夫之《龙舟会》中的谢小娥以外，尚有张源《樱桃宴》中的"女中男子"的窦桂娘，她精心设计和安排宴会，内外配合，一举惩治了国贼，报了家仇。至于尤侗《黑白卫》中的聂隐娘、叶承宗《十三娘》中的荆十三娘，虽然是根据《传奇》、《北梦琐言》有关记载而写成，但这两个恩怨分明、勇于助人的侠女形象出现在当时舞台上，也同样具有特殊的意义和作用。

此外，由于清朝是在明朝"天崩地解"的基础上建立起来的，作为反映现实的作家经历了这一翻天覆地的变化，自不能不对过去的历史作一番冷静的思索。因此在清杂剧中又产生了不少所谓的"翻案剧"，如郑瑜的《鹦鹉洲》为曹操翻案，此外徐石麒的《浮西施》也同样是翻案之剧。至于翻元杂剧之"案"的作品也时有出现，如查继佐的《续西厢》和碧蕉轩主人的《不了缘》，对元代王实甫的《西厢记》作了不同结局的翻案。总之，同一题材，同时代的作家可以写出不同结局的作品来，不同时代的作家更可能会写出翻案的作品来。因为一个新时代的到来，必然会"带来新的思想感情"，他们要"把悬案重新审查"，但"每个时代都根据各自的观点审查"，更由于作家们"不同的气质、不同的教育、不同的思想感情"[①]，也必然会导致他们的"审查"——思考产生不同的结论。对他们的"结论"——剧作的结局，我们也必须进行深入研究，才能一一作出评价。不过，清杂剧作家这种"审查"历史的态度，对于学术研究和文艺创作而言，也

---

① 丹纳：《艺术哲学》。

无疑是一种进步。

总之，明清两代的杂剧创作，继承了元杂剧的现实主义传统，并具有自己的时代特色，它们所包孕的丰富的思想内涵是值得我们深入研究、表而出之的。

二

作为综合艺术的"杂剧"，它的发展和形成是有一个历史过程的。"杂剧"一词在晚唐时业已出现，而在宋人著述中出现的次数更为频繁，金时也有"杂剧"，但它们与元代的"杂剧"则不全然相同。元代杂剧是吸收、融合了唐宋以来的参军戏、傀儡戏和影戏，以及宋金的杂剧、院本和说唱文艺诸宫调中的歌、舞、说、演，将它们熔铸在一起予以有机结合而形成的。它的形成，表明了中国戏剧艺术已臻成熟阶段。

杂剧体制至元代已趋稳定。大体上每本由四折组成，或加一楔子，一般是按照戏剧矛盾的开端、发展、高潮和结局来分折；如果加楔子，则相当于序幕，每本杂剧表演首尾完整的一个故事。在一本戏中，每折用同一宫调几支不同曲牌组成的套曲演出，四折即四个套曲。不同的宫调，可以表达出不同的情绪；而不同曲牌的组织运用，又衬托出人物感情的发展变化。每本杂剧由一主要演员主唱，其他角色只能说白。由男主角（正末）主唱的称末本，由女主角（正旦）主唱的称旦本。除男女主角之外，尚有若干配角上台演出。在唱词和说白之间，还穿插舞蹈和表演动作，以增加演出效果。这种将文学、音乐、歌舞、表演结合在一起的戏曲艺术样式，在当时无疑是空前完美的。

但是，任何艺术形式的稳定与完美都是相对的，生活的发展、时代的需要，必然促使艺术形式的变革与创新，如此方始能担负起反映不断发展的现实生活、满足群众日益提高的审美需求的重任。元杂剧的体制在明清两代杂剧创作中自然也有所变革与创新。对于明清杂剧体制有异于元杂剧的情况，已有不少学者注意及之，例如在对明清杂剧的称谓上就有所反映。明季文人、戏曲家胡文焕在其所编选的《群音类选》中将明杂剧称为"南杂剧"。这一名称，至今仍被一些著述所沿用，以指称明、清两代的杂剧。但在解释"南杂剧"这一名称时，学界又有所分歧，大多数学人从杂剧的音乐结构来理解，将用北曲写作的元代杂剧称为"北曲杂剧"（北杂剧），而将用南曲写作的明、清两代杂剧称为"南曲杂剧"（南杂剧）。但也有学人不仅从音乐结构上，而且还从剧本折数、主唱角色乃至题目正名等方面所显示的特点来区分北杂剧与南杂剧。这种诸说纷呈的局面，正显示了学术界对明清杂剧艺术特点的研究较之对其思想内容的探讨更为活跃。但仅从对名称这一问题的理解上尚形不成共识的情况来看，也足以表明我们对明清杂剧的研究确实还有待深入。

从艺术表现来看，明清杂剧对元杂剧的艺术特色既有继承又有发展。首先，在音乐结构上，元杂剧用的是北曲，由末或旦主唱。自然，也有少数剧作例外，如关汉卿《蝴蝶梦》是旦本，但第三折中丑角王三却唱了〔端正好〕与〔滚绣球〕二曲；《西厢记》第一本是末本，但莺莺与红娘却各唱一曲〔锦上花〕。不过，这些仅是个别现象。明代初叶，一人主唱的普遍规律即被朱有燉的杂剧作品所突破。在他的杂剧《仗义疏财》中，李逵与燕青有时"各唱"有时"合唱"；《牡丹园》中有十个美人"同唱"；《神仙会》一、二、三折中末唱北曲，旦唱南曲。这一革新，无疑是适应了广大观众的需要，李梦阳有《汴中元宵》诗云："中山孺子依新装，赵女燕姬总擅场。齐唱宪王新乐府，金梁桥外月如霜。"时人的推许，正说明朱有燉对元杂剧表现形式的革新，是符合戏曲发展的潮流的。在明代初期，对元杂剧音乐结构的改革，除朱有燉之外，也还有其他一些剧作家，如贾仲明的《升仙梦》，一本四折全用南北合套。明初杂剧音乐结构的变化，显然是受到宋元南戏的影响所致。这种趋势随着时代的推移越趋剧烈，迨至昆山腔兴起之后更是风靡全国，逐渐取北曲而代之，用北曲创作的杂剧乃逐渐陵替。沈德符在《顾曲杂言》中就记载了这一发展趋势，说："自吴人重南曲，皆祖昆山魏良辅，而北曲几废。"何良俊在《曲论》中不仅描述了这一现实，说"近日多尚海盐南曲……风靡如一，甚者北土亦移而耽之"，而且还分析了这一趋势的背景，在于"南人又不知北音，听者即不喜，则习者亦渐少"。这正说明广大剧作家和演员对元杂剧音乐结构的改革，大都是从观众的喜好出发的。在这种形势下，当时就产生了不少以南曲创作的杂剧，如汪道昆的《大雅堂乐府》四种：《高唐记》、《洛神记》、《五湖记》、《京兆记》。甚至还有剧作家以南曲重新创作元杂剧作品。如元杂剧作家郑光祖曾写有《倩女离魂》，明代剧作家王骥德则用南曲对它加以改制。南曲《倩女离魂》虽未见传，但《远山堂剧品》中却有对王作的评述，云："南（曲）四折。方诸生（王骥德号）精于曲律，其于宫韵平仄，不错一黍，若是而复能作本色之词，遂使郑德辉（光祖）离魂北剧，不能专美于前矣。白香山作诗，必令老妪能解，此方诸生之所以不欲曲为案头书也。"显然，祁彪佳对它的评述是肯定的。自此以后用南曲创作杂剧，也就成为一时潮流所趋。自然，也有剧作家依然用北曲来创作。但像元代那样北曲杂剧一统的局面已不复存在。

其次，在体制上，元杂剧一本通常由四折组成，偶或加一楔。虽然这种体制也有例外，如纪君祥的《赵氏孤儿》，《元曲选》本做五折，元刊《古今杂剧》本仍为四折；张时起《赛花月秋千记》为六折，不过剧本已佚；王实甫《西厢记》五本二十一折，第二本是五折。但从整个元杂剧创作来看，一本四折是普遍规律。这种结构模式，在明清杂剧中已被彻底打破，出现了少只有一本一折，多至一本七八折乃至十折以上的作品。如许潮的《泰和记》，据《曲品》所记，它"每出一事"，即一事一出（折）。他所写的《武陵春》、《写风情》、《午日吟》、《南楼月》、《赤壁游》、《龙山宴》、《同甲会》等剧作，均是一折短剧，现存《盛明杂剧》二集中。此外，陈与郊的《昭君出塞》、《文姬入塞》也都是一本一折的杂剧。一本五折的如冯惟敏的《不伏老》、孟称舜的《桃花人面》；一本六折的如徐复祚的《一文钱》；一本七折的如王衡的《郁轮袍》；叶宪祖的《碧莲绣符》为八折；吴中情奴的《相思谱》为九折；无名氏的《竹林小记》为十一折。至于合几个不同故事为一本的杂剧，沈采、汪道昆、车任远诸家均曾写过，尤以徐渭的《四声猿》对后世影响为大。这本杂剧分写四个故事。其中《狂鼓史渔阳三弄》为一折，《玉禅师翠乡一梦》和《雌木兰替父从军》为二折，《女状元辞凰得凤》则为五折。清人颇多仿效之作，如张韬的《续四声猿》、桂馥的《后四声猿》等。张、桂之作各自写了四个故事，每个故事均为一折短剧。清代杂剧中类似《四声猿》结构体例的作品为数尚多，诸如嵇永仁的《续离骚》、裘琏的《明翠湖亭四韵事》、洪昇的《四婵娟》、车江英的《四名家传奇摘出》、黄之隽的《四才子》、曹锡黼的《四色石》等，每本均包括四个不同的故事。当时甚至还出现包括八个故事的周乐天《补天石传奇》、九个故事的石韫玉《花间九奏》和三十二个故事的杨潮观《吟风阁杂剧》等作品，它们都是一折或折数不多的短剧。和四本一折的元杂剧不同，这种短剧大多为表现作者的某一意念和情绪之作，戏剧冲突不像元杂剧那样集中、尖锐。其实，这种短剧很难写得成功，吴梅就曾分析难写的原因在于，一是作者写剧必须有寄托，"传奇反复绎审，可逐折求其言外之意"，而"短剧止千言左右","作者之旨辄郁而未宣";二是"短剧虽短",但"波澜曲折尤必盘旋起伏",方可"动人心目";三是在"分配宫调"时,"长剧可以调冷热",而"短剧止用一套",因此"以剧情配合曲情"难以"尽合分际"①。由此看来,创作一折短剧较之构制四折一本的杂剧更为艰难,然而明清杂剧作者却乐意为之,在现存作品中固然有失败之作,但也有成功之作。这正表现了敢于突破一本四折元杂剧体制的明清杂剧作者的高超的艺术素养和表现能力。

再次,元杂剧作者大多来自社会下层,其所作杂剧又是为演出而作,自必注意故事的曲折变化、情节的波澜起伏。及至明清两代,杂剧作品大多出自文人之手,也多为宣泄心绪而作,自然不去考虑故事情节的动人。他们写作杂剧,也如同创作诗、词、赋一样,一般说来,比较注意文笔的细腻、辞藻的华丽,谨守曲谱,讲究词韵。有些作家如叶宪祖虽也能注意情节的曲折,但巧合之处太露;有些作家如汪道昆,更只是敷衍历史故事,甚至照抄《高唐赋》、《洛神赋》,极少注意戏剧性。因而明清杂剧不能在舞台上演出的作品极多。所谓"民众伶工渐与疏隔,徒供艺林欣赏,稀见登台演唱"②。明代杂剧出现的这种倾向,在清人杂剧中更有所发展。这种多不能演出的杂剧被人们称为"文人剧",郑振铎认为"明代文人剧变而未臻于纯,风格每落尘凡","纯正之文人剧,其完成当在清代"。确实如此,清代杂剧作者大多为学者文士,他们创作杂剧无非是借助这种文艺形式一吐不平之气、倾泻愤懑之情而已。如清初剧作家尤侗,生于明清易代之际,长期功名不得意,满腹块垒,一寄于词曲,创作有《读离骚》杂剧。曹尔堪序他的杂剧创作云:"以沉博绝丽之才,为嬉笑,为怒骂,雅俗错陈,毕写情状。"其他如嵇永仁的《续离骚》(包括四本杂剧:《刘国师教习扯淡歌》、《杜秀才痛哭泥神庙》、《痴和尚街头笑布袋》、《愤司马梦里骂阎罗》),作者明白表示,"虽填词不可抗骚,而续其牢骚之遗意"③。与尤侗、嵇永仁一样,同是由明入清的文人廖燕,吟诗作文之余也写有杂剧四种,在《诉琵琶》中,更将自己写入剧中,云:"小生姓廖名燕,别号柴舟,本韶州曲江人也。几日来米坛若匮,谈文岂可疗饥;酒盏俱空,嚼字哪堪软饱?贫愁日甚一日,丰乐年复何年?"这种

---

① 吴梅:《清人杂剧二集序》。
② 郑振铎:《清人杂剧初集序》。
③ 嵇永仁:《抱犊山房集》卷末附《续离骚·引》。

作者跳入剧中的手法,在清代后期杂剧中也有人效法,如吴藻的《乔影》。这种倾向并非无意识的流露,而是有意识的表现。如徐轨之孙徐爔,作有杂剧十六种,总名《写心剧》。他在序中明言:"原以写我也,心有所触,则有所感。有所感,则有所言。言之不足,则手之舞之,足之蹈之,而不能自已者,此余剧之所由作也。"这一倾向的发展,再加之他们"多不能歌,如桂馥、梁廷枏、许鸿磐、裘琏等,时有舛律",是"以作文之法作曲",如绳之于传统的作剧法则"未有不误者"。因此这种出自文人之手的"写心"剧作也就成为不宜演出的"案头剧",导致作为综合艺术的杂剧的衰落。

此外,一些明清杂剧作者也继承了元杂剧作者争相表现重大意义题材的优良传统。这一现象也值得我们注意。有元一代冤狱极多,杂剧作者也曾有所反映。例如元杂剧中表现窦娥故事的作品即是。一时有关汉卿的《感天动地窦娥冤》、梁进之的《东海郡于公高门》、王实甫的《厚阴德于公高门》、王仲元的《厚阴德于公高门》。可见元杂剧作者对表现重大社会问题予以极大重视。可惜,至今只留下关汉卿所作,无法对它们作出比较研究,不过,仅从题目正名亦可窥知,关汉卿之作只是借《说苑·贵德》及《汉书·于定国传》中所记叙的东海孝妇故事,用以反映现实生活中的冤狱,而其余三本杂剧似乎描写的重点在于表现"于公"的"阴德"。明代中叶统治阶级的内部矛盾十分复杂激烈,统治阶级成员中朝秦暮楚、趋炎附势、彼此倾轧、恩将仇报之事屡见不鲜。马中锡写有《中山狼传》,描写东郭先生好心救狼险被狼害的故事。此后,一些杂剧作家根据马中锡之作改写成杂剧,先有康海的《东郭先生误救中山狼》、王九思的《中山狼院本》,稍后又有陈与郊的《中山狼》、汪廷讷的《东郭氏中山救狼》等作品问世。据云,康海之作乃有感而发,他曾和"前七子"首领人物李梦阳同师事弘治进士、都御史马中锡。正德年间,李梦阳代尚书韩道贯草疏以劾刘瑾。事为刘瑾所知,乃将梦阳陷害入狱,必欲杀之。李梦阳急向康海求救。康海乃面见刘瑾求情,为梦阳存得一命。后刘瑾事败,康海受到牵连,李梦阳却未能为其申诉冤屈。一些人对李梦阳忘恩负义行为颇不齿,而将其事写为杂剧。可惜陈与郊、汪廷讷所作未见传世,仅能见到康海、王九思之作。张大谌还用南曲创作四折的杂剧《报恩虎》,从正面立论,惜也未见流传。《远山堂曲品》说此剧"可作《中山狼》针砭,然此正言之又不若《中山狼》剧反言之"。由此可见,元杂剧作家争相谱写重大题材的传统,在明清杂剧作家的创作中依然有所承传。

　　总之,仅从上文粗疏的扫描中,我们可以断言,元代杂剧不但对后来的小说和传奇创作产生了巨大影响,而且对明、清两代的杂剧创作同样也产生了深远影响。对此,亟须进行深入研究;在此基础上,理清杂剧在元代成熟之后的发展流变脉络,这对于中国杂剧史、中国戏曲史、中国文学史乃至中国文化史的撰著有着十分重要的意义。

(原载《河北师范学院学报》1993年第4期)

试论董《西厢》的思想和艺术

一

　　董解元《西厢记》在以张生和莺莺恋爱故事为题材的一系列文艺作品中占有重要地位。最早描写这一恋爱故事的作品是唐代作家元稹的《莺莺传》。元稹的友人杨巨源写有《崔娘》诗，李绅写有《莺莺歌》。宋代秦观的《淮海词》和毛滂的《东堂词》中也有以这一题材创作的《调笑转踏》；赵令畤还以说唱文艺形式写有《商调·蝶恋花》鼓子词①。赵令畤在谈及创作缘起时说："至今士大夫极谈幽玄，访奇述异，无不举此以为美话；至于倡优女子，皆能调说大略。惜乎不被之以音律，故不能播之声乐，形之管弦。"这表明时至北宋，这一故事不但在文人阶层而且还在倡优女子中盛传，但还没有能以乐器伴奏演出的作品。经过文士倡导、娼优努力，至迟在南宋就产生了可以说唱的作品，据罗烨《醉翁谈录》有关记载可知，当时已出现了话本小说《莺莺传》；据周密《武林旧事》有关记载可知，当时还有官本杂剧《莺莺六么》；南戏《张协状元》中有〔赛红娘〕、〔添字赛红娘〕等曲牌，可见当时也可能有演出这一故事的南戏作品。这些作品，对董解元《西厢记》的产生都起过或多或少的影响，而影响最大的当首推元稹的《莺莺传》。

　　《莺莺传》的情节大略是：张生游赏蒲东普救寺，正好遇见孀妇郑氏带着女儿莺莺和幼子欢郎回长安，途中也寄寓寺中。当时驻军统帅亡故，乱军大掠地方，郑氏惊惶万状，张生与蒲将之党有旧，请求保护，郑氏一家始免于难。乱定之后，郑氏设宴谢张生，并令莺莺、欢郎出而面谢。张生见到莺莺，遂生爱慕之情，后得红娘帮助，与莺莺结合。不久，张生去长安应试，又将莺莺弃置，还斥责她是"不

---

① 赵令畤：《侯鲭录》卷五。

妖其身、必妖其人"的"尤物",为自己"始乱终弃"的丑行辩护。文末,作者还称许张生这种行为为"善补过者"。

尽管元稹的态度不足取,但在这个悲婉凄切的故事中,却塑造了一个才华出众、感情深挚的少女形象——崔莺莺。她长自"财产甚厚,多奴仆"之家,自幼接受封建教育,成人后则"贞慎自保"。但在张生的启发、挑逗之下,终于克服自身背负的礼教意识,委身于他。张生却热衷于功名,不久赴京应试再也不谈婚娶之事。莺莺固然希望张生能"仁人用心,俯遂幽眇",但也预感到"达士略情,舍小从大",被遗弃的命运不可避免,但仍然忠于过去的爱情,表示"骨化形销"也"丹诚不泯"。张生不为所动,并将莺莺的复信遍示友人,为自己的"忍情"辩解。此后各自婚娶,但张生又不忘旧情,一再要求见面,莺莺却"终不为出",先后赋诗二首,"不为旁人羞不起,为郎憔悴却羞郎"、"弃置今何道,当时且自亲",对张生慑于礼教官箴的背信弃义行为,表示了深沉的怨怼。

与莺莺相比,张生这一形象大为逊色。过去有的学者认为:张生就是唐代诗人张籍[1],但更多的学者都认为张生即作者元稹自己[2]。但在分析作品时,不宜以史绳文,还是从形象出发。在《莺莺传》中,张生表面上是一个"非礼不可入"的正派儒生,而骨子里却是"真好色"的轻薄文人。自从见了莺莺,这个自称"未尝近女色"的才子随即"行忘止,食忘饱"、"不能逾旦暮"了。他不"因媒氏而娶",而以"喻情诗以乱之",似乎有些反抗礼教习俗的意味。但在"始乱"之后又"终弃"之,反诋毁莺莺为"妖孽"。

我们从《莺莺传》中这两个人物形象身上,可以了解到唐代社会的某些现实情况,妇女的社会地位十分低下,在婚姻问题上经常受到不公平的待遇,命运极其悲惨。总之,这一题材颇有认识意义。再加之元稹的高度文学素养,特别是他喜爱听艺人"说话",曾与白居易同在新昌宅听说"一枝花话"[3],受到说唱文艺的影响,他的《莺莺传》故事叙述得委婉曲折,人物描写得情态毕现,很有感染力。正因如此,尽管他在篇末为张生"文过饰非"[4],但作品形象所显示的客

---

[1] 赵令畤:《侯鲭录》卷五所引王性之《传奇辨正》。
[2] 赵令畤:《侯鲭录》卷五《辨传奇莺莺事》;胡应麟:《少室山房笔丛》卷四十一;瞿佑:《归田诗话》卷上;陈寅恪:《读莺莺传》;孙望:《莺莺事迹考》等。
[3] 元稹:《酬翰林白学士代书一百韵》,《元氏长庆集》卷十。
[4] 鲁迅:《中国小说史略》。

观效果则暴露了张生的丑行恶德，反映了莺莺令人同情的悲惨遭遇，这篇传奇的客观意蕴已大大超越了作者的主观意图，并且产生了巨大而深远的影响，所谓"其事之振撼文林，为力甚大"[①]。

大历诗人李绅在从其友人元稹处得知这一故事以后"卓然称异"，写有《莺莺歌》。在《全唐诗》卷四八三中仅录存八句，董解元在《西厢记》中却引用了三十余句，目前可见及的共四十二句。仅从这残篇来看，它对董解元《西厢记》的影响也是显然的（详下）。

宋代有关这一题材的文艺作品，现存的有《调笑转踏》和《鼓子词》。所谓《调笑转踏》是用一首七言八句的诗和一首《调笑令》词相配合，来咏唱一个故事的舞曲。秦观和毛滂的《调笑转踏》用八个这样的舞曲，分别咏唱八个故事联结成一套。秦观咏崔莺莺的一诗一词的《调笑转踏》，只写到"夜半红娘拥抱来，脉脉惊魂若春梦"，"红娘深夜行云送，困䭐钗横金凤"为止，对张、崔幽会以后的事未曾叙及。毛滂咏崔莺莺的《调笑转踏》则写到"此夜灵犀已暗通，玉环寄恨人何处"，"薄情年少如飞絮，梦逐玉环西去"，已说及欢会之后的离别和寄怀。当然，一首短诗、一阕小令这种《调笑转踏》的形式，是很难将一个故事的首尾交代清楚的。而且，这种诗词作品，大多读者还毕竟是文士，在市井小民中还难以产生巨大的反响。赵令畤所写的《商调·蝶恋花》鼓子词却不同，他采用了民间流行的说唱文艺形式鼓子词来谱写张生和莺莺的恋爱故事，运用《蝶恋花》词十二首咏唱，再辅以散文的道白穿插在词作之间，这就较《调笑转踏》可以包孕更为丰富的内容，而且还可以"形之管弦"，向更多的听众演唱，扩大了这一故事的流传范围。更值得注意的是，赵令畤在他的作品中表露了自己对这一故事的看法，他引用朋友"河东白先生"的见解说："张之于崔，既不能以理定其情，又不合之于义，始相遇也，如是之笃；终相失也，如是之遽。"赵令畤在词作中还一再慨叹："最恨多才情太浅，等闲不念离人怨"、"地久天长终有尽，绵绵不似无穷恨"，指责了张生始乱终弃的丑行，流露了对莺莺被弃的深切同情。这些叙述和描写，表明赵令畤对待这一恋爱变故的态度已不同于元稹，然而彻底改变这一故事结局，却有待于董解元的《西厢记》。

---

① 鲁迅：《唐宋传奇集·稗边小缀》。

二

　　元稹《莺莺传》问世四百年左右，金章宗时文士董解元将这篇仅有几千字的传奇，用说唱文艺的形式重新创作，扩充成五万字左右的《西厢记》。

　　董解元《西厢记》的产生并非偶然现象，它首先是政局稳定、生产发展、文教振兴的产物。宋金之间长期对抗，但自"隆兴和议"（1163）以来暂告平静。金世宗有鉴于前朝"干戈之荼毒，崎岖日久"，"心颇厌之"。而在"和好既成"之后"迄三十年，无寸兵尺铁之用"①，注意"与民休息，群臣守职，上下相安，家给人足，仓廪有余"，以致被史家称为"小尧舜"②。章宗即位后，前十年也颇能继承世宗休明之治，董解元在《西厢记》卷一〔仙吕调·醉落魄缠令〕中所说："喜遇太平多暇，干戈倒载闲兵甲"，正反映了这一历史阶段的真实情况。

　　在政局稳定、生产发展的基础上，女真族统治者不断吸收、借鉴汉民族的文化典制，大力振兴文教。如世宗大定十六年（1176）四月，"诏京府设学养士"③。章宗更"性好儒术，即位数年后，兴建太学，儒风盛行，学士院选五六人充院官，谈经论道，吟哦自适，群臣中有诗文稍工者，必籍姓名，擢居要地，庶几文物彬彬矣"④。刚即位，就在大定二十九年（1189）二月，命"学士院进呈汉、唐便民事"以为借鉴，并"令有司稽考典故，许引用宋事"⑤；改元以后，明昌元年（1190）三月，下令"设应制及鸿词科"，还"诏修曲阜孔子庙学"，"亲行释奠礼，北面再拜"⑥，以收拾汉族士子之心。为了更进一步学习汉族文化，明昌二年（1191）四月又谕有司"自今女真字直译为汉字，国史院专写契丹字者罢之"⑦。由于世宗、章宗大力倡导学习汉族文化的结果，当时汉化程度相当普遍、深入，而对宋代说唱技艺的欢迎和喜爱则是一个重要的表现。早在金太

---

① 宇文懋昭：《大金国志》卷十八。
② 李有棠：《金史纪事本末》卷三十。
③ 同上。
④ 宇文懋昭：《大金国志》卷二十一。
⑤ 李有棠：《金史纪事本末》卷三十四。
⑥ 同上。
⑦ 同上。

宗灭亡北宋之际，就曾将汴京的伶官乐器囊括一空，"挈之以归"①。经过世宗、章宗两朝，金石之乐"日修月葺"，也"粲然大备"②。大定六年（1166），世宗"大会群臣于紫极殿，始用百戏，酒三行则乐作，鸣钲击鼓，百戏出场，有大旗狮豹跷索上竿之类"③。章宗也同样沉溺于此，明昌元年（1190）夏五月"拜天于西苑，射柳击球，纵百姓观"④，在这种需求之下，院本杂剧便勃然而兴，陶宗仪在《辍耕录》卷二十五中著录院本名目近七百种之多，可见盛况之一斑。而早年流行于宋都汴京的诸宫调，也在金朝统治区域内流行起来，董解元《西厢记》正是这一背景的产物。

其次，董解元《西厢记》可说是我国文艺创作成就长期积累的新发展。唐传奇《莺莺传》和唐诗《莺莺歌》为它提供了题材。宋代文人如秦观、毛滂、赵令畤等人的有关这一题材的创作，以及流行于市井间的话本小说、官本杂剧，同样为它的产生提供了宝贵的艺术经验。它还从古代许多文史著作中汲取了丰富的营养，仅粗略地加以寻绎，董解元《西厢记》涉及的古代著作就有《论语》、《庄子》、《春秋左传》、《诗经》、《礼记》、《仪礼》、《吕氏春秋》、《吴越春秋》、宋玉的《高唐赋》和《登徒子赋》、扬雄的《长杨赋》、《史记》、《汉书》、《后汉书》、曹植的《洛神赋》、《世说新语》、《晋书》、潘岳的《秋兴赋》、苏蕙的《璇玑图》、唐代变文，特别是唐代传奇被涉及的更多，如薛用弱的《集异记》、沈既济的《任氏传》、陈玄祐的《离魂记》、李朝威的《柳毅》、裴铏的《传奇》、许尧佐的《柳氏传》等。许多宋词名句，则被熔铸为优美的唱辞，如卷六〔大石调·玉翼蝉〕"……不忍轻离别……那堪值暮秋时节。雨儿乍歇……那闻得衰柳蝉鸣凄切！……纵有千种风情，何处说？"显然是从柳永《雨霖铃》一词化来。卷七〔仙吕调·剔银灯〕"天遥地远，万水千山，故人何处？"同调〔尾〕"除梦里有时曾去，新来和梦也不曾做"，这又是剪裁赵佶的《宴山亭·北行见杏花》一词而成。卷七〔道宫·尾〕"非关病酒，不是伤春"，则明显是李清照《凤凰台上忆吹箫》一词的改制。由此可见，董解元的《西厢记》无疑是在我国古代

---

① 《金史·乐上》。
② 同上。
③ 宇文懋昭：《大金国志》卷十六。
④ 李有棠：《金史纪事本末》卷三十四。

文史著作的养料哺育之下得以诞生的。

　　从它的表现形式看，更是宋代以来说唱文艺的集大成者。董解元《西厢记》究竟是什么体裁？沈德符在《野获编》卷二十五"杂剧院本"中将它视作杂剧（院本）。近人王国维在《宋元戏曲考》中断言"以余考之，确为诸宫调无疑"。郑振铎在《宋金元诸宫调考》中赞成此说，并认为这是王国维作出的"很重要的一个判定"（但近年也有人提出异议）。诸宫调是产生于北宋中叶的一种说唱文艺形式，首传者为泽州（今山西晋城）艺人孔三传。他的活动年代大约在神宗、哲宗、徽宗三朝[1]，最初盛行于北宋都城汴京，后来也传到南宋都城临安[2]。它是一种融汇了词、变文、鼓子词以及唐宋大曲、宋代唱赚的特色而创造出来的一种新的说唱文艺形式。从形式看，它与鼓子词极为相似，都由讲说的散文和歌唱的韵文穿插而成，但又有明显的差别。这差别主要表现在音乐结构方面，鼓子词只用于同一宫调的一个曲调反复歌唱，音乐相当简单，相应地也只能叙述简单短小的故事；诸宫调则由分属于不同宫调的许多曲调构成，音乐相当复杂，相应地也就能表现比较复杂的情节。董解元《西厢记》共运用了十四个宫调、一百五十一个基本曲调，连同变体在内则有曲调四百四十四个之多，而且还将同一宫调的若干不同曲调组成一个歌唱单位即套数，音乐的构成方式极其丰富多变，正可以表现复杂纷纭的情节。诸宫调演唱时伴奏的主要乐器为弦乐器琵琶[3]，所以董解元《西厢记》又称《弦索西厢》或《西厢搊弹词》；还有锣、板[4]、鼓[5]。当时还产生了不少有名的演员（如熊保保、张五牛、高郎妇、黄淑卿等），创作了不少作品（如《耍秀才》、《霸王》、《卦铺儿》等），可惜这些演员生平事迹已不可详知、作品也大都散逸，但它们对董解元创作《西厢记》无疑是产生了极大的启发作用的，《弦索西厢》正是在如此深厚的基础上得以产生的。

　　再次，《西厢记》的诞生当然和作者董解元分不开，是董解元艺术实践的产

---

[1] 参见王灼《碧鸡漫志》卷二，灌园耐得翁《都城纪胜》"瓦舍众伎"，孟元老《东京梦华录》卷五"京瓦伎艺"等。
[2] 吴自牧：《梦粱录》卷二十"妓乐"。
[3] 王骥德：《曲律》卷三"杂论第三十九下"。
[4] 见元杂剧《诸宫调风月紫云亭》。
[5] 洪迈：《夷坚志》支乙卷第六。

物。董解元的生平事迹不可详考，汤显祖在其评本中说他的名字叫董朗。陶宗仪和钟嗣成都说他是金章宗时（1190—1208）人①。朱权在《太和正音谱》中根据"解元"二字推断他曾"仕于金"。其实"解元"只是对读书人的一般称呼，不一定表示有什么功名。据《大金国志》卷三十五所载："太宗天会十年，国内太平，下诏如契丹开辟制，限以三岁，有乡、府、省三试之法，每科举时，先于诸州分县赴试……号为乡试。悉以本县令为试官……榜首曰乡元，亦曰解元。次年春分三路类试……谓之府试……榜首曰府元。至秋尽集诸路举子于燕，名曰会试……榜首曰敕头，亦曰状元。"可见金代所谓的乡试，与明清时代乡试并不相同，大约只相当于明清时代府县试；所谓"解元"也非明清时代乡试第一，大约只相当于明清时代的秀才，社会地位并不高。关于他的活动，史籍中很少有记载。宋元南戏中有《董解元智夺金玉兰传》、关汉卿有《董解元醉走柳丝亭》杂剧，可能就是以他的事迹为题材创作的，可惜这两个剧本均已散失。目前仅能从他自己创作的《西厢记》中略窥知其生平状况。在卷一〔仙吕调·醉落魄缠令〕中，他自述道："……秦楼谢馆鸳鸯幄，风流稍是有声价。教惺惺浪儿，每都伏咱。不曾胡来，俏倬是生涯"；〔仙吕调·整金冠〕中又说："提一壶酒，戴一枝花儿，醉时歌，狂时舞，醒时罢。每日价疏散不曾着家。放二四不拘束，尽人团剥。"从这些夫子自道中可以看出作者是一个放浪不羁、蔑视礼法、地位低下、生活散漫而与社会下层有较多接触的知识分子。这样的社会地位和生活经历决定了他的美学观点和艺术爱好必然不同于一般正统的封建文人。在卷一〔般涉调·太平赚〕中他说："俺平生情性好疏狂，疏狂的情性难拘束。一回家想么，诗魔多爱选多情曲。"这表明他对那些突破礼教束缚的讴歌爱情的作品特别喜爱，并且自己动手创作，在〔般涉调·尾〕中他又说："穷缀作，腌对付，怕曲儿捻到风流处，教普天下颠不刺的浪儿每许。"对自己作品的艺术感染力充满着自信，可见他确实是一位深谙此道的作者。大约在金章宗泰和五年（1205）以前，他所创作的《西厢记》终于问世。

总之，社会地位低下的知识分子董解元，在"太平多暇"的时代，从古代文史著作中汲取了丰富的营养，根据唐代传奇和唐代诗歌所提供的题材，结合时代

---

① 见陶宗仪《辍耕录》卷二十七"杂剧曲名"，钟嗣成：《录鬼簿》。

风貌，运用市井间广泛流行的说唱文艺形式，通过他自己独特的艺术认识，创作出《西厢记》这样一部巨著，从而丰富了我国文学史的内容。

三

  《西厢记》虽然借用了《莺莺传》的故事情节，但董解元却对它进行了根本的改造，完全可视为新的创作。

  首先，从故事情节看，董解元《西厢记》约五万言，这对于三四千字的《莺莺传》来说，无疑是一大发展，大大丰富了张生、莺莺恋爱故事的内容。它的情节整体，自然是借用《莺莺传》，但同时也从《莺莺传》的片言只语中，凭借自己的想象，加以衍化，使这一故事的情节更为纷纭繁复，异彩缤纷。如《莺莺传》中叙及张生"行忘止，食忘饱，恐不能逾旦暮"，董解元就将其扩写为极其感人的张生害相思一场戏；《莺莺传》中莺莺给张生的复信中有"君子有援琴之挑，鄙人无投梭之拒"，这就构成了《西厢记》中张生奏琴诉说相思的一出戏；《莺莺传》中说"张与蒲将之党有善，请吏护之，遂不及于难"，则被董解元敷衍成白马将军发兵解救普救寺的一场戏。

  当然，董解元也从李绅的《莺莺歌》中汲取了不少情节加以改制。如《西厢记》中的白马将军，在《莺莺歌》中始有对其人的具体描绘，可见有关白马将军的故事情节是根据《莺莺歌》的叙述衍化而成；又如《莺莺传》中说乱军"大掠蒲人"，但只是抢劫财物而已，至于《西厢记》中所写孙飞虎强索莺莺为压寨夫人，也显然是从《莺莺歌》中截取而来；再如张生写词、张生寄柬这一情节，《莺莺传》中虽也曾叙及，但全无对莺莺心理活动的反映，而在《莺莺歌》中却有较为细腻的描绘，《西厢记》显然是借鉴了李绅诗作的表现加以铺陈。如此等等，均表明《莺莺歌》对于董解元创作《西厢记》也同样有着重要的作用。

  此外，还有不少情节如张君瑞闹道场、孙飞虎兵围普救寺、莺莺问病、勘问红娘，乃至长亭送别、村店惊梦、郑恒进谗等，在《莺莺传》和《莺莺歌》中均未见有，是否是董解元从已散失的话本小说《莺莺传》和官本杂剧《莺莺六么》中借鉴而来，还是董解元自己的创造，虽然一时尚难以论定，但董解元在前人创作的基础上加以丰富发展则是可以肯定的。他多方面摄取素材，加以改造、提炼，进行合理的推演、衍化，根据自己对这一传统题材的认识和理解，重新加以构制合成，使之浑然一体地更为丰富地展示人物性格、更为深刻地表现主题思想服务。

其次，从人物形象看，董解元不但对《莺莺传》中原有人物重加刻画，而且还塑造了新的形象。《莺莺传》的主要情节是围绕张生和莺莺而展开，因之张、崔二人自然是这篇传奇的主要人物。在元稹笔下，张生是一个"始乱终弃"的才子，由此而导致莺莺的悲剧；但在董解元笔下，张生则成为用情专一的书生，以他的志诚获得了幸福的爱情。元稹笔下的莺莺是一个"有自献之羞"的"尤物"，在《西厢记》中则成为一个克服了封建礼教势力束缚而获得美满婚姻的佳人。《莺莺传》中的老夫人是张生的"异派从母"，在得悉张生和莺莺相爱以后，知其"不可奈何"因而"欲就成之"；在《西厢记》中老夫人则十足是一个"作事威严、治家严谨"的封建家长，成为张生、莺莺相爱的障碍，几乎造成这一对青年男女的爱情悲剧。红娘在《莺莺传》中，对于张生和莺莺的结合所起作用甚微，而在《西厢记》中则成为他们恋爱成败的关键人物，她眼见"积世虔婆"老夫人的"忘恩负义"，酿成张生和莺莺的悲苦愁思，从而激起了对老夫人的不满和对张、崔的同情，为张、崔的欢会传书递简、出谋献计，向老夫人进行面对面的抗争。很难设想，没有红娘这位"下人之谋"，这一对青年男女能够幸福结合。在《莺莺传》中"总戎节"的杜确，在董解元笔下也成为一个有关张、崔恋爱成败的关键人物，没有他发兵解救普救寺，张珙在老夫人面前就无进身之阶，无功不能获报，老夫人全家就不会对之感恩，莺莺也就不可能对之由感激而生发爱慕之情，最后没有他的处断，莺莺又可能得而复失，为郑恒所谋夺。这些都是董解元对《莺莺传》中原有人物的新的描写。

至于作者所增写的人物，也都是由于情节发展所必需。例如法聪与孙飞虎，就是相互对立而又纠缠在一起的人物，没有孙飞虎"劫财物、夺妻女"的骚乱，就不可能表现出法聪和尚的侠士风概。这个"不会看经，不会礼忏，不清不净"的和尚原是"蕃部之后"，在感到"世路浮薄"后才出家为僧，但军人的豪爽作风正如往昔，出自"济众之心"，他敢于与叛将孙飞虎恶斗一场；为了张珙的"弟兄情"，他将私蓄倾囊相助，并准备为张生的幸福去杀人，"待做头抵"承担一切后果，最后又指使张生携着莺莺去投奔白马将军杜确。董解元笔下的郑恒，则是与老夫人同一类型的人物。如果说老夫人主要是体现了封建礼教的人物，那么郑恒主要是代表了封建势力的人物。他的出场及其一系列的活动，增加了张生和莺莺恋爱过程中的阻力，当然也就使得故事情节的发展更其摇曳多姿，从而显示了张、崔的幸福爱情确是来之不易的。

总之，无论是董解元重新改写的原有人物，还是增写的新的形象，都是为了适应大大丰富了的情节的需要，而在丰富的情节中又多方面地表现出这些人物的不同性格。情节是展示人物性格的生活基础，人物性格又是情节发展的内在因素，董解元在《西厢记》中所丰富的情节和所塑造的人物，两者之间水乳交融、相互作用，从而体现了作者的主观意图，表现了作品的客观意义。

再次，从思想主题看，由于情节的大大丰富和人物形象的重新塑造，《西厢记》的思想主题已大大不同于《莺莺传》。元稹把张生与莺莺的恋爱故事处理成悲剧，这原无可厚非，因为唐代妇女的命运确实很悲惨，并不亚于任何一个封建王朝，始乱终弃的现象也很普遍。问题在元稹对造成悲剧原因的认识却是极端错误的，他公然说："大凡天之所命尤物也，不妖其身，必妖其人，使崔氏子遇合富贵，乘宠娇，不为云、为雨，则为蛟、为螭，吾不知其变化矣。昔殷之辛、周之幽，据百万之国，其势甚厚，然而一女子败之，溃其众、屠其身，至今为天下僇笑。予之德不足以胜妖孽，是用忍情。"一面斥责被弃的莺莺为妖身妖人的"尤物"，一面又为薄倖的张生始乱终弃的"忍情"丑行辩解，最后还肯定这种恶劣行径为"善补过者"。董解元在《西厢记》中则从根本上改变了《莺莺传》的思想主题，通过对张生和莺莺的相恋而结合的全过程的生动描绘，形象地揭露了封建礼教和封建势力对青年男女爱情追求的束缚和压制，充分肯定了青年一代为维护自身幸福进行抗争的努力，热情歌颂了他们抗争的胜利，无情地嘲笑了封建礼教的破产和封建势力的失败，使流传了几百年的张、崔恋爱故事得以彻底改观。董解元在他的作品中将《莺莺传》中的悲剧结局全然颠倒过来，就这一传统题材而言，确实具有开创性的深刻意义。

这种"新纪元"的"开辟"现象并非偶然，文学作品的主题思想是与时代生活、与作者经历有着紧密关联的。《西厢记》的思想主题不同于《莺莺传》主题的首要原因，就在于元稹在《莺莺传》中反映的唐代社会生活及作者对其评价，截然不同于董解元在《西厢记》中反映的金代社会生活及作者对其评价。唐代妇女在婚姻问题上不能自主，备受法律和礼教的压迫与束缚，与任何封建王朝如出一辙。但由于皇室淫乱风气的影响，婚配以外的性行为在社会上却比较随便，而其造成的恶果却经常为被弃的女子所独尝。同时，六朝重视门第的遗风犹在，在唐代一般士子如没有公卿显爵为之推荐,很难考试及第,所以一般士人无不把攀结高门视为终南捷径,始乱终弃的现象也就大量发生,元稹本人就曾求娶工部尚书韦夏卿之女韦丛为妻,以做登进之奥援。因而在元稹看来,张生最后弃爱情取功名当然是一种"善补过"的抉择。但是到了四百余年之后的金代,封建王朝数经更迭,封建军阀屡兴战伐,农民起义此伏彼起,门第观念已日趋淡薄。同时,金代统治者如女真族,其风俗与汉族颇有差异,即以婚配而言,"富者以牛马为币,贫者以女年及笄,行歌于途,其歌也乃自叙家世、妇工容色,以伸求侣之意,听者有求娶欲纳之,则携而归,后方具礼偕来女家以告。"[①] 相对而言,在女真族统治下,封建礼教对婚姻的控制有所松动,男欢女爱的现象也较普遍。而且,由于宋代以来商品经济发展的结果,市民阶层逐渐有所壮大,他们对文艺作品的欣赏习惯和美学要求,对作家自不能不产生一定影响,特别是生活在市井中的董解元,更能深切地领会他们的愿望和要求,因而采取了他们喜闻乐见的说唱文艺形式,借用《莺莺传》所提供的故事,根据金代的社会现实和市民群众的意愿,加以改造重新创作,从而彻底改变了这一传统题材的思想主题。

四

董解元《西厢记》在艺术表现上也取得惊人的成就,《莺莺传》和《莺莺歌》这种传统的诗文形式主要是诉诸视觉的,而《西厢记》这种说唱文艺则主要是诉诸听觉的。因而在艺术表现上自必有它的特色,具有它的艺术个性。

诉诸听觉的《西厢记》,在情节构成上要求作者精心设计,能将极其纷纭复杂的故事情节有张有弛地安排得当,以期抓住听众的注意力,使其不感厌倦地听说下去。董解元在《西厢记》中将故事情节的主要内容——人物自身行为和人与人之间的种种纠葛矛盾处理得极为妥善:以张珙、莺莺、红娘、法聪、白马将军为一方,他们固然与以郑夫人、郑恒、孙飞虎为主的另一方有着尖锐的矛盾。但在这组对立矛盾中,孙飞虎与郑夫人、郑恒之间也有矛盾;张珙与莺莺、莺莺与红娘之间也有矛盾;此外,男女主角张珙和莺莺自身又具有"情"与"礼"的矛盾。作者将这些矛盾交织在一起,使其环环相扣,处处勾连,以此促彼,彼伏此

[①] 宇文懋昭:《大金国志》卷三十九。

起地展开这一古老故事的波澜迭起的新的情节。《西厢记》一开始，张珙初见莺莺随即产生爱慕之情，他们自身背负着的情与礼的矛盾开始摇摆。及至孙飞虎兵围普救寺、企图劫夺莺莺这一对立矛盾发生，却促使了张珙与莺莺之间的矛盾向前发展，并初步形成解决矛盾的因素；张珙出自爱慕莺莺的私衷，挺身而出请来白马将军解救普救寺，结束了这组对立矛盾中孙飞虎一方。此际，张珙与莺莺的矛盾似已解决，岂知枝节横生，有利因素下仍然潜伏着危机，老夫人食言而肥，张珙的请求与老夫人的拒绝，使得矛盾进一步激化，似已无解决之望；但莺莺出自对母亲的忘恩食言不满而怨恨，对张珙仗义救人由感激而爱慕，在红娘的帮助下，逐步克服自身的矛盾，冲破老夫人的约束，而与张珙结合，这是在不利条件所隐伏着的有利因素向对立面转化的结果。张、崔结合以后，一切矛盾似已解决，但又有郑恒的进谗、老夫人的间阻，一波接一波地汹涌而来，这既揭露了封建礼教势力的不甘失败，又表明张、崔的幸福婚姻来之不易。这样精心的构制，既多层次地展现了故事情节的极为丰富，又客观地反映了现实矛盾的无比复杂，能极大程度地激起听众的欣赏兴趣，取得预期的艺术效果。

　　同时，作者还辅之以戏剧中的悬念法和修辞中的设问格，更把听众的好奇心理推向高峰，长久地维持他们的强烈愿望和兴趣。这种组织情节的艺术手法，在此前的传统形式的诗文作品中还很少见有。例如张珙初见莺莺时"五魂悄无主"，但不到片刻就莽撞行事，"手撩衣袂，大踏步走至跟前，欲推户"。如果任其推门跟随莺莺进去，未免过于直截，情节发展也就缺少跌宕起伏。作者于此际，却让"一只手把秀才捽住"，但又不立即说明是何人之"手"，反向听众问道："捽住张生的是谁？是谁？"这是戏剧中的悬念法，然而诸宫调毕竟是说唱文学，与戏剧演出究竟有所不同，作者不能不让演唱者自己回答这一问题："乃寺僧法聪也。"这是修辞中自问自答的设问格。悬念，是为了在情节发展到一定关键时刻，维持和刺激听众兴趣的一种手法；而设问，则是回答听众疑虑使其能顺利地听说下去的表现手段。这两种手法的交替使用，正是说唱文艺《西厢记》的一种艺术特色。

　　诉诸听觉的说唱文艺，在人物形象的塑造上要求更侧重于在人物行动中去表现人物的形态、性格乃至心理变化，尽量避免静态的描写和游离于情节之外的平面叙述。在《莺莺传》中，张生这一形象写得并不成功，但即使写得相当成功的莺莺，也大多停留在静态的描绘，她可以给读者留下一些粗浅的印象，很难给听众以具体感受。董解元则不然,他在《西厢记》中注意从动态中去表现人物,力求强烈地感染听众。例如莺莺的形态美,作者是通过张珙以及普救寺众位高僧的行为加以表现的。张珙初见莺莺,"瞥然一见如风的,有甚心情更随喜,立挣了浑身森地"。正在普救寺中"闲行"的张珙,震惊于莺莺的美貌,人发痴,身发麻,动弹不得;这是由动到静、动前之静。在他尽情欣赏过莺莺的美貌之后,"使作得不顾危亡,便胡做",要紧跟上去,这又由静到动,是静后之动。作者就通过张珙的发痴、发麻、发疯等一系列行为烘染出莺莺的貌美无比。如果说张珙一人的行为尚不足以说明莺莺的美丽,那么普救寺中诸位高僧的各自表现则可充分反映出莺莺的貌美惊人。这些六根清净的出世高僧只瞥见莺莺一面便"一齐都望",望得他们"住了念经,罢了随喜,忘了上香。选甚士农工商,一地里闹闹攘攘,折莫老的、小的、俏的、村的,满坛里热荒。老和尚也眼狂心痒,小和尚每挼头缩项。立挣了法堂,九伯了法宝,软瘫了智广","添香侍者似风狂,执磬的头陀呆了半晌,作法的阇黎神魂荡飏,不顾那本师和尚,聒起那法堂。怎遮当,贪看莺莺,闹了道场。"这段著名的描写,从莺莺周围众人的眼目中、行为中衬托出她的绝色美丽,留给听众以强烈的可以感受到的印象。又如人物的性格和心理活动,也都是在人的行动和人与人的纠葛之中加以表现的。莺莺在追求爱情过程中,既爱慕张珙又责备张珙,既依靠红娘又瞒过红娘,这种复杂的心情和"性情忔"的性格,正通过赖简的行为表现出来。而这种"性情忔"的令人似乎难以理解的表现,正反映了她自身所背负的情与礼的矛盾,反映了被礼教束缚又企图冲破约束的莺莺这一具体人物的本质特征。作者描写张珙这一形象也复如此。解救普救寺之围以后的张珙,自恃有恩于人,有求必应,准备赴宴。此时的急切心理,如果作平面的叙述交代,怕难以产生强烈的艺术效果,董解元却细细描写他如何精心打扮、如何盼日头转移、如何从晨至昏未饮汤水这一系列行动,有序地展开,逐层地显示,使听众感到可笑,而在可笑中又感到可信。这种动态描写的艺术手法,正反映了已初步具备戏剧因素的说唱文艺的特点。

董解元在《西厢记》中对自然景色的描写,得到不少研究者的交口称赞,它同样具有诉诸听觉的说唱文艺的特色。作者不是静止地描绘自然景物,而是在情节的逐步展现中表现自然景色。如张珙在月色之下行至莺莺居屋附近,一边口吟"小诗一绝",一边"绕庭徐步",此时一段景色描写极为精彩:

对碧天晴，清夜月，如悬镜。张生徐步，渐至莺庭。僧院悄，回廊静；花阴乱，东风冷。对景伤怀，微吟步月，陶写深情。　诗罢踌躇，不胜情，添悲哽。一天月色，满地花阴。心绪恶，说不尽。疑惑际，俄然听；听得哑地门开，袭袭香至，瞥见莺莺。

——〔中吕调·鹃打兔〕

碧天、夜月、院悄、廊静、花乱、风冷，一幅夜深月色图，然而却不是静止的，在画面中有人物活动、有情节发展：张珙在其中徐步、微吟、伤怀、悲哽、凝神而听，瞥然而视，终于见到思念不已的莺莺。自然景物在人物活动中不断转换，故事情节在景物转换中逐渐发展，景色、人物、情节有机地结合在一起，较之静止地描绘景色更能吸引听众。在董解元笔下，人物心理的变化也常常与自然景色的变更交织在一起，如张珙在初见莺莺之后，相思不已，"夜则废寝，昼则忘餐，颠倒衣裳，不知所措"。作者用下面的曲词表现了他此时的心境：

薄薄春阴，酿花天气，雨儿霏霏，风儿渐沥。药栏儿边，钩窗儿外，装点新晴：花染深红，柳拖轻翠。　采蕊的游蜂，两两相携；弄巧的黄鹂，双双作对。对景伤怀恨自己。病里逢春，四海无家，一身客寄。

——〔双调·豆叶黄〕

由热恋而致病的张珙，起初感受到阴雨春寒的滋味，雨声、风声都勾引起他的无限愁思；及至天气放晴以后，心情亦未见好转，双双对对的飞禽，越发加深了形影孤单的感叹，花红柳翠的风光，越发触动了青春虚度的伤感。不同景物的更迭，只是反映了同样恶劣的心情的不同表现而已，在动态描写的自然景物中，衬托出恶劣心情的不同层次。

总之，董解元的《西厢记》无论在故事情节的组织还是人物形象的塑造乃至自然景色的描绘上，都显示出了作为主要诉诸视觉的说唱文艺的特色，不同于传统形式诗文的表现手法，具有独特而又鲜明的艺术个性。

董解元《西厢记》在我国文学史上占有重要地位，也产生了极为深远的影响。如果说王实甫创作的杂剧《西厢记》是同类题材作品的顶峰，那也是在诸宫调《西厢记》的基础上形成的。尽管董解元《西厢记》在故事情节的安排、人物性格的刻画方面，还存在一些不尽合理和不足之处，但无论从思想主旨还是从艺术表现的整体规模来看，它无疑给予了王实甫以巨大的启示。王实甫正是避免了董解元的种种缺失之后，才有可能取得空前的艺术成就。此外，董解元采用说唱形式的诸宫调创作这一故事也很有意义，目前完整保存下来的诸宫调作品仅有这一朵奇葩（《刘知远诸宫调》残缺不全，《天宝遗事诸宫调》目前只有辑录本），尽管有人认为董解元这本《西厢记》可能是金院本而非诸宫调，但如没有这部作品存在，我们也无法就此问题进行深入探讨。即此而论，董解元的《西厢记》就有着极为重要的价值。

（原载《南京师范大学学报·宋代文学研究专辑》，1991年）

"太平多暇"与董、王《西厢》的产生

自唐代诗人元稹于德宗贞元末年创作的传奇《莺莺传》问世之后，崔张故事就在文人圈子中流传开来，杨巨源有《崔娘诗》，李绅有《莺莺歌》。至宋代，不但文人如秦观在《淮海词》、毛滂在《东堂词》中有一诗一词咏一事的舞曲《调笑转踏》，而且，这一故事逐渐流向市民阶层，因而赵德麟方始有《元微之崔莺莺商调蝶恋花》鼓子词之作。在其小序中，赵氏曾云："至今士大夫极谈幽玄，访奇述异，无不举此以为美谈；至于倡优女子，皆能调说大略。"正反映了这一现象。及至南宋，已出现了话本小说《莺莺传》[①]、官本杂剧《莺莺六么》[②]，可能还有以南戏演出的剧本（南戏《张协状元》中有〔赛红娘〕、〔添字赛红娘〕曲牌可证）。但是，使元稹《莺莺传》成为家喻户晓故事的，则有赖于金代董解元的《西厢记》和元代王实甫的《西厢记》。至于明、清两代出现的《南西厢》、《续西厢》、《锦西厢》、《翻西厢》等，不计其数，均为续作、改作，影响究竟不如董、王二作，本文不拟论说。

金代为我国历史上多政权并立的朝代，元代是少数民族入主的朝代，因而自来论及金、元两代文艺时，无不强调战争频仍、生产停滞、矛盾（民族的、阶级的）激化、民生困苦、学术凋敝、士子沉沦诸因素对文艺创作的制约和影响。此论自有根据，笔者无意作翻案文章，整个金、元两朝这一"大环境"从未被史家认为是我国历史上的"太平盛世"。但是，如果我们深入细致地研究一下董《西厢》和王《西厢》两部作品产生的具体时代，就不难发现它还不失为是一个相对"太平"的"小环境"。而这一间隙的"太平"，对于两部《西厢》的产生却是十分重要的客观条件。

---

① 罗烨：《醉翁谈录》。
② 周密：《武林旧事》。

一

　　董《西厢》究竟作于何时，其作者究竟生活于金代哪一朝，这是我们在研论董《西厢》产生的"小环境"之前必须解决的问题。

　　董《西厢》作者为董解元，这是大家所熟知的，但"解元"只是一种对读书人的称呼，而不是名或字。有的记载说他名朗，有的论者以为其为南宋初期人，有的据"解元"二字说他曾仕于金。这些说法，或未提出根据，或仅属臆断，有的更是误解。即以"解元"二字而论，不过是对读书人的略带敬意的称呼，并不表明其功名仕宦。据《大金国志》卷三十五所载："太宗天会十年，国内太平，下诏如契丹开辟制，限以三岁，有乡、府、省三试之法。每科举时，先于诸州分县赴试……号为乡试。悉以本县令为试官……榜首曰乡元，亦曰解元。次年春分三路类试……谓之府试……榜首曰府元。至秋尽集诸路举子于燕，名曰会试……榜首曰敕头，亦曰状元。"可见金代所谓乡试，与明清时代乡试并不相同，大约只相当于明清时代府县试；所谓"解元"也并非明清时代考举人的乡试第一，其身份大约只相当于明清时代的童生和秀才之间，社会地位并不高。朱权（《太和正音谱》）、毛奇龄（见《西河词话》）大约是根据明清科举考试制度的"解元"而对其作出"仕于金"的推断的。

　　董解元的活动年代，据陶宗仪在《辍耕录》卷二十七中说是金代章宗朝。钟嗣成在《录鬼簿》中将其列于"前辈已死名公，有乐府行于世者"之首，并特地注明其为"金章宗时人，以其创始，故列诸首"。这两则记载虽极简略，但大体可信。按金章宗完颜璟在位十九年（1190—1208），先后用过明昌、承安、泰和等年号，相当于南宋光宗、宁宗两朝。因此，说董解元为南宋初期人似难成立。这从董《西厢》作品本身亦可寻出内证。作品中出现的"雁翎刀"以及张生的名字，据王应麟的《玉海》以及王楙的《野客丛书》可以推断董《西厢》的创作时代最早不能早于南宋孝宗淳熙二年即金世宗大定十五年（1175），而此际上距南宋政权的建立几近半个世纪，下距金章宗明昌元年（1190）则不过十五年左右。因此，董《西厢》卷一〔仙吕调·醉落魄缠令〕所云"吾皇德化，喜遇太平多暇，干戈倒载闲兵甲"，就不可能"指的即是南宋偏安停战之时"，而应该是指南宋孝宗隆兴元年即金世宗大定三年（1163）的"隆兴和议"以后至南宋宁宗开禧元年即金章宗泰和五年（1205）近四十年间宋、金两朝没有发生大的冲突时期。

在这一历史阶段，金王朝力图稳定政局、发展生产。金世宗完颜雍有鉴于前朝"干戈之荼毒，崎岖日久"，"心颇厌之"，因而在"和好既成"之后，几近"三十年无寸兵尺铁之用"[①]，经过"数年休兵，民力少苏"，在"劝民力田"[②]之后，终于形成"与民休息，群臣守职，上下相安，家给人足，仓廪有余"的局面[③]，所谓"投戈息马、治化休明"[④]，以致被史家称之为"小尧舜"。章宗完颜璟继位之后，"承世宗治平日久，宇内小康，乃正礼乐，修刑法，定官制，典章文物粲然成一代治规"[⑤]。的确如此，女真族统治者在政局已趋稳定、生产逐步发展的基础上，不断吸收、借鉴汉民族的文化典制，大力振兴文教。如世宗大定十六年（1176）四月，"诏京府设学养士"[⑥]。章宗更"性好儒术，即位数年后，兴建太学，儒风盛行，学士院选五六人充院官，谈经论道，吟哦自适。群臣中有诗文稍工者，必籍姓名，擢居要地，庶几文物彬彬矣"[⑦]。即位之初，便于大定二十九年（1189）二月，命"学士院进呈汉、唐便民事"以为借鉴，并"令有司稽考典故，许引用宋事"[⑧]；改元之后，明昌元年（1190）三月，下令"设应制及鸿词科"，又"诏修曲阜孔子庙学"，"亲行释奠礼，北面再拜"[⑨]，以收拾汉族士子之心。为了更进一步学习汉族文化，明昌二年（1191）四月，又谕有司"自今女真字直译为汉字，国史院专写契丹字者罢之"[⑩]。由于世宗、章宗大力倡导学习汉族文化的结果，当时汉化程度相当普遍、深入，而对于宋代说唱技艺的欢迎和喜爱则是一个重要的表现。早在金太宗灭亡北宋之际，就曾将汴京的伶官、乐器囊括一空，"挈之归"。经过世宗、章宗两朝的"日修月葺"，金石之乐也"粲然大备"[⑪]。大定六年（1166），世宗"大会群臣于紫极殿，始用百戏，

---

① 宇文懋昭：《大金国志》卷十八。
② 同上书，卷十七。
③ 李有棠：《金史纪事本末》卷三十。
④ 张金吾：《金文最·序》。
⑤ 《金史·章宗本纪》。
⑥ 李有棠：《金史纪事本末》卷三十。
⑦ 宇文懋昭：《大金国志》卷二十一。
⑧ 李有棠：《金史纪事本末》卷三十四。
⑨ 同上。
⑩ 同上。
⑪ 《金史·乐上》。

酒三行则乐作，鸣钲击鼓，百戏出场，有大旗，狮豹跷索上竿之类"[1]。章宗也同样沉溺于此，明昌元年（1190）夏五月，"拜天于西苑，射柳击球，纵百姓观"[2]。在这种客观需求之下，院本杂剧便勃然而兴。陶宗仪在《辍耕录》卷二十五中著录的院本名目近七百种之多，便可见盛况之一斑。而早年先后流行于北宋都城汴京和南宋都城临安的诸宫调（分别见王灼《碧鸡漫志》、灌园耐得翁《都城纪胜》、孟元老《东京梦华录》、吴自牧《梦粱录》等），到了金代，更为兴盛地流行起来。董解元正是在这样的背景下创作了以崔、张故事为题材的《西厢记》。他曾自我表白："喜遇太平多暇"，"这世为人，白甚不欢洽？"于是"裁剪就雪月风花，唱一本倚翠偷期话"[3]，这正说明他所创作的《西厢记》确是"太平多暇"的产物。

二

章宗末季，北方蒙古各部之间的战争态势已趋明朗，铁木真终于在公元1206年（金章宗泰和六年、宋宁宗开禧二年）被推举为全蒙古大汗，上尊号为成吉思汗。经过近三十年的战争，蒙古贵族武装终于与南宋政权合力攻破蔡州，公元1234年（金哀宗天兴三年、宋理宗端平元年），金哀宗自杀，金朝灭亡。再经过四十余年的战争，公元1279年（宋祥兴二年、元至元十六年）彻底消灭南宋王朝，统一了全中国。此时上距金章宗末叶大约七十年。十余年之后，在元朝京城大都又出现了一位以崔、张故事为题材进行戏剧创作的大师王实甫。也就是说，自董解元《西厢记》问世之后不到一百年，又产生了王实甫的《西厢记》。

钟嗣成在《录鬼簿》中将王实甫系于"前辈已死名公才人，有所编传奇行于世者"之列，并注明"大都人"。天一阁本《录鬼簿》还说其名为"德信"。根据《录鬼簿》列举次序，王国维、郑振铎等考定这一系列作家大都活动于元代前期。王国维还根据王实甫所创作的《才子佳人拜月亭》一剧，"所谱者乃金南迁时事，事在宣宗贞祐之初，距金亡二十年"[4]，从而推定其为由金入元之作家。他在元

---

[1] 宇文懋昭：《大金国志》卷十六。
[2] 李有棠：《金史纪事本末》卷三十四。
[3] 董解元：《西厢记》卷一〔仙吕调·醉落魄缠令〕。
[4] 王国维：《宋元戏曲考》。

代的活动时代，一般认为是在成宗元贞、大德年间（1295—1307）。

　　成宗铁穆耳是继元世祖忽必烈之后的帝君，上距世祖至元八年（1271）建立"大元"帝国二十余年，距铁木真被推为成吉思汗的金泰和六年、宋开禧二年（1206）已达六十五年之久。蒙古族统治者经过长年的南征北讨，终于建立了"北逾阴山，西极流沙，东尽辽左，南越海表"①的大一统局面，结束了唐朝末期以来三四百年间的封建割据状态，而其疆域之广阔，更超越我国历史上的盛世汉、唐时期②。元朝有国时间虽不及百年，但其空间却极其辽阔。在这空间宽广的场景中，尽管蒙古统治者一度实行野蛮征服、残酷屠戮的政策，但蒙古族人民毕竟与全国各族人民一起，也为我国的历史写下壮丽辉煌的一页。

　　毋庸讳言，蒙古族统治者在先后灭亡金朝和南宋的过程中，曾经从他们游牧民族的生产习惯出发，对农业经济的重要性认识不足，因而把广大田地废为牧场，强掠大量农业生产力充当奴隶，对生产的发展起了十分严重的破坏作用。在政治上也实行民族压迫和阶级压迫，将全国人民分为四类，又按社会身份列成十等，在政治、法律、经济上都严格规定了不同的待遇，以达到分化各民族、各阶层人民的团结和加强反动统治的目的。

　　但是，"野蛮的征服者总是被那些他们所征服的民族的较高文明所征服"③，"只要各个民族住在一个国家里，他们在经济上、法律上和生活习惯上便有千丝万缕的联系"④。这种被"征服"首先体现在蒙古族统治者元世祖忽必烈身上，为了建立和巩固新朝的需要，他不得不采取"汉法"，在即位之前的宋理宗景定元年（1260）五月，忽必烈开始用"中统"年号，以开平为上都，燕京为中都（后改大都），而在此以前，蒙古从未用过年号。即位之初，于至元八年（1271）十一月又下诏公开表示"可建国号曰大元，盖取易经'乾元'之义"⑤。同时，还建立中书省、枢密院、御史台等中央行政机构。对于农业生产也采取了重视和发展的措施，据《元史·世祖本纪》，忽必烈给降臣高达诏书中就说："夫争国家者，取其土地人民而已，虽得其地而无其民，其谁与居！今欲保守新城附壁，

---

① 《元史·地理志》。
② 同上。
③ 马克思：《不列颠在印度统治的未来结果》，《马克思恩格斯全集》第九卷，人民出版社1976年版。
④ 列宁：《论"民族文化"自治》，《列宁全集》第十九卷，人民出版社1959年版。
⑤ 《元史·世祖本纪》。

使百姓安业力农，蒙古人未之知也。尔熟知其事，宜加勉旃。"为此，他不但建立了专掌农田水利的中央机构司农司，还促进农业科学的发展，如《农桑辑要》《农桑衣食撮要》和《农书》都产生于元代，这不是偶然的现象。由于统治者重视农业生产，以致"民间垦辟种艺之业，增前数倍"[1]。此外，由于国土广阔，为"通达边情，布宣号令"[2]的需要，从中原到边境，先后设置驿站、急递铺，交通和信息极为迅达、便利。因之，商业随之繁盛起来，不但国内商人"北出燕齐，南抵闽广，懋迁络绎"[3]，而且西域"大贾擅水陆利，天下名域区邑，必居其津要，专其膏腴"[4]。随着商业的繁盛，不但元朝京城大都（北京）和南宋故都杭州，而且大都附近的所谓"腹里"地区，即"山东、山西、河北之地"[5]，一批中小城市也因之而繁荣起来。

成宗在位时期，可谓是元朝的"太平盛世"，史家谓其"承天下混一之后，垂拱而治，可谓善于守成者矣"[6]。相对而言，铁木耳还不失为一位比较关心民瘼的统治者。例如，在财政收入方面，"元初，取民未有定制"，世祖立法则"一本于宽"，但仍入不敷出，及至成宗朝，丞相完泽等人"以节用为请"，"帝嘉纳焉"，因此"世称元之治以至元、大德为首者，盖以此"[7]。又如，大德元年闰十二月，福建平章高兴奏言："漳州漳浦县大梁山产水晶，乞割民百户采之。"成宗下谕："不劳民则可，劳民勿取。"[8]对于发展农业生产他也同样重视，如大德二年（1298）"申禁诸路军及豪右人等，毋纵畜牧损农"；大德七年（1303）"命鹰师围猎不得扰民"[9]。特别是他继承了世祖既定方针，继续采用"汉法"，以加强一统之治。即位之初，于元贞元年（1295）秋七月，"札鲁忽赤文移旧用国语，敕改从汉字"；大德七年（1303）闰五月"诏禁犯曲阜林庙者"；大德九年（1305）八月又"给曲阜林庙洒扫户，以尚珍署田五十顷供岁祀"；大德十年（1306）正月"营国子

---

[1] 王磐：《农桑辑要·序》。
[2] 《元史·兵志》。
[3] 陆文圭：《巽溪翁墓志铭》，《墙东类稿》卷十二。
[4] 许有壬：《西域使者哈只哈心传》，《至正集》卷五十三。
[5] 《元史·地理志》。
[6] 《元史·成宗本纪》。
[7] 《元史·食货志》。
[8] 《元史·成宗本纪》。
[9] 同上。

学于文宣王庙西偏",同年八月"京师文宣王庙成,行释奠礼,牲用太牢,乐用登歌,制法服三袭,命翰林院定乐名、乐章"[①]。由于蒙古族统治者大力学习汉民族文化,沿用并发展前代的典章制度,因此,及至元覆亡以后,取而代之的明王朝虽"能黜元统而不能尽废元法,如钦天推步则至元间所授,科举三场则皇庆间所定,四书、易、诗之用朱注,书之用蔡注,春秋之用胡传,则延祐间所表章,文武官级则刘秉忠、许衡所建设,漕渠则张礼孙、郭守敬所疏凿,河防筑堤治埽诸法则贾鲁所经营"。由于"元于宇宙间固称极乱,要其盛时,君臣相与讲求创置一代之基,亦自有一代精神足垂于后",因此继立之明王朝亦不能"尽废也"[②]。此为明人论元事,当不会偏袒元朝。

在政局稳定、生产发展的形势下,蒙古族统治阶级也与女真族统治阶级一样,极其耽爱歌舞戏曲,《蒙鞑备录》谓其"国王出师,亦以女乐随行。率十七八美女,极慧黠,多以十四弦等弹大官乐,四拍子为节,甚低,其舞甚异"。而在建国之后,厘定官制,管理"乐人"的机构教坊司官阶原定为正五品,大德八年居然将其"升正三品"[③];其后,仁宗朝甚至有以"教坊使曹咬住拜礼部尚书"[④]之事。可见蒙古统治者如成宗、仁宗等对歌舞戏曲的喜爱和重视程度。王《西厢》中虽然未像董《西厢》中那样有"喜遇太平多暇"的唱词,然而王实甫活动的元贞、大德年间,确实是有元一代的"太平之世"。贾仲明在《录鬼簿》中为王实甫同时代剧作家所写的挽词中就一再肯定元贞、大德之治,有云:"一时人物出元贞,击壤讴歌贺太平。传奇乐府新时令,锦排场起玉京。害夫人、崔和檐生、白仁甫、关汉卿,丽情集,天下流行。"(赵子祥条)其他如"教坊总管喜时丰,斗米三钱大德中。饱食终日心无用,捻汉高歌大风……"(张国宝条);"……乐府词章性,传奇幺末情,考兴在大德元贞"(李郎条);"……元贞年里升平乐章歌汝曹,喜丰登雨顺风调……"(赵明道条);"……元贞大德乾元象。……寻新句,摘旧章,按谱依腔"(赵公辅条);"承盛时洗荡吟怀。三场艺,七步才,音律和谐"(李子中条);"虞唐之世庆元贞……见传奇举世行,向雨窗托兴怡情……"

---

① 《元史·成宗本纪》。
② 徐申:《元史纪事本末·叙》。
③ 《元史·百官志》。
④ 《元史·张珪传》。

（顾仲清条）等，都说明成宗时代杂剧作家辈出，是与当时的"升平"景象紧密相关的。

三

金代诸宫调和元代杂剧的繁荣局面，首先是由于生产发展、政局稳定造成的，也就是说它是"太平盛世"的产物。他们的作者大多数为知识分子。士人何以大量创作戏曲？就元朝而论，元人朱经在《青楼集序》中论及元杂剧的繁荣是因为"百年未几，世运中否，士失其业，志则郁矣，酤洒载严，诗祸叵测"，因而士子乃寄情声乐，创作剧本。明人胡侍在《真珠船》中也有同样见解。其实，这种看法并不完全符合史实。清代学者魏源就曾反驳此种说法，他指出："明人承元之后，每论元代之弊，皆由内北国而疏中国，内北人而外汉人南人……乃稽之元史纪传，殊不尽然。太祖龙兴，即以耶律楚材为丞相；太宗则刘秉忠主机要，而汉相数人副之；宪宗世祖，则史天泽、廉希宪、姚枢、许衡、窦默诸理学名儒，皆预机密，朝夕左右……则亦非以汉人为不可用。"①即使明人，也并非全如胡侍所言，如陈邦瞻就认为"元氏初起，其国无文字，其俗昧死生"，并不知"仁义政教为何物"，但至"太祖、太宗即知贵汉人，延儒生，讲求立国之道。世祖见姚枢而叹息，闻许衡之言而止杀"，以致"自宋亡混一且百年，四方民物小康，先王之旧物有不废于其世者"，甚至其"设官、定疆、转漕、治历，与夫科举学校之制"，明王朝也"因革损益，犹有取焉"②。而元代这些政绩和文教建设的成就，又大都与包括汉族在内的各族士人的努力分不开的。

忽必烈不失为一个比较重视士人的帝君。他十分注意收揽汉族士人之心，即位之初就"登用老成，大新制作，充朝仪，造都邑，遂命刘秉忠、许衡酌古今之宜，定内外之官"③。至元十三年（1276）南宋恭宗赵㬎请降之后，又立即下谕："……秘书省图书，太常寺祭器、乐器、法服、乐工、卤簿、仪卫，宗正谱牒，天文地理图册，凡典故文字，并户口版籍，尽仰收拾。前代圣贤之后，高尚儒、

---

① 魏源：《拟进呈元史新编序》，《古微堂外集》卷三。
② 徐申：《元史纪事本末·叙》。
③ 《元史·百官志》。

医、僧、道、卜筮，通晓天文历数，并山林隐逸名士，仰所在官司，具以名闻。"①注意搜集南宋典籍和延揽汉族士人。至元二十四年（1287）又"设国子监，立国学监官：祭酒一员，司业二员，监丞一员，学官博士二员，助教四员，生员百二十人，蒙古、汉人各半，官给纸札、饮食，仍隶集贤院"②，也是为了给士子以出路。成宗即位之后，对士人也十分优礼，大德四年（1300）曾"谕集贤大学士阿鲁浑撒里等曰：'集贤、翰林乃养老之地，自今诸老满秩者升之，勿令辄去。或有去者，罪将及汝。其谕中书知之。'"③正由于此，元代虽有国不过百年，但各族士人也为我国的文化创造了光辉璀璨的一页。以哲学社会科学而论，除许衡、刘因、吴澄等理学家而外，尚产生了与理学家思想全然相反的思想家邓牧。以自然技术科学而论，郭守敬在天文历法、水利工程等方面都有辉煌建树，特别是他的《授时历》在当时居于世界领先地位。少数民族士人同样也有很大贡献，如回族科学家瞻思和医学家萨德弥实，以及畏兀儿人农学家鲁明善等都在不同领域作出了杰出的成绩。至于文学艺术作品，自然是汉族文人所擅长的，但在少数民族文人中以汉文化从事创作而获得巨大声誉的也不乏其人，如维吾尔族人贯酸斋、回族人萨都剌、女真人李直夫等。

　　元代在文化事业上取得这些成就，除生产发展、政局稳定之外，还与统治阶级对知识分子的政策比较宽松有关。元代入主中原之初，曾"用耶律楚材官，以科举选士，世祖定天下，王鹗献计，许衡立法，事未果行。至仁宗延祐间，始斟酌旧制而行之"④。应该承认，停止科考一度断绝了士子仕进之途，正如马致远在杂剧《荐福碑》中所云："这壁拦住贤路，那壁又挡住仕途。"但元代统治阶级却没有像明清两代统治阶级那样以文字罪人。相对而言，元代士子没有像明清士人那样生活在恐怖气氛之下，整日惴惴不安，依然有"嘲风弄月，留连光景"⑤的闲情逸致。虽然，王实甫没有像董解元那样在作品中自我表白"这世为人，白甚不欢洽"，"俺平生情性好疏狂，疏狂的情性难拘束"⑥，但从贾仲明为他写的挽词中所云"……作词章，风韵美，士林中等辈伏低。新杂剧，旧传奇，西厢

----

① 《元史·世祖本纪》。
② 同上。
③ 《元史·成宗本纪》。
④ 《元史·选举志》。
⑤ 朱经：《青楼集序》。
⑥ 董解元：《西厢记》卷一。

记天下夺魁"①来看,至少还有创作的自由,有彼此在创作上竞争的自由。这种情况,正表明元代统治阶级对文化和士人的政策还是比较宽松的。他们也许自觉国力强盛,并不以为舞文弄墨的词客能够颠覆他们的统治。从忽必烈处理桑哥一案,就可以看出这一迹象。桑哥"为人狡黠豪横,好言财利",但起初颇得忽必烈之"深喜",至元二十四年(1287)任命他为平章政事,同年又擢升为尚书右丞相,次年还同意一些逸佞之徒的奏请,为他立德政碑。桑哥自恃有宠,不但自己"紊乱朝政",而且他的党徒又"公取贿赂",以致"民不能堪"。忽必烈觉察之后,桑哥终于"伏诛"。麦术督丁、崔彧等大臣又奏请"凡入其党者,并除为民",一时依附桑哥的党众如纳速剌丁、纳速剌丁灭里、忻都、王巨济等或诛或囚。正当此际,中书省臣又奏言:"妄人冯子振尝以诗誉桑哥,且涉大言,及桑哥败,即告词臣撰碑引谕失当,国史院编修官陈孚发其奸状,乞免所坐遣发家。"但忽必烈并未以此加罪冯子振,反说:"词臣何罪!使以誉桑哥为罪,则在廷诸臣,谁不誉之!朕亦尝誉之矣。"②一场以文字罪人的案件终于消弭。此事如置于明初或清初,无疑将掀起一场大案。以明初而言,有 蒲庵禅师复公,俗姓黄,名来复,字见心,其人颇有诗名,由元入明,洪武初曾被召至京师,"上诏侍臣取其诗览之,褒美弗置,赐金襕袈裟",优礼有加。朱元璋正制造胡惟庸案,而来复却"往来胡府",自然招忌,朱元璋乃借其应制诗中"有'殊域'字……赐死"③其实,他所作的乃是颂圣之诗,感激皇上赐膳,诗云:"金盘苏合来殊域,玉碗醍醐出上方。稠叠滥承天上赐,自惭无德颂陶唐。"④诗中的"殊域"一词却被朱元璋剔出,大作文章,认为是讽刺他是"歹朱",以致冤死。以清初而论,庄廷钺《明史》案发生于顺治十八年(1661),直到康熙二年(1663)才结狱。据《郎潜纪闻》卷十一记载,因庄氏案被诛杀的名士多达二百二十二人之众。清代帝君虽然屡示宽宏大量,如乾隆还申言:"朕不以语言文字罪人。"⑤但清初文字狱牵连之广,杀戮之残,不但远胜于明代,而且也大大超过同是少数民族入主中原的元代。据不完全统计,清初康熙朝大小文字狱十余起;雍正在位十三年,文字狱却增加

---

① 贾仲明:《录鬼簿续编》。
② 《元史纪事本末》卷七。
③ 钱谦益:《列朝诗集小传·蒲庵禅师复公》。
④ 吕毖:《明朝小史》卷一。
⑤ 《清史稿·谢济世传》。

至近二十起；"不以语言文字罪人"的乾隆一朝竟多达八十余起！

　　正由于元代统治阶级对士人和文化的政策相对宽容，才使得元杂剧中许多抨击时弊的作品方能付之梨枣，演于氍毹。例如关汉卿《窦娥冤》一剧所引用的汉孝妇故事，甚至被大臣张珪作为例证，在议论朝政时侃侃而谈。当丞相铁木迭儿以私怨诛杀平章萧拜住、御史中丞杨朵儿只、上都留守贺伯颜以后，一时"大小之臣，不能自保"。不料此际正发生地震烈风，廷臣奉敕集议救灾，张珪即抗言道："……汉杀孝妇，三年不雨；萧、杨、贺冤死，非致沴之端乎！"① 而英宗并不以为忤。正是这一张珪，在成宗朝任浙西廉访使时，还曾被人首告"收藏禁书及推算帝五行"②，成宗也并未曾加罪，反先后任其为佥枢密院事、江南行台御史丞。由此可见，《窦娥冤》一剧，尽管猛烈抨击现实，元代统治者并未以此加罪于作者，这正可窥知他们的统治策略。

　　总之，笔者无意为元代统治阶级所实行的残酷的民族压迫和阶级压迫的罪行开脱，他们在历史上的地位自有定评。此文只是从多政权并立的金代和少数民族入主中原的元代何以能产生两部辉煌巨著《西厢记》的社会条件，作一些粗浅的探索。自然，董《西厢》、王《西厢》的产生，原因不止一端，还有文学的、音乐的、戏剧的，以及作者个人的种种因素和条件，需要进行多方面的探讨和研究。但时代"太平"，士人"多暇"也应该是一个重要的条件。因此有的论者认为"盖杂剧者，太平之胜事，非太平则无以作"③，也有一定道理。我们不必以其言出自皇室文人朱权，也不必以其创作大半为粉饰太平之剧而全然否定其言。明人王骥德也曾说："唐之绝句，唐之曲也，而其法宋人不传。宋之词，宋之曲也，而其法元人不传。以至金、元人之北词也，而其法今复不能悉传。是何以故哉？国家经一番变迁，则兵燹流离，性命之不保，遑习此太平娱乐事哉。"④ 王氏此言正说明在动乱的社会中，不仅文人不能安心创作剧本，演员也无安身之处可以演出，民众自然无闲暇去观看欣赏。

（原载《海峡两岸元曲论文专辑》，1990 年 6 月）

---

① 《元史·张珪传》。
② 《元史·成宗本纪》。
③ 朱权：《太和正音谱·群英所编杂剧》。
④ 王骥德：《曲律》卷三"杂论"第三十九上。

论董《西厢》的艺术个性

一

要研究董解元《西厢记》的艺术个性，首先要对它的体裁特征有所了解。

元明之际陶宗仪在《南村辍耕录》卷二十七"杂剧曲名"中说："金季国初，乐府犹宋词之流，传奇犹宋戏曲之变，世谓之杂剧。金章宗时董解元所编《西厢记》，世代未远，尚罕有人能解之者，况今杂剧中曲调之冗乎！"明人沈德符在《万历野获编》卷二十五"杂剧院本"中更说："若所谓院本者，本北宋徽宗时五花爨弄之遗，有散说，有道念，有筋斗，有科泛，初与杂剧本一种，至元始分为两。迨本朝，则院本不传久矣；今尚称院本，犹沿宋、金之旧也。金章宗时，董解元《西厢记》尚是院本模范，在元末已无人能按谱唱演者，况后世乎？"显然陶、沈两家是将董《西厢》的体裁看作是杂剧——院本的。近人王国维早年著作《曲录》时，曾将董《西厢》著录于"传奇部"，后来撰作《宋元戏曲考》时又力斥沈德符之论，而断言"以余考之，确为诸宫调无疑"。郑振铎对王国维的论说全面肯定，认为"这是很重要的一个判定，诸宫调的研究，自当以王氏为开始"。在王国维立论的基础上，郑振铎有《宋金元诸宫调考》之作。此后，董《西厢》的体裁遂一直被视为诸宫调。近年来，有的同志对此说提出质疑，认为王国维误解了陶、沈的言论，所据以判定为诸宫调的论证亦不充分[①]，董解元创作的《西厢记》仍应视作杂剧（院本）。此说不无意义，关于董《西厢》的体裁，究属诸宫调抑是杂剧（院本）体制，当可深入研讨。

如果撇开概念不论，而从具体作品出发予以考察，董解元创作的《西厢记》其体裁似应为具有戏剧因素的说唱文艺。明人胡应麟在《庄岳委谈》中从"字字

---

① 参见刘洪涛《金院本与〈董西厢〉》文，《南开大学学报》1981年第6期。

本色，言言古意"出发认定它是"传奇鼻祖"，又从"其曲乃优人弦索弹唱者"而否认它是"搬演杂剧"，看来似乎矛盾，但却也道出初具戏剧规模的说唱文艺的特色。如果将董《西厢》中的说白由第三人称改为第一人称，即演唱者的叙述改为剧中人的对白，再辅之以表演动作，那它与元杂剧也就没有什么质的区别。其实我国古代戏剧原不十分重视科白，不少剧本的科白也十分简单，常由演员在舞台上按照一定的剧情发展和传统习俗随时发挥。这种情况不仅在我国古代戏曲中存在，古代意大利职业喜剧的作者，英国伊丽莎白时代的剧作家，也经常只写下每一场戏的提纲，"其余的事情都让演员自己去做"①。如果由深谙杂剧演出技巧的演员去"搬演"，那么董解元创作的《西厢记》也无疑会成为一本十足的戏剧作品。当然，从现存的董《西厢》面貌看来，它基本上还是保持着说唱文艺的形式，尽管有着丰富的戏剧因素。

　　对董《西厢》体裁这一特殊性质有所认识后，可以帮助我们对它的艺术表现特色进行深入细致的研讨。虽然自王国维的"判定"以后，几乎所有的论著都承认董《西厢》是说唱文艺形式诸宫调的作品，然而在研究它的艺术特色时却常常忽略这一特点，或对这一特点重视不够。有些论著虽也提及"说唱文艺"字样，但在具体分析过程中却又偏离这一点；还有的论著则肯定董《西厢》是我国古代一部"最杰出的叙事诗"，并认为"作为一部杰出的叙事诗来看，董《西厢》在艺术上颇有些地方值得我们今天的诗人们借鉴"，从而对董《西厢》的艺术表现特色从叙事诗的角度加以研讨。当然，董《西厢》特别是它的曲词具有诗的特质，这是谁也不能否认的。但从董《西厢》的整体来看，与其将它视作长篇叙事诗来对待，还不如将其视作是有戏剧因素的说唱文艺来研究，更符合作品的实际。当然，这一看法是否允当，有待方家讨论。

　　说唱文艺主要是诉诸听觉的，它和主要是诉诸视觉的传统形式诗文作品有所不同。这种差别无论在情节的组织，形象的刻画，乃至景物的描写等方面都有所表现。它要求动态的描写，尽量避免静态的叙述，特别是董《西厢》作为具有戏剧因素的说唱文艺，更要求加强在行动中去表现一切，按照亚里士多德的见解，戏剧的根本要求就是行动（muthos）。董《西厢》的艺术个性也的确反映了这一差别。

---

① 威廉·阿契尔：《剧作法》第一篇第四章。

二

　　诉诸听觉的董《西厢》，在情节上要求作者精心设计，能将极其复杂纷纭的故事情节有张有弛地安排得当，务求强烈地拨动听众的心弦，紧紧抓住听众的注意力，不断刺激听众的欣赏兴趣，使他们一直保持着追寻故事情节结局的强烈愿望。而文艺作品的所谓情节，实际上是现实生活中矛盾冲突的发展过程的艺术反映。现实生活是极其复杂的，文艺作品中的情节也就显示出无比的丰富性。现实生活中的种种冲突都是从人物自身的矛盾、人与人之间的纠葛表现出来的，这反映在文艺作品中就如同高尔基所说的：情节无非是"某种性格、典型的成长和构成的历史"[1]。董解元在《西厢记》中所反映的青年男女对自主婚姻的要求和抗争与封建礼教势力的束缚和压迫这一现实中的冲突，则是通过作品中人物自身与人物和人物之间的种种矛盾、纠葛表现出来的。这种矛盾和纠葛就成为董《西厢》故事情节的主要内容。

　　董解元在《西厢记》中极为妥善地处理了这种种矛盾和纠葛：以张珙、莺莺、红娘、法聪、白马将军为一方，以郑夫人、郑恒、孙飞虎为一方，这两组人物之间有着尖锐的矛盾。但在这组对立的矛盾中的两方面人物之间也存在着矛盾，如孙飞虎与郑夫人、郑恒之间也存有矛盾，这一矛盾是不可调和的；张珙与莺莺、莺莺与红娘之间也存在着矛盾，这类矛盾却并非不可调和。此外，男女主角张珙与莺莺，他们自身又背负着"情"与"礼"的矛盾。作者将这几组矛盾交织在一起，使其环环紧扣，处处勾连，以此促彼，彼伏此起地展开这一古老故事的波澜迭起的新的情节。作品一开始，张珙初见莺莺，对其美貌无比震惊，爱慕之情油然而生，矛盾就在张珙与莺莺之间展开，特别是在他们两人所身负的"情"与"礼"之间摇摆不已。这一对矛盾如何向前发展？这是听众竭力想知道的，作者于此却描写了孙飞虎兵围普救寺，企图劫夺莺莺一节，借助孙飞虎与郑夫人、莺莺母女之间这一矛盾的发生，促进张珙与莺莺的矛盾向前发展。这就形成一波未平一波又起的局面，有力地吸引了听众的注意，强烈地刺激了听众的兴趣。而当孙飞虎兵围普救寺之际，矛盾似乎益趋复杂，但却已布置下解决矛盾的因素：张珙出自爱慕

---

[1] 高尔基：《和青年作家谈话》。

莺莺之情，挺身而出，通过法聪请来白马将军解救普救寺，结束了对立矛盾中孙飞虎一方。此际，张珙与莺莺的矛盾由于男主角的努力，似乎已获解决之可能。岂知枝节横生，有利形势下却隐伏着不利因素，由于老夫人封建礼教观念的根深蒂固，食言而肥，不认前账，张珙的婚姻愿望和强烈要求与老夫人的礼教观念相违背而被婉言拒绝，又形成新的矛盾。这却出乎听众意料。矛盾如何解决，又是听众切望知悉的。莺莺出自对母亲的忘恩食言由不满而怨恨，对张珙的仗义救人由感激而爱慕，在红娘的帮助下，逐步克服自身情与礼的矛盾，坚决冲破老夫人所严加的约束，而与张珙结合，这对矛盾在不利情况下由于女主角的努力而向有利方面转化。张珙与莺莺结合以后，一切矛盾似乎全已解决，故事情节似乎已告终结。然而，董解元却笔力犹健地构置了在郑恒的进谗下，老夫人又复反悔的插曲，再次激起听众的兴趣。这种组织情节的手法与戏剧艺术极其相似，"没有障碍就没有戏"[①]。克服"障碍"就是解决矛盾。正当张珙与莺莺双双准备殉情之际，却得到红娘与法聪的解救和指点，投奔白马将军而去。在白马将军的支持和主持之下，他们终于获得幸福。这一"障碍"的设置，正显示了现实生活中残酷无情的一面，封建礼教势力轻易不甘失败，垂死仍在挣扎；表明了张珙和莺莺的幸福婚配确实是得之不易，弥足珍贵；同时也满足了听众的愿望和心理：愿有情人终成眷属。作者这种精心的布局，既客观地反映了现实生活中矛盾的无比复杂性，又多层次地展示了故事情节发展的无限丰富性，能极大程度地激发起听众欣赏兴趣，正如法国杰出的作家狄德罗在《论戏剧艺术》中所说："在复杂的剧本里，就产生兴趣来说，布局的作用比台词的作用为大。"这样的安排获得了预期的艺术效果。这是矛盾的纵向发展。

从矛盾的横向配置而论，如同戏剧分出、分折、分幕一样，董《西厢》也分八卷（据海阳风逸散人适适子重校梓的《古本董解元西厢记》本），有的专家认为这表明这种分卷可供艺人分"八次说唱"（见赵万里为此本写的跋语），这一见解极其中肯。的确如此，董解元在《西厢记》的每一卷中都安排一定的故事情节，也就是一定的矛盾冲突，而且每每在矛盾冲突发展过程的关键时刻结束一卷的演唱。就这一点而论，似颇与同是诉诸听觉的话本小说中"欲知后事如何，且听下回分解"的手法类似，很能刺激听众的兴趣，使他们下次再来听其演唱。如卷一

---

① 威廉·阿契尔：《剧作法》第一篇第三章。

写到张君瑞大闹道场，老夫人祭奠哀哭，崔莺莺悲苦万端，众僧徒神魂荡漾之际，"忽走来一小僧，荒急来称祸事。"什么事？听众急于知道，演唱者于此中断表演，卷一至此结束。须待到卷二开始，方交代出"是把桥将士孙飞虎""劫掠蒲中"。卷二的情节就如此承袭卷一而逐步进展，正如同戏剧的每一幕结尾，情节（也就是现实生活中的矛盾冲突）已不同于这幕戏的开始，而给观众以有所"前进"的感觉一样，董《西厢》每一卷的情节也有所发展。再如卷二写到孙飞虎兵围普救寺，全寺僧众、莺莺全家慌作一团，张珙挺身而出，表示他写下书信一封，请白马将军前来解围，但却没有交代在"贼兵把寺围了"的情况下，如何将此信送出。这是老夫人所担心的事，也是听众急切要知道的事。作者于此虽然一字不道，但正在不交代下文之中预示下一卷的情节。直到卷三，老夫人提出这一问题，作者方通过张珙之口告诉听众，在"法聪出战之时，已持此书报杜将军矣"。这种预示手法的运用，既能更进一步激起听众欲知后事的急切心理，又表现了张珙临乱不惧、预为地步的应变才识。诸如此类，都表明董《西厢》八卷之间的布局安排，和戏剧艺术的"每一场戏都有它的运动和一段时间"① 相近似，已初步具备戏剧艺术的因素，在每一卷中有一定情节和情节发展的一段过程，他们都为情节发展的结局也就是矛盾的最后解决服务，因而每一卷的内容都有能吸引住听众的"戏"。

三

郑振铎在《宋金元诸宫调考》中曾经指出，诸宫调的"作者于紧要关头，每喜故作惊人的笔调"，并认为这是由于诸宫调实际上是"说唱的东西"，要"避免单调的平铺直叙"。郑氏此说确有见地。但郑氏仅指出这种现象的大量存在，尚未及作更深进一步的研讨。其实，董解元《西厢记》中这种艺术手法与戏剧中的突转（peripeteia）极其迹近。亚里士多德在《诗学》中对突转的重要作用有相当的评价。戏剧艺术中"突转"手法的运用乃源自现实生活，因为在现实生活中突转的事件屡见不鲜，事物的发展都经历了由量变到质变的过程，而量变通常是缓慢的，并不显著，但一达到临界线，就会发生突然的、明显的质变。如果未能察觉细微的量变，面临突然发生的质变，就会感到意外。这就形成戏剧中的突转

---

① 狄德罗：《论戏剧艺术》。

现象，剧情在发展过程中，突然发生意外的转折，致使人物的命运、事件的结局也相应地产生重大的改变。这正如郑振铎所说的董《西厢》作者"总要在山穷水尽的当儿，方才用几句话一转，便又柳暗花明似的出现别一个天地来"[①]。但董《西厢》毕竟不是戏剧，对于突转的处理不能不考虑说唱形式的特点。具体来说，《西厢》的突转是运用悬念和设问相结合的手法来处理的。董解元每每在紧要关头设置悬念，然后又由演唱者运用自问自答的设问形式去回答听众疑虑。悬念是为了刺激和维持听众的兴趣；设问是为了回答和解决听众的疑问，使他们能顺利地沿着演唱者的表演继续听说下去。

这种处理方式，在董《西厢》中随处可见，例如张珙初见莺莺，为其美貌震惊得"五魂俏无主"，"手撩衣袂，大踏步走至跟前，欲推户"，随其而进。正当此际，却在张珙身后伸出"一只手把秀才揪住"。作者于此向听众问道："揪住张生的是谁？是谁？"这显然是一种刺激听众注意和兴趣的悬念法，接着作者又自己回答说"乃寺僧法聪也"。这是自问自答式地解决听众疑虑的修辞中的设问格的运用。因为说唱形式的限制，这种突转很难像戏剧里从角色的行为中表现出来，只能由演唱者自行演唱出来。又如张珙与莺莺正在联吟时，忽然传来一声高喝："怎敢戏弄人家宅眷！"先闻其声，后见其人。作者于此问道："来的是谁？来的是谁？"然后又自问自答地说道："乃莺莺之婢红娘也。"这一段叙述全出自作者之口，在作品中实际上是演唱者之口，但却运用了"张生觑见"的表达方式，通过张珙之眼说明"乃莺莺之婢红娘也"。这就在自问自答的设问格中增进了一些戏剧表演的因素，从而使得演唱时更为生动，与前例纯粹的自问自答又略有不同。

上述两种方式，有时交织在一起运用。例如孙飞虎兵围普救寺，指名索要莺莺之际，众位高僧都束手无策，老夫人方寸已乱，莺莺"褰衣望阶下欲跳，欲跳"。在这十分紧急关头，出乎大家意料地"忽听得阶下一人大笑，众人皆觑，笑者是谁？"作者运用〔快活尔缠令〕一支曲词描写笑者的音容身段，却不道及他的姓名，进一步激发了听众的好奇心，然后才在〔出队子〕曲词中交代出"却认得是张生"。之后，又在〔柳叶儿〕及〔尾〕两支曲子之后的道白中再次问道："笑者是谁？是谁？众再觑，乃张珙也。"这里演唱了张珙两次大笑，两次大笑都运用了悬念法，但

---

① 郑振铎：《宋金元诸宫调考》，《中国文学研究》下，作家出版社1957年版。

第一次大笑,演唱者并不急于交代笑者为谁;第二次大笑,则立即回答是谁。延宕悬念的解决,可以刺激听众的兴趣,但不宜经常运用这一手法,以免向相反的方面转化,反使听众厌烦,因之演唱第二次大笑时立即回答笑者为谁,这与戏剧中运用突转手法时要求不断变化、多样,而不能重复陈旧的单一手法一样,都是考虑到演唱的效果所必需。

董《西厢》中这种艺术手法的运用,并不全然是为了刺激听众的兴趣,在情节发展中还有着多方面的效果。这种手法有时可以增强情节的喜剧气氛,例如张珙在借琴诉说相思时,莺莺颇有感触,"阁不定粉泪涟涟,吞声窨气埋冤"。张珙听到莺莺的抽泣,推开瑶琴,急忙开门,走上前去一把抱住,此时被抱住的女孩儿"唬得来一团儿颤",浑身颤抖不已,对他说:"解元听分辩,你更做搂慌,敢不开眼?"此际,演唱者问道:"抱住的是谁?是谁?"女孩儿责问张生瞎了眼,演唱者反问听众张生抱住的是谁,然后通过"张生拜觑",在〔鹘打兔〕曲词中交代出"却是红娘"。张生的"拜"和"觑",就具备了戏剧中的表演因素,但依然在唱词中交代"是谁",这仍然是由说唱文艺这一体裁特点所决定的。此处运用这种艺术手法,既使得情节的发展具有摇曳多姿、曲折入胜之妙,又对张珙的情急加以幽默的调侃,从而激起听众的畅快的笑声,增强了浓郁的喜剧效果。这种手法有时还在情节突转的关头,用来引进新的人物初次登场。例如法聪在大败乱军之后,"直恼得这个将军出马",演唱者先问这将军"是谁?是谁",之后却又不急于回答,而用〔点绛唇〕、〔哈哈令〕、〔风吹荷叶〕、〔醉奚婆〕四支曲词描写"这个将军"的体态、装束、性格、武力,直到〔醉奚婆〕最后一句唱词才交代出"绰名唤孙飞虎"。这种手法的运用,使得人物正式登场之前就给听众造成印象,产生先声夺人的效果,为情节的突转预为地步。总之,作为说唱文艺的董《西厢》,在情节的发展中经常多方面地运用戏剧的突转手法,从而有力地增强了演唱的艺术效果。

四

董《西厢》在人物形象塑造上,十分重视从人物的行动中去表现人物的形态、性格,乃至心理变化。从行动中去表现人物,这原是各种文学类型可以普遍运用的一种艺术手段，但作为综合艺术的戏剧对此更为重视，亚里士多德在《诗学》中就说："悲剧是行动的摹仿，而行动是由某些人物来表达的，这些人物必然在'性格'和'思想'两方面都具有某些特点（这决定他们行动的性质['性格'和'思想'是行动的造因]，所有的人物的成败取决于他们的行动）。"这段话中所论述的"性格"、"思想"和"行动"的关系颇有意义。戏剧中人物形象的构成总离不开性格和行动，在一般情况下，行动既表现人物的性格，也受性格的支配。作为主要诉诸听觉的说唱文艺董《西厢》，如前所述原就具有戏剧因素，因之，它从行动中去表现人物也极为自然，同时也由此而表明它的戏剧因素的存在。

在《莺莺传》中，张珙这一人物虽然写得并不十分成功，但莺莺却被描写得相当动人。这与元稹接受话本小说的影响不无关系，他曾与白居易在新昌宅听说一枝花话[①]，"说话"的技艺自不能不对他的创作产生一定的影响。不过元稹毕竟还是传统形式诗文的大作家，这种影响只在他的创作中偶或一现，即使从他所塑造的莺莺这一形象来看，大半还停留在静态的描绘。当然，她的悲惨命运可以给读者以一定的感受，然而却难以让广大听众产生深刻的印象。董解元在塑造人物形象时，则尽量避免静态的描绘和游离于情节发展之外的平铺直叙。例如人物的形态美，董解元并未以很多的曲词去静止地刻画，而是通过人物的行为和在人与人之间的关系中烘染出来。张珙初见莺莺，"瞥然一见如风的，有甚心情更待随喜，立挣了浑身森地"。正在普救寺中"闲行"的张珙，立即为他无意中见到的莺莺美貌所惊住，人发痴，身发麻，几乎动弹不得，这是由动到静，动前之静。在他尽情欣赏过莺莺的美貌之后，被她的无比丽质"使作得不顾危亡，便胡做"，要紧紧跟上前去，这就又由静到动，是静后之动，而且是更大的不顾当时礼法的行动。作者就通过张珙的由发痴、发麻、发疯从而"胡做"的行为中折衬出莺莺的惊人美貌。如果说，张生一人的表现还不足以反映出莺莺的美貌无比，那么，普救寺中诸位高僧的各自反应则可以充分表明莺莺确实美貌惊人。这些六根清净的出世高僧"瞥见"莺莺一面，"一齐都望"，以致望得"住了念经，罢了随喜，忘了上香，选甚士农工商，一地里闹闹攘攘。折莫老的、小的、俏的、村的，满坛里热荒，老和尚也眼狂心痒，小和尚每挼头缩项。立挣了法堂，九伯了法宝，

[①] 元稹：《酬翰林白学士代书一百韵》，《元氏长庆集》卷十。

软瘫了智广"；"添香侍者似风狂，执磬的头陀呆了半晌，作法的阇黎神魂荡漾，不顾那本师和尚，聒起那法堂，怎遮当！贪看莺莺，闹了道场"。这段著名的描写，从莺莺周围众人的眼目中、行动中烘托了她的绝色美丽。如果局限于对莺莺本身的精雕细琢，就无法"粘"住听众，而演唱出周围人的各自强烈反应，就能引起听众的共同感受。这正是这种时间艺术而兼有空间艺术特色的说唱文艺表现手法的一大特征。

和诉诸视觉的文艺作品不同，诉诸听觉的说唱作品在表现人物性格和心理活动时，总是尽量避免孤立地描写，而将其纳入人物的行动中予以反映，从他们的行动中逐步展现他们的思想性格和内心活动。莺莺在追求爱情过程中，她爱慕张珙却又责备张珙，她依赖红娘却又瞒过红娘，这种复杂的"性情忄"的性格和内心活动，全在赖简行为中透露出来。而这种"性情忄"的种种表现，正反映了她自身所具有的情与礼的矛盾，反映了被封建礼教约束而又企图冲破这一约束的莺莺这一具体人物的本质特征。又如解救普救寺之围以后的张珙，自恃有恩于人，有求必应，其准备赴老夫人宴请以获得莺莺为配偶的急切心理，如果仅仅作平面叙述，则难以产生强烈的艺术效果，董解元却向广大听众细细描写他如何精心打扮，如何盼日头转移，如何从晨至昏未曾饮用汤水等这一系列行为，从中逐步地展露出他的内心活动，让听众感到可笑，而在笑声中又感到可信。这种从动态描写中显示人物心理活动的艺术手法，正反映了已初步具备戏剧因素的说唱文艺的特色。

如果说诉诸听觉的说唱文艺在表现人物内心活动时，尽量以少取胜，在行动中显示他们的性格特征；那么在表现人物的英雄行为时则又力求以多取胜，以重彩浓墨反复渲染，一再强调，甚至一些细节也淋漓尽致地加以突出描绘。在"话儿不提朴刀杆棒，长枪大马"，而基本上是"裁剪就雪月风花，唱一本儿倚翠偷期话"（〔仙吕·风吹荷叶〕及〔尾〕）的八卷董《西厢》中，作者运用了一卷还多的篇幅去细细描绘法聪和尚与孙飞虎叛军双方武斗的场面。如果从诉诸视觉的传统文艺创作来看，未免喧宾夺主，过于芜杂；但如果从广大听众的感受来着想，在连续听了几场"曲儿甜、腔儿雅"的演唱之后，正需要"长枪大马"来加以调剂，这样，表现法聪英雄行为的热闹场面正是听众所欢迎的内容。因而占全部内容六分之一的对于法聪的描写，也就不一定会让广大听众感到多余。这正是说唱文艺在描写人物时的一种特征,自不必以传统的诗文作品的表现手法去要求它,这一局限也只是在董《西厢》作为阅读的而不是作为听说的作品的新形势下才显示出来的。

五

董《西厢》的景色描写一直被后世学者文士所称赞不已。明清以来的一些品评,如说其"辞最古雅,为后世北曲之祖"[①],"字字本色,言言古意,当是今古传奇鼻祖"[②],这些见解,可以说大多是从其描写自然景色的唱词而论。焦循在《剧说》卷五中举出董《西厢》中的七例,以之与王实甫《西厢记》相比较,认为"王之逊董远矣";他还举出"董之写景语"十例,论定"前人比王实甫为词曲中思王、太白,实甫何可当?当用以拟董解元。"焦循此论是否全然公允,自可另行讨论,但从他的评论中则可见出他对董《西厢》有关描写景色的曲词的充分肯定。

的确,董《西厢》的景色描写获得很大成功。它之所以被一些研究者视作长篇叙事诗,与其描写的曲辞也不无关系。我国古代的诗、词、曲都是可以唱的,由诗、词、曲而演化成的剧曲,也是可以唱的,更遑论说唱文艺形式的诸宫调了。我国古代诗词中描写山水风光的作品大量存在,并取得极其丰富的艺术经验。说唱文艺和戏曲文艺中的演唱部分继承和借鉴诗、词中这一深厚的创作经验,自属必然之事。但是,董《西厢》毕竟不是纯粹的诗、词作品,而是供演唱的诸宫调,与其说它对自然景色的描写特色类似诗、词,还不如说更与我国的话本小说接近。如同刻画人物性格、安排故事情节一样,董《西厢》在描绘自然景色时也尽量避免静态的孤立描写,总是随着人物的行动而逐步展示自然风光的画面,是从人物的复杂多变的主观世界中折射出气象万千的客观世界。例如在张珙于皎洁的月光下步行至莺莺居屋附近,一边口吟"小诗一绝",一边"绕庭徐步",作者于此有一段极为精彩的景色描写:

> 对碧天晴,清夜月,如悬镜。张生徐步,渐至莺庭。僧院悄,回廊静;花阴乱,东风冷。对景伤怀,微吟步月,淘写深情。　诗罢踌躇,不胜情,

---

[①] 张羽:《古本董解元西厢记·序》。
[②] 胡应麟:《少室山房曲考》,《新曲苑》第二册。

添悲哽。一天月色，满地花阴。心绪恶，说不尽。疑惑际，俄然听；听得哑地门开，袭袭香至，瞥见莺莺。

——〔中吕调·鹘打兔〕

碧天、夜月、院悄、廊静、花乱、风冷，一幅夜深月色图，然而却不是静止的，在画面中有人物的活动、有情节的发展；张珙在其中徐步、微吟、伤怀、悲哽，凝神而听，瞥然而视，终于见到思念不已的莺莺。这里，自然景色在人物活动中不断转换，故事情节在景色转换中逐渐发展，景色、人物、情节有机地结合在一起，较之孤立地描写景色更能紧紧吸引住听众。

在董解元笔下，人物的心理变化也常常和自然景色的变更交织在一起。如张珙在初见莺莺之后，相思不已，"夜则废寝，昼则忘餐，颠倒衣裳，不知所措"，作者用下面的曲词表现了张珙此时的心境：

薄薄春阴，酿花天气，雨儿霏霏，风儿渐沥。药栏儿边，钩窗儿外，装点新晴：花染深红，柳拖轻翠。　采蕊的游蜂，两两相携；弄巧的黄鹂，双双作对。对景伤怀恨自己。病里逢春，四海无家，一身客寄。

——〔双调·豆叶黄〕

由热恋而致病的张珙，起初感受到阴雨春寒的滋味，雨声、风声都勾引起他的无限愁思；及至放晴以后，心情亦未见好转，双双对对的飞禽，越发触动了青春虚度的伤感。不同景物的更迭，只是反映了同样恶劣心情的不同表现而已，在动态描写的自然景物中，衬托出恶劣心情的不同层次。

董《西厢》中还有些自然景色的描绘，为故事情节的发展创造了一定的意境，情景兼备，景随情移，极易引发听众的联想，产生共鸣，从而增强演唱的艺术效应。例如红娘劝说张珙抚琴以诉相思一节，作者运用了仙吕调、中吕调、双调的〔赏花时〕、〔惜黄花〕、〔满庭霜〕、〔粉蝶儿〕、〔芰荷香〕等几支曲词，创造了操雅趣深、景美情浓的意境。红娘劝说后刚刚离去，此时张珙的心情是"去了红娘闷转加，比及到黄昏没乱煞，花影透窗纱，几时是黑"；及至他细心将瑶琴拂拭以后，"僧院已闻鸦"；片刻之后，夕阳落山，晚钟响起，"碧天涯几缕儿残霞，渐听得珰珰地昏钟儿打"；此后，"钟声渐罢，又戍楼寒角奏梅花"，直到"晴天澄澈，月色皓空"之时，张珙才"横琴于膝"，在"幽室灯清，疏帘风细"的环境中，既不弹"雅调与新声"，又不弹"流水高山"，而是"一声声尽说相思",直到"夜凉天,泠泠十指,心事都传"才罢。作者从描写张珙急不可耐的心情着手,毫无痕迹地带出时间的推移,景色的变化,从白天盼到天黑,从黄昏挨到夜深,景色移换正反映了感情的逐步强烈。情与景的交融和变化,使得作者所创造的这一诉说脉脉深情的意境也似乎在流动。这正配合了说唱的特殊需要。

总之,董解元的《西厢记》诸宫调,无论在故事情节的组织,还是人物形象的刻画乃至自然景色的描绘等方面,都显示了作为主要诉诸听觉的说唱文艺的特色,与传统的诗文形式在表现手法上有着明显的区别,具有鲜明的艺术个性。特别是由于董《西厢》是现存的唯一一部完整的诸宫调作品,研究它的艺术表现特色,对于总结我国丰富多彩的文艺创作经验尤有意义,故不避浅陋而略申鄙见,以求方家指正。

(原载《文学评论》丛刊第三十一辑古典文学专号,1989年3月)

《西厢记》的题材、人物及其他

一

王实甫的《西厢记》取材于历史故事，却反映了元代的现实，描写的是男女爱情，鞭挞的却是封建礼教。它的思想意义，并不因为作者选用的历史题材和爱情题材而有所减弱。曹雪芹在《红楼梦》中所塑造的两个叛逆者典型贾宝玉和林黛玉，也怀着惊叹和喜悦的心情细细研读这部震撼封建社会青年男女心弦的剧作，他们的觉醒也是在某种程度上得到它的启发。

《西厢记》故事最早的根据是唐代诗人元稹写的传奇小说《莺莺传》。大致情节是张生游蒲东普救寺，其时孀妇崔夫人郑氏携带儿子欢郎和女儿莺莺回长安，途中也寄寓寺中。因乱军大掠蒲人，崔氏惊恐不已，而张生却与蒲将认识，请求保护，崔氏一家遂免于难。事后，崔夫人令欢郎、莺莺面谢张生活命之恩。张生见莺莺后，爱慕不已，求得婢女红娘的帮助，与莺莺结合。不久，张生去长安应试，即将莺莺弃置，并说她是"不妖其身，必妖于人"的"尤物"，为自己"始乱终弃"的丑行辩护。文末，作者还借时人的评论说张生这种背信弃义的行为是"善补过者"。

在漫长的中国封建社会中，唐代妇女同样受着政权、族权、神权、夫权四大绳索的紧紧捆绑。在精神上有枷锁，如长孙皇后曾撰制《女则》十卷，太宗说"皇后此书，足可垂于后代"[1]；宋若昭还撰有《女论语》十篇，"其间问答，悉以妇道所尚"[2]。在法律上受压迫，只要犯了"一无子，二淫佚，三不事舅姑，四口舌，五盗窃，六妒忌，七恶疾"所谓七出之条中的一条，就可被合法遗弃[3]。实际上，只要不为丈夫所满意，就将遭到迫害，如崔颢"娶妻择有貌者，稍不惬

---

① 《旧唐书·后妃传上》。
② 《旧唐书·后妃传下》。
③ 《唐律疏议》卷十四。

意，即去之，前后数四"①；又如房琯孽子孺复"初娶郑氏，恶贱其妻，多畜婢仆，妻之保母累言之，孺复乃先具棺椁而集家人生敛保母，远近惊异。及妻在产蓐三四日，遽令上船即路，数日，妻遇风而卒"②。这些经过所谓"明媒正娶"的妇女遭遇尚且如此，那么没有"以礼定情"，只是在张生"没身之誓"、"终始之盟"的花言巧语欺骗下而"自献"的莺莺，遭到"始乱之，终弃之"的命运也就不足为奇了。元稹在《莺莺传》中描叙的这个故事，正反映了唐代妇女的社会地位及其悲惨命运。作者所塑造的张生和莺莺这两个艺术形象，远远超越了作品所宣扬的"善补过"的思想，他所提供的东西比他要宣扬的东西多。当然，肯定《莺莺传》的客观意义，并不等于肯定作者在作品中表现的剥削阶级意识，我们要将二者区别开来。

王实甫的《西厢记》仍然写的是这个故事，然而却表现了不同的主题思想。从矛盾的双方看，《莺莺传》是以张生为一方，莺莺为另一方；《西厢记》则是以张珙、莺莺、红娘同为一方，郑夫人为另一方。从矛盾的结局看，《莺莺传》中是地主阶级恶少张生抛弃莺莺；《西厢记》中则是张珙、莺莺在红娘的帮助下，战胜了郑夫人的阻力，获得了爱情。从作者的态度看，《莺莺传》说张生"为善补过者"，反映了元稹的落后意识；《西厢记》肯定了"愿普天下有情的都成了眷属"的愿望，表现了作者反对封建礼教的进步思想。显而易见，王实甫在创作《西厢记》时虽然以元稹的《莺莺传》为根据，却并未受元稹思想的束缚，而是站在与元稹不同的立场上，将这个历史题材进行了根本的改造，反映了元代的社会现实，表现了具有积极意义的主题。

宋元以降，理学盛行，封建统治阶级倡导节义，宣扬"饿死事小，失节事大"，妇女地位比以前更为低下，精神生活更为禁锢，命运遭遇更为悲惨。清人方苞说："尝考正史及天下郡县志，妇人守节死义者，秦周前可指计。自汉及唐亦寥寥。北宋以降，悉数之不可更仆矣。盖夫妇之义，至程子然后大明……其论娶失节之妇也，以为己亦失节，而饿死事小，失节事大之言，则村农市儿皆耳熟矣。自是以后为男子者率以妇人之失节为羞而憎且贱之。"③这段话清楚地反映了程朱理

---

① 《旧唐书·崔颢传》。
② 《旧唐书·房琯传》。
③ 方苞：《岩镇曹氏女妇贞烈传叙》，《望溪集》卷四。

学对妇女的沉重迫害。元朝建立后，也是利用儒、道、释三家为巩固自己的统治服务。元代的妇女，受程朱理学的毒害同样严重，《元史·列女传序》中说："元受命百余年，女妇之能以行闻于朝者多矣，不能尽书。"可见有元一代，理学杀害妇女为数甚多。另一方面，在法律上元代统治阶级同样贱视妇女，限制妇女婚姻自主，"诸有女许嫁，已报书及有私约，或已受聘财而辄悔者，笞三十七；更许他人者，笞四十七；已成婚者，五十七；后娶知情者，减一等，女归前夫。男家悔者，不坐"①。可见妇女悔婚改嫁均在所不许。

就在妇女受到精神毒害和法律压迫的元代，王实甫敢于冒犯"诸民间子弟，不务生业，辄于城市坊镇演唱词话、教习杂戏、聚众淫谑，并禁治之"，"诸乱制词曲为讥议者流"②的法令，为妇女追求爱情自由、反对礼教束缚，唱出了响遏行云的《西厢记》杂剧，是极其勇敢、大快人心的。爱情、婚姻是社会生活的一部分，在阶级社会中，它们自然要受到阶级关系的支配。作家在反映社会生活中，也就常常不可避免地要描写到爱情，甚或主要是通过爱情题材的描写来反映一定的社会生活。王实甫《西厢记》正是通过对男女之间正当的爱情活动的歌颂，来否定那种扼杀男女之间正当的爱情关系的封建礼教。这就使得《西厢记》比《莺莺传》具有不可同日而语的积极意义。它们的题材大致相同，但却表达了截然不同的主题。正如恩格斯所说"情节大致相同的同样题材，在海涅笔下会变成对德国人的极辛辣的讽刺；而在倍克那里仅成了对于把自己和无力地沉溺于幻想的青年人看做同一个人的诗人本身的讽刺"③。这缘故就在于作者的思想。

二

文学作品是借塑造栩栩如生的人物形象以反映现实生活的，决定一部作品的成功或失败，主要取决于作者塑造的典型的社会意义及其塑造典型的艺术手法。在这方面，《西厢记》的成就在中国戏曲史上也是十分突出，值得我们研究的。

《西厢记》中作者所写的正面人物有三个：莺莺、张珙和红娘。由于身份不同、处境不同，他们的性格也就各不相同。女主角莺莺在对张珙的爱情和对母亲的管

---

① 《元史·刑法二》。
② 《元史·刑法四》。
③ 恩格斯：《诗歌和散文中的德国社会主义》，《马克思恩格斯全集》第四卷，人民出版社1976年版。

教之间存在着矛盾,这正反映了青年男女婚姻自主的要求与封建礼教和封建婚姻制度的矛盾。由于她出身于相国之家,受到封建礼教的严格教育,她要获得爱情自主,必须首先摆脱自身所负的封建伦理意识的枷锁,从埋怨到痛恨,从犹豫到坚定,她的反叛性格是逐步形成的,有个发展过程。而王实甫就精心地描叙了这个过程,从而反映了封建伦理意识和封建婚姻制度在她身上土崩瓦解的过程。

她对由父母许配郑恒的包办婚姻极不满意,所以一旦遇到书生张珙就"尽人调戏,觯着香肩,只将花笑捻";临去之际,还对着张生将"秋波那一转",颇寄好感。特别在《闹斋》折中,她不仅见到张珙"外象儿风流",而且窥知他"内性儿聪明",因而激起了爱情的波涛,对封建礼教的束缚开始不满,埋怨"小梅香伏侍的勤,老夫人拘系的紧"。在《寺惊》折中,孙飞虎兵围普救寺,老夫人在她的建议下,"不拣何人",只要能"杀退贼军","情愿与英雄结婚姻",张生挺身而出,见义勇为。她私下自言自语"只愿这生退了贼者"。及至贼退围解,爱情有望,喜悦难禁,她大声唱出"我相思为他,他相思为我,从今后两下里相思都较可",她的内心已因爱情而沸腾。谁知相国夫人变卦赖婚。爱情的沸腾,使得她对母亲背信弃义的行为由不满发展为诅咒,责备这个"即即世世老婆婆"是"谎到天来大",是"口不应心的狠毒娘"。与此同时,她下定决心坚决不离开"志诚种"张生。然而,这种诅咒要变为反抗,决心要化为行动,还必须首先克服自身所负的封建教养,这是战胜封建礼教势力、争取自主婚姻的必要条件,正如红娘对张生所说:"则怕小姐不肯,果有意呵,虽然是老夫人晓夜将门禁,好共歹须教你称心。"《闹简》、《赖简》这两折戏,曲折细致地描写了她"对人前巧语花言,没人处便想张生"的"许多假处",这正是她的思想斗争过程。最后在红娘的促使和帮助下,爱情终于战胜礼教,酬简赴约去会张生。但即使已经行动,她在语言上还不肯公开承认,正如红娘所说:"俺姐姐语言虽是强,脚步儿早先行也。"这完全符合一个贵族少女的身份,她是通过一系列的主客观的斗争,才形成叛逆的性格,走向反对礼教束缚的道路的。也正由于王实甫深刻地描绘了这个叛逆过程,因而使得读者和观众感到这是一个有血有肉的真切动人的形象,是当时现实社会中实有的人物。

张珙是《西厢记》的男主角,也是作者所肯定的反对封建礼教、追求自由爱情的正面人物形象。他原也是出自名宦之家,早年饱读诗书,但因父亲死后,家道中落，一贫如洗，以致"书剑飘零"，"游于四方"。这样的出身，如此的遭遇，不能不对他的思想性格产生影响。虽然他出场时正赴京应试，却是满口功名不遂的怨言。佛殿奇逢莺莺后，就执着于爱情，看轻了功名，表示"便不往京师去应举也罢"。在他身上，虽然封建礼教意识没有像莺莺那么沉重，但也不是没有影响。他对爱情的热烈追求中遇到三次大的挫折：夫人的赖婚、莺莺的赖简、郑恒的诽谤。在这三次交锋中，他对爱情的追求固然执着、大胆，然而却又不敢和封建礼教势力的代表老夫人进行面对面的斗争，只是犹豫、苦闷。所以夫人赖婚之后，莺莺埋怨他"秀才们从来懦"；事发以后，他又惶恐不安，所以红娘嘲笑他是"银样镴枪头"。面对郑恒的诽谤，他又束手无策，只是说"张珙之心，惟天可表"，倒是莺莺替他出主意："此一事必得杜将军来方可。"王实甫同样地从忠于生活出发，没有把这个人物绝对化。既写出他性格的无拘无束，对自由爱情的忠贞不渝，又写出他行动的懦弱畏缩，对功名富贵的未能忘情。这十分符合他的阶级地位、目前的处境、所受的教养。作者在肯定他的反对礼教束缚、执着追求爱情的同时，也没有放过对他软弱无能的善意嘲笑。这样塑造人物典型的方法也是符合生活的真实的。

　　红娘也是《西厢记》中的正面人物。她和莺莺、张生不同，是一个侍婢、奴隶。《元史·刑法二》明白写道："诸妄认良人为奴，非理残虐者，杖八十七。"这无异说，如果是奴婢，"非理残虐"就完全合法。作为侍婢的红娘，社会地位比一般妇女更为低下，与莺莺、张生分属两个不同的阶级，张生还曾表示要亲自写予"从良"凭证。王实甫将这样一个奴隶当作正面人物来精心刻画，是极其有意义的。

　　红娘和莺莺、张生一样都反对封建礼教势力，但莺莺与张生是为了追求自己的爱情而反叛自己的阶级，她却是为了别人的幸福而反抗封建统治阶级，同而不同，不同而同。由于出身下层，她反对封建礼教势力的斗争，就不像莺莺那样首先要克服自身重负的封建伦理意识的影响，也不像张生那样怯于面对面的斗争，而是毫无顾虑，绝不犹豫，泼辣大胆，勇往直前。她对老夫人交给她的"行监坐守"的任务本不感兴趣，对莺莺与张珙的眼角传情原也抱着调侃的态度，但《寺惊》以后，她看到张珙能助人于危难，而老夫人却背信弃义，激起了她的同情和愤慨，才坚决干预其事，支持莺莺与张珙的斗争。她揭穿了莺莺由于封建贵族家庭教养而形成的虚假面目，帮助她克服重重的犹豫和顾虑；她十分同情张珙对莺莺的深沉感情，但又嘲讽这个"文魔"、"酸丁"的迂腐无能。对于封建礼教势力的代表郑夫人和郑恒，她又敢于当面抗争。郑夫人是她的直接主人，她巧妙地运用老夫人自己十分强调的"相国家谱"、"治家严肃"等作为武器，即以其人之道还治其人之身，出奇制胜地战胜老夫人。郑恒不是她的直接主人，所以她就敢于毫不留情地痛斥他是"乔嘴脸，腌躯老，死身分，少不得有家难奔"，揭露了封建统治阶级的丑恶嘴脸和严重罪行，十分坚决、勇敢。在《西厢记》中，王实甫为我们创造了这样一个几百年来一直家喻户晓的鲜明形象。我们一说到红娘，没有一个人不理解她就是一个帮助男女青年获取爱情的成人之美的人物。她之所以具有如此的典型意义，是与王实甫的精心塑造分不开的。作者并不因为她是莺莺、张生故事的配角而掉以轻心，她也不仅仅是作为崔、张故事的"陪衬"而存在，而是有着与莺莺、张生不同的典型意义，甚至在某种程度上，她比莺莺、张生的形象更为鲜明突出。

总之，《西厢记》的人物描写是极其成功的，在今天仍然有借鉴作用。

三

王实甫在《西厢记》中对杂剧的体制做了大胆革新，这是当时政治大一统的产物，在中国戏剧发展史上具有重要意义，应予充分肯定。

元代杂剧一般由四折组成一本，偶尔也有五折一本的如纪君祥的《赵氏孤儿》（据《元曲选》本），六折一本的如张时起的《赛花月秋千记》（见《录鬼簿》）。王实甫的《西厢记》却长达五本二十折（有的本子第二本为五折，那就是五本二十一折），从而容纳了丰富的故事情节，反映了更为复杂的社会生活，这在元杂剧中极为罕见。此外，元代杂剧一本四折一般由一人独唱到底，其他角色只能说白，不能唱。关汉卿的《蝴蝶梦》是旦角主唱的所谓旦本，第三折中丑角王三唱了〔端正好〕、〔滚绣球〕二支曲子，这是偶有的例外。在《西厢记》中，王实甫却大大突破了这种限制，如第二本是莺莺主唱的旦本，其中第二折却由红娘主唱；第四本前三折，则由张珙、红娘、莺莺各唱一折，第四折则由张珙与莺莺间唱；第五本也是莺莺、张珙、红娘各唱一折，第四折三人间唱。这种轮流间唱的形式，在今天戏曲舞台上极为平常，可是在那一人独唱的杂剧时代，却是极大的革新，既减轻了演员负担，又活跃了舞台气氛，增强了演出效果。这些体制上的突破都是应该肯定的。

王实甫在杂剧体制上的革新，首先是时代造成的。封建时代的一些文人常常将元代杂剧的成就归结为作家个人的因素，如元人朱经在《青楼集序》中，明人胡侍在《真珠船》中，认为由于元朝不用汉人，一些文人仕途不得意，才去搞创作，写剧本，寄情声乐的。这种见解是不完全符合史实的。魏源曾指出这种说法并不尽然，他说："明人承元之后，每论元代之弊，皆由内北国而疏中国，内北人而外汉人南人……乃稽之元史纪传，殊不尽然，则史天泽、廉希宪、姚枢、许衡、窦默诸理学名儒，皆预机密，朝夕左右……则亦非以汉人为不可用。"[①] 同时，根据近人考证，在元杂剧创作上取得优异成就的王实甫，也并非仕途蹭蹬，他曾做监察御史，中年时虽因与"台臣议不合"而弃官，后来却由于儿子王结为中书左丞而累封为中奉大夫、参知政事、太原郡公。这些，都是对朱经、胡侍等人说法的否定。

我们知道，"一定的文化是一定社会的政治和经济的观念形态上的反映"[②]；"政治、法律、哲学、宗教、文学、艺术等的发展是以经济发展为基础的"[③]。元代杂剧的兴盛和繁荣，王实甫对杂剧体制的创新和改革，都是在生产发展、政治统一的基础上取得的。诚然，元朝政权建立以前，以成吉思汗为代表的蒙古奴隶主阶级对中原地区进行野蛮的军事掠夺，一度严重地破坏了生产的发展，摧残了文化科学的繁荣。但是，元世祖忽必烈即位后，他建立了蒙汉等族地主阶级联合专政的国家，结束了中国历史上较长期以来的分裂局面，消除了辽、宋、金等政权的对峙状态，奠定了元、明、清三代六七百年大一统的基础。为了维护封建剥削，也能注意恢复和发展生产，我国历史上三部农书《农桑辑要》、《农桑衣食撮要》、《农书》和传授弹棉纺织技术的黄道婆都出现在元代，这不是偶然的现象。由于政治统一，生产发展，文化科学也昌盛起来，特别是天文学、地理学更是取得空前成就。郭守敬充分利用国土广大的条件，进行四海测验，编出著名的《授时历》；地理学家扎马剌丁主持纂修了《地理图志》。在文学艺术方面，

---

① 魏源：《拟进呈元史新编序》，《古微堂外集》卷三。
② 毛泽东：《新民主主义论》。
③ 恩格斯：《致瓦·博尔吉乌斯》，《马克思恩格斯全集》第三十九卷，人民出版社1976年版。

出现了不少少数民族的诗人、画家、剧作家。当然，我们肯定这些，也并不否定元朝政权依然是建立在镇压和剥削各族劳动人民基础上的封建王朝。

　　王实甫生活在忽必烈建立政权之后，主要活动时期是元成宗大德年间，他在《西厢记》中对元代杂剧体制的改革和创新，是与当时政治大一统的局面分不开的。崔、张故事自唐以后就被文人学士、民间艺人以不同的艺术形式进行再创造。秦观、毛滂曾用诗词形式写有《调笑转踏》，赵令畤创作的鼓子词《元微之崔莺莺商调蝶恋花》，是散文、韵文兼用的说唱文学，可以登台演出。从此，崔张故事深入民间，"至于倡优女子，皆能调说大略"。宋、金以来，在北方流行着《莺莺六么》杂剧①和诸宫调形式的董《西厢》；在南方流行的南戏中也有了以崔张故事为题材的戏文（南戏《张协状元》中有〔赛红娘〕和〔添字赛红娘〕的曲牌可证）。到了元代统一南北以后，北方杂剧作家如马致远、尚仲贤、郑光祖、宫天挺等不断南下，或宦游或寄居，北方盛行的杂剧也随之传入南方；而南方的戏文也同样会影响到杂剧作家，杂剧与戏文相互渗透，一些剧作家也就兼采南北曲之长进行创作。如沈和就"以南北调合腔"，范居中也"有乐府及南北腔行于世"（均见《录鬼簿》）。王实甫的年代早于沈和、范居中，所以他创作的《西厢记》仍然是北曲杂剧，但在体制上显然受到南曲戏文的影响。如杂剧每本一人独唱，南戏可以独唱、对唱、合唱；杂剧一般一本四折，南戏则长短不拘，可以短为十段，也可长到四十段。在这些方面，《西厢记》受到南戏的影响是很明显的。

　　从上述可知王实甫在《西厢记》中对元杂剧体制的改革和创新，是元代政治上大一统促进了南方与北方不同戏曲形式相互交流的产物。不能设想，在南北分裂对峙的政治局面中会出现如此的文化交流。而《西厢记》的艺术成就，正说明了蒙古民族在发展我国文化上的作用，证明了"各个民族都有它的长处"、"各个少数民族对中国的历史都作过贡献"②的客观事实。

（原载《南京师范学院学报》1978年第3期）

---

① 周密：《武林旧事》。
② 毛泽东：《论十大关系》。

《倩女离魂》的题材、情节与语言

  郑光祖是元代后期的杂剧作家，与前期的关汉卿、马致远、白朴并称为元曲四大家①，甚至有人认为四大家中当"以郑为第一"②。其所作杂剧十八种，现流传于世者八种，仅见佚文者一种。全佚存目者九种（据《元代杂剧全目》）。在现存剧作中，以《伹梅香》、《王粲登楼》和《倩女离魂》为著名。特别是《倩女离魂》，与关汉卿的《拜月亭》、王实甫的《西厢记》、白朴的《墙头马上》被并称为元曲四大爱情剧。的确如此，在题材的改造、情节的提炼和语言的运用方面，《倩女离魂》均有显著特色，成就颇高。

一

  《倩女离魂》取材于唐代的传奇陈玄祐的《离魂记》。原来的情节大致如下：清河人张镒在衡州做官，他的幼女倩娘长得十分美丽端庄；他的外甥王宙从小就很聪悟，受到他的器重，常说等倩娘成人后许配给他。因而倩娘与王宙长大以后，就相互眷念起来。但张镒却早已忘了自己说过的话，又不知道他们已经相爱，所以一旦有人求婚，立即应允。倩娘闻讯后十分抑郁，王宙也非常悲恨，乃乘船离别张家而去。舟移岸曲，王宙夜深不眠，正在怨嗟时，忽然见倩娘亡命奔来，不禁喜出望外，两人连夜开船远扬他乡去了。在川中居住五年后，因为倩娘思念父母，就双双同归衡州。王宙先到张府谢罪，张镒却说倩娘一直病卧闺中，哪有此事。不一会舟中倩娘也来到，闺中倩娘迎将出来，两个倩娘合而为一，他们才知道追奔王宙而去的乃是倩女生魂。与此相类似的作品，在笔记小说中颇有不少，如《幽明记》中的"庞阿"③、《灵怪录》中的"郑生"④、《独异记》中的"韦

---

① 周德清：《中原音韵·自序》。
② 何良俊：《曲论》。
③ 李昉：《太平广记》卷三五八。
④ 同上。

隐"①。其后，这一故事还被创作为在北方流行的说唱文学诸宫调②和在南方流行的南戏③。到了元代，出生在北方（山西襄陵）而在南方（浙江杭州）做"吏"的郑光祖，又用杂剧形式将这一故事重新创作，赋予它更为丰富的内容和更为深刻的意义。

《倩女离魂》的思想意义大大超过《离魂记》，只要将《离魂记》和《倩女离魂》略作比较，即不难发现两者故事虽大体相似，但内容并不尽同，思想价值也就不一样。这是因为郑光祖将这个故事创作成元杂剧时，根据元代的社会现实，对这一题材进行了很大的改造所致。从矛盾的双方来看，《离魂记》中倩娘与王宙坚定地站在一起，与以张镒为代表的另一方有所矛盾；《倩女离魂》中，倩女只是一人为一方，与以李氏为代表的另一方进行斗争，王文举并不像王宙那样始终坚定地站在倩女一方。从矛盾性质来看，《离魂记》中王宙与倩娘"常私感想于寤寐"，只是因为张镒"莫知其状"，才将倩娘许配他人；《倩女离魂》则不同，虽然王文举与张倩女是他们父母"指腹成亲"的，但李氏却有着严重的功名门第观念，声称"俺家三辈儿不招白衣秀士"，造成倩女与文举的爱情障碍。从矛盾过程来看，《离魂记》中王宙见倩娘"亡命奔来"，"欣跃特甚"；而《倩女离魂》中，王文举却责备倩女"私自赶来，有玷风化"。从矛盾结局来看，两者虽都是团圆收场，但《离魂记》中只是由于倩娘思念双亲回到衡州；而《倩女离魂》则是由于王文举考中状元衣锦归乡。经过这样的改造，就把这一题材放在特定的社会环境中来表现，因而具有浓郁的时代特色，深刻地反映了元代的社会现实。例如王文举与张倩女虽然是由父母"指腹成亲"的，看来这婚姻似乎有所保障，但其实不然，元代法律并不承认这样一种婚配形式。《元史·刑法二》明文规定："诸男女议婚，有以指腹割衿为定者，禁之。"正因有此律令，倩女对李氏的"间阻"，使得他们不能及时完婚，自然要担忧不已。又如，王文举对追赶而来的倩女生魂再三斥责，说什么"聘则为妻，奔则为妾"，"私自赶来，有玷风化"。这明显地反映出宋元以来理学盛行的客观现实。自从道学家程颐公开提倡"饿死事极小，失节事极大"④，强调妇女贞节以后，妇女地位更为低下，遭遇更为凄惨。《元史·列

---

① 李昉：《太平广记》卷三五八。
② 董解元：《西厢记诸宫调》卷一"断送引辞"。
③ 沈璟：《南九宫十三调曲谱》卷四"正宫"。
④ 程颐、程颢：《二程遗书》卷二十二下。

女传序》说:"元受命百余年,女妇之能以行闻于朝者多矣,不能尽书。"但即使"不能尽书",《元史》所载烈女节妇也已达一百八十余人,超过《唐书》、《宋史》所载烈女节妇多多,可见理学杀害妇女为数甚大。同时,自程颐此论一出,"自是以后为男子者,率以妇人之失节为羞而憎且贱之"①。生活在封建礼教如此严重的社会中,王文举以封建的礼义、伦常去斥责"私奔"的倩女,也就不是不可理解的事了。因此,《倩女离魂》中倩女为追求爱情幸福的斗争,要比《离魂记》中倩娘更为艰巨:既要同李氏的封建功名门第观念作斗争,又要同王文举的封建礼教意识作斗争。这样,她的斗争也就不仅仅像《离魂记》中的倩娘那样,只是为了追求自己的爱情幸福,而是有着否定封建的礼教意识和功名门第观念的意义。正是在这一点上,《倩女离魂》较之《离魂记》有更大的社会价值和进步意义。沈德符说它"不出房帏窠臼"②,贬低这部爱情剧的思想价值,这既是不公允的,又是不足取的。因为爱情、婚姻等问题,总是与一定的经济、政治、法律、道德有紧密的关系。《倩女离魂》的思想意义并不局限于仅仅肯定自由爱情,郑光祖通过这一爱情故事的描写,触及了封建的道德、律令等领域,使得这一爱情剧的价值大大超过同一题材的《离魂记》。这一成就的取得,则是与郑光祖根据元代现实生活改造这一题材有着很大的关系。

二

郑光祖对《离魂记》题材的改造,主要是从提炼情节着手的。什么是情节?高尔基认为情节"即人物之间的联系、矛盾、同情、反感和一般的相互关系,——某种性格、典型的成长和构成的历史"③。以此来考察《离魂记》和《倩女离魂》,即可发现郑光祖改变了《离魂记》中的主角以及人与人之间的关系。在陈玄祐笔下,主角是王宙与倩娘两人;在郑光祖笔下,主角却只是倩女一人。在重男轻女的封建社会中,妇女追求爱情幸福的斗争要较青年男子更为艰巨。郑光祖选定倩女一人为主角加以讴歌,意义自当不同。在《离魂记》中,王宙对倩娘的大胆追求,是全力欢迎和支持的;在《倩女离魂》中,王文举并未全力支持和欢迎,有

---

① 方苞:《岩镇曹氏女妇贞烈传叙》,《望溪集》卷四。
② 沈德符:《顾曲杂言》。
③ 高尔基:《和青年作家谈话》。

时甚至对之猜疑或加以责难。唐传奇中,张镒并非有意阻扼王宙、倩娘的爱情,只是不了解情况;元杂剧中,李氏却硬逼文举取回功名方许成亲。从这些不同的关系中,显然可以看出倩女追求幸福爱情的斗争,要比倩娘作出更大的努力,而在这一追求的过程中,就充分表现了主角性格的发展。《倩女离魂》的全部剧情就围绕着倩女的追求而展开,在尖锐的戏剧冲突中表现出倩女的大胆、坚定和执着。

  剧本一开始,矛盾随即展开。母亲李氏从功名门第观念出发干涉这一对青年男女的婚姻;倩女则力求摆脱母亲封建家长的控制,维护自己的爱情;王文举既想获得爱情,又受到礼教意识的毒害,对倩女的大胆追求抱着半迎半拒的态度。郑光祖就是将倩女放在这样的"相互关系"中来刻画的。在"楔子"中,一旦察觉母亲的态度有了变化,倩女立即表露反抗的决心:"你不拘钳我可倒不想,你把我越间阻,越思量。"她所忧虑的既是母亲的"间阻",更是爱人的变心。在折柳亭送别时,王文举意气洋洋地说:"我若是为了官呵,你就是夫人县君也。"但张倩女却忧虑重重,叮嘱他"是必休别接了丝鞭者",唯恐文举将她"取次弃舍,等闲抛掉,因而零落"。她宁愿守着爱情,不要富贵:"厮随着司马题桥,也不指望驷马高车显荣耀。"倩女这样的忧虑是有着深刻的社会因素的。自隋唐实行科举取士制度以来,使得一般士子"朝为田舍郎,暮登天子堂"的愿望有了实现的可能,随之社会上也就出现了大量"富贵易妻"的现象。而在封建社会中男子悔婚弃妻并不受到法律的制裁,无论唐代的律令或是元代的刑法,都有着保障男子这种权利的条例。如《元史·刑法二》规定:"诸有女许嫁,已报书及有私约,或已受聘财而辄悔者,笞三十七;……男家悔者,不坐,不追聘财。"《唐律疏议》卷十三中也有类似条款。因此,礼教伦常、功名门第这些封建意识在婚姻制度上的种种表现以及维护这种制度的律令,这一切都使倩女感受到沉重的压力。但是,在郑光祖笔下,倩女并未屈服于这些压力,而是一身化为二,分别与爱人的封建礼教意识和母亲的功名门第观念作斗争,直至获得胜利。

  由于强烈的思念和深刻的担忧,倩女的生魂离开躯体,追赶上京应试的文举,并且直言不讳地对他说:"我背着母亲,一径的赶将你来,咱同上京去罢。"但王文举并没有像王宙那样"惊喜发狂"、"欣跃特甚",而是冷冰冰地问她:"你怎生直赶到这里来?""若老夫人知道,怎了也?"她却理直气壮地表示:"做着不怕！"面对王文举"聘则为妻，奔则为妾"的责备，她毫不惊惧、动摇："我本真情，非为相嬲，已主定心猿意马。"并且坚决表示无论文举是否取得功名，都"愿同甘苦"。她正是以自己的坚定克服了王文举的犹豫，用自己的大胆追求战胜了王文举的封建礼教意识，才能双双上京应试。另一方面，她的躯体却病卧在闺房中，与母亲李氏的功名门第观念作斗争。当梅香通知她说母亲前来探望时，她却表示："我每日眼界只见王生，那曾见母亲来？"及至母亲前来后，则进行面对面的斗争。她母亲说："我请个良医来调治你。"她则表示："若是他（王文举）来到这里，煞强如请扁鹊卢医。"她母亲劝她"吃些汤粥"，她却说："若肯成就了燕尔新婚，强如吃龙肝凤髓。"总之，任凭李氏如何劝说慰藉，她心心念念只有"王生"，口口声声只要"王生"。在她紧紧追逼下，李氏步步退却，表示"我如今着人请王生去"。但她仍不放过，继续埋怨母亲当年不该横加"间阻"，"把似请他时，便许做东床婿。到如今，悔后应迟"。正是在她不断的坚持斗争下，才逼使母亲让步。在《倩女离魂》中，倩女就是这样生魂与躯体一身化为二地分别向爱人与母亲作斗争，并接连赢得两个重要回合的胜利。可是，剧情并未就此结束，郑光祖犹以酣畅的笔墨，通过再一次的冲突进一步展示她的性格。当她的生魂与文举双双归来时，李氏不胜惊诧，疑为"鬼魅"；文举一闻此言，立即将与自己相处三年之久的"夫人"当作"妖精"，要"一剑挥之两段"，充分暴露了他的刻薄寡情。而倩女为了获得这样无情人的爱情，却付出了生生死死的代价。因而，倩女虽然最后与文举团圆收场，这与其说是倩女的幸福，倒不如说是她的不幸。

《倩女离魂》正是从主角的更换、人物之间关系的变化，深刻地反映了封建社会中妇女极为悲惨的命运。这种提炼情节的方法，正显示了剧作家高度的艺术素养和创作才能。在《离魂记》中，王宙与倩娘同是主角，而在《倩女离魂》中主角只是倩女一个。卡斯忒尔维特洛曾经指出，亚里士多德"坚持情节的行动应该只是一个，只关系到一个人，如果行动不止一个，就该依附另一个才是"。卡斯忒尔维特洛还进一步说明："一个人一个行动的叙述，初看上去，好像不大能吸引听众的注意和喜爱，倒能显示诗人的判断力和匠心，因为他借助一个人一个行动就达到了旁人通过许多人许多行动都难达到的效果。"[①]狄德罗也特别重视"一个情感、一个性格"的作品，认为它更难写，"一个平凡的作家将对之束手，但

---

① 《亚里士多德〈诗学〉疏证》。

正是在这里，天才有了大显身手的机会"①。郑光祖则是以《倩女离魂》这一著名剧作体现了与亚里士多德、狄德罗相似的主张，并"大显"了自己的艺术"身手"。

但是，"一个情感、一个性格"，只是要求情节的单一，但绝不能单调。"有奇事，方有奇文"②。文艺作品总是通过个性反映共性，通过个别的事件来反映社会的本质，通过个别人物的特殊遭遇来反映生活的必然规律。一个剧本如果没有个性，没有具有特殊遭遇的、不同于其他作品的人物和事件，就必然成为情节平庸、"没有戏"的下乘之作。《倩女离魂》着重于刻画倩女这一"性格"，表现她追求爱情这一"情感"，但并不显得单调、平庸。这是因为郑光祖充分发展了《离魂记》中生魂离体这一关目，以酣畅的笔墨尽情地加以铺陈描叙，运用这种现实生活中不可能发生的情节，深刻地反映了封建社会中婚姻问题的一个方面，表现了生活在封建礼教势力下张倩女所感受到的沉重压力和深远的忧虑，以及爱情的得之不易，而没有像一般作家那样采取现实生活中大量存在的事件提炼为作品的情节。这种创作方法也是允许的，只要所提炼的情节能充分揭示人与人之间的关系，展现人物性格合乎逻辑的发展，反映生活的本质，具有典型的社会意义。例如俄罗斯进步作家柯罗连科的短篇小说《马卡尔的梦》（圣诞节故事）也同样是通过马卡尔的梦境，选择了极为奇特的情节，反映了沙俄统治下农奴的悲惨命运。郑光祖用"生魂"的形式展现倩女的性格与之极其相似。在柯罗连科笔下，马卡尔仿佛成为两个人；在郑光祖笔下，倩女的躯体和生魂同时进行斗争。但郑光祖早于柯罗连科五六百年，他的艺术经验更值得我们珍视。

作品的情节虽可以是"奇事"，但却不能违背生活的真实。《倩女离魂》中运用"离魂"这一关目，形式虽近似荒诞，内容却极为真实；情节非常奇特，但却符合生活本质。在我国古代"私奔"的事也屡见不鲜。《诗经》中就有不少描写男女情爱的诗篇。只是在宋元理学盛行以后，对男女私自结合才防范更紧、挞伐更严。但在民间，女子私奔、改嫁之事并不能全然禁绝。如《元史·列女传》记载了霍尹氏的"事迹"："至元间，（霍）尹氏夫耀卿殁，姑命其更嫁。尹氏曰：'妇之行一节而已，再嫁而失节，妾不忍为也。'姑曰：'世之妇皆然，人未尝以为非，汝独何耻之有？'尹氏曰：'人之志不同，妾知守妾志尔。'姑不能强。"

---

① 狄德罗：《论戏剧艺术》。
② 李渔：《闲情偶寄》卷一。

《元史》大力表彰了受到理学毒害的霍尹氏的"志"，但同时也无意中让其"姑"说出在当时妇女再嫁颇不罕见，人人"皆然"，舆论也不"以为非"，又有"何耻"！由此可见，下层群众自有自己的道德标准，并未全然受到礼教的毒害和禁锢。由此也可推知，张倩女"私奔"事，即使在理学极为盛行的元代，在现实生活中也是存在的。至于郑光祖将现实生活中存在的"私奔"，改变成剧作中的"魂离"，用类似荒诞的情节反映生活的真实，也同样是有着政治原因的。元代律令规定，城市坊镇"演唱词话、教习杂戏、聚众淫谑，并禁治之"①，凡"立集场唱淫词犯人(决杖)四十七下，社长、主首、邻佑人等二十七下"②。因而，郑光祖将男女"私奔"的情节借用"魂离"的形式表现出来，也就不是不可理解的了；而这种几近"荒诞"的情节，也就为那个时代的观念所能理解、所能接受。郑光祖只不过在情节提炼时运用了"遮眼法"而已，对剧作的思想价值并无影响。

三

　　《倩女离魂》的曲词十分优美，过去一些戏曲评论家对郑光祖运用语言的能力评价很高，如钟嗣成在《录鬼簿》中说他"笔端写出惊人句"，"端的是曾下工夫"；朱权在《太和正音谱》中则说："其词出语不凡，若咳唾落乎九天，临风而生珠玉。"何良俊认为他的曲词"清丽流便，语入本色"③。将这些评论与郑光祖的剧作加以对照研究，不难发现这些评价并非虚美。

　　文学是语言的艺术。戏曲作品对语言的要求同样严格，特别是戏曲作品中的对白、唱词，是表现人物性格和戏剧冲突的唯一手段，它不像小说那样可以有作者的介绍和描叙。因而，对白、唱词在很大程度上是决定一部戏曲作品成败的关键因素。同时，优秀的戏曲作品，观众在了解它的剧情以后，还愿意一再观看，可见吸引观众的并不只是它的复杂情节，也是由于受到它的优美曲词的强烈感染所致。《倩女离魂》的对白和唱词能够曲尽其妙地表现人物的性格，特别是人物的心理活动，以及人与人之间的矛盾、纠葛，有着强烈的感染力量。

　　《倩女离魂》中的对白并不多，李氏、倩女、文举三人交谈的场面只有三处：

---

① 《元史·刑法四》。
② 陈元靓：《事林广记》戊集上卷"诸条格"。
③ 何良俊：《曲论》。

"楔子"中王文举来到张家，与李氏和倩女初次见面。当李氏突然要倩女做妹妹拜文举为哥哥时，原为婚事而来的文举却无一言以对，倒是倩女觉到"俺母亲着我拜为哥哥，不知主何意也呵"。这一初次见面的场面，短短几句对白，就交代了人物之间的纠葛，初步展示了主角倩女的性格。折柳亭送别，三人又相聚在一起。李氏要文举求得"一官半职"，再"回来成此亲事"；文举表示"既然如此，索是谢了母亲，便索长行去也"；倩女却担心他功名取就、别结良缘，不禁说道"好是难分别也呵"。三人不同的语言表明了此际各自的想法：李氏想的是自家从不招"白衣秀士"，文举想的是取功名如拾芥，倩女想的是爱情又生波折。这就将戏剧冲突进一步向高潮推进。最后，文举考中状元与倩女生魂双双归来，又与李氏相见。这场对白再次强化了三人的性格，深刻地表明了三人的不同关系。李氏突然见到倩女生魂，当然惊恐万状，不禁说出"这必是鬼魅"。文举曾与倩女生魂相处三年，形影不离，但居然要将她"一剑挥之两段"，充分表现出他的极端无情。倩女在他的威逼下吓得只是哭叫"可怎了也"。李氏到底是母亲，虑有其他缘故，劝阻文举不要鲁莽："王秀才，且留人，他道不是妖精，着他到房中看，那个是伏侍他的梅香？"这才救了倩女。这场对白简洁而有力地表现出三人不同的性格和关系，极富戏剧性。至于倩女与文举两人的交谈，剧中虽着笔不多，但也写得十分精彩。例如倩女生魂赶上文举时，两人的交谈针锋相对，既表现了倩女追求爱情的坚定、大胆，又暴露了文举的封建礼教意识。这些对白，也都推进了戏剧矛盾，表现了人物性格的发展。

《倩女离魂》的唱词，比对白更能细致地表现出人物的心理活动和感情变化。特别是第三折的唱词，将卧病在床的倩女的复杂感情如绘画般地描写出来：她回忆以前与王生相处，"当日在竹边书舍，柳外离亭，有多少徘徊意"；看如今孑然一身，"空留下这场憔悴"，"似这般废寝忘食，折挫得一日瘦如一日"。这是正面倾泻她内心的奥秘和思虑的深沉。埋怨她母亲，"到如今，悔后应迟"；担忧她爱人，"划地接丝鞭，别娶了新妻室"，则是从母亲、爱人那方说起，由反面激射出自己的不满和忧虑。李开先评论这一折唱词，说"他调少有俪其美者"[①]，确有见地。郑光祖不但通过唱词表现出倩女的心理活动、感情变化，还用唱词描写、烘托倩女生魂与病体不同的神情、形态。卧病在家的倩女，"空服

---

① 李开先：《词谑》"词套"第九条。

遍瞒眩药，不能痊；知他这腤臜病，何日起"；"一会家缥缈啊，忘了灵魂；一会家精细呵，使着躯壳；一会家混沌呵，不知天地"；"说话处少精神，睡卧处无颠倒，茶饭上不知滋味"。这些唱词将沉疴在床的病态、睡卧不宁的神情，都极其形象地描绘出来。写她的生魂追赶文举时，"人去阳台，云归楚峡。不争他江渚停舟，几时得门庭过马。悄悄冥冥，潇潇洒洒，我这里踏岸沙，步月华。我觑这万水千山，都只在一时半霎"。这支〔斗鹌鹑〕的最后两句，写出她的动作轻捷，行为飘忽，也才烘托出是离体的"生魂"，否则闺中的少女，如何能在"一时半霎"越过"万水千山"？当文举取得功名与倩女双双归来时，沿途所见"暮春天景物撩人兴，更见景留情。怪的是满路花生，一攒攒绿杨红杏，一双双紫燕黄莺，一对蜂，一对蝶，各相比并。想天公知他是怎生，不肯教恶了人情"，又情景交融地烘托出他们喜悦的心情。"骑一匹龙驹，畅好口硬。恰便似驮张纸，不恁般轻"；"行了些这没撒和的长途有十数程，越恁的骨瘦蹄轻"。驮的人如纸轻，龙驹行了"十数程"也依然"蹄轻"，正表明骑在龙驹上的只是生魂，而非真人。这种似幻却真，如虚却实，魂体交替的真真假假的描写，更强烈地吸引了观众（读者）的注意力，从而产生了强烈的戏剧效果。郑光祖笔下的曲词，无论描景写人，又都具有浓郁的诗情画意。如："想倩女心间离恨，赶王生柳外兰舟，似盼张骞天上浮槎。汗溶溶琼珠莹脸，乱松松云髻堆鸦，走的我筋力疲乏。你莫不夜泊秦淮卖酒家，向断桥西下，疏剌剌秋水菰蒲，冷清清明月芦花。""向沙堤款踏，莎草带霜滑。掠湿湘裙翡翠纱，抵多少苍苔露冷凌波袜。看江上晚来堪画，玩冰壶潋滟天上下，似一片碧玉无瑕。"这些诗意盎然的曲词更增加了剧作的感染力量。"对话离开了诗意便只具有一半的生命。一个不是诗人的剧作家，只是半个剧作家。"① 这虽然是针对现代剧作与电影而言，但用来评论戏曲的对白和唱词，也并非不可适用。

郑光祖善于吸收前人诗、词、曲语，以及民间俗语的长处，熔铸成具有自己特色的曲词。即以《倩女离魂》的唱词而论，唐诗如王维的"渭城朝雨浥轻尘"，"西出阳关无故人"（《送元二使安西》），李贺的"天若有情天亦老"（《金铜仙人辞汉歌》），刘禹锡的"飞入寻常百姓家"（《乌衣巷》），杜牧的"烟笼寒水月笼沙，夜泊秦淮近酒家"（《泊秦淮》），李商隐的"心有灵犀一点通"（《无

---

① 约翰·霍华德·劳逊：《戏剧与电影的剧作理论与技巧》卷上第四部第七章。

题》）；宋词如柳永的"多情自古伤离别"（《雨霖铃》）；元散曲如马致远的"枯藤老树昏鸦"、"古道西风瘦马"（《天净沙》）等名句，或直接引用，或融化改作，均极为自然、贴切，丝毫没有生硬凑合的痕迹。他还运用通晓易懂的民间俗语，如"好事不坚牢"等。象声词的选用，也使得曲词生机勃勃，有无限的活力。李调元说："郑德辉《倩女离魂》曲中有'忒楞楞腾'、'疏剌剌沙'、'斯琅琅汤'、'吉丁丁当'、'扑通通冬'，皆四字成句，盖元人俗语也。"① 当然，《倩女离魂》中也偶有文字游戏之处，如第三折中〔十二月〕、〔尧民歌〕两支曲词，分别顺序、倒序地嵌进从一到十的数字，就是最明显的例子。这是元、明以来戏曲家经常犯的毛病，即如汤显祖也不能免，《牡丹亭·如杭》中两支〔小措大〕曲词亦复如是。但这些小疵并不能掩盖其语言运用的成就。

　　总之，无论就思想意义还是艺术特色来看，《倩女离魂》无疑是一部优秀的剧作，在历史上起过一定的进步作用，产生过一定的积极的社会效果，对后代的戏剧创作也有不小影响。例如明代传奇中有沈鲸的《青琐记》、佚名的《离魂记》，都写的是相同的故事。明代传奇汤显祖的《牡丹亭·婚走》中有"似倩女返魂到来"，清代传奇曾茶村的《蕙兰芳·感怀》中有"恰似那倩女魂飘"的唱词，都显然是受到郑光祖《倩女离魂》的影响。在南杂剧中，明代王骥德也有《倩女离魂》之作，祁彪佳认为王作的产生，"遂使郑德辉《离魂》北剧，不能专美于前矣"②。在日本，还有宫原民平的《倩女离魂》译本，收入《古典剧本大系》中。即使在今天读来，这个优秀的剧作仍有其一定的认识价值和借鉴作用。

（原载《元杂剧鉴赏集》，人民文学出版社 1983 年版）

---

① 李调元：《雨村曲话》卷上。
② 祁彪佳：《远山堂剧品》。

试论杂剧《女贞观》和传奇《玉簪记》

杂剧《女贞观》和传奇《玉簪记》都是以潘必正、陈妙常恋爱故事为题材的戏曲作品。潘、陈故事自宋元以来即在民间广泛流传，至今仍活跃在昆曲、川剧、扬剧等剧种的舞台上。但对于以这一题材创作的《女贞观》和《玉簪记》，迄今为止的有关中国文学史，乃至中国戏曲史著作中，只有少数文字介绍《玉簪记》的剧情梗概，极少评说；至于《女贞观》则更少有涉及，受到更大的忽视。仅在一两种《玉簪记》整理本的序跋中，对这两部戏曲作品略有评论。但这些评论也仅限于指出《玉簪记》的创作是受到《女贞观》的影响，并且在充分赞扬传奇《玉簪记》成就的同时，于字里行间对杂剧《女贞观》不无贬损。这样的评论是否允当，颇可研究。兹就潘、陈故事的流传以及这两部剧作的得失，试作粗浅的探索和评骘。

一

潘必正与陈妙常的恋爱故事，见于《古今女史》，原记载不足百字：

> 宋女贞观尼陈妙常，年二十余，姿色出群，诗文俊雅，工音律。张于湖授临江令，宿女贞观，见妙常，以词调之。妙常亦以词拒。词见《名媛玑囊》。
> 后与于湖故人潘法诚私通情洽，潘密告于湖，以计断为夫妇。

于湖名孝祥，字安国，历阳乌江人。宋绍兴二年（1132）生，卒于乾道五年（1169），绍兴二十四年（1154）廷试第一，孝宗朝曾任中书舍人、直学院士、领建康守。著有《于湖词》一卷。张宗橚《词林纪事》卷十九称引《古今女史》这一记载，并录陈妙常《太平时》词一首：

> 清净堂中不掩帘，景悠然。闲花野草漫连天，莫狂言。　　独坐洞房谁是伴，一炉烟。闲来窗下理琴弦，小神仙。

小说《张于湖误宿女贞观》中亦引此词，唯"莫狂言"作"莫胡言"，"独坐洞房"为"独坐黄昏"；杂剧《女贞观》又一折引此词，"莫狂言"亦作"莫胡言"；传奇《玉簪记》所引，则全同于《词林纪事》。此词亦见收于《词苑丛谈》、《渔玑漫钞》、《碧声吟馆词麈》。张宗橚在收录此词时并有按语说："此词见《初蓉集》。考于湖并无调女贞观尼词，岂自毁其少作，不欲流播耶？"但《于湖词》中有《减字木兰花》一首，即为"赠尼师"之作：

吹箫泛月，往事悠悠休更说。拍碎琉璃，始觉从前万事非。　　清斋净戒，休作断肠垂泪债。识破嚣尘，作个逍遥物外人。

于湖早年是否有此一段艳遇，也难以探求。其实，文学作品中的故事情节附丽于历史上真实人物乃属常见之事，必欲一一坐实，似可不必。如《西阁偶谈》说"溧阳有潘必正墓"[①]，也如同梁山伯、祝英台墓地的传说相似，我们可以觇知文学艺术作品影响之深远，而不必拘拘于作信史之考索。

《古今女史》这则短小的记载，冯梦龙在《情史类略》卷十二、焦循在《剧说》卷二、李调元在《剧话》卷下、姚燮在《今乐考证》著录五中亦曾引用，唯文字稍有出入。根据这一故事改编成文艺作品的有杂剧、传奇、弹词、小说。由此可见潘、陈相爱的故事对不同作者影响之巨大和受到广大读者（观众）欢迎之热烈。

大约在明代嘉（靖）隆（庆）万（历）时期，这一故事被不同的作者写成小说、付之枣梨，编成剧本、演之氍毹，从而更为广泛地流传开来。根据目前可以见及的材料，小说作品有万历二十五年（1597）金陵万卷楼刊印的《国色天香》中的《张于湖传》；万历时福建书商余象斗所编《万锦情林》中的《张于湖记》；明季杭州人何大抡所编、金陵书肆所刻《燕居笔记》中的《张于湖宿女贞观》（其后，冯梦龙增编、余公仁批补的《燕居笔记》亦收入）。《张于湖传》、《张于湖记》、《张于湖宿女贞观》三者当即为一（下文提到小说，简称《张于湖》）。晁瑮及其子东吴的《宝文堂书目》著录作《张于湖误宿女贞观》。晁瑮为嘉靖二十年（1541）进士，东吴为嘉靖三十二年（1553）进士，可见小说《张于湖误宿女贞观》当为这一时期之前的作品，胡士莹先生推断其时当为弘（治）嘉（靖）之间。

在戏剧创作中，有阙名的《张于湖误宿女贞观》杂剧（下文简作《女贞观》）。此剧见收于赵琦美《脉望馆钞校本古今杂剧》中。赵琦美字玄度，号清常道人，

[①] 焦循：《剧说》卷二引。

嘉靖四十二年（1563）生，卒于天启四年（1624）。大约在万历年间，他曾抄校元明杂剧二百四十余种，以室名"脉望馆"名之。后为同乡钱谦益、钱曾等人所得，又经季振宜、黄丕烈多人之手辗转流传，直到1939年商务印书馆据涵芬楼藏板排印出一百四十四种，题名为《孤本元明杂剧》（新中国成立后曾经重印，此外，脉望馆所藏二百余种又全部被收入《古本戏曲丛刊》），其中许多剧作包括《女贞观》在内，方为更多的读者所知晓。

与赵琦美同时而稍后的杭州人高濂，字深甫，号瑞南，主要活动时期在万历朝（1573—1620），也以潘、陈相爱的故事创作了传奇《玉簪记》。此剧一出，当时就在社会上引起相当的反响，书商纷纷刊刻，仅万历一朝的刻本至今可见及的就有继志斋本、文林阁本、长春堂本、世德堂本、三会贞文庵玉簪记本、萧腾鸿刻本；此后尚有李卓吾批评本、一笠庵批评本、徐文长批评本、汲古阁刻本；李一氓先生在20世纪50年代还发现题作《新刻重会女贞观玉簪记大全》的明刻清印本①。

与高濂同时而稍后的凌濛初，生于万历八年（1580），卒于崇祯十七年（1644），还根据"陈妙常事"制作《乔石衫襟记》（《传奇汇考标目》著录），此剧未见流传，仅在《南音三籁》中选有《题词》、《得词》、《心许》、《佳期》、《趋会》五出，实际只是五套曲词。

清代戏曲家高宗元又有《增改玉簪》之作，他认为高濂的《玉簪记》"其精华在《琴挑》、《问病》、《偷词》、《秋江》等出，然词虽秀逸，诨嫌短少"，于是就动手改作，"每出增发其科，又加《胗病》、《药诨》二出足其诙谐；且《秋江》后段越调〔小桃红〕等出，曲词佳而声音急重，今改为〔十二红〕，听之稍似悠婉也"②。此剧亦未见有流传，仅在《今乐考证》著录十中存目。

至于说唱文学史，则有《潘必正寻姑》弹词，见《西谛所藏弹词目录》。

从以上所引有关著录来看，不难发现潘、陈恋爱故事的流传，在明代嘉、隆、万时期最为兴盛。小说《张于湖》为多种小说选本所辑入；杂剧《女贞观》亦为这一时期作品；传奇《玉簪记》也几乎在同时产生，只是略后于小说和杂剧而已，并且有多种刻本行世。之所以如此，是与历史的发展、时代的思潮有密切关系。

---

① 李一氓：《击楫题跋》。
② 高宗元：《增改玉簪·自序》。

明朝开国之初，朱元璋为加强其封建统治，对意识形态领域的控制十分严密，规定"四书"、"五经"为教育和考试的必读书，推崇客观唯心主义的程、朱理学，恢复科举考试并逐步完善应试文章的八股形式。严厉禁止对群众影响至为巨大的小说、戏曲，对违反者处置极为严酷，朱元璋曾"于中街立高楼，令卒侦望其上。闻有弦管饮博者，即缚至，倒悬楼上，饮水三日而死"[1]。洪武二十二年三月二十五日，朱元璋还下旨："在京但有军官、军人学唱的，割了舌头。"根据顾起元记载，当时府军卫千户虞让之子虞端"故违吹箫唱曲，将上唇连鼻尖割了"[2]，尤其禁止"妆扮历代帝王后妃、忠臣烈士、先圣先贤神象，违者杖一百"，但并不禁止有利于宣传封建意识的小说、戏曲，所谓"神仙道扮，及义夫节妇、孝子顺孙、劝人为善者，不在禁限"[3]。对于教忠教孝的《琵琶记》，据黄溥言《闲中今古录》记载，朱元璋极为赞许。在这种反动政策影响之下，理学家邱濬创作的"发乎性情，生乎义理"，"搬演出来，使世上为子的看了便孝，为臣的看了便忠"的《五伦全备记》便应"运"而生，这实际上是一部"陈腐臭烂，令人呕秽"的作品[4]，甚至"以时文为南曲"[5]的邵灿《香囊记》也出现了。这种状况直到明代中叶以后方始有所改变，嘉靖以降，学术思想有了新的发展，文艺创作也呈现出新的生机。这首先是由于明代中叶，特别是弘治、正德两朝，农业生产有了较大的发展，城市手工业、商业日趋繁荣，以手工业工人为主的城市市民对文化娱乐的要求日益迫切，他们已不顾忌封建统治阶级的禁令，开展大规模的群众性的演剧活动，特别是潘、陈恋爱故事发生的地区——东南沿海大城市南京及其附近城镇，为全国手工业、商业最为兴盛之处，对内对外贸易十分发达，相应地手工业工人队伍最为庞大，他们的演剧活动更为有声有势。范濂记叙了曾经发生在万历十八年（1590）松江地区的一次演剧活动的详细情景，当时"各镇赁马二三百匹，演剧者皆穿鲜明蟒衣靴革，而幞头纱帽满缀金珠翠花，如扮状元游街，用珠鞭三条，价值百金有余；又增妓女三四十人，扮为《寡妇征西》、《昭君出塞》色名，华丽尤甚。其他彩亭、旗鼓、兵器，种种精奇，不能悉述。街道桥梁，皆用布幔，

---

[1] 李光地：《榕村语录》卷二十二。
[2] 顾起元：《客座赘语》卷十"国初榜文"。
[3] 洪武三十年《御制大明律》。
[4] 徐复祚：《曲论》。
[5] 徐渭：《南词叙录》。

以防阴雨。郡中士庶，争挈家往观，游船马船，壅塞河道，正所谓举国若狂也。每镇或四日或五日乃止，日费千金"①。市民群众如此强烈的要求，不得不促使文艺作品的创作者予以认真考虑，从而也促使了市民群众喜闻乐见的小说、戏曲形式的文艺创作的进一步繁荣。特别是嘉、隆、万时期，由于造纸、印刷业的发展，更使得小说、戏曲作品，不仅仅局限在一定范围内说唱、演出，而且被一再刊刻，广为流行。杂剧《女贞观》、传奇《玉簪记》都产生于这一时期，特别是《玉簪记》还出现多种刻本，正是最好的说明。

　　明代中叶的哲学思想对文艺创作也产生了巨大的影响。王守仁主观唯心主义的"心学"，对宋明以来占统治地位的客观唯心主义的程、朱"理学"产生了相当的冲击。特别是左派王学的杰出代表王艮、李贽等人先后猛烈地攻击了束缚人性、窒息人欲的理学，李贽更把市民文学主要形式的小说、戏曲地位大大提高，认为《西厢记》、《水浒传》同传统的汉文唐诗一样，"皆古今至文"②。这些舆论一扫明代初期以来戏曲创作中宣扬封建礼教的恶浊习气，为在文艺创作中歌颂男女情爱带来一股清新之风。嘉、隆以降，不仅少有作者再去创作《五伦全备记》之类鼓吹封建伦理的说教文艺，而且这类作品也为广大读者（观众）所冷落。相反，表现男欢女爱的创作，甚至描写理应清心寡欲、修真养性的男僧女尼的寻欢之作，却不断涌现，并且受到热烈欢迎。如嘉靖十六年举人冯惟敏（1511—1590）创作的杂剧《僧尼共犯》，描写和尚明进与尼姑惠朗私会，被公差捉住，官府令其还俗结为夫妇。还有一些作家更把男女寻欢的场所安排在寺观道院，这本身就是一种嘲弄。如刊行于嘉靖年间的洪楩《清平山堂话本》，其中《戒指儿记》即如此。它的本事虽源自宋人洪迈《夷坚支志》卷三"西湖庵尼"，《西湖二集》卷二十八以及《金瓶梅词话》卷三十四回皆曾引及此事，但有的学者根据宋明两代制度考察，辨明此篇当为明人所作无疑。冯梦龙又根据此篇改写为《闲云庵阮三偿冤债》。值得注意的是，在宋人笔记中并未交代女尼出身，而在洪楩及冯梦龙的改制中，却特别指明女尼原是个"收心的弟子"。这一改动，虽为细节，但却正反映了嘉、隆、万时期社会现实的某一侧面。而这一时期文艺创作中出现大量爱情题材的作品，显然是和这种哲学思潮密切相

---

① 范濂：《云间据目钞》卷二。
② 李贽：《童心说》。

关，发生在女贞观中的潘、陈恋爱故事，在这一时期一再在小说、戏曲中得到表现也就并非偶然。

二

清常道人于万历四十三年（1615）"乙卯四月初七日校抄"的杂剧《张于湖误宿女贞观》，与大约产生于弘、嘉间的小说《张于湖误宿女贞观》一样，都是根据《古今女史》的记载敷演而成。不过，尽管小说和杂剧写的同一故事，却由于作者对现实的艺术认识不同，对题材的艺术处理也随之有异，因而两者的思想意义也就悬殊不等。在小说《张于湖》的结尾，作者以叙述的语言写道："潘必正与陈妙常成亲。既毕，于湖举必正贤良方正，授苏州府吴江县尹，官至礼部侍郎。妙常生一男一女，夫妻昼锦荣归，尽天年而终。"这与一般才子佳人的风流故事并无二致。尽管这一故事发生在女贞观中，尽管女主角为一道姑，但整个作品也很少有什么反对封建意识的积极意义。杂剧《女贞观》与小说《张于湖》却不同，在杂剧中张于湖只是资助他上京应试，作者描写的重点在于张于湖成就潘、陈二人的"一段姻缘"，并且让张于湖在退场前说出："天下喜事，无过夫妇团圆。"这与元杂剧《西厢记》中所发出的"愿普天下有情的都成了眷属"的呼吁相应承，肯定的是"夫妇团圆"，而不是"夫妇昼锦荣归"。

从作品的情节展现来看，小说《张于湖》所描写的潘、陈爱情的萌芽、发展和结局，整个过程中既没有风险，也少有波折。作为封建政权的具体代表、建康府尹张于湖是潘必正的"故友"，他对潘、陈相爱一事是全力支持的。当潘、陈相爱事发以后，他为必正出谋划策，让他们"捏作指腹为亲"，尔后由他以此为根据判断妙常还俗，与必正成亲。代表六根清净、修真养性的宗教意识的女贞观主潘法诚，对他们的偷期密约虽然"也有些知觉"，但却装聋作哑，不闻不问，还接受潘必正的要求，让"门公买酒肉鸡鹅果品之类"，任他们同饮作乐。及必正将此事首尾和盘托出，她非但并无任何责备，还积极从旁赞助，在状供中还假说潘、陈指腹成婚"有原割衫襟合同为照"，并以观主身份请求建康府尹准予妙常还俗，与必正"重圆"。潘、陈相爱，在小说《张于湖》中始终是得到建康府尹张于湖和女贞观主潘法诚的支持和玉成的。杂剧《女贞观》中，潘、陈的相爱获得圆满的结局，却并不如此轻易，即如题目正名所显示的那样："俏书生暗结鸳鸯伴,歹姑娘分破鸾凰段。陈妙常巧遇好姻缘,张于湖误入女贞观。"

女贞观主潘法诚,在杂剧作者笔下分明是一个"歹姑娘",她对潘、陈的相爱,始终是持反对态度的。当潘、陈恋情被她发现以后,不管必正与妙常两人如何晓之以理,动之以情,苦苦哀求,她毫不同情,执意要将二人捆送建康府究治。幸亏建康府尹张于湖对潘、陈相爱颇表同情,又念必正与自己有同乡之谊,才在审理过程中指责观主潘法诚"主家不正"也是"有罪"的。至此,法诚才不得不同意建康府尹的断处,让妙常还俗与必正成亲。潘、陈婚姻的成功,在杂剧《女贞观》中是经过如此曲折、偌大风险才获得的。即此而论,杂剧《女贞观》在暴露宗教意识和封建势力扼杀青年男女爱情的罪恶方面,较之小说《张于湖》显然更具有积极的认识意义。

从人物性格的刻画来看,小说与杂剧的成就也不相等。小说《张于湖》与杂剧《女贞观》的主要角色,虽然同是那几个人,然而他们在小说和杂剧中所表现出来的性格特征并不全然相同,相应地,小说和杂剧的故事情节也就有所差异。张于湖在小说中隐瞒了自己的建康府尹身份,冒称洛阳才子王通甫。他的所作所为也就不脱"才子"气。初见观主潘法诚,竟然为其"人物清标,丰姿伶俐"、"半老佳人,恁般风韵"而"暗暗喝采",更吟诵《西江月》词一首。而当片刻之后见到妙常,却又顿时"荡却三魂,散了七魄",随即忘却法诚,觊觎妙常。原先,他来观中只是"借浴堂洗澡",到了此际却要"假客馆暂歇一宵"。尔后又循着琴声追踪妙常,并写下《西江月》一词,为"无计到巫山"而怨嗟。次日凌晨,又径将它送与妙常。其所作所为,俨然是一个自负才情的浪荡公子。此后,当他与故人潘必正邂逅叙谈时,还恋恋不忘女贞观中"有一好物在彼",视妙常为"好物",其轻薄佻侻之态毕露无遗,丝毫不类建康府尹的身份。其以"故友"关系,授计潘必正"捏作指腹为亲",因而成就这一段风流韵事,显然是卖弄手段,施用小计,全不似地方长官的作为。杂剧《女贞观》中张于湖的性格与此有所不同,省去了小说中张于湖倾心于"半老佳人"潘法诚的一段心理描写,当然也就没有小说中张于湖所表现出来的轻薄色相。作为建康府尹的张于湖,虽然对陈妙常产生好感,然而并未采用贿赂门公的手段,而是以《临江仙》小词送与妙常;遭到妙常拒绝后,虽也有些愠怒,却也爽快离开。其后判断潘、陈成就婚姻时,也未曾计较前嫌,认为"天下喜事,无过夫妇团圆",在妙常承认"是愿允自配了新婚"之后，他也就随即玉成了"这段姻缘"。而且杂剧作者还回避了《古今女史》中所说的张于湖与潘必正为"故人"的关系，表现了他堂堂正正地处置此事，只是由于赞同潘、陈的相亲相爱，而非赞助"故友"潘必正的风流逸事。这就修正了小说中张于湖这一艺术形象上的一些不合情理的成分，使他的性格更趋统一、和谐。所以，尽管都是以潘、陈两人成就姻缘为结局，但这两部作品所显示的社会意义却有高下之分。

较之张于湖，陈妙常在作品中的地位自然更为重要。但也同张于湖这一角色一样，杂剧中陈妙常这一艺术形象较之小说中的陈妙常更为完善。杂剧作者显然对她做了更为精心的刻画、更为细腻的描绘。小说中，陈妙常在张于湖挑逗之下青春开始觉醒，然而作者只以"从此惹起凡心，常有思念之意"一类的叙述性的语言简单地予以交代。而在杂剧中，作者却运用了〔端正好〕、〔滚绣球〕、〔倘秀才〕等五支曲词，委婉尽致地描摹了她内心的奥秘：青春的觉醒，爱情的萌发，对修真养性的悔恨，对前程无定的惆怅，曲尽其妙地表现了一个青春少女的多变的心理状态，如：

　　昨夜个愁没乱更长漏永，今日个神恍惚心劳意冗。几时得山屐相逢满径踪，空留下千古恨，遥望一江风，都做了连天的浪涌。

——〔倘秀才〕

　　想当初守清规习祖风，炼真茅养正宗。咱去那有用用中行用，向无功功里施功。疏散的体态慵，折倒的鬓发蓬。炼真元固求铅汞，望长生啖柏餐松。往常时身无彩凤双飞翼，今日个心有灵犀一点通。憔悴了娇容。

——〔滚绣球〕

正由于杂剧中的陈妙常有了这样的觉醒，后来与潘必正晤面之后大胆追求爱情才不显得突兀，才会在谛听潘必正的《凤求凰》一曲之后，"一夜春心无奈"，从而写下"怎奈凡心转盛"的《西江月》词来。而小说作者却将潘必正弹曲与陈妙常填词两个情节分割开来叙述，这就使得陈妙常的"凡心转盛"似乎失却前提条件，未若杂剧如此处置为合情合理，也更符合人物性格的逻辑发展。及至他们偷期密约之后，妙常已有孕在身，在小说中妙常只是怕"出丑"而要"寻个死路"，必正却毫不经意，甚至不负责任地说："待我明日入城赎一帖坠胎药吃了便下。"这样的描写，表现了妙常的胸襟不广，必正的轻薄无情。而在杂剧中，身怀六甲的陈妙常想到的却是自己爱人必正的处境,劝他"上京应举去",自己一人"慢慢处置"后事;而必正却"放心不下",不肯离开妙常一步,并且劝慰她"宽心保重,调护贵体"。正是这种相互体贴、彼此关心的感情,才使得杂剧中的道姑陈妙常,为了维护自己的爱情幸福、维护尚未出世的婴儿命运,宁愿"不能够腾云驾雾"去求做神仙,也要"每日价把婴儿搂抱",宁愿被"歹姑娘"潘法诚处置,也敢于坦然承认对必正的爱情,甚至公然提出在女贞观中生养小孩,愤然抗议潘法诚这个"吃斋人笑里暗藏刀"的迫害。如果说小说《张于湖误宿女贞观》只是一篇描写青年才子眷恋妙龄道姑的风流逸事之作,那么杂剧《张于湖误宿女贞观》才赋予潘、陈相爱故事以反对封建礼教意识束缚青年男女爱情的积极意义。

三

高濂创作传奇《玉簪记》,显然受到小说《张于湖》和杂剧《女贞观》的启迪,甚至可以说是对它们的改编。万历时祁彪佳作《远山堂曲品》,将一些戏曲作品评定为妙、雅、逸、艳、能、具六品,他在《凡例》中说:"词曲一经改窜,便与作者为二。有因改而增其美,如李开先之《宝剑》列'能'。"高濂的《玉簪记》也被祁氏列入"能品"即六品中的第五品,也很可能即"因改而增其美"。与祁氏同时的吕天成,在《曲品》中将隆(庆)万(历)以降的作家分为九品,高濂被列入"中之下"即九品中的第六品。可见与高濂同时代的戏曲评论家,尽管品评其作品为"能",然而却未作更高的评价,归之于"中之下"。当然,他们对高濂剧作的品评未必全然中肯,甚至有欠允当,然而却也不可认定这些评论全无可取之处。《玉簪记》尽管有足以赞誉之美,也实有可资诟病之陋,应予全面的研讨,不宜以它的可称美之处去贬低杂剧《女贞观》的成就。

从高濂对潘、陈恋爱故事这一题材的艺术处理加以考察,不难发现传奇《玉簪记》在某些方面不如杂剧《女贞观》更富有积极意义。潘必正与陈妙常在女贞观相会之前,两人本无干涉。《古今女史》的简短记载,只说他们二人相爱后,由张于湖"以计断为夫妇",小说《张于湖》中则据此具体交代为"捏作指腹为亲"。杂剧《女贞观》则摒此"计"不用,由建康府尹张于湖直截了当地责备女贞观主潘法诚"主家不正",之后即判断妙常还俗与必正成亲。传奇《玉簪记》

并未汲取杂剧《女贞观》处理这一情节的艺术经验，倒沿着小说《张于湖》"捏作指腹为亲"的处理轨辙向前发展，进而坐实"指腹结姻"一节。在传奇的《命试》出中，就由必正之父潘夙亲口宣布："我自开封府与同僚陈老先生十分契合，指腹结姻。他女我男，曾以玉簪鸳坠为聘。"妙常之母一上场也即刻表明："夫君在日，曾与同僚府尹潘公，十分交好，彼此指腹结亲，玉簪为聘。"（《遇难》）这就赋予潘、陈私相恋爱一事以"合法"性质，当然也就削弱了这一题材反封建的积极意义。无论在小说或杂剧中的陈妙常，都是自幼出家的道姑（小说《张于湖》说她"十三岁在此出家"，杂剧《女贞观》说她"十岁出家，来此十三年"），她却敢于私自爱恋潘必正，特别是杂剧中的陈妙常，敢于违背清规祖风，不再"炼真茅养正宗"，坚决表示"从今后巫娥不作游仙梦，准备着萧史同登玉女峰"。高濂在《玉簪记》中却将她的身份改为"宦家之女"，在金兀术南侵之际，与母亲逃难中失散，才不得已"且向空门暂时投寄"。因此传奇中的道姑陈妙常还俗嫁人，原就是预料中事，更何况又是嫁与原有婚约之人。因之传奇中陈妙常这一艺术形象就不可能具有杂剧中陈妙常那样的积极意义。在潘、陈相恋过程中，高濂固然设计了观主潘法诚的种种阻挠，如《姑阻》出中强令正欲赴约的必正与她去经堂读书；《促试》出中强逼必正"赴选，绝了眼前往来"，暴露其面目的伪善、手段的圆滑，然而总未若杂剧《女贞观》中的潘法诚那样，"睁着眼不顺情，咬着牙不放脚"，十足一个"感情薄"、"心性恶"的"笑里暗藏刀"的"吃斋人"。高濂还将潘、陈相爱一事推迟到潘必正"幸中二甲进士"以后方始败露，其时观主潘法诚在进士面前只说得："好，好！出家人原来如此！罢，罢！今日之事，也是五百年前宿缘，天涯相会。"虽有埋怨却表同意；并且在得知他们二人原就曾以鸳坠、玉簪为证订有姻约后，更忙不迭声地说："可喜，可喜！鸳鸯玉坠，碧霞玉簪，两物相赠，天教合欢。红丝翠幕，事非偶然。"既然是天定宿缘，哪还有什么可资诟病的呢？当然也就不会像杂剧《女贞观》中潘、陈所经受的那样沉重的压力和巨大的迫害。总之，由于高濂根据自己的对现实的艺术认识将这一题材进行艺术处理以后，使得这一故事反封建礼教的意义，在某些方面倒不如杂剧《女贞观》。

在人物形象塑造方面，《玉簪记》和《女贞观》各有特色，不能简单地以传奇作者的"才誉"（《曲品》）去贬低杂剧作者的成就。即以张于湖这一形象的塑造来说,《玉簪记》的成就未见得高于《女贞观》。固然,高濂改变了小说《张于湖》和杂剧《女贞观》以张于湖为贯串情节始终人物的布局,突出并加强作为男、女主角的潘必正与陈妙常的地位,这样的努力自应肯定。然而,高濂只是改变了张于湖贯串始终的主宰身份,并没有对他在剧情发展中的作用另作相应的处置,从而使得这一人物形象就在相当程度上游离于潘、陈相恋的主线之外。同时,高濂在塑造这一形象时,在某些细节上也曾沿袭了小说《张于湖》中的庸俗描写,如写他与观主潘法诚初次见面时,轻薄佻挞之态与小说中的张于湖如出一辙,而杂剧中的张于湖却无此恶趣,这不能不说是杂剧作者的思想格局要略高一筹。但高濂在塑造陈妙常这一艺术形象时,却充分表现了自己的艺术才华,特别是对陈妙常恋爱过程中的心理变化,描绘之细腻超过杂剧《女贞观》。例如《寄弄》出中,以四支〔懒画眉〕和四支〔朝元歌〕,分别安排由陈妙常和潘必正交替各唱二支,从而把陈妙常在潘必正启迪、挑逗之下情窦已开,但却又不便公然表示接受的且喜且羞的心情表露无遗。且以一支〔朝元歌〕为例以窥其一斑。

  你是个天生后生,曾占风流性。无情有情,只看你笑脸儿来相问。我也心里聪明,脸儿假狠,口儿里装作硬。待要应承,这羞惭、怎应他那一声。我见了他假惺惺,别了常挂心。我看这些花阴月影,凄凄冷冷,照他孤零,照奴孤零。

这样的心理描写,确实比《女贞观》要细致。

  不过,高濂所塑造的这一艺术形象也时有败笔,如杂剧作者交代陈妙常是"建康府昇平桥下陈头巾的女儿",表明她原就出身于市井小民,十岁出家前在父亲所开的头巾店中必然接触到三教九流各种身份的人;出家十三年后身为女贞观提点,招呼四方香客又必属常有之事,然而她毕竟是女流,必不可缺少女子小心谨慎的性格。杂剧作者于此颇具匠心,甚有分寸。她之所以与张于湖有所接触,是因为于湖潜听她的琴声而为道清发现,她不得不追问门公王安;尔后张于湖又冒认是她亲戚,以小词一首由王安转递,她也作词拒之,陈、张两人实际上没有直接晤谈。她之所以与潘必正晤面,是由潘必正的姑姑即女贞观观主潘法诚传呼而来;此后又是潘必正主动去她房中探望。她在张于湖、潘必正先后的启迪和求欢之下,青春觉醒,爱情萌发,又见必正为人"外貌谦恭,内才朴实,表里相称",这才比较主动地"违了三宝,犯了清规,破了十戒",委身于必正。她这种性格是在现实生活中形成的,她的行为是有根据的。传奇《玉簪记》中陈妙常的表现就不一样,高濂首先将她的身份由陈头巾的女儿改变为"宦家之女",然后又让这样一个生于朱门养在深闺的青春少女,去主动会晤未曾识面的男子并与之交谈,当张于湖来到女贞观与观主交谈时,陈妙常即"穿萝径,进鹤轩。我把秋波偷转屏后边。何处客临轩,敛衽且相见"。不但主动招呼张于湖,还当面向潘法诚询问:"此位相公何来?"当潘必正来到女贞观时,她听得"堂前人语沸,忙来庭下探消息",从而与必正初次见面,又同样询问观主:"这一位相公何来?"尔后又"煮茗焚香,特请相公清话片时",主动邀请必正来房中晤谈。如此主动接近、关切素昧平生的男子,与她出自"宦家之女",现为一般道姑的经历、身份颇不相称,不如杂剧中陈妙常的性格展现与情节发展那样和谐一致。由此可见,尽管高濂在表现陈妙常青春觉醒后的复杂的心理状态方面取得了很高的成就,然而从陈妙常这一艺术形象的整体塑造来看,的确也留下一些败笔和不足之处。

总之,无论从题材的处理,还是从人物形象的塑造来看,杂剧《女贞观》固然有不足之处,然其成就未可轻贬;传奇《玉簪记》固然有极为成功之处,然其思想局限和艺术缺失亦不可讳言。近人吴梅就认为《玉簪记》的"文采固自可观",但"其中情节颇有可议者",至于"用韵之夹杂,句读之舛误,更无论矣"。对于这样一部传奇居然"能盛传于世",他感到"深可异"[①]。

吴梅所表示的"深可异"其实并不可异,传奇《玉簪记》之所以较杂剧《女贞观》享有盛名,是和明代中叶杂剧衰落、传奇骤兴的戏曲发展状况分不开的。徐渭在《南词叙录》中便曾记叙了嘉靖年间弋阳、余姚、海盐、昆山四大声腔广为流行的现象。何良俊曾引杨升庵的话:"近世北曲,虽郑、卫之音,然犹古者总章、北里之韵,梨园、教坊之调,是可证也。"并加以申说道:"近日多尚海盐南曲,士夫禀心房之精,从婉娈之习者,风靡如一,甚者北土亦移而耽之,更数世后,北曲亦失传矣。"[②]何良俊虽然不懂得近代外国流行的"接受美学"原理,然而他却正确地指出了戏曲观众(读者)的欣赏趣味和艺术水平,也影响着戏曲作品的生产过程,在《曲论》中他就说:"南人又不知北音,听者即不喜,则习者亦渐少。"这正反映了嘉靖朝北曲杂剧的式微和南曲传奇的兴盛。沈德符也曾反映了这一现

---

① 吴梅:《曲选》。
② 何良俊:《曲论》。

实，他在《顾曲杂言》中说："自吴人重南曲，皆祖昆山魏良辅，而北词几废，今惟金陵尚存此调。"金陵，即南京，也就是杂剧《女贞观》故事发生的建康府。万历时南京人顾起元在《客座赘语》中也记载了南京地区北曲衰南曲兴的景况，说"万历以前，公侯与缙绅富家"，无论燕会、大席，均演唱"大套北曲"或"北曲四大套"；而到万历时"乃变而尽用南曲"或"南戏"（此条记载，焦循在《剧说》卷一中亦曾引用）。这正反映了嘉、隆、万之际，无论作者的创作或听众的趣味都发生了重大的变化。明乎此，就可理解何以传奇《玉簪记》会在当时享有盛名。

《玉簪记》作者生活的时代比《女贞观》的为晚。万历朝的哲学思潮甚为活跃，以李贽为首的进步思想家对封建意识的批判更较前猛烈。何以产生于万历朝的《玉簪记》反不如《女贞观》更具有积极意义呢？这与作者对时代思潮的接受程度有关，也与作者的社会地位和生活实践有关。《玉簪记》作者高濂，生平事迹虽不能详知，但《杭州府志》卷九十五曾著录其《芳芷楼词》。此外他还有《雅尚斋诗草》、《雅尚斋遵生八笺》等诗文著作。从这些著述看来，高濂平日极为注意养生之道，讲究医药饮食，收藏古书古画，是一个生活优裕的文人。除《玉簪记》外，他还撰有传奇《节孝记》。这部传奇分上下两卷，上卷节部《赋归记》演陶潜入莲社故事；下卷孝部《陈情记》演李密写表陈情故事。从《节孝记》的思想倾向也可觇知他对封建礼教是维护的，因而《玉簪记》虽然沿袭了原就具有反封建意义的潘、陈相恋的题材，却反映了一个"文人雅士"的趣味和美学理想。当时进步的社会思潮对他的影响并不深，因而未能像同样题材的《女贞观》那样具有更为积极的批判意义。

《古今女史》中简略记载的潘必正与陈妙常相爱事，由笔记演而为小说，为杂剧，为传奇，为弹词，流传几百年之久。题材相同，但艺术处理不同，各自的成就也就有所差异。这既是时代发展所使然，也是作者生活实践所导致，予以探讨总结，可资借鉴，不为无意义之举，成此短文，以求正方家。

（原载《文学遗产》1986 年第 1 期）

论李玉剧作题材的现实性

明清之际的剧作家李玉，一生创作了三十余种传奇，在我国戏剧史上，是自创作了六十余本杂剧的大戏剧家关汉卿以来很少有的多产作家。但是，李玉的高度成就还不仅表现在作品的数量上，而且也表现在其他一些方面，例如题材上，他的传奇大多富有极其浓郁的时代气息。本文仅就其剧作题材的特色略作研讨。

一

李玉经常选择时代中的重大的政治事件作为创作的题材，迅速地反映社会现实生活，因而他的传奇具有强烈的时代感。在我国戏剧史上原就有迅速反映现实生活的优良传统，如宋代参军戏中以"此环掉脑后"来嘲讽秦桧[1]，戏文中的谴责"结托北人"的恶僧祖杰[2]，元杂剧有反映现实冤狱的《窦娥冤》等。明传奇《鸣凤记》则反映了言官杨继盛等人与奸相严嵩的斗争，揭露了嘉靖年间政治的腐败和社会的黑暗。据记载，严嵩事败的消息尚未遍传之际，《鸣凤记》已演之舞台[3]，可见反映现实之迅速。《鸣凤记》演出以后，一时出现了不少抨击严嵩父子罪行的传奇，如秋郊子的《飞丸记》、水云逸史的《回天记》等[4]。这些摄取现实事件为题材、迅速反映生活的剧作，被研究者称为"时事戏"，是戏剧史中的优良传统。但在李玉登上剧坛之前，明末的传奇创作和演出中，却存在着严重脱离现实、一味追求形式的倾向，描写才子佳人悲欢离合的剧作充斥舞台剧坛。在传奇创作趋向没落之际，李玉却能继承并发展我国戏剧史中迅速反映现实生活的这一传统，以他的传奇表现了明清之际的社会生活，揭露了现实的黑暗，鞭答

---

[1] 岳珂：《桯史》。
[2] 周密：《癸辛杂志别集》上卷"祖杰"条。
[3] 焦循：《剧说》卷三。
[4] 祁彪佳：《远山堂曲品》。

了政治的腐败。例如在《一捧雪》中，他曾对严嵩父子"富堪敌国，力可回天。文武官僚尽供驱使，生杀予夺俱属操持"的显赫权势，以及他们贪赃枉法、卖官鬻爵的罪行，作了极其形象的揭露和严厉的抨击。此剧显然受到《鸣凤记》的影响。

在李玉创作的传奇中，像《一捧雪》这样径以现实问题进行创作的还有《万民安》、《清忠谱》等。明万历二十九年（1601）六月，在李玉家乡苏州爆发了一场广大市民反对税监孙隆盘剥机户、勒索商税的斗争。当时也有剧作家将这一事件写成传奇，搬上舞台，如张凤翼的《蕉扇记》。李玉也以此为题材创作了《万民安》，塑造了织工葛成的英勇形象。在李玉笔下，葛成率领广大织工和市井小民，与税监黄建节及其党徒徐成进行了殊死斗争。在封建统治阶级残酷镇压下，葛成一人挺身而出，以使万民安枕。可惜此剧已经散佚。

如果说《万民安》所反映的市民对税监的斗争，是发生在李玉出生不久之后的事件，那么《清忠谱》所反映的事件则是李玉三十岁前后的事。天启六年（1626），苏州又发生了以周顺昌为首的东林党人和颜佩韦等五人为首的市民群众反对阉党魏忠贤的声势浩大的斗争。周顺昌被押赴京师备受酷刑而死，颜佩韦等五人则被血腥屠戮，这是一件震动朝野的大事。崇祯即位后，魏忠贤畏罪自缢。当时以此事作为题材的传奇不下几十种。张岱在《陶庵梦忆》卷七中说："魏珰败，好事者作传奇十数本。"不过，这些作品远非上乘之作，《远山堂曲品》对它们多有品评，如说高汝拭的《不丈夫》，不但"音调"有"讹"，而且"头绪不清"；陈开泰的《冰山记》，不但"对口白"太文，"不脱学究气"，而且角色安排不当，"崔作小生，是何多幸也"；无名氏的《孤忠记》"如此不伦，终涉恶道"；盛于斯的《鸣冤记》则是"韵律全疏"；鹏鹦居士的《过眼浮云》，由于"刻意求新"，以致"贯穿无法""竟不可读"；范世彦的《磨忠记》又"止从草野传闻，杂成一记"，"调多不明，何以称曲"；穆成章的《请剑记》所"记魏珰事"，其"详覆不能过他本"；三吴居士的《广爱书》，则是"谑浪处甚于怒骂"。在这十几种传奇中，只有王应遴的《清凉扇》"综核详明，事皆实念"，稍获好评。这些传奇显然存在着一些思想上或艺术上的局限。李玉也以此事创作了《清忠谱》，江左三大家之一的吴伟业为此剧写有序言，说："逆案既布，以公（周顺昌）事填词传奇者凡数家。李子玄玉所作《清忠谱》最晚出……事俱按实，其言亦雅驯。

虽云填词，目之信史可也。"高度评价了李玉这一剧作在思想内容和艺术表现上的成就。李玉在《清忠谱》中，对某些具体细节并没有完全按照史实照搬，然而基本情节却大体符合。天启六年（1626）爆发的这场反阉党斗争，参加者极为广泛，既有以颜佩韦等五人为代表的市民群众，也有以周顺昌为代表的东林党人。李玉在《清忠谱》中描写了这两种力量反对阉党的英勇斗争，比较全面地反映了这一斗争的壮阔图景。当然，李玉在传奇中是将颜佩韦等五人为代表的市民群众的英勇斗争，作为周顺昌为代表的东林党人的斗争的后援力量而展开描写的。这在一定程度上贬低了市民斗争的重大意义，未能完全正确地揭示出这场斗争的实质。这除了由于作者的思想局限所使然，还由于戏剧情节的发展必须单一而不能头绪纷纭所致。不过，剧作中还是有相当的篇幅反映了市民群众的斗争场面，也出现了市民英雄颜佩韦的形象，这在一片"燕子"、"春灯"的明清之际的剧坛上也就殊属难能可贵的了。当然，从根本上说，这正是明代末叶以来市民运动风起云涌、市民英雄辈出不穷的时代的必然要求，使得一向从现实摄取创作题材的剧作家李玉，也不能不对他们作了相当真实的反映。尽管这些描写还有种种不足和不少缺陷，也应给予足够肯定，因为他毕竟反映了那个时代的一些重大问题。果戈理曾经说过："不管出版什么样的艺术作品，如果里面没有今天社会围绕着转动的那些问题，如果里面不写出我们今天需要的人物来，它在今天就不会有任何影响。"[①]《清忠谱》之所以产生很大影响，正因为它反映了明末震动朝野的大事。

在清军入关不久，苏州发生了黄孝子不远万里去云南寻父的真人真事。《明诗综》云："黄孔昭字含美，吴县人。举崇祯癸酉（六年，1633）乡试，选授大姚知县。俄离天末，久不得还。其子向坚字端木，有怀二人，眼枯足茧，蹈白刃寻之，卒御以归吴中。好事者编《万里园》传奇演之。"这个"好事者"就是李玉。关于此事，黄向坚自己著有《寻亲纪程》、《滇还纪程》，见收于《知不足斋丛书》。归庄据此而编写有《黄孝子传》。根据有关记载，黄向坚是于顺治八年（1651）十二月从苏州动身，经过三年，历京、省七府三十三州、县，行程二万五千余里而抵达云南。这一发生于顺治朝的轰动苏州城乡的事件，也吸引了经常从现实生活摄取题材的剧作家李玉的注意，他迅速地加以艺术的表现。尽管作者创作此剧

[①] 果戈理：《文学的战斗传统》引。

有着"为忠孝传人而已"的主观意图，然而在剧情的展开和发展中，也表现了明清之际尖锐的民族矛盾和阶级矛盾，比较广阔地反映了明末清初的社会现实，揭露了南明小朝廷君臣上下一片昏聩的苟安局面，以及清兵入关后对江南人民的血腥屠戮，客观上也暴露了战乱所造成的人民流离失所的痛苦。特别在明、清交接地区，更是"破邑空城，颓垣破墙，几百里绝少人烟。荒榛断莽，白骨黄骸，日中时常闻鬼哭。关津盘诘面生人，扭成奸细杀了千千万万，兵马争持，不论男女找首级献作功劳。饶伊插翅也难飞"，极其真切地反映出改朝换代之际，广大人民群众所承受的深重苦难，具有鲜明的时代特色，其现实意义不在《万民安》和《清忠谱》之下。

　　李玉还创作了不少历史剧。这些历史剧在题材上也有特色，同样具有浓郁的现实意味。他的历史剧经常选用开国创业、民族矛盾和统治阶级内部矛盾激化的题材。《麒麟阁》就是写隋唐之际人民群众揭竿而起的故事，是一部巨大的开国创业的历史传奇，以磅礴的气势、严谨的结构，形象地反映出隋代末年社会动乱、群雄四起的现实情景。《风云会》虽已散佚，但从《曲海总目提要》卷二十七中，仍可了解它的剧情梗概，也是写赵匡胤和郑恩为民除害、开国登基的故事。至于写民族矛盾激化的历史传奇则有《牛头山》，是表现宋代民族英雄岳飞抗金的故事。在这部传奇中，李玉高度赞扬了岳飞父子不忘"中原尚亏半壁"、"捐躯裹革亦所甘心"的爱国主义精神；同时严厉谴责了"一个个将军抛甲，一行行臣宰休徇"的卖国求荣的民族败类。已经散佚的《昊天塔》则是写杨六郎祭父被围，杨排风率兵击退辽兵的故事，赞扬她在危急关头能挺身而出，英勇无畏的保家卫国的精神。写统治阶级内部矛盾的历史传奇如《千钟禄》，反映燕王朱棣争夺帝位、建文逃亡的故事。在此剧中，作者肯定了建文朝一批"忠贞死节之臣"如方孝孺、程济、史仲彬；谴责了那些"助虐施强暴"的张玉之流；同时也暴露了朱棣的屠戮过甚，一时"尸骸零落"、"头颅如山"。属于这类统治阶级内部矛盾激化题材的还有《双龙佩》，是写明代正统朝"土木之变"的（此剧已佚）。从李玉历史剧题材的这几个特点来看，虽然和明代中叶以来通俗小说的发展有密切关系，如《麒麟阁》与《隋唐演义》、《牛头山》与《精忠岳传》、《昊天塔》与《杨家府世代忠勇通俗演义》、《风云会》与《残唐五代史演义》等，它们在题材上有相同之处，相互之间显然留有彼此影响的痕迹，但更重大的原因却在于明代中叶以降，民族矛盾逐步发展并趋向激化的现实，使得双眼注视现实的剧作家李玉在以现实事件为创作题材的同时，也选择足以"借过去来鞭挞现在"的历史题材来进行创作，"让过去鲜明地突现出来，来开导它为之存在的现在。……引用一幅过去的图画，责备过去的一个什么人，但是，要这样责备，使现代人也会搔搔后脑"①。尽管李玉的主观意图有着"词填往事神悲壮，描写忠臣生气莽，休错认野史无稽稗史荒"（《千钟禄·尾声》）表彰忠烈的一面，然而他所描绘的具体情节，在民族矛盾和阶级矛盾激化的岁月，却颇有或鞭挞或激励生者的现实意义。

除了时事戏、历史剧以外，李玉还创作了不少社会风情剧。由于李玉是一个"上穷典雅，下渔稗乘"阅读极为广泛的作家，他常常从既往的笔记小说中寻找出一些"韵人韵事，谱之宫商"②。如《人兽关》的情节，在《觅灯因话》卷一《桂迁梦感念》和《警世通言》中的《桂员外途穷忏悔》中可找到痕迹；《占花魁》的情节，与《情史》卷五中卖油郎积金求宿的故事相似，《醒世恒言》中也有《卖油郎独占花魁》。其他如《眉山秀》、《太平钱》、《长生像》等均有所本。这些传奇的思想价值高下不等，不能等同视之。但即使在这类题材的传奇中，李玉也不忘记现实。如写男女爱情的剧作《占花魁》，作者将卖油小贩秦钟和妓女莘瑶琴相互爱慕的故事，安置在北宋末年金兵入侵的时代环境中来描写，把他们悲欢离合的命运和战争的骚扰动乱结合起来加以表现，这就在一定程度上突破了才子佳人的老套，从而使得此剧在明代末叶民族灾难日益深重的时代，具有了更进一层的意义，绝不仅仅限于抒发"才为世忌，千古同悲"的个人"垒块"③，而是有着作者对世乱时移的无限忧愤。其他一些剧作也对明末政治黑暗、世风险恶多有抨击，如《人兽关》中也多少暴露了当时上层社会中人与人的关系，"说什么聪明懵懂，都颠倒孔方兄"，谴责了人与人之间"全仗钱神营运"的赤裸裸的金钱关系。《永团圆》对嫌贫爱富的社会风气的嘲讽，《长生像》对地主阶级家庭内部尔虞我诈的夺产之争的鞭挞，等等，对当时黑暗的社会现实，都从不同角度有不同程度的反映和批判。应该说这类传奇虽然取材于"稗乘"，但在李玉

---

① 季莫菲也夫：《苏联文学史》引果戈理言。
② 钱谦益：《眉山秀题词》。
③ 同上。

笔下却糅进了当时的现实，不宜将此类传奇仅仅看作是笔记小说的改编。作者呈献给观众的乃是明清之际的真实而又形象的社会风情图画。

综上所述，李玉极善于从现实生活中摄取创作素材，写了不少极富时代特色的"时事戏"。取材于历史的"历史剧"，李玉也赋予它们以浓郁的时代气息。从"稗乘"取材的"社会风情剧"，作者也赋予它一定的现实意味。正由于他的传奇题材的这些特色，才使得他以及周围的苏州派剧作家以他们的剧作振兴了明代中叶以来逐步趋向没落的剧坛，奠定了以他为首的苏州派剧作家在中国戏剧史上的地位。

二

当然，文学作品的价值高低并不是由题材决定的，但文学作品的题材也并非全无差别。在明清之际阶级矛盾、民族矛盾和统治阶级内部矛盾十分激烈的时代，李玉却能注视着社会现实，选择时代的重大事件作为素材进行创作，这是极其可贵的。但是，李玉的"时代戏"和具有现实意义的"历史剧"，并非全部值得肯定，否则就走向题材决定的极端，其中也颇有一些落后乃至反动的剧作，是李玉传奇中最突出的封建糟粕。这类作品有《两须眉》、《五高风》等。

自明代中叶以来，南方的奴仆暴动和北方的农民起义层出不穷，此起彼伏。到了李玉时代，奴仆的反叛已由个别发展到集体，例如苏州地区太仓附近有以顾慎卿为首的乌龙会[①]，溧阳有以潘茂、潘珍为首的削鼻党[②]。在《两须眉》故事发生地区的湖北麻城，有以李冢宰家僮为首的洗耳会[③]和以汤志为首的里仁会[④]。奴仆暴动的目的在于摆脱封建地主阶级的人身控制，要求人身解放。广大受压迫剥削的奴仆，趁明、清交替之际，旧政权已崩溃、新政权未巩固的时机，纷纷而起。例如在江南地区，"乙酉（顺治二年，1645）乱，奴中有黠者，倡为索契之说"，"一呼千应，各至其门，并逼身契"。当时"城中倡首者为俞伯祥，故王氏奴，一呼百应，自谓功在千秋，欲勒石纪事，但许一代相统，不得及子孙"[⑤]。这种

---

① 不著撰人：《研堂见闻杂记》。
② 《明清史料》丙编第六本、甲编第二本。
③ 《湖北通志》卷一百二十"杂记"。
④ 吴伟业：《绥寇纪略》卷十。
⑤ 不著撰人：《研堂见闻杂记》。

口号极为鲜明，大大打击了地主豪强的威风。《民抄董宦事实》就记载了吴中地区反对地主豪绅董其昌的详细经过，当时"各处飞章投揭，布满街衢，儿童妇女，竟传'若要柴米强，先杀董其昌'之谣"。董其昌的儿子董祖源，强拆民房建造"高可入云"的"楼台堂榭"，民愤极大，群起焚之，以致"落成未半载"的美轮美奂的新居，"一炬成灰，澌灭殆尽"。当时这些层出不穷的奴仆暴动，在某些地区还与农民起义结合起来，进而动摇了封建统治基础。赵翼《廿二史札记》"明乡官虐民之害"条中就记载了由于官绅"居乡横暴，民不聊生，故被虐者至甘心从贼"。张献忠的起义军抵达湖北时，"麻城人汤志者（即前文所述里仁会首领），杀诸生六十人，以城降贼"①。

李玉曾为相国申时行的"家人"②，而董祖源之妻又是"苏州申相国甥女"③，因而对民抄董宦经过，当然不会不知晓；对于吴中地区暴动的奴仆"甘心从贼"的事件，同样也十分了然。注视着现实的李玉，当然也在他的传奇创作中有所反映。然而，他却站在奴仆暴动和农民起义的对立面，作了歪曲的表现，把镇压农民起义和奴仆暴动的刽子手当作英雄人物来歌颂和表彰，而对暴动的奴仆和起义农民，则极尽诬蔑诋毁之能事。《两须眉》一剧就赞美了镇压农民和奴仆的刽子手黄禹金夫妇，《谱概》中称赞他们"两须眉争夸忠勇，千古仰高风"。而黄禹金夫妇最大的"功绩"，就是"不费斗粮、不烦一兵"，"降师数十万，恢复郡县数千里"④，从而瓦解了农民起义的武装力量。万山渔叟序写于顺治十年（1653），可见此剧当作于顺治十年以前。顺治初期，《两须眉》故事发生的地区就存在着不少反清根据地，如皖北的英霍山寨、湖北的蕲黄四十寨等。在这些反清武装中，就有不少是由起义农民转化为抗清力量的。黄禹金之妻邓氏明白无误地表示，他们所征剿的正是起义农民而不是入侵的清军，她说："……闯贼北侵，燕都失守，妾身汇集乡勇，率兵勤王。正欲渡河，闻得东兵已定燕京，闯贼溃奔，追剿大捷，故此勒兵还乡。"他们夫妇两人的反动立场十分分明，诅咒农民起义领袖左革王"掠地攻城势横行"，"杀人如草血痕新"，"毁文学翻作贼家宗庙，杀人民顷刻里血溅城壕"；诬蔑暴动的奴仆领袖汤志，强行加他三大罪状："尔本贱役，

---

① 《明史·张献忠传》。
② 焦循：《剧说》卷四。
③ 不著撰人：《民抄董宦事实》。
④ 万山渔叟：《两须眉·序》。

立社惑众,错乱人伦,一罪也;事败引贼入室,献朝廷封疆,二罪也;贼劫支壮丁二万七千,皆尔桑梓,送却若辈性命……三罪也"。作者把轰轰烈烈的奴仆暴动描写成一片黑暗:"轻则擒来鞭扑,重将投火烧油,衣冠望俗一时休,奇变从来罕有。"从而反映了作者对暴动奴仆和起义农民的极端仇视。这种敌视态度,在已散佚的《武当山》中,在他和朱良卿合作的《一品爵》(法国巴黎国家图书馆藏抄本)中都有所表现。

特别要指出的是,李玉这种敌视奴仆暴动和农民起义的顽固态度,在一些剧作中甚至发展到丧失民族立场的地步,把入关之初清军屠戮汉族士绅百姓的罪恶行径,归罪于城乡百姓坚持抗清。例如《万里园》一剧,虽然在客观上暴露了一些清军的血腥屠戮的罪行,然而却又为之开脱,作者通过一个川籍士兵之口说道:

(净)……待我想来,吓!是乙酉年闰六月……正值炎天,喊杀声高……清朝官府坐了苏州,那些百姓一个个投顺就罢了吓!谁想湖内多烽起,城外夜焚烧。……恼了清朝官府,把六门闭了发兵马,摧枯拉草。……那些湖中人多是没用的,使的家伙多是木枪木棒,清朝兵马一杀杀出来是,纷纷都解散尽潜逃,只是可怜坏了城外百姓……清朝官府只道城外百姓作反,发出兵马,不管好歹,烧杀砍杀,惨不可言。

在这个士兵看来,只是因为"城外"的百姓和"湖内"的渔户"作反","恼了清朝官府",才引起清兵"烧杀砍杀";如果"百姓"尽都"投顺",也就不会有此灾难了。这简直是反因为果,以黑为白的荒谬言论。对当时轰轰烈烈的抗清斗争也极尽诬蔑之能事,人既"是没用的",武器又只是"木枪木棒",清兵"一杀"就"杀出来"。事实上全然不是如此。川兵所云乙酉年闰六月事,是指顺治二年(1645)江南地区为反对清王朝薙发令而展开的群众斗争。先是福山副总兵鲁之玛聚乡兵倡拒,又有吴江进士吴易在长白荡起兵,一时"民间柴斧,妇女裙幅,皆为干戈旗帜"。太湖渔户张三、毛二、沈泮等"从而和之"。于乙酉年闰六月十三日攻进苏州葑门,"焚抚、按、府、长、吴五署",清朝巡抚土国宝躲进瑞光寺浮屠始得身免。后因敌我力量悬殊才退出城外。吴易失败后,张三、毛二等渔民仍在湖中继续抗清,一直坚持了十余年之久,直到康熙元年(1662)才为清朝江苏巡抚韩心康所败①。以当时发生的反抗史实,对照《万里园》中所描写的

---

① 顾公燮:《销夏闲记摘钞》卷中。

情况，不难发现由于李玉敌视农民武力反抗的顽固态度，已使他的创作走向歪曲历史和现实的困境。不过，即使在这样的作品中，多少也显示了当时麻城奴仆暴动和苏州城乡人民抗清斗争的浩大的声势和无畏的精神。

处在阶级矛盾和民族矛盾激化的时代，李玉在诅咒奴仆暴动和农民起义的同时，还塑造了几个奴才典型，企图引导广大奴隶向他们学习，向暴动的奴仆进行"正面"教育，安心做封建统治阶级的驯服工具。当然，鼓吹奴隶道德的文学作品并不自李玉开始，然而李玉的传奇中却的确存在这样的内容。这当然是当时阶级斗争形势的一种特殊的反映。即使在以抨击严嵩父子罪行为主要内容的传奇《一捧雪》中，作者也塑造了一个奴才的典型莫成，为了救主舍身替死。这本传奇长期以来活跃在舞台上。因而流毒极广。其实李玉鼓吹奴隶道德最为突出的作品却是《五高风》。此剧目前只有抄本留存，基本情节与《一捧雪》相类似，都是反映统治阶级内部忠与奸的矛盾，其开场说明了剧情梗概：

　　直指文洪，因谈权佞失机，一命蓬飘。有子解元名锦，瑞英萧氏，两意情胶。司马尤仁，巨奸郑虎，欲夺鸾交，施奸计冰消文氏，主仆潜逃。侠士郑恩，法场百战，恩似山高。　　岂料复擒冤狱，施苦肉陷害文、萧。瑞英死节，王安登闻救主。幸龙图乌台三断，问出根苗。诛奸佞重生萧氏，荐侠功高。重聚首一门荣贵，万载名标。

在这一传奇中，虽然批判了尤权父子专权误国、陷害忠良的罪行，但李玉却用很多的篇幅鼓吹奴隶道德，创造了一个比莫成的奴才性更重的奴才典型王成。他不但同莫成一样替主人赴死，而且死后阴魂仍不忘记带领主人逃出包围。王成之父王安也是一个"久怀忠义"的奴才，为了救主而去滚钉板告状，表示"便拼死冤魂厉鬼，必要把主救取"。很显然，李玉在自己的创作中，把现实生活中"奴隶变成奴才"[①]。这在奴仆暴动风起云涌的年代，所产生的社会效果是极其恶劣的。

诅咒奴仆暴动和赞美替死奴才，是一个问题的两面，同样表现了李玉的地主阶级立场。既然如此，为什么李玉又能在《万民安》和《清忠谱》等传奇中，对市民群众的斗争作出一些肯定的描写呢？这都与他自己的生活经历以及当时统

---

① 列宁：《纪念葛伊甸伯爵》，《列宁全集》第十三卷，人民出版社1959年版。

治阶级内部矛盾的复杂情况有关。李玉虽为申时行的"家人",但并非执役家务的家仆,而是迹近"清客"一类、有文化修养的"家人"。虽然社会地位不同,但却能与士林名流相往还,甚至通过一定渠道也能参加科举考试。当然,李玉在仕进之途上曾一度受到主人的压抑,很不得意。但他与江左三大家中的两家钱谦益、吴伟业均有交往,列籍东林党的钱谦益曾为他的《眉山秀》一剧写题词,复社著名领袖吴伟业为他的《清忠谱》传奇和《北词广正谱》写序。东林党及其后身复社,代表着江南新兴工商业地主的利益,与在朝的阉党进行了激烈的斗争。东林党人对当时形势的看法,在其代表人物之一的李应升的言论中可以窥知,他说:"盖天下有三患:一曰夷狄,吭背之患;二曰盗贼,肘腋之患;三曰小人,心腹之患。"[①]可见他们全力反对的是"心腹之患"的"小人"——以魏忠贤为代表的阉党的黑暗统治,代表着江南工商业者和中小地主阶级的利益,要求改良朝政,减免税赋,以苏民力。这虽然有一定的进步意义,与人民的利益有某些一致之处,但其根本目的却在维护封建统治阶级的长治久安,他们只是封建统治阶级的在野派而已。这就必然促使他们敌视奴仆暴动和农民起义,公然斥之为"肘腋之患"的"盗贼"。他们虽然对入关前的清兵表示了一定的隐扰,但只认为是"吭背之患"。李玉既然与东林党人和复社成员有着这样那样的联系,必然受到他们政治思想的影响,而在自己的创作中有所表现,竭力歌颂东林党人的斗争。《清忠谱》一剧的主角周顺昌的两个儿子周茂兰、周茂藻即是复社成员[②]就并非偶然。周顺昌反对阉党的斗争,原是苏州巡抚周起元因担心织造太监李实的胡作非为,会酿成巨祸以致不可收拾,一再疏劾李实而引发的。可见他们反对"心腹之患"的"小人",正是为了防止"肘腋之患"的"盗贼"。周顺昌因为支持周起元的疏劾,才被拿京究问的。但是,李玉毕竟不是东林党人。他虽然和东林名流有所交往,但与市民群众有更为密切的联系。当时广大市民反对阉党的斗争,对他也必然会产生更大的影响。尽管他把市民群众反对阉党的斗争从属于东林党人反对阉党的斗争加以表现,对这场斗争的性质和市民英雄的思想品质有不尽正确的描写,然而他毕竟塑造了几个市民英雄的形象,对之讴歌、赞扬。当然,这主要是由于轰轰烈烈的市民斗争,要求自己的英雄在文学领域中占有一席之地。李玉适

---

① 李应声:《抚时直发狂愚触事略商补救以备圣明采择疏》,《落落斋遗集》卷一。
② 吴翿:《复社姓氏录》。

应了这种要求，自应充分肯定。但他所受到的东林党人阶级偏见的影响，又使他以现实事件为题材的某些传奇，产生了致命的局限，甚至成为反动的糟粕。从他一生的创作来看，我们不难发现文学创作中的一条颠扑不破的规律：作家必须关心现实，要善于从现实生活中汲取创作题材。但还必须注意站在当时先进的立场上，站在广大人民群众的立场上来处理这样的题材，必须使自己的认识跟上时代的步伐，只有如此，才能创作出优秀的作品来。

（原载《南京师范大学学报》1984年第2期）

关于李玉的生年问题

关于明清之际戏曲家李玉的生卒年问题，欧阳代发同志在《李玉生卒年考辨》[①]一文中，对吴新雷同志在《李玉生平、交游、作品考》[②]一文中所推定的"约生于明神宗万历十九年（1586，按应为1591）左右，卒于清圣祖康熙十年（1671）以后"一说提出了不同的看法，认为此说一出，"即为世所承认，至今无人提出异议，但实际尚值得商榷"，并重新推算出"李玉约生于明神宗万历三十九年（1611）左右，约卒于清圣祖康熙十六年（1677）以后"。

欧阳代发文章所说吴文一出，"至今无人提出异议"，并不符合实际；欧阳同志的推算，也还值得商榷。

在吴新雷同志文章发表以后，1963年发排、1980年才由中华书局印出的苏宁同志《李玉和〈清忠谱〉》一书中，就曾提出另一种推定："据现在所能见到的材料推断，约生于万历二十四年（1596）左右，卒于康熙十五年（1676）左右。"即与吴文所推断不尽相同。

苏宁书中所推断卒年为康熙十五年（1676），与欧阳文章中所推算的卒于康熙十六年（1677），只相差一年，可以置而不论。吴文推定李玉生年为万历十九年（1591），似嫌过早；但欧阳将其下延至万历三十九年（1611），推后达二十年之久，根据的材料也只是为吴新雷、苏宁等所引用过的，并未提出新的资料。因而该文所推断的李玉生年似亦可商榷。

笔者认为李玉生年当在万历二十四年（1596）左右，但可略向下浮动，至迟也不至于迟至万历三十年（1602）以后。

焦循（1763—1820）在《剧说》卷四中说："李元玉一笠庵二十九本……。元玉系申相国家人，为申公子所抑，不得应科试，因著传奇以抒其愤，而一、人、

---

① 《文学遗产》1982年第1期。
② 《江海学刊》1961年12月号。

永、占，尤盛传于时。"① 这条材料说明李玉与万历时曾任相国的申时行及其子有一些瓜葛，为我们推断李玉的生年提供了一些线索。焦循去李玉一百余年，是乾嘉时代的有名学者，治学谨严，又好戏曲，其所记述必有所据，在没有充分根据时似亦不可否定。

焦循提到的申相国名时行，字汝默，苏州吴县人。据《明史》本传，卒于万历四十二年（1614），"时年八十"，逆推可知其生于嘉靖十四年（1535）。笔者曾在康熙三十年《吴县志》中检得其小传，记其为"嘉靖四十一年（1562）壬戌榜首"，万历十一年（1583）擢为首相，直到万历十八年（1590）罢相，万历十九年（1591）回到家乡吴县。据钱谦益说他"为元辅九年而归。归二十有三年"才死去②，这就是说，申时行罢相归故里以后，到万历四十二年（1614）才死去。这一年，李玉如生于万历二十四年（1596）则为十八岁，生于万历三十年（1602）则为十二岁；如按欧阳文章所云生于万历三十九年（1611）则只有三岁，就很难说是申相国的家人了。

李玉和比他年长的申时行之间究竟有些什么瓜葛，由于文献莫征，很难断定，只能根据一些零星记载作些窥测。据《列朝诗集小传》，申时行在家居二十三年中，"时时与故人遗老，修绿野、香山故事，赋落花及咏物诗，丹铅笔墨，与少年词人争强角胜……吴趋委巷，歌楼僧舍，词翰流传，相互矜重"。由此可见，这位"风流弘长"的"太平宰相"，其实是十分要强好胜的。那些"故人遗老"对此当然了解，因而与之"相互矜重"，但有些"少年词人"却初出犊子不怕虎，"太平宰相"难免不太平，要与之"争强角胜"了。这些"少年词人"中就可能有李玉在。为申时行写小传的钱谦益，在《眉山秀》题词中说李玉"才为世忌，千古同悲，此元玉所为击碎唾壶，五岳起于方寸，不浃旬而《眉山秀》成"。这一段话正可与焦循所说"为申公子所抑，不得应科试，因著传奇以抒其愤"相互发明。

如果这一推测可以成立，那么李玉与申时行发生瓜葛时的年龄大约不会超过十八岁（那不再成为"少年"），也不会在十二岁以下（那不能称为"少年"）。这就是说他的生年当在万历二十四年至三十年之间。十六七岁的"少年"能吟诗填词当然不成问题，自可不论，十二三岁的"少年"能否进行创作呢？也完全有

---

① 古典文学出版社据诵芬室排印本。
② 钱谦益：《列朝诗集小传》丁集。

此可能。为李玉著作写过两篇序言的吴伟业，在其诗作《悲歌赠吴季子》中就说他的友人吴汉槎十三岁时"学经并学史"了。吴汉槎与李玉同是沈自晋《南词新谱》的"参阅"者。因之，"少年词人"中有此时在十二岁至十八岁之间的李玉，也就并非无此可能。也许正由于"少年"李玉才华惊人又不懂得与人"相互矜重"，更不因"家人"身份而擅自收敛，以致为主人所恶，从而备受压抑。

当然，压抑李玉的是"申公子"而不是"申相国"本人，但申公子之所以如此，很可能是秉承乃父意旨。焦循所记倒因此而增加其可信程度，因为申时行死时，李玉在十二岁到十八岁之间，此时年少即使不能参加科试，还谈不上受抑；在成年之后应该参加科试之年而不被获准参加，或虽与试却为他故有意不予录取，这才谈得上为人所抑。正因为"少年"时代的李玉得罪了申时行，后来才受到时行后人的压抑。由此亦可推知李玉生年的大致范围，即前文所说的万历二十四年至三十年之间。

"申公子"又是指申时行哪一个儿子？据《明史·申时行传》，时行有二子用懋、用嘉。乾隆十年《吴县志》卷五十八申用嘉小传，记其为万历十年（1582）举人，"试礼部不第"之后，出任赣州府推官、高州同知、刑部员外郎、贵州按察司副使。在广西参政任上积劳成疾，"遂告归，逾年卒"。长期为宦外地，告归方二年即病死，压抑李玉的不可能是他。其兄用懋则有此可能，据钱谦益《资政大夫兵部尚书赠太子少保申公神道碑》[①]所记，申用懋于"崇祯十一年（1638）十月十八日卒于里第，享年七十九"，逆推知其生于嘉靖三十九年（1560）。申用懋为万历十一年（1583）癸未科进士，先后任职刑部、兵部。在仕宦期间曾几度还乡，最后又以兵部尚书身份致仕，从此更长住苏州，钱谦益记其"家居三十年"之久。这就具备了压抑李玉的条件。只有申用懋死去，李玉才有可能摆脱他的控制。申用懋死于崇祯十一年（1638），这一年李玉如生于万历二十四年则为四十二岁，如生于万历三十年则为三十六岁，如生于万历三十九年则为二十七岁。吴伟业在为李玉《北词广正谱》作序时说："李子元玉，好奇学古士也。其才足以上下千载，其学足以囊括艺林，而连厄于有司。晚几得之，仍中副车。甲申（崇祯十七年，1644）以后，绝意仕进。"可知李玉的功名是"晚几得之"的。在明清科举时代，固然有早年功名得意的如吴伟业，但三十岁以前考中"副车"也不算太迟。如果

[①] 钱谦益：《初学集》卷六十五。

李玉生年确如欧阳文章所说为万历三十九年（1611），吴伟业就不大可能说不满三十岁的李玉的功名是"晚几得之"。相反，这倒可说明李玉的生年似应更早。如在万历二十四年到三十年之间，即在三十六岁到四十二岁之间，以这样的年岁考中副榜举人，被认为是"晚几得之"才较符合实际。而在其考中"副车"之后不久就是甲申之变，此时李玉当在四十二岁到四十八岁之间，如此高龄的"副车"又经历了改朝换代，因而"绝意仕进"也才符合情理。

欧阳文章之所以作出李玉生于万历三十九年（1611）的结论，是和他对资料的理解，并据此进行的论证有密切关系，颇有值得商榷之处，这里也略申鄙见。

欧阳文章把《一捧雪》的创作时间推定为"明亡前两三年"，此说不无道理。但接着根据《一捧雪·谈概》中"半生梦绕浣花溪，一声唱彻《阳关》调"，从而断定李玉此时"约当三十左右"，因为"我国古代以六十年为一甲子，又有'人生七十古来稀'的俗语"。这一推断就难作定论看。"半生"理解为三十岁左右固无不可，但"我国古代"也有"人生百年"的俗语，其他如"百年树人"、"百年偕老"无不以百年计算一生。《诗经·葛生》"百岁之后，归于其室"，杜甫《登高》"百年多病独登台"，苏轼《蒜山松林中可卜居……》"问我此生何所归，笑指浮休百年宅"，等等，也无一不以百年为一生。"半生"也就可能是指四十来岁到五十岁左右的人。而"半生梦绕"或"半生潦倒"的慨叹，出自四五十岁人之口则可理解，似不大可能出自而立之年的壮年人之口。因而《一捧雪·谈概》所云"半生"倒正可以说明李玉此际已超过四十岁，也就是与本文所推断的生于万历二十四年到三十年间相符。

果真这样，李玉此时大约为四十二岁到四十八岁之间，这与吴伟业说的"晚几得之"相一致。诚如欧阳文章所说，"一个人还没死，本来就不好定其'晚年'"。"晚几得之"的"晚"解释为"晚年"似不妥当，说李玉在明亡前后"已届'晚年'"当然也"不够妥当"。但欧阳文章认为"晚几得之"的"晚"的"恰当解释应是'后'"，也还值得考虑。如果释为"后"，"晚几得之"一句译为现代汉语当为"接近后来才得到（功名）"，"后"或"后来"究竟指什么？倒不如释为"迟暮"为妥。《离骚》"恐美人之迟暮"句，戴震就认为"美人迟暮"是"过时之慨"。而"晚几得之"的"晚"即指李玉到了迟暮之年才得以考中副车，这也颇有"过时之慨"的意味。

为了证明李玉生于万历三十九年（1611）左右，欧阳文章就推断吴伟业的年龄"应较李玉为大"。其根据是吴伟业为李玉《清忠谱》和《北词广正谱》所写的序言,欧阳同志说:"审其语气和自称其'老'","竟老气横秋甚至有点倚老卖老地说什么'余老矣,不复见他年事',而且称赞李玉剧作'言亦雅驯'之类的话,细玩语气,也带一点居高临下的奖掖意味",等等。由此可见,欧阳的根据是"审其语气"、"细玩语气"。这首先就带有一定的主观成分。有一些同志认为恰恰相反,从两篇序言的语气看,李玉倒可能长于吴伟业。可见仅从"审"、"玩"语气来立论,很难取得一致意见。其次,紧接在欧阳同志文中所引"余老矣,不复见他年事"之前,吴伟业还以大段文字总结甲申之变前的政局,指出朝廷党争是导致明廷覆亡的重要原因,即所谓"有关宗社非细也"。可见"余老矣"这段欧阳引文乃承上而发,是指政局的变化,而非针对下文说及的李玉。再次,在吴伟业为李玉写这两篇序言的顺治十六七年之际,他曾经历了两件不愉快的事故,一次是顺治十五年(1658)的科场案,他的好友吴汉槎、孙赤崖、陆子元都牵涉进去"被贷死戍边"。五十岁的吴伟业对此既感到怵目惊心,又充满无限愤慨,抒发了"狡狯原来达士心,栖迟不免文人病"(《赠陆生》),"木叶山头雪正飞,行人十月辽阳戍"(《吾谷行》),"受患只从读书始,君不见吴季子"(《悲歌赠吴季子》)的积愤。一次是顺治十七年(1660)他本人被牵累入奏销案中,据《梅村家藏稿·吴梅村年谱》:顺治"十七年庚子,五十二岁,里居,以奏销事议处"。关于这件事,《研堂见闻杂记》记载较详,说牵入此案的有"苏、松、常、镇四郡并溧阳一县,绅士共得三千七百人"。当时"吏部先议:绅既食禄,不当抗粮,现任降二级调用;在籍者提解来京,送刑部从重议处;已故者提家人;其革职废绅,则照民例于本处该抚发落。吾州在籍诸绅如吴梅村……俱拟提解刑部,其余不能悉记。时诸生惴惴恐。乃礼臣议复:俱革去衣顶,照依户部所定则例处分,但先有旨,于旨前完者免解刑部,余则否"。由此,吴伟业才免于提解。但在他的友人中却有未能幸免的,如王惟夏等都"以奏销讹误"[①]。吴伟业曾写有《送王子惟夏以牵染北行》一诗,有"只疑栎阳逮,犹是济南征","名字供人借,文章召鬼憎"之句。这两件事都是清统治阶级借以震慑知识分子特别是江南士人的大案,都曾不同程度地危及吴伟业自身安全。因而在这种境遇中,为反映明末政局的《清忠谱》作序,在总结朋党之争导致明朝覆亡的教训、抒发其无限痛惋

---

① 《吴梅村年谱》"顺治十七年"。

之情后叹息"余老矣,不复见他年事"的感情,明显地是根据自身的际遇、针对时局而发,并不能据此认为他对李玉表现出什么"老气横秋"或"倚老卖老"的态度来。此外,欧阳文章只摘引吴伟业称赞《清忠谱》"言亦雅驯"四个字就认为吴对李玉有"居高临下的奖掖意味",似亦不妥。吴伟业在序中说:"逆案既布,以公事填词传奇者凡数家,李子玄玉所作《清忠谱》最晚出,独以文肃与公相映发,而事俱按实,其言亦雅驯,虽云填词,目之信史可也。"这段话只是从内容(按实)与形式(雅驯)两方面予以评价,与其说有什么"奖掖意味",倒不如说有"推崇意味",当然更不能据此说吴伟业对李玉"居高临下"并进而断定吴伟业长于李玉了。由此可见,欧阳文章对吴伟业两篇序言的语气、语意的"审"、"玩",怕不尽符吴伟业的本意。据此推定李玉生于万历三十九年(1611)左右之说,也就缺少令人信服的根据。

欧阳文章还根据李玉创作的数量推定李玉大约生于万历三十九年(1611),其具体论证也有可讨论之处。作者先肯定"李玉一生创作传奇近四十种",再根据康熙六年(1667)李玉本人在《南音三籁序》中所说"作《花魁》、《捧雪》二十余种",然后推定李玉在康熙六年以后"还写了十多部传奇",从而得出康熙六年(1667)李玉"约五十六岁左右"(按生于万历三十九年推算)的结论来,并且进而认定只有"五十六岁左右"的人此后才能"相继制作了十多部传奇"。这里"近四十种",或"十多部"都是估计之词,用这种约数来推算李玉的生年就难以精确。何况李玉一生到底创作了多少部传奇,还值得研究。最早著录李玉剧作的是康熙时高奕的《新传奇品》,为三十二种,但不同版本的《新传奇品》也有作三十种或三十一种的;乾隆时黄文旸原编无名氏重订的《重订曲海总目》、道光时支丰宜的《曲目新编》、咸丰时姚燮的《今乐考证》等,著录的李玉剧作数量均同于《新传奇品》;嘉庆时焦循的《剧说》则为二十九种;光绪时王国维的《曲录》为三十三种。这些著录中有相互重复的,也有误收他人剧作的,加以综合去取,确知为李玉所作者仅三十三种。这样,在康熙六年(1667)以前已有"二十余种",那么此后就没有必要再"写了十多部传奇"了。因而如果李玉生于万历二十四年到三十年之间,也就是说在康熙六年(1667)时,李玉大约在六十五岁到七十一岁左右,以卒于康熙十五年(1676)计算,他距七十五岁到八十一岁尚有十年,这十年中再创作几部传奇也并非无此可能。如李玉的前辈钮少雅,与徐于室汇纂《南曲九宫正始》达二十四年之久,"辞笔"之日"其年八十有八矣"[①],而据吴亮中于顺治九年(1652)为《南曲九宫正始》所写的序言中,可以知道在这部曲谱修成后"苏门啸侣(即李玉)"还以"《正始》名是编,吾从之,吾从之"。钮少雅既然能在八十八岁高龄汇纂南曲曲谱,六七十岁的李玉又为什么不能再创作几部传奇呢?所以以李玉创作的传奇数量来推证李玉约生于万历三十九年(1611)之说也难尽信。

总之,与李玉同时的钱谦益、吴伟业的题词和序言固然有价值,迟于李玉的焦循所记也自有其意义。将这些资料进行分析、综合,不难发现它们正是相辅相成的。李玉确与申时行有些瓜葛,说他生于万历十九年(1591)固然太早,说他生于万历三十九年(1611)怕也太迟。当然,本文所提李玉的生年(万历二十四年到三十年)也还只是一种推断。在没有直接可以说明问题的材料出现之前,有几种推断并存,于学术研究的深入和发展亦不无裨益。

(原载《曲苑》第二辑,江苏古籍出版社1986年版)

---

① 徐于室编:《南曲九宫正始·钮少雅自序》。

阮大铖浅议

阮大铖是明季末叶一政客文人。作为政客，乃一反复佥壬；身为文人，却又颇有建树。既往学人由于鄙薄其人，连带忽视其文；虽偶有称道其曲者，却少有赞赏其诗者；间或有所评述，但大多为一时感兴之作，稀见全面深入之研讨。癸未盛夏，金望自闽西携其所著《阮大铖研究》书稿来宁，嘱余为序。粗读一过，以为金望此作，正可弥补阮大铖研究之不足。

一

孟子云："颂其诗，读其书，不知其人可乎？"[①]胡君此著既论其人，又研其文：且从其人评论其文，复从其文反观其人。既不苛求，又不宽纵，颇有可观之词。既往对阮之为人为文种种评论，并非全然一致，要而言之，对其文，肯定之辞多；对其人，否定之声高。

以诗言之，阮大铖一生创作诗歌近两千首，颇得时人称许。如曾官南京礼部侍郎、阮之同乡叶灿，在其《咏怀堂诗序》中称赞阮大铖诗作有庄丽、淡雅、旷逸、香艳多种风格。南海秀才邝露为阮之门生，应乃师之请，为《咏怀堂诗集》作序，也盛赞阮诗"弹压六代，而砥柱乎柴桑"。与阮大铖同被列入《明史·奸臣传》之马士英，在其所作序文中更是称赞阮之诗作为"明兴以来一人而已"。但阮之诗集，《明史·艺文志》不收，《四库全书》不著录，朱彝尊辑《明诗综》亦"不屑录之"，此乃由于鄙薄其人故。因之，阮大铖之《咏怀堂集》虽有崇祯刊本，但长期以来，鲜有人提及。直至20世纪初，聚集在南京的学人如王伯沆、陈散原、胡先骕、柳诒徵、章太炎等人，得读阮集，颇为赞赏，陈散原甚至在"题记"中将阮大铖"标为五百年作者"，并于1928年由中央大学图书馆印行阮集，又辑《补

[①] 《孟子·万章下》。

遗》一卷。此外，其青年时所作《和箫集》已成海内孤本，现藏天一阁。但亦有学人并不首肯此种推崇，如钱锺书在《谈艺录》中就认为这种评论"如搔隔靴之痒，非奏中肯之刀"。

以戏曲言之，阮大铖所著有十一种之多，但仅存《燕子笺》、《春灯谜》、《牟尼合》、《双金榜》，即《石巢四种》，颇著声誉。如张岱在《陶庵梦忆》中，一方面指出阮大铖"所编诸剧，骂世十七，解嘲十三，多诋毁东林、辩宥魏党，为士君子所唾弃，故其传奇不之著焉"，另一方面又赞赏其艺术表现，说阮圆海家优所演之院本"皆主人自制，笔笔勾勒，苦心尽出"，"本本出色，脚脚出色，出出出色，字字出色"，"簌簌能新，不落窠臼"。王思任在序阮之《春灯谜》中，更将阮大铖与汤显祖相提并论。即令不齿阮之为人的复社四公子之一冒襄也欣赏其所作。但清人叶堂却认为阮之曲作并未得玉茗堂之堂奥，在《纳书楹曲谱》"续集"中讥其"自谓学玉茗堂，其实全未窥见毫发。笠翁恶札，由此滥觞"。但吴梅在《中国戏曲概论》中却说他"深得玉茗之神"。由此可见，如同对其诗作的评价一样，对其戏曲品评亦有针锋相对之辞。

至于阮大铖之为人，虽也有不同评价，但肯定其人者少。叶灿在《咏怀堂诗》序中说他有"磊落倜傥之才"。但更多的人则不齿阮之为人，如钱秉镫在《藏山阁文存》"皖髯纪略"中说"其人器量褊浅，几微得失，见于颜面，急权势，善矜伐，悻悻然小丈夫也"。夏浣淳在《续幸存录》中更说他是："小人中之小人"。《明史》则将其列入"奸臣传"，虽称其"有才藻"，但为人却"机敏猾贼"。

对我国文学史上名作之评价，常有不同见解，作品之成就与作者之为人，也不会尽然一致，但反差之巨类乎阮大铖者尚属少见。因之，阮大铖是一个值得研究的历史人物。

二

何以说阮大铖是值得进行研究的一个人物？

我国文化传统历来重视做人与作文的关系，孔子就提出学习礼、乐、射、御、书、数六艺的士人，务须"志于道，据于德，依于仁，游于艺"[①]。《周易·乾文》亦云："君

---

① 《论语·述而》。

子进德修业，忠信所以进德也；修辞立其诚，所以居业也。"持此种见解之士人，历代均有。直至明清也不乏其人，如明季屠隆即说："夫草木之华，必归之本根；文章之极，必要诸人品。"①清人杜濬更主张"人即是诗人，诗即是人"②。然而，自古以来，文人无行者更仆难数矣。《颜氏家训》"文章"中就列出成就不等的文人，如屈原、宋玉、东方曼倩、司马长卿、王褒、扬雄等直至谢灵运、谢玄晖辈，《家训》均以"自古文人，多陷轻薄"目之。此不足怪，文人亦人，孰能无过！而明清时代类乎此者为数当更多。如曾编纂《清一统志》、《清会典》并参与修纂《明史》之徐乾学，极其贪墨，虽为玄烨所包容，但其"招摇纳贿"终致"物议沸腾"③。又如理学名臣李光地，著有《榕村全集》，曾奉命主编《性理精义》、《朱子大全》等书，但其人品颇不佳，全谢山就指责他"初年则卖友，中年则夺情，暮年则居然以外妇之子内归，足称三大案，大儒固如是乎？"④更有甚者，自知其行为人所不齿而又意图藉其言传世者，亦不乏人，如清季颇负盛名之学者王鸣盛，其《十七史商榷》、《蛾术编》等在学术史上颇有地位，但其为人极其贪鄙，令人不齿。昭梿曾记其事云：

> 王西庄未第时，尝馆富室家。每入宅，必双手作搂物状。人问之，曰："欲将其财旺气搂入己怀也。"及仕宦后，秦诿楚诿，多所乾没，人问之曰，先生学问富有，而乃贪吝不已，不畏后世之名节乎？公曰："贪鄙不过一时之嘲，学问乃千古之业。余自信文名可以传世，至百年后，口碑已没，而著作常存，吾之道德文章犹自在也。"故所著书多慷慨激昂语，盖自掩贪陋也。
>
> ——《啸亭续录》卷三《王西庄之贪》

笔者之所以不殚词费迻录此节文字，乃借以说明古来文人亦有存心将做人与作文分离为二者，可见文品即人品、文人多无行两种现象同时并存。而阮大铖者，其人品与文品相悖，二者反差之大，在中国文学史上实属罕见；同时，阮大铖也有意以文名掩饰补救其为人之恶名，较之王西庄更其卑污恶劣，因之，对其人其文作深入研究和评述，当更具普遍意义和认识价值。

为此，在讨论博士论文选题时，即建议金望以阮大铖为题作全面、深入研

---

① 屠隆：《梁伯龙鹿城集序》，《白榆集》卷二。
② 参见周亮工编选《尺牍新钞》卷二《与范仲闇》。
③ 《清史稿·徐乾学传》。
④ 全祖望：《答诸生问榕村学术帖子》，《鲒埼亭集》外编卷四十四。

究，一则金望是皖人，而且长期在安庆工作，与桐城、怀宁相去不远，便于搜集资料，寻访遗迹；二则是金望此前已参加《石巢四种》的校点工作，有一定基础。金望接受我的建议，知难而上，其《咏怀堂集》的点校已定稿，即将面世，而《阮大铖研究》也已杀青，不日可以刊行。总之，对阮大铖的研究，金望已取得令人瞩目的阶段性成果；相信金望计划中之阮大铖年谱、评传等项，亦将提上日程。

三

《阮大铖研究》先论其时代、家世、经历，在政坛、文坛上的表现；继论其诗、其曲。也即是说，既论其人，也评其文。

金望在广为搜集资料、认真阅读文本的基础上，进行深思熟虑的考究，对阮大铖的人品进行了细致的分析和令人信服的评价。作者认为阮大铖是一个个性鲜明、极有能量又富有才华的政客。其出尔反尔、朝秦暮楚，力求左右逢源、终于作法自毙的种种作为，完全是客观环境和主观志尚合力作用所使然，是一种动态演变的结果，而非生来如此。从客观环境而言，党争十分激烈，风气日竟奢靡，心学趋向极端，导致士人价值观、人生观发生剧变。从主观志尚而言，出身仕宦门第之阮大铖，以追逐功名富贵为人生第一要义。他曾自言："古之君子不得志于今，必有重于后世，吾辈舍功名富贵外，别无所以安顿，此身乌用须眉男子为也。吾终不能混混汩汩与草木同腐朽矣。"[1]而为追逐功名富贵，不择手段，百般钻营，以致日渐堕落，自甘下流，不论正党邪党，不论旧朝新朝，均可事齐事楚，卖身投靠，毫无气节可言，信为"小人中之小人"也。

金望如此评价阮大铖并非凿空之语，而是有充分资料作为立论根据。如寻访出《阮氏宗谱》，不仅理清阮氏上代情况，考察出桐城阮氏源于陈留阮氏，阮籍为六世祖，阮咸为七世祖，唐末三十世之阮枞江始定居桐城。如此，阮大铖名其堂曰"咏怀"，诗集亦曰"咏怀"，自来有据。更重要的是该谱自明季以来，列出阮大铖高祖阮廷瓒，曾祖阮鹗起，祖父阮自仑，生父阮以巽、嗣父阮以鼎数代历历可数；但列传中不收阮大铖其人，著述中不列阮大铖诗集，乃因该谱自元末到清末七次续修，均不取族中败类，可见阮大铖言行作为，连族人亦以为耻。

---

[1] 叶灿《咏怀堂集序》所引。

又如，金望从阮诗"远树平畴江上村，遥知稚子候柴门"推论阮大铖有子，但钱秉镫可能出自诅咒其绝后，称其无子。《宗谱》中也未明标其有子，但所收之《一衲公传》的传主即阮濬，在《桐城县志》、《怀宁县志》中均有记载，但同样不具其父祖名讳。金望认为此人即可能为阮大铖诗中所云之"稚子"，因不齿乃父所为，避而不称。再如，根据其诗作和有关志书，寻出和排比其所交游者身份，既有达官显要，又有布衣秀士；既有正派官员，又有阉党奸徒；既有降清贰臣，又有死节贞士。这除了说明阮大铖交游广阔，有活动能量；又表明其堕落实有一演化过程，如史可法为左光斗之门生，而左光斗为阉党陷害而死，史可法则因抗清而亡，但阮大铖诗集中有写寄史可法的诗作六首，多有赞美之语。如果阮大铖与生俱来就一直是卑鄙小人，怕也不能与史可法攀结关系。凡此等等，均说明金望对阮大铖为人之评价，实有扎实的资料为基础，因此客观、公允而令人信服。

四

《阮大铖研究》又对于阮大铖的诗、曲作品进行了专门研究。

阮大铖能诗，也创作了大量作品。然而由于其人品不佳，诗名湮没亦久，20世纪初虽有学人予以很高评价，但竟读其全集并作全面深入研究者并不多见，因之阮诗之价值仍为大多数学子所不知。金望此作，对阮之《咏怀堂集》作了全面排比分析，将阮诗分为山水田园诗、时事诗、怀古诗三大类，分别进行细致研讨，予以实事求是评价，肯定其艺术成就和认识价值。尤其是指出其诗作大半创作于罢官里居时期，因而多山水田园诗作，并刻意作艺术上追求，力求失之官场而从诗坛获取名声。阮大铖究非甘心寂寞之人，虽赋闲蛰居仍念念不忘重登官场，因而为结交达官贵人所作者亦复不少。以此而言之，也可说言为心声，诗品亦如人品。

阮大铖诗名虽长期湮没不传，但其曲却在其生前就享盛名。即令不齿其为人之复社名士亦赞赏其剧，如复社四公子之一冒襄在其水绘园中常演出阮剧[①]。而侯方域、陈贞慧、吴应箕在南京置酒高会，亦借召阮大铖家伶来演《燕子笺》，戏方开场便击节称赏，但一涉及作者阮大铖，便詈不绝口[②]。而他们所欣赏大多

---

① 参见冒襄《同人集》卷三《得全堂夜谦记》。
② 参见《剧说》卷六。

在于阮剧之高超技巧，至于阮剧之内容则首肯者不多，指摘其为辩冤乞宥而作之言论颇多，如前文所引张岱语即是。此外，《曲海总目提要》之评述《燕子笺》、《春灯谜》、《双金榜》，青木正儿《中国近世戏曲史》之评述《牟尼合》，均认为阮大铖在剧中申说一己无辜，只因种种误会，以致事事皆错，而蒙冤受屈，乃力求洗刷，既欲获清流之恕，又暗诋东林之非。这些评说虽夹杂索引穿凿之病，但亦不可全然否定。金望此著却能另辟蹊径，从形象大于思维出发，将阮剧视为反映人生之艺术作品，发掘并评述阮大铖在处于政治低谷时期对于人生命运的哲理探索和对于社会生活的政治思考，从而肯定阮剧的价值，以及何以能在中国戏曲史上获得一定地位的原因。至于作者对阮剧艺术表现的细密分析，时有创获，就毋庸多作称引了。在分析评价阮大铖之诗、曲创作之余，又对其诗论、曲论有所探索，从而为自己的评述提供理论佐证。特别要指出的是，金望虽然不同意以索引附会方法评价阮大铖的言论，但并未全然否定这些意见。前人这些论述，也在一定程度上揭摘了阮大铖创作戏曲也如同他创作诗歌一样，自有其政治用心。这对广大受众在欣赏其剧作时也是一种有益的提醒。

总之，金望此著在分别考察其人、研究其文的基础上，对阮大铖之所以表现出文行相悖的深层原因作了细密的探讨和评述，提出自己的见解，亦成一家之言，在很大程度上具有普遍的认识意义。

金望与我相识已二十余年，初次相逢于1981年深秋，彼时正在安徽滁州召开吴敬梓诞生二百八十周年学术讨论会。1993年在河北承德避暑山庄召开的国际元曲讨论会上，再度相逢。次年即考取我之博士生，于1997年获得博士学位，回安庆师范学院任教授。2003年又应福建漳州师范学院之聘前往该校工作。安庆与南京，上江与下江，水陆相通便利，彼此常能相聚，而去八闽后，山阻水隔，相聚为难，但金望亦于参加会议之便，来舍间探望，师弟之情未曾稍减，此亦世间难得之真情矣。今又见其治学有成，更欣喜不已。虽近日持续高温，仍强为之序，借以永志师弟之谊。

（原载《长江学术》第六辑，长江文艺出版社2004年版；又见《阮大铖研究》卷首，中国社会科学出版社2004年版）

沈嵊与且居批评《息宰河》传奇

一

沈嵊所作传奇《息宰河》刻本传世极少，但屡见于有关著录。如清黄文旸原编、无名氏重订《曲海总目》"国（清）朝传奇"著录"唵庵孚中道人"传奇两种，一为《绾春园》，一即《息宰河》。《曲海总目》后又附有焦循《曲考》中逸出《总目》之外的作品，在"明人传奇"中著录《宰戍记》一本，并标明作者为"沈孚中，钱塘人"。清支丰宜《曲目新编》载《息宰河》一种，题"唵庵孚中道人作"。清姚燮《今乐考证》著录七"明院本"中"沈嵊"条下载传奇三种：《息宰河》、《绾春园》、《宰戍记》，并有按语曰："嵊字孚中，一字唵庵，或称孚中道人。"王国维《曲录》卷四亦有著录，云："孚中字会吉，钱塘人。"庄一拂《古典戏曲存目汇考》卷九著录沈嵊传奇三种，并云："明万历间且居刊本。"并有简单介绍作者的文字："沈嵊（？—1645），字孚中，一字唵庵，浙江钱塘（今杭州）人，居北墅，不修小节，好纵酒，日走马苏白两堤。好谈兵，明末乱兵中，为里人击毙。"周妙中《江南访曲录》[①]中说《息宰河》传奇"为数年前新发现之孤本，至可珍贵"。

这部"孤本"《息宰河》传奇，现藏南京师范大学图书馆，全称《且居批评息宰河传奇》，分上、下卷，共二册。版框直高十九点八厘米，半叶横长十三点八厘米，每半叶九行，行二十字，白口，无鱼尾，四周单边。宋体字，刻印甚佳。但流传过程中首尾都已残缺，书叶破烂处很多，经后人修补，作"金镶玉"装，内容大致可观。上卷卷首无序及总目，下卷卷末无跋，且有八叶抄配，抄配最后缺数行，尚余半叶白纸，想系所抄底本也有残缺之故。

---

① 见《文史》第二辑。

此本卷首正文第一行题书名"且居批评息宰河传奇上卷",版心上镌"息宰河",下镌"且居藏"字样,可知批评此剧与刻印、收藏此本的是同一人,但"且居"的姓氏生平无考。在书名之下,有"沈绍增"、"休文后人"篆字朱印两方,按常例为藏书人印章。"休文"乃梁沈约字,由此可见藏书者与作者一样,都为沈姓,唯不知沈绍增是否就是"且居",尚待进一步考证。

且居藏本《息宰河》传奇每出结束,大多有"集古"诗一首,"评"语数句不等。但第七、第十一、第廿、第廿一、第廿六、第廿九共六出无"集古"诗,第廿六出"评"语也没有,第十五出的"评"语残缺,第三十出的"评"语抄配不全。天头有眉批,除第廿、第廿一、第廿四、第廿五及第廿九、第三十抄配共六出没有眉批外,计有眉批一百三十五处,其中一处纸破,只留"报"字一角。另有四十余处挖补,细看位置不齐,间有被人胡乱批涂、淡墨渗透下叶的痕迹,可知并非原刻眉批。

《息宰河》究竟成于明末抑或清初,尚难以最后论定。从上引一些著录来看,有归之于"明",亦有归之于"国(清)朝"。但《古典戏曲存目汇考》所云有"明万历间且居刊本",则不知何所据。传奇《第廿六争将》出中有"下官姓祖名大寿……官拜辽左总兵官"云云,据《清史稿》卷二三四"祖大寿传"云:"明庄烈帝立……擢大寿前锋总兵,挂征辽前锋将军印,驻锦州。"可知祖大寿任辽左总兵为崇祯元年(1628)。而在传奇《第八被掳》出中有云:"奇也,奇也,咱们起兵十年,不知拿了多少文官武将,那一个有得像这孩子不怕死的。"《第廿九醮圆》中有云:"运使苍爷小公子被流寇抢去四载,闻呼我们在堂上做七昼夜罗天大醮"等描写,都提及"闯贼"起义事。按高迎祥于崇祯元年(1628)、李自成于崇祯二年(1629)起事,以剧中提供的时间纪历推算,故事发生在高、李起事十有四年,即崇祯十四五年(1641—1642)。由此可见有万历刊本云云,实不可信据。

沈嵊生平,查继佐《东山集》有简要记载:

>沈嵊,字孚中,仁和诸生。潞王纳款,嵊独大言:"主降议者可斩也。"请留总兵方国安等合守,空武林门外民庐宿师。百姓昵王慈,立杀乘。论者惜之。

——见清龚嘉儁《杭州府志》卷一百三十所引

陆次云《沈孚中传》①记叙较详。陆传说他住在武林北墅，生平"不修小节，越礼惊众"，又嗜酒豪饮，常驰马于苏、白二堤，有"河朔少年风"。但际遇不佳，屡困场屋，至"髯如戟"而"衿未青"。崇祯间邑试之日，他却"独上巾子峰头"，高吟浮白，为山僧"拉归精舍，痛饮达旦"。家人觅得，扶入试院，则已无立足之处，孚中乃趁着几分醉意，于粉壁上大书《登高词》。其首阕曰：

万峰顶上，险韵独拈糕。撑傲骨，与秋鏖，天涯谁是酒同僚？面皮虽老，尽生平，受不起青山笑。难道他辟英雄一纸贤书，倒做了禁登高三寸封条！

正当其时，为县令宋兆和发现。兆和字禧公，松江名士，与俗吏有异，见孚中词作，为之击节，以为如贺知章得遇李白，乃"擢之冠军，荐之学使者，补弟子员"，于是孚中从此"声誉大起"。

沈孚中与阮大铖曾有交往。阮大铖《咏怀堂辛巳诗》卷下有《沈文学孚中投以诸诗词，因招集赋赠》。阮诗编入辛巳年，即崇祯十四年（1641），诗中除肯定孚中"君才压江涛"之外，还对他"廓然通大义"予以赞扬。诗中说此时孚中已经"杖藜"，可见在明末，孚中已至老年。清兵下江南，嵊力主抵抗，马士英诳言"当背城决胜"，孚中信以为真，告诫乡人"此地顷为战场矣"②，正因此"误传兵事"一节而"为里人所毙"③。其卒年当在清顺治二年（1645）杭州城破前夕。

二

《息宰河》一剧写苍公孟一家忠贞孝义的故事，在《楔子》〔望海潮〕一曲中交代了剧情梗概。词云：

客无哗者，听苍侍御，戆章激怒权奸。时有普酋，破州围郡，故令出守南滇。交趾又兵连，内无军无饷，外且无援，单骑招降，勒铭息宰俪燕然。

家遭寇掠堪怜，有十龄奇子，被掳音愆，四载善藏，夜枭贼首，相逢义仆同旋。薛女更贞坚，投渭河守节，姑媳周全。天使举家重合圣湖边。

作者通过这一故事，目的在于褒扬忠孝、重振纲常。在《楔子》〔御街行〕中，他直言不讳地写道：

---

① 陆次云：《北墅绪言》卷三，《虞初新志》卷十亦辑入。
② 陆次云：《沈孚中传》，《北墅绪言》卷三。
③ 不著撰人：《传奇汇考标目》卷下注一三五别本第二百一十条。

纲常担重双肩软，径险家乡远。问谁挑近破钱山？荷负犹惬两转，青藜才小，玄云权大，独掌公明选。　　芙蓉蘸血书褒贬，洗尽胭脂典。啼痕归正到彝伦，移向昭阳宫演。域中几个，真真男子，不把头儿俛。

在《第三十小登》出〔尾声〕中也强调其创作动机在于"揭纲常"，因而在剧作中"实录出四个字：孝忠义节"，并且发誓赌咒般地声明"若有半句虚言非人也"。由此可见，沈孚中在这一本传奇中，极为强烈地力图表现封建纲常，倡言忠孝义节。从创作实践看，作者这一意图也在很大程度上贯穿了传奇的始终。在作品中，忠有苌公孟的舍身为国，虽被贬蛮荒而无怨谤，尽忠于君主；孝有苌英蚩，平素极其孝顺父母，陷入"贼"营而与"贼"暂时委蛇，也是考虑到尚未及报答生身父母；节有薛兰英，她自幼许配苌英蚩，在苌英蚩被掳、凶吉未卜之际，舅父杨四十强逼她改嫁他人。她却宁愿投入渭河，誓守贞节；义有苌公周与文进才，公周为苌公孟之弟，当苌公孟遭贬蛮荒之际，他慨然随兄前往；苌英蚩被掳，其父思念不已，文进才在全无盘缠的情况下只身往寻四公子，无疑是一个忠于主人的义仆。明清传奇中宣扬封建纲常、倡导封建道德的作品，为数甚多，沈嵊的《息宰河》也未能有所突破，如果其不足之处仅限于此，无非是一部思想平庸之作而已。但沈嵊由明入清，身历激烈的民族矛盾和阶级矛盾，而在创作中却站在封建统治阶级立场上，对当时的农民起义极尽诬蔑之能事，说起义的闯王是"蛀虫行朽木，钻空钻空"（《第八被掳》），他所率领的农民起义队伍每到一处"围攻城破亡"，把"人民杀戮似蒿麻样"（《第十三泣变》）。当苌英蚩"遭流寇掳入大营"后，他考虑"一来为父母在堂，空死无益；二来不忍贻害阖邑生灵，勉强从彼前来"投顺"流寇"，但他心中却"图作天兵内应"（《第十二释艳》），时刻准备刺杀农民起义的领袖，终于在三年之后，对他"防闲少缓"之际，"刺杀了闯王"；而且在行凶之际，还认为"一刀刺死太便宜了他，便把你灰扬支解，不足云报"。苌英蚩这种对农民起义领袖的极端仇视，正是作者敌视起义农民感情的流露。沈嵊还让他在自白中道出刺杀闯王的动机："也是丈夫在君亲题目上一段有用文章。"苌英蚩的这种心理活动，正表现了他刺杀起义领袖的目的在于忠君孝亲，这也正是作者"实录出四个字孝忠义节"的形象图解。且居在此句道白上加有眉批"大圣贤大菩萨作用"，在这一出的出末评中赞之为"千古第一个杀法"，也鲜明地表露了作者、评者共同的立场。在明清之际的传奇中，虽亦不乏此类敌视农民起义的剧作,如李玉的《两须眉》等,但毕竟为数不多。因此《息宰河》传奇虽仅有"孤本"传世,但也不能因此而对其思想意义作过高的评价。

不过,作为反映社会生活的文艺创作,并不可能全然是作者主观意图的形象图解,时代的社会生活不可能全然对作者不起任何作用,作者所描写的客观现实和作者意图告诉读者的主观认识也不完全相同,形象毕竟大于思维。沈嵊在《息宰河》中虽然意图宣扬忠孝义节,表现了强烈的敌视农民起义的地主阶级的思想意识,然而他为了实现表彰忠孝义节萃于苍公孟一家的意图,在描绘苍公孟一家悲欢离合的过程中,自不能不涉及他所生活于其中的时代社会。这样,充满着激烈的民族矛盾和阶级矛盾动乱的明末的现实情景,也就不能不在作者的笔下有所呈现。

首先,在明王朝的西南地区,少数民族的扰乱此伏彼起,广西"阿迷州土酋作乱"(《第四救溺》),其首领普名声原是"阿迷州宣慰",其始祖"普提内附,世守万户西沙","数立奇勋",但被"仇家诬害,当事受贿构兵",因此借兵作乱(《第二酋警》)。近日已"破我弥勒州,杀我游别驾","周布政、秦总兵等文武官员十六人,尽行被杀,酋兵已到十八寨",甚至要"直取省会"(《第六义感》)。当普名声被苍公孟招抚不再与朝廷为敌之后,少数民族之间纠纷又起,普名声与土司禄洪两个部族之间兵刃相向,禄洪"当初害了普名声父祖",因而相互"构兵不已"。禄洪的全家十八口被普名声掠去,幸得苍公孟救出;后来普名声"家奴季问政"投顺了禄洪,禄洪"要借他以作向导"反击普名声(《第十五销衅》),幸被苍公孟制止,并设宴为两家讲和。尽管苍公孟调处了西南地区少数民族的叛乱,但在兵戈不息的岁月中,西南地区已是"揭竿斩木,遍处萑苻,弃冢离乡,半逃绵竹"(《第六义感》)了。在《第十一受降》出中,作者更通过〔竹枝歌〕一曲,极其形象地描绘了这一带的荒芜景象:"无主牛羊卧断碣腰,迷性獾狸把废冢淘,日斜不闻得午鸡号,适离离满塍皆瓦砾,惨昏昏一望尽枯焦。寥寥这几户口勾甚么烧。"这样的描写,还是比较真切地反映了明末西南少数民族地区的一些景象的。

其次,从明末以来,在明王朝的西北部和广大的中原地区,农民起义声势浩大,他们"军行粮足",还"备办"有"大炮云梯",战斗力极为强大,"马到城亡"(《第八被掳》)。在明王朝的统治下,"战争场排满中原上,不剩块平安壤"（《第十三泣变》），广大人民群众因而饱尝战乱之苦。在《第十避乱》出中〔驻马听〕一支曲词有极其形象的刻画："废井荒烟，日午无人唤种田。满路背儿搀母，觅子寻妻，叫苦嘶冤。几堆焚剩赭黄垣，千家血染腥红藓。"尽管作者对农民起义是持反对态度、对农民起义领袖也露骨地表现出强烈的仇视感情，然而他也自觉不自觉地透露出残害人民群众的祸首也包括官兵在内：他们"从没解，弄刀弓，钱财情面上叙些功"。当然，作者是在谴责他们不事围剿"流寇"的思想基础上予以讽刺的，说他们"若遇真交战，手儿一拱，放开马脚走如风，快跑是英勇，快跑是英勇"（《第八被掳》〔缕缕金〕其二）；但毕竟也让观众看到官兵于"钱财情面上叙些功"的丑态。如果说，〔缕缕金〕一曲还只是讥讽，那么《第二十雌伏》出中官兵所唱的〔南碧牡丹〕曲词以及道白，则是直截了当地对他们进行了有力的抨击：

　　　　流寇前边唬，我后面杀，封我拾遗史兼按察，是他留下货和财都搜刮。
　　　（白）我们枣阳官兵是也，方才一大股流贼过去，乡村中一定有抢掳剩下的，我们假言追赶，去劫掠一回。呀！这门儿为甚闭上的，打进去。

官兵这种抢劫百姓、诬良为"贼"的行径，连刺杀农民起义领袖的苌英蛰也看不惯，也使他明白"秦楚百姓不畏流贼，单畏官兵"的缘故。

再次，明代中叶以降，官僚大臣结党营私，把持朝政，更有阉党与东林党之争，统治阶级内部矛盾十分复杂。《息宰河》一剧于此虽未作重点描写，但却也并非全无反映，主人公苌公孟原为南台御史，只因"疏触权珰"而"为珰子仇嫉扼陷"，以致"两载幽羁"；后又被起用为"南京山东道监察御史"，眼见"权宰乌犍当朝，援引逆党，与木石斋、周璐溥诸正臣，势不两立"，因此准备"具疏特纠"。他也自知"此章一上，酿祸必烈"（《第一教忠》）。果不其然，正因为他"参了乌犍，外转广西太守"（《第三出守》），而《息宰河》一剧的情节于此正式展开。苌公孟在广西知府任上，招抚了普名声，调处了普名声与禄洪之间的纠纷，平息了西南地区的骚乱，是有功于朝廷的。然而，建立功业以后仍不能回到朝中来，却被派往两浙任盐运使。而这一新职反比广西知府更为繁杂，他在回答夫人询问时就曾述说新职之难，作品中有这样的描写："课赋难缓，征解不前，额引充塞，正引阻滞，库价如洗，抵告如鸠，影射夹带，私贩巨窝。"（《第廿四酲迹》）而苌公孟之所以被派任此职，正如其弟苌公周所说"若凭执政妒忌的肚肠，恨不怎生把哥哥来重处。只因公道难去，将这一推来掩饰天下人"（《第十六量移》）。在统治阶级内部斗争中，苍公孟终于认识到"冷面孔人情不合，热心肠世路多违"，"真品格天也难投，扛帮此辈，磨折吾侪"；并且产生了悔恨之情，"忏悔我君国事不该出头，忏悔我劳苦福不该尽收"（《第廿九醮圆》）。这与他当初参劾乌犍时，在许多同寅劝说、送礼，"解释者接踵"而至（《第一教忠》）的重重困难面前仍然毫不动摇的决心相比，已大大退步了。从苍公孟的"忏悔"和退却中，正可看出封建统治阶级内部邪恶势力的强大，而企图挽救封建大厦于已倾的忠贞之士却无计可施。这正显示了封建统治王朝必然土崩瓦解的前景。

仅就上述三方面来看，《息宰河》一剧虽然以表彰苍公孟一家忠孝义节为主要内容，虽然也流露了作者对明末农民起义的仇恨感情，但也在某种程度上反映了他那个时代的现实情景，有一定的认识价值。

三

《息宰河》传奇有且居批评，其评语也值得研究。且居的批评分眉批和出末评，另有圈点以配合眉批共一百三十五处。兹将全本各出评语及眉批分别统计如下：

上卷	评语	眉批	下卷	评语	眉批
楔子		2（处）	十六	有	7（处）
一	有	12	十七	有	8
二	有	6	十八	有	7
三	有	11	十九	有	7
四	有	6	二十	有	0
五	有	4	廿一	有	0
六	有	5	廿二	有	3
七	有	5	廿三	有	1
八	有	8	廿四	有	0
九	有	0	廿五	有	0
十	有	5	廿六	无	6
十一	有	13	廿七	有	4
十二	有	5	廿八	有	5（1处纸破）
十三	有	5	廿九	有	0（抄配）
十四	有	4	三十	缺数行	0（抄配）
十五	有	5			

且居的批和评，有不少是针对现实社会中一些不良风气而发，借曲文以抒发自己的感慨。如苍公周所唱〔海棠春〕一曲"而今世道虚空摆，用不着认真一派"云云，且居即在眉批中以"诚然"两字予以肯定（《第三出守》）。有些是针对朝廷大臣只顾保全自身、不管君国大事而发。如苍公孟的同寅、朝廷侍御在上场诗中即云"闭户深藏舌，安身处处牢"，且居眉批是"台省座右铭"，讥讽之意溢于言表（《第一教忠》）。有些是针对文臣武将在兵荒马乱之际或不愿从戎抗击，或闻风狼狈逃窜。《第六义感》出中，土司命妇昂氏出兵助苍公孟平叛时唱道"害不了男儿丑，血性都沉胭脂数，代须眉吐气吴钩"，眉批即曰"该骂"，出末评亦云"谁谓军中有妇人，能使兵气不扬"；《第八被掳》出，写明王朝的一些文官，平时只知"工钻刺，解弥缝"，见钱眼开"业师姓孔"，而一旦"流贼"四起，则考虑"性命好于忠"，纷纷逃散，且居即在眉批上点出此乃"文臣行状"。此外，还有一些结合当时社会弊端而作的批评，不一一例述。从这一类的眉批和出末评来看，批评者且居和作者沈嵊的思想境界极为接近。这种类似在以下数例中表现得更为显豁。《楔子》〔御街行〕"纲常担重双肩软"云云，实表明作者创作此剧的主观意图，且居眉批也说"如此挑脚汉，煞是难寻也"，可见作者、评者都重视纲常名教。又如，对于闯王起义，作者是敌视的，评者也是仇视的，这在《第十七奇刺》出中充分地表现出来，曲文和批语前文已引，此处不赘。

且居的批评，更多的是就《息宰河》一剧的艺术表现而发。有的是评论传奇的谋篇布局，如《第十避乱》一出的出末评说："此三段文法耳，布局不板，收拾整密，是一篇好试牍。"不板，指其有变化；整密，指其不松散。这确是一部优秀的传奇作品在结构上应该达到的要求。然而，评者又以试牍拟之，却有些不伦。在《第十六量移》出末评中，且居写道："极冷戏，极热文；极淡戏，极浓文；极闲戏，极忙文；极无聊戏，极有用文。"这样的评论，就不仅仅指出这场戏的布局，而且还涉及艺术的辩证法了。此外，还有不少评论是谈论人物性格的，如《第三出守》出，写苍公孟被外转广西太守，赴任前夕，一家相聚，悲凄万端，其子欲随父去广西，且居在苍英蜚所唱的〔沉醉东风〕一曲上加眉批"舌无此灵"；当苍公孟叮嘱妻、子在家要和谐，其妻及子表示他们"都解调停"，要公孟"不必牵怀"，在夫、妻、儿子三人所唱的两支〔五供养〕曲词上，且居眉批是"动情"二字；而在出末评中更点明此出"层次曲折，各说自己胸怀，英雄志、儿女心，一一如画"。类似剖析人物内心活动、点明人物性格特征的评语，为数尚多，不一一例举。

在且居的批评中，尤其值得我们注意的是"真"。在《第十三泣变》出末评中，且居写道："予谓文章无奇正、无今古，止存真假。此文可以当一真字。"而且在整个且居批评中，多次提到真，如《第十二释艳》出中苃英蕋在"贼"营中思念父母兄长，所唱〔金络索〕等数支曲词，且居即加眉批"文章妙处无过是真"；又如《第十三泣变》出中，苃公孟思念儿子所唱〔山坡羊〕一曲，且居的眉批也有"真极、惨极"字样；在《第十八遘章》出中英蕋之母抢天呼地，盼佛慈悲，放回孩儿时所唱〔桂枝香〕等数曲，且居眉批反复说其"真极、真极"；又如同出写薛兰英投河被救时所唱〔金子令〕曲词，眉批亦云"真本色、真说话、真文章"，等等。由上述各条，我们可以觇知批评者且居十分强调艺术的真实。对他所特别强调的"真"，加以排比推绎，不难发现有如下的一些含意：或指人物感情真挚，或指场景描写真实，或指语言表达真切。但且居特别注重的是史实真实，在《第一教忠》出末评中，批评者开宗明义地写道：

  有心世道之人，作深知时务之文，自无寒酸头巾语。人谓其熟史学，我谓其熟邸报，道人胸中真欲以曲作史。

"以曲作史"，是作者沈嵊的胸臆，也是且居批评《息宰河》一剧的标准。在此后的批评中，一再以时事对照戏曲，如"近来此事甚多"（《第二酋警》），"今日边方事，处处如此"（《第十一受降》），等等。强调传奇作品要能反映现实，而要做到这一点首先要求传奇作者熟悉"邸报"——时事。如果单纯从文艺批评的观点，而不涉及对"邸报"的态度来看，也还是可取的，值得加以研究。

从有关的眉批和评语来看，且居对沈嵊此作有过分溢扬之辞，不足凭信。如《第十一受降》出眉批"王马再生，关汉卿奴才耳"；《第三出守》出末评"此出逼真若士，或曰过之"；《第廿二祷月》出末评"以玉茗堂之流宕，合博山堂之妖艳，便觉建昌句拙，庭筠手平"，等等，这些评语，都嫌过当。

（原载《文献》1987年第3期，冯保善、陈一民协助）

论《桃花扇》

一

在清代曲坛上，继洪昇《长生殿》之后，又出现孔尚任的《桃花扇》，这两部传奇可算得上是中国戏曲史上的双子星座，而两位作者也得以相提并论。据杨恩寿《词余丛话》卷二云：

> 康熙时，《桃花扇》、《长生殿》先后脱稿，时有"南洪北孔"之称。
> 其词气味深厚，浑含包孕处蕴藉风流，绝无纤亵轻佻之病。

所谓"南"、"北"云云，乃因洪昇籍隶浙江钱塘（今杭州），而孔尚任乃兖州曲阜（今山东属）人氏。

孔尚任字聘之，又字季重，号东塘，又号岸堂，别署云亭山人。为孔子第六十四代孙。据其《出山异数记》所自述，康熙二十三年（1684）时为三十七岁，可推知其生年为清顺治五年（1648），也即是南明永历二年，卒于康熙五十七年（1718），有年七十一。

孔尚任系圣门后裔，自幼就读于孔庙侧之四氏学宫，二十岁考取秀才，但参加乡试却不第。康熙十七年秋，隐居石门山，据其《游石门山记》云：

> 余与莓垣、敬思入山，在戊午重阳后三日。

又，其《告山灵文》亦云：

> 维康熙戊午九月十二日，鲁人孔尚任同两弟俦、恺来游石门，选胜涵峰之阴，欲结草堂三间为偕隐地，以文告山灵曰：……

戊午即康熙十七年。其《出山异数记》亦云：

> 以鲁诸生，读书石门山中。……诛茅叠石，结庐其中。

然而不数年，即康熙二十二年（1683），他便应衍圣公孔毓圻之邀，出山为其治夫人张氏之丧，继而又任重修家谱之职。康熙二十三年（1684）冬，玄烨南巡北返，拟往曲阜祭孔，并指明从孔氏子弟中选拔二名儒生为其讲经，孔尚任由孔毓圻之荐得膺此职。于是精心撰写讲辞，文末又复加"颂圣"之语，因此颇得玄烨欢心，指示随从大臣云："孔尚任等，陈书讲说，克副朕衷，着不拘定例，额外议用。"以此，孔尚任被"特简为国子监博士"。他在《出山异数记》中，充分表示其感激之情，云："书生遭遇，自觉非分，犬马图报，期诸没齿。"虽然，他在此文之末，不无犹疑地云："但梦寐之间，不忘故山。未卜何年重抚松桂！石门有灵，其绝我耶，其招我耶？"尽管如此，他毕竟于次年即康熙二十四年（1685）去京任职。

康熙二十五年（1686）七月，工部侍郎孙在丰奉命疏浚里下河海口，治理水灾，孙令孔尚任为其佐属，随同前往。因此，孔尚任得以亲身体验灾害给百姓造成的困境。他在《待漏馆晓莺堂记》中写道：

　　今来且三年矣！淮流尚横，海口尚塞。禾黍之种未播于野，鱼鳖之游不离于室。漫没之井灶场圃，漂荡之零棺败骴，且不知处所。

但因"与孙在丰同往修河诸员，未尝留心河务，唯利是图"，被九卿议决准备"撤回差往各官"①。孔尚任乃从泰州返回扬州，于康熙二十八年（1689）冬季，离开扬州，回到故乡曲阜。次年二月，方始回北京续任国子监博士。康熙三十四年（1695）转任户部主事。至康熙三十九年（1700）升任户部员外郎，旋即罢官。至于何以获谴，有谓因《桃花扇》内容为玄烨所忌而贾祸，但孔尚任罢官后，未即回乡，仍滞留京华，意图复官却是事实。他的友人李塨赠其诗云：

　　紫陌寻春无处存，罢官堂上暮云屯。琅玕藤老环三住，车笠人来共一尊。此日何方留圣裔？昔年遗事说忠魂。升沉今古那堪忆，只羡君家旧石门。（东塘家居石门山，讽之速归也）

《长留集》中有孔尚任于康熙四十一年（1702）所作《人日新居，同余同野、金青村、王古修试笔》诗中，也透露出企求复出的心情，云"客榻又随新舍扫，朝衫仍付旧尘封"，直到复官无望，才表示"故山今日真归去，上马吟鞭急一抽"。此际已是康熙四十一年岁暮。

孔尚任乡居生涯虽悠闲疏散，但也寂寥愁苦，在《秋堂漫兴》诗中有所抒发。此后不久，又复出游四方，康熙四十五年（1706）去真定，四十六年（1707）游平阳，

---

① 王先谦：《东华录》"康熙三十九"条。

四十八年（1709）赴武昌，五十一年（1712）去东莱，在《莱署秋夜》诗中有"客居官署成笼鸟，事共庸人若乱丝"句；又在《东莱二首》诗中云："寄食佣书原细事，那能鲁史即春秋。"可见其潦倒困顿。五十三年（1714）又至淮南，访老友刘廷玑。得刘之助，五十四年（1715）归乡后，于石门山建秋水亭。不数年，即康熙五十七年（1718），便与世长辞。

孔尚任一生，著述甚丰，既曾纂《孔子世家谱》、《阙里新志》、《平阳府志》、《莱阳府志》，又撰有《出山异数记》、《人瑞录》、《享金簿》、《画林雁塔》。至于诗文创作则有《鳣堂集》、《湖海集》、《长留集》、《石门集》、《岸堂稿》等，近人汪蔚林辑有三册八卷之《孔尚任诗文集》，是目前较完备的孔氏诗文集，1962年由中华书局出版。在戏曲方面，孔尚任曾与顾彩合作写有《小忽雷传奇》，此后，孔氏又独自创作出不朽杰作《桃花扇》传奇。

《小忽雷传奇》于康熙三十三年（1694）写成，早于《桃花扇》五年，但付梓面世却迟至宣统二年（1910），远较康熙四十七年（1708）即已面世之《桃花扇》为晚。

小忽雷为一古琴，其本事载于段安节《乐府杂录》及钱易《南部新书》。桂馥《晚学集》亦记其事，云：

> 唐文宗朝，韩滉伐蜀，得奇木，制为胡琴二，名曰大小忽雷。女官郑中丞善其小者。以匙头脱，送崇仁坊南赵家修理。"甘露"之变，不复问。中丞以忤旨缢投于河，权德舆旧吏梁厚本在昭应别墅援而妻之。因言小忽雷在南赵家，使厚本赎以归，花下酒酣弹数曲。有黄门放鹞子墙外，窃听，曰："此郑中丞琵琶声也。"达上听，宣召赦其罪。康熙辛未（三十年）孔农部东塘于燕市得之。

孔尚任于《享金簿》中亦自记其事云："小忽雷……予得之长安一举子，因作《小忽雷传奇》。"

孔尚任因自己"虽稍谙宫调，恐不谐于歌者之口"，创作《小忽雷传奇》时，乃请"顾子天石，代予填词"①。顾彩在为《桃花扇》作序时，则说："犹记岁在甲戌（康熙三十三年，1694），先生指署斋所悬唐朝乐器小忽雷，令余谱之。一时刻烛分笺，叠鼓竞吹，觉浩浩落落，如午夜之联诗，而性情加邕。"可知，

---

① 孔尚任：《桃花扇本末》。

此剧显系孔、顾二人合作的产物，《本末》所云，乃孔氏自谦之辞。其实孔尚任在《致张山来札》中也曾云："《小忽雷》一种，乃与天石合编者。"

天石，即顾彩字。顾彩为江苏无锡人，号补斋，又号梦鹤居士。其人擅诗文，工音律。曾出游燕、赵、楚、粤之地，流寓曲阜。除与孔尚任合作撰制《小忽雷传奇》外，还曾将孔氏之《桃花扇》"引而申之，改为《南桃花扇》"[①]。

梁启超极赞《小忽雷传奇》，说其"……无一馁钉之句，无一强押之韵，真如弹丸脱手，春莺啭林，流离转圆，令人色授魂与"[②]，但吴梅又评其作有云"文字平庸，可读者止一二套而已"[③]。而孔氏从创作《小忽雷传奇》过程中积累之艺术经验，确大有助于《桃花扇》之创作。

《桃花扇》之作，历经十余年，其始于"未仕时"，作者"山居多暇，博采遗闻，入之声律"[④]。后去淮扬，在河务之暇，于昭阳（江苏兴化）李清枣园中继续撰作，据李详《药裹慵谈》卷一"孔东塘《桃花扇》"所记：

　　孔东塘（尚任）随孙司空（在丰）勘里下河浚河工程，住先映碧枣园中。

　　时谱《桃花扇》传奇未毕，更阑按拍，歌声呜呜，每一出成，辄邀映碧共赏。

但此际尚未脱稿，返京后，在至交田雯一再催索之下，"不得已，乃挑灯填词，以塞其求。凡三易稿而书成，盖己卯之六月也"[⑤]，己卯为康熙三十八年（1699）。

《桃花扇》之作，为孔尚任赢得极大声誉，据其《桃花扇本末》云，"《桃花扇》本成，王公缙绅，莫不借抄，时有纸贵之誉"，玄烨亦命内侍急觅以进。此年"除夕"，友人昭阳李清之子、时官左都御史的李柟，召金斗班为其演出，正"值东塘生日，诸伶演此为寿，纳东塘上座。唱至佳处，东塘为点一筹；或有小误，则亲加指授，合拍乃已。自是金斗班超跃群班之上"[⑥]。次年，孔尚任被罢官，但李柟仍招亲友观看《桃花扇》的演出，"一时翰部台垣，群公咸集"，独推东塘"上坐"，"命诸伶更番进觞"，又邀其"品题"，座中之人无不"啧啧指顾"，孔氏则"颇有凌云之气"，可见其得意非凡的情态。

---

① 孔尚任：《桃花扇本末》。
② 梁启超：《〈桃花扇〉著者略历及其他著作》。
③ 吴梅：《戏曲概论》卷下。
④ 孔尚任：《桃花扇小引》。
⑤ 孔尚任：《桃花扇本末》。
⑥ 李详：《药裹慵谈》卷一"孔东塘《桃花扇》"。

《桃花扇》最初刊本为康熙戊子四十七年（1708）所刻，此后有兰雪堂本、西园本、暖红室本。吴梅以为兰雪堂本较佳，但又云"楚园先生（即刘世珩）据诸本厘定校勘，至为精审，已驾各本而上之"，又经其"覆勘一过，期于尽善而止"[①]。其实，刘氏之《暖红室汇刻传奇》乃由江苏兴化学者李详为之校勘订正。刘世珩原为江楚编译官书局总办，辛亥革命后居海上，曾聘李详馆于其舍楚园，既为其教育子女，又为其校刻古籍。李详精于选学，为明季中极殿大学士李春芳之八世孙。其五世族祖、弘光朝大理寺左丞李清（号映碧），则为孔尚任的挚友。上文已叙及，孔氏曾于其枣园写作《桃花扇》，并邀其听赏。如此，李详审定此剧，自当更有会心，吴梅之誉，实非谬奖。

二

历时"十余年"，"三易稿而书成"[②]的《桃花扇》，实为孔尚任"一字一句，抉心呕成"[③]创作出来的。此书之主旨何在？孔尚任在《先声》出中借老赞礼之口说出，无非是"借离合之情，寓兴亡之感"。具体说来，即借复社文人侯方域与秦淮名妓李香君悲欢离合的爱情故事，以反映明王朝特别是南明王朝的覆灭过程。在《桃花扇小引》中，孔尚任又称：

> 《桃花扇》一剧，皆南朝新事，父老犹有存者，场上歌舞，局外指点，知三百年之基业，隳于何人？败于何事？消于何年？歇于何地？不独令观者感慨涕零，亦可惩创人心，为末世之一救矣。

从剧本的情节安排来考察，可以印证孔氏此言。《桃花扇》全剧四十四出，正剧四十出，其中正面叙写侯李爱情的篇幅约占十五出，即《听稗》、《传歌》、《访翠》、《眠香》、《却奁》、《闹榭》、《辞院》、《拒媒》、《守楼》、《寄扇》、《骂筵》、《逢舟》、《题画》、《栖真》、《入道》，而且这十五出与其余二十五出相互渗透，紧密串联，也就是将侯、李爱情故事与南明王朝覆灭过程交织在一起，正如孔氏在《桃花扇小识》中所说：

> 桃花扇何奇乎？其不奇而奇者，扇面之桃花也；桃花者，美人之血痕也；

---

① 见卷首吴梅《校正识》。
② 孔尚任：《桃花扇本末》。
③ 孔尚任：《桃花扇小引》。

血痕者,守贞待字,碎首淋漓不肯辱于权奸者也;权奸者,魏阉之余孽也;余孽者,进声色,罗货利,结党复仇,隳三百年之帝基者也。帝基不存,权奸安在?惟美人之血痕,扇面之桃花,啧啧在口,历历在目,此则事之不奇而奇,不必传而可传者也。

从其自述,也可看出孔氏借侯李爱情故事叙写"帝基不存"的意图。

孔尚任的创作意图不仅如上述在情节安排上表现出来,而且在情节发展中也充分显示出来。在孔氏笔下,侯李故事始于崇祯十六年(1643),活动于明朝南都,即六朝古都金陵(今江苏南京)。此际,距朱明之亡,不足一年,清军连连入侵,义兵纷纷揭竿,崇祯朱由检自缢煤山。虽然外祸内乱频仍,但南都金陵依然一片歌舞升平,请看《桃花扇》中的描绘:

孙楚楼边,莫愁湖上,又添几树垂杨。偏是江山胜处,酒卖斜阳,勾引游人醉赏,学金粉南朝模样。暗思想,那些莺颠燕狂,关甚兴亡!

——《听稗》

深画眉,不把红楼闭。长板桥头垂杨细,丝丝牵惹游人骑,将筝弦紧系,把笙囊巧制。

——《传歌》

新词细写乌丝阑,都是金淘沙拣。簪花美女心情慢,又逗出烟慵云懒。……这燕子衔春未残,怕的杨花白,人鬓斑。

——《侦戏》

秦淮烟月无新旧,脂香粉腻满东流,夜夜春情散不收。

——《眠香》

满城士绅,醉生梦死,听歌拍曲,寻花问柳,沉浸在声色犬马之中,又有谁人关心天下兴亡,百姓苦难?作者通过左良玉自述予以谴责:

你看中原豺虎乱如麻,都窥伺龙楼凤阙帝王家。有何人勤王报主,肯把义旗拿。那督师无老将,选士皆娇娃。却教俺自撑达,却教俺自撑达。正腾腾杀气,这军粮又早缺乏。

——《抚兵》

兵缺粮,民遭殃,在《投辕》出中,一士兵唱道:"杀贼拾贼囊,救民占民房,当官领官仓,一兵吃三粮。"另一士兵立即加以纠正,说目前情况已有变化,应该这样唱："贼凶少弃囊，民逃剩空房，官穷不开仓，千兵无一粮。"而中原大地也确实是一幅"鸡犬寂寥，人烟惨淡，市井萧条"的景象。面对如此局面，中枢大臣争于内，边防武将斗于外。朝中大臣为拥立谁为人主，结党营私，相互争斗。凤阳督抚马士英与阉党余孽阮大铖勾结江北四镇武将，拥立昏庸之福王朱由崧。但由崧即位后，并未励精图治，相反，为"无有声色之奉"感到愁闷，阮大铖极力迎合，投其所好，"恨不能腮描粉墨，也情愿怀抱琵琶。但博得歌筵前垂一顾，舞裀边受寸赏，御酒龙茶，三生侥幸，万世荣华。这便是为臣经济，报主功阀"。他还尽心尽意地拣选歌儿舞女，以供奉这个自称"无愁天子"的昏君（《选优》）。至于拥立有功之臣，则"论功叙赏"，凤阳督抚马士英，功居第一，升任内阁大学士兼兵部尚书，四镇武将黄得功、高杰、刘泽清、刘良佐皆进封侯爵，一时之间个个"趾高气扬"，连阮大铖也随着马士英混入阁中帮忙（《设朝》）。但朝廷内外并未从此平息争端，文武大臣也未同寅协恭、一体谋国。阉党余孽阮大铖依附权奸马士英终于复官，重新掌权，随即就对复社文人"公报私仇"，"日日罗织正人"，"传缇骑重兴狱囚"，"奉命今将逆党搜，须得你蔓引株求"（《逮社》）。坚持抗击清兵的史可法，虽与马士英一同入阁，但被排挤在中枢之外，"又令督师江北，这分明有外之之意"。至于江北四镇夺地盘、争地位，互相不服气，"一个眼睁睁同室操戈盾，一个怒冲冲平地起波涛。没见阵上逞威风，早已窝里相争闹，笑中兴封了一夥小儿曹"（《争位》）。在清兵压境之时，他们又听从马士英、阮大铖调遣，"移镇上江，堵截左（良玉）兵，丢下黄河一带，千里空营"（《誓师》）。在内讧不已的形势下，"谁知河北人马，乘虚渡淮。目下围住扬州，史可法连夜告急，人心皇皇，都无守志"。扬州城破以后，在清兵压境形势下，"马士英、阮大铖躲的有影无踪"。弘光皇帝终于明白"中兴宝位也坐不稳了"，于是"千计万计，走为上计"，逃出南京（《逃难》）。军兵则"望风便生降"，以致"万姓奔逃"（《劫宝》），南明终于覆灭。《桃花扇》一剧正是如此描绘出一幅"昏君乱相"的生动图景，深刻地反映了南明王朝终至覆灭之原因。传说康熙帝玄烨读此剧至《设朝》、《选优》等出时，不禁皱眉顿足，叹道："弘光，弘光，虽欲不亡，其可得乎？"① 此亦可证明此剧确实能起到"不独令观者感慨涕零，亦可惩创人心"之功用。

---

① 王季烈：《螾庐曲谈》。

三

孔尚任借《桃花扇》一剧所抒发的"兴亡"之感是通过侯方域与李香君的"离合"之情表现出来的。

侯方域身为复社四公子之一,是当时与阉党魏忠贤余孽进行斗争的士人领袖。在孔尚任笔下,他的是非观念还是分明的,态度是明朗的。当陈贞慧、吴应箕二人邀他去听柳敬亭说书时,他不禁勃然大怒道:

那柳麻子新做了阉儿阮胡子的门客,这样人说书,不听也罢了!

当吴应箕说明柳敬亭见了留都防乱揭帖以后,知道阮大铖是"崔魏逆党,不待曲终,拂衣散尽",柳也已离开阮胡子。侯方域知道错怪了柳敬亭,态度立刻大变,肃然起敬地表示:"阿呀,竟不知此辈中也有豪杰,该去物色的!"(《听稗》)当他闻知左良玉欲率兵就食南京,"人心惊慌"时(《抚兵》),他也能答允兵部尚书熊明遇之请,代父修书,劝阻左良玉不要东下南京,而在原地驻扎。其书云:

老夫愚不揣,劝将军自忖裁,旌旗且慢来,兵出无名道路猜。高帝留都陵树在,谁敢轻将马足踹?乏粮柴,善安排,一片忠心穷莫改。

——《修札》

当马士英劝说史可法拥立福王时,他则指出福王有"三大罪"(谋害太子,欲行自立;偷劫内府财宝,竟不舍一文助饷;父死不葬,且纳民妻女),千万不可立。史可法被他说服,乃从其议,未允马士英之请(《阻奸》)。虽然最后他们并未能阻止福王即位,但在这场争议中,也表现出侯方域的清醒的识见。此后又为史可法设谋以调和四镇武将的矛盾,并随高杰移防河南。高杰一介武夫,不听从他的劝告,以致被许定国所害(《赚将》),他也因此而无"面目再见史公",便买舟东下,"且到南京去看看香君"(《逢舟》)。岂知在南京蔡益所书店被新升兵部侍郎、阉党余孽、复社对头阮大铖所逮,因此入狱(《逮社》)。不久,清兵直逼南京,城中大乱,他方始从狱中逃出,前往栖霞山,从此"跳入蓬壶似梦中"(《栖真》)。

侯方域毕竟是出身于仕宦之家的士子,入清以后虽未出仕,但曾参加过顺治辛卯八年(1651)的乡试,且为榜首。在他身上,也难免没有旧时文人的双重性格。在"那些莺颠燕狂,关甚兴亡"(《听稗》)局面下,他也曾寄情山水、寻花问柳,"金粉未消亡，闻得六朝香，满天涯烟草断人肠。怕催花信紧，风风雨雨，误了春光"（《访翠》）。并且，为留恋"春光"几乎连性命也不顾，当阮大铖以他曾与左良玉"有旧"并有书信往来、"将为内应"的罪名欲加害于他时，有人劝他远走高飞以避其祸，他却感到"燕尔新婚，如何舍得"，倒是李香君"正色"告诫他："官人素以豪杰自命，为何学儿女态？"（《辞院》）在李香君劝告下，他方始出走。从这些表现来看，侯方域与出自下层的李香君、柳敬亭、苏昆生相比较，性格要软弱得多。

李香君虽是秦淮名妓，但素为复社文士所敬重，当时东南士人领袖如张溥（天如）、夏允彝（彝仲）等人之所以对她"都有题赠"（《传歌》），乃是因她极其崇尚气节。当侯方域在阮大铖以货利相结纳、不无动摇时，她却义正词严地责问：

> 官人是何说话？阮大铖趋附权奸，廉耻丧尽，妇人女子，无不唾骂，他人攻之，官人救之，官人自处于何等也？

> 官人之意，不过因他助俺妆奁，便要徇私废公。那知道这几件钗钏衣裙，原放不到我香君眼里。

并且立即"拔簪脱衣"，表示"脱裙衫，穷不妨。布荆人，名自香"（《却奁》）。她的作为，立刻促使侯方域自责，并且更加敬重她，"平康巷，他能将名节讲"，"偏是咱学校朝堂，混贤奸不问青黄"。

正因为李香君坚决反对阉党余孽，因此阮大铖得势后，便挑唆马士英加害于她，一再说："这都是侯朝宗教坏的，前晚辱的晚生也不浅"，"田漕台（仰）是老师相的乡亲，被他羞辱，所关不小"，"这还便宜了他，想起前番，就处死这奴才，难泄我恨"（《媚座》）。马士英听从阮大铖之言，便强迫香君嫁给田仰做妾。李香君誓死不从，撞头出血，不肯下楼。在这种情况下，李贞丽只得以身替代，香君方免此难（《守楼》）。但不久，又被强行拉出去为马士英侑酒，她乃趁机痛斥这班权奸：

> 堂堂列公，半边南朝，望你峥嵘。出身希贵宠，创业选声容，后庭花又添几种。把俺胡撮弄，对寒风雪海冰山，苦陪觞咏。

同时，她又面对权奸公然赞美复社文士：

> 东林伯仲，俺青楼皆知敬重。干儿义子从新用，绝不了魏家种。

并且表示抵死不惧磨难，"冰肌雪肠原自同，铁心石腹何愁冻！"（《骂筵》）

充分表现了极其高尚的气节。但从此被困大内,直到清兵逼近南京时,才逃出宫中。在师父苏昆生携扶之下,前往栖霞山寻找侯方域(《逃难》)。虽然,在追荐祭坛上,终于与日夜思念的侯方域邂逅,但张道士却对他们予以当头棒喝:

> 你们絮絮叨叨,说的俱是那里话。当此地覆天翻,还恋情根欲种,岂不可笑!

> 呵呸!两个痴虫,你看国在那里,家在那里,君在那里,父在那里,偏是这点花月情根割他不断么?

这番话语如醍醐灌顶,说得侯、李二人"如梦忽醒",双双入道,"你看他两分襟,不把临去秋波掉",终于在家国兴亡中结束个人情恋,所谓"白骨青灰长艾萧,桃花扇底送南朝;不因重做兴亡梦,儿女浓情何处消"(《入道》)。他们的情恋始终与南明王朝的兴亡纠缠在一起,或者说通过他们相恋相爱、分离重见、又复分开的过程,反映出南明王朝的最终衰亡。

四

《桃花扇》中侯、李爱情题材是与南明王朝兴亡密切相关联的。以侯方域为代表的复社文人与以阮大铖为代表的阉党余孽之间的斗争,其实是明季万历、天启以来统治阶级内部派系矛盾的继续。而在朱由检自缢煤山、清兵入关之后,这一矛盾则集中地表现在拥立朱明王朝哪一个皇子皇孙为小朝廷的主子问题上。当时可拥立者有福王朱由崧和潞王朱常淓。以皇室宗牒而言,福王亲、潞王疏,但福王骄奢淫逸,颇有物议,而潞王仁厚精明,众望所归。阉党余孽阮大铖推出马士英并勾结四镇武将拥立福王,复社文人所支持的史可法、左良玉等人虽然竭力反对,也无济于事。侯方域曾向史可法进言,说福王除有"三大罪"之外,还有"五不可立"福王的缘故(《阻奸》)。而从福王即位后的种种表现来看,侯方域所言并无虚诬之处。他上台未及一年,即为缺少声色之乐而烦闷不已,且看他自供:

> 寡人登极御宇,将近一年,幸亏四镇阻当,流贼不能南下;虽有叛臣倡议欲立潞藩,昨已捕拿下狱。目今外侮不来,内患不生,正在采选淑女,册立正宫,这也都算小事;只是朕独享帝王之尊,无有声色之奉,端居高拱,好不闷也。

正因他有声色之癖,阮大铖辈方得有进身之阶,表示"臣敢不鞠躬尽瘁,以报主知"

（《选优》）。

阮大铖又是何许人？用他自己的话来说，他原也是"词章才子，科第名家"，"正做着光禄吟诗"，其人极其擅长填词制曲，颇有"白雪声名"，但却"身家念重，势利情多"，因此不惜投入客氏、魏阉怀抱，成为阉党门人。当年也是"权飞烈焰"，显赫一时，岂知"势败寒灰"之时，不免被"人人唾骂，处处击攻"。他虽然也曾"愧悔交加"，但又不肯洗心革面，而是到处钻营，意图东山再起。为此，他教了一批歌儿舞女，"有当事朝绅，肯来纳交的，不惜物力，加倍趋迎"，"若是天道好还，死灰有复燃之日"，他便"索性要倒行逆施"，狠予报复了（《侦戏》）。一当他为马士英拥立福王四处活动得逞之后，马士英官拜内阁大学士、兵部尚书，入阁办事，权倾一时，他便再三请求马士英"莫忘辛勤老陪堂"，甚至不惜"权当班役"，混进内阁帮助马士英处理公事（《设朝》）。此后又改籍冒充马士英同乡以求讨得欢心（《媚座》）。由于他积极营求、一心谀附，终于获得一官半职。当他重新得势后，果然迫害李香君、缉拿侯方域，"报复夙怨"（《逮社》），无所不用其极。当马士英向他讨教如何审问"那些东林复社"，他则十分干脆地答复："这班人天生是我们冤对，岂可容情。切莫剪草留芽，但搜来尽杀！"（《拜坛》）更其可恨的是，他不但极擅于屠内，而且更处心积虑地准备降外，他建议马士英抽调镇守江北的兵马去堵截"清君侧"的左良玉，马士英还曾想到"倘若北兵渡河，叫谁迎敌"，他却无耻地表示："北兵一到，还要迎敌么？"并更进一步向马士英建议或"跑"或"降"，马士英在他怂恿下果然表示"宁可叩北兵之马，不可试南贼之刀"（《拜坛》），抽兵东去，以致"黄河一带，千里空营"，继而"北兵杀过江来，皇帝夜间偷走"（《逃难》），南明小朝廷倾覆，真是奸邪误国！

南明王朝也并非全无忠贞之士，只是在君主昏庸、权臣操持的局面下，他们无法施展忠君报国的热情，独木难支业已倾斜的大厦。孔尚任在《桃花扇》一剧中所塑造的史可法形象，即为此类人物。他的处境极其困难，在马士英、阮大铖拥立福王得逞之后，"凤阳督抚马士英，倡议迎立，功居第一，即升补为内阁大学士，兼兵部尚书，入阁办事"，而原任兵部尚书史可法，虽也升补大学士，仍兼本衔，但却令他"督师江北"（《设朝》），实际上是夺去兵部大权，而由"内阁办事"的马士英接掌。侯方域也看出此举"分明有外之之意"，但"史公却全不介意，反以操兵剿贼为喜，如此忠肝义胆，人所难能也"（《争位》）。不过，他"督师"也难有功,因为四镇武将不和,"早已窝里争斗",尽管史可法"忧国事,不顾残躯";但也深感"将难调,北贼易讨",除了"已拼一死,更无他法"(《争位》)。"那黄、刘三镇,皆听马、阮指使",自己"标下食粮之人,不足三千",而且这些兵将"降字儿横胸,守字儿难成","人心俱瓦崩",独力实难"支撑"这"阑珊残局"(《誓师》)。果然,在"力尽粮绝,外援不至"的困境下,扬州失守,他原也准备自尽,但"想起明朝三百年社稷",还靠他"一身支撑",乃"缒下南城,直奔仪真",渡江南下,在南京城外,闻知"皇帝老子逃去两三日了","满城大乱",他不禁放声大哭,痛感"累死英雄,到此日看江山换主,无可留恋",便投江而死。至此,"长江一线,吴头楚尾路三千,尽归别姓"(《沉江》)。

总之,孔尚任在《桃花扇》中形象地总结了南明小朝廷内部派系之争,未能团结御侮,以致朱明王朝终于彻底崩溃。夏完淳在《续幸存录》中总结南明覆灭之原因,有云:"朝堂与外镇不和,朝堂与朝堂不和,外镇与外镇不和,朋党势成,门户大起,虏寇之事,置之蔑闻。"孔尚任的见解显然与此相似,《拜坛》出眉批云:"私君、私臣、私恩、私仇,南明无一非私,焉得不亡!"孔尚任所揭摘的南明覆灭的原因,无疑是十分深刻的。

五

《桃花扇》虽被誉为信史,作者也以此自许,在《桃花扇凡例》中说:"朝政得失,文人聚散,皆确考时地,全无假借。"但又说:"至于儿女钟情,宾客解嘲,虽稍有点染,亦非子虚乌有之比。"在《孤吟》出中又借老赞礼之口说道:"司马迁作史笔,东方朔上场人。只怕世事含糊八九件,人情遮盖两三分。"均表明传奇《桃花扇》对于"世事"、"人情"等也有所"点染"、"含糊"和"遮盖",因此,我们不可处处以历史实事来比照,历史剧毕竟不是历史。例如史可法也曾参与迎立福王,但《桃花扇》中却未曾叙及,此是作者不欲以此减轻马士英、阮大铖的罪孽。又如左良玉原本是病殁九江,但《桃花扇》中却是被其子气死,并让他斥责其子说:"做出此事,陷我为反叛之臣"云云,这又表明作者认为左良玉其罪固大,但并非诚心反叛,等等。可见《桃花扇》一剧,不过借助一段史实，写出作者对南明王朝倾覆原因的见解而已。但一些细节、科诨，却又有所本，近人吴梅在《顾曲麈谈》中罗举颇多，不赘引。其实，孔尚任总结南明覆亡之原因，也具有一定局限，将南明王朝之所以倾覆，全归罪于派系之一方——马士英、阮大铖等，而对另一方——侯方域、吴应箕、陈贞慧等却全无批评，似亦欠公允。东林、复社文人自居"清流"，意气用事，在政局危急状况下，不能团结御外，而绝人太甚，以致彼此形成水火，令人遗憾。此外，这些文士出身世家，颇染纨绔习气，实际也并无力挽救将倾之大厦，却有心于流连风花雪月，也不足称道。

《桃花扇》结构严密，正如吴梅所云："通体布局，无懈可击。"[①]孔尚任亦自诩："每出脉络联贯，不可更移，不可减少。"[②]以此对照剧作，也确实如此，前后情节，无不彼此呼应。而作者自诩道："全本四十出，其上本首试一出，末闰一出，下本首加一出，末续一出，又全本四十出之始终条理也。有始有卒，气足神完，且脱出离合悲欢之熟径，谓之戏文，不亦可乎？"[③]对这一创制，评价不一，梁启超加以首肯，说："《桃花扇》卷首之《先声》一出，卷末之《余韵》一出，皆云亭创格，前此所未有，亦后人所不能学也。一部极哀艳极忙乱之书，而以极太平起，以极闲静空旷结，真有华严镜影之观，非有道之士，不能做此结构。"[④]而梁廷枏则持不同态度，认为增加的几出，"是为蛇足，总属闲文"[⑤]。考察全本，这四出戏亦不能完全视作"闲文"，除《闲话》外，其余三出《先声》、《孤吟》、《余韵》，均以老赞礼为主角，由其串联前后情节，作者亦借其口抒发难于通过剧中人物所表达的哀愁沉痛之情，这几出戏自有其功用。

《桃花扇》的关目安排也极机巧，作者在《桃花扇凡例》首条中即点明："剧名《桃花扇》，则桃花扇譬则珠也，作《桃花扇》之笔譬则龙也。穿云入雾，或正或侧，而龙睛龙爪，总不离乎珠。观者当用巨眼。"此言非虚。整部传奇的复杂情节全赖这柄桃花扇串联，由"赠扇"到"溅扇"，再到"画扇"、"寄扇"，直至最后"扯扇"，贯穿侯、李定情以至最终情分的整个过程，同时也织进民族矛盾、阶级矛盾以及统治阶级内部派系之争，而李香君的性格也在这一过程中得以展现

---

① 吴梅：《戏曲概论》卷下。
② 孔尚任：《桃花扇凡例》。
③ 任讷：《曲海扬波》卷一所引。
④ 同上。
⑤ 梁廷枏：《曲话》卷三。

和发展。这柄桃花扇确为情节之"珠",而孔尚任之巨笔也的是"龙",自始至终,"总不离乎珠"。至于一些细节的安排,亦处处体现出作者的深意,甚至正、反两类人物的姓名首次出现,孔尚任也是精心安排的。例如复社领袖人物陈定生、吴次尾的姓名,由同是复社翘楚的侯方域口中提及(《听稗》),而马士英、阮大铖的名字则是由鸨妓李贞丽口中说及(《传歌》),分别予以褒贬。又如正、反两类人物的首次出场,也是耐人寻思的。吴应箕与复社诸人,是在"楹鼓逢逢将曙天"之际,在"杏坛"之前"瞻圣贤"而出场的;阮大铖则是"净洗含羞面",挨身"混入几筵边",混进文庙来"观盛典"而被吴应箕等人发现,责斥他"唐突先师,玷辱斯文","而将其打将出去"的(《哄丁》)。凡此,也当用"巨眼"细心观之。

《桃花扇》的词曲说白,虽极典雅而有欠当行,但作者于此还是着意经营的。在《桃花扇凡例》中,首先区分词曲与说白之不同:

> 词曲皆非浪填,凡胸中情不可说,眼前景不能见者,则借词曲以咏之。
> 又一事再述,前已有说白者,此则以词曲代之。若应作说白者,但入词曲,听者不解,而前后间断矣。其已有说白者,又奚必重入词曲哉。

孔尚任也确实如此创作《桃花扇》的,凡叙述情节、交代事实,用说白;凡抒情、绘景,则用词曲。如《沉江》出中,扬州城破、史可法"直奔"仪真、南京,南京城内"皇帝老子"逃走,"满城大乱"情景,全由史可法自述及与老赞礼对话中表述出来,而〔锦缠道〕、〔普天乐〕二支词曲则用以抒发史可法处此困境、前后失据、决心一死的沉痛心情。

孔尚任在《桃花扇凡例》中还分别对词曲与说白的写作提出不同要求。于词曲"全以词意明亮为主",反对"艰涩扭捏";于说白,则须"详备",且"抑扬铿锵,语句整练"。检阅全书,作者确善于此。以词曲而言,《哭主》、《沉江》分别叙述北朝、南朝的灭亡,感人心脾;以说白而言,《闲话》一出全用说白,其余各出说白也较前此传奇为夥,这就大大增强了舞台演出的效果。此外,《桃花扇》中亦有借用他人词曲处,但孔尚任能使其与己作融合无间。此不一一摘指。

总之,由于此剧的思想内涵及艺术表现皆臻上乘,因而具有至深的感人力量,《桃花扇本末》记载当时在京华寄园演出时,于"笙歌靡丽之中,或有掩袂独坐者,则故臣遗老也。灯炧酒阑,唏嘘而散"。虽然,此剧面世时,朱明王朝覆灭已半个多世纪,尽管清政权替代明王朝是不可避免的历史事实,尽管明王朝的遗老遗少必须在清政权统治下生活,但这种矛盾状态必然促使人们怀旧心情的滋生,同时也确实难以找出摆脱这一困境的途径,孔尚任在这种矛盾状态下,选择了让侯、李二人"栖真"、"入道"的结局。这正是他的高明之处,使得当时的观众的怀旧情结更加浓烈。而孔尚任友人顾天石将其改编为《南桃花扇》时,却"令生旦当场团圆",孔尚任显然是不满的,表示"予敢不避席乎"[1]。顾天石之识见显然不及孔尚任,《南桃花扇》之不为广大读者所知,正可见其作之失败,也更反衬出孔作之不朽。

(原载《桃花扇》校注本之首,台北三民书局 1999 年版)

---

[1] 孔尚任:《桃花扇本末》。

稿本《秣陵秋传奇》作者和创作时代考辨

一

《秣陵秋传奇》写鱼甫卿与王云仙悲欢离合之事，《提纲》出中〔满庭芳〕一曲述其剧情梗概如下：

参政清标，云英姿态，相逢白下秋风。香囊画扇，表赠两情通。信是三生凤契，送殷勤云雨巫峰，还相约他年玉镜，定与照芙蓉。　群花同放艳，兰幽莲静，馥淡娥浓。尽青溪十里，竞绿争红。可奈酒阑人散，蓦回头各自西东。黄茅店潇潇夜雨，离舍梦魂中。

结诗亦云："鱼甫卿画梅订后约，王云仙置酒送归舟。季山樵情钟萍水遇，涂小鹤梦破秣陵秋。"

过去一些曲学书目很少著录这一作品，仅姚燮《今乐考证》著录十，据赵怀玉（1747—1823）词集《秋籁吟》中一首〔离亭燕〕《题庄伯鸿秣陵秋传奇，即送之官秦中》加以著录。周妙中于1963年4月出刊的《文史》二辑发表《江南访曲录要》一文，提及此剧时有云：

……治曲者多以为已佚。此本近年在扬州发现，今归南京图书馆，至可宝贵。稿本，四册，庄伯鸿撰，署"蓉塘别客制"。卷首自序署"庚子冬杪蓉塘（陈按：原文作芙蓉塘）别客自记于海西头之停云山馆"。

此后，1982年12月出版的庄一拂《古典戏曲存目汇考》卷十二庄逵吉条，亦曾著录此剧云：

《今乐考证》著录。稿本。南京图书馆藏。其他戏曲书簿未见著录。有乾隆四十五年庚子自序，署蓉塘别客。

从周妙中、庄一拂二氏所述，可以明白：一、他们都认为南京图书馆收藏的《秣陵秋传奇》为"稿本"；二、也都据《今乐考证》所引赵怀玉词定为庄伯鸿所撰；

三、均认为自序中的"庚子"是乾隆四十五年（1780）。

周、庄二氏所述，均有所据，但如加以深究，似仍有进一步研讨之必要。例如所谓的稿本问题，南京图书馆所藏之《秣陵秋传奇》，南京师范大学图书馆也藏有一部。南师大所藏，四册，半页十行，行十八字，格纸印乌丝栏，大黑口，磁青书皮，湖蓝绢包角。书根题"《稿本秣陵秋传奇》，蓉塘别客制"。以之与南图所藏的"稿本"《秣陵秋传奇》相比勘，无论行款、字体、格纸、装帧大小均属一致，而对读其内容，也全然相同。因此，南图所藏之《秣陵秋传奇》系属"稿本"云云，似难以信据，很可能出自书肆手抄，以之出售。除南图、南师收藏以外，其他地方亦可能尚有其书。至于《稿本秣陵秋传奇》作者究为谁何，周、庄二氏均以为庄伯鸿，但无论南图所藏或南师所藏的《秣陵秋传奇》稿本，均未署庄伯鸿之名或字。而南图却藏有另一种抄本《秣陵秋传奇》，署明作者为徐鹤孙，内容也与稿本《秣陵秋传奇》同。由此，周、庄二氏定自序中的"庚子"为乾隆四十五年一说，也因作者不能确指为庄伯鸿而失去依据。

为了深入探讨，有必要将南图所藏的另一种抄本《秣陵秋传奇》略作介绍。为行文方便，仍将周、庄二氏所提及的《秣陵秋传奇》称为"稿本"，而将另一种《秣陵秋传奇》称为"抄本"。

抄本《秣陵秋传奇》，白纸，无格，半页十行，行二十二字。将此白纸抄本与所谓的稿本细加校读，剧情完全一致。惟文字稍有异同。特别是白纸抄本偶有批语题记，为数虽不多，但都十分重要，为我们深入研究这部传奇的作者和时代，提供了重要线索。

首先，可以断定所谓的稿本实际上是和抄本出自同一底本，而且抄本与底本更为接近，因为抄本与底本的行款（半页十行、行二十二字）相同。这从《寻秋》出中易仁山道白的一段缺文可以觇知。稿本缺字空格占五行，空格上下参差，上有眉批"下五行原有阙文"；而抄本缺字空格占四行，空格均在左下角，分别为五字、八字、九字、九字，正是眉批所谓"下斜而撕去"一角之处。其式样如下：

（抄本）
邵本此四行下缺于杨玉老家兄秣陵秋传奇一本形色颇
旧特往校此四行下斜而撕去惜哉署款补过……醉笔等
字癸酉三月念五日冒雨往校归来书畏人

〔老生扮易仁山白须布袍上〕老夫易仁山祖籍江宁子然一身年过六十富贵排场贫贱境界都经历过来每逢月夕花晨歌场酒地能起俺的心事而大哭因此人都叫我个风子我了外号现在省试之期我偷个空里饮酒终日无休今朝偷个空山樵消息真是闲处生涯诗酒在老来性命友朋依〔行介〕

（稿本）

下五行原有阙文

〔下〕〔老生扮易仁山白须布袍上〕老夫易仁山祖籍江宁子然一身年过六十富贵排场贫贱境界都经历过来每逢月夕花晨歌场酒地能起俺的心事而大哭因此人都叫我个风子我了外号现在省试之期我偷个空里饮酒终日无休今朝偷个空山樵消息真是闲处生

其次，抄本似早于稿本。抄本中，批者吴温叟曾提出一些请作者修改的意见（即"俟高酌"）；稿本中则已按吴温叟的意见作了修改，可见稿本当晚于抄本。如《访云》出中，"（旦）还不曾请问老爷尊姓"，抄本眉批云："鄙意老爷改为稍雅字面，盖名妓口吻，不可稍涉俗套也，改为先生何如？俟高酌。吴。"稿本中，此句道白即删去"老爷"一词，改为"还不曾请问尊姓"。同出，"（旦）只是奴家抵不上香君，只恐代老爷捧砚还不要嗤"，抄本眉批云："只恐拟改若字，还不要嗤拟改未免惭汗。俟高酌。吴。"稿本中，此句也按吴温叟意见改了过来。

再次，抄本中一些批语题记，提供了作品传抄的时代，并透露了作者姓名。抄本目录后有一则题记云：

> 戊辰涂月，由邵叔武之子手购得徐鹤孙所撰《秣陵秋传奇》，上有吴温叟先生手笔改正。去秋倩董、沈二生录此副本，今又收拾而校对之。原册拟换通翁手评杜诗零册，未定也。庚午二月朔，畏人记。

在此则题记中，明白无误地提出《秣陵秋传奇》作者为徐鹤孙。抄本卷末又有题记：

> 光绪甲午春三月温叟校一过。陈畏人手书。

既然吴温叟手笔改正的时间为光绪甲午（二十年，1894），那么前则题记中所云的陈畏人购得此书的戊辰年，当为同治七年（1868）；又请董、沈二生过录副本的次年，当为同治八年（1869）；"今又收拾而校对之"的庚午年，则为同治九年（1870）。此外，《寻秋》出中眉批云："邵本此四行下缺，于杨玉老家见《秣陵秋传奇》一本……癸酉三月念五日，冒雨往校归来书。畏人。"这表明陈畏人于同治十二年（1873）还再次校补。

此外，抄本扉页上写有剧中人物十人姓名，并于其中四人姓名之后注明其真实姓名，如剧中人古士秋后注明为顾秋碧，易仁山后注明为杨性农，鱼甫卿后注明为鲁通甫，涂小鹤后注明为徐鹤孙。这与《提纲》出结诗"涂小鹤梦破秣陵秋"、题记中"徐鹤孙所撰《秣陵秋传奇》"云云，正可互相发明，为目今存藏于南图、南师的《秣陵秋传奇》的作者，提出与周、庄二氏所考定的庄伯鸿一说不同的新说。

尽管如此，庄伯鸿曾经撰作过《秣陵秋传奇》确是分明的事实，不仅见于周、庄二氏所据的赵怀玉词作，还见于其他著述。光绪五年《武进阳湖县志》卷二十八中著录"庄逵吉：《秣陵秋》、《江上缘》二种曲（存）"。光绪十二年《武进阳湖合志》卷三十三艺文志中也著录庄逵吉写有《秣陵秋》、《江上缘》传奇二种。特别可信的是陆继辂所写的《潼关同知庄君逵吉墓志铭》中，述及庄伯鸿著作时也说：

> ……所著《吹香阁诗》，丧舟渗漏，为水浸不可识别，惟《秣陵秋》、《江上缘》乐府二种稿本传世。

应该说陆继辂对庄伯鸿的著述情况十分了解。他曾在乾隆五十九年（1794）与庄逵吉同科参加乡试归来，见到庄逵吉所校《淮南子》、《三辅黄图》等书。这一情况，在为庄伯鸿写铭时也曾提及。而此二书目今均存，《淮南子》有《四部备要》本，庄逵吉曾于乾隆五十三年（1788）写有叙目；《三辅黄图》见收于《平津馆丛书》，孙星衍于乾隆五十年（1785）写的序中说"近得庄公子逵吉共相厘订，付之剞劂"云云。既然陆继辂在铭文中述及这二种著述均存，那么他所述记的《秣陵秋》、《江上缘》二种传奇，自属可信，无可置疑。只是庄逵吉所撰制的这两种传奇当时仅有稿本，并未梓行。庄一拂在《古典戏曲存自汇考》卷十二中，说《江上缘传奇》已佚，而《秣陵秋传奇》稿本则藏于南京图书馆。如上文所述，南图所藏的所谓稿本《秣陵秋传奇》，南京师大图书馆也藏有同样一部，此非"稿本"自不待言。而所谓的稿本《秣陵秋传奇》上并未署庄逵吉的名或字，另一种抄本《秣陵秋传奇》上则明署作者为徐鹤孙。因此，对于这部存藏于南图和南京师大的《秣陵秋传奇》的作者是否为庄伯鸿，似有加以深究的必要。

二

为了弄清现存《秣陵秋传奇》的作者问题，首先要对庄伯鸿的生平有所了解。

周妙中在《江南访曲录要》中说赵怀玉《离亭燕》一词"既作于伯鸿'之官秦中'之时，则伯鸿应在壮年，而制《秣陵秋》时至少亦应在二十岁以上，可见伯鸿乾隆二十五年（1760）至乾隆五十八年（1793）在世"。这一推断大致不差。

关于庄逵吉生平事迹并不难于征考，光绪《武进阳湖合志》卷二十四"宦绩"中有庄炘及其子逵吉的小传，此外，赵怀玉撰有《故奉政大夫陕西邠州直隶知州庄君炘墓志铭》，陆继辂撰有《潼关同知庄君逵吉墓志铭》，分别对庄炘及其子逵吉的生平作了详尽的记叙。在《国朝耆献类征初编》卷二四六中还收有庄逵吉小传（传文即据陆铭）。

根据上述资料可以考知，庄逵吉字伯鸿，江苏武进人。曾祖庄学愈曾为开州知州，祖父庄蓉纕为国子监生，父庄炘为邠州知州。庄炘生于雍正十三年（1735），有年八十三，卒于嘉庆二十三年（1818）。乾隆三十三年（1768）三十三岁时以顺天乡试副榜贡生补陕西咸宁知县；乾隆四十二年（1777）、四十三年（1778）之际，庄炘与赵怀玉、庄燧、汤大奎、杨望秦、汪廷枞等结为真率会，号"饮中六友"①；乾隆五十五年（1790）擢兴安府汉阴通判；乾隆五十八年（1793）署乾州直隶州知州；乾隆五十九年（1794）署兴安府知府；嘉庆元年（1796）署咸阳知县；嘉庆二年（1797）迁邠州直隶州知州；嘉庆十一年（1806）休致，就养于其子逵吉任所。嘉庆十八年（1813）逵吉卒于咸宁知县任，庄炘乃携逵吉二子返回故里武进。

至于庄逵吉，陆继辂铭文中也说他卒于嘉庆十八年，得年五十四，由此可知其生年为乾隆二十五年（1760），即为庄炘二十五岁时所生。当庄炘出任咸宁知县时，逵吉年未及十岁，不曾随父之任，仍居留在江南水乡。逵吉年少早慧，"傲倪自喜，多舆服声伎之好"，其父庄炘又为人通脱，"不以绳度束君"，因而"甫弱冠，即纵使游侠结客，每江乡张灯竞渡，君清谭玉貌，跌荡其中，见者无不倾靡，结交惟恐后。而老师宿儒、言行端谨者，亦颇讪笑以为狂。君固知之，愈益甚"。乾隆四十五年（1780）、四十九年（1784）之际，他曾携挟万金赴京应试，两月之间挥霍殆尽，孙原湘曾有诗记其事："吹过闲云累太空，春明盛事忆乾隆。锦江春色湘江醁，醉杀毗陵庄伯鸿。"②乾隆四十九年（1784）前后，即二十四岁左右，就开始校读《淮南子》、《三辅黄图》等古籍。乾隆五十九年（1794）参加乡试，却铩羽而归；嘉庆三年（1798）再次参加乡试，复被刷落，这对于"视科第为故物"的庄逵吉来说，未免是极为沉重的打击，从此也"益厌苦场屋"。在征得其父同意后，捐资为知县，分发陕西试用，其时已三十八岁。初署咸阳，再署大荔，嘉庆八年（1803）补蓝田知县③，嘉庆十年（1805）任咸宁知县④，次年其父来任所就养，嘉庆十六年（1811）又擢潼关同知⑤。因长跪烈日中祷雨，历两时许大雨骤至，

---

① 庄毓鋐等：《武阳志余》卷十二。
② 孙原湘：《天真阁集》卷三十"今昔辞"。
③ 光绪《蓝田县志》卷四。
④ 嘉庆二十四年《咸宁县志》卷七。
⑤ 嘉庆《续潼关厅志》卷中。

中湿病足，以致不起，卒于嘉庆十八年（1813）十月二十三日。

庄逵吉的家世、生平、仕宦、著述斑斑可考。特别是为其作铭文的陆继辂，不但与逵吉为同乡，且"与庄氏世为婚姻"，年幼时即相识，虽然继辂生于乾隆三十七年（1772），晚于伯鸿十二岁，但却卒于道光十四年（1834），则后于伯鸿之卒二十七年。陆继辂能诗善文，有《崇百药斋集》初、续、三集共三十六卷，与其兄之子陆耀遹齐名，被称为"二陆"，《清史稿》就将耀遹传附见于继辂传（卷四八六）。此外，光绪《武进阳湖县志》卷二十三也有其传记，说其字祁孙（又作祁生），为嘉庆五年（1800）举人，后曾任江西贵溪知县三年。陆继辂还是一位戏曲作家，有杂剧《碧桃花》和传奇《洞庭缘》传世。因此，他在为庄逵吉作铭文时说其有《秣陵秋》、《江上缘》传奇二种，自属可信。

问题在于现今存藏于南京图书馆和南京师范大学图书馆的所谓稿本《秣陵秋传奇》，是否即为庄伯鸿所撰作，尚值得研究。从各方面来看，很可能是出自另一作者的同名剧作。

首先，如前所述，无论稿本或抄本《秣陵秋传奇》，均未见署逵吉之名或字，仅作"蓉塘别客制"，而目前又无以证明"蓉塘别客"即庄逵吉之字或号。特别是逵吉祖父名"蓉纕"，其孙当不会再以"蓉"字为字号，"蓉塘别客"似应为另一人。

其次，因为既肯定现存的《秣陵秋传奇》为庄逵吉所作，其自序中言及的"庚子"只能定为乾隆四十五年（1780）。此时逵吉在世。但乾隆四十五年，逵吉年方弱冠，正当"游侠结客"之年，也是"视科第为故物"之时，是不可能产生如《秣陵秋传奇自序》中所说的"升沉之感、离合之缘"的，与《提纲》出中〔金缕曲〕所流露的"无限伤心话，总付与登场傀儡"、"儿女英雄同一梦"的情绪也是相抵触的。这种消沉的情绪是要到乾隆五十九年（1794）、嘉庆三年（1798），即逵吉三十五岁和三十九岁先后两次参加乡试落第之后，才有可能产生。因此自序中的"庚子"似亦非乾隆四十五年，而如为下一个"庚子"，则已在道光年间，其时庄逵吉早已谢世。

再次，从现存《秣陵秋传奇》的内容来看，其中多次提到"夷兵"、"烟泡"、"黑鬼"、"侯官相公"等，如《寻秋》出中〔懒画眉〕曲词有"海上夷兵甚猖狂，沿海城池须堵防，满河征调尽兵航"之句；《兰因》出中又提及"海上逆夷"、"夷人现在乞抚"；《梦证》出中还出现"杂扮二黑鬼追上"、"杂扮四黑鬼跳上"，以及易仁山所说"鱼甫卿承侯官相公之荐，扫荡夷氛，报捷的红旗已过去三日了"；《考廉》出中钱再具因为"少带了几个烟泡，精神不佳"，胡乱应试等描写，都表明现存的《秣陵秋传奇》故事，应发生在道光年间。因为由鸦片输入而大动干戈之事发生在道光朝，卒于嘉庆朝的庄逢吉是不可能预知的。作品中所说的"侯官相公"，显然是指福建侯官人林则徐。据《清史稿·林则徐传》道光十九年（1839）"十月，（义律）又犯虎门官涌，官军分五路进攻，六战皆捷。诏停止贸易，宣示罪状，饬福建、浙江、江苏严防海口"。这与传奇中所描写的"沿海城池须堵防"正相符合；而其时"先已授则徐两江总督，至是调补两广"。《秣陵秋传奇》故事发生地，即为两江总督驻地所在。当时义律入寇时，不但有白人侵略军，而且还有黑人雇佣兵。据《夷艘入寇记》所记，林则徐曾下令"每杀一白夷者赏银百圆，黑夷半之"。传奇中出现的"黑鬼"正反映了当时的现实情况。凡此，都表明《秣陵秋传奇自序》中所说的"庚子冬杪"，当为道光庚子二十年（1840）冬季，而此时庄逢吉已卒去二十余年。

  复次，抄本中提及的顾秋碧、杨性农、鲁通甫等人，考其生平，也有助于我们了解《秣陵秋传奇》究竟产生于何时，并借此可以推论其作者情况。鱼甫卿为传奇中的主要人物，根据抄本扉页提示，其原型可能为鲁通甫。《寻秋》出中，他自报家门："小生姓鱼名爱日，表字甫卿，淮南人也。韬钤世胄，文献名家；风擅词章，兼工书画。早岁游庠，即获副车之选；壮年得第，遂蜚上国之英。"《梦证》出中，当易仁山说"鱼甫卿承侯官相公之荐，扫荡夷氛，报捷的红旗已过去三日了"之后，涂小鹤细想以后也相信无疑，因为"信非夸生原将家"。这与鲁通甫的生平大致吻合。鲁通甫名一同，又字兰岑，其先世为甘凉故将，清初移居安东（今江苏涟水），一同时始迁山阳（今江苏淮安），一说迁清河（今江苏淮阴）。《清史稿》卷四八六有小传；吴昆田写有《鲁通甫传》，汤纪尚写有《鲁通甫先生传》。一同卒于同治二年（1863），得年六十四，以此可知其生于嘉庆四年（1799）。道光壬午二年（1822）副贡，道光乙未十五年（1835）举人。吴《传》中说："林文忠则徐，总督湖广，请与偕，欲行而以亲老止。"林则徐任湖广总督为道光十七年（1837）事。这也不失为现存的《秣陵秋传奇》的创作时间及其作者究为谁何的有力佐证之一。易仁山原型杨性农，名彝珍，又字湘涵，湖南武陵人，道光三十年（1850）庚戌科进士，曾官兵部主事，有《移芝室文集》，其传附见《清史稿·吴敏树传》中。古士秋原型顾秋碧，亦为道光时人，名槐三，江宁人，"生平不拘小节，气尤豪迈"，与同乡杨辅仁等结成苔芩社以谈诗文，有《五代史艺文志》、《然松阁诗文集》之作。而其友杨辅仁生性"跌宕不羁，人称杨风子"[①]。传奇中的易仁山也被人叫做"风子"（《寻秋》）。这几个人物原型，大都生活于嘉、道、咸三朝，因此生于乾隆、卒于嘉庆的庄逵吉，是不可能悉知他们的生平事迹，自然也不可能将他们的某些经历加以剪裁，在作品中加以点染的。现存的《秣陵秋传奇》的作者，当为鲁一同、杨彝珍、顾秋碧同时代人，据抄本扉页可知涂小鹤原型为徐鹤孙，而在《寻秋》出中，鱼爱日称涂小鹤为"社兄"，这或许与顾秋碧、杨辅仁等人所结的"苔芩社"不无关系，抄本又明署作者为徐鹤孙。当然，关于徐鹤孙的生平还有待稽考。

此外，特别是现存的《秣陵秋传奇》的出数与庄逵吉的戚友陆继辂所记并不一致。现存《秣陵秋传奇》共十五出，即：《提纲》、《寻秋》、《桂卜》、《考廉》、《访云》、《谋饵》、《入闱》、《闹板》、《赠囊》、《盲荐》、《兰因》、《情诉》、《芳会》、《饯别》、《梦证》。陆继辂所见的《秣陵秋传奇》则为三十六折，他写有《自题〈洞庭缘〉院本即呈味庄先生》八首，其第七首云："重翻旧曲触闲愁（向偕庄君伯鸿撰《秣陵秋》三十六折，味庄观察命家伶习之），同把青樽话昔游。恨我识公迟十载，一帘秋影独登楼。"这不但明说《秣陵秋传奇》为三十六折，与今本不同；而且还说明此剧乃他与庄逵吉合撰。归懋仪在《味庄师招看〈洞庭缘〉新剧次祁生自题韵》八首之七中亦说："何计能消万古愁，琴河曲曲忆前游。秣陵秋老宫商换，重见江花结蜃楼（祁生向有《秣陵秋传奇》之作）。"则径将此剧作者归于祁生（继辂）。既然此剧为陆、庄二人合撰，陆继辂生于乾隆三十七年（1772），那么稿本自序中提及的"庚子"更非乾隆四十五年（1780），因为这一年继辂年方八岁，怎能与庄逵吉合作撰写传奇？

凡此种种，均表明目今存藏于南图、南师的《秣陵秋传奇》似是与庄逵吉所作的同名剧作，实出自另一作者之手，而非庄逵吉所作。

---

① 陈作霖：《金陵通传》卷三十一。

三

现存《秣陵秋传奇》刻意效法孔尚任《桃花扇》，在女主角王云仙的闺房中就陈放着孔东堂的传奇，季山樵还向男主角鱼甫卿说："甫卿，你看的是《桃花扇》，可知书上戏文就是你们的榜样。"又说："当日（李）香君初遇侯生（方域），请侯生扇上题诗，今日云仙遇着你，请你扇上作画，这不是无意相同么？"（《访云》）从整个剧本的立意和结构看，这部传奇显然处处仿效《桃花扇》。《桃花扇》通过明末复社名士与秦淮名妓的爱情故事，反映出明季的社会动乱，寄托了作者的兴亡之感。《秣陵秋》也是描写南京（秣陵）的文士与妓女的恋爱故事，意图反映出鸦片战争前夕江南地区的动乱情景，从而抒发"升沉之感，离合之缘"。当然，《秣陵秋》所表露的这种感情，与《桃花扇》所流露的"兴亡之感"是不可比拟的，两者显然有格局高下、思想深浅之分。孔尚任的家国兴亡之感，在传奇中通过他笔下的人物有着强烈分明的表现，具有深刻的政治内涵；而蓉塘别客在《秣陵秋》中，虽然也意图通过男女恋情表现出现实的动乱，但作品客观上所表露的仅仅是作者的升沉离合的消沉情绪，未若《桃花扇》那样解剖了南明王朝覆灭的教训。因之，《秣陵秋》的思想价值自然不能与《桃花扇》同日而语。尽管如此，对我们了解鸦片战争前夕江南地区的动乱，《秣陵秋传奇》还是具有一定的认识意义的。

《秣陵秋》既然以名士与名妓的爱情故事为线索，自然要接触到科举考试和妓女从良问题。因为科举时代，读书人无不和科举考试发生一定关系，更何况南京是明、清两朝乡试所在地，自然也是名士聚会之所。南京贡院面临秦淮河，水榭画舫又多名妓，她们大多想在与名士交接中择善而从，正如《桂卜》出中老院主张云仙对妓女王云仙所说："你看那前朝柳如是、顾横波，俱是一时名妓，后来都到（得）了好处。"王云仙却不无怀疑："听得明末时节，秦淮水榭，都是些名公往来。而今这院中游串的，无非俗子凡夫。"张云仙的看法却不如此："不然。目前正当乡试，四方应举的都来南京，其中岂少真才人、真名士？但有来访你的，只要你认得真、把得定，自然情投意合，能结识得个好姻缘出来。"王云仙听从老院公的教诲，后来果然结识了名士鱼甫卿。

从士子与科举来看,这部传奇通过鱼、王的离合之缘,也确实在某种程度上抒发了作者的升沉之感,反映了科举考试的黑暗与弊端。吉招园所唱的〔贺圣朝〕一曲"棘闱昏似复盆,傀儡场众同登。由来得失总无凭,一笑付行云"(《兰因》),可说是作者对科举考试的全面批判与否定。从具体情节看,应考士子也是老少良莠各色不齐:年轻的少爷参加考试,自以为"幸家君贵显,领乡荐那靠文章";老生员年过八十,依然"精神勃勃"地参加第二十一次考试。他们一旦聚集就起哄闹事,"书呆成党寻殴,官也慌张","只为成群势太张",被逮之后却又人人"缩着头,个个没用了"(《闹板》)。主试官员又如何?作者无情地讽刺了阅卷的"帘官"。《考帘》出中有相当精彩的描绘,应监临大人考试的四个"帘官"柯九敦、邵有裁、钱再具、魏枝雯,他们一心想的是"宦囊何日才能满";他们的能耐是"此道久荒,看文的眼力还可,作文是不能了"。其实他们又何尝有"看文"的眼力?魏枝雯"连一个承题都看得不明白"。他又是怎样评定优劣呢?作者这样写道:

  (想介)有了,我将这些卷子都搁在帐顶上,待我睡下来,用脚踢去,但是吊下来的就荐。

  (捧卷搁帐上介)(丑小踢介)有造化的亡八蛋吊下来。好了,吊下两本来了。还少,不够荐的。(再踢介)有造化的亡八蛋,多吊下几本来。

  (作起身大笑介)又有了三本,够了够了,好妙法,将来子孙若做帘官,不怕没传授了。

钱再具倒不像魏枝雯这样"看文"之道"未之闻",而是借阅卷荐卷之权,不断"聚钱"。他明知有几份卷子"很可荐得",但又考虑"荐了他,我那宗儿就要打下来",银钱又"怎得到手"?因此那几份优秀试卷被他"狠狠心打入落卷里"去。不过蓉塘别客的批评仅限于对乡试阅卷帘官,对于更高层次的考试大员很少有所触动,作品中偶或涉及江南乡试的主考,也仅仅点到而止。《入闱》出中,通过朝天宫老道之口,对乡试主考有若明若暗的贬词:"(悄语介)前日听得一句不好说的话,想是谣言。若是真的(摇头介)嗳,对不起天哪,对不起天哪。"出末的结诗又如此写道:"抡才星使散公筵,共说虚堂宝镜悬。琐棘那知无黑白,几人入地几升天。"其批判科举考试之意仍是相当显露的。

从士子与妓女的关系来看,传奇中对青楼妓女的卖笑生涯,也有一些真实的反映。明清以来，秦淮河两岸月台水榭大半为歌舞欢场；烟花女子麋集于此。《寻秋》出中提到的"旧院东街"，《桂卜》出中提到的"丁家河房"，《访云》出中提到的"东（水）关一带"，均是秦楼楚馆聚集之所，也是应试士子出入之地，这可从《板桥杂记》、《秦淮画舫录》一类笔记中得到印证。这些青楼女子大多出身于南京周围地区的破败之家，如王云仙自诉身世所唱的〔梁州序〕一曲所云："慈亲先丧，严亲衰朽，露尽风尘乖丑。难寻乡梦，烟花旧籍扬州。春初流寓，夏末迁居，依着姨和舅。茫茫苦海谁援手，自恨红颜命不由，拚老煞章台柳。"（《桂卜》）她虽沦落风尘，却企望从良，虽有人愿出千金娶她为妾，但她考虑其人却是俗物，"日久断靠不住的"，因此谢绝。她们重人品而轻财富，因此受到士人的看重，鱼甫卿就说"妓女能慕风雅，便是可人"（《寻秋》），所以他们两人后来终于成就了一段姻缘。但是，封建社会中沦落风尘的女子果真能有如此美满结局吗？作者也无法作肯定回答。王云仙嫁与鱼甫卿，只是涂小鹤梦中听易仁山所言，现实情况又如何，作者没有交代，出目即为《梦证》，这只是作者的良好愿望的体现罢了。《秣陵秋》中还描写了另一类士子与妓女的关系，这就是《谋饵》出中的江文阁，他自报家门说："小子姓江名文阁，不会作文也进学。今年沽名来下科，别人吃苦我行乐。"不会作文而能进学（考取秀才），其功名来路之不正，可想而知；虽然明知举人考不取，为了沽名钓誉，也前来参加乡试。只是别的士子忙于考场，他则奔走于妓场，终日在"东院"中"开开心儿"，为妓女出些"妙计"招徕嫖客，"骗鱼儿上钩"。与江文阁这种士林败类相串通的妓女，也不同于王云仙，她们的灵魂已深受这种非人生活的腐蚀与毒害，以卖笑生涯为"擎钱"的"勾当"，很少考虑自己的前途。

《秣陵秋》的故事发生在鸦片战争前夕的南京地区，整部传奇具有浓郁的时代气息和地方色彩。以时代气息而言，鸦片战争前夕，道光帝一再谕旨加强福建、浙江、江苏等地海防，内河征调船只运送兵力至海口的情节，在《寻秋》出中有形象的反映；因夷兵作乱而致百姓逃亡的情景，在《梦证》出中也有点染。至于阅卷帘官要带"烟泡"（《考帘》）、应试士子"以烟管吃烟"（《闹板》）等描写，也无不透露了鸦片战争前夕的时代特征。再从科举考试文章来看，明季以来直至清初，一向用宋儒的注疏，至于汉儒的考据，要到乾隆后期和嘉庆朝方始大盛，而以之作为科举考试文章的内容，自当是嘉、道以来才有的现象。《盲荐》

出中帘官邵友裁"才华考据,二者须兼取"的主张,正反映了这一时代特色。至于地方特征,传奇题名《秣陵秋》,即标明是南京发生的故事。剧本中还提到南京的许多名胜古迹如雨花台、报恩寺、钟山、孝陵、清凉山、台城、杏花村、乌衣巷、莫愁湖、胜棋楼、金谷园、青溪、桃叶渡、鸡笼山、白门桥、朝天宫、状元境、武定桥、水西门、长干、聚宝门等等,至今犹存。传奇中还运用了不少南京的方言俗语,如"擎钱"(《谋饵》、《梦证》)、"胡而化之,狗而屁之"(《入闱》)、"相左"(《饯别》)、"晕头塌脑"(《梦证》)等,南京的读者在欣赏这部传奇时,定会倍感亲切。

《秣陵秋》传奇只有十五出,颇适于舞台演出。明清传奇一般长达三四十出,一些具有舞台经验的剧作家,在创作传奇时已大加压缩,但一般也有二十余出。篇幅过长,不但演员辛劳,观众也易疲乏,自然影响演出效果。蓉塘别客颇谙此理,仅以十五出戏反映了这一悲欢离合的故事。在情节发展中,以士子应试、妓女风情两条线索交错展开,极富变化。传奇的唱词又十分优美,试举《寻秋》出中易仁山所唱〔锦缠道〕为例:

　　……你看那郁青苍,龙蟠气势无双。你看那锁寒烟,柱倾殿荒,啸空陵,狐窜鸱张。那空地一片,是内城旧宫了,你看那一带御沟长,犹逗出宫花晃漾。想当日何等庄严壮丽,而今呵,午门前牧羊场,添几许平芜榛莽。更说甚罢早朝,袖惹御炉香。

　　你看那碧琅琅,是宫车乘凉那厢,辇路翠微旁。你看那影迷茫,台城隐隐相望。你看那绕鸡笼、浪翻大江。你看那靠鸡鸣、星落高冈,沽酒杏村忙。数不到乌衣旧巷。尽悲歌感兴亡,休说是老夫狂放。咳,你听这远寺钟,兀自诉萧梁。

充满着极为沉挚的兴亡之感,富有催人肺腑的艺术感染力。总之,《秣陵秋》虽然比不上孔尚任的《桃花扇》,但尚不失为具有一定价值的剧作,特别是至今未曾梓行,更有必要表而出之。

(原载《文献》1988年第1期)

清代三部以南京为场景的传奇

清代产生三部以南京为主要场景的传奇，依次为《秣陵春》、《桃花扇》和《秣陵秋》，它们之间存在着一定程度的递衍影响，不同程度地反映了地域文化特色，将它们综而论之，也并非全无意义。

一

《秣陵春》作于明清易代之际，《桃花扇》成书于清季鼎盛时期，《秣陵秋》则出现在清季衰落时期。

《秣陵春》又名《双影记》，作者署名灌隐主人，实为江左三大家之一吴伟业。吴伟业字骏公，号梅村，生于明万历三十七年（1609），卒于清康熙十年十二月二十四日（1672年1月23日）。《秣陵春》当作于吴伟业出仕清朝前夕。据《花朝生笔记》云"夏古存完淳先生《大哀赋》'叙南都之亡'，吴梅村见之，大哭三日，《秣陵春》传奇之所由作也。"南明弘光覆亡于顺治二年（1645），夏完淳殉难于顺治四年（1647）。因此，《大哀赋》必作于顺治二年至四年之间，而《秣陵春》也当作于顺治四年之后。又据暖红室本《秣陵春》卷首有寓园居士作于癸巳七月七日的序言，则可知此剧又必当作于顺治十年（1653）之前。侨寓金陵的福建文士余怀曾于顺治七年、八年两次来游太仓，写有《至娄东，吴骏公宫尹留饮廓然堂，同子俶剧饮》诗四首，其四有云"愁深沧海月，醉杀《秣陵春》"，并自注："宫尹有《秣陵春》传奇"。可知此剧当作于顺治七年、八年间，在吴伟业北上前夕。余诗中所云"宫尹"即指吴伟业于崇祯十七年（清顺治元年，1644）秋，出任弘光朝詹事府少詹事一职。少詹事职名，唐代称"宫尹"。吴伟业自任此职之后，直至北上之前，未再出仕。由余诗"宫尹"之称，可知《秣陵春》必作于出仕新朝之前。至于徐釚《词苑丛谈》所云《秣陵春》作成，"祭酒将复出山"，不确。

吴伟业在明崇祯十三年（1640）四月曾任南京国子司业，并未任过祭酒；仕清之后，曾于顺治十三年（1656）二月升任国子祭酒。徐釚所记"祭酒"云云，当为后来追记，不能说明此剧为仕清之后所作之根据。

《桃花扇》作者孔尚任于清顺治五年（1648）在曲阜出生，康熙五十七年（1718）七十一岁时去世。终其一生，是在康熙"盛世"中度过的。当其"未仕时"，"山居多暇，博采遗闻，入于声律"①，即开始创作《桃花扇》，直到康熙三十八年（1699）方始完稿。从作者"博采遗闻"，到"挑灯填词"，再至"买优扮演"、"付之梓人"②，整个过程全处于康熙"盛世"。

《秣陵秋》之作已在清朝衰败之际。现存《秣陵秋》传奇稿本未题撰人及年代，仅有署名"芙蓉塘别客"作于"庚子冬杪"的自序。有的学人断定此剧作者为庄伯鸿，"庚子"当为乾隆四十五年（1780）。笔者曾据南京图书馆所藏抄本与南京师范大学图书馆所藏稿本，在仔细比较的基础上，翻检大量文献，排出庄伯鸿生平经历，又据抄本题识及批语寻索涉及的人物和事件，于1987年写成《稿本〈秣陵秋〉传奇作者和创作年代考辨》一文③，详尽论述现存之《秣陵秋》传奇并非庄伯鸿所作，作者可能是徐鹤孙；剧作中有发生于道光十九年（1839）事件，因此自序所云"庚子"当为道光二十年（1840）。此文刊出后，有的论者即以为据。近年反复思索、再次研读，发现拙文将抄本眉批中涉及的戊辰、己巳、庚午、癸酉等干支列于卷末陈畏人于光绪甲午所写题记之后，有所欠当，这几个干支应列于其前，即分别为同治戊辰七年（1868）、己巳八年（1869）、庚午十年（1870）、癸酉十二年（1873）。以上几个干支均在道光庚子二十年（1840）之后，而在下一甲子的庚子年（光绪二十六年，1900）之前（陈注：后已改正）。卷末陈畏人题记中所云"温叟校一过"，温叟，即目录后题记中所指的吴温叟。正文眉批中有几处吴温叟的批语，如《访云》一出，（旦）"还不曾请问老爷尊姓"，眉批有云："鄙意'老爷'改为稍雅字面，盖名妓口吻，不可稍涉俗套也。改为'先生'何如？俟高酌。吴。"同出又一白：（旦）"……只是奴家抵不上香君，只恐代老爷捧砚还不要嫌。"眉批："'只恐'拟改'若'字，'还不要嫌'拟改'未

---

① 孔尚任：《桃花扇小引》。
② 孔尚任：《桃花扇本末》。
③ 《文献》1988年第1期。

免惭汗'，俟高酹。吴"。在所谓的稿本中这几处已按吴温叟意见改定。既然吴温叟提出一些意见，请"先生"——作者徐鹤孙——酹定，作者也接受吴温叟的意见而作了修改。可见吴温叟当与作者徐鹤孙为同时代人。如此，吴温叟既然于光绪甲午二十年（1894）再行"校一过"，那么，《秣陵秋》自序所题"庚子"就可能不是道光二十年庚子（1840），而很有可能是光绪庚子（二十六年，1900）。因此关于此剧的创作年代还要从道光庚子向下移。再验之取剧本中人物原型生平而言，易仁山原型为杨性农（彝珍）、鱼甫卿原型为鲁通甫（一同），据《清史稿》本传，他们均曾与曾国藩有过往还。尤其是鲁一同曾论及用兵机宜，"……已而国藩克安庆，复金陵，一如所论"。克安庆、复金陵分别为咸丰十一年（1861）和同治三年（1864）间事，均在道光庚子二十年（1840）之后，而在光绪庚子二十六年（1900）之前。虽然《秣陵秋》中并未涉及此事，但以眉批中提及的干支两相比照，《秣陵秋》传奇成书在道光庚子之后，当无可置疑，其时，清王朝已处在风雨飘摇之际。

二

《秣陵春》对《桃花扇》产生一定影响，而《秣陵秋》又刻意仿效《桃花扇》，三部传奇之间存在着一定的承传关系。

清军于顺治二年（1645）五月入占南京，弘光朝大臣王铎、钱谦益等迎降。为笼络汉族地主阶级知识分子，顺治三年（1646）恢复科举考试。吴伟业友人宋徵舆、许浼、张王治考取顺治四年进士。侯方域也于顺治八年（1651）参加乡试，考中副榜，但他却于顺治九年（1652）写信给吴伟业，反复告诫吴伟业不可出仕新朝，说："学士之出处将自此分，天下后世之观学士者亦自此分矣"[①]。但吴学士仍在顺治十年（1653）九月应诏北上。而《秣陵春》之作，正在朝廷征召前夕。

《秣陵春》传奇通过徐适（次乐）与黄展娘的婚姻叙写南唐亡国的故事。徐适为南唐名臣徐铉之子；女主角黄展娘为南唐将军黄济之女。两家于都城秣陵（南京）比邻而居。展娘之姑为李后主爱妃黄保仪。李后主生前曾分赐给两家玉杯、

---

① 侯方域：《壮悔堂集》卷三《与吴骏公书》。

宝镜。徐次乐在宝镜中见到展娘容貌,黄展娘在玉杯中看到次乐身影,相互发生爱慕之情。其实全由李后主和黄保仪指使花蕊夫人、箜篌夫人撮合。李后主虽于阴间赐婚,但次乐与展娘在人间仍不能团聚。直到蔡游向赵宋王朝保举,徐次乐被钦点状元后,辞官寻妻,来到秣陵岳家,两人始举行婚礼。完婚后,夫妇两人去南京摄山李后主祠焚香祭拜。突然响起一片仙乐,李后主、黄保仪现身云端,徐适夫妇跪拜。诸神散去后,徐适夫妇与已出家在祠中的曹善才诉说当年,彼此感慨不已。

《秣陵春》中所出现的人物,既有现实人物,也有天神地鬼;现实人物也与史实不尽相符,如徐适本为北宋徐徽言从孙,因抗金殉国,作者却将他安排为南唐徐铉之子。总之,剧情极其幻变离奇,难以现实生活忖之,但作者所欲表达的感情却分明可见。吴伟业通过此剧究竟抒发何种感情呢?他在序言中说:"是编也,果有所指而然耶?果无所指而然耶?即余亦不得而知也。"其实,"不得而知"只是一种掩饰。钱谦益诗云"谁解梅村愁绝处,秣陵春是隔江歌"①。就点明其中有着"商女"所唱的"亡国恨"。从整个情节来看,显然是借南唐亡于赵宋的历史哀吊朱明亡于清。剧情展开的主要场所安排在既是南唐都城,又先后是明初京师和留都的秣陵,也是有深意的。剧本中徐次乐与黄展娘的婚姻是由李后主钦赐的,作者以浓墨重彩再三渲染这一情节,直到全剧结束,犹在下场诗中提及:"门前不改旧山河,惆怅兴亡系绮罗。百岁婚姻天上合,宫槐摇落夕阳多。"这其间夹杂着吴伟业的感情,因为他有着类似的际遇。在他考取进士后,崇祯帝曾赐假返乡完婚。在《与子暻疏》中,他说"不意年踰二十,遂掇大魁……给假归,娶先室郁氏"②。陆世仪在《复社纪略》(卷二)中说:"伟业以溥门人,联捷会元鼎甲,钦赐归娶,天下荣之。"郑方坤《国朝名家诗抄小传》也说:"盖自洪武开科,花状元给假,此为再见,士论荣之"。张溥《送吴骏公归娶》诗有"人间好事皆归子"③。对赐予他这种殊荣的旧主,吴伟业怎能不感激和怀念!可是,当吴伟业创作《秣陵春》之际,清王朝已经坐稳江山,他在《仙祠》中就写道"只看如今的世界,四海江山都姓赵"。不少友人已经出仕新朝,自己又受到

---

① 钱谦益:《读豫章仙音谱漫题八绝句》之三,《有学集》卷十一。
② 吴伟业:《梅村家藏稿》卷五十七。
③ 张溥:《七录斋集》诗稿卷一。

新朝的罗致，何去何从，他必须作出抉择。最后还是应诏北上。对此，东南一些士人是有所反响的。刘献廷《广阳杂记》卷一就有所记："顺治间，吴梅村被召。三吴士大夫皆集虎丘会饯。忽有少年投一函，启之得绝句云：千人石上坐千人，一半清朝一半明。寄语娄东吴学士，两朝天子一朝臣。举座为之默然。"此外，他曾为之作过传记的张南垣① 也曾借戏讥讽。事见黄宗羲《撰杖集·张南垣传》。这些讥讽和议论，不能不引起吴伟业心潮起伏，他一方面，在《庙市》出中表达"我父子受国厚恩，无由报答"；另一方面，又在《特试》出中毫不掩饰地表示："似你赵官家催得慌，谁替我李皇前圆个谎。"也就是说只要能给旧朝一个交代，就可以心安理得地出仕新朝。这种出处两难的境遇和思虑，在他这时期所写的诗词中也有反映，如"惭愧荐贤萧相国，邵平只合守瓜丘"②、"误尽平生是一官，弃家容易变名难"③、"我本淮王旧鸡犬，不随仙去落人间"④、"脱屣妻孥非易事，竟一钱不值，何须说"⑤。陈廷敬《吴梅村先生墓表》中记其临终之言说："吾诗虽不足以传远，而是中之寄托良苦。后世读吾诗而知吾心，则吾不死矣。"其诗如此，其曲何尝不如此。尽管抒发了浓烈的故国之思，但也充塞着同样强烈的进退两难的"良苦"情绪。

吴伟业这种故国之思虽有着对旧主的感恩情绪，但并无不满新朝之语，只是流露出进退两难的苦衷，所以新主尚能包容。据光绪《嘉定县志》卷十"文学"所记，"世祖曾于海淀览其参订《秣陵春》曲"，向吴伟业询问作序的"寓园主人"姓名，"祭酒吴伟业以嘉定生员李宜之对"。福临阅览过此剧而一无罪怪之语，足可说明。

三

吴伟业身处易代之际，而孔尚任则生活于清王朝已经确立的时代，因此他并不存在像吴伟业那样面对出处两难的境遇，只是一心遵循乃祖孔丘"学而优则仕"⑥

---

① 吴伟业：《张南垣传》，《梅村家藏稿》卷五十二。
② 吴伟业：《投赠督府马公》，同上书，卷六。
③ 吴伟业：《自叹》，同上书，卷六。
④ 吴伟业：《过淮阴有感》，同上书，卷十五。
⑤ 吴伟业：《贺新郎·病中有感》，同上书，卷二十二。
⑥ 《论语·子张》。

的教导，沿着科举制度逐级向上攀登，但却屡困场屋。直到衍圣公孔毓圻举荐他为玄烨讲经，讲辞中颇多颂圣之语，从而得到玄烨欢心，吏部奉旨"从优额外授为国子监博士"。孔尚任为此感激涕零，在《出山异数记》中云："书生遭遇，自意非分，犬马图报，期诸没齿。"并于次年，即康熙廿四年（1685）三十八岁时赴京就职，康熙三十九年（1700）三月罢官。

传奇《桃花扇》乃写侯方域与李香君的故事。侯方域来南京参加应天府乡试，落第后未曾返回河南故乡，侨寓在南京莫愁湖畔，与复社名士陈定生、吴次尾等诗酒唱酬，并结识秦淮名妓李香君。阉党阮大铖欲结纳名士，乃由罢职县令杨文骢说合，代侯方域出资梳拢李香君。香君闻知奁资出自阮大铖，坚决辞退。阮大铖又进谗当局，诬陷侯方域与左良玉勾结，欲捕之下狱。方域逃走，幸免于难。阮大铖与马士英等拥立福王，香君坚持不肯嫁给田仰为妾，撞伤额角，血溅宫扇，杨文骢乃将其点染成一幅桃花扇，托曲师苏昆生寄给方域。侯方域获扇后，急归秣陵，而香君已被选入福王宫中。阮大铖闻知方域来宁，捕之下狱。不久，清军入陷南京，方域与香君等分别从狱中、宫中逃出，先后到栖霞山避难。道士张薇于白云庵中修斋追荐崇祯先帝及殉难诸臣。侯、李二人在会上相遇，互叙旧情，但为道士大喝惊悟，乃出家为道。此际，苏昆生已成樵夫，柳敬亭也为渔父，偶逢老赞礼，相互弹唱，叙说社稷覆亡。县中差役忽至，三人远遁，不知所终。

侯、李爱情故事，是在这样的政治、社会背景下展开的：明末复社文人与阉党的斗争正炽；起义军李自成攻陷北京，继而清军进逼；马士英等拥立福王，复社文人遭到陷害；江北四镇拥兵跋扈，上游左良玉兴师除奸；清军南下，史可法沉江；南京城内一片混乱，或降或逃，弘光朝覆亡。作者所写"皆南朝新事，父老犹有存者"[①]，其中"朝政得失，文人聚散，皆确考时地，全无假借"，自然，剧中虽也"稍有点染，亦非乌有子虚之比"[②]。因为南明之亡不久，旧人尚存，落笔之际不能不将"世事含糊八九件，人情遮盖两三分"（《孤吟》老赞礼之言）。但基本情节依然符合史实。因为孔尚任在《桃花扇》中所叙写的历史不像吴伟业在《秣陵春》中所描写的历史那么遥远，而是昨天的时事，不能任意变更。也正因为艺术的真实符合历史的真实，所以每当演出时，观众席中的"故臣遗老"，

---

① 孔尚任：《桃花扇小引》。
② 孔尚任：《桃花扇凡例》。

直到"灯炧酒阑",方"唏嘘而散"①。确实达到如《先声》出中老赞礼所言,"借离合之情,写兴亡之感"的目的。也即徐旭旦《桃花扇题辞》②所云:"场上歌舞,局外指点,知三百年之基业,隳于何人,败于何事,消于何年,歇于何地。不独令观者感激涕零,亦可惩创人心,为末世之一救矣。"徐氏题辞,颇得作者用心,因此,孔尚任径直将其改写为《桃花扇小引》,置之卷首。

孔尚任创作《桃花扇》时,明亡虽不久,但他却未曾亲历易代之变,而且,又曾受玄烨识拔,何以会有此种易代之际的惆怅情绪?首先,与其某些亲友曾仕宦南明有关。他的族兄孔尚则曾为南明王朝部曹,"得弘光遗事甚悉,旋返里,后数数为予言之,证以诸家稗记,无弗同者,盖实录也"③。其次,孔尚任接触到许多南明遗老,颇受他们的影响。最著者如冒襄,他曾参与揭发阮大铖《留都防乱揭帖》一事。孔尚任在南下淮扬治河时,曾与冒襄多次聚晤。这其间,冒襄自然会谈及弘光朝遗事。再次,孔尚任曾游览过扬州,此处为史可法殉难之地;又数次往南京游览访胜,诸如秦淮河、板桥、青溪、明故宫、孝陵等处,在清凉山吊奠过明之遗民龚贤;到栖霞山拜访过明朝大锦衣张薇。此外,孔尚任有闲暇可以从事创作,早年"山居多暇"且不说;治理河务时,由于朝臣意见不一,工程搁置,河务清闲;返京后继任国子博士,实为冷官闲职。同时孔尚任又曾创作过传奇《小忽雷》,有从事戏剧创作的艺术经验。具有如上种种条件,终于创作出总结一代王朝覆亡教训的《桃花扇》。

这一任务,似应由深受朱明王朝恩典的吴伟业来进行,然而《秣陵春》之作虽然以假托南唐与赵宋易代以暗示明清改朝换代的现实,但这一现实大多用来作为徐适与展娘爱情生活的背景,并无总结易代教训之内涵,居中虽不乏思念旧朝之曲词,但总夹杂着其出处两难的心绪,这也许是身处易代之际,个人安危进退是首先考虑的问题,尚无遑冷静地思前虑后,客观地总结明朝兴亡的历史教训。孔尚任则已远离这一时代,可以反观历史,从容思索,予以客观总结。历史,总是由后人来谱写的。

《桃花扇》一剧给孔尚任带来极大的荣誉,但也为孔尚任的仕途投下阴影。

---

① 孔尚任:《桃花扇本末》。
② 徐旭旦:《世经堂初集》卷十七。
③ 孔尚任:《桃花扇本末》。

康熙三十八年（1699）秋，《桃花扇》传入内府，次年四月，他即遭罢官。孔尚任被罢官的真正原因何在，并无明确记载，但从他的友人的诗作中约略可知与《桃花扇》的创作不无关系，孔尚任是玄烨亲自拔擢任用的孔圣后裔，却去写作"实能败坏风俗，蛊惑人心"①的"淫词小说"，已属不当。同时，《桃花扇》虽无反清内容；至于史可法，则是清统治者意图招纳的人物；揭摘南明腐败，也是得到玄烨首肯的。但此剧演出后，竟然引发"故臣遗老""掩袂""唏嘘"的效应，这自然是触犯忌讳的。孔尚任由此而被罢免官职，也是极其自然的。而从福临、玄烨对待《秣陵春》、《桃花扇》的不同态度（当然，这与清初笼络汉族知识分子，而到康熙时文网渐密的客观形势也有一定关系），也可以在某种程度上觇知这两部传奇从作者感情到作品内容的差异，自然，它们的社会价值和历史地位也就有所不同了。

四

传奇《秣陵秋》写鱼甫卿与王云仙悲欢离合的故事。鱼甫卿名爱日，"淮南人也"，因正逢"大比之期"，他的朋友都赴南京应试，约他同往。在南京与易仁山、古士秋、季山樵、吉招园、涂小鹤等士子同游，登雨花台、游秦淮河，并与青楼妓女王云仙相好。乡试诸人落第，各自返乡，惟有鱼甫卿因"侯官相公之荐"去"扫妖氛荒海上"，王云仙在逃难时寻至军中与鱼甫卿相聚，而其他妓女则被入侵的"四黑鬼"追赶——这是涂小鹤在返乡途中夜宿客店梦中所见。在"黑鬼"的喊杀声中，涂小鹤惊醒，故事也就结束。

在剧作中，作者所表达的"升沉之感，离合之缘"，虽流于肤浅，有欠深沉，但也具有时代特征。以士子升沉而言，《秣陵秋》着重描写了南京乡试的情景。首先，在作者笔下，应试士子"以烟管吃烟"，而帘官则要有"烟炮"过瘾，这正是鸦片战争前后方才出现的现象。其次，帘官邵有裁主张"才华考据，二者须兼取"，也是嘉庆、道光以后才出现的标准，此前占统治地位的是宋儒义理之学，有明一代及清中叶之前，科举考试内容是以宋儒注疏为准的。此外，在作者笔下，帘官是缺德无才之辈，他们的姓名是邵有裁（稍有才）、魏枝雯（学问未之闻）、

---

① 《圣祖实录》卷一二九。

钱再具（钱财不断聚敛）。应试士子明知"领乡荐那靠文章"，主考也深感"对不起天哪"。作者谴责道："棘闱昏似复盆，傀儡场众同登。由来得失总无凭，一笑付行云。"腐败之严重，黑暗之深沉，为前此所未有。以男女离合而言，作品中主要叙写的是应试士子与青楼女子的离合，但此剧中所描写的鸦片战争的阴影给青楼妓女带来灾难，却是前此的戏曲作品中所未曾有过的。她们不仅受到鸨母、嫖客的欺凌、盘剥，而且还受到侵略者雇佣兵的追杀。"二黑鬼"追赶并劫走张馥娘，后被季山樵、吉招园仗剑夺回。但有此幸运者仅张馥娘一人，王爱莲、杜兰微又被"四黑鬼"追杀，是否有人救助未曾交代。

　　《秣陵秋》这种"升沉之感，离合之缘"的创作意图与《桃花扇》乃至《秣陵春》颇有相似之处。其实，这三部传奇存在着递衍影响，不妨略作考察。《秣陵秋》与《秣陵春》题名仅一字之差，仿效之意显然。同样，《秣陵秋》刻意模仿《桃花扇》之痕迹，也是斑斑可见。在《访云》出中，王云仙的妆台上就放着孔东塘的传奇。季山樵对鱼甫卿说："甫卿，你看的是《桃花扇》，可知书上戏文就是你们的榜样。"又说，"当日香君初遇侯生，请侯生看扇上题诗；今日云仙遇着你，请你扇上作画，这还是无意相同么？"等等。尤其是《秣陵秋》的"升沉之感，离合之缘"与《桃花扇》的"借离合之情，写兴亡之感"乃至《秣陵春》的"惆怅兴亡系绮罗"的情绪是有相通之处的。当然，《秣陵秋》的升沉离合只是士人在科场上的沉浮、风尘女子在战乱中的聚散，虽有其时代特色，但未若《桃花扇》那样，儿女之情只是兴亡之感的戏眼，男女的聚散处处折射出朝廷的腐败，是南明王朝的覆亡造成儿女之情的破灭。徐鹤孙的升沉离合之感，自然也不同于吴伟业身处易代之际、进退两难，既不愿开罪新朝，又不能忘记旧朝的心绪。徐鹤孙与孔尚任并无交往，但孔尚任与吴伟业的关系则不同，虽然吴伟业创作《秣陵春》时，孔尚任尚为孩提。但孔尚任却与吴伟业的友人有所交往，如冒襄，是与侯方域、陈贞慧、方以智并称的四公子之一，他们都是《桃花扇》中人物。至于《桃花扇》中的苏昆生、柳敬亭也都与冒襄有来往，特别是苏昆生与冒襄的相识，是由于吴伟业的介绍，在《与冒辟疆书》之五中，吴伟业说："……苏生不免为吴儿所困，比独身萧寺中，惟兄翁可振拔之，水绘园中不可无此客也。"吴伟业的《吴梅村家藏稿补遗》中有《与冒辟疆书》七封，冒襄的《巢民诗文集》卷五中有《寄吴梅村先生》诗七首，可以觇知二人的交往。至于孔尚任与冒襄也颇有交谊，初次结识时在康熙二十五年（1686），孔年三十九，而冒已七十六，但两人交谊不薄。孔尚任四十初度时，冒襄特从如皋赶赴兴化祝寿，并在孔尚任处留住一月之久。由此可以推知，孔尚任必从冒襄处闻说南明旧事甚详；而水绘园中又常有家班演出各种传奇，可见冒襄对戏曲的爱好与熟稔。对此，孔尚任也必然会有所知。

以上是逆向推测，不妨再对这三部传奇中所透露的升沉、兴亡的感慨作顺向考察。在《秣陵春》最后一出《仙祠》中，有李后主亡灵与曹善才的对话。

李："我那澄心堂呢？"曹："澄心堂堆马草。"李："凝华宫呢？"曹："凝华宫长乱篙。"李："御花园中许多树木呢？"曹："树木呵，砍折了当柴烧。"李："那书籍是我最爱的。"曹："书呵，拆散了无人裱。"

真是一片"新朝改换了旧朝，把御碑额尽除年号，只落得江声围古寺，塔影挂寒潮"的衰败冷寂景象。这样的描写，不能不联想到《桃花扇》最后一出《余韵》中的〔哀江南〕套曲，仅迻录〔离亭宴带歇指煞〕一曲相对读。

俺曾见金陵玉殿莺啼晓，秦淮水榭花开早，谁知道容易冰消。眼看他起朱楼，眼看他谦宾客，眼看他楼塌了。这青苔碧瓦堆，俺曾睡风流觉，将五十年兴亡看饱，那乌衣巷不姓王，莫愁湖鬼夜哭，凤凰台栖枭鸟。……

其感慨、其境况，又何其相似、相近。《秣陵秋·寻秋》出中，易仁山向鱼甫卿、涂小鹤介绍南京胜迹时的几支曲词，与《秣陵春·仙祠》出中黄善才、李后主的对话及其吟唱的〔后庭花〕曲词，与《桃花扇·余韵》出中的〔哀江南〕套曲的情趣和韵味也是一致的。且看徐作：

〔锦缠道〕你看那耸天门，两高峰屏藩此邦，纪胜说王郎。（东指介）那是钟山，下边黄瓦的是孝陵，你看那郁青苍，龙蟠气势无双。你看那锁寒烟，柱倾殿荒。啸空陵，狐窜鸱张。那空地一片，是内城旧宫了。你看那一带御沟长，犹逗出宫花晃漾。想当日何等庄严壮丽，而今呵，午门前牧羊场，添几许平芜榛莽。更说甚罢早朝，袖惹御炉香。

你看那碧琅琅，是宫车乘凉那厢，辇路翠微旁。你看那影迷茫，台城隐隐相望，你看那绕鸡笼，浪翻大江。你看那靠鸡鸣，星落高冈，沽酒杏村忙。数不到乌衣旧巷，尽悲歌感兴亡，休说是老夫狂放。……

这样的曲词也同样表达了清季末叶社会变动前夕的文士感慨。

从这种上溯下推的回顾与考察中，可以看出这种易代之际感叹兴亡的情绪在清初期、清盛期、清衰期的三部传奇中同样存在，尽管表现有所差异，但都在某种程度上反映出作者的寓意所在。

五

这三部以南京为主要场景的传奇都表现出程度不同的地域文化特色。

首先，三部传奇既然都以南京为故事情节展开的中心场所，因而必然会出现南京的市井里巷、名胜古迹，以及风土人情和人文景观。作者如何将它们与剧情融合，三部传奇的表现则各有不同。大致看来，《秣陵春》涉及程度最浅、色调最淡，而《桃花扇》则大大胜之，《秣陵秋》也还能保持一定地域特色。《秣陵春》中，虽然提到南京胜迹和里巷，如石子冈、朱雀街、栖霞里、摄山寺、三山街、通济门、水西门等，然而仅仅是写出名称，并未有与之相关联的情节叙写。《桃花扇》则不同，作品中提及的南京名胜景观、街市里巷极多，如孙楚楼、莫愁湖、冶山道观、水西门、秦淮河、长坂桥、石巢园、鸡鸣埭、三山街、栖霞山等，大多有剧情发生在这些处所，如冶山道观、莫愁湖，为侯方域、陈定生、吴次尾探梅听稗而叙写；鸡鸣埭则为陈贞慧、方密之、冒辟疆饮酒听戏斥奸之处；三山街蔡益所书坊，则为阮大铖逮捕陈定生、吴次尾、侯方域、苏昆生而存在，凡此等等，均让观众在剧情发生中感受到南京自然景观的地域文化气息。《秣陵秋》也出现了大量的南京里巷街市、名胜景观之名，如雨花台、报恩寺、钟山、孝陵、清凉山、台城、杏花村、乌衣巷、莫愁湖、胜棋楼、金谷园、青溪、桃叶渡、鸡笼山、白门桥、朝天宫、状元坊、武定桥、水西门、长干里、聚宝门等。虽然未能完全如同《桃花扇》那样，将剧情的展开与景点密切结合，但较之《秣陵春》而言，也有比较具体的叙写。总之，三部传奇都洋溢着南京地域文化的气息，虽然存在着浓郁与浅淡之分。

其次，以道白语言而论，吴伟业创作《秣陵春》之际，虽在明末昆曲大兴之后由于清军南下有所消歇，但此时又已复苏并渐有起色，同时戏曲创作的传统并未完全遭到兵燹的破坏。吴伟业在剧中依然遵循昆曲家法，大量使用苏白，绝少有南京方言口语，如《赏音》出中"我约你到曹家去讲技，来得能迟"、"胜会胜会弗是"；《示耍》出"羊肉弗吃得，惹子一身臊"等。孔尚任在《桃花扇》中则已屏却纯粹的苏白，及至《秣陵秋》甚至以南京的方言口语入戏，如《谋饵》、

《梦证》出中的"擎钱",《饯别》出中的"相左",《梦证》出中的"晕头塌脑",《入闱》出中"胡而化之,狗而屁之"等等。三本传奇中,若以说白语言论之,当以《桃花扇》为最优。作者力求做到"抑扬铿锵,语句整练","宁不通俗,不肯伤雅",排除那些"俗态恶谑","点金成铁"的说白(《桃花扇凡例》)。如以说白中的南京方言而论,则《秣陵秋》的南京韵味为浓。

再次,从曲词艺术来看,三部传奇都十分讲究,尤其是《秣陵春》,与其内容相配合,曲词中熔铸了南唐李后主许多思念故国的词作,如《赏音》出中"别时容易见时难,莫凭阑"、"一晌贪欢,叹罗衾正寒"、"现隔那无限江山,叹落花流水天上人间"等,显然是从李后主《浪淘沙令》"帘外雨潺潺"一词化来;《庙市》出中"春花秋月何时了"则是李煜词《虞美人》首句,用来全不着痕迹。《桃花扇》曲词的"旨趣","全以词意明亮为主",一扫某些传奇中那种"艰涩扭捏"的弊病,"列之案头,歌之场上,可感可兴,令人击节叹赏"(《桃花扇凡例》)。与吴伟业吸纳李煜词作同样,孔尚任也不拒绝熔铸他人佳作渗入己作中,如《余韵》出中〔哀江南〕套曲:"〔北新水令〕山松野草带花挑,猛抬头秣陵重到,残军留废垒,瘦马卧空壕,村郭萧条,城对着夕阳道。"以及接踵而下的〔驻马听〕、〔沉醉东风〕、〔折桂令〕、〔沽美酒〕、〔太平令〕、〔离亭宴带歇指煞〕、〔清江引〕等曲词,全然是化用他的友人、钱塘徐旭旦的〔旧院有感〕套曲[①]而来,但孔尚任引入《桃花扇》中却十分贴切,全无拼凑痕迹。《秣陵秋》刻意仿效《桃花扇》,其曲词也不例外,如《寻秋》出中易仁山向鱼甫卿、涂小鹤二人指点江山、介绍胜迹所唱的几支曲词,其神韵也有与吴伟业的〔后庭花〕、孔尚任的〔哀江南〕相通之处,如〔懒画眉〕"路出长干绕深廊,花市香风吹女墙,城南官道草微黄"等。这三部传奇的有关曲词,都叙及作为南唐都城和明代京城的南京的衰败景象,不但引发受众的黍离之悲和故国之思,也蕴含着浓厚的南京地域的文化气息。

总之,产生于清朝初、盛、末三个时期的三部传奇,均以南京为情节展开的主要场所,也都反映出浓淡不等的南京地域文化气息。而这一差异,显然是与作者对南京的了解和熟悉程度有密切关系。以吴梅村而言,于崇祯二年(1630)来南京参加乡试,并参与复社金陵大会;崇祯十三年(1640)在南京任国子监司业,

---

[①] 参见徐旭旦《世经堂诗词钞》卷三十。

次年返乡；崇祯十七年（1644）弘光朝召为詹事府少詹事，秋季来南京就任；次年正月辞职返太仓。可见吴伟业在创作《秣陵春》之前虽来南京两三次，但或参加乡试，或出任官职，而且每次停留时日不多，对南京的了解也就浅尝而止。孔尚任略有不同，在他创作《桃花扇》之前，虽仅在康熙二十八年（1689）七月来过南京一次，但却是专事游览访友的。他寓居在冶山道院，去过虎踞关、乌龙潭一带访友，又寻访明故宫、明孝陵遗迹，还去栖霞山白云庵拜访张怡。而在此后，又在南京周围地区如兴化、泰州、扬州、镇江、丹徒、常州、无锡、苏州等地活动达数年之久。并且，还有在南京活动或居住过的明季遗民如冒襄、龚贤、纪伯紫等人去其河务治所等驻地相聚。这自然增加了孔尚任对南京地域人文特征的了解。至于徐鹤孙的生平无可考知，但从他所创作的《秣陵秋》作品中所透露的消息来看，他也是苏北、淮阴、涟水一带士人，而常来南京活动，对南京风土人情也是颇为熟稔的。可以说三部传奇所体现的南京地域文化特征的浓淡，是与他们对南京了解的深浅分不开的。而他们这些程度不等的描写，会让南京的读者感到分外的亲切。因此，重视并总结这三部传奇反映地域文化特征的艺术经验，对于当代的创作也许并非全无借鉴意义。

（原载《艺术百家》2004年第1期）

别具一格的"杭州景"

——关汉卿〔南吕·一枝花〕试析

〔南吕·一枝花〕普天下锦绣乡,寰海内风流地。大元朝新附国,亡宋家旧华夷。水秀山奇,一到处堪游戏。这答儿忒富贵:满城中绣幕风帘,一哄地人烟凑集。

〔梁州〕百十里街衢整齐,万余家楼阁参差,并无半答儿闲田地。松轩竹径,药圃花蹊,茶园稻陌,竹坞梅溪。一陀儿一句诗题,一步儿一扇屏帏。西盐场便似一带琼瑶,吴山色千迭翡翠。兀良,望钱塘江万顷玻璃,更有清溪,绿水,画船儿来往闲游戏。浙江亭紧相对,相对着险岭高峰长怪石,堪羡堪题。

〔尾〕家家掩映渠流水,楼阁峥嵘出翠微,遥望西湖暮山势。看了这壁,觑了那壁,纵有丹青下不得笔。

这是元代大戏曲家关汉卿题作"杭州景"的一个套数。杭州、西湖,历史上有许许多多文人骚客为之吟咏不绝,又产生了林林总总的名篇杰作。宋、元更迭之际,吟咏杭州、西湖的诗、词、曲尤多。其中,写于南宋灭亡之后的关汉卿这一套曲颇值得称道:在描绘水秀山奇的"杭州景"中既表现了时代风貌,又显示了作家个性。

元世祖至元十三年(1276)正月,伯颜率领元军进兵杭州附近的皋亭山,南宋恭宗赵㬎派遣宗室保康军承宣使赵尹甫、和州防御使赵吉甫,捧着传国玉玺和投降表文来到元军前投降。苟安东南近一个半世纪的南宋王朝从此灭亡,崛起于北方的蒙古贵族一统了天下。在这新旧王朝交替之际,伯颜以胜利者姿态出现,为收拾民心,在受降之后,他命令士兵驻扎在杭州城北十五里处,不得随意入城;同时又指派吕文焕拿着黄榜入城安民。倒是垮台的南宋政权的"三衙卫士"却在战乱之际"白昼杀人",而"闾里小民"也"乘乱剽掠"①。但从整个情况看来,

---

① 参见《元史·世祖本纪六》及《元史·伯颜传》。

骚乱的时间不长，战火的破坏也不十分严重。马可·波罗在宋亡以后不久，曾去游过杭州，在他的游记第七十六、七十七等章中，描绘了当时杭州城的繁荣景象。不过，王朝的更迭，对于曾经生活、仕宦于宋、元两朝的文士说来，感受自当不同，而形之于吟咏的也就必然有所差异。南宋宫廷琴师汪元量就发出了"渔父生来载歌舞，满头白发见兵来"（《越州歌》）、"龙管凤笙无韵调，却挝战鼓下西湖"（《醉歌》）的慨叹，反映了临安（杭州）沦陷时的情景，表达了南宋臣民的心情。赵显投降以后，在赵昰即位时有一个史馆编校叫柴望的，于"登高回首"之际，不禁"伤情万感，暗沾啼血襟袖"，写下《念奴娇》词一首。至于著名词人张炎在题为"西湖春感"的《高阳台》词作中，更描绘了"万绿西泠，一抹荒烟"的南宋灭亡后的西湖凄然景色，流露了"莫开帘，怕见飞花，怕听啼鹃"的亡国遗民的凄苦心情。但是，来自北国的作家，目睹波光山色的西湖景致，身临人烟凑集的杭州市廛，无不感到新鲜、惊奇、秀丽、繁华，与铁马蒙毡、大漠飞雪的北国风光大不相类，于是为之倾倒、为之沉醉，并进而以他们所擅长的北曲加以讴歌、加以吟诵，或小令，或套曲，或独自构制、或相互酬唱（如马致远有《和卢疏斋〈西湖〉四首》）。一时名家如卢挚、关汉卿、白朴、马致远，郑光祖、张可久，乃至少数民族作家奥敦周卿、小云石海涯，无不创作了以杭州、西湖为题材的曲作。如卢挚化用苏轼《饮湖上初晴后雨》"欲把西湖比西子，淡妆浓抹总相宜"的诗意，作〔双调·湘妃怨〕四首，分别吟咏了西湖的四季景色。马致远在和作中，同样是讴歌了"西湖三月"、"采莲湖上"、"黄柑紫蟹"、"雪压寒梅"的春夏秋冬的不同风光。在他们的曲作中，时或引用一些关于杭州、西湖的古人故事，如葛洪、白居易、林逋、苏轼等，偶或也流露出些微的归隐情绪，但这无非是一般文人习气。从作品的总的倾向看，全然不似南宋遗民文人的诗词那样，流露了不胜凄怨哀婉的消沉情绪，而是表现了清新的意境、积极的感情，在他们笔下，"百顷风潭、十里荷香"的西湖烟水，依然是一片"上有天堂，下有苏杭"的盛世景象[①]。这正是元代初期散曲作家对他们那个时代的感受的反映。

在无数吟咏西湖的曲作中，关汉卿的〔南吕·一枝花〕"杭州景"又具有作家的个性。元代初期曲家，他们以杭州、西湖为题材的作品，大都局限于对自然

[①] 奥敦周卿：〔双调·蟾宫曲〕。

景色的描绘，虽然描绘得极为形象又极为细腻，但也无非是为我们留下了一帧帧"桃红柳绿映池塘"、"采莲人和采莲腔"、"枯荷叶底鹭鸶藏"、"银河片片洒长空"[①]的四季画幅而已。而对作为南宋政治、经济中心的杭州城的经济繁荣、人口密集的社会情景，却很少有曲作加以反映。关汉卿的〔南吕·一枝花〕套数，在一定程度上弥补了这一欠缺，这正是关汉卿独具只眼之处。在这一套数中，关汉卿透过"水秀山奇"的杭州自然风光，表现了由于生产发展而带来的杭州城的一片繁荣景象：首先是在画图一般的"锦绣乡"、"风流地"中却"并无半答儿闲田地"，每寸土地都被充分利用起来，农业生产的形势极好，"松轩竹径，药圃花蹊，茶园稻陌，竹坞梅溪"，这既是写自然景色的清幽秀丽，又是写农业生产的繁茂兴盛。松、竹、梅之类花木，茶叶和稻米，都是杭州的重要产品。吴自牧在《梦粱录》卷十八中，曾记载了南宋灭亡前的杭州物产，仅"杭"稻一项之下就列出红莲、赤稻、黄秈米等品种；"茶"叶一项之下则举出宝云茶、香林茶、白云茶等品种；"竹"下也有碧玉、淡紫等品种；"松"项中特别提出天目松；在"花之品"中更罗列了牡丹、芍药、红梅、荷花、菊等种类；在"药之品"中，则一一列出杭城及其附近出产的七十余种药物。这一生产势头直到元代初期仍然蒸蒸日上，关汉卿〔南吕·一枝花〕就是这一现实情景的反映。其次，由于生产的发展而带来的城市经济的繁荣，在这一套数中也有充分的表现，在作者笔下，百十里长的"街衢整齐"，城里城外"人烟凑集"。据《梦粱录》卷十八"户口"条中可知，当时杭城"人烟稠密，户口浩繁"，在宋亡前十年内，有四十三万余人一十八万六千余户。由于人口众多，仅平民百姓所需食米，"每日城内外不下一二千余石"，因而米铺粮店所在皆有；至于"张挂名画、所以勾引观者、留连食客"的茶肆，"花木森茂、酒座潇洒"的酒肆，"四时皆有、任便索唤"的荤素茶食店，"装饰肉案、动器新丽"的肉铺，"铺席买卖""下饭羹汤"的鲊铺，坊巷桥门之处都有开设。当时日市生意兴隆，夜市也热闹非凡，"杭城大街，买卖昼夜不绝，夜交三四鼓，游人始稀；五鼓钟鸣，卖早市者又开店矣"。这种经济繁荣景象，直到元初也并未萧条，这在关汉卿的〔南吕·一枝花〕中也有生动的描绘。再次，关汉卿还注意到杭州地区食盐的生产情况，"西盐场便似一带琼瑶"就是对有关国计民生的盐业生产的反映。历代封建统治者都将盐课作为朝廷的重

[①] 贯云石：〔正宫·小梁州〕。

要财政收入之一，元代也不例外，盐课收入几占"天下办纳的钱"半数以上①，马可·波罗在他的《游记》中也说"第一是盐税"，蒙古贵族统治者每年从杭州及其附近地区可收盐税高达六百四十万德克(金币名)。当时全国设有九个盐运司，其中两浙都转盐运司地位重要、规模庞大，下辖盐场数十个，关汉卿曲作中的"西盐场"，则是指钱塘江对岸的西兴盐场。两浙食盐产量也很高，仅次于两淮，在南宋孝宗乾道年间估计为二十三万引左右(每引四百斤)，到元世祖至元年间达到三十五万引，增加产量近半数②。关汉卿在这短短的套曲中却将许许多多诗人所忽视的盐场风光摄入作品中来。这就使得他所创作的这一套数，具有了自己的鲜明个性。

〔南吕·一枝花〕"杭州景"这一套曲，在艺术表现方面也颇具特色。首先，作者极擅于将自然景色的变幻与社会现实的发展糅合在一起加以描绘。德国杰出的文艺理论家莱辛曾经说过："一切物体不仅在空间中存在，而且也在时间中存在。"他认为诗和画都能表现物体，但描绘的方式有所不同，"绘画在它的空间中并列的结构里只能运用动作中某一顷刻，所以就要选择最富于启发性的顷刻，使得前前后后都可以从这一顷刻中了解得最透彻"，而"诗在它的有持续性的摹仿里也只能运用物体的某一属性，所以选择的那个属性应该能唤起就绘画所特别注意的那一方面来看是那物体的最生动的感性形象"③。关汉卿〔南吕·一枝花〕的首四句"普天下锦绣乡，寰海内风流地。大元朝新附国，亡宋家旧华夷"，就于讴歌杭州这"锦绣乡"、"风流地"中，表现了这座以景色秀丽著称的城市的变迁：南宋的"旧华夷"(华夷，指疆域)变作大元的"新附图"，从一"旧"一"新"的对比叙述中，就悄悄地交代了朝代的更迭。这无疑是诗中"最生动的感性形象"，是绘画中"最富于启发性的顷刻"。作者通过一帧杭州自然风光的画面，对它的历史变迁作了诗的叙述，在诗与画的结合中体现了时与空的结合。其次，作者又极擅于运用宏观与微观相结合的描写客观事物的艺术手法，从各个方面去反映客观事物。"诗歌就像图画：有的要近看才看出它的美，有的要远看；有的放在暗处看最好，有的应放在明处看"④。关汉卿不像有些曲家那样，描绘

---

① 参见《元典章》。
② 参见《宋会要辑稿·食货》；《元史·食货》。
③ 莱辛：《拉奥孔》。
④ 贺拉斯：《诗艺》。

西湖就陷在湖中，摹写吴山就迷入山中，而是忽而站在极高极远处眺望如同"千迭翡翠"的"吴山色"，遥望"西湖暮山势"；忽而又蹀躞街衢、彳亍巷陌，去到"人烟凑集"处"看了这壁"的"绣幕风帘"，"觑了那壁"的"楼阁参差"。经过他这样的"远看"、"近看"，终于为我们描绘了一幅"纵有丹青下不得笔"的杭州景色图：不仅有宏观描绘如"万顷玻璃"的钱塘江、观潮胜处的"浙江亭"，而且还有微观描绘如"家家掩映渠流水，楼阁峥嵘出翠微"。这些景色无论"近看"还是"远看"，都十分耐看，"不怕鉴赏家锐敏的挑剔"[①]。再次，关汉卿既重视联套的规律，又讲究对仗的技巧。什么宫调表现什么样的情绪，原有一定的范围，周德清在《中原音韵》中说："大凡声音，各应于律吕。"他进而将十七宫调所表现的感情色彩加以描叙，如说"仙吕调清新绵邈"之类。关汉卿这一套数是运用了〔南吕宫〕，按照周德清的意见应该是表现"感叹伤悲"的情绪。但这只是周德清的一己之见。关汉卿这一〔南吕〕套曲，却并没有"感叹伤悲"的情绪，一如其他一些〔南吕〕套曲那样。不过，同一宫调的曲调在连缀成套曲时都有大致固定的次序，这是由于音律要求衔接、讲究动听之故。〔南吕〕套曲，一般次序是先用〔一枝花〕，次用〔梁州〕，再加上〔尾〕组成一套。关汉卿这一〔南吕〕套曲也不例外，因而能够被之管弦，传唱不衰。此外，元曲和诗、词一样也讲究对仗，有人根据《全元散曲》中一百二十余首〔南吕·一枝花〕加以分析，几乎所有作品的一二句、三四句分别对仗，末两句也大都对仗。关汉卿这一套数也遵循这一规则，这在音乐上可以协调平仄，而在文字上则可产生对比、映照的修辞作用。除〔一枝花〕以外，关汉卿在〔梁州〕及〔尾〕两支曲词中也处处讲究对仗，一目了然，勿烦赘言。总之，关汉卿这一套数，对于几百年以后的今天的读者，不仅有史的价值，而且还有诗的感受，可以增进我们对元代初期的杭州社会史的认识，又可获得对西湖自然风光的美的陶冶。

（原载《元明散曲鉴赏集》，人民文学出版社1989年版）

---

① 贺拉斯：《诗艺》。

下 编

试论杜诗的形象思维

诗歌创作要用形象思维。所谓形象思维，其实与《诗·大序》所云诗之六义中的赋、比、兴并无扞格。朱熹在《诗集传》中曾对这三种艺术表现手段有所诠释，认为赋是"敷陈其事而直言之也"，比是"以彼物比此物也"，兴是"先言他物以引起所咏之词也"。试以唐代大诗人杜甫的创作为例，对此略作论说。

一

杜诗的主要思想价值在于它反映了李唐王朝由盛而衰的转折过程，反映了安史之乱前后的日趋尖锐复杂的阶级矛盾和民族矛盾。在这个意义上说，杜诗是开元、天宝之际的唐代社会的一面镜子。当时及后来，他的诗都被称为"诗史"。在唐代，孟棨说："杜逢禄山之难，流离陇蜀，毕陈于诗，推见至隐，殆无遗事，故当时号为'诗史'。"[1] 在宋代，李朴说："唐人称子美为诗史者，谓能记一时事耳。"[2] 李复说："杜诗谓之诗史，以班班可见当时；至于诗之序事，亦若史传矣。"[3] 这些评论都是说，杜甫能以他的诗歌比较真切地反映他的时代，诸如阶级的对立，贫富的悬殊；朝政的昏暗，民族的纠纷；军阀的混战，官吏的聚敛；战争的动乱，生产的凋敝；人民的苦难，诗人的流离，都在他的诗中有所反映。诗人对当时普遍存在的社会现象和重大的历史事件，都作了高度的概括和形象的描绘，为我们认识唐代开、天之际的社会生活提供了形象的画卷。

杜诗虽被称为"诗史"，但却并不等于是用诗写的历史。亚里士多德说："历史家与诗人的差别不在于一用散文，一用韵文；希罗多德的史书可以改为韵文，

---

[1] 孟棨：《本事诗》高逸第三。
[2] 李朴：《与杨宣德书》，《余师录》卷二。
[3] 李复：《与侯谟秀才书》，《潏水集》卷五。

但仍是历史,有没有韵律都是一样。"① 杜诗和《唐书》是不同的,浦起龙分析得好,他说:"少陵之诗,一人之性情而三朝之事会寄焉者也。"② 这就是说杜诗反映了玄、肃、代三朝的重大事件和社会现实;另一方面,他又举杜甫在代宗朝写的诗为例,说明杜诗并不同于历史,他说:"史不言河北多事,子美日日忧之;史不言朝廷轻儒,诗中每每见之。可见史家只载得一时事迹,诗家直显出一时气运。诗之妙,正在史笔不到处。"③ 但是,诗与历史为什么有如此区别呢?浦氏并没有给出答案。其实,区别就在于诗是用形象思维来反映现实的,不同于用逻辑思维写的历史。别林斯基说:"哲学家用三段论法,诗人则用形象用图画说话,然而他们说的都是同一件事。政治经济学家被统计材料武装着,诉诸读者或听众底理智,证明社会中某一阶级底状况,由于某一种原因,业已大为改善,或大为恶化。诗人被生动而鲜明的现实描绘武装着,诉诸读者底想象,在真实的图画里面显示社会中某一阶级底状况,由于某一种原因,业已大为改善,或大为恶化。一个是证明,另一个是显示,可是他们都是说服,所不同的只是一个用逻辑结论,另一个用图画而已。"④ 浦氏所指出的杜诗与史书的不同,正说明"诗歌不能凭仗了哲学和智力来认识的"⑤,诗是用形象思维来反映生活的。

中国古典诗歌形象思维的特点,朱熹的诠释对我们正确理解和深入研究古代作家的创作过程有着重要意义。朱熹所说的赋就是铺叙,比就是比喻,兴就是联想,三者相互关联不可分割,但历史上一些文论,阐述赋的少,论说比、兴的多,并且还常将比、兴并提而侧重比。宋代李仲蒙却将三者的整体关系分析得很透彻,他说:"叙物以言情谓之赋,情尽物也。索物以托情谓之比,情附物者也。触物以起情谓之兴,物动情者也。故物有刚柔缓急荣悴得失之不齐,则诗人之情亦各有所寓。非先辨乎物则不足以考情性;情性可考,然后可以明礼义而观乎诗矣。"⑥ 这就是说,繁杂的社会现象中某些客观事物,触动了作者的心弦,诱发了作者的联想,从而使得作者捕捉到某些形象,并使其逐步发展,更加具体化、本质化,

---

① 亚里士多德:《诗学》。
② 浦起龙:《读杜心解·目谱》。
③ 浦起龙:《读杜心解·提纲》。
④ 别林斯基:《1847年俄国文学一瞥》,《别林斯基选集》第二卷。
⑤ 鲁迅:《集外集拾遗·诗歌之敌》。
⑥ 胡寅:《致李叔易》,《裴然集》卷十八。

同时渗透进作者的爱憎感情,不禁要选择某种艺术手段加以描绘,于是就产生"情"、"物"融合无间的作品来。梅尧臣说的"因事有所激,因物兴以通"①,也正是这个意思。杜甫最善于运用赋、比、兴来进行创作,宋人郭思说:"诗之六义,后世赋别为一大文,而比少兴多,诗人之全者,惟杜子美时能兼之。"②李纲也说:"汉唐间以诗鸣者多矣。独杜子美得诗人比兴之旨。"③他们都认为杜诗的形象思维在中国古典诗歌中成就极高。

二

现实生活中的某些现象引起了诗人的联想,激发了创作冲动,这就是"兴"。诗人杜甫也特别强调"兴","遣兴莫过诗"(《可惜》),表明他是以诗来抒写现实生活所引起的种种联想、感情。他认为写诗要有"兴"的主张,颇为后人所重视。例如宋代有人建阁纪念他,就用其"发兴自我辈"(《万丈潭》)的诗意命名为"发兴阁"④。诗人在五十五岁时写的《峡中览物》一诗,有云"忆在潼关诗兴多",以此对照他的作品,是很能说明现实生活是如何激起他的创作冲动,从而产生一些名作的。杜甫所回忆的潼关生活时期,大约开始于天宝十四年(755)冬安禄山叛乱,直到乾元二年(759)秋诗人离开华州西去秦州时为止。在这不到五年时间中,诗人的"诗兴"确实"多"得令人惊叹。在他一千四百多首诗作中,一些思想价值较高的名篇如《后出塞》、《自京赴奉先咏怀》、《悲陈陶》、《悲青坂》、《春望》、《塞芦子》、《北征》、《羌村三首》、《留花门》、《洗兵马》、"三吏"、"三别"、《夏日叹》、《夏夜叹》等,大都作于这个时期。这绝不是偶然的。只要将这个时期的重大历史事件和杜甫的生活经历加以对比研究,就不难发现,诗人感受着时代的脉搏,正是时代的巨变促发了诗人的"诗兴"。安史之乱即爆发于这个时期,唐王朝也从此由盛而衰,诗人也从一度居朝的闲散之官而沦落民间,颠沛流离,依人求食。他既目睹了封建统治阶级的骄奢淫逸,又感受了劳动人民的困顿饥寒,两个对立阶

---

① 梅尧臣:《答韩三子华韩五持国韩六玉汝见赠述诗》,《宛陵集》卷二十七。
② 胡仔:《苕溪渔隐丛话》前集卷十三引《瑶溪集》。
③ 李纲:《梁溪先生文集》卷十七。
④ 晁说之:《发兴阁记》,《嵩山文集》卷十六。

级的生活情景，不能不激起诗人的"兴"——联想，从而诉诸纸墨，见诸笔端，发而为文，咏而为诗，为我们留下一份宝贵的遗产。天宝十四年（755）十一月九日安禄山以十五万之众起兵范阳，十二月攻陷洛阳。其实在起兵之前，安禄山的叛迹已十分显然，诗人正在长安，作《后出塞五首》，诗中说"坐见幽州骑，长驱河洛昏"，对这次叛乱已作了预言。安禄山起兵之初，杜甫从长安回奉先探亲，路过骊山，玄宗正在华清宫洗温泉、享清福，而广大人民衣不暖、食不饱，诗人将这些现实情况以及由此而引起的种种感触，一一在《自京赴奉先咏怀》中描绘和抒发出来。天宝十五年（756），安禄山在京称帝，潼关失守，玄宗奔蜀，李亨即位。房琯与叛军战于陈陶斜，全军溃败。杜甫在去灵武途中被叛军掳胁到长安。诗人目睹唐军败绩，叛军猖獗，写下了《悲陈陶》、《悲青坂》等诗篇。至德二年（757），杜甫仍陷居长安，感时恨别，忆妻念子，国事战局，时耿胸臆，"兴"之所至，联想万端，《春望》、《遣兴》、《塞芦子》等诗作即由此而产生。肃宗到凤翔，杜甫前去投奔，授左拾遗。不久到鄜州探亲，回到羌村，将"黍地无人耕"、"兵革既未息"的情景写入《羌村三首》。有名的《北征》也反映了这次探亲沿途所见的现实社会的动乱残破。乾元元年（758），杜甫因疏救房琯被贬为华州司功，从此离开京城，未再回到朝廷，逐步走向民间，更为广泛地接触到劳苦群众，更为深切地感受到人民苦难。他从洛阳返回华州，路过新安、石壕、潼关等地，沿途所见的现实情景，深刻地激发了诗人的创作冲动，"三吏"、"三别"即作于此际。回到华州后，天旱饥馑，战乱未已，《夏日叹》、《夏夜叹》就是抒写了诗人"对食不能餐，我心殊未谐"的忧郁。从这简单的排示中，我们可以知道这一时期诗人的"诗兴"的确"多"；而"诗兴"之所以"多"，则是由于这一激烈变动的时代，给这位到处颠沛流离的诗人以种种刺激、感受，引起他对现实社会中种种现象的深思，发生联想，激起冲动，从而通过具有典型意义的人物、事件，形象地反映了这一时代，留下了许多名作。稍后于杜甫的唐代另一大诗人白居易，在他有名的论诗著作《与元九书》中，主张"文章合为时而著，歌诗合为事而作"，认为杜甫诗作价值高的，诸如"《新安吏》、《石壕吏》、《潼关吏》、《塞芦子》、《留花门》之章，'朱门酒肉臭，路有冻死骨'之句，亦不过三四十首"，却全都是"潼关时代"的作品。朱熹所欣赏的杜诗，如"《秦蜀纪行》、《遣兴》、《出塞》、《潼关》、《石壕》、《夏日》、《夏夜》诸篇"①，也大多是此时期的作品。这正说明这一时期的社会现实激发了诗人的"诗兴"，而诗人的"诗兴"则又使得他形象地反映了这一时期的社会生活。他的诗，的确如张戒所说，"皆情意有余，汹涌而后发者也"②。这一时期产生许多名篇，也正表明了杜甫诗作形象思维的高度成就。

三

杜甫的"诗兴"又如何表而出之成为不朽的诗篇的呢？《新唐书》本传说他"善陈时事，律切精深，至千言不少衰"。所谓"善陈时事"即是"赋"。"赋者，铺也，铺采摛文，体物写志也"③，也就是朱熹所说的"敷陈其事而直言之也"。的确，杜甫极善于用铺叙的手法，将个人的生活遭遇、思想感情的变化、人与人之间的关系、普遍存在的某些社会现象，加以叙述性的描绘，形象地再现在读者面前，从而极为广阔地、高度概括地反映了他那个时代的社会现实。在杜甫诗集中有大量的叙事诗，而且成就很高，王安石说他"序事丛蔚，写物雄丽，小者十余韵，大者百余韵，皆用赋体作诗"④；员兴宗更认为"事以诗叙者，唐人累累有焉。然有之而工，工之而传，唯少陵、乐天二氏乃已也"⑤。这些评价，我们只要以《北征》为例进行一些分析，就会觉得并不过分。

《北征》大约写于至德二年(757)九月。前一年十月，房琯与叛军战于陈陶斜、青坂，溃败；本年四月，郭子仪于清渠讨伐叛军，亦败。房琯罢职，郭子仪贬官。杜甫上疏救房琯，触怒肃宗，在闰八月初，放还鄜州探亲，沿途所见所感，均写入《北征》。这是一篇以赋入诗的名作，全篇"因事以陈辞"，"直纪行役尔"⑥，严格按照时间顺序，先抒写被放归探亲而又忧念时局的心情；次叙述沿途所见的残破景象以及由此而引起的无限感慨；再写到家后与家人团聚的愉悦，以及目睹亲人饥馁寒冻的情景和由此而产生的恶劣情绪；接着又转入对时局的忧念，力陈

---

① 朱熹：《答巩仲至书》，《朱文公文集》卷六十四。
② 张戒：《岁寒堂诗话》卷上。
③ 刘勰：《文心雕龙·铨赋》。
④ 项安世：《诗赋》，《项氏家说》卷八。
⑤ 员兴宗：《歌两淮并引》，《九华集》卷二。
⑥ 强幼安：《唐子西文录》。

借兵回纥以少为贵；最后又用历史故事激励肃宗中兴唐室。

全诗仅七百字，却包含了如此丰富的内容。诗人是如何铺陈叙述的呢？首先是善于剪裁，详略得当。"北征"的目的是探亲，当然以探亲为全诗叙述的主线，其余内容穿插其间，例如安禄山的叛乱，只写一句"东胡反未已"；"乾坤含疮痍"五字概括了战争的破坏；社会的凋敝，则以"人烟眇萧瑟"一句描绘出来；房琯与郭子仪的两次战败，在"呻吟更流血"一句中用一"更"字加以反映；"潼关百万师，往者散何卒"两句十字却总结了哥舒翰为杨国忠催逼仓卒出战，以致为叛军所败、潼关失守的教训。这些，都作为探亲的社会背景，被诗人以极其精练的笔墨摄入诗中。而杜甫着重描写的则是与亲人团聚的场景和情绪：妻子的百结衣，娇儿的脚不袜，全家的饥寒凛栗，恸哭幽咽，诗人的情绪恶劣，病卧数日。如此详描细绘，才符合"北征"探亲的目的，也才切合题意。

其次，以叙事为主，但却穿插议论。这样，在表现手法上不板滞，在思想内容上更有意义，表现了诗人不仅叙述家室的艰难，而且议论国家的安危。诗人认为长期借用回纥兵平叛是不适宜的，"此辈少为贵"；并说唐王朝的兵力足够收复两京，"蓄锐俱可发"。诗人的预言是有远见的，回纥后来果然成为李唐王室的祸患之一。在诗中，杜甫还比较了两方面的形势，认为叛乱终会平息，"胡命其能久？"激励肃宗学习历史上所谓的英主"再兴"唐室。这些，都是诗人的"政见"，是议论文字，在全诗中虽不占主要部分，却有它的作用，表现了杜甫不仅是一个诗人，而且也是一个有政治眼光的"拾遗"。

再次，与这种夹叙夹议的手法相适应，诗人也采用了一些散文化的句式，如写沿途所见的自然景色，山果和橡栗，"或红如丹砂，或黑如点漆；雨露之所濡，甘苦齐结实"。这些描写虽然用了"或"、"如"一类诗中少见的虚词，但却饱含诗意，生趣盎然，"其中亦有比、兴"，用丹砂、点漆来比喻其红，形容其黑，十分生动形象。面对着如此美好的景色，诗人兴致提起来了，"青云动高兴，幽事亦可悦"；但这种桃花源式的自然环境，反倒促发诗人对现实人生的愁叹，"缅思桃源内，益叹身世拙"。可见这种形象的景物描绘是为着反衬诗人起伏的感情服务的。至于"臣甫愤所切"则简直是以章奏的字句入诗，但却不同于章奏。这就是杜诗的另一特色，即诗人常把自己放在叙述之中，对"东胡反未已"，诗人有着"愤所切"的感情，这就使得上文"臣甫"二字区别于章奏了。

此外，诗人的感情流露在诗中的，如对被伤流血战士的同情，对剽悍的回纥兵的担忧，自己返乡赶路的急迫心情，妻儿冻馁引起的愁思，对直捣叛军巢穴、收复二京的想象，对翠华归都、唐室再兴的希望，都淋漓尽致地倾泻在诗中，深深地扣动了读者心弦。一首好诗要打动读者的心灵，必须饱含诗人丰沛的感情，贺拉斯说："你自己先要笑，才能引起别人脸上的笑；同样，你自己得哭，才能在别人脸上引起哭的反应。"①《北征》一诗的激越感情，是被后人所称道的。宋祁有诗说："眼前乱离不忍见，作诗感慨陈大猷。《北征》之篇辞最切，读者心陨如摧辀。"②正说出这诗的情词迫切感人。当然，诗人的感情是有着阶级属性的，"挥涕恋行在"的忠君思想，把平叛希望寄托在他美化了的"中兴主"肃宗身上而看不到人民的力量，都是显然的局限。特别是开脱玄宗罪责，为之曲词维护，前人已有所不满，葛立方指出："老杜《北征》诗云'忆昨狼狈初，事与古先别'；'不闻夏商衰，中自诛褒妲'。其意谓明皇英断，自诛妃子，与夏商之诛褒妲不同。老杜此语，出于爱君，而曲文其过，非至公之论也。"③这正是诗人的局限、诗篇的糟粕。

以上仅就《北征》分析了杜甫铺陈事理的"赋"的特色，当然不能概括全部杜诗"赋"的艺术手法，否则杜诗也就千篇一律、百首同调了。但仅从《北征》以赋入诗的这些特点来看，杜甫确是善于铺陈叙述的大诗人，蔡居厚说他"诗善叙事……其律诗多至百韵，本末贯穿如一辞，前此盖未有"④，是很中肯的评价。

四

杜甫写诗不仅用赋，也用比、兴。不但善于叙事陈理，也善于状景抒情，而且能做到"状难写之景如在目前，含不尽之意见于言外"⑤。例如写雨景，春夜的雨是"随风潜入夜，润物细无声"（《春夜喜雨》）；立春前后的雨则又是另一番景象，"烟添才有色，风引更如丝"（《雨》）；微雨之秋是"径添沙面出"、

---

① 贺拉斯：《诗艺》。
② 宋祁：《和贾相公览杜工部〈北征〉篇》，《景文集》卷七。
③ 葛立方：《韵语阳秋》卷十九。
④ 胡仔：《苕溪渔隐丛话》前集卷十八引《蔡宽夫诗话》。
⑤ 欧阳修：《六一诗话》引梅圣俞语。

"菊蕊凄疏放"（《西阁雨望》）；淋漓秋雨则是"群木水光下，万家云气中"（《苦雨奉寄陇西公兼呈王征士》）；四月的梅雨使得"茅茨疏易湿，云雾密难开"（《梅雨》）；而江晚山寒的"楚雨"，不是"疏易湿"，而仅仅是"石苔滋"，不是"密难开"，而是"洒如丝"（《雨四首》）；蜀地的夜雨使得"叶润林塘密"（《水槛遣心二首》）；川江的朝雨则使人感到"凉气晓萧萧"（《朝雨》）。杜甫用不同的词汇、不同的事物来描绘、比喻波谲云诡的雨景，"细无声"是状其声，"洒如丝"则绘其形，"水光"、"云气"诉诸视觉，"晓萧萧"又是写其感觉，极其恰切、生动，将各种境遇下的雨景形象地再现给读者。同时，在雨景的描写中还渗透进自己的爱憎，例如正当吐蕃威胁日甚时，诗人独立江边，面对莽莽天雨，发出"不愁巴道路，恐湿汉旌旗"（《对雨》）的忧虑，表现了作者对国事的关切，是应肯定的。

  杜甫不但善于用形象的比喻描写景物，也善于借具体的事物抒写感情。例如他对妻子的怀念，在不同境遇下，他选择不同的细节加以形象的描写，所抒发的感情也就不同。诗人在沦陷的长安，明明是他在想念妻子，却反过来写妻子如何思念他，"香雾云鬟湿，清辉玉臂寒"（《月夜》），"湿"与"寒"正写其妻子伫望情深，久久不能稍减，极其形象。"诗歌是想象和激情的语言"[①]，《月夜》不正如此？及至诗人在长安脱身，归家探亲，与妻子见面，"经年至茅屋，妻子衣百结。恸哭松声回，悲泉共幽咽"（《北征》），先是恸哭失声，接着是悲泣吞咽，将经过千辛万苦才得以团聚时的又悲又喜、既苦且痛的复杂情绪，极其细致地描绘出来。到了成都时，浣花溪畔的草堂生活十分安定，此时写的《江村》和《进艇》，则又不同于从前的悲哀凄绝，"老妻画纸为棋局，稚子敲针作钓钩"，"昼引老妻乘小艇，晴看稚子浴清江"，极其优游自在。在诗人笔下，此时的生活是"自去自来堂上燕，相亲相近水中鸥"，"俱飞蛱蝶元相逐，并蒂芙蓉本自双"，用堂上燕、水中鸥、俱飞的蛱蝶、并蒂的芙蓉这些美好自由的事物来比喻他们夫妇生活的稳定、心情的愉悦，勾勒出一幅极其形象的良辰美景赏心乐事的画图。诗人的比、兴手法，在这两首诗中得到充分的表现。释惠洪十分欣赏，但却作了歪曲的解释，在诗的"比兴法"中，他举《江村》二句为例说："妻比臣，

[①] 威廉·赫士列特：《泛论诗歌》。

夫比君，棋局，直道也。针合直而敲曲之，言老臣以直道成帝业，而幼君坏其法。稚子比幼君也。"① 简直穿凿附会到荒唐地步。

　　杜甫还写了不少吊古、咏物的诗作，也充分运用比、兴手法，托物寓兴，借古讽今。例如诸葛亮，是他吟咏较多的历史人物之一，写有《蜀相》、《武侯庙》、《八阵图》、《诸葛庙》、《古柏行》等。为什么杜甫特别推崇诸葛亮呢？王右仲评《古柏行》一诗时说："公（杜甫）生平极赞孔明，盖窃比之意。孔明才大而不尽其用，公尝自比稷契而人莫之用，故篇终结出材大难用；此作诗本旨，发兴于古柏者也。"② 王安石论《蜀相》一诗说："此止咏武侯之庙，而托意在其中矣。"③ 其实，杜甫吟诵诸葛亮，并不仅仅是抒发"古来材大难为用"的"怨嗟"（《古柏行》），更多的是面对唐代的藩镇割据而联想到三国鼎立时力图统一的诸葛亮，由此而感"兴"，发之而为诗。陆游在一首诗中分析了这种情况，说"武侯八阵孙吴法，工部十诗韶濩音。遗碛故祠春草合，略无人解两公心"④，正是从这个方面来评价杜甫吟诵孔明的诗作的，颇为中的。在杜集中，像这种借伤吊古人以抒写胸臆的比兴之作，为数不少。

　　托物寓兴，也是杜甫常常采用的艺术手法。例如上元二年(761)所写的《病柏》、《病橘》、《枯棕》、《枯楠》都是。柏、棕、楠、橘都是常绿树木，生命旺盛，而分别加以"枯"、"病"，诗人的寓意也就十分显豁，都是借题发挥。四诗的寓感是："《病柏》，伤直节之见摧者"；"《病橘》，伤贡献之劳民也"；"《枯棕》，伤民困于重敛也"；"《枯楠》，伤大材之见弃也"⑤。特别是《病橘》、《枯棕》二首，以棕之枯、橘之病，揭露封建统治者为了维持其穷奢极侈的生活和频繁用兵的军需，对老百姓进行敲骨吸髓式的剥削，使得劳苦人民如橘病棕枯一样"死者即已休，生者何自守"，表现了诗人对人民的无限同情。但诗人这种感情又不是直泻出来，而是因物感兴，托之赋、比的，黄生说"《病橘》一章，赋也；《病柏》、《枯楠》二章，比也"⑥；叶梦得说"杜子美《病柏》、《病橘》、《枯

---

① 惠洪：《石门洪觉范天厨禁脔》卷中。
② 转引自杨伦《杜诗镜铨》卷十二。
③ 方深道编：《诸家老杜诗评》卷一引《钟山语录》。
④ 陆游：《思夔州》，《剑南诗稿》卷七十五。
⑤ 参见仇兆鳌《杜少陵集详注》卷十。
⑥ 转引自仇兆鳌《杜少陵集详注》卷十。

棕》、《枯楠》四诗，皆兴当时事"①，都说明诗人是用形象思维来表达感情，反映现实的。其他如《萵苣》、《花鸭》、《除草》等等，都是托物寓兴的诗作，比喻贴切，描绘形象，而寓意深远，回味无穷，它们既表露了诗人的感情，又反映了唐代的现实，但却不同于新、旧《唐书》所记载的历史，它们是形象思维的诗。

（原载《社会科学战线·形象思维论丛》，吉林人民出版社1979年版）

附：

从对一首杜诗的评论谈起

我国大诗人杜甫在唐肃宗上元二年（761）五十岁时写了一首七律《江上值水如海势聊短述》，全诗如下：

为人性僻耽佳句，语不惊人死不休。

老去诗篇浑漫与②，春来花鸟莫深愁。

新添水槛供垂钓，故著浮槎替入舟。

焉得思如陶谢手，令渠述作与同游。

其中"语不惊人死不休"是大家都熟知的名句。但一些杜诗研究专家对这首诗的评价却并不十分高，他们从题目中"聊短述"着眼，生发出许多议论来。如吴见思《杜诗论文》认为"江上值水如海势，题目奇伟；而诗中一字不写者，盖值此奇景，偶无奇句，故不能长吟，聊为短述耳"。浦起龙《读杜心解》也赞同吴见思的意见，认为"此论得旨。通篇只述诗思之拙，水势只带过"。仇兆鳌《杜诗详注》则说："此一时拙于诗思而作也。"杨伦《杜诗镜铨》更认为"末句因己偶无佳句，而思及古人也"。朱瀚《杜诗解意》更将它与李白登黄鹤楼所谓"眼前有景道不得，崔颢题诗在上头"的故事相比，说："少陵对锦江而袖手，青莲

---

① 叶梦得：《石林诗话》卷上。
② "漫与"一作"漫兴"。

对黄鹤楼而搁笔。"总之，他们认为杜甫面对水势如海的锦江奇景，机思偶然钝涩，写不出长篇名作，聊以"短述"应景。

其实这些评论都未能探骊得珠。近来阅读清初佚名所著《杜诗言志》一书，该书作者对此诗也有评价，但却不是就诗论诗，而是结合杜甫的生平遭遇进行阐释。他认为杜甫"秦陇以前所作多不得意"，这是因为诗人前半生颠沛流离，"或经险难，或遭阻抑，或见所恶，或遇可忧"，因而"寄兴深微，不苟然下笔"；但每一诗作"语必惊人者，非奇谲之谓，盖以含讥颖脱，别有意义，耐人寻味"。而入川以后"黜陟既忘，暂为小憩，故所作多游戏之诗"，"皆随时写意"，"……襟怀既旷，则不复借此以为讽刺也"。该书作者正是从杜甫入川前后生活的不同来评价这首诗的，认为它是"分别前后所作之不同"，代表了这一时期杜诗风格的转变，所以是"聊短述"。作者还认为杜甫所谓的"述"，"非述水势如海也，只述己之暂得所安，虽居如海之中，而益足以为乐也。且可以漫兴而为诗也，且思古之能诗如陶谢者，与吾同为此漫兴也"。这一阐释显然比只抓住"聊短述"来作文章的吴、仇、朱、浦、杨的见解高明。

从这首诗的创作和评价引起一些联想，得到一些启示。

第一，生活与创作的关系。杜甫从安史之乱爆发起到入川定居草堂以前，生活极不安定，特别是写此诗的前一两年，即乾元二年（759），春天从东京回华州，秋天自华州往秦州，冬季自秦州去同谷，岁末又从同谷往成都，所谓"奈何迫物累，一岁四行役"（《发同谷县》）。在颠沛流离的生活中，与人民共同着命运，因而能创作出在一定程度上反映时代脉搏、人民呼声的思想价值很高的作品。自从上元元年（760）得友人之助，在成都浣花溪畔建成草堂定居以后，生活比较优裕，心情也就平静下来，虽然也写了不少伤时忧国的诗作，但也产生了一些流露有闲阶级情趣的作品。《聊短述》一诗，正作于这个时候。由此可见，生活与创作息息相关。只有永远植根于人民生活的深厚土壤中，才能写出反映人民思想感情的伟大作品来。

第二，生活与文艺批评的关系。吴、仇、朱、浦、杨诸家对这首诗的评价为什么未能切中旨意？问题就在于他们大都就诗论诗，而未能结合杜甫的生平遭遇来阐释。《杜诗言志》的作者对杜甫这首《聊短述》的分析，即使尚未做到丝丝入扣，但却是结合诗人的生活经历、社会环境来探讨的。这一努力无疑是值得肯定的。也只有正确地联系作家的生活道路，才能对作品作出恰如其分的评价。"就诗论诗"虽然"无碍"，但却不能切中旨意。以致产生如上文所引的"袖手"、"搁笔"的议论。

  第三，正确的评价有的来自专家，有的出自群众，有的来自一代文人，有的出自无名作者。吴、仇、朱、浦、杨都是研究杜诗的专家，他们的著作都有不同的贡献，特别是仇注，影响很大，他们的成绩是不容否定的。但在阐释《聊短述》一诗时，却不如《杜诗言志》的作者。这就说明无名作者的意见也值得我们重视。《杜诗言志》一书，从未见诸著录，其作者姓氏也不可知（有的研究者认为是乾隆时陈远新，也未有充足根据），但它对《聊短述》一诗的阐释远较一些研究杜甫的专家为高明，这就启发我们对来自群众的评论、出自无名作者的见解，同样应该重视，择善而从。

（原载《光明日报》1979年9月12日）

旅游山水诗小议

我国传统文艺作品中，自来就有山水诗、山水画，二者均肇始于南朝，《文心雕龙·明诗》即云："宋初文咏，体有因革。庄老告退，而山水方滋。"宋人谢灵运首创山水诗，复经谢朓、何逊、阴铿之赓继，乃蔚然成风。至唐世而有王维、孟浩然等辈杰出山水诗家。山水画亦为宋人宗炳、王微所倡导，唐世乃有李思训、王维、张璪等大家辈出，宋季则有董源、范宽、李成三家鼎立，更臻极致。山水诗画之所以于南朝勃然而兴，实与当时社会动乱相关，士人备受颠沛流离，复遭猜忌迫害，乃归隐田园，纵情山水。如谢灵运"出为永嘉太守"，是"郡有名山水，灵运素所爱好。出守既不得志，遂肆意游遨"[①]。至于"旅游文学"云云，虽在我国传统文学中未曾见此概念，但大量存在之山水诗画、游记散文，则多与旅游相伴而生。如南朝梁人沈约诗云："旅游媚年春，年春媚游人。"[②]唐朝王勃亦云："岁八月壬子旅游于蜀，寻茅溪之涧。"[③]宋朝无名氏之《异闻总录》又记："临川画工黄生者，旅游如广昌，至秩巴寨。"清人恽敬亦有记云："后陈茂才云渠来谈县西山水之胜，皆远在数十里外，以暑不及游，因同游县东之松窦。"[④]均表明山水诗画、散文游记之作与旅游之关系至为迩密。而我国传统诗文中之"旅吟"、"旅歌"、"游记"之谓，或与"旅游文学"概念相近，如"旅吟还有伴，沙柳数枝蝉"[⑤]，"旅歌歌短不能长，月出女墙啼怪鸟"[⑥]；散文游记之作，如南朝鲍照、北朝郦道元等辈均有描叙山川景物而脍炙人口之名篇。及至唐宋两朝，乃有柳宗元、苏轼、王安石等大家佳构纷陈。凡此，均表明传统诗文中确有为数

---

① 《宋书·谢灵运传》。
② 沈约：《悲哉行》，《先秦汉魏晋南北朝诗》卷中，中华书局1983年版。
③ 王勃：《涧底寒松赋》，《王子安集》卷二。
④ 恽敬：《重修松窦庵记》，《恽子居文钞》卷三。
⑤ 钱起：《江行无题》，《全唐诗》卷二三九。
⑥ 黄仲则：《当涂旅夜遣怀》，《两当轩诗钞》卷八。

不鲜与旅游伴生之山水诗文作品。

将山水诗文与旅游文学进行并轨研究，虽非自孙君始，然孙君东临却饱览诗画，视野宏敞，识见不凡，于潜心研究我国山水旅游文学之余，目光所注更及海外，遍搜域外以汉文所作之山水旅游诗文，所得甚多。仅东邻日本，即见其诗家六十余人，诗作四百余篇，辑成《日人禹域旅游诗注》一书。如众所知，东瀛海客从来游学神州赤县者颇众，渠辈深受汉文化之日熏月染，不乏能以汉文创作之学者，但国人耳熟能详者极鲜。因此，东临君此书正可弥补这一缺憾，为国人了解并欣赏东瀛文士佳作提供极大方便。

该书所选，自以《文镜秘府论》驰名之遍照金刚弘法大师空海以降，采及五山诗僧乃至明治、大正、昭和诸朝之俊秀所作，诸如简野虚舟、内藤湖南、狩野君山、久保春琴、盐谷节山、铃木豹轩、永井荷风、土屋竹雨、吉川幸次郎、石川濯堂、原田种成、高木散木、入谷仙介、松浦友久等众，均为研究汉学之著名专家，彼等汉学造诣极深，掌握汉诗之艺术技巧极其娴熟，由此亦可觇知我国传统文化延伸域外、浸润东瀛之一斑。

该书编排，横向以类相从，纵向依时而续，足见辑者匠心。全书以城域区划为京师、塞北、中原、关西、巴蜀、荆楚、吴越、滇南、港台诸篇，极便寻查异域人士来游禹域之旅痕诗，从而悉知海外游客群向趋赴之景点，对于开发布局和修复重建山川胜景，发展旅游事业，亦具有实际应用之价值，不仅囿于文学研究之一隅也。

余与东临初识于九华山旅游文学研讨会，时在20世纪80年代中期。1994年秋冬之际，余应武汉大学中文系之邀，前往珞珈山讲学。起居游览，全由孙君东临、陈君顺智照拂，盛情可感。二君不仅待人热情，且学有所成，著述甚丰。今东临君又将此书献于世人，问序于余，余亦乐为之。是为序。

丙子暮春于石头城下清凉山畔

（序孙东临辑注《日人禹域旅游诗注》，武汉出版社1997年版）

晚明爱国学者张岱

晚明爱国学者张岱的作品，在新中国成立前一些文学史家辑刊晚明小品文时曾经风行过，近年也有数种再版问世。他的作品，特别是风格清新、内容丰富的散文，确实拥有相当的读者。但是，对他的研究工作却未能相应地展开。今检《中国古典文学研究论文索引》（1949—1979，中华书局）及《中国近八十年明史论著目录》（1900—1978，江苏人民出版社），很少见有专门研究张岱的文章，仅港、台报刊发表了三数篇文字；近二三年来，国内也有几篇文章刊出，或就其字号、籍里、卒年加以考辨，或就其散文的特色进行品评，亦有少数鉴赏文字，对张岱的散文如《西湖七月半》、《湖心亭看雪》等作艺术分析，进行比较全面研讨的文字还很少见有。去夏为接待意大利研究张岱的专家、罗马大学焦里阿诺·拜尔突乔里教授（他曾将《陶庵梦忆》译成意大利文），将张岱的有关著述重新翻检，草此陋文，抛砖引玉，以期引起国内专家对这位学者的重视。

一

张岱字仲子，后改字石公，号陶庵。原籍四川，在《自为墓志铭》中首句即说"蜀人张岱"[①]；在《越绝诗小序》中又说"某以蜀人住越"[②]，因迁越已历数世，所以后来一些研究者即将其视作浙江山阴（今绍兴）人。

张岱高祖名天复，号内山，明正德八年（1513）生，其父原准备让他学商，天复泣曰："儿非人，乃贾耶。"其父"壮其语，仍命业儒"。嘉靖二十二年（1543）举于乡，二十六年（1547）成进士。先后任职吏、兵二部，又为全楚学政，后调云南臬副。归乡后，于镜湖附近购别墅，并主修《山阴志》，万历二年（1574）

[①] 张岱：《自为墓志铭》，《琅嬛文集》卷五。
[②] 同上书，卷一。

六十二岁卒。曾祖名元忭，字阳和，嘉靖三十七年（1558）举人，但直到隆庆五年（1571）方以一甲第一人中进士。元忭年轻时，杨继盛因劾权相严嵩十大罪，下狱受酷刑，被杀，朝臣钳口噤声，而元忭却"设位于署，为文哭之，悲怆愤鲠，闻者吐舌"。中进士后又曾"上疏言切直"，并"以揭帖诣座师张江陵"，被张居正斥为"病狂"。归里后纂修《绍兴府志》、《会稽县志》，因而与其父天复被人拟为"谈迁父子"。卒于万历十六年（1588）三月。祖父张汝霖，字雨若，"幼好古学，博览群书"，曾指出徐文长将"怯里马赤"作"怯里赤马"之误，文长惊叹不已，说："几为后生窥破。"但因幼时不肯习字，书法"丑拙，试有司辄不利"。万历二十二年（1594）参加乡试，房师为一老教谕，刷落其卷，后为主考李九我拔置第六名。次年，即万历二十三年（1595）参加会试，中进士。初授清江令，升兵部主事。万历三十四年（1606）曾任山东主考，有感于自己落卷被收的经历，"至闱中，颛以搜落卷为事"。后以"部讦落职归"。乡居数年间"颇畜声妓，磊块之余，辄以丝竹陶写"。万历三十九年（1611）以后乃独居天镜园，拥万卷书，日事著述。万历四十二年（1614）又复起用为南都刑部，在南京曾与"同志十余人为读史社，文章意气，名动一时"。万历四十五年（1617）出为贵州主考。此后历任广西参议、福建副臬。天启五年（1625）三月病卒。父张耀芳，字尔弢，号大涤。幼时病弱几死，乃父汝霖亲自教读"古书，不看时艺"，埋首其中四十余年，"屡困场屋，抑郁牢骚，遂病翻胃"。为缓解病情，乃"适意园亭，陶情丝竹"，大兴土木，"造船楼一二，教习小溪，鼓吹剧戏"。后又几度参加考试，均未见售。天启四年（1624）五十三岁时副榜谒选，授鲁藩长史。耀芳际遇不佳，但素"喜诙谐，对子侄不废谑笑"①。崇祯五年（1632）十二月无疾逝，年六十一，逆推可知其生于隆庆五年（1571）。

张岱生于万历二十五年（1597）八月二十五日②。自幼随其父读书于悬杪亭③，聪颖异常。六岁时祖父张汝霖携其去游杭州，得见云间陈眉公。眉公闻知张岱善属对，就指着屏风上的《李白骑鲸图》说"太白骑鲸，采石江边捞夜月"，

---

① 张岱：《家传》，《琅嬛文集》卷四。
② 张岱：《自为墓志铭》，同上书，卷五。
③ 张岱：《陶庵梦忆》"悬杪亭"。

张岱不假思索地应对道："眉公跨鹿，钱塘县里打秋风。"眉公为之折倒①。原来陈继儒跨鹿，与张汝霖颇有瓜葛：早在万历三十二年（1604），有一老医生驯养角鹿一头，角挂葫芦盛药治病。张岱之父张耀芳以三十金购来为其父汝霖祝寿。后汝霖去游云间，乃送给眉公，眉公将其携来西湖六桥三竺间，自己穿着竹冠羽衣，往来于长堤深柳之下，被人称为谪仙，眉公也自号"麋公"②。

由于出生在累代仕宦之家，张岱自幼颇沾染纨绔子弟习气，晚年回忆其早年生活，曾说自己"极爱繁华，好精舍，好美婢，好娈童，好鲜衣，好美食，好骏马，好华灯，好烟火，好梨园，好鼓吹，好古董，好花鸟，兼以茶淫桔虐，书蠹诗魔，劳碌半身"③。他这些嗜好，既有继承其先人遗风一面，也有他个人独特表现一面。至于他说自己"学书不成，学剑不成，学节义不成，学文章不成，学仙学佛、学农学圃俱不成，任世人呼之为败子、为废物、为顽民、为钝秀才、为瞌睡汉、为死老魅"，则是他在"年至五十，国破家亡，避迹山居"④之后的愤激语，未可从字面理解。在《陶庵梦忆》自序中，他就曾写道："陶庵国破家亡，无所阻止，披发入山，骇骇为野人。故旧见之，如毒药猛兽，愕窒不敢与接。"经常中夜不眠，回想平生"繁华靡丽"，而今"过眼皆空，五十年来，总成一梦"，曾作"自挽诗，每欲引决"，但总"因《石匮书》未成，尚视息人世"。而《石匮书》之撰作，正是作者借以表达对国家山河之怀念、对民族气节之颂扬。当然，早年的纨绔口气在这类作品中也时有流露。

张岱早年十分喜欢出游各地，据《陶庵梦忆》所记，他曾游过苏、浙、鲁、皖等省，江苏之南京、苏州、扬州、镇江，浙江之杭州、宁波、海宁、嘉兴、普陀，山东之曲阜、泰安、兖州，安徽之宣城等地均曾涉足。足迹所至，交游亦广，"大江以南，凡黄冠剑客，缁衣伶工"无不交接，因而"斗鸡、臂鹰、六博、蹴鞠、弹琴、劈阮诸技"也无所不精⑤。他的学问、文章颇得力于广泛的交游。他在《祭周戬伯文》中说："生平所遇，常多知己。余好举业，则有黄贞父、陆景邺二先生、马巽青、赵驯虎为时艺知己；余好古作，则有王谑庵年祖、倪鸿宝、陈木叔为古文知己；

---

① 张岱：《自为墓志铭》，《琅嬛文集》卷五。
② 张岱：《陶庵梦忆》"麋公"。
③ 张岱：《自为墓志铭》，《琅嬛文集》卷五。
④ 同上。
⑤ 金忠淳编：《砚云甲编》第八帙《梦忆》序。

余好游览，则有刘同人、祁世培为山水知己；余好诗词，则有王予庵、王白岳、张毅儒为诗学知己；余好书画，则有陈章侯、姚简叔为字画知己；余好填词，则有袁箨庵、祁止祥为曲学知己；余好作史，则有黄石斋、李研斋为史学知己；余好参禅，则有祁文载、具和尚为禅学知己。"①而其生平著述有《石匮书》、《石匮书后集》、《陶庵梦忆》、《西湖梦寻》、《琅嬛文集》、《张氏家谱》、《义烈传》、《明易》、《大易用》、《史阙》、《四书遇》、《说铃》、《昌谷解》、《快园道古》、《傒囊十集》、《一卷冰雪文》等（见《自为墓志铭》），就包括了文、史、哲等各方面的内容。

张岱年近半百而明朝灭亡，他曾一度参加复明运动，后遁迹剡溪山中。国破导致家亡，"所存者破床碎几，折鼎病琴与残书数帙，缺砚一方而已"，生活十分清苦，"布衣蔬食，常至断炊"②。但却坚持民族气节，始终未曾仕宦新朝，而奋笔著述，完成崇祯一朝史实的编撰工作，留下《石匮书后集》这样一部史学著作。六十九岁时，张岱"曾营生圹于项王里之鸡头山"，其史学知己李研斋题其圹曰："呜呼！有明著述鸿儒陶庵张长公之圹。"③此后"又十余年卒"④。按张岱生于万历二十五年（1597），六十九岁则为康熙五年（1666），"又十余年"当在康熙二十五年（1686）以前，即卒年当在八十九岁以前。近年有同志据温睿临《南疆逸史》考定其卒年为八十八岁，此说只能视作张岱卒年的极限。

二

张岱的爱国思想、民族气节渊源有自，山阴张氏原就有讲究气节、不畏强权的家庭传统。张岱曾祖张元忭先后开罪于严嵩、张居正两权相。祖父张汝霖年幼时即敢于指正父执徐渭的知识错误。其先人这些事迹自不能不影响于张岱，他六岁时就敢于当面讥刺"飞去飞来宰相衙"的"云间鹤"陈眉公⑤。这种性格在此后的现实生活中更有所发展，平素斥责奸佞、倡言忠义，一旦国破家亡则遁迹山林、

---

① 张岱：《琅嬛文集》卷六。
② 张岱：《自为墓志铭》，同上书，卷五。
③ 同上。
④ 乾隆《浙江通志》。
⑤ 蒋士铨：《临川梦·隐奸》。

隐居不出。

张岱的爱国思想和民族气节，更多的是在他的著述中表现出来。首先是著史修志。张岱的历代先人也十分重视这项工作，如前所述，高祖张天复便纂修《山阴志》，曾祖张元忭曾纂修《绍兴府志》、《会稽县志》，祖父张汝霖还在南京成立"读史社"。张岱本人就曾说："余家自太仆公以下，留心三世，聚书极多。"他有感于"有明一代，国史失诬，家史失谀，野史失臆"的"诬妄"状况，决心撰修一部"上际洪武，下讫天启"的有明一代史书——《石匮书》这部史学著作。从崇祯元年（1628）开始著述，十七年明亡后，携其稿本屏迹深山，再经十年研究而成。在修撰过程中，他力求贯彻"不顾世情，复无忌讳，事必求真，语必务确"的原则，凡"五易其稿，九正其讹"，态度极其严肃①。但于崇祯一朝却因资料不全，"既无实录，又失起居。六曹章奏，闯贼之乱，尽化灰烬，草野私书，又非信史"，所以未曾修及。入清之后，谷应泰出任浙江学政，有修《明史纪事本末》之举，乃"广收十七年邸报，充栋汗牛"，资料搜集较全。张岱在被邀参加此项工作时，"于其中簸扬淘汰，聊成本纪，并传崇祯朝名世诸臣，计有数十余卷"②。在参加撰修《明史纪事本末》之余，张岱利用谷应泰所提供的原始资料，编写成《石匮书后集》一书，专纪崇祯一朝史实。他所使用的材料虽与《本末》相同，但详尽丰赡之处时有过之。特别是作者以遗民身份，对抗清死难诸臣，用"《石匮书》曰"的形式加以讴歌，对叛国投敌之徒则痛加斥责。如卷二十八中对"留发杀身""诸君子"的肯定，卷三十四中对"反面事仇、操戈入室"叛臣的否定，等等，都表现了他的爱国情操和民族感情。不仅如此，张岱并未将爱国之心与忠君之忱混为一谈，他虽然忠于明朝，但时有对封建君主的批判。如说："自古亡国之君，无过吾弘光者"③；又如指责崇祯"焦于求治，刻于理财，渴于用人，骤于行法，以致十七年之天下，三翻四覆，夕改朝更"。并举用人一节痛加抨击，说崇祯"黑白屡变，捷如弈棋"，大凡老成、新进、科目、荐举、词林、外任、朝宁、山林、荐绅、妇寺、民俊、宗室、资格、特用、文科、武举，各种人才更迭使用，以致"愈出愈奇，愈趋愈下"；不但"用人太骤"，而且"杀人太骤"，因而诸臣"止

---

① 张岱：《石匮书自序》，《琅嬛文集》卷一。
② 张岱：《与周戬伯》，《琅嬛文集》卷三。
③ 张岱：《石匮书后集》卷三十二"龚廷祥"条。

有唯唯否否"，崇祯也就变成——"孤立无助之主"，坐视亡国而已[①]。由此可见，作为一个史学家，张岱的胆识才学确有过人之处，敢于发表自己的见解，并且能坚持自己的观点。当其修成《石匮书》之后，虽然受到普遍肯定，但也有大臣以此书"不拥戴东林"为"不合时宜"。他坚持认为"盖东林首事者实多君子，窜入者不无小人；拥戴者皆为小人，招徕者亦有君子"，并表明"作史者"不能"一味模糊，不为分别"。因此，他不因某些"大老"对其"怒目视之"而在著述中作"曲笔拗笔"，表现了高尚的史德[②]。

张岱不仅有崇高的史德，而且还有过人的识见。他并不专门注重官修的正史，而且还极为注重野史笔记。在为自己的《史阙》作序中，他表示常"恨史之不赅"，因此要"上下古今搜集异书，每于正史、世纪之外，拾遗补阙。得一语焉，则全传为之生动；得一事焉，则全史为之活现"；认为"书隙中有全史在焉"[③]。更为难得的是在他的文集中，还为一些入不得正史的人物写了传记，例如他曾为山阴王氏的"庸人"姚长子写有墓志铭[④]。姚长子曾以自身诱引入侵的"倭寇"一百三十余陷入四面皆水的化人坛，然后让奋起抗敌的乡民尽行歼灭。张岱对姚长子牺牲自身保存他人的高尚行为作了极为热情的赞扬，说："醢一人，醢百三十人，功不足以齿；醢一人，活几千万人，功那得不思！"这种为"庸人"立传的作为，无疑是对正史的"补阙"，而从这种"补阙"中正可看出张岱在修史中所表现出来的史才、史识、史德，更可看出他的爱国感情和崇高的民族气节。

张岱的诗文杂著也和他的史学著述一样，也流露了强烈的爱国感情和崇高的民族气节。在《越绝诗小序》中，他曾疾声高呼："忠臣义士多见于国破家亡之际，如敲石出火，一闪即灭，人主不急起收之，则火种绝矣！"[⑤]要求封建君王重视忠贞之士。同时，他对所谓的忠贞之士的表现又作了具体分析，未曾笼统对待，他认为"古今死忠义与立功业之臣，大略务名者什之七，务实者什之三。务名者出于意气，其发扬尚浅；务实者本之性情，其蕴酿甚深"[⑥]，这样鞭辟入里的分析，

---

① 张岱：《石匮书后集》卷一。
② 张岱：《与李砚翁》，《琅嬛文集》卷三。
③ 同上书，卷一。
④ 同上书，卷五。
⑤ 同上书，卷一。
⑥ 张岱：《孙忠烈公世乘序》，同上书，卷一。

正表现了史学家的眼识。张岱作品中还有十首前人很少提及的乐府①，分别讴歌了荆轲匕首、渐离击筑、张良之椎、伍孚刃卓、赤壁火曹、司农象笏、施全之剑、唐琦之石、景清一刺以及天一之砚，这些事迹历来被认为是复仇除奸的英雄行为。当然，对这些史实如何分别评价，又另当别论，但张岱咏叹此种行为正表露了他自己的思想旨趣所在。

即使在《陶庵梦忆》、《西湖梦寻》一类的小品文中，也同样流露了作者强烈的故国之思。伍崇曜在跋《陶庵梦忆》中就说："昔孟元老撰《梦华录》、吴自牧撰《梦粱录》，均于地老天荒、沧桑而后，不胜身世之感。兹编实与之同。"的确如此，张岱在《梦忆》中所叙述的各种情事物件，无不寄托着这种故国之思。例如说及藏书，首言"余家三世，积书三万余卷"；次言本人"聚书四十年，不下三万卷"；再言及"乙酉"之乱，"所存者为方兵所据"，"四十年所积，亦一日尽失"；文末却点出"我明中秘书，不可胜计，即《永乐大典》一书，亦堆积数库焉。余书直九牛一毛耳，何足数哉！"②从个人藏书之散佚谈起，归结于朝廷藏书之尽净，哀思极为深挚。以此记载对照他在《自为墓志铭》中说自己为"书蠹"，更可见为愤激之语。又如，在《自为墓志铭》中，他曾说自己"好美食"，而在《陶庵梦忆》"方物"条中，似乎也在自嘲"越中清馋，无过余者"，然后列举自己"喜啖"的"方物"，有北京、山东、福建、江西、山西、苏州、嘉兴、杭州、萧山、诸暨、龙游、临海、台州、浦江、东阳、山阴等地土特产，而于列举这些"方物"之后，笔锋顿然一转，说"由今思之，四方兵燹，寸寸割裂，钱塘衣带水犹不敢轻渡，则向之传食四方，不可不谓之福德也"。这显然是借各地"方物"以寄托自己的故国之思。再如，他在《自为墓志铭》中又说自己"好美婢"、"好梨园"，在《陶庵梦忆》"祁止祥癖"中则赞扬了祁止祥这一癖好，说："人无癖不可与交，以其无深情也；人无疵不可与交，以其无真气也。"而祁止祥的癖好就在于"以娈童崽子"梨园女子阿宝"为性命"，虽经"乙酉南都失守"之乱，虽被"刀剑加颈，性命可倾"，仍然唯"阿宝是宝"。在南都失守之际，宝贵梨园女子，这就与封建士大夫在升平之际玩弄戏子有所不同。此外，《陶庵梦忆》中写到的一些民风习俗、西湖香火等，也无不流露了作者的亡国之痛。如在

---

① 张岱：《琅嬛文集》卷三。
② 张岱：《陶庵梦忆》"三世藏书"。

"越俗扫墓"条中,先极写有明一朝作者家乡扫墓时"填城溢国"的盛况,再写"乙酉方兵"乱后的"萧索凄凉"的景象,在强烈的对比中流露了自己的真情实感。又如"西湖香市"条中,当年盛况空前,作者写到每届西湖香市,有"数百十万男男女女,老老少少,日簇拥于寺之前后左右",但在崇祯十五年(1642)以后,由于"虏梗山东,香客渐绝,无有至者,市遂废"。就直截了当地把西湖香市的衰落归之于"虏"。总之,诸如此类的文字,在张岱的诗文中随处可见,弥足珍贵,他的小品文也就不能全视之为"小摆设",其中颇有作者的故国之思、亡国之痛。

当然,张岱毕竟出身于剥削世家,早年又有一段优游生活,这些经历在他的作品中也不能不留下烙印。他的著作,特别是史学著述中,随时可见他对起义农民的敌视态度。在诗文中也流露了不少剥削阶级的习性,例如在有关"好美食"的文字中,固然有些流露出故国之思,但有些也表现了"食不厌精"的剥削阶级意识。他的祖父张汝霖曾与杭州包涵所、黄贞父等人结集饮食社,"讲求正味",并著有《饕史》。张岱认为乃祖此书过多地取法于《遵生八笺》,决意修订,而成《老饕集》一书。《遵生八笺》是万历时杭州戏曲家高濂所著,高濂也是极为讲究饮食、营养的上层文人。张岱在《老饕集序》中①也认为"食不厌精,脍不厌细"就是"养生论"。这些方面都表现了悠闲阶级对生活上的过分讲究。因之,反映这些内容的作品也当然没有什么积极意义可言。

三

张岱的文艺思想也颇值得重视。他的文艺主张出入于公安、竟陵,但又非三袁、钟谭所能范围。他早年喜爱徐渭诗作,一度学文长;徐渭曾受到袁中郎的推崇,他又学中郎;其后又学钟伯敬、谭友夏。经过这一发展过程,他领会到"人之诗文,如天生草木花卉,其色之红黄,瓣之疏密,如印板一一印出,无纤毫稍错,世人即以他木接之,虽形状少异,其大致不能尽改也",从而提出"我与我周旋久,则宁学我"的主张②。不过,这"宁学我"的主张仍然与公安、竟陵并不相悖,

---

① 张岱:《琅嬛文集》卷一。
② 张岱:《琅嬛诗集序》,同上书,卷一。

袁中郎也主张"见从己出"，不依傍古人才能"顶天立地"[1]。三袁主张文学创作要"独抒性灵，不拘客套，非从自己胸臆中流出，不肯下笔"[2]。钟惺、谭元春的主张也与之接近，所谓"钟、谭一出，海内始知'性灵'二字"[3]。由此可见张岱的文艺思想并未能全然脱出公安、竟陵的藩篱。

这在选评诗文的标准上也有所表现。张岱认为评选诗文，要有所选择，弃粗取精。早年他曾经搜辑徐渭的佚稿，当时王谑庵对他说："选青藤文，如拾孔雀翎，只当拾其金翠，弃其羽毛。"而张岱不能领略，"务在求多"。后来当他再行检索"佚稿所收"，才发现其中"颇多率笔"而"意甚悔之"，请求王谑庵"大加删削"，"以救前失"[4]。根据自己切身体会，他一再要求张毅儒选辑《明诗存》必须立下一定准绳，切不可"胸无定识，目无定见，口无定评"，更不可"以他人好尚为好尚"。这标准就在于"自出手眼"[5]，首在"立意"。他批评张毅儒的诗选是《明人存》而非《明诗选》，说选诗要"以诗品为主，诗不佳，虽有名者亦删；诗果佳，虽无名者不废"[6]。这一见解与三袁主张也很接近，无论在诗文创作或是诗文选评上，他们也都讲究"各出手眼，各为机局"[7]。

张岱对文艺创作的有关问题也有一些不失为精辟的见解。例如创作的题材问题，他主张要从日常生活中摄取，不可故意猎奇炫异，他认为袁于令创作的《合浦珍》传奇"非想非因，无头无绪，只求热闹，不论根由，但要出奇，不顾文理"。但对于袁于令另一部传奇《西楼记》则充分肯定，说这"正是文章入妙处"。他认为"布帛菽粟之中，自有许多滋味，咀嚼不尽，传之永远，愈久愈新，愈淡愈远"。从现实生活中存在的现象觅取创作素材，加以提炼改造，赋予普遍意义，这样题材的作品才有长久的生命力；而那种"狠求奇怪"的"妆神扮鬼、作怪兴妖"的题材"怪异"之作，只能令观众感到"可厌"而已。这种评论对晚明传奇创作中"怪幻极矣"的现象无异是当头棒喝[8]。又如文学语言问题，他既反对板实呆滞，又

---

[1] 袁宏道：《与张幼于》，《袁中郎全集》卷二十二。
[2] 袁宏道：《叙小修诗》，同上书，卷一。
[3] 钱谦益：《列朝诗集小传》丁集"谭解元元春"。
[4] 张岱：《王谑庵年祖》，《琅嬛文集》卷三。
[5] 张岱：《又与毅儒八弟》，同上书，卷三。
[6] 张岱：《与毅儒八弟》，同上书，卷三。
[7] 袁中道：《宋元诗序》，《珂雪斋文集》卷二。
[8] 张岱：《答袁箨庵》，《琅嬛文集》卷三。

反对俚俗浮嚣,认为文学创作中"用学问者多失之板实,用俚语者多失之轻佻"[1]。这种现象在复古派前后七子的创作中确是存在的,李攀龙作文就"无一语作汉以后,亦无一字不出汉以前"[2]。袁宏道在《与张幼予》中就曾讥刺这种风气,说:"记得几个烂熟的故事,便曰博识;用得几个现成字眼,亦曰骚人!"[3]张岱主张文学语言不能用学问即"烂熟的故事",也不宜不加洗炼地直接运用"俚语"。这种要求文学语言通俗但不俚俗的见解,确为精辟之论。再如,对创作过程中的修改问题,张岱十分看重,认为文章要不断修改,务求简洁练达。在《与王白岳》中,张岱要求作者"大着眼孔,冷着面皮,硬着心肠,浓磨墨,饱蘸笔",对他所著的《廉书》中一些"为人所烂熟者则涂之","为人所生造者则涂之",要"如良工以栴檀减塑佛像,去一斧妙一斧,加一凿则精一凿"[4]。他还举欧阳修见奔马毙犬事为例,说明文人所记有详略之不同,从而要求"他人记事连篇累牍所不能尽者"而能"以数语赅之";他人"烦言絮缕所不能断者"而能"以数字了之"[5]。总之他要求行文者务必反复删削,力求以精练的语言反映复杂的事物。复如,对待文学创作的风格问题,张岱主张兼容并包,力戒单调划一。有人认为魏徵性格"倔强",唐太宗却觉得魏徵"倔强"但更为"妩媚"。对唐太宗肯定魏徵这两种不同的性格,将其"合而言之",张岱是"蓄疑颇久"的,但后来他见到徐渭的小品画,觉得"离奇超脱,苍劲中姿媚跃出,与其书法奇崛略同",从此方信唐太宗评论魏徵的言论不无道理[6],这是张岱将"倔强"与"妩媚"并举。在《跋可上人大米画》中,张岱说:"可一师最喜宋画,每以板实见长,而间作米家,又复空灵荒率,则是其以坚实为空灵也。"[7]又将"坚实"与"空灵"同列。这种评论倒是符合艺术辩证法的。文艺作品的风格要求多样化,而不同的艺术风格在大家的笔下又能融洽无间地呈现出来,从而增强了作品的艺术性。即使在今天,我们也不否定这种要求和努力。

---

[1] 张岱:《柱铭钞自序》,《琅嬛文集》卷一。
[2] 王世贞:《艺苑卮言》。
[3] 袁宏道:《袁中郎全集》卷二十二。
[4] 张岱:《琅嬛文集》卷三。
[5] 张岱:《廉书小序》,同上书,卷一。
[6] 张岱:《跋徐青藤小品画》,同上书,卷五。
[7] 同上书,卷五。

张岱的文艺思想和明季一些作家相似，对复古主义持否定态度，讲求作家的真情实趣。如汤显祖主张"文以意趣为主"①，袁宏道也认为"世人所难得者唯趣"②，钟、谭也讲究文章的趣、韵。尽管他们对"趣"的理解并不全然相同，但大都出自对"理"的不同程度的抗拒，是对复古主义文艺思潮的一种否定。这在张岱的文艺思想中则表现为"谐"。他充分肯定王谑庵为人"聪明绝世，出言灵巧，与人谐谑，矢口放言，略无忌惮"，对他"摘伏发奸，以及论文赋诗，无不以谑用事"的行为大加赞扬③。张岱曾说过："人无癖不可与交，以其无深情也；人无疵不可与交，以其无真气也。"为此，他撰写了《五异人传》④，为其中五异人立传。对"癖于酒"的张汝霖，张岱评说道："不善饮酒者得其气，善饮酒者得其趣。若真能得趣者，则自月夕花朝，青山绿水，同是一酒中之趣，但恨世人不能领略耳。"张岱于此处谈论的似乎是酒趣，但显然不限于酒趣，他接着说："昔人云：痛饮读《离骚》可称名士。凡人果能痛饮，何必更读《离骚》。髯张（汝霖）虽不解文义，吾谓其满腹尽是《离骚》也。"此外，在《家传》中⑤，他曾赞美其父张耀芳"喜诙谐，对子侄不废谑矣"。还记载了父子之间的一次"诙谐"故事：耀芳小妾周氏病笃，耀芳忧其死，张岱却说不至于死。其父耀芳问其何以知其不死，张岱"诙谐"地答道："天生伯嚭，以亡吴国；吴国未亡，伯嚭不死。"其父闻之，先是"口詈岱"，但"徐思之，亦不觉失笑"。父子之间如此"风趣"的"诙谐"，在封建社会中实属少见。但山阴张氏却有着这种家庭传统，甚至还有人结社谈噱。在《陶庵梦忆》"噱社"条中，张岱记其"仲叔善诙谐，在京师与漏仲容、沈虎臣、韩求仲辈结噱社，噱喋数言，必绝缨喷饭"。由此可见，张岱重视噱、诙谐、趣，固然与他继承和发展了李贽、徐渭乃至公安、竟陵的思想主张有关，也与他的家庭传统不无关系。

　　张岱和李贽、徐渭、三袁一样，也十分重视市民文学的主要形式小说、戏曲，特别对戏曲，张岱极为喜爱，并且娴熟，还有自己的见解。他在《自为墓志铭》中曾说自己"好梨园"；在《祭周戬伯文》中又说自己有"袁箨庵、祁止祥为曲

----
① 汤显祖：《答吕姜山》，《玉茗堂尺牍》四。
② 袁宏道：《叙陈正甫会心集》，《袁中郎全集》卷一。
③ 张岱：《王谑庵先生传》，《琅嬛文集》卷四。
④ 同上书，卷四。
⑤ 同上。

学知己"。他不但精通南曲传奇，而且对北曲杂剧也十分熟悉，常于观灯之际，命"小傒串元剧四五十本，演元剧四出"①。崇祯二年（1629）他游镇江金山寺，深夜"呼小仆携戏具，盛张灯火大殿中，唱韩蕲王金山及长江大战诸剧"②。崇祯七年（1634），他曾与友人在不系园"弹三弦子"、"唱曲"、"吹箫"、"用北调说《金瓶梅》一剧"、"串本腔戏"、"串调腔戏"、"唱村落子曲"③。崇祯十一年（1638），在南京牛首山打猎之际，他还不忘"看剧于戏花岩"④。他不但记载了朱云崃如何教女戏，而且还描叙了刘晖吉、朱楚生如何演女戏⑤。在《陶庵梦忆》中还著录了"串戏妙天下"的彭天锡以及"搬演目莲"戏的"徽州旌阳戏子"的事迹。张岱自己还能创作剧本，魏忠贤事败之日，"好事者作传奇十数本，多失实"，他曾经为之删改，"仍名《冰山》"⑥。他还能评戏，而且颇为精到，例如对阮大铖"所编诸剧"的内容，他认为其"诋毁东林，辩宥魏党"，所以"为士君子所唾弃"；但他也时或肯定其艺术手段，认为无论关目、情理、筋节，"则亦簇簇能新，不落窠臼"⑦。这样的品评倒也符合阮大铖所作的实际情况。至于在《答袁箨庵》中⑧对阮大铖、李渔、袁于令、汤显祖诸家剧作的评论，也颇具只眼。张岱如此重视戏曲，固然与李贽所创导的风气有关，也与他的交游有关，除与著名的剧作家袁于令有交往以外，还与著名的戏曲评论家《远山堂曲品》、《剧品》作者祁彪佳有世交，更与他的先人喜爱伎乐有关。在《陶梦庵忆》"张氏声伎"中，他说："我家声伎，前世无之。自大父于万历年间，与范长白……诸先生讲究此道，遂破天荒为之。"此后，他的先人于戏剧之道"日精一日"，而家蓄的演员"技艺亦愈出愈奇"。到张岱年过五十之后，他家所蓄演员"自小而老，老而复小，小而复老者凡五易之"。正是在这样讲究的家乐中，张岱从小耳濡目染，才能具备对戏剧艺术的精湛的素养。

张岱的文艺思想形成，与其家庭传统也是有关系的。曾祖张元忭为王阳明的

---

① 张岱：《陶庵梦忆》"世美堂灯"。
② 同上书，"金山夜戏"。
③ 同上书，"不系园"。
④ 同上书，"牛首山打猎"。
⑤ 同上书，"朱云崃女戏"、"刘晖吉女戏"、"朱楚生"。
⑥ 同上书，"冰山记"。
⑦ 同上书，"阮圆海戏"。
⑧ 同上书，卷三。

再传弟子，是陆、王心学的传人。李贽是王学左派的杰出代表，对程、朱的理学一再发出猛烈的抨击。李贽的思想主张对徐渭、汤显祖、公安三袁都有程度不等的影响。张岱幼年读书，就接受了祖父张汝霖的"不读朱注"的教导[①]。后来在《与祁文载》[②]中再次表明"余解四书五经，未尝敢以注疏讲章先立成见"。由此可见，张岱对于统治当时学术界思想界的程、朱理学，一直是采取拒绝的态度的。这样的家庭传统教育，使得他能更为主动地接受李贽、徐渭乃至三袁和钟、谭的影响。何况徐渭与他的先人颇有些关系，徐渭因杀后妻下狱，是张岱曾祖张元忭为之营救获释的（据张岱《家传》、钱谦益《列朝诗集小传》丁集中"徐记室渭"）。不过，张岱虽然受到公安、竟陵的影响，但他的作品却力避公安的浅率，力戒竟陵的艰深，有所洗刷摆脱，自具清新豪迈的风格，虽然间或失之矫揉，但从整体看来仍不失通脱畅达，较之公安、竟陵，他的作品当受到更多读者的欢迎，在晚明文学中独树一帜。

（原载《南京师范大学学报》1986年第4期）

附：

《张岱探稿》序

一

张岱是一位生活情趣多样、交游很广、著述极丰的很具个性的学者，且又生活在由明入清之际，在其行事、著述中洋溢着浓郁的故国之思，极有研究价值。

以生活情趣言，他曾自言："极爱繁华，好精舍，好美婢，好娈童，好鲜衣，好美食，好骏马，好华灯，好烟火，好梨园，好鼓吹，好古董，好花鸟，兼以茶淫桔虐，书蠹诗魔，劳碌半生"，但"年至五十，国破家亡"，这一切"皆成梦

---

① 张岱：《四书遇序》，《琅嬛文集》卷一。
② 同上书，卷三。

幻"①，只是留给自己梦中的回忆而已，所谓"繁华靡丽，过眼皆空，五十年来，总成一梦"②。

以交游言，也曾自言："大江以南，凡黄冠剑客，缁衣伶工"无不交接，因而学得多种技艺，"斗鸡、臂鹰、六博、蹴鞠、弹琴、劈阮诸技"，无所不为③。至于学友，也同样众多，他也说过："凡生平所遇，常多知己。余好举业，则有黄贞父、陆景邺二先生、马巽青、赵驯虎为时艺知己。余好古作，则有王谑庵年祖、倪鸿宝、陈木叔为古文知己。余好游览，则有刘同人、祁世培为山水知己。余好诗词，则有王予庵、王白岳、张毅儒为诗学知己。余好书画，则有陈章侯、姚简叔为字画知己。余好填词，则有袁箨庵、祁止祥为曲学知己。余好作史，则有黄石斋、李研斋为史学知己。余好参禅，则有祁文载、具和尚为禅学知己。"④有挚友相互切磋，学艺自然不断增进。

以著述言，数量极多，在《自为墓志铭》中说："好著书，其所成者有《石匮书》、《张氏家谱》、《义烈传》、《琅嬛文集》、《明易》、《大易用》、《史阙》、《四书遇》、《梦忆》、《说铃》、《昌谷解》、《快园道古》、《傒囊十集》、《西湖梦寻》、《一卷冰雪文》行世。"而铭中未曾提及的重要著作尚有《石匮书后集》、《夜航船》等；至于序存而书存佚不明者尚有《诗韵确》、《奇字问》、《老饕集》、《茶史》等；尚有杂剧《乔坐衙》、传奇《冰山记》，尽管被人称道，亦未见其书，可见散佚之作甚多，至今未曾见有较完整的《张岱全集》问世。

封建王朝的更迭、社会思潮的起伏，都在张岱的思想和著述中留下深刻的烙印。在明季，张岱曾两次应乡试而被刷落，可见其并未绝意仕途；但入清以后，虽受威逼，亦不出仕。顺治十一年（1654）还写有《甲午儿辈赴省试不归走笔招之》诗，劝其子勿应乡试。行事如此，著述亦如此，他曾表示"余故不能为史"，但"不得不为其所不能为"，是因为"有明一代，国史失诬，家史失诔，野史失臆，故以二百八十二年总成一诬妄之世界"，便决心作史，虽"遂遭国变"亦未中断，并且庆幸自己"不入仕版，既鲜恩仇，不顾世情，复无忌讳。事必求真，语必务

---

① 张岱：《琅嬛文集·自为墓志铭》。
② 张岱：《陶庵梦忆·自序》。
③ 金忠淳：《砚云甲编·梦忆原序》。
④ 张岱：《琅嬛文集·祭周戬伯文》。

确,五易其稿,九正其讹",前后历经二十七年乃撰成"上际洪武,下讫天启"的《石匮书》[1]。至于崇祯朝和南明史实,皆见其所作《石匮书后集》。在其书中,张岱又以"石匮书曰"的形式发表史论,诸如对于"留发杀身""诸君子"的肯定(卷二十八),对"反面事仇、操戈入室"叛臣的谴责(卷三十四),对弘光、崇祯二帝的抨击(卷三十二、卷一),均可看出其作史的目的显然是以史为鉴,在其叙事中流露出强烈的故国之思。这种情绪,在其所作的散文小品如《陶庵梦忆》、《西湖梦寻》中亦有浓郁的表现,伍崇曜在跋《陶庵梦忆》时即言:"昔孟元老撰《梦华录》、吴自牧撰《梦粱录》,均于地老天荒、沧桑而后,不胜身世之感,兹编实与之同。"

明清之际的学术思潮也给予他相当深刻的影响,以哲学思想而论,早先倾向于陆、王心学而拒避程、朱理学。曾祖张元忭为王阳明再传弟子。乃祖张汝霖教其读书时"不读朱注"[2],在《与祁文载》中也自言:"余解四书五经,未尝敢以注疏讲章先立成见。"[3]但陆、王心学之空疏,也为其所不满。以文艺思想而言,虽出入于公安、竟陵,但又非三袁、钟、谭所能范围,早年学徐渭,继而又因袁中郎推崇徐渭又学中郎,再学钟伯敬、谭友夏。在这一历程中,他逐渐领会到"人之诗文,如天生草木花卉,其色之红黄、瓣之疏密,如印板一一印出,无纤毫稍错。世人即以他木接之,虽形状少异,其大致不能尽改也",从而赞同古人所云"我与我周旋久,则宁学我"的主张。[4]

凡此都说明张岱其人其作是值得深入研究的,尽管此前已有不少成果问世,但不同的时代,不同的学者,都会对其人其作作出各自的诠释和解读,因为其人其作在我国文学史乃至文化史上都占有重要位置,具有不断进行深入研究和评述的价值和意义。则桐选择其人其作作为自己的重点研究课题自然也是有眼识的。

二

则桐致力于张岱研究已有十余年,早在1999年就有论文发表,这就是《"一

---

[1] 张岱:《琅嬛文集·石匮书自序》。
[2] 张岱:《琅嬛文集·四书遇序》。
[3] 张岱:《琅嬛文集》卷三。
[4] 张岱:《琅嬛文集·琅嬛诗集序》。

往深情"：张岱散文情感底蕴论》①。此后不断有论文发表于海内外学术刊物。早几年则桐从其任教的盐城师范学院来南京探望，表示将来结集后，请我作序。2007年10月，笔者赴厦门参加中国戏曲学会第七届年会。应胡金望教授之约，去漳州师范学院作学术演讲，其时则桐已调到漳州师范学院工作，来我下榻处拜望，再次约请笔者为之作序。2009年元旦前夕，则桐将其书稿以快件寄至舍间；春节过后，又来舍间相访，并表明序文如何写全由笔者自行主张，如此恳至请求，笔者也不能不勉力为之。

　　张君此作遵循了知人论世的优良传统。章实斋《文史通义·文德》云："不知古人之世，不可妄论古人文辞也。知其世矣，不知古人之身处，亦不可遽论其文也。"鲁迅在《且介亭杂文二集·题未定草》中云："我以为倘要论文，最好是顾及全篇，并且顾及作者全人，以及他所处的社会状态，这才较为确凿。"笔者一向重视这样传统，也要求弟子们遵循，必须下大功夫从事基础研究，以考证翔实的资料为根据构建自己的理论见解，不可投机取巧作浮华的架空之论。则桐的《探稿》，在现有研究成果的基础上，从大量文献资料的排比、钩稽中，对张岱的家世、生平、交游等状况作了更为深入的考察，从而展现出张岱成长生活的人文生态。例如乃祖张汝霖对他的影响最大，《探稿》就着力排比出张汝霖的仕宦经历、思想倾向、亲友交游和学术活动，尤其是他从兵部主事任上落职与复杂的党争关系，以及南京读史社的成员和活动，考索十分详尽，这就极有说服力地显示了张岱政治立场和学术思想的渊源。又如，对于张岱本人的交游情况，《探稿》也在前人成果的基础上作了进一步探考，如与倪元璐、祁彪佳、祁豸佳、王雨谦、徐沁等人的交游情况，以及他们对张岱的影响，在广征文献的基础上有所勾勒。即如闵汶水、金乳生、刘晖吉、朱羲人等辈的生平事迹，则桐并未忽视，在《探稿》中也有所描述。这些基础性的考索工作，显然有利于对张岱其人其作的认识和评价。

　　《探稿》对张岱其人其作的评述，是就其一生经历和全部著述立论的，而非仅据一时一文作出判定，从而避免了片面性。如对张岱的学术思想的分析即如此，起先，遵循先人教诲，远避程、朱而崇向陆、王，但王学之空疏日渐显现，在《四书遇》中已改变远避程、朱的倾向，书中涉及朱注者有五十四处，表示赞同朱注

---

① 《浙江社会科学》1999年第3期。

者有十六处，其余或批驳朱注或在与朱注比较中提出新解，从而作出"张岱对程朱之学在学理的层面态度比较公允，以自己的知性精神进行评判取舍"的结论。又如《探稿》在综览《石匮书》、《石匮书后集》的基础上，探讨张岱对晚明党争的评议，未若有的研究者仅据《与李砚翁》一文所论，便作出张岱严责东林党失之偏激的论断。则桐对"石匮"二书中有关晚明党争的文字作了全面分析，认为"张岱关于晚明党争的观点基本上是公允的"。其实，在《与李砚翁》中所言"盖东林首事者实多君子，窜入者不无小人；拥戴者皆为小人，招徕者亦有君子"，持此种见解者，在明末清初实亦有人，笔者近读《清史稿·朱彝尊传》，竹垞曾参修《明史》，亦言"东林不皆君子，异乎东林者，亦不皆小人"。

《探稿》的研究内容几乎涵盖张岱的全部著述，如据《快园道古》、《夜航船》等著作，联系明清时代的现实以及越中地区的士风，来探讨张岱的文化精神、遗民情绪。又如对以《西湖梦寻》、《陶庵梦忆》为代表的散文、小品，按题材分类进行论析，并考虑到古代散文与历史传统对他的影响，以及后世散文作家对他的接受与发展。此外，又对张岱在戏曲艺术、书画艺术、园林艺术，乃至茶道艺术诸领域的成就，也有所涉及，从而更强化了对张岱文艺思想内涵和特色的分析。

总之，《张岱探稿》无论在史实的考证上，还是在理论的探讨上，都做出了可喜的成绩。当然，《探稿》亦有可进一步充实的余地，如《石匮书》、《石匮书后集》是极其重要的著作，《探稿》也多次称引，如能列专章予以更全面的评述则会增加全书的学术分量。不过，《探稿》仅是则桐研究张岱的阶段性成果，笔者相信其后续之作必将更臻完美。

三

张君则桐于1994年毕业于天津轻工业学院化工系，同年考取我的硕士生。当年报考者有三十余人，则桐以名列第三的优秀成绩被录取，殊属不易。三年后以《李寿卿杂剧研究》一文获得硕士学位，工作数年后又欲随我攻博，但我退休在即，便考入他人门下，于2005年获得博士学位。

则桐自获得硕士学位以后，与笔者联系不多，但未曾中断，攻博期间有暇便来舍间坐坐；返乡路过南京时，得便也来舍间相访。其间，多次谈及研究张岱著作的情况，因笔者也喜读张岱作品，自然就赞赏他的研究。近年更多次提出请我为其专著作序。为此，笔者在通读其《探稿》的同时，又重新检读张岱的著作，不禁如同张岱《陶庵梦忆序》中所言，"遥思往事"起来。笔者于1950年考入浙江大学前往杭州，迄今已近六十年，而阔别西湖亦有五十余载，数十年间重蹈杭州也有十余次，并四次前往宗子的故乡绍兴，最近一次重游西湖、鉴湖则是2006年夏。每次前往"如游旧径，如见故人"，然而"旧径"已经更新，"故人"多半凋零，真是故园新叶催陈叶，一代有一代之作者，一代有一代之研究者。

笔者年轻时最为喜爱的张岱作品也就是20世纪二三十年代最受学界关注的散文、小品，如《西湖梦寻》、《陶庵梦忆》，而对张岱稍作研究，则是20世纪80年代前期的事。当时罗马大学教授焦里阿诺·拜尔突乔里来南京访问，他曾做过驻国民政府大使馆的官员（文化参赞？），领导十分重视，在他来访前一月，便指定吴调公先生与笔者接谈，调公先生又推我主谈，因而不得不认真准备，将当时可以见及的张岱著作一一阅读，做笔记、列大纲，如期与拜尔突乔里教授晤面，交谈中知道他曾将《陶庵梦忆》译成意大利文，彼此都喜欢"梦忆"、"梦寻"二书，他特别询问我在浙江大学读书时的情况，又一遍一遍地念着我的名字，终于说出他的夫人是杭州人，名叫朱美琳，彼此间的距离顿时就缩小了。归国后，曾有他的博士生来南京汽车厂工作（中意合作生产依维柯汽车），遵从他的意见特来舍间访问，并请我为她们讲授中国古代诗词，我因当时教学、研究工作十分繁重，乃推荐另一位老师去承担，此后也就未再联系。根据与他交谈时所作的笔记，将所列的提纲整理成《晚明爱国学者张岱》一文，发表在《南京师大学报》1986年第4期，后来收入笔者论文自选集《清凉文集》中。

迨至90年代，又曾先后与两位研究张岱的学人或见过面或有所联系。1991年5月，笔者应邀赴杭州大学为平慧善教授指导的研究生主持论文答辩，绍兴师专有关领导闻知后，邀我前去作一次学术报告，抵达绍兴后，该校陈校长、中文系邹主任、教务处陈处长以及中文系古代文学教研组的几位老师，前来下榻处稽山宾馆看望，因为是礼节性的拜访，并未详谈，但我却记住几位老师的大名，其中一位老师后来整理了张岱的著作出版，也发表了自己研究张岱的论著，成为研究张岱的知名学者。90年代中期，我校职能部门交给我一份安徽一所大学的一位老师申请出版资助的评审材料，附来他研究张岱的部分成果。细读之后，写了充分肯定的意见，赞同提供资助。在正式评审意见之后，我又根据自己读书所得，就他的研究提供了一些参考意见。据他所熟悉的我的一位博士生告诉我，他当时见到我的意见，甚是感激。此后，我也在书店中见到他出版的研究张岱的著作，如今，他也是研究张岱的知名学者。

笔者缕述这些往事，不是怀旧，而是意在说明在笔者极为有限的交往中，极为平淡的经历中，二三十年来也接触到几位研究张岱的学人，有海外的，有国内的；80年代有，90年代亦有。而进入新世纪，则桐的研究专著又将面世。这正反映了张岱的著作自有其读者，也自有其研究者。由于他的著作具有长久的魅力，也就是有永恒的价值，每个时代的读者和研究者，都会根据自己的、时代的审美价值去诠释、去接受、去继承。就此而论，张岱的著作在我国的文化学术史上定会永占一席之地。

四

作为文体之一的"序"，产生很早，有的学者以为起源于《易》，更多学者以为始于《诗》，《毛诗序》即是。在历代的文论、文选中均有"序"类，如梁时任昉的《文章缘起》，有包括"序"在内的八十五种文体；萧统《昭明文选》辑录作品七百余篇，分为三十九类，其中也有"序"；刘勰《文心雕龙》也列出"序"，直至清季姚鼐《古文辞类纂》、曾国藩《经史百家杂钞》中都有"序跋类"，可见序之由来久矣。

笔者对于作为文体之一的"序"并无研究，仅仅读过一些古人所作的序文而已，应邀为人作序时也就效法，既论及其书，也叙及其人，甚或有少量追述与作者相处相知的文字。但不论什么内容，均出自笔者的感受，如实表述。曾有人见到笔者为一弟子的博士论文所作的序发表意见，说序只当议书不必说人，因此序之末有一节勉励、期望的话语，此人认为此节可删。这无疑是将序文与书评混为一谈，幸亏该弟子明白事理，未予理睬。其实明人徐师曾《文体明辨》中论及序的内容就说"一曰议论,二曰叙事"。为人作序时,论及其书时必有作者身影在,因为序者与作者总有某种关系,或师生,或亲友,或上下级……不若书评,评者与作者可能熟悉,也可能毫无关系。更何况"颂其诗,读其书,不知其人可乎"①的传统已成为读者、作者的定性思维。若为人作序,只议其书而不叙其人,则难以理解。

不妨举出张岱所写的序文略作说明。张岱写了三四十篇序,既有自序,也有为他人著作所写的序。其自序如《茶史序》,除文末"因出《茶史》细细论定"一句外,全文并未议及《茶史》,而是通篇记叙与"精饮事"的"白门闵文水"缔交经过。再见其为他人所作之《印汇书品序》,此序乃为会稽胡兰渚之《印汇书品》而写,文中既议其《印汇书品》,又叙其人。又如为友人赵我法所作《雁字诗小序》,既称赞赵我法"诗名噪天下",又说自身"目下意色沮丧,终日不成一字"的困窘。不但张岱为人作序不拘一格,他人为宗子作序也多种多样,如其《西湖梦寻》一书,为之作序者多人,有赞扬者,也有不苟同者。前者如王雨谦序,说"有《梦寻》一书,而使旧日之西湖于纸上活现,则张陶庵之有功于西湖,断不在米海岳、张茂先之下哉"。后者如查继佐序,对于"张陶庵作《西湖梦寻》,以西湖园亭桃柳、箫鼓楼船,皆残缺失致,故欲梦中寻之,以复当年旧观"的意图,说"余独谓不然",认为"西湖本质自妙,浓抹固佳,淡妆更好","陶庵于此,政须着眼,何必辗转反侧,寤寐求之,乃欲以妖梦是践也?社弟查继佐偶书"。

清人作序亦多如是,内容不拘一格,作者并不要求作序者如何说、说什么。限于篇幅,仅举一例稍作说明。金兆燕曾为其友人程廷祚所作《莲花岛》传奇写序②,序文中有大段文字抒写自己的愤懑。当时两淮转运使卢见曾(字抱孙,号雅雨山人)幕中有不少文人学士,程、金都先后入其幕,金在其幕中更长达十年。雅雨筑有苏亭,招待四方文士,由于兆燕"工诗词,尤精元人散曲","凡园亭集联及大戏词曲皆出其手"③,曾以唐代诗人王之涣的故事创作传奇《旗亭记》,

---

① 《孟子·万章下》。
② 金兆燕:《国子先生集·古文钞卷六》。
③ 李斗:《扬州画舫录》卷十。

并在雅雨七十大寿时演出[①]。但卢雅雨对金所作并不十分满意，曾令"梨园老教师"加以修改。兆燕因此十分不满，但寄人篱下，又不能有任何表示，乃借为程廷祚《莲花岛》传奇作序时发泄无遗，说"兆燕不自知耻，为新声作诨词""以适主人意"，但"主人意所不可"便"奋笔涂抹"，而自己又不能不"委曲迁就，盖是时老亲在堂，瓶无储粟，非是则无以为生"，只能"强为人欢"。兆燕这种遭遇、此种愤懑，与程廷祚了无干系，与《莲花岛》传奇也毫无联系。但程廷祚并不以为忤，读者也不以为非。总之，"序"作为文体之一，在内容上是很宽松的，与"书评"并不相同，要求将"序"写成"书评"，那就未免是削足适履，更何况"履"也非正牌。

则桐请我作序时，一再表示写什么，如何写，全由笔者自主，便拉杂地表述一己之见。

五

1994年则桐随我攻硕时，有两位我所指导的博士生毕业，当年我又新招三名博士生，此后连年招博未再招硕。因此则桐入学之年正值我的指导工作转换之际。对当年的情况略作回顾，也可明白则桐所处的学习环境，也就是前文所引鲁迅说的要顾及作者"所处的社会状态"。学校也是社会，而对师生来说，更是密切相关的社会。

我是国务院学位委员会于1993年批准的第五批博士生导师，但却在1990年秋，遵学校之命以唐圭璋先生名义招了两名元明清博士生，1993年又经历了一次未果的招生。之所以如此安排，是与第四批导师的增补有关。

1989年年初，在以省人大代表、省政协委员、民主党派负责人为主要参加对象的学校工作通报会上，蒋副书记（兼副校长）谈及本学年工作内容时说，第四批增补导师的工作正在进行，古代文学博士点因唐老年事已高，亟需增补，经系、校研究，决定申报后起之秀陈美林教授。我曾任省政协第六、七两届委员，照例参加此会，亲聆此语，但此前则毫无所知。会后，这一讯息很快传开。不久，唐老派人把我找去说："前些时候，领导找我商量，决定增补你为导师，我已写了

[①] 参见袁枚《寄卢雅雨观察》，《随园诗集》卷十六。

推荐信，未曾想到前两天南大一位教授来电话，我系一位教授让他找我推荐某某，我告诉他学校已决定推荐你，不便更换。隔了一天，系里来了一人，要我再推荐某某，说推荐你的也算数，不作废。过后我觉得这件事有些蹊跷，便找你来问问。"我告诉唐老，连他为我写推荐信一事我也不知道，今天说的事更不知道。于是便向党委冯书记汇报，当时是校长负责制，冯书记说蒋书记在会上宣布的是经过研究，他知道，至于唐老反映的情况，他要问问。后来冯书记告诉我，确有其事。他们已将某某材料送出。冯书记说，他让他们再将我的材料送出。但我这个"外来户"的材料始终未送出。而某某与谈副校长积怨多年，为了能够上报，他曾登门谢罪，因此顺利过关。事已至此，也就随它去了。

1992年下半年，第五批增补工作已在进行，但直到1993年2月13日方通知我填表，15日就要上交。此时谈副校长已扶正，新的党委书记任命之前，由王球副书记主持全面工作，不久，原中文系王主任被任命为党委书记，王球同志仍为常务副书记。同时根据中央要求改校长负责制为党委领导下的校长责任制。因此，党委加强了对此项工作的具体领导，决定由校学术委员会、学位委员会召开述职会，所有申报者必须述职，展示研究成果。事后得知，这一决定公布后，也有个别申报者如谈校长临时撤回申请。在3月4日的述职会上，我展示了1992年年底以前的成果，有包括《吴敬梓研究》、《新批儒林外史》、《吴敬梓评传》在内的十部著作，发表在《文学评论》、《文学遗产》、《文献》等刊物上的论文一百五十余篇，以及《人民日报·海外版》（1991年5月7日）发表的对我的学术专访、刊登的工作照。经全体委员审查后，获全票通过。下半年职能部门获悉，在全国通讯评审中，获得全票，因此学科组、学位委员会也顺利通过，年底批文下达。

从1994年起，正式以自己名义招收博士生，此前曾有两次招生经历，也应说清。第一次，1994年毕业的两名博士生，他们是1991年招收的。1990年10月，系副主任来舍间，说："现在要上报明年招博计划，上报的某教授挂了起来，唐老病重，谈副校长感到责任重大，研究决定请您以唐老名义招元明清文学博士生，谈副校长再三表示以你为主，他协助。"起初我是不同意的，后在离休多年的老书记杨巩同志以大局为重的劝说下，系副主任第三次来舍间时方表示同意。要说明的是，招生工作一直由谈副校长分管，王副书记近日也明确表示，当年他未管过此事。所以，郁教授说王球副书记让他多招一名博士生让我指导，纯属子虚乌有。因为1991年招收博士生计划都是以唐老名义申报的。系里并明确唐宋段与元明清段分别命题、阅卷、面试、录取，各自做主。当时，考元明清方向人多，而报唐宋方向者极少，当事者在未征得考生本人意见的情况下，曾将一名报考元明清方向者划到唐宋方向，这位考生于6月11日无可奈何地给我写了信，表示"如果先生不弃，门户无限，也把我当一受业弟子看待"。当年唐宋方向仅录取一名即这位考生，也就是说，如果不从报考元明清方向的考生中硬行划去一人，郁教授此年就不能招到学生。元明清方向合格者三人，因只有两名名额，所以录取两人。由于唐宋方向增补的导师，在学校努力下终于批了下来；而本人在1993年第五批增补中也顺利通过，所以这三位考生就分别划到本人及别人门下，也都于1994年获得博士学位，先后晋升教授，作出各自的成绩。

除此次之外，还有一次招生。1993年年初，系副主任通知我本年仍要招元明清方向博士生。三四月间即有考生与我联系，如杭州罗维明，武汉张清水、覃友茂，烟台傅承洲等，如傅君于4月6日来信说："陈老师：您好。我是烟台大学中文系青年老师，今年报考您的博士生，曾委托同学刘尊明将几篇稿子转呈您，请您指教。"5月考生来校应试，从招办处得知导师换成谈校长，大出意料，前来问我，我也不知情，罗君随即将材料转走，张君也愤愤不平。既然事情涉及行政最高负责人，考生自然去找党委理论，因此才由王球副书记接待。本人也不愿卷入这一事件。此际正好接到通知，要我随省政协视察组去外地视察，便离开学校。直到10月间，傅承洲与查屏球二君来访，才知道此次招生仅录取傅君一人。2004年秋，我在香山参加学术会议，傅承洲教授见到前来招呼，就会议情况交谈片刻而别，未及往事。往事本已逝去，原无必要再提。郁教授在为《明清文人话本研究》[①]作序时，又将二十年前旧事重提，而且多处违背事实。限于序文篇幅，不能一一为之指谬，但前文所引二位考生的信也可说明部分真相，而了解当年实情者亦大有人在。一位当年在相应职能部门工作的同事告诉我，他读到此序，感到郁教授是在"编故事"，本欲"彰扬"一己，反取得了负面效应，实在是贻笑世人。

两次增补、两次招生，都有一次未果，则桐正是在我这样的"经历"中随我

[①] 人民大学出版社2008年版。

学习的。他在南京师大古代文学学位点前后学习了六年。如今又去南京大学博士后流动站学习。该校历史悠久，传统深厚，名师辈出，影响深远。我深为则桐能进入这所名牌大学学习而高兴，相信则桐必能博采众长而成就自我，在学术研究上作出更大成绩。

己丑春分（2009年3月2日）

（全文已在《南京师范大学文学院学报》2009年第2期刊出；此据第七届明代文学年会（2009年8月，湘潭）论文集所载。）

明代南京学人

继《清代南京学术人物传》出版之后,《明代南京学术人物传》即将出版。南京社会科学院常务副院长周直教授嘱余为序,事涉桑梓,敢不命笔。

一

在我国历代封建王朝中,朱元璋所建立之政权,颇得史家称道,孟森即云:"中国自三代以后,得国最正者,唯汉与明。匹夫起事,无凭借威柄之嫌;为民除害,无预窥神器之意。"[①]朱元璋于元顺帝至正十六年(1356)攻占江宁,改称应天府。1368年朱元璋政权建立,国号大明,年号洪武,以应天为南京,洪武十一年(1378)称京师。这是历史名城南京首次作为大一统政权之京城,前此建都南京的三国吴、东晋、宋、齐、梁、陈、南唐均为偏安一隅之政权。明成祖朱棣于永乐十八年(1420)诏示天下,迁都北京,但南京作为明王朝首都也有数十年之久。其后,又复称南京,作为明王朝留都,中央机构仍保留不动,唯官员人数略有减少,如六部缺左侍郎等,而国子监和科道官员齐备。直至明亡清兴,南京改称江宁府。由此可见,明朝与南京的关系极为重要。

朱明王朝自洪武元年(1368)至崇祯十七年(1644)甲申之变,有国二百七十六年,其后南明四帝又延续十八年之久。明王朝开国皇帝朱元璋起自草莽,深知社会弊端、小民困苦,建国之初,采取宽松政策,以恢复生产、稳定社会为政要,采取和实施发展生产、兴隆文教、有利于国计民生的种种措施,无论物质文明建设还是精神文明建设,都取得了很大成绩。仅以南京地区而言,朱元璋建都之初,即征调二十万户工匠,以二十一年工期构筑了举世闻名的南京城垣。明初,南京人口多达四十七万三千余,手工业者近二十万,匠户有四万五千户,

---

① 孟森:《明清史讲义》,中华书局1981年版。

占全国二十三万户的五分之一。商业、手工业有了相当发展，三山门等城外濒水之处还设立塌坊——贮存商品的仓库，以利贸易。城内百货有专卖街市，如弓箭在弓箭坊、木器在木匠营、颜料在颜料坊、锦绣在锦绣坊，等等。这些街市名称，至今未变。当时东起大中桥，中经镇淮桥，西至三山门，秦淮河两岸商铺林立，百货纷陈。明人所绘《南都繁会图卷》画面上，有一百零九种店铺招牌。市面如此繁荣，是与生产发展分不开的。江、浙两省的漕粮占全国的四分之三，粮食产量极丰；仅缎机即多达三万张，可见南京纺织业之兴盛。

　　明统治者于发展生产同时，又大力兴办文教。据《南雍志》所记，洪武十四年（1381），开始在鸡鸣山阳建国子监，有正堂一座及支堂六座，每座支堂有屋十五间；学生所住号舍多至一千余间；尚有日本、高丽、琉球、暹罗等国留学生专用宿舍；最多时学生有九千余人，官师四十余人（祭酒、司业、五经博士、助教、学正、学录、典簿、典籍等）；教授内容除四书五经、律令、书数、大诰以外，还有少数生员专习外国语；并设有历事之法，类似今日之实习。规模之宏大、制度之完备，堪称当时世界一流。除国子监外，南京还有府、县学以及私人讲授之书院，最著者有崇正书院、新泉书院等。同时，永乐迁都前，乡、会试均在南京举行；迁都后南京则为江苏、安徽士人参加乡试之所在。三年一次的乡试，东南俊杰之士云集南京，参加考试。在参加乡试之余，彼此以文会友，切磋学问。还有国外学者也来南京讲学，如德国数学大师克拉维斯（1537—1612）弟子、传教士利玛窦曾于万历十一年（1583）来我国传教，与徐光启合译《几何原本》前六卷；又与李之藻合作，根据克拉维斯《实用算术概论》和程大位《算法统宗》编译成《同文算指》。利玛窦曾于万历二十七年（1599）来南京与福建泉州人、进步思想家李贽相晤，交流学术。由于来往文士极多，南京文风极盛，并且带动了印刷业的繁荣，国子监中存有宋元以来江南各地板刻，多次刷印，称为"南监本"。三山街一带书坊极多，如世德堂、富春堂、继志斋等所刻图书行销全国。总之，明代建国之初为京师、尔后为留都的南京，无论是物质文明还是精神文明都呈现一派繁荣景象。

二

　　往昔之事实即为今日之历史。有明三百年间的现实，即成为后人所修明代史书之重要内容。史离不开事，事离不开人，所以恩格斯在《自然辩证法》中说："有了人，我们就开始有了历史。"①我国历代王朝都重视修史，所谓"盛世修史"。因为一切史书，均从不同视角描述了各民族发展历程，总结了他们前进步武，可以以史为鉴，所谓"述往事"，是为了"思来者"。②

历代史官在长期修史过程中，累积了丰富的经验，创造出史籍的多种体例。唐人刘知幾在《史通》中将历代史籍概括为以纪事为主的编年体和以传人为主的纪传体，所谓"二体"。其后又有纲目体、纪事本末体、典志体、会要体，更有学术史、科技史、方域史等体例出现。而司马迁《史记》所开创的纪传体在史学著作中始终占有重要地位，唐人皇甫湜在指出编年体不足之余，盛赞纪传体之《史记》能"革旧典，开新程，为纪为传，为表为志，首尾具叙述，表里相发明，庶为得中，将以垂不朽"③。宋人郑樵认为《史记》之五体，"史官不能易其法，学者不能舍其书。"④自此而后，历朝修史，无不采取《史记》体例，虽有兴革，但整体格局不变，究其深层原因，乃在于纪传体史书中实蕴含着以人为本的历史哲学思想。

《明史》修于易代之后的清朝，顺治二年（1645）始修，康熙十八年（1679）续修，雍正元年（1723）再修，至乾隆四年（1739）修成，又于乾隆四十二年（1777）订正，历时近百年。顺、康两朝纂修《明史》，实有笼络汉族高级士人之用意，与事者有著名学者如顾炎武等，黄宗羲虽未应聘，但却同意其子黄百家和弟子万斯同参与。顾、黄等学者曾为《明史》商定义例；同时，撰修时取材又十分广泛，如实录、典志、传记、杂史等公、私佳构，莫不采纳，因而在官修史书中，《明史》虽有可诟病之处，但也有一定声誉。

《明史》承《史记》所创之纪传体，但亦有所创新。全书三百三十二卷，有本纪、志、表、传。其中列传二百二十卷，后妃、诸王、公主、文武大臣传，皆为以前史书所有；专门传记有十七项，如循吏、儒林等十四项前史已具，而前史所无者则有阉党、流贼、土司三项，是根据明朝社会实际状况而增立。根据笔者粗略统计，文武大臣入传者约两千六百人，循吏立传者三十余人，儒林立传者约一百一十余

---

① 《马克思恩格斯选集》卷三，人民出版社 1973 年版。
② 司马迁：《史记·太史公自序》，中华书局 1959 年版。
③ 皇浦湜：《编年纪传论》，《皇甫持正集》卷二。
④ 郑樵：《通志·总序》，《十通》本，商务印书馆 1936 年版。

人，文苑有一百七十余人，忠义则多达三百余人，孝义八十余人，隐逸有十余人，方伎二十余人，外戚三十余人，列女近三百人，宦官五十余人，佞幸二十余人，奸臣二十余人，阉党四十余人，流贼七人，以上各专传合计在千人以上，与文武大臣传总计当在四千人左右，尚未计及后妃、诸王、公主以及土司、西域、外国诸传。《明史》即通过这数千余篇人物传记，与纪、志、表相配合，从各个层面反映出明朝现实社会，也可说明朝的繁复纷纭的社会现实，为这些史传提供了丰富的内容。

《明史》中立传者亦有南京人，仅以文苑传而言，弘治九年（1496）进士、上元人顾璘，官至南京刑部尚书，与同里陈沂、王韦号"金陵三俊"，顾璘不但自己能诗，而且在成为南京"词坛"盟主后，"士大夫希风附尘"，一时"许毂，陈凤，（谢）璿子少南，金大车、大舆，金銮，盛时泰，陈芹之属，并从之游。毂等皆里人，銮侨居客也"，也就是说除金銮外，其余均为南京文士，也都是一时俊秀。万历十七年（1589）状元焦竑"博极群书，自经史至稗官、杂记，无不淹贯。善为古文，典正驯雅，卓然名家"。当然，《明史》入传者为全国各类人物，不可能尽收南京名人，如《客座赘语》、《尔雅堂诗说》、《中庸外传》、《金陵古金石考》、《说略》等书作者顾起元为万历二十六年（1598）会试第一人，累官吏部左侍郎，亦为南京人，但为《明史》所未收。因此，为了阐幽表微，弘扬南京文化传统，尚须从其他学者所著明人传记中发掘。

其实有关明代人物的传记甚多，谢锋、黄全、徐纮、杨豫孙、徐咸、汪庭奎、雷礼、项筹寿、焦竑、童时明、凌迪知、过庭训、江盈科、冯复京、薛应旂、徐开任、龚立本、万道吉、陈贞慧、黄宗羲等人均有著述，总计逾千卷。美国学者L.C.Goodrich著有《明代名人传》，收有自洪武元年（1368）至崇祯十七年（1644）的名人传记六百五十篇。当然，这些著作中立传的人物散处全国各地。但也有不少专收每一地区人物的传记，如东莞、潮州、滇南、畿辅、真定、松陵、吴门、嘉禾、诸暨等地各种先民传、贤达传、耆旧传、人物志、献征录等。而以南京人物入传者，则有陈镐、路鸿休等人所著。此外，据《明史·地理志》，明代应天府辖有上元、江宁、句容、溧阳、溧水、高淳、江浦、六合等县。这些府、县的志书以及地方文献中也收有不少名人（包括明代人）事迹，如出生于明万历十八年（1590）的高淳布衣诗人邢昉，极擅诗作，有《石臼集》传世，一些方志、文献乃至私人著述如王渔洋《带经堂诗话》中均可寻到有关他的事迹。总之，南京历朝历代都产生不少学人，否则何以能被称为文化古都？但由于种种原因，有不少学者的生平事迹、言论著作鲜为人知。发掘他们的事迹、著作，并表而出之，这既是对南京先贤的最好纪念，也是对当前继承并发扬南京历史文化传统的重大贡献。

三

有关明代、有关南京的史传著作极为丰富，可以帮助我们发掘至今湮没不彰的南京学者，搜集他们的生平事迹和思想著作。而且，史传作者各自不同的史识和史德，对我们也具有启示意义。

例如，如何选择传主又如何评价他们，是撰写史传的要点。试以《明史》为例，作为一个朝代的全史，凡产生过影响并有一定地位者，均可入传。但纳入何项传中，却表现出修史者的评判标准。如贵阳人马士英为同乡杨文骢内兄，怀宁人阮大铖为杨文骢盟兄，在拥立福王活动中三人关系密切、态度一致，但阮、马先后降清，而杨殉国。因此，在《明史》中，杨文骢入文武大臣传，而阮、马则列名奸臣传。当然，对于历史人物的评价会随着历史的推移、社会的发展而有不同的标尺，但道德、文章并重的传统，也就是当今政治、业务统一的观点，似乎不宜偏废。自然，中外古今均有文品、人品不一致的人物，对他们的研究、评价也绝对是必要的，但那是学术专著的任务。而《明代南京学术人物传》（也包括《清代南京学术人物传》）是负担着如丛书总序中所说，"继承和借鉴传统文化"、"提高公民文化素质"重任的。它并非如《明史》那样是一朝"全史"，正反人物都可入传，而必须有所选择（其实，如上文所述，《明史》也是有选择的）。有选择，就要有标准。而这一标准除考虑学术成就外，还应考虑道德气节。尤其是元明清三朝的更迭均涉及不同民族，当然，蒙、满与汉，均为中华民族的成员。但民族问题，有它的历史内涵。因此，对于易代之际的一些人物入传，尤须审慎。

又如，如何为学术人物作传，历史上也有佳构可资借鉴，如《明儒学案》，作者黄宗羲是浙东学派的首领，著述极丰。六十二卷的《明儒学案》是我国历史上产生最早，又最为完备的一部学术史著作。在这部著作中，作者将明代二百零八名学者以时代先后为序、以思想见解为纽，分别组成崇仁、白沙、河东、姚江、江右王门、南中王门、楚中王门、北方王门、粤闽王门、止修、泰州、甘泉、诸儒(上、中、下)、东林、蕺山等十九个学派，从而全面地反映有明三百年间学术思想发展演变全貌。《明儒学案》的编撰极有特色，诸如书中凡立一学派，必先以小序作概括说明，然后分别论述所属学者；虽分学派，但无宗派；不以爱憎去取，没有门户之见；每立一传，必客观描述传主生平事迹、评说其思想见解；凡所摘录，必取自原书，不作辗转相引，等等。凡此，于我们编撰《明代南京学术人物传》也不无借鉴意义。仅以分派叙议而言，我们所言之"学术"，包括自然科学、社会科学和人文科学，门类极繁，分支也多，在确定入传人选时，既要有重点，如黄氏对于王学的分支那样，又要考虑全面，包含各个学派，也即是各门学科，力求反映出明代学术发展的实际状况，避免偏颇，等等。

再如，如何为地方人物立传，也有前人著述可资借鉴。如路鸿休之《帝里明代人文略》二十四卷。路氏有感于金陵人文甲天下，而郡乘所载不过百中一二。乃据友人汪道邻所藏，誓绝闲文四年，撰成此书，上起帝胄，下迄隐沦，各为之传。凡有明三百年之江南一代人物，咸集于此。路氏生于明天启三年(1623)，书成于清康熙四十二年(1703)，又经一百余年，直到道光三十年(1850)方有活字本行世。清代南京学者陈作霖又仿此书体例于光绪四年(1878)开始编撰《金陵通传》四十五卷。路氏之作仅收明人，而陈氏通传，则从春秋以迄清末，立传三千余人。陈作霖纂修志传的一贯主张是氏族宜穷源流，籍贯宜严去取。① 因此，《金陵通传》继承《史记》以及《帝里明代人文略》体例，合一家族先后诸贤为一传。同时，《通传》只载本籍人士，外地迁入者必居一世后方可入选。这正体现了表彰乡邦先贤、发扬本土文化的旨意。我们编撰《清代南京学术人物传》、《明代南京学术人物传》，也同样是发掘并弘扬南京文化传统，书名既然冠以"南京"，自应以籍贯本土者入传为宜。当然，明代初期，南京作为帝都，后又成为留都，各地学者来南京者甚众，或读书讲学，或应试仕宦，或会友游览，他们在南京或留下诗文，或传有著述，对南京的文化建设也作出很大贡献，功不可没。但他们的生平事迹、思想著述，宜列入"历史名人与南京"、"著名学者在南京"一类丛书中，不宜纳入"南京学术人物传"中，其理自明，毋庸多言。

《明代南京学术人物传》一书，是在南京社会科学院领导直接组织和领导下，

---

① 陈作霖：《与汪梅翁先生论府志体例书》，《可园文存》卷四。

编者和作者共同努力完成的,他们的辛劳是应予充分肯定的。2002年春初议此项课题时,周直院长一再建议笔者主持,当时因教学和科研工作十分繁重,无余力从事此项工作,便转荐沈君主持。前不久,周直院长再次请不佞担任主编。因无任何贡献,难以允诺,以免掠人之美。又嘱我为序,则不便固辞。但此前未曾见过书稿,只能就编撰此书有关问题略抒私见以为序。

（原载《东南大学学报》2003年第6期;又见《明代南京学术人物传》卷首,南京大学出版社2003年版）

明代民歌试论

一

　　一部文学史即文学的通古变今史，一个时代的文学总是在继承前代传统的基础上有所变革创新而兴盛而发展的。《易·系辞上》云"化而裁之谓之变，推而行之谓之通"。陆机以之观察文学通变，《文赋》有云"谢朝华于已披，启夕秀于未振"。刘勰更在《文心雕龙》中立"通变"篇，专论文学的继承与发展，说"名理有常，体必资于故实；通变无方，数必酌于新声。故能骋无穷之路，饮不竭之源"。学者、作者持此种文学发展观者，代不乏人。清人叶燮在《原诗》中有更为深入的探讨，直言"且夫风雅之有正有变，其正变系乎时，谓政治、风俗之由得而失，由隆而污。此以时言诗，时有变而诗因之"。其所言在诗，而于文学整体而言，亦可作如是观。元代已有人将唐诗、宋词、元曲相提并论，周德清《中原音韵》罗宗信序，开端即言"世之共称唐诗、宋词、大元乐府，诚哉"。其所言"乐府"即元曲之时称。尤可注意者，此三者并举，乃"世之共称"，而非罗氏一家之言。迨至王国维作《宋元戏曲考》，其序文更明白指称"凡一代有一代之文学：楚之骚，汉之赋，六代之骈语，唐之诗，宋之词，元之曲，皆所谓一代之文学，而后世莫能继焉者也"。王氏之书专为宋元戏曲而作，所以止于元，元以下则未曾论及。而焦循在《易余籥录》中则论及明代，有云"一代有一代之所胜"，并拟"自楚骚以下至明八股，撰为一集，汉则专取其赋，魏晋六朝至隋则专录五言诗，唐则专录其律诗，宋专录其词，元专录其曲，明专录其八股，一代还其一代之所胜"。可见具有文学通变眼识的学者文人历代均有，但他们所见又并不一致。如焦循以"八股文"为明代之胜，而卓珂月辈则认为"我明一绝"为民歌。黄河清序《续草堂诗余》之上方，有"明诗虽不废，然不过山人、纱帽两种应酬之语，何足为振。夫诗让唐，词让宋，曲又让元，庶几吴歌《挂枝儿》……之类，为我明一绝耳"之语，所见之胜，又不同于焦循。而近百年来，学者文人特重明代之传奇、小说，在诸多文学史著作中论及明代者，传奇、小说颇占篇幅，而予八股、民歌之文字则不多。

　　明代传奇、小说之作，确实兴盛，超越前代，然而八股与民歌亦足以为明之"胜"——此所谓"胜"，乃是指此二体至明代或定型成熟，或呈现异彩。八股制艺滥觞于唐宋，而定型成熟于明，其后由于反对科举制度而连带否定八股制艺。八股制艺固有严重弊端，为人诟病，但李贽、袁宏道辈并未全然否定，无论是文学演变观念或是文学批评标准，彼等都曾借鉴八股时文。犹记20世纪80年代，有兄弟院校研究生来舍间问学，不佞曾以小说、戏曲尤其是戏曲与八股并列阐说，认为八股制艺亦可研究，而当时顾及此者尚不多见。后见报刊，当时问学人中有文论及。而笔者弟子中唯孔君庆茂，于20世纪末撰写博士论文，则以八股制艺研究为题，渠所作颇得答辩委员之好评，惜至今尚未面世。

　　至于民歌，较之八股制艺更是源远流长，可谓人类自有生产活动之时即已产生，历代历朝无时不有，但至明代而异彩纷呈。其实，明人有意识地引进民间文艺作为变革文人创作动力者不仅在民歌一体，即如木刻图画也有此趋势，鲁迅有言，"它本来就是大众的，也就是'俗'的，明人曾用之于诗笺，近乎雅了"[①]。鲁迅又说："镂象于木，印之素纸，以行远而及众……宋人刻本，则由今所见医学佛典，时有图形；或以辨物，或以起信，图史之体具矣。降至明代，为用愈宏，小说传奇，每作出相，或拙如画沙，或细于擘发，亦有画谱，累次套印，文采绚烂，夺人目睛，是为木刻之盛世。"[②] 至于民间文艺不仅民歌，亦有木刻，促使文人创作大放异彩，何以在明季特为突出，个中原因值得研究。周君玉波以数年之力，专就明季民歌作全面深入之研讨，实为一项极具意义的工作。近日完稿，即将出版，嘱余为序，乃欣然为之。

二

　　玉波在撰写《明代民歌研究》博士论文之前，已对民间歌谣做了大量搜集整

[①] 鲁迅：《且介亭杂文二集·全国木刻联合展览会专辑序》。
[②] 鲁迅：《集外集拾遗·北平笺谱序》。

理工作，出版有《老民谣 老童谣 老情歌》一书，其中插图又选自民间木刻版画，似已注意到明代民歌、木刻被文人看重的趋向。而撰写博士论文时，又对《挂枝儿》、《山歌》、《风月锦囊》、《大明天下春》等十多种选本所辑民歌进行统计，得出明季民歌约有两千首之数的结论。先做资料辑录工作，是学术研究的"正道"。在学术研究道路上只有不畏艰难的人，才能攀登顶峰，并无终南捷径可循。玉波先行做好扎实的资料工作，进而方能对明代民歌发生、发展脉络了然于胸，既纠正前贤之失误，又为一己之立论奠定基础。

玉波对明代民歌的论析甚有眼识，颇有足以称道者。例如在沈德符所记李崆峒、何大复、李开先诸公"酷爱"民歌后，认为沈氏所记"最引起我们关注的"两点是"时间"和"空间"。其实，文学艺术的生成、发展，离不开时代与地域。刘勰即言："时运交移，质文代变，古今情理，如可言乎？""故知歌谣文理，与世推移，风动于上，而波震于下者也。"[①]明人屠隆亦云："诗之变随世递迁，天地有劫，沧桑有改，而况诗乎？善论诗者，政不必区区以古绳今，各求其至可也。"[②]这说的是"时间"。班固在《汉书·艺文志》中云："自孝武立乐府而采歌谣，于是有代、赵之讴，秦、楚之风，皆感于哀乐，缘事而发，亦可以观风俗，知厚薄矣。"明人胡震亨有记云："余友姚叔祥尝语余云：余行黄河，始知'孤村几岁临伊岸，一雁初晴下朔风'之为真景也。余家海上，每客过，闻海唑声必怪问，进海味有疑而不下箸者，盖知'潮声偏惧初来客，海味惟甘久住人'二语之确切。"这说的是"空间"。从这两则论述，可知地域对于文学创作和接受的影响。不仅我国学者文人注意于此，海外学者亦有论及此者，如法国文学史家泰纳，在其名著《英国文学史》序言中就将"种族"、"时代"、"环境"作为制约文学创作的三因素。自来研究文学史者，无不重视时代变迁对于创作之重大影响，论唐诗则划初、盛、中、晚四期，论宋词则有北宋、南宋之分。明代王元美论及西汉以降诗文格调的变迁，有云"西京之文实，东京之文弱，犹未离实也。六朝之文浮，离实矣；唐之文庸，犹未离浮也；宋之文陋，离浮矣，愈下矣；元无文。"[③]且不论世贞之评得当与否，其就时代变迁论述诗文得失之眼识是可取的。以地域不

---

① 刘勰：《文心雕龙·时序》。
② 屠隆：《鸿苞集》卷十七《论诗文》。
③ 王世贞：《艺苑卮言》。

同论述创作之差异，自来即有，而明清更众，论戏曲有临川、吴江，论诗文有公安、竟陵，论词则有云间、常州等，都强调"贵得本地风光"①。沿袭这一传统，近世乃有文学地理学之拓展。玉波贤弟以时间为经、以空间为纬，论述明代民歌之发展历程以及不同地域的风格，令人叹服其识见。

明代民歌与晚明文人创作特别是晚明文学革新思潮之关系，也是玉波所着重考察的问题。这其实是文学史上一直存在的民间文学与文人文学关系问题在明代阶段的具体表现。在探讨这一问题时，必须明确如今所见的明代民歌，已非民歌元典，而是或多或少地经过文人加工方始能留传至今，已经在某种程度上失去原生态。鲁迅在《门外文谈》中早就指出，"就是《诗经》的《国风》里的东西，许多也是不识字的无名氏作品，因为比较优秀，大家口口相传的"，即如"东晋到齐陈的《子夜歌》和《读曲歌》之类，唐朝的《竹枝词》和《柳枝词》之类，原是无名氏的创作，经文人的采录和润色之后，留传下来的"，当然，"这一润色，留传固然留传了，但可惜的是一定失去了许多本来面目"②。玉波也精辟地指出，"我们今天看到的文本形式的那么多民歌，尽管仍然具有鲜活的生命力，却已经沾染了人工的痕迹"，"所谓完全原生态的民歌，只能是凭空臆想的产物"。同时，玉波也指出事物的另一面，即"由于人天性中存在的对自由和真情的向往，却让民歌以另外一种形式顽强地生存、延续下来，并且在不同的时代，有不同的表现形式"。民歌何以能延续的原因，暂可不论，玉波分析问题的辩证思维，则是值得首肯的。此外，玉波考察李东阳、李梦阳、袁宏道对于民歌的态度有所差异后指出，他们在重视民歌并取民歌之精髓以充盈文人创作血脉的精神方面，则有共通之处，此论颇是。

玉波此著意图杂采众多方法考察明代民歌，但并不放弃文学是社会生活的反映这一基本理论，认为"尽管这种含有社会历史批评意味的方法已经受到了诸多理论的挑战，但实践证明它仍然具有一定的科学性和使用价值"，也颇有见地。如果仅简单地以社会批评方法来考察复杂的文学现象当然是不够的，但舍弃这一基本方法也是不可取的。

总之，玉波此著是当代学者研究明代民歌的专著。他在论文中说："一个时

---

① 刘熙载：《词概》。
② 鲁迅：《且介亭杂文》。

代有一个时代的文学,一个时代有一个时代的文学研究",此言诚是。泰纳在《艺术哲学》中亦言:"每个时代都把悬案重新审查,每个时代都根据各自的观点审查。"玉波的博士论文正是新时代的新论著,而且如此分量的专论明代民歌的著作前此尚未曾见有。

三

玉波随我攻读硕士,于 1994 年取得学位后,便行工作。世纪之初,有攻读博士之意,但我已不再招收博士,乃转荐他去报考陈君书录。书录于 20 世纪 70 年代中期毕业留校工作,我们同在一个教研室,至今往还已三十年,颇有可记之事。当年学报复刊,缺少专职编辑,乃由中文系派教师兼任,半年为期,轮换任职,并不脱离教研室。我在兼职期间曾向主编建议,选刊一些新留校任教者的文章,于是书录论析屈原的文章方得以刊出,从此便有了更多的接触。后来书录报考吴调公先生的中国文学批评史专业硕士生。调公先生共招了两届,1984 级为王恺、陆永工二君,1987 级为书录、小康还有张节末三君。当年指导完一届方可招收下一届,玉波随我攻硕时亦如此,不若近年可连年招生。承调公先生不以荛菲见弃,两届研究生答辩会均邀不佞参加。书录君论文为探讨明代七子言论的变异性,而小康的论文则为研究金圣叹的文学批评。书录君于 1991 年晋升副教授、1995 年晋升正教授,我都参与评审,均获通过。高小康君也如此,后又随我攻博,取得学位后旋即成为博导,近年应中山大学特聘去南方工作。书录君与陈少松君曾于 1994 年共同协助我指导八名硕士生,因其时我尚有三届八名博士生,应付不暇。尔后,书录君也单独招收硕士生,在 20 世纪末更进而招收博士生。这八名硕士生中的郦波、刘勇刚,由我推荐应试成为书录君首届博士生,而早于郦、刘取得硕士学位的玉波贤弟,反成为书录君第三届博士生。如此前后错杂的师生关系,正是学位教育蓬勃发展的反映。

犹记往年程千帆先生为其弟子吴志达《中国文言小说史》作序时,言及在"非罪获谴时","故人多绝往还","每诵张芸叟'今日江湖从学者,人人讳道是门生'及'若使风光解流转,莫将桃李等闲栽'诸句,辄为陨涕",而吴君志达"犹存师弟之谊",因此乃"牵连及此,亦欲讽末俗"云云,读之令人慨叹。芸叟诗乃为哀王安石而作,其后,荆公重得朝廷重视,那些"讳道是门生"的学士们又纷纷"复称公门人",据宋人笔记所记,有无名子将芸叟诗所云"人人讳道是门生"改为"人人却道是门生"。此种"末俗"至今也未曾根绝,亦有年轻学子,入学之初,声声恩师,及至获得学位,则渐行渐远,师弟之情日趋淡薄,甚至反目,对簿公堂,报章时有报道。而玉波贤弟却不如此,十余年来,执弟子之礼始终不衰。或只身来访,谈文论艺,颇得切磋之乐;或举家来聚,则欢声笑语充盈,俨如家人。师弟之情,久而弥笃,诚为难能。因此,不佞乃仿效千帆先生为吴书作序,也"牵连及此",以之作为盛世"师弟之谊"的写照。

(原载《明代民歌研究》卷首,凤凰出版社2005年版)

清初的学者文人程廷祚

在我国文学史上颇有一些学者式的文人，他们既研究学术，又从事诗文创作。如明清之际的顾炎武、黄宗羲、王夫之，已为人所熟知，除顾、黄、王之外，亦尚有人。清初的程廷祚即是其中之一。在他去世之后，袁枚曾为其作《铭》，评论其人曰："《儒林》、《文苑》古无界"、"先生先兼后割爱"；又赞誉其人曰："黄河千年清可待，恐此人如未必再。"可谓推崇备至。但其人事迹见之于《清史稿》者甚少，甚至其生卒年亦未明书，仅云其卒时"年七十有七"；而有关清代文学史著作，对其人也鲜有论及。本文拟先就其生平、思想略作论说。

一

《清史稿》卷二六七有程廷祚传，极简略，于其生平仅记"字启生，上元人"。陈作霖所记稍详，说其"初名默，字启生，号绵庄"，晚年"自号青溪居士"[①]。陈古渔则云其字"奇生，一字绵庄，江南上元人"[②]。"奇生"是音同而误，抑先字"奇生"后改"启生"？不可考知。《清史稿》及《金陵通传》均记其有年七十七岁，但均未书其生卒年。袁枚《征士程绵庄先生墓志铭》[③]也记其"卒时，年已七十七矣"，但却书明其卒年为"乾隆丁亥三月二十三日"。丁亥为乾隆三十二年（1767），据此逆推，其生年当为康熙三十年辛未（1691）。

程廷祚原籍安徽新安。《皖志列传稿》卷三有《程廷祚传》，云其初为"歙县人"，自"西晋末，程元谭为新安太守，卒葬新安，程氏遂为新安望族。廷祚祖某，始自魏塘迁江宁"。《皖志列传稿》所说的"祖某"，为廷祚曾祖程虞卿，据袁枚《墓

---

① 陈作霖：《金陵通传》卷二十九。
② 陈古渔：《所知集》卷三。
③ 袁枚：《小仓山房文集》卷四。

志铭》云："先生本歙人，曾大父虚卿迁江宁。其翁袯斋，国初隐君子。""虚卿"即虞卿，始从新安迁居金陵。祖父名莘乐，字任之，明朝生员，入清之后不再应试，去浙江经营盐业，家产因此丰裕。但莘乐原为读书人，虽经商仍不忘作文，曾会聚士子成立崇文社，又倡议建立崇文书院以崇祀朱熹。莘乐此举对其子京藩、京萼颇有影响。

程京萼，字韦华，号袯斋，为廷祚之父。程氏自莘乐业鹾发家后，不及一世而家道中落，但京萼竭力事亲，不令甘旨有缺。他经常言及：穷约其身者得为良士，穷约其亲者不得为孝子。京萼身体力行，实践此言：不出仕，不远游。当时清朝建立之初，多方网罗人才甚急，有人准备将他举荐于朝，他以不能离膝下而辞。京萼性好山水，但直到母死服阕之后，方始纵游江汉，往来滁、宣、维扬等地。

京萼受乃父莘乐立崇文社、建紫阳书院之举的影响颇大，曾建议在南京建"先贤祠"，并为此撰有《金陵祀典议》。在此文中，他认为"国有淫祠而弗禁"，与"古先圣贤当祀而废弗举"，二者"均失礼也"，主张在金陵建先贤祠以"使民兴行"。而"议祀典于金陵，舍二圣一贤，其谁先之?"他所谓的"二圣一贤"即大禹、泰伯、子游。京萼认为"金陵于古为扬州之域，禹迹所至，睹江山之美丽而叹，禹之明德远矣"；"江左僻处荆蛮，自泰伯窜居而后风气日开，文明渐著"；"万世之学，以孔子为宗，而孔氏之门，惟子游为吴人"。因此，他主张建祠以祭祀大禹、秦伯、子游诸贤。

京萼待友极厚，友人之贫窭者，他多方周济。因其极工书法，常为寒士"月书数幅，使鬻之"以为薪火之资。他持身极严，"鲠直少容，不惮面斥人过"。据陈作霖所记，"织造曹寅欲致之，不可得也"；又云："或欲其假托董香光墨迹，答曰：'吾生平不解作伪。'"[①]光绪六年《重刊江宁府志》卷三十六"敦行"亦有记叙云："程京萼……金陵人……深于古学，善书……织造曹楝亭求见京萼，京萼闻其疏于礼貌，不往。又尝遣所亲谓曰：'诚能为我假托董华亭墨迹，当任其终岁之计。'京萼辞以不能作伪，曹闻而惮之。"董香光即华亭人董其昌（1574—1628），明代著名书画家，字玄宰，号思白、思翁，别号香光。曾任太常寺卿、南京礼部尚书，死后谥文敏，亦称董文敏，其书、画及书画鉴赏十分精到，明清

---

① 陈作霖：《金陵通传》卷二十九。

之际声名极大。曹寅字楝亭，为《红楼梦》作者曹雪芹之祖，是康熙帝奶兄弟，自幼伴玄烨读书，康熙三十一年（1692）被任命为江宁织造，又曾兼两淮巡盐御史，加通政使衔，声势显赫，地位特殊。又具有文才，著有《楝亭集》、《续琵琶记》等；并选刻图书，有《楝亭十二种》等；奉玄烨之命，曾主持《全唐诗》、《佩文韵府》刊刻工作。因此，江南文士附者甚众，玄烨亦通过其人了解江南士人的动态和吏治民情。曹寅以自己这一特殊身份，又许之以厚利，求其伪作董其昌墨迹，而家道中落、一介布衣的程京萼却不为所动，不惧权势，不为利诱，正色拒绝，其言辞之铿锵，真可谓掷地有声。

京萼不但擅书，又极能文，与其兄京藩均有文名，所著有《野处堂遗稿》，生前未曾刊刻。以曹楝亭曾为朱彝尊、施闰章诸家刊刻诗文而又有向其求墨迹等情推想，如京萼请其刊刻，曹寅当有以助之，但京萼不屑为此。后其子廷祚、嗣章兄弟二人"日守父书"，直到廷祚亦殁，嗣章方设法"付于梓"，并请袁枚为其"加墨简端"。袁枚读其书，认为"其理淳，其言正。幽谷之芳，翠于百草，非有意先之也，乃自然也"，乃为其作跋①。

京萼有二子，长即廷祚，次为嗣章。廷祚居于南京城北如意桥附近。夏仁虎《秦淮志》云："程绵庄宅，在如意桥。"仁虎虽去廷祚时代甚远，但所记却不为无据。廷祚契友金兆燕在《欲唔程绵庄先生不得，作此奉柬》②中云："君家住城北，我来客城南。……思君梦逐秦淮水，一夜先过如意桥。"原注"先生里名"。又在《哭程绵庄征君四十韵》③中云："道宁堂外门，如意桥边路。望望隔江云，彼苍不可吁！"而袁枚为其作《墓志铭》，开首亦云："有清征士绵庄先生以乾隆丁亥三月二十三日启手足于白门之如意桥。"袁枚在《铭》中又自云谢官后"买山随园"，而与廷祚"所居宅相邻"，均无疑义地指明廷祚之宅第所在确为上元（南京）城北之如意桥。

廷祚自幼颖异，"年十四，作《松赋》一千余言"④。袁枚《铭》所记亦称："年十四，作《松赋》七千余言，惊其长老。弱冠举茂才，屡阁于有司，遂弃科举，专治经。"其生平际遇，大略如此。

---

① 袁枚：《野处堂遗稿跋》，《小仓山房文集》卷十一。
② 金兆燕：《棕亭诗钞》卷七。
③ 同上书，卷十。
④ 陈作霖：《金陵通传》卷二十九。

二

廷祚生性严肃端庄，"不妄语言"①，袁枚亦称其"性端静，迂缓其衣冠，传先王语，人见之如临高山，气为之肃"。此乃袁枚为其所作《墓志铭》中语，是严肃的传记文字。而在《随园诗话》卷五中，则以生动的文字记载了一则故事：

> 丙辰秋，召试者同领月俸于户部。同乡程廊渠指一人笑曰："此吾家娘子秀才也。"入学时，初名默，寓居金陵，工诗，今遁而穷经，改名廷祚，别字绵庄，以其闲静修洁，故号"程娘子"。

"闲静修洁"只是廷祚性格的一面，他同时还有继承其父京萼刚正不阿的一面。袁枚在为其弟程嗣章写的传记中，则同时提及其性格中的两面，说"绵庄静而峻"，传中还有"伯之严"、"季之宽"云云②。从其生平"屡阁于有司"来看，其性格的重要方面显然是刚正严峻。

廷祚一生有两次被荐举，但两次均被刷落。第一次是乾隆元年（1736）博学鸿词科，铩羽而归后，刚正严峻的秉性依旧，以致在第二次乾隆十六年（1751）经明行修科中再次被黜。

清代博学鸿词科之设，朝廷动议三次。实际举行两次，即康熙十八年（1679）己未之试和乾隆元年（1736）丙辰之试，光绪二十九年（1903）癸卯之试，因德宗死去而未举行。康熙己未之试，时值明亡未久，国势初定，为稳定大局、巩固政权起见，除恢复科举考试以牢笼一般士人以外，特又开设此科以罗致有影响的学者、文人。据刘廷玑《在园杂志》所载，各地荐举一百五十四人，到京都者五十九人，应试者五十人，全部选入翰林，并授以高官厚爵，无论试与未试，均予以"征君"虚衔。乾隆丙辰之试则不同，应试者二百六十七人，取者仅十九人，不少学者名流如沈德潜、袁枚等人均落选。陆以湉在《冷庐杂识》中将这两次鸿博之试予以比较，指出己未科取士多，丙辰科则少；己未科取者授官高，丙辰科则微；己未科自大学士以下至内阁中书甚至督捕理事等下级官员均有资格推荐，丙辰科则三品以下官员举荐者不准与试。凡此都可见丙辰科目的在于装点门面、

---

① 陈作霖：《金陵通传》卷二十九。
② 袁枚：《程南耕先生传》，《小仓山房文集》卷七。

粉饰太平，不同于己未科用意在于笼络人才、稳定政局。

廷祚曾由安徽巡抚王铉荐举①赴京应丙辰之试。当时执朝政者分门立户，相互结党，彼此抗争，排斥异己。丙辰鸿博之试阅卷大臣鄂尔泰与张廷玉二人极不相容，据《皖志列传稿·张廷玉传》所记，廷玉与鄂尔泰"同管枢密，不相中；则门生故旧与夫朝臣之依附，隐然立门户相为排挤"。杨钟羲亦云："鄂文端（尔泰）、张文和（廷玉）素不相得，两家各有私人，互相角斗。"②鄂、张二人均意图通过此次阅卷罗致党羽，扩大势力。程廷祚原籍新安，与桐城张廷玉为安徽同乡，自然为其注目，据程晋芳所作《绵庄先生墓志铭》云："乾隆元年至京师，有要人慕其名，欲招致门下，嘱密友达其意曰：'主我，翰林可得也。'"③而廷祚持身严正，不愿如此猎取功名，乃拒不前往，程晋芳《铭》中云："先生正色拒之，卒不往，亦竟试不用，归江宁。"戴望《颜氏学记·绵庄》亦记有此事，并云"时年四十有五"。

程廷祚"正色拒之"，确实见诸行动。在其《青溪文集》卷九中有《上宫保某公书》，据平步青《霞外捃屑》卷九所记，此所谓"宫保"即指张廷玉。在这封信中，廷祚公开表明自己的态度。

> 某闻之：上交不谄，下交不渎，先圣之明训也。用下敬上，谓之"贵贵"；用上敬下，谓之"尊贤"，交际之通议也。以阁下之贵盛，天下之士，思一见以为荣而不可得。若是者，则唯阁下之命可矣，然不足为离群绝俗者道也。……今某于阁下，分则非属吏也，以为"贵贵"，则非士之所守；若云"尊贤"，则贤者又未可以呼而见也。

态度虽是不卑不亢，但措词却十分严峻，正色拒绝"宫保"罗致，表现了正直不阿的可贵品格。

此次应试虽遭挫折，但廷祚仍不改其耿直秉性。十余年后，即乾隆十四年（1749），弘历为猎取右文声誉，又举行保荐经学之科，并诏示天下："崇尚经术，有关世道人心。今海宇升平，学士大夫精研本业，穷年矻矻，宗仰先儒者当不乏其人。大学士、九卿、督、抚，其公举所知，不限进士、举人、诸生及退休、

---

① 杭世骏：《词科掌录举目》。
② 杨钟羲：《雪桥诗话》卷八。
③ 程晋芳：《勉行堂文集》卷六。

闲废人员，能潜心经学者，慎选毋滥。"在如此背景下，江苏巡抚雅尔哈善就荐举已六十一岁的程廷祚再次赴京应试。但此时"入阁办事兼管礼部事"的文渊阁大学士陈世倌专"治宋五子之学"[①]，而程廷祚著述早已被卫道之士斥为訾议程朱的言论。再加之廷祚为人不惮权势、不愿趋附，此次应试再遭失败，也就是必然的结果了。

经过这两次失败，他对封建朝廷举行的种种考试以及朝中大臣弄权营私的真相有所认识，铩羽南归之前曾给陈世倌上书，一泄愤懑之情。在《南归留上海宁陈相国书》[②]中指出：自康熙朝以来，博学鸿词科经六十年而再次举行，经明行修科则百年方始举行。鸿博之试，康熙朝首次举行时，"被荐者七十余人，而录用者五十余人"；乾隆朝第二次举行时，"被荐者二百余人，而录用者才十余人"。至于"经学之制"，"天下所举仅四十人，而实被录用者才两人尔"。他认为这种"历年愈久，而人才愈不逮于往日"的现象是极不正常的。在这封上书中，他还尖锐地指出，对于这种情况，未闻身为"相国"的陈世倌有"一言之建白，能令天下释然于其故"。从其对陈相国的公开责备中，不难发现他已绝意功名。

程氏虽为望族，但自京萼一代起即已中落。廷祚既未出仕，亦未经商，家境一向贫困。原先依赖其弟嗣章为人做幕维持生涯，袁枚在《程南耕先生传》[③]中即云嗣章"不问旨畜，虽享多仪，皆畀绵庄，已如不闻"。廷祚此次失败归来，其弟已"老且聋，不能远游，食指益繁，用是竭蹶"，而廷祚却能"处之泊如"，依然"巍巍自立，足绝公卿门"[④]，这就极为难得，充分显示了这位刚正不阿学者坚贞自守的品格。

三

程廷祚不仅在对待功名富贵上表现出正直不阿的秉性，而且在同情受迫害者、警惕侵略者的作为中也表现出耿介不屈的性格。

清初封建统治者在怀柔、笼络知识分子的同时，还对一些具有进步思想和民

---

① 《清史稿·陈世倌传》。
② 程廷祚：《青溪文集》卷九。
③ 袁枚：《小仓山房文集》卷七。
④ 袁枚：《征士程绵庄先生墓志铭》，同上书，卷四。

族气节的士人进行残酷迫害，屡兴文字狱。康（熙）、雍（正）、乾（隆）三朝所谓"盛世"，文字狱即达百起之多，据粗略统计，康熙朝有十余起，雍正在位仅十三年亦有二十余起，乾隆自诩"朕不以语言文字罪人"[1]，文字狱却增至八十余起，越到"盛世"后期越趋频繁。弘历所言真乃欲盖弥彰。为程廷祚所熟知的文字狱，莫过于雍正朝发生的《读史方舆纪要》一案，受害者刘著，曾为程廷祚家中西席。

刘著字允恭，号学稼，后更名湘煃，湖北江夏人。生性颖悟，不屑做八股举业，常说："学以经世，天下事必求端于天时。"后"闻宣城梅文鼎以历算专家，鬻产走千里，受业其门"[2]；同时又热衷于颜李学说，为李塨"旧日门生"。当恕谷南行至金陵时，他奉文鼎之命前来南京，邀约恕谷与其同"往会定九"[3]。刘著治学"湛思积悟，多所创获"[4]，与其师文鼎彼此切磋，极为相得。文鼎著《历学疑问》，允恭即为作《历学疑问订补》三卷；允恭著《五星法象编》五卷，文鼎"叹为古所未有"，为之摘要成《五星纪要》一书[5]。

康熙朝，无锡顾祖禹著《方舆纪要》一百二十卷，刘著得见此书，极为器重，校读"十余年，爱其精博而微疵其纵横，著《读方舆纪要订》三十卷"[6]。雍正六年（1728）十一月，刘著携此书来游金陵，馆于程廷祚家，当时有顾燝其人，平素"狂躁好大言"，一心"欲立取富贵"，曾于友人处见到刘著所携顾氏著作，"心私觊得之"，"乘著他出，潜入著寓，窃其书"[7]，并首告刘著收藏禁书。总制范时绎乃于雍正七年（1729）十二月十日发兵包围如意桥程廷祚住宅，逮刘著下狱论罪。几经曲折，直到乾隆元年（1736）刘著才得以开释。

程廷祚十分同情刘著被害，撰有《纪方舆纪要始末》一文，详述冤案的经过，文末以极其愤慨的心情写道："（著）客江南九载，而为（顾）燝困，前后七年，父死家破，几至刑戮，而卒丧其书，人皆怜之。"对刘著的为人，程廷祚也极为钦敬，在给允恭的信中毫无保留地予以赞扬，说："吾党畏友，素推足下，此非

---

[1] 《清史稿·谢济世传》。
[2] 《湖北通志·刘湘煃传》。
[3] 冯辰：《恕谷年谱》卷五。
[4] 《湖北通志·刘湘煃传》。
[5] 阮元：《畴人传》卷四十。
[6] 陈康祺：《郎潜纪闻》三笔卷五。
[7] 程廷祚：《纪方舆纪要始末》，《青溪文集续编》卷三。

时人之所及知。"① 在给允恭友人的信中对允恭也大加称赞,说:"此君虽禀气粗豪,未能琢磨纯粹以入于道;至其崛起泥涂,克自振拔,留心实用,以友朋为性命。种种所长,皆非流辈所及。"② 总之,廷祚认为刘著为人非庸流之辈所可企及。对于允恭"忽焉长逝",廷祚非常难过,以致"哀咤累日";鉴于允恭无子,廷祚还委托友朋搜辑其著述,准备"为营剞劂"③,公之于世。

程廷祚为人处世虽然刚正严峻,但待友朋却诚挚厚道,已如上述。不仅如此,廷祚对国家命运、社会时局亦能冷静观察、热情关注,他的认识是清醒的,一些见解也是值得肯定的。

明季以来,西洋传教士纷纷前来我国。为便于传教活动,他们也输入一些西洋物质文明。当时国内一些士大夫往往心羡其"玩好物",而忽略或未能认清其侵略本质。程廷祚则不然,在去京应试时,眼见天主教盛行,忧心忡忡,曾向大学士朱轼进言,请求"著为厉禁"④。他在五古《忧西夷篇》诗序中即云:"欧罗巴即西洋也。自古不通中华,明万历末其国人利玛窦始来,以天文算法售于时。因召集徒众欲行其所奉天主教,识者忧之。"在这篇诗作中,他更认为这些传教士"其人号多智,算法殊精特。外兹具淫巧,亦足惊寡识";他们来华传教的用心值得怀疑,"此岂为人用,来意良叵测",并举出他们"何年袭吕宋,剪灭为属国"为例,揭发他们"包藏实祸心,累累见蚕食"的险恶目的。这篇五古充分反映出程廷祚超人的识见和高度的警惕。

程廷祚忧国忧民之心,不仅在诗篇中表现出来,而且还在传奇《莲花岛》中有所流露。程廷祚不但治经成绩卓著,而且还极擅文才;不但能诗擅文,又能填词谱曲,袁枚称赞道:"《儒林》、《文苑》古无界,谁欤划开成两戒。先生先兼后割爱,抱经见圣升堂拜。"⑤ 并称其"诗甚绵丽,不作经生语"⑥。至于廷祚所作传奇《莲花岛》,作品既未见传世,又未见诸有关曲目著录。但廷祚确作有

---

① 程廷祚:《与刘学稼书》,《青溪文集》卷九。
② 程廷祚:《寄陶嵇山》,《青溪文集续编》卷八。
③ 同上。
④ 陈作霖:《金陵通传》卷二十九。
⑤ 袁枚:《征士程绵庄先生墓志铭》,《小仓山房文集》卷四。
⑥ 袁枚:《随园诗话》卷五。

此剧，其友人金兆燕为之写有《程绵庄先生〈莲花岛〉传奇序》①，在序中明说："戊寅冬，与先生（廷祚）同客两淮都转之幕……是时先生曾为余言《莲花岛》之大略，而行笥无稿本。越七年，乃以全部寄示余。"廷祚自己所作《莲花岛记略》题后也注明"后演为传奇，与此颇异"②。尽管此文所述与传奇所演不尽相同，但从此文亦可约略窥知传奇内容之一斑。

《莲花岛记略》云，宋仁宗朝，"太西游蚕国地广兵强"，其国王"女主也，自称天主耶苏"。其为人"深险残贼，贪欲无厌，其意欲尽据普天之下而以其国法治之"，乃"乘巨舰行劫海上"，于是"东洋南洋诸贡献之国，纷纷告急请救"，仁宗忧虑万分。此时有钱塘（杭州）人高正乾荐举彭城（徐州）人唐楚材为大将，并以正乾之妾、通番语之南氏为内应，一举将其平定，"收其图籍，夷其城郭宫室，焚其奇技淫巧及惑世诬民之书"，并逮"游蚕王归京师，献俘太庙，焚于汴城西市，腥闻数十里，经月不灭"。文末又写道："青溪先生曰：'古语云非常之事必待非常之人。'"正如金兆燕序文所云，廷祚此作"盖自为立传，而与天下共白，其欲表见于世者耳"。《莲花岛》之作，正表现了廷祚对朝政时局的忧心，以及欲建功于时的愿望。他的忧心和愿望在此文结语中交代得十分明白："游蚕灭后五百年，当明中叶复有据其地者，改名欧罗巴，习尚相近，盖即其种类云。"原来廷祚所记仁宗朝事，乃针对明中叶之后的时局而言，与其诗作《忧西夷篇》中所表露的见解全然相通。从这一诗一剧中，正可见出程廷祚强烈的爱国感情和民族意识，这在当时一些侈谈西洋文明的士子中确为难能。

四

在清代学术史上，程廷祚以经学著名。其实他在幼年时就擅属文，所作《松赋》，颇得时人称誉，洪嘉植见后大加赞赏，但却劝他专治经学，并且逢人说项："是子必为儒宗。"③后乃与其弟嗣章分治经、史，袁枚在《墓志铭》中即云："嗣章有济世才，以经让先生，而专攻史学……各以一家言为埙箎之欢。"

---

① 金兆燕：《棕亭古文钞》卷六。
② 程廷祚：《青溪文集续编》卷三。
③ 陈作霖：《金陵通传》卷二十九。

程廷祚"读书极博"[①],其治经则"以圣贤为归,不依傍门户,而能通汉宋之症"[②]。袁枚于其治经,亦颇多称美,说:"吾友绵庄,深于经者也,卓然独往者也,且能至者也。其初博存百家,宣究其意。已而贯穿合并,精思诣微,著《易》、《诗》、《书》、《三礼》、《鲁论》,的的然言其所言,非先儒所言,其言曰:'墨守宋学,已非;有墨守汉学者,为尤非。'……其言如此,其著述可知。"[③]戴望在《颜氏学记》卷九中对其学术渊源有如下详述:

……旋识武进恽处士鹤生,始闻颜李之学,上书恕谷先生,致愿学之意。康熙庚子岁,恕谷先生游金陵,先生屡过问学。读颜氏《存学编》,题其后云:"古之害道,出于儒之外;今之害道,出于儒之中。习斋先生起于燕赵,当四海倡和、翕然同风之日,乃能折衷至当而有以斥其非,盖五百年间一人而已。"……于是确守其学,力屏异说……盖先生之学,以习斋为主,而参以梨洲、亭林,故其读书极博,而皆归于实用。

众所周知,明季理学盛行,前期以程朱为代表的客观唯心主义理学占上风,中期以后则以陆王为代表的主观唯心主义心学取得优势。无论程朱还是陆王,均是空谈心性,脱离实际,无补于国计民生。在这样的学术思潮中,以顾炎武(亭林)、黄宗羲(梨洲)、王夫之(船山)等为代表的进步思想家从富国强民的目的出发,或批判程朱,或抨击陆王,提倡"经世致用"的学问。颜、李之学也正是这一思潮的产物,他们对程、朱、陆、王一齐痛加驳斥。颜元(习斋)曾大声疾呼:"今何时哉!普天昏梦,不归程朱,则归陆王,而敢别出一派与之抗衡翻案乎?"[④]颜元弟子李塨(恕谷)也曾斥责宋明理学亡国祸民,说:"纸上之阅历多,则世事之阅历少;笔墨之精神多,则经济之精神少,宋明之亡,此物此志也。"[⑤]

廷祚早年曾从其外舅陶甄夫处得以读到颜元《四存编》和李塨《大学辨业》,颇为信服,于康熙五十三年(1714)写信给住在北方的恕谷,说读了颜、李著作以后,极为倾致,表示愿学。李塨收到此信后十分高兴,并写有复信称赞廷祚"议

---

① 《清史稿》本传。
② 陈作霖:《金陵通传》卷二十九。
③ 袁枚:《征士程绵庄先生墓志铭》,《小仓山房文集》卷四。
④ 颜元:《寄桐城钱生晓城》,《习斋记余》卷三。
⑤ 李塨:《恕谷年谱》卷二。

论辉光,肆映如伟炬烛天",认为是"此天特生之以使周、孔之传不致堕地者也"[1]。至于戴望所述廷祚于"识武进恽处士鹤生,始闻颜李之学"[2]则是其后来事,戴望所记恐有误。恽鹤生,字皋闻,其结识恕谷亦在康熙五十三年,即廷祚给恕谷写信之年。此年,恽之同乡浦凤巢任直隶蠡县令,皋闻应聘为浦府塾师,随赴蠡县,方得以结识恕谷,读颜氏遗书,尽弃原来所学而学六艺,并自称私淑弟子。其后南归在家乡授徒,方"以《存学》示人,虽倔强者亦首肯,知斯道之易明也"。尽管"皋闻传道之功伟矣"[3],但廷祚最早接受颜李之学的影响却来自外舅陶甄夫而非恽鹤生。这在程廷祚给李恕谷的信中有明白记载。

> ……少好辞赋,亦为制举文,其于学术之是非真伪,未有以辨也。弱冠后,从外舅陶甄夫所,得见颜习斋先生《四存编》及先生《大学辨业》,始知当世有力实学而缵周孔之绪于燕赵间者。盖圣学之失传久矣,数百年来,学者不入于朱,则入于陆,互起而哗。自习斋先生出,举唐虞三代学教成规,以正流失,绍复之烈,未见有如之者也。

可见,廷祚与恽鹤生同时"闻颜李之学",而非从鹤生处"始闻"。

对程朱理学的批判,对八股制义的抨击,是颜李学说的极其重要的内容。程廷祚在自己的著述中也曾一再着力批判和抨击理学与举业,在《上李穆堂先生论书院书》[4]中就有专门论述。李塨晚年有南迁传学之意,他曾说:"金陵地廓人文,或可倡明圣道也。"[5]正当此际,方苞因《南山集》一案牵连,出狱后改隶汉军旗,须住北方,乃与恕谷约定相互交换南北田宅。于是李塨乃于康熙五十九年(1720)冬来南京,是年恕谷已六十二岁,廷祚年方三十。南京一些学者如周崑来、李正芳、张钥门、王符躬等人曾向李塨请教问学,程廷祚也厕身其间[6]。此次与恕谷晤面谈学,对廷祚的学术思想自然会产生积极的影响,但也同时成为卫道士讨伐他的口实。廷祚此后赴京应试时,即因其曾"晤刚主(恕谷)先生于白门(南京),

---

① 李塨:《复程启生书》,《恕谷后集》卷四,程致恕谷信亦附此。
② 《清史稿》本传亦云"初识武进恽鹤生,始闻颜李之学"。
③ 冯辰:《恕谷年谱》卷五。
④ 程廷祚:《青溪文集》卷九。
⑤ 李塨:《长子习仁行状》,《恕谷后集》卷八。
⑥ 冯辰:《恕谷年谱》卷五。

往复议论"而使"当代名儒即有疑其以'共诋程朱'相倡和者"[①]。廷祚应试失败，怕与此种流言不无关系。甚至在其身后，一些崇奉程朱的学人还予以挞伐，如姚鼐在为廷祚文集作序之时指责他说"盖其始厌恶科举之学，并疑世之尊程朱者，皆束于功令，未必果当于道"，认为廷祚因"好议论程朱"以致"流于蔽陷之过而不自知"[②]。不仅如此，姚鼐还以极其恶毒的语言加以谩骂，在《再复简斋书》[③]中，认为毛大可、李刚主、程绵庄、戴东原等人"生平不能为程朱之行，而其意乃欲与程朱争名，安得不为天下之人所恶？"甚至诅咒他们"率皆身灭嗣绝"。不过从"当代名儒"的流言到姚鼐的诅咒中，正可看出程廷祚抨击理学和举业的激烈程度。但对廷祚为人为学予以肯定的学者亦不乏其人，如与廷祚为"忘年交"的袁枚，就对廷祚评价极高，他每与廷祚族孙程鱼门"对数海内人物"时，"必首先生（廷祚）"[④]，对其极为崇敬。

程廷祚一生著作甚丰，仅据《清史稿》本传著录，就有《易通》六卷、《大易择言》三十卷、《尚书通议》三十卷、《青溪诗说》三十卷、《春秋识小录》三卷、《礼说》二卷、《鲁说》二卷。此外，尚有文集《青溪文集》及续编、诗集《岫云阁诗钞》等。

（原载《中国典籍与文化论丛》第二辑，中华书局1995年版）

附：

程廷祚《忧西夷篇》

欧罗巴即西洋也，自古不通中华。明万历末，其国人利玛窦等始来，以天文奇器售于时。招集徒众，欲行所奉天主之教，识者忧之。

　　　　迢迢欧罗巴，乃在天西极。

　　　　无端飘然来，似观圣人德。

---

① 程廷祚：《与宣城袁蕙缵书》，《青溪文集续编》卷七。
② 姚鼐：《程绵庄文集序》，《惜抱轩后集》卷一。
③ 姚鼐：《惜抱轩文集》卷八。
④ 袁枚：《征士程绵庄先生墓志铭》，《小仓山房文集》卷四。

> 高鼻兼多髭，深目正黄色。
> 其人号多智，算法殊精特。
> 外此具淫巧，亦足惊寡识。
> 往往玩好物，而获累万直。
> 残忍如火器，讨论穷无隙。
> 逢迎出绪余，中国已无敌。
> 沉思非偶然，深藏似守默。
> 此岂为人用，来意良叵测。
> 侧闻托悬迁，绝远到商舶。
> 包藏实祸心，累累见蚕食。
> 何年袭吕宋，翦灭为属国。
> 治以西洋法，夜作昼则息。
> 生女先上纳，后许人间适。
> 人死不收敛，焚尸弃山泽。
> 惨毒世未有，闻者为心蠚。
> 非族来何为，穷年寄兹域。
> 人情非大欲，何忍弃亲戚？
> 谅非慕圣贤，礼乐求矜式。
> 皇矣临上帝，鉴观正有赫。

这首五古是清初学者程廷祚所作。新中国成立后新编的古诗选本中未见此诗入选，但其实却是一篇值得十分重视的诗作。朱绪曾《国朝金陵诗征》、张应昌《清诗铎》曾予选录，但以小序为诗题。近年钱仲联主编《清诗纪事》亦曾收入，题作《忧西夷篇》。

此诗作于乾隆年间。明朝中叶以来，西方殖民主义者派遣了大量传教士来我国传教。这些传教士表面上表示服从中国政府法令，遵循中国礼仪风俗，同时学会运用汉语，并以他们所掌握的正在发展中的科学技术为手段，吸引朝廷官吏和广大士人，日积月累地进行渗透，进而影响和劝化我国民众以达到以传教辅助侵略的目的。他们逐步站稳了脚跟，例如耶稣会传教士利玛窦、庞迪我、邓玉函、汤若望等人还先后进入北京钦天监供职。我国自13世纪以来，一直采用郭守敬历法，相沿日久，推算有误。利玛窦就利用中国历法存在的问题，开始制定新历法，邓玉函、汤若望等继续进行。清政府建立后，出自改朝换代的需要，于顺治二年（1645）采用了他们所创制的新历，称为"时宪历"，此时入掌钦天监的汤若望还被赐号"通玄教师"。顺治皇帝福临对之宠信有加，而汤若望也借此出入宫廷，结交权贵。传教活动自此甚为频繁，沿海地区自不必说，甚至内地也建立了教堂，招收了众多的教徒。到康熙朝晚期，也就是程廷祚活动的年代，全国已建立教堂近三百座，受洗教徒近三十万人。仅以京城北京一地而言，就有教堂三座、公学一所。三座教堂每年剥削中国人的款项达十八万法郎之多。至于各省传教士更是广置田产，开设字号，巧取豪夺，横行不法。这些传教士虽然也传进了一些西方先进的科学技术，表面上也似乎遵守"天朝"律令，其实，刺探机密，盗窃情报，甚至干涉中国内政，插手朝廷立嗣，因而也受到朝廷的禁抑。如康熙帝玄烨尽管一度任用过传教士徐日升、张诚、白晋等人，但后来也终于认识到"海外如西洋诸国，千百年后，中国恐受其累"①，从而禁止他们进行传教活动。此后，历经雍正、乾隆、嘉庆、道光等朝，也曾一度重申禁止传教的命令。尽管京城传教士有所减少，但在全国各地依然为数甚众，尤其是一些官吏和士人对传教士的罪恶用心仍然缺乏认识。在此背景下，程廷祚乃有《忧西夷篇》之作。

　　这篇五古虽然只有四十二句二百一十字，但却反映了极为丰富的内容，如前所述，在诗人活动的年代，面临着西方殖民主义国家以传教为手段而意图蚕食我国的局面，作者对这一形势有着清醒的认识和深切的忧虑。这些，都在诗篇中有所表现，题目着一"忧"字，正反映了作者是"识者"之一，对这一局面是十分关心也十分焦心的。首四句即点明处在"天西极"的"欧罗巴"何以从"迢迢"千里之遥"飘然"而来中国，这岂是无缘无故的吗？当然，他们口口声声是来朝拜"圣人"——"天朝"帝王的圣德。然而，作者并不相信这一冠冕堂皇的说法，用一"似"字即表明诗人对他们"飘然"而来的动机是有所怀疑的。五到八句这四句，则以鼻高、髭多、眼凹来描写他们的形貌与我族不同之处，真可谓画龙点睛之笔了；又以"算法"概括"欧罗巴"人之"多智"，也十分精当，在传教士输入中国的西洋科学技术中，也的确以天文历算最为我国朝野所重视。九到十二句这四句，借传教士输入的某些器物加以发挥，称这些器物无非是"淫巧"而已。这些表明

---

① 王先谦：《东华录》卷二十四。

诗人认为这些器物虽然奇巧但却无益，只是供人玩赏的"玩好物"，从"玩人丧德、玩物丧志"的观念来看，这些"淫巧"实不足称道。但一些"寡识"之士却惊叹于它的奇巧，不惜以高价收买，而使这些"欧罗巴"人获得巨额利润。诗人在慨叹之中显然寓有贬斥之意。十三到十六句这四句，承前四句而来，进一步指出他们这种"淫巧"不仅仅表现在制作"玩好物"上，而且也表现在制作"残忍"的"火器"上。这些"欧罗巴"人更是无遗无隙地深探穷究杀人武器的制作技巧。即使他们以所掌握的"绪余"——次要的"火器"来对付我们，我国也无以抵制。这表明诗人对"西夷"的侵略武力是有足够的认识。十七到二十句这四句，更从他们"沉思"、"深藏"的表现，推测他们的"来意"以及"守默"的用心，必然不是"为人用"而是另有企图的。二十一到二十六句这六句，则具体揭发出他们"叵测"的来意以昭示国人。他们在"懋迁"的幌子下，从绝远地方驶来商船，贩运买卖，其实是包藏着侵略我国的"祸心"的。诗人还以西班牙侵略者强占吕宋为属国的具体事实坐实他们这一"祸心"。二十七到三十句这四句，则抨击西洋的丑陋习俗，嘲讽他们普遍沉溺于夜生活，对于"生女"先行"上纳"的初夜权更是予以谴责。三十一到三十四句这四句承上而来，这四句讲的是"火葬"，从我国一向重视入土为安的"土葬"观念来看，这自然是令人"心蛊"的。三十五到三十八这四句，诗人更是大声疾呼：这些非我族人究竟来做什么？为什么要长年累月地住在我国？如果不是为了追求极大的物质利益，又何忍离亲别友不远万里而来？最后四句则是回答上面的疑问：他们绝非仰慕我国的圣贤，也非重视我国的礼乐。因此，诗人呼吁最高统治者要识别他们"叵测"的"来意"。总之，诗人一心想把自己对"西夷"侵略的忧虑告诉广大人民，告诉朝廷在位者，因而全诗写得通俗易懂，很少用典，即使化用既往诗句，也极自然，不露痕迹。如最后两句显然是从《诗·大雅·皇矣》首四句"皇矣上帝，临下有赫，监观四方，求民之莫"化来，但已同己出，明白如话而十分妥帖。其次是叙事之中夹杂议论，用已经发生的事实作为自己"忧"虑的佐证，使得作品的抨击力量更其沉重，如以西班牙占领吕宋岛为例揭发殖民主义者的"祸心"，就令其无可辩驳。

张应昌《清诗铎》云："是诗在夷乱华八十载前，已出其端。"魏秀仁《陔南山馆诗话》更将"西洋夷人"侵华的年代加以排列，说："香山县澳门之有西洋夷人，自（明）嘉靖十四年（1535）始。西洋夷人之聚民于澳，自（明）万历二十九年（1601）始。……我朝（清）康熙五十八年（1719）始来通市，雍正七年（1729）后互市不绝。嗣是一再来朝，均不克成礼去。乾隆间，程启生征君（廷祚）《忧西夷篇》云云。……盖夷人狡黠，百年前已见其端矣。"这两则记叙都肯定了这篇诗作对"西夷"的"祸心"早有警觉。其实，诗的作者程廷祚的惊觉不仅表现在这首五古中，而且表现在他的传奇《莲花岛》中，此则鲜为人知，即使卷帙浩繁的《清诗纪事》也未曾言及。程廷祚此剧虽未见传本，但乾隆年间金兆燕曾经读过，并为之作序。程廷祚文集中还有《莲花岛记略》一文，题后自注云："后演为传奇，与此颇异。"从这篇文章亦可窥知"传奇"大意，依然如同这篇五古一样，是谴责"自称天主耶稣相传"的"泰西游蚕国"的侵略行径，揭发他们"善作炮火兵器"、"乘巨舰行劫海上"的海盗作为，颂扬抵抗侵略取得胜利的高正乾、唐楚材等人物。总之，如能与《记略》一文同时阅读这首五古，当更能了解当时的局势，也更能深切地理解诗人唤醒国人的良苦用心。自然，诗中也夹杂有某些狭隘保守的观念，如对"火葬"的见解就不足取。

（原载《爱国诗词鉴赏辞典》，南京大学出版社1992年版）

布衣诗人陈古渔

陈毅字直方，号古渔，是清代雍正、乾隆之际的南京有名的布衣诗人。生卒年不可考，唯知清代有名诗人袁枚曾于乾隆二十二年（1757）为其诗卷题诗[1]，直到乾隆四十六年（1781）还健在，袁枚在《仿元遗山论诗》中还曾论及他的作品[2]。

陈毅的曾祖名凤鬻，字行一。祖父名纬，字星罗。父名失考。陈毅有兄名缃，字石房，兄弟二人都能作诗，均善擘窠书。陈毅少年时代，就失去父亲，生活极其贫困。但奉母极孝，自己虽有三个儿子，但仍能抚养失去父母的外甥长大成人。他的长子名元富，字梓严，一字润之，岁贡生。虽然家庭贫困异常，但力学不倦，手抄之书不下百余卷。次子善富，字赐之，诸生。三子文富，字子彰，嘉庆九年举人，曾任过教谕、知县。

由于陈毅为人"笃实尚义"，而且"工文词，尤深于诗"，颇得袁枚赏识，准备"妻以女弟"，但他却"力辞"不允[3]。大约在乾隆二十三年（1758）方始成婚。当时袁枚曾写诗贺喜。

　　　　一卷文传纪锦裙，鼍鼍夫婿久超群。
　　　　阮修婚费名流助，张祜才华女子闻。
　　　　红豆新词南浦雨，海棠春梦板桥云。
　　　　鲍瓜无匹今休感，已觅元霜见少君。

　　　　摽梅休注郑康成，春晚花迟最有情。
　　　　贫士家原须健妇，高人妻亦唤先生。

---

[1] 袁枚：《小仓山房诗集》卷十三。
[2] 同上书，卷二十七。
[3] 陈作霖：《金陵通传》卷三十六。

承欢听唱姑恩曲，择木看飞谷口莺。（古渔成婚迁屋）
从此芦帘灯似雪，吟诗一定是双声。
——《小仓山房诗集》卷十四《陈古渔新婚》

就反映了这一对夫妇结婚时的贫困境遇和婚后的生活情景。值得注意的是"鬖鬖夫婿"一句，这是说陈毅是一个"大胡子"，而这样的容貌对他今后的仕进之途颇产生了一些不利的影响。

陈毅是一名不得意的秀才，数次参加乡试皆未能中式，结果以布衣终生。乾隆二十四年（1759），他曾与当时南京另一诗人黄之纪一同参加己卯科乡试，又再次失利。此际，他已过了不惑之年。蒋士铨说他"负才绩学，过四十且困场屋"[①]。黄之纪，字允修，又字星岩，有《编绿堂集》。这次乡试以后，南京的一些士人曾在袁枚的随园小集，黄之纪写有《随园与乡试诸公小集》一诗，其中第二首即云："得逢宴会皆佳士，不与科名只二人"，自注中说；"是秋乡试，余与古渔不与。"可见这次乡试，黄之纪与陈毅均未考中举人。为此，陈毅自己也写有《己卯八月六日，小集随园，与吴竹屿诸公同赋》：

三径初开扫薜萝，晚晴空翠满岩阿。
不因佳客逢秋至，那得瀛洲向夕过。
花里无声飞玉露，尊中有影动金波。
小山只我堪招隐，君辈云霄路正多。

就流露了十分强烈的功名不遂的归隐情绪。

尽管陈毅年华老大、屡试不第、命运坎坷，但依然岸然自立，"性兀傲，不谐于俗"[②]，并不阿附当世、奔走权门。据《国朝诗人征略》卷三十三所记："尹文端督两江，欲延为钟山书院诸生说诗，古渔呈诗有'饿夫为将一军惊'句，议遂寝。"这首诗在《国朝金陵诗征》卷十九中有辑录，题为《奉酬宫保尚书尹制府》，诗云：

风暖辕门鼓角清，阳回春气满江城。
竟将文字逢知己，真慰飘零过半生。
丞相怜才千古少，饿夫为将一军惊。

---

① 陈古渔：《所知集·序》。
② 陈作霖：《金陵通传》卷三十六。

> 子云拟献长杨赋，愧着荷衣遇圣明。

诗中对"尹制府"即两江总督尹继善充满着知己的感激情绪，也抱着满怀的希望，却不料希望落空，竟成泡影。

究竟为什么发生这样的变化呢？尹继善的门生袁枚，在为陈毅《诗概》所写的序中有所透露，袁枚文章说："当其未面也，红纱笼壁，钱王诵罗隐之诗；及其入谒也，如意贴笺，李相掩香山之卷。盖见其骨鼻污膺之状貌，昌披了鸟之冠巾，扈载清寒，宰相似难造命；朝霞贫薄，山人只可耕烟，遂致吐握未终而吹嘘已毕。"①这就是说，在尹继善未接见陈古渔时，听了他人的介绍，对古渔还有眷顾之意；等到见面以后，见到古渔是个"塌鼻子"（污膺，下陷貌），再加上衣带既破碎又不整（昌披，即猖披，衣带不整；了鸟，破碎不整），颇不以为然，乃至在接见古渔的当时，即不准备破格录用。由此可知，陈毅此次之所以失去到钟山书院任职的机会，并不是因为他的"呈诗"中有什么不当，而是因为这个"宫保尚书"以衣貌取人。

从此，陈毅更是闭门著书。据光绪六年《江宁府志》卷五十四"艺文"所载，陈毅生平著述有《摄山志》八卷、《金陵闻见录》六卷、《诗概》六卷。另外，《国朝金陵诗征》中辑录其诗作三十余首。《国朝诗人征略》和袁枚《随园诗话》中对他的诗作也颇多摘引和品评。

袁枚对他的诗作极为赞赏，曾在《仿元遗山论诗》中说："白门从古诗人少，今剩南园与古渔。更喜闭门工觅句，无人解叩子云君。"②袁枚在《何南园诗选后序》中又说："金陵有二诗人，一为陈古渔，一为何南园。陈诗矫健，何诗清婉。"③南园名士容，江宁诸生，其家庭境况更差于古渔。其戚杨思立字近仁，一字卓溪，自称横望山人，住城外六十里之陶吴镇，远绝尘嚣，极为清净，何南园受杨思立延请，住在杨家④。据袁枚为其诗选所作的序中，知道他的诗虽然写得不错，但诗名却不大，"未出于一乡"，幸亏袁枚去探病时"搜其诗，得稿若干，选成两卷"。陈毅则有《诗概》六卷行世，也是由袁枚为之写序。此外，袁枚在《小仓山房诗集》

---

① 袁枚：《小仓山房外集》卷二。
② 袁枚：《小仓山房诗集》卷二十七。
③ 袁枚：《小仓山房续文集》卷三十一。
④ 朱绪曾：《国朝金陵诗征》卷二十一。

卷十三中还有《题陈古渔诗卷》一首：

> 新诗一卷胜方干，当作楞伽静夜看。
> 孔翠屏开花烂漫，清商琴老调高寒。
> 地当六代悲歌易，胸有千秋下笔难。
> 我学王戎留赠语，森森更愿束长竿。

袁枚在《随园诗话》中更是多次称引陈毅的诗篇，并加品藻、赞扬。如说："贫士诗有极妙者，如陈古渔'雨昏陋巷灯无焰，风过贫家壁有声'，'偶闻诗累吟怀减，偏到荒年饭量加'……皆贫语也。"①又说："家常语入诗最妙，陈古渔布衣《咏牡丹》云'楼高自有红云护，花好何须绿叶扶'。"②从这些评论中可以看出袁枚欣赏陈毅径以"贫语"、"家常语"入诗，也就是说陈毅的诗作，善于运用日常用语反映他的贫士生涯。其实，陈毅还有不少诗作颇富哲理意味，充满着人生经验，如《看桃花》所云："回头莫羡人行处，曾向行人行处来。"等等。

古渔的诗作以近体诗写得最好，袁枚说他的诗作是"宗七子"的③，不无道理，明代无论前七子（李梦阳、何景明、徐祯卿、边贡、康海、王九思、王廷相）还是后七子（李攀龙、王世贞、谢榛、宗臣、梁有誉、徐中行、吴国伦），都是主张"诗必盛唐"的，特别推崇盛唐的近体诗。

陈毅不但能写诗，还能评诗，他曾说："今人不知诗中甘苦；而强作解事者，正如富贵之家，堂上喧闹，而墙外行人，抵死不知。何也，未入门故也。"④这就是说要能了解诗中甘苦，正确品评其得失，必须要"入门"。

他在写诗、评诗之外，还选诗。他所选的诗集名《所知集》，收辑了从雍正初年到乾隆丁亥年共三十二年之间的四百八十六人的诗作，其中"多存布衣、寒士、已故友人之作"⑤。此集刻于乾隆三十二年丁亥（1767）。书前有袁枚于乾隆三十一年丙戌（1766）春正月二十三日写的序言，以及清代另一有名诗人蒋士铨作于白下红雪楼的序言两篇。

---

① 袁枚：《随园诗话》，卷三。
② 补遗卷一。
③ 袁枚：《随园诗话》卷一。
④ 同上书，卷八所引。
⑤ 《国朝金陵诗征》卷十九。

陈毅为什么把这部诗选命名为《所知集》呢？这也有他的用意。袁枚在序言中有所透露，袁序说"四海大矣，人才众矣"，古渔不能尽知而一一收辑其篇什，只能就他自己"所见者"、"所闻者"的诗人作品加以录存，因而名之曰《所知集》。这样，那些"未为陈子所知而漏是集者可无憾矣"。可见古渔可能出自个人的坎坷遭遇，特别注意那些默默无闻的诗人，尽可能地不使他们之中有人向隅。万一有所遗漏，也可使他们从《所知集》这一书名中得到自慰，而"可无憾"。蒋士铨在序言中，对古渔如此用心也有所说明，蒋序说，陈毅虽然有当时名人袁枚"为之延誉贤达间"，但"江东人知古渔者或未尽也"，也就是说陈毅虽然得到袁枚的到处称扬，逢人说项，但诗名依然不尽为人所知。这种状况颇使陈毅有所感触，于是"喟然叹曰：我之诗未尝求人知，而世之知我者舍诗无所执。"他认识到一个诗人只有凭自己的作品才能被人所熟知。推己及人，他由自己的遭遇想到其他诗人的境况，说道："然则诗人穷于所知者，我幸已知之，忍令其诗泯灭乎？"这样，他才决心"取箧中抄积时人篇什，冠以前贤先达诸作，汇梓之，题曰《所知集》"。但袁枚在序言中，要求他不要满足于目前的所知所闻，希望古渔"他日游益广，学益深，其所知者宁就是而竟耶！汉杜季雅之言曰：知而复知，是谓重知。吾愿直方之重之也"。因而，《所知集》在初编之外，尚有二编、三编，共计十二卷。

陈毅所选诗集《所知集》过去一向不为人所注意。其实这部选集的出现，对于古典文学的研究颇为有用。首先，清代诗人为数之多大大超过以诗著称的唐代。仅《晚晴簃诗汇》中辑录的清代诗人就有六千一百多人，近于《全唐诗》人数的三倍。对于这样一份丰盛的文学遗产，应该深入研究。而《所知集》所辑录的虽然只有四百余人的作品，但却大多是布衣寒士之作，而且比较集中地选录了当时不十分有名的南京本地或流寓南京诗人的作品，有的入选诗人也并无专集行世，因而自有其特色。这对于研究清代雍正、乾隆时期的南京诗坛的创作活动，无疑是一份弥足珍贵的资料。其次，由于《所知集》在选录每一诗人的诗作之前，都根据陈毅的"所知"、"所闻"，注明入选诗人的字号里籍，这对于查考诗人的生平颇多助益。例如《儒林外史》的作者吴敬梓中年移家南京以后，虽然几经出游，但最后总是息影南京，其子荀叔、蘅叔也长住南京。荀叔是长子，名吴烺，有《杉亭集》存世。而蘅叔并无专集，连其大名也不为人所知。笔者前数年检阅《所知集》，在卷八中居然辑录有吴蘅叔的诗作《留别李端书叶翠岩》一首：

> 知己何堪别，离怀相对深；
>
> 殷勤今夜酒，珍重故人心。
>
> 戍鼓敲残月，霜乌乱晓林；
>
> 锦囊新句好，赠我客途吟。

诗前还写明"吴烺，蘅叔，江南全椒人"。由此可以考知吴敬梓第三个儿子名吴烺，字蘅叔。再次，《所知集》所选入的诗人，有的虽有专集行世，但陈毅所选的某些篇什却常常不在某一诗人的专集之内，这就有助于后来的辑佚工作。如吴敬梓的诗词赋有《文木山房集》，目前可见的是四卷本，而据有关记载尚有十二卷本的《文木山房集》，但迄今未曾发现，在《所知集》卷二所辑录的吴敬梓诗作五首之中，就有《江上阻风同王蔗田李蘧门作》一首：

> 驿路梅花尽，春帆出白门。
>
> 翻风看社燕，吹浪有江豚。
>
> 杜若藏篱落，芦芽护岸痕。
>
> 停舟寻店舍，沽酒坐黄昏。

此诗即未见收于四卷本的《文木山房集》。另外，《所知集》所选录的诗作，有的虽已见收于诗人的专集，但将两者加以比较，则时有文字不同之处，这既有助于我们的校勘工作，又为我们提供了研究诗人在创作过程中如何进行修改润色的极为难得的材料。仍是吴敬梓为例，《所知集》所选吴敬梓诗作，除上述一首之外，尚有《小桥旅夜》、《残春僧舍》、《滁州旅思》、《西湖归舟有感》四首，均见收于四卷本《文木山房集》。但《小桥旅夜》、《滁州旅思》等诗篇中，有些字句与《文木山房集》中不同，由此可以推知陈毅在乾隆三十二年刊行《所知集》时，可能根据吴敬梓长子吴烺在乾隆二十九年前后所编的十二卷本《文木山房集》（见沈大成《学福斋集》卷五《全椒吴征君诗集序》）中所收的定稿辑录的。总之，仅从以上几点看，陈毅所选辑的《所知集》颇有价值，值得我们重视。

　　陈毅不但自己颇有诗才，而且也为当时尚未十分出名的诗人保存了不少诗作，对乡邦史志也作了不少辑录考辨工作，不可谓毫无贡献。然而他却极端贫困、潦倒终生，即使怜爱其才的袁枚，对他的窘境也不能有所助益，只是"常诵唐人句云：

'相知惟我独，无补与人同'"[1]，略表慰藉而已。两淮行盐而成殷富的翰林编修程晋芳，在家产破落之后，也曾写有《赠陈古渔》的诗作，说"与子往还今五春，子贫如故我贫新"[2]。"贫如故"三字正写出这位布衣诗人一生贫困的实况。时至今日，已很少有人知道陈毅这位布衣诗人了，这就有必要表而出之，让广大读者知道在我们南京，二百年前曾经有过这样一位颇有贡献的诗人。

（原载《江苏历代文学家》，江苏古籍出版社1992年版；又见香港《大公报·艺林》1984年10月7日）

---

[1] 袁枚：《随园诗话》卷十四。
[2] 《勉行堂诗集》卷十三。

新旧时代之交的文化巨人——辜鸿铭

我国传统的思想文化发展至近代,在西方列强纷至沓来不断入侵、中华民族面临亡国灭种的严峻关头,能否闪耀出新的火花,焕发出新的力量,从而为救亡图存作出历史的贡献?这一有着极其重大意义的现实问题,不容忽视也不容回避地出现在具有良知的国人面前,文人亦不例外。以康有为、梁启超、严复、章太炎、王国维乃至梁漱溟等人为代表的一群国学家,他们的目光已从传统的国学书斋中,渐次向"天崩地解"的现实延伸,从各自擅长的或汉学或宋学或古文学派或今文学派向前拓展,或从传统的训诂考据或从西洋的思辨实证入手,从不同的视角、不同的层面来思考这一问题,并力图作出圆满的回答。

然而,与这群国学大师同时代的辜鸿铭,虽然他曾致力于"用传统的中国文明连结于一种理解和阐释现代欧洲文明扩张进步理念的心向"①,虽然他的学术活动受到西人的重视程度远在康、梁之上,甚至成为我国最早被提名为诺贝尔文学奖的候选者,然而在有关近代学术史上他却没有获得应有的地位,他的姓氏似乎已被人们淡忘。在他去世六十余年后,"国学大师丛书"却将其选定为传主之一,出版他的传记,这不能不说是这套"丛书"编委们的慧眼独具。

一

辜鸿铭这位原不该被遗忘的学者竟遭遗忘,并非纯属偶然,也并不能完全归罪于世人的不公道,寻根究源,是时代潮流使然,是个人气质使然,换言之,是辜氏之思想性格与趋势的矛盾使然。

鸦片战争以后,我国学人由震惊于西方的船坚炮利,提出"师夷之长技以制夷"之后,继而又欲学习西方资本主义的某些典章制度,提出所谓"法苟善,虽蛮貊

---

① 辜鸿铭:《中国牛津运动故事》(*The Story of A Chinese Oxford Movement*)。

吾师之"的主张，企图借以重振我中华帝国。洋务运动兴起之后，变法维新思潮又弥漫朝野，向西方学习乃成为时代潮流的大势所趋。在这种形势下，辜鸿铭却逆流而上，热烈赞扬中国固有文化（包括其中的落后事物），激烈抨击西方物质文明和精神文明，显然是极不合时宜的。因而被世人将其与徐桐、曾廉、文悌辈视为一体，被目为封建顽固派而遭到猛烈抨击。

如果我们全面研究他的著述，深入探讨他的思想，就会发现，虽然他在反对西方的态度上与徐、曾、文等顽固派极为相似，然而无论从思想观念还是从思维方式来说，辜氏与徐、曾、文等辈却全然不同，绝不可将他们混为一谈、视作一体。作为顽固派的封建官僚徐、曾、文等辈，他们对西方资本主义社会并无认识，全然不知其物质文明和精神文明的内涵和价值，只是出自其维护天朝的优越地位而夜郎自大地予以盲目排斥。因此，他们对西方的指责并不能中其鹄的，因而也就无甚意义可言。辜鸿铭则不同，他自幼生长于西方，接受的是西方教育，耳濡目染的全是西方社会的物质文明与精神文明，回归祖国后，又日熏月染地受到我国传统文化的浸润，他对东西方文明都有深切的了解，对西方文明的弊端也有极为透彻的洞察。因而他主张中国传统的文明不能放弃，并且反对盲目地学习西方，不赞成全盘西化、走与西方资本主义完全相同的道路，他认为中国文化完全能够振兴国家。细加辨别，辜氏的一生思想主张，也不能说全无可取之处。相反，由于他对西方文明的深刻理解，他对西方资本主义社会弊端的抨击，倒是常常切中要害的。资本主义的发展对传统的伦理道德产生了极大的摧毁作用，自由主义蔓延，无政府主义的泛滥，人际关系的商品化，都引起深受西方浪漫主义诗人与保守主义思想家影响而又接受中国传统文化熏陶的辜氏的极度不满。尤其是由于资本的积累与输出而必然导致的对内剥削与对外侵略的强权政治，更遭到他的竭力抨击。对于西方资本主义国家凭借科学技术的优势、船坚炮利的武力争夺市场而发动的战争，更持厌恶的态度，并进而对西方文明由怀疑而反对。在第一次世界大战以后，辜氏这一态度更其鲜明，他向在北京的欧洲人发表演说，分析欧战的原因，为西方寻找出路。他认为，西方已陷入两难境地，作为人们精神支柱的基督教已丧失其约束力，社会的安定只能依赖军队和警察来维持，长此以往，武力崇拜将取代社会文明；反之，如果取消军队和警察，无政府主义者同样会毁灭社会文明。在这种进退维谷的局面下，欧洲的出路究竟何在？他认为西方只有汲取中国传统文明才能解此祸端[①]。辜氏如此见解和言论，正适应了极度厌战的西方人民的心态，尤其是在战败国德国，反响更为强烈。他们从辜氏的言论和著作中似乎发现了人类生存的希望。于是，辜鸿铭的著作几乎全被译成德文，并由诸多名家作序，在许多大书店的橱窗陈列。评论他的著述的文章也纷纷面世，对之予以极高的评价；而专门研究辜氏思想的机构或活动也相应成立和展开，他的著作甚至成为哥廷根大学、莱比锡大学以及英国牛津大学等校哲学课程的教科书和参考书，他的一些言论被一些学人引为自己文章的重要论据。总之，辜氏此时被西方视作东方文化的代言人，享有极高的声誉。

可是，与其饮誉西方的同时，在国内辜氏却遭到极大的冷落，甚至受到无情的抨击。当然，这在某种程度上也是咎由自取。他强调中国传统文明，却不问精华糟粕，拥护男子纳妾、女子缠足；在社会渐次进入西装革履面向西方之际，他却瓜皮小帽、辫子长衫。他以守旧复辟的种种怪行径，将自己定位于顽固派之列。在时代洪流滚滚而下的激浪中，他也就十分自然地被时代抛落，寂灭无闻。不过，他的际遇较之印度的甘地等人来说，也未免太不幸了。他们几乎同时留学英国，同时受到同一批保守主义思想家的影响，虽然二人国别不同，但都生活在遭受西方列强践踏的东方国度。他们在学成归国后，同样都是以弘扬各自的民族传统文化为己任，而且也同样受到当时本国激进分子的指责和抨击，但他们在各自国内的声誉却截然相反。甘地虽被刺杀，但印度人民却将他视为民族主义运动的精神领袖；而辜鸿铭不但没有像甘地那样得到社会的赞誉，而且至今在大多数对其不了解或了解不深的人的心目中，仍然是一个"怪诞"的顽固分子，鄙而弃之犹恐不及，更遑论对其作全面的研究了。但社会不断发展，这就要求我们站在时代的高度，根据时代的要求，对历史上的"陈案"重新审视，而作为20世纪初曾一度震动西欧的东方文化代言人的辜鸿铭，也属于需要重新审视的对象，为其作传，确有必要。

二

为这样一个充满矛盾的"怪诞"人物立传，究竟有何意义与价值呢？这取决

[①] 辜鸿铭：《春秋大义》附录《战争与出路》。

于我们对历史遗产的态度。从孔夫子到孙中山，在我国漫长的历史进程中，充满着许多伟人，他们的活动创造了历史，也推进了历史。辜鸿铭固然不能与这些伟人比肩而立，然而对于曾在历史上产生过影响的人物，我们不能故意忽视或熟视无睹，都应该给予一定的历史地位，并力求发掘其有作用于今日社会发展的积极因素。

就辜鸿铭其人而言，他的热爱祖国的情操和学术研究的贡献，都有值得肯定之处，应该表而出之。

辜氏虽然出生于南洋，成长于西欧，但却有高度的爱国情操。他在接受西洋文明教育的同时，精神上也感受到种族歧视的压迫，这更促使他滋生出对祖国的眷恋。他的维护祖国文化传统、批判西洋文明的种种言论，显然与其热爱祖国的感情因素有关。这种态度在鸦片战争后出现的向西方学习的风尚中实属难能，也极应珍视。列强的入侵，对我国政治、经济、文化各方面都尽情践踏、肆意蹂躏，包括一批士人在内，对中国文化传统几乎完全丧失信心，并转而向西方寻求富民强国之道。在这种形势下，辜氏却以其对西方社会弊端的深切了解而给予以子之矛攻子之盾的抨击，满腔热情地为祖国文明辩护，竭力证明中国传统文化的价值，这种精神难道不应该肯定吗？当然，他的立论不免偏颇，他所赞扬的事物未必是应该肯定的，特别是他拥护专制、赞同复辟的顽固态度，更应该予以清算。然而，他毕竟申明"吾非忠于吾家世受皇恩之清室，而是忠于中国之政教，亦即忠于中华之文明"[①]。可见他对"清室"并非愚忠，例如他就曾痛斥慈禧太后"万寿无疆，百姓遭殃"。但他在对待中国传统文明方面，却有时连同应该抛弃的糟粕也视为精华而加以赞美，这却不可取，需要我们细心辨识并予以否定。

辜鸿铭的爱国情操，不仅表现在对我国传统文化的充分肯定，而且还表现在国难当头时敢于大声疾呼，谴责列强的强盗行径，向世界舆论呼唤正义与公理。辜氏极擅外文，他用英语著文，阐明列强侵略事实，坚持爱国立场，从而赢得西方社会对我国的了解和对他个人的尊重。例如近代反洋教斗争的起因在于外国传教士的横行霸道，对我国政治、经济和文化的侵略，对我国人民正常生活的干扰和破坏，百姓起而反抗，反遭帝国主义的武力威胁，又受到屈服于列强的清廷的镇压。对此真相，辜氏用英文写成文章，在上海等地的西文报刊刊出，又被伦敦

---

① 辜鸿铭：《中国牛津运动故事》（*The Story of a Chinese Oxforot Movement*）。

《泰晤士报》转载,这就向西方民众和全世界舆论揭发了西方侵略者的强盗行径,从而得到世界人民的支持,纷纷谴责帝国主义的侵略罪行。又如在义和团事件中,叶赫那拉氏出自卑劣的政治目的,先利用义和团义民的爱国热情向外人开战,继而又勾结帝国主义痛剿义民,并将广大义民诬蔑为"拳匪"、"乱民"。辜氏仍坚持其热爱民族的立场,不断用英文向世界舆论说明真相,呼吁和平解决事端。他的谴责,义正词严,他的呼吁,不卑不亢,对西方列强颇有影响。《清史稿》本传说:"以英文草《尊王篇》,申大义,列强知中华以礼教立国,终不可侮,和议乃就。"自然,他的言论中也有不少谬误,然而从大处观之,确也表现了他的高尚爱国情操。

在学术研究方面,辜鸿铭也作出了很大贡献。其实,辜鸿铭作为国学家的贡献,远较他作为政治活动家为巨大。晚清学者(其中不乏饱学之士)一般说来,都十分重视我国的传统文化,只是在时代潮流的推动之下,他们才学习西方。但他们目光所注视的,多为以火炮巨舰为表征的物质文明,而对西方的精神文明则知之不多,深入堂奥者更为鲜见。辜氏与这般学者不同,他是博通西学之后方始学习我国传统文化的,正如罗振玉所云:"其早岁游学欧洲列邦,博通别国方言及其政学,其声誉已藉甚。及返国,则反而求之我六经子史……积有岁年学已大成。"[①]因而,他不主张盲目学习西方,而主张将传统文化精髓与西方真正的文明融合起来,既保存我国传统之所长,又吸取西方文明之精华,而非仅着眼于西方坚舰利炮及其制造技术。这种见解,显然远较当时一般学人为高明。当然,他这种见解也与其大量的顽固守旧的言词掺杂在一起,对之作一番筛选,剔除其谬误言论,肯定其可取见解,也就并非无益之事。

具体而言,辜氏在学术上之贡献,其荦荦大者有以下几个方面。首先是创立了译述中国典籍的范例。他先后将《论语》、《中庸》等儒家典籍用英文译出介绍给西方,为了使西方人易于理解,他没有采用逐字逐词对照翻译的成法,而是创造性地加以述译。例如,他引用《圣经》的一些内容为注解;又根据自己的理解,对我国的典籍如《中庸》等在译出的英文本中加以必要的意义阐释与补足。这种翻译方法,我们姑且称之为"述译",是极富创新意义的,其目的则是为了适应西方读者的阅读习惯。正因如此,他的译本受到国外读者的欢迎,在国外汉

---

① 罗振玉:《读易草堂文集·序》,1922年刻本。

学界也享有较高的声誉。中国台湾后来出版的四书定本，即以辜氏《论语》、《中庸》两种译本为底本。日本学人清水安三认为读辜氏译本，比读以汉语写成的原著更易于理解和把握孔子思想的精神之处①。其次，开创了中西文化比较的先河。在他之前或同时的一些学者如王韬、容闳、马建忠、张之洞、梁启超等人的论著中，也曾有一些比较的言论，但大都不是自觉的，也不是系统的。辜氏以其对西方文化的深切理解和对我国传统文化的多年积学，在《清流传》、《春秋大义》等著作中，对中西文化展开全面的比较研究。这在当时以传统的方法研究国学的学术氛围中，无疑是开拓了一个新的境界。自然，辜氏的研究也未免主观感情色彩太浓，又存在"后人为主"的偏见，他的比较研究也并非全无偏颇，在有些结论上也欠缺客观性，因而也受到一些国外学者的批评②。究其根源，大概也是由于浪漫主义派诗人和学者如爱默生、柯勒律治、阿诺德、卡莱尔等人对他的影响未能消除之故，从而使他的理论见解出现一些偏颇和太深的主观性。不过时至今日，比较研究越来越受到重视，并成为一种重要的研究手段，因而，对我国开创比较研究先河的辜氏自然也不该淡忘。再次，对西方"中国学"的缺失加以纠偏。明清以来一些传教士以我国封建社会特别是近代社会为对象进行研究，撰写了不少文章和著作，其中或出于偏见或由于无知，陈见极深，颇多谬误之词，以致我国传统文化被一些西方人士或误解或曲解。辜氏长年在海外生活，对此有所闻见也有所感触，乃努力予以正讹纠误，归国以后即撰写《中国学》一文（后收入《春秋大义》一书中），后来又陆续写了《约翰·史密斯在中国》、《一个大汉学家》等文章，对西方这类所谓的汉学研究著述予以严厉批评，指出应以怎样的态度，以什么样的方法来研究中国，并提出"中国学"应遵循的原则。辜氏这些研论在西方同样也产生了一定的影响，在这方面，中国近代学者中也是鲜有其匹的。

三

最后，关于作者孔庆茂及本书还要再说几句话。孔君原先毕业于河南大学中文系，颇得名师指点，继而又来南京攻读硕士，专治中国古典文学③。庆茂好学

---

① 清水安三：《辜鸿铭》。
② 凯泽林：《中国》"北京"一节。转引自《世界文化名人论中国文化》，湖北人民出版社1991年版。
③ 孔君1996年又随笔者攻博，1999年夏获博士学位。

深思，涉猎颇广。除文学外，对史学、哲学也颇有心得，又勤于撰述，前几年曾出版了《钱锺书传》，尽管少数学人曾指出其书一些微疵（其实任何一部著作都难以尽善尽美），但广大读者却充分肯定其书，并在学术界产生一定影响。此次承担《辜鸿铭评传》写作任务之初，他曾征询过不佞意见。我对他说，辜氏是一个极其复杂的人物，为他立传有一定难度，但在国内尚未见有此著作，对其全面研究确有开创意义，可以承担辜氏评传的撰写任务。孔君亦以为然，并奋力为之。如众周知，有关辜氏的资料散见各处，搜集困难，特别是有些论著是以英文撰写发表于国外报刊上的，也从未译成中文。这些都为撰写此书带来不少困难。但孔君不畏艰巨，迎难而上。这种勇于开拓的治学精神，是值得表而出之的。至于此书对辜氏生平际遇的描述、思想学术的评析，是否全面妥帖，还是由专家学人和广大读者来品评，不劳笔者在此烦言。

　　我个人以为，目前在全国范围内正开展爱国主义教育，弘扬民族优秀文化传统，这对于增强民族凝聚力，是大有裨益的，因此《辜鸿铭评传》的出版是极合时宜的。将辜氏热爱民族传统文化的精神表而出之（自然，必须剔除其偏见，批判其谬误），也是我们学术研究工作者的一项重要任务。同时，西方文化思想界的学者历来对自己的文化充满着极大的优越感，但在两次世界大战以后，在现实无情的冲击下，他们也开始了动摇，产生幻灭，并进而自我反省甚至自我批判，诸如存在主义、结构主义、现实主义、批判学派、现象学派、语言学派以及西方马克思主义学者。他们的思想观念和理论主张尽管不尽相同，甚至有相当差异，但对西方文化的怀疑与批判则是他们的共通之处，他们都努力寻找一个适合人类生存和发展的道路。其中不少学者已把目光转向东方，转向我国传统的思想文化，对之进行重新认识，重新评价。近年来，更形成一种风尚，如美国普林斯顿大学牟复礼（Frederick Mote）教授，英国牛津大学李雅格（James Legge）教授，英国大历史学家汤恩比（Arnolod Toynbee）教授，澳大利亚学者李特（Litle）和雷得（Reed），德国特里尔大学乔伟（Wei Chiao）教授，美国圣母大学费雷德·达尔美（Fred Dallmagr）教授，都对中国的传统文化思想作了充分的肯定。在这种趋势下，为反对盲目学习西方、弘扬我国传统文化的辜鸿铭立传，更不是全无意义的工作。

（序孔庆茂《辜鸿铭评传》，百花洲文艺出版社 1996 年版）

重视对文学史著作的研究工作

全国高等学校文科科研规划中，关于中国文学史的编写项目很多，既有卷数众多的大型中国文学史，也有卷数较少的文学简史；既有断代史，也有分体史；既有集体编撰的计划，也有个人科研的项目；有的近期即可定稿，有的尚待来日完成。总之，仅在编著中国文学史这一科研项目上，也可看出学术研究日趋繁荣的景象。但遍翻规划，却未能找到一个研究已经出版的中国文学史著作的项目，这未免留下一项空白。历史的经验值得重视，研究已经出版的文学史著作，总结前人的经验教训，对于我们当前编撰文学史也有一定的借鉴作用。

应该回顾的历史

文学史的编著，从清末光绪甲辰年（1904）林传甲撰写《中国文学史》作为京师大学堂的讲义起，到现在七八十年间，出版的各种中国文学史，何止数十百种。回顾一下历史，很有必要。现将笔者曾经寓目的约举如下。林著出版十年之后，曾毅在1915年出版了《中国文学史》（泰东书局）。五四运动前后，则有1918年谢无量的《中国大文学史》（中华书局），作者另有《中国妇女文学史》；1921年沈雁冰、刘贞晦《中国文学变迁史》（新文化书社）；1924年胡毓寰《中国文学源流》（商务印书馆）；1927年胡怀琛《中国文学史略》（梁溪图书馆）；1928年胡适《白话文学史》（新月）。及至20世纪30年代，这方面的出版物更多，如1930年穆济波《中国文学史》（乐群书店）、欧阳溥存《中国文学史纲》（商务印书馆）；1932年陆侃如、冯沅君《中国文学史简编》（开明书店，1953年又重新修订）；1930年郑振铎先出版《中国文学史》中世纪卷第三编（商务印书馆），于1932年又出版插图本《中国文学史》（朴社，1957年重版）；1933年陈子展《中国文学史讲话》（北新书局），刘大白《中国文学史》（大江书局）；1935年容肇祖《中国文学史大纲》（开明书店）、张长弓《中国文学史新编》（开明书店）。30年代后期因抗战发生，出版较少。到40年代，又再度繁荣。如1941年施慎之《中国文学史讲话》（世界书局）；1947年赵景深《中国文学史新编》（北新书局）、胡云翼《新著中国文学史》（北新书局）、林庚《中国文学史》（厦门大学）、宋云彬《中国文学史简编》（文化供应社）；1948年葛存念《中国文学史略》（大同出版社）、谭正璧《中国文学史》（光明书局）；1949年刘大杰《中国文学发展史》（中华书局，1957、1962、1975—1976年分别修改重版）。

以上仅就文学的"通史"略举数种以见一斑。除此而外，以某一文体、某一时代为对象的专史、断代史，为数也不少。就体裁专史而言，如鲁迅《中国小说史略》，郭箴一《中国小说史》，阿英《晚清小说史》，董每戡《中国戏剧简史》，王国维《宋元戏曲考》，卢前《明清戏曲史》，陈柱《中国散文史》，龙沐勋《中国韵文史》，陆侃如、冯沅君《中国诗史》，罗根泽《乐府文学史》，胡云翼《中国词史大纲》，王易《词曲史》，梁乙真《元明散曲小史》；还有分论各种文体发展的张振镛《中国文学史分论》等。就时代写的断代史，如刘师培《中国中古文学史讲义》；商务"国学小丛书"出版的一套断代文学史，如柯敦柏《宋文学史》、吴梅《辽金元文学史》、宋佩韦《明文学史》等；"百科小丛书"则出了一套更为简要的断代文学概要，如陈中凡《汉魏六朝文学》、杨荫深《五代文学》、苏雪林《辽金元文学》、钱基博《明代文学》等。就中国文学批评史而言，则有郭绍虞、朱东润、罗根泽、黄海章、刘大杰诸家。对于通俗文学、民间文学，除郑振铎《中国俗文学史》外，徐嘉瑞的《中古文学概论》，对平民文学在文学史上的地位也给予一定的重视。此外，还有从特定角度研究中国文学史的专著，如朱谦之《中国音乐文学史》等；带有史的性质的文学概论，则有刘麟生主编的"中国文学丛书"（世界），其中包括《中国文学概论》（刘麟生）、《中国散文概论》（方孝岳）、《中国骈文概论》（瞿兑之）、《中国小说概论》（胡怀琛）、《中国诗词概论》（刘麟生）、《中国戏剧概论》（卢冀野）、《中国文学批评》（方孝岳）、《中国文艺思潮》（蔡正华）等。

新中国成立以来出版了很多文学史，如李长之《中国文学史略稿》于1955年出版（五十年代出版社）。高等学校交流讲义中，詹安泰等人《中国文学史》一、二卷分别于1954年、1956年出版（高等教育出版社），谭丕模《中国文学史纲》则于1958年出版（人民文学出版社）。1956年高教部委托游国恩等人拟订的《中国文学史教学大纲》也印行问世。从1957年开始，全国学术界对中国文学史的若干问题，如分期问题、主流问题、民间文学与文人创作的关系问题、继承和发展问题、作家作品的评价问题进行探讨，上海作协编辑了《中国文学史讨论集》于1959年出版；不少论文还结合某一家的专著展开热烈讨论，如复旦大学中文系编辑了《〈中国文学发展史〉批判》，于1958年出版。同时，以北京和上海为中心，出现了高等学校师生集体编写文学史的热潮。如北京大学1955级于1958年出版上、下两册《中国文学史》（人民文学出版社），1959年增订为四册，1960年又修订。复旦中文系于1958年出版了《中国文学史》三册（中华书局）。吉林大学中文系于1959年出版《中国文学史稿》四册（吉林人民出版社）。北京师范大学1955级于1958年出版《中国民间文学史》（人民文学出版社）。北京师院中文系于1960年出版《中国诗歌史》（中华书局）。北京大学1955级于1960年出版《中国小说史稿》（人民文学出版社），此后并一再修订再版。北京大学1957级于1961年出版《中国文学发展简史》（青年）。在这种集体编写的热潮中，产生了两部由专业工作者集体编著，也是迄今影响最大的文学史，一部是文学研究所的三册《中国文学史》于1962年出版（人民文学出版社），事先曾印成征求意见本，标明每章执笔者；一部是游国恩等人编著的四册《中国文学史》于1964年出版（人民文学出版社），这部著作是以北京大学1955级《中国文学史》为基础，汲取了各校经验，并事先于1962年拟订《中国文学史大纲》（人民文学出版社），然后分头执笔写成的，参加者除北大以外，尚有山东大学、中山大学、北京师范大学、中国人民大学等院校的有关同志。这两部文学史最近已再版。

我国是一个多民族的国家，过去出版的《中国文学史》实际上大多为汉族文学史。新中国成立以后，特别是60年代初期，在党的民族政策的推动下，1958年、1960年、1961年文学研究所曾先后召开了少数民族文学史的编写会和讨论会，对促进少数民族文学史的编写工作，无疑起了一定的促进作用。会议前后编著了二十几种少数民族文学史，如《白族文学史》、《纳西族文学史》、《藏族文学史简编》、《广西僮族文学》（有的未公开出版）等等。

"文化大革命"后期到"四人帮"垮台前夕，一些学校以"三结合"的形式编写了一些文学史，因未公开出版，可置而不论。但也有少数公开出版的，如1976年上海出版了"青年自学丛书"，其中就有一本《简明中国文学史》上册；还出版了刘大杰《中国文学发展史》的最新修订本第二册。最近两三年，一些学校也在协作编写，如南京大学、杭州大学等十三所院校协作编写的《中国文学史》，作为教材已内部印行，上册前不久已由江西人民出版社正式出版。

这就是自清末以来文学史编著的概况。当然，所列书目，仅为举例而已，并不包括七八十年来已经出版的所有文学史著作。对这一概况，作一历史的回顾十分必要。从这排示中，很自然地可以看出文学史的编著史显然可以划分为几个不同时期：以林传甲为代表的草创时期；以鲁迅、胡适为代表的五四时期；以郑振铎为代表的30年代时期；以刘大杰为代表的40年代时期；新中国成立初至1957年应为一个时期，是以高校交流讲义为主；1958年到1961年又是以群众性的集体编写为主时期；1962年以后到"文化大革命"前夕，则是以文学研究所和游国恩等人的两部文学史为代表的另一个时期；"文化大革命"后期"四人帮"搞所谓"评法批儒"时也应列为一个时期。

对于文学史著作的评价，只有划分不同时期，才能结合当时的政治情况、学术水平进行深入研究。例如林传甲之所以编撰文学史，是因为他有感于日本早稻田大学都开设中国文学史课程，并印有讲义，日本学者"所著支那文学史，无虑数十种"，但当时国内一种也没有，于是发愤著书，以四个月的时间完成中国文学史十六篇。了解了这样的时代背景，我们对于林著的出现，不论从现在看来有多少局限，也应予以肯定。又如胡适的《白话文学史》则应结合"五四"文学革命提倡白话文学的时代背景来评价，这部文学史虽然是在1928年由新月书店正式出版，但其实是胡适早在1921年为国语讲习所主讲国语文学史的讲义，最初为八万字的石印本，经几度修改、扩充，先后由北京文化学社、新月书店出版的。他写这部《白话文学史》的目的，是为了让"大家知道白话文学不是这三四年以来几个人凭空捏造出来的"，让"大家知道白话文学是有历史的"，"白话文学史就是中国文学史的中心部分"。由此可见，这部著作是为提倡、推进"白话文学"运动服务的。新中国成立以后，文学史研究者由于学习了马列主义文艺理论，比较注意从政治、经济等角度来阐述文学的发展史，例如文学研究所的《中国文学史》就"力图遵循马克思列宁主义的观点，比较系统地介绍中国古代文学的发展过程,并给古代作家和作品以较为恰当的评价"。这一准则是新中国成立后一些文学史著作都力图遵循的,当然,由于各种原因和主客观条件的限制,取得的成就也并不一样。再如刘大杰《中国文学发展史》1976年修订本第二册的出版,则是与"四人帮"的"评法批儒"阴谋活动分不开的,并以文学史著作为这一反动思潮服务,硬以儒、法两个概念来划分作家的进步与落后,评价作品的高低;甚至为了吹捧当今的"武则天",还专门写了一节"武则天时期的文学"。这在前此时期的所有文学史著作中未曾见到。由以上数例可知,同研究作家作品一样,研究文学史著作也同样要将它们放在特定的历史时期加以全面考察,才能作出恰如其分的公允的评价。这也是上文不惮词费,按时间先后例举各家著作的缘故。

须要探讨的几个问题

这七八十年来出版的文学史,都有着不同的特色,成就也各自不同。我们目前出版的文学史著作,虽然也吸收了前人的成果,并且一般说来也取得了超过前人的成就。但是,对这七八十年来的文学史著作,我们还没有作深入的、系统的研究,它们涉及的问题,有些已经解决,有的尚待研究,如果我们能细致地加以分析、探讨,这对今后文学史的编著工作不无启发意义。现将笔者个人思考到的一些问题揭举出来,以期引起讨论。

题名问题 过去出版的许多文学史的著作,虽然题名为"中国文学史",但实际上只是"汉民族文学史"。我国是一个多民族的国家,灿烂的文化是多民族共同创造的,当然,汉族有它的特殊贡献,但我们也不能忽视其他民族的作用。在过去一些文学史著作中,虽也称道某些少数民族的作家作品,但却很少揭示民族特色,更少交代各民族之间的文学交流、相互影响的关系。鲁迅对此问题十分慎重,1926年他在厦门大学讲授中国文学史课程,将自己的讲义定名为《汉文学史纲要》,而不称为《中国文学史纲要》,这种严格的科学性正体现了高度的政治性。可惜这部著作只是未完成稿。但它的题名对我们应有启发。现在出版的一些《中国文学史》实际上仍只是《汉文学史》。目前,正在重新学习贯彻党的民族政策,促进各民族的团结,繁荣各民族的文学艺术。如一仍其旧,是极其不妥的;同时也不能正确反映我国文学历史是各民族共同创造的客观实际。

范围问题 中国文学史研究的范围如何，这牵涉到"文学"这一概念的问题。如果用近代文艺理论中对"文学"这一概念所下的定义，去范围我国的古代的作品，则会有大量的创作将被排斥在文学作品以外，也将被排除在中国文学史的研究范围以外。在我国，特别是先秦两汉时期，文史哲很难严格区分开来。例如史传散文和诸子散文，它们原是历史著作和哲学著作，但却具有很高的文学价值，对后来的文学创作也产生很大影响，在我国源远流长的文学史上，占有重要地位，如果舍而不论，我国文学史上将出现不那么繁荣兴盛的一个历史阶段。而从今天文学理论所认为的文学作品如小说、戏剧来看，虽然起源也甚早，但它们的成熟却在宋元以后，如果从此论述，宋以前的我国文学史将只有诗文这两种体裁了，这同样不能反映我国文学发展的实际情况。因而，中国文学史的研究范围应该从中国文学发展的实际出发。新中国成立后出版的一些文学史著作已注意及此，特别是文研所的《中国文学史》不但为"历史散文"、"诸子散文"立了专章，还专门写了"书写文学的萌芽和散文的开端"一章，可以说是吸收了前人著作的长处。例如鲁迅《汉文学史纲要》中就有"自文字至文章"、"书与诗"等章节，林传甲的著作中也涉及文字、训诂、修辞、谋篇，乃至群经等内容。当然，对前人著作的借鉴，要根据我们更为进步的政治观、艺术观来决定取舍，来探讨、确定中国文学史的研究范围。就以散文来说，虽然已经注意到它的存在，然而对它在我国文学史上的地位、贡献阐述得还不充分。可以说没有哪一个国家的文学史中，散文所占有的地位像我国文学史上那样重要，因而在今后文学史著作中研究散文的范围，应该比目前已经出版的著作要扩大。只有这样，才能如实地反映我国文学发展的历史实际。

体例问题 已出版的文学史著作，在体例上无非分纵、横两种；或两者相互交错，先以朝代划分，再依文体分论，这一体例在目前占主导地位。如《中国文学史教学大纲》与《中国文学史大纲》均按时代划分为先秦文学、秦汉文学、魏晋南北朝文学等单元；然后再依文体分论，如先秦文学中，谈诗则有三百篇及屈骚，论文则分史传及诸子。这一体例可以结合每一历史时期的政治、经济、思想状况论述整个文学创作的概况、思潮和特色，有其优越之处。但在论述不同时期各种文体的继承发展方面，不是显得脉络不清，就是似嫌单薄，因而仍有不断完善的必要。林传甲的著作，自创一格，但也是继承了前人治史的方法，全书"凡十六篇，每篇十八章。每篇自具首尾，用纪事本末之体也；每章必列题目，用通鉴纲目之体也"。例如论史传散文，有十、十一篇。依时序分论史记、汉书、后汉、三国志、晋书以至元史、明史，乃至三通诸文体。其他论散文、骈文各篇亦复如是。这一体例，从文体先后演变来看，有其长处，但又看不出某一历史时期文学创作的全貌。张振镛《中国文学史分论》基本上继承了林著的体例，不过分目不同而已，他认为"今之治文学史者，大抵远溯皇古，以迄近代，划分为数时期，依次叙述，其体例非不美备，然持以授学者，恒苦烦杂，有惛然难于卒业之感"，乃"别用分类叙述之法，析为诗、文、词、曲、小说、戏剧六目，按历史演进之趋势，求文学系统之观念，以直截了当之体例，定严谨密栗之范围，抱温故知新之目的，为阅读入门之先导"。我们当然不必认为张氏的体例为尽善尽美，但却可供我们研究探讨。

主要的文学形式和非主要的文学形式的关系问题　我国文学史上不同的时代常有一种主要的文学形式，例如有所谓唐诗、宋词、元曲、明清小说传奇的提法。这当然反映了一定的客观实际，但却不能说是完整地反映了全面情况。新中国成立以来出版的一些文学史著作，有些为了突出重点（这自然是必要的），而忽略了一般，容易给读者造成错觉，认为某一时代只有某种文学形式的作品是重要的，其余形式的作品俱不足论，这其实是一种误解。以宋代而论，词当然是主要文学形式，唐圭璋《全宋词》录词人一千三百余家，词作近两万首，不可谓不盛。但诗人也不少，《宋诗纪事》列诗人三千八百余家，《补遗》补列三千余家（部分有重复），当然，不少诗人又兼为词家，但宋代诗人为数之夥亦不容忽视。而从作家个人创作数量上看，陆游、杨万里等诗作均在万篇以上，为任何词人所不及；从诗派来看，有江西派、永嘉派、江湖派等；从诗体来看，有东坡体、山谷体等。可见它自有其研究价值，它与唐诗的继承发展关系，与宋词的相互关系，对后来诗作的影响等，在我们的一些文学史著作中还未得到充分的阐述。又如元代，戏曲当然是主要形式，但《御定四朝诗》中，著录元诗八十一卷，诗人一千一百九十七人，元代有国仅百年，也不可谓不盛。这些，我们都应该加以论述，不应舍而不论。柯敦柏《宋文学史》、吴梅《辽金元文学史》就未仅仅介绍宋词、元曲，对其他形式的文学作品也予以介绍。当然，它们都是断代史，有其特点，但能注意到一个时期整个文学创作的全貌，仍是值得我们借鉴的。

大作家与小作家的关系问题　这也是既要突出重点又要照顾一般的问题。过去一些文学史著作可能由于篇幅所限，只着重介绍大作家，而对一般作家只简略地提名而已，甚至三四流作家连姓名也未曾提及。但历史上任何一个时代的文学繁荣局面，不仅仅是少数几个大作家所造成的，少数几个大作家的作品也不能概括一个时代的全貌。就以唐诗而言，《全唐诗》著录作者二千二百余人。孙望正从事补遗工作，搜罗颇多。在这样丰富的诗作中，如果只论述李白、杜甫、白居易等十数个大作家的作品，是不能反映唐诗的繁荣景象的。有些唐代诗人，在国内很少为人所知，但却在国外引起巨大反响。例如寒山的诗作，在日本已流传数百年，50年代后期到70年代初期，在美国也形成"寒山热"。而新中国成立后出版的文学史著作，没有一部介绍他的创作，评价他的作品。倒是胡适的《白话文学史》、郑振铎的《中国俗文学史》中有简略的介绍。这一现象，是否可引起今后编著文学史的同志们的注意呢？

哲学和文学的关系问题　新中国成立后出版的文学史著作一般都能注意到哲学思想对文学创作的影响，在每篇的概述中也能述及当时的哲学思潮，这是胜过前人的地方。但是，也只是停留在一般的概述，尚未能深入、具体地探讨各种哲学思想（儒、道、释等）对文学究竟产生了哪些影响。罗根泽的《魏晋六朝文学批评史》中有"佛经翻译论"；胡适《白话文学史》中也有两章专论"佛教的翻译文学"。且不论他们的论述是否全面，观点是否正确，但能注意到这方面的问题也应予以肯定。新中国成立后，文研所的《中国文学史》也立有"佛经翻译"专章，无疑是吸收了前人的长处。但对我国影响最大的儒家思想，却没有专章论述，只是分散在评价有关作家作品的章节中简单论及，却未免感到欠缺。道家思想对文学的影响也同样未有专章论述。

音乐和文学的关系问题　文学的产生和音乐的关系至为密切，音乐的发展常促使文学样式的更新。诗三百，全部是合乐的歌词，屈原的骚体与当时南方民歌的关系至为密切，此后的唐诗、宋词、元曲，也无一不和当时的音乐密切相关。朱谦之著有《中国音乐文学史》，专门论述音乐与文学的关系，分诗乐、楚声、唐代歌诗、宋代歌词、剧曲等章节加以阐发。陈中凡为其所作序中，更将中国的音乐文学划分为古乐、变乐、今乐三个时期来论说。徐嘉瑞的《中古文学概论》，对音乐与文学的心理关系、历史关系，中国音乐与西域文化的关系、中国舞曲和外国舞曲，乃至鼓吹曲与横吹曲的乐器、乐词，都有所论述。当然，这都是从特定角度研究文学史的专著,但我们在编著一般文学史时,不也应该注意吗?虽然新中国成立后出版的一些文学史著作,在不同程度上也涉及了音乐与文学的关系,但尚缺少具体的阐述。

分析评价问题　论述文学发展的历史,必然要对某一时代的文学潮流、特色进行概括,也必然要对具体作家作品进行评价。新中国成立前出版的某些文学史著作,常随编撰者的喜恶随意点染,或摘引前人评论敷衍成文。但也有佳制,如鲁迅《中国小说史略》、刘师培《中国中古文学史讲义》等。新中国成立后出版的文学史著作,特别是文研所的一部与游国恩等人编撰的一部,在评价作家作品时力图从思想、艺术两个方面作出全面、公允的评价。而且可以看出,这两部文学史的执笔者,在评论一个作家时,大都遍读过全部作品或主要作品,不像有些文学史著作,对某些作家的作品并未全面研究即下评语。如果作进一步要求,一部文学史著作不仅仅是对作家作品的评价,还要写出文学创作的纵、横两个方面的关系,也就是对前人的继承、对后来的影响,与周围作家的关系、同其他民族的交流等问题。这样才能看出一个特定时期的文学概貌、特色以及承先启后的作用。林传甲的著作,在纵的方面用"纪事本末体",企图说明某一体裁的历史发展,无论其有多少局限,作为清末以来第一部文学史,不能不说作者具有史的眼光。可惜在横的方面,全然忽略。这对我们也不无借鉴作用。此外,在作家作品的评价方面,有些文学史著作也流于一般化、公式化,评价思想内容,无非是同情人民、爱国主义、揭露现实黑暗;分析艺术特色,无非是人物形象、情节结构、语言运用等。这套模式可以用来分析任何时代任何一个作家的作品,看不出作家的个性、时代的特色。当然,这只是就某些文学史著作的某些篇章而言,不是说所有的文学史著作均有此种现象。但是,为了精益求精,这种公式化的分析评价也是应该力求避免的。

总之,文学史著作中值得研究的问题很多,绝不止以上所罗列的一些。即上面所提出的这些问题,也不是这篇短文所能论述清楚的。此文的目的,只是在目前竞相编著文学史的热潮中,呼吁学术界注意总结七八十年来文学史编著的经验教训,以资借鉴。

(原载《南京师范学院学报》1980年第3期)

附：

也谈比较文学史

新中国成立以来，我们的文学研究工作取得了新中国成立前无法相比的成绩（当然，十年浩劫中，文学研究工作被破坏而一度中断）。这是有目共睹的事实。但也毋庸讳言，我们文学研究的道路还不够宽广，还有一些领域没有去开拓，例如比较文学，新中国成立以来，很少有人去研究。前些时候，季羡林同志在《漫谈比较文学史》一文（载《书林》1980年第1期）中，举出古希腊的《伊索寓言》与古代印度的《五卷书》中有许多相同的故事为例，提出"应该用一些力量去研究、探讨"比较文学史。

笔者十分同意季羡林同志的呼吁。文学的发展，除了继承前人遗产并加以发展、有着历史的继承性以外，各民族文学之间还有着相互渗透、彼此影响的一面，前者属于文学史的研究范围，后者则属于比较文学的研究范围。特别是近代，各个民族、各个国家的文学，相互产生影响是有着物质基础和社会根源的。《共产党宣言》中说："过去那种地方的和民族的自给自足和闭关自守状态，被各民族的各方面的互相往来和各方面的互相依赖所代替了。物质的生产是如此，精神的生产也是如此。各民族的精神产品成了公共的财产。"因而开展比较文学史的研究势必成为日趋紧迫的工作。

季羡林同志是从相同的故事来说明有必要进行比较研究，这篇小文拟从艺术表现的类似，略作补充说明。在中外古今文学巨匠所塑造的悭吝人的画廊中，我们可以发现有类似的表现手法。法国古典喜剧作家莫里哀（1622—1673），在他所写的《悭吝人》中，刻画了一个贪得无厌、悭吝成性的吝啬鬼形象——阿尔巴贡，其中有这样一个细节描写：阿尔巴贡家里请客，他一面与客人谈话，一面监视仆人行事。当他发现一个仆人居然点起两支蜡烛，他立即走上前去吹灭一支；仆人再点他再吹，最后干脆将蜡烛收进自己裤袋中去。这样的描写，突出地表现了阿尔巴贡的悭吝性格。

无独有偶，在我国杰出的长篇讽刺小说《儒林外史》中，吴敬梓（1701—1754）刻画的乡绅地主严监生的悭吝性格，也有类似的描写：当严监生临死之际，一直伸着两个指头，总不肯咽气，侍病的亲属有的说是为了两个人，有的说是为了两件事，有的说是为了两处田地，严监生只是摇头。这时，他的如夫人赵氏走上前去说："只有我能知道你的心事。你是为那灯盏里点的是两茎灯草，不放心，恐费了油。我如今挑掉一茎就是了。"赵氏边说边挑去一茎，严监生这时才点点头，把手垂下，登时咽了气。

相似的描写，在法国另一大作家巴尔扎克（1799—1850）的笔下也曾出现。他在长篇小说《欧也妮·葛朗台》中，表现老葛朗台的悭吝性格时，也选取了"蜡烛"这一细节。葛朗台平常只许家中点一支蜡烛，只有当客人前来祝贺他女儿的生日时，才表现出极大的"慷慨"，允许暂时点上两支蜡烛，并自豪地说："咱们就大放光明吧！"在巴尔扎克传神的描绘下，葛朗台的悭吝性格，可以和阿尔巴贡、严监生鼎立而三了。

但文学史上悭吝人的形象画廊绝不会到此而止。只要有剥削阶级存在，文学大师们还会继续不断地为我们塑造出新的悭吝人的形象来。当然，他们将具有时代的特征。例如，这三位大师所塑造的悭吝人是借助于蜡烛、灯草，而近年拍摄的电影故事片《至爱亲朋》，则借助于现代物质文明的产物电灯了。资本家方德仁在临死之际，念念不忘熄灭电灯，以免"浪费"电力。尽管所用的"道具"不同，但其表现手段，却与莫里哀、吴敬梓、巴尔扎克极其近似。由此可见，中外古今文学著作中，不仅有着相同的题材，如季羡林同志文中所说，也有着类似的手法，如上文所举。这难道不值得我们进行比较研究吗？

为什么各个民族、各个国家文学中有相同的题材、类似的手法呢？原来，随着世界上交通的突飞猛进，各民族、各国家的文学交流更为频繁，有互相渗透、互相借鉴、互相学习的可能。但是，文学史上相同的题材、类似的手法的作品，是否完全不可能互不相谋地各自独立地产生呢？回答也应该是肯定的。因为，一切文学艺术的来源在于社会生活，各个民族、各个国家的生活以及各个人物性格，固然有千姿万态的个性，但也存在着相通的共性。这共性就是类似细节产生的社会基础。例如，吴敬梓描写严监生的细节，的确是土生土长创造出来的。

吴敬梓的长子吴烺曾对乾隆时进士阮葵生说过一个故事。

吴杉亭（烺）言：扬州商人某，家资百万，而居处无殊寒人。弥留之际，口不能言一字。亲友环视，至夜忽手竖二指，攒眉撮口不止。其子曰：父恐二郎年幼，不治生耶？摇首不然。子又曰：虑二叔欺儿凌孤耶？摇首不然。

众皆愕然。其妻后至，四顾室中，向语云：欲挑去油灯碗中双灯草耳。富翁缩手点头，瞑目而逝。……杉亭（皆）亲见其人，非杜撰者。

这个故事中的富翁与《儒林外史》中的严监生临死时的表现如出一辙。虽然记载此事的《茶余客话》成书于吴敬梓死后，但吴敬梓是在晚年才将《儒林外史》写成的。吴烺早年即出外谋生，游历各地，在乾隆十六年被赐举人以前，曾有数年之久与敬梓同居南京秦淮水亭。父子两人感情极好，有如"良友"（《病中忆儿烺》）。吴杉亭既然能将他在扬州的见闻说给友人阮葵生听，当然也会提供给正在创作《儒林外史》的父亲。这正说明《儒林外史》中对于严监生悭吝性格的刻画，是吴敬梓从吴烺的直接经验、也就是自己的间接经验中汲取素材、提炼细节；同时也说明各个民族、各个国家文学作品中，出现相同的题材、类似的手法，原因并非一端，而这，也是比较文学领域中一项重要的研究课题。

（原载《光明日报》1980 年 10 月 15 日）

略述中国文学史分期问题的几种意见

新中国成立以来，学术界在马列主义文艺理论指导下，就中国文学史的分期问题展开了讨论，国家还将这一问题列为十二年科学规划中的重要问题之一[①]。正如郑振铎所说，它是"我们在编纂或写作中国文学史的时候，首先要接触到的一个问题"[②]，而划分的每一时期要能使我们了然于中国文学演进之状况，却又并非易事。因为这不仅仅依靠了解文学本身发展过程就能奏效的，它还涉及了文学史和一般历史的关系，而我国历史的分期问题在相当一个时期也未能取得一致的意见。此外，也是更重要的一点，它与我们掌握历史唯物主义和辩证唯物主义的水平有关。早在1956年4月8日至12日中央教育部召开的高等师范院校中国古典文学教学大纲座谈会上，就古典文学教学大纲的"标题问题"进行了反复研究，最后一致同意大段落用朝代标题，各章节用作家或作品或文体作小标题。当时就是用这个办法代替了分期问题。这次座谈会是同年7月正式讨论会前的预备会。7月会议后，陆侃如、冯沅君在1956年11月25日《光明日报·文学遗产》上发表了《关于编写中国文学史的一些问题》（以下简称陆、冯《问题》）。该文共谈了三个问题，第一个问题就是"关于中国文学史的分期问题"，对座谈会上所提出的所谓"标题问题"进一步作了阐述，提出了他们对于文学史"分期问题"的见解。接着，李长之、林庚在《光明日报·文学遗产》第135期和第137期分别发表文章：《关于中国文学史的分期和编写体例》与《关于中国古典文学史研究上的一些问题》（其中第三个问题为"文学史的分期问题"）[③]，提出了他们对分期问题的看法。陆侃如、冯沅君又专就分期问题发表了《关于中国文学史分期问题的商榷》（以下简称陆、冯《商榷》）一文，先刊载在《文学研究》

---

① 陆侃如、冯沅君：《关于中国文学史分期问题的商榷》，《文学研究》1957年第1期。
② 郑振铎：《中国文学史的分期问题》，《文学研究》1958年第1期。
③ 分别见于《光明日报》，1956年12月16日和12月30日。

1957年第1期,《文史哲》同年第5期又予转载。之后,叶玉华在《文学研究》1957年第3期、时萌在《文史哲》1957年第6期接连分别发表了《试论中国文学史分期问题》和《关于中国文学史分期问题的探讨》两文。于是,中国文学史分期的讨论从此逐步展开,一直延续到20世纪60年代中期。同时,高教部委托游国恩、刘大杰、冯沅君、王瑶、刘绶松等教授起草的《中国文学史教学大纲》,经7月会议讨论后又加修改,最后经中国文学史教科书编辑委员会第一次扩大会议讨论通过,由高等教育出版社于1957年8月正式出版。该书共分九篇,按时代发展为序。一至七篇为古代文学史,依次为:上古至春秋的文学、晚周文学、秦汉文学、魏晋南北朝文学、隋唐五代文学、宋元文学、明至鸦片战争文学;八、九两篇为近、现代文学史。每篇每章则按作家或作品或文体或流派等标目。这样,分期问题的理论探讨就与文学史著作的编纂实践结合在一起。

其实,中国文学史的分期问题,在文学史著作出现的同时即已存在,只是有些文学史家仅在他们文学史著作的序跋中有所表述,而很少有专文论述;更多的文学史家则仅以他们文学史的编著实践来表明自己的分期见解。我国学者著作的中国文学史,当首推林传甲于光绪三十年(1904)为京师大学堂所编印的《中国文学史》讲义,宣统二年(1910)正式出版。该书系用纪事本末体、以文体为主编撰而成。此后,有胡毓寰的《中国文学源流》(1924年9月商务印书馆),全书二十五章,也是按文体分述,如辞赋、乐府及古诗、骈俪文、近代诗、古文、词、小说、戏曲、八股文等。赵景深《中国文学小史》(1928年1月中华书局),全书三十三章,则主要以作家标目,如:二、屈原和宋玉;三、贾谊;十五、社会诗人——杜甫与元白。但其中既偶有以作品标目,如:一、《诗经》;也偶有以文体标目,如:三十、清代的章回小说。林庚在其《中国文学史》(1947年5月厦门大学出版社)中却自创一格地将我国文学发展的历史划分为启蒙时代、黄金时代、白银时代、黑暗时代四编。曾毅的《中国文学史》(1915年上海泰东书局初版,1929年订正出版)除绪论以外,则依上古、中古、近古、近世这样几个历史发展阶段分编叙述。其中,上古包括唐虞、三代、春秋战国、秦;中古从两汉至隋;近古自唐至明;近世为清。胡云翼在《新著中国文学史》(1932年4月北新书局)中基本上以朝代分章立节,共有先秦、汉、魏晋南北朝、唐、五代、宋、元、明、清、当代十编。郑振铎的《插图本中国文学史》（1932年12月北平朴社初版）分古代、中世、近代三卷，其标目或以作品，如：四、诗经与楚辞；或以作家，如：二六、杜甫；或以文体，如：三八、鼓子词与诸宫调；或以流派，如：六二、公安派与竟陵派；或以其他意识形态对文学的影响，如：十五、佛教文学的输入等。刘大杰《中国文学发展史》（中华书局，上卷1941年1月出版，下卷1949年1月出版）三十章，从殷商写至清，以类别按时代先后叙述，如：第二章周诗发展的趋势；第五章秦代文学；第六章汉赋的发展及其流变；第十七章宋代的文学环境与文学思想；第二十一章宋代的小说与戏曲等等。每章中所立各节，或以文体、或以作家、或以流派标目，如：第四章南方的新兴文学，包括：一、楚辞的产生及其特质；二、九歌；三、屈原及其作品；四、宋玉。第二十章宋代的诗，包括：一、宋诗的特色与流变；二、由西昆到欧苏；三、黄庭坚与江西诗派；四、南宋的代表诗人；五、江西诗派的反动；六、遗民诗；七、北国诗人元好问等。总之，这些著述实践表明，在新中国成立前自林传甲《中国文学史》出现以来，在几乎所有的文学史著作中，就存在着不尽相同的标目和分期法，因而我们完全可以说，新中国成立以前，文学史研究根本不存在比较一致的分期看法。

　　20世纪50年代中后期发生的关于中国文学史分期问题的讨论，焦点问题则是分期的标准。这涉及了文学发展过程和整个社会发展过程的关系，涉及了文学史分期和历史分期的关系等一系列问题。

　　陆侃如、冯沅君在《问题》一文中提出了六段十四期的主张，并且声称他们"既没有打算凭文学的演变来对不同的历史分期下判断，也不是拿社会发展的分期来套文学"。虽也承认这样的分法并非"尽美尽善"，但同时又认为"这样划分是为了更好地体现文学进展的实际情况"。《问题》一文中还说，在他们提出六段十四期意见的同时，还有四段九期、三段八期的意见存在。虽然陆侃如、冯沅君在《问题》一文中没有明确提出分期的标准，但从三套分期方案的具体安排来看，都是按照中国历史的发展过程来划分的，尽管在每段起讫上各有自己的主张。

　　接着，李长之在《关于中国文学史的分期和编写体例》一文中，从陆侃如、冯沅君《问题》一文说起，认为文学史的分期问题，既是理论问题，也是实践问题。对于六段十四期的分法，他的看法是"头尾问题少，中间问题多，小段问题少，大段问题多"，他觉得当时的分期也"还多少为朝代所拘"。李长之"心目中的分法"则是按照一般社会历史的发展分为古代（上古到西汉）、中世纪（东汉到盛唐）、近古（中唐到鸦片战争）、近代（鸦片战争到五四运动）四期。

　　林庚紧接着在《中国古典文学史研究上的一些问题》中认为"文学有着自身发展的规律"（其所说的文学本身的规律主要指"语言的特征及其发展"而言），但是"这规律的进行并不是独立于整个社会发展之外的"，两者之间有着极大程度上的一致性；不过，两者的步调又并非全都整齐划一。因此，他认为以朝代分期是可以的，尤其是年代较长的朝代。因为一个较长的朝代，在文化上常表现为一定程度上的传统性与稳定性，也有一定程度的统一性，所以在文学史分期上完全可以把它划分为一个单元。但也应当允许有例外，例如唐代文学的分期问题，可以安史之乱来划分，因为安史之乱把唐代"显然的划分为两半，这一划分无论历史学家或文学史家都承认其意义的重大"。他认为安史之乱前属于封建时代的上半期，而安史之乱后则属于封建时代的下半期。

　　游国恩在1957年1月6日《光明日报·文学遗产》上发表了《对于编写中国文学史的几点意见》，其中第三点意见是关于"中国文学史分期问题"的。游国恩认为"文学艺术的发展不能离开社会历史的发展"，但"文学艺术的发展又并不能与社会历史的发展完全相适应"。他从我国古典文学几乎全部产生于封建时代，而两千多年中封建社会的基础还相当稳定，没有什么根本变化，所以文学的发展也看不出十分显著的标志出发，提出了基本上按照历史的发展将文学史的发展分为六期的意见：上古到春秋末、战国到东汉、三国到盛唐、中唐到北宋末、南宋到鸦片战争、鸦片战争到五四运动。

　　在这些讨论文章中，虽然还没有明确提出标准问题，但在实际论述中已经涉及标准问题。从大多文章看来，他们一般都既考虑社会发展规律，又考虑文学自身的特殊规律。在具体划分时，大都也按照朝代分期。在遇到特殊情况时，李长之提出"跨界"的处理办法。林庚虽没提"跨界"，但举建安文学的归属为例作了具体说明，认为过去以建安文学作为两汉的尾声其实并不符合社会历史和文学发展的实况，以之作为三国时代的开始倒是妥当处理的变通办法。由此可见，这场讨论一开始即接触到了实质问题。

首先特地明确提出分期标准口号的是陆侃如、冯沅君于 1957 年初发表的《商榷》一文。陆、冯两位在文章中先说明分期的意义，认为"分期可以体现文学发展的阶段，分期愈接近正确就愈能够使我们认识清楚文学发展的真实过程，也愈容易使我们从发展情况中逐渐明确发展的规律"。然后提出了分期的标准，即"文学标准"与"历史标准"。他们认为这两者应"相辅而行"，以文学标准"为主"，历史标准"为副"。文章还对文学标准作了具体说明，他们认为所谓文学标准即是指文学本身演进变化的情况，或者是某种体裁的形成与兴盛，或者是某种写作方法的倡导与改革，或者是作品中体现了不同的思想与情感，或者是作家们开始了新的风气与风格等。对于所谓的历史标准，他们解释为是指经济、政治、社会、文化等各方面的发展情况，并认为近代学者"对于社会发展史分期的种种意见"可供"参考"，就是对于历史上的"改朝换代也不能完全忽视"，尤其是统治年限比较长的朝代。最后，他们根据自己提出的这两个标准，对六段十四期的划分情况作了具体说明。尽管在文章中他们一再提出文学标准与历史标准两者要相辅而行，但又认为"历史标准不成问题应该是文学标准不可缺少的补充"，这一说法分歧颇大。自此，大家就文学史分期的"文学标准"和"历史标准"的提法、具体内容以及二者的关系展开了热烈的讨论。

叶玉华在《试论中国文学史分期问题》一文中率先对陆、冯两位所提出的分期标准发表了不同意见，认为社会历史应该作为一个整体来考察，文学历史是其中的一个环节或侧面，绝无文学标准与历史标准两者"互不相干、甚至相对立的事实存在"。他认为中国历史"内容繁赜，牵涉万端"，但也只能划分为：（一）原始社会和奴隶社会史，（二）封建社会史，（三）半封建半殖民地社会史和现代史。也即：（一）上古史古代史，（二）中世纪史，（三）近代现代史，"如此分法才具有划时代的意义"。至于中国文学史的分期，他认为应该"力求能概括几千年来的历史实际和文学实际"，相应地，中国文学史可以分为五期，其中上古一期，古代两期，中世纪两期。至于近代包括鸦片战争至五四运动，可为第六期。叶玉华认为他之所以这样分期，是从文学作品的体制流变特别是创作方法上进行考虑，首先考察文艺内容，其次考察文艺形式，而内容又在于时代精神面貌。从这点出发，就能将文学史分期和历史分期大体上一致起来，因为"时代精神面貌的转变又必然与社会历史的转变一致",所以讨论文学史分期的主要依据"在于文学作品内容所表现的时代精神面貌"。每当社会发生剧变的前后,就能"激动文学作品所表现的社会意识以及个人的思想感情的变化"。因此,他不同意陆、冯文章只重视"历史标准"和"文学标准"的"平行"关系,而"忽视两者是统一的整体"关系。此外,叶玉华还认为文学史分期的上下限和历史分期的上下限这两者之间的关系"不一定能够画上等号,彼此之间上下伸缩参差不齐是很自然的事",总之,一切"要从客观史实出发"。但时萌在《关于中国文学史分期问题的探讨》一文中却对陆、冯提出的文学标准和历史标准表示心折,同意他们对这两个标准的解释,不过又认为陆、冯在一些具体问题处理上仍将历史发展与文学发展等同看待,而忽略了文学发展的特殊性,其理论依据是艺术生产与物质生产的不平衡。时萌并举例说明,认为秦、隋的统一,"在历史上虽是意味着发展和进步,而文学上却并未亦步亦趋地进展",因此,"秦汉文学"应把秦提前称"周秦文学","隋唐文学"应把隋提上去归到魏晋南北朝文学中。他认为文学史的分期,要"既不为朝代所拘,又不为故意避免朝代拘束而割裂文学现象",而要做到这一点,则必须"真正透彻地体会文学标准为主,历史标准为辅的客观准则",缜密地考察文学现象质与量的发展状貌,从而"找到自然的段落与界线"。此外,他也认为文学史的分期不宜随意切断某一文学发展阶段内主要作品或倾向蔓延的脉络及其发展的完整性,因而对李长之的"跨界"说也完全赞成,并且进一步提出了"跨界"的具体方法为:"'提前'叙述与'追溯'叙述相结合,交叉着做,确定以一端为主。"时萌还提出不要将跨界视作是为了消极补救分期之不足,而应该看作是"体现文学史源远流长的积极红线"。由此可见,时萌主张的要点在于进一步阐明陆、冯所提出的"文学标准"和"历史标准",并就具体运用这两个标准表明了自己的一些看法,基本上同意陆、冯的见解,并且更加强调文学本身的特殊性;同时,对李长之的"跨界"说,不仅提出了具体做法,而且还阐述了它的积极意义。

自陆、冯(时萌的意见大致可以包括在内)与叶玉华两种意见发表之后,对于分期的"文学标准"与"历史标准"二者的关系究竟如何,在学术界逐步展开了深入的研究和讨论。郑振铎在1958年第1期《文学研究》上发表了《中国文学史的分期问题》一文,他在文中提出了文学史分期的"三原则":(一)"是和一般历史的发展规例相同";(二)"是和中国历史发展的规例的步调相一致的";(三)"同时又有它的若干特殊性或特点的"。郑振铎还进一步分析了中国历史的几个"与众不同"的特殊性:一是封建社会时期特别长,其中农民大起义、少数民族的入侵又使它有许多变化;二是有一个半封建半殖民地社会时期,中国文学史与这样特殊的历史步调相一致。对于中国文学史本身的特殊性,郑振铎也有所论述,认为中国文学受到了民间文学、少数民族文学、外来文学特别是印度文学的影响。据此,他提出了上古(邃古至春秋)、古代(战国至隋)、中世(唐至鸦片战争)、近代(半封建半殖民地时期)、现代(新中国成立后)五期,在每期中基本上再以各个朝代来划分。郑振铎的"三原则",既考虑到社会基础的变化对上层建筑影响的一般规例,又考虑到不同民族不同国家历史发展的特殊性,并进而以此考虑上层建筑之一的文学、中国文学发展的基本规例和特殊性。显然,较之笼统地提"文学标准"与"历史标准"相辅而行的见解要大大前进一步。但在文学发展过程和社会发展过程的关系上,也就是文学史分期和历史分期的关系上,郑振铎却过于强调了社会发展史对文学史的决定作用,而考虑文学史本身发展的特殊性似尚嫌不足。虽然,林庚在《文学研究》1958年第2期上发表了《关于中国文学史的分期问题》,对郑氏"三原则"极表赞同,认为这"是分期问题上的一个重要环节",表示"同意中国文学史应当结合着这个历史分期而分期"。只是在如何贯彻这一原则上,他对郑氏的具体分期提出了两点意见:(一)为什么将封建社会分为"战国至隋"与"唐至鸦片战争"的前后两期?(二)这两个历史阶段里所产生的文学前后期各有什么普遍特征?也就是文学史分期与历史分期是怎样紧密配合的?

此后一段时期内未见有持异议的文章出现,但并不等于学术界就普遍接受了郑振铎所提出的"三原则",不同的意见仍然存在。到了1960年,曹道衡在《文学评论》第1期上发表了《试论中国文学史的分期问题》一文,一方面对陆、冯所提出的分期标准进一步加以驳难。他认为文学的发展演变过程不是孤立的,"而是与经济基础以及其他上层建筑的发展有着密切的关系",如果孤立地考察文学现象而不结合社会历史,那文学的发展、演变过程本身就根本无法说明,"所以不能够认为有两个标准的问题"。曹道衡认为,要真正弄清文学本身发展、演变的过程,那就既包括文学本身的特殊规律,也包括了整个社会历史的影响,不应该将起决定作用的社会存在退居于"为副"的地位,更不应将所谓"为主"的文学标准和历史社会相割裂,使得"为主"的倒是艺术形式与体裁,"为副"的却是思想内容。另一方面,曹道衡在文章中又对郑振铎所提出的"文学史的发展的过程必须遵循一般历史的发展过程,别无和一般历史不同的发展过程"的提法发表了商榷意见,认为这种说法"也有一定的毛病",表示"不能完全同意"。他认为强调文学发展演变过程和整个历史的发展过程有着密不可分的联系,绝不等于说不承认文学有其本身发展的特殊规律。因为"经济变化不一定马上会直接引起文学的变化","经济基础的变化在文学上所起的影响有时可能较快,有时也可能较慢"。在表示对陆、冯及郑振铎两种见解的不同意见的同时,他还正面阐明了自己对文学发展过程和社会历史发展过程的关系问题的见解,认为"文学史是整个社会历史的一部分和侧面,文学史的发展过程和整个社会历史有着密不可分的关系";但另一方面,"也必须估计到文学发展规律的特殊作用",社会史的发展过程可以包括但不能代替文学史的发展过程。"经济基础的决定作用和文学本身的特殊规律,应该是矛盾的统一",整个上层建筑的发展规律和文学的发展规律两者的关系,也就是矛盾的普遍性和矛盾的特殊性的关系。他认为如果过分强调文学史与社会史一致的说法,就容易忽视了矛盾的特殊性,只看到了矛盾的同一性;而主张两个标准的说法,则又把矛盾截然对立起来,忘记了矛盾的普遍性正是体现于特殊性之中。在文章中,曹道衡还对文学史分期与社会史分期的关系怎样处理也表示了自己的看法,认为文学发展过程和社会过程既然"大体上是一致的,步调上却常常不免参差",那就应当承认参差,而不必去强求一致。只是在具体说明文学史何以这样分期的原因时,必须说明社会史上的原因,说明这一分期的时代,应该相当于社会史的哪一个分期。"大体说来,文学史的分期与社会史的分期,除了一些段落有着几十年的参差外,基本上是一致的"。他并举出像秦的统一或隋的统一等在社会史上的大事,认为它们在文学史上引起的影响较慢,可以按照文学本身的变化来分期,只要交代出这是几十年前的历史事件即可。此外,对划分文学史各阶段的标准,他认为"首先应该着眼于文学的内容",其中包括着写什么和怎样写。前者指作品中反映的生活和思想感情,后者指创作方法的发展,主要是现实主义和积极浪漫主义两种进步的创作方法的丰富和发展。其次是"形式的问题",如语言、体裁等的丰富与发展。据此,提出了四段十期说。

总之，曹道衡的文章对这场讨论以来提出的"两个标准"或"三原则"都加以评述，并阐明自己对文学发展与社会发展的关系、文学史分期与社会史分期的一般原则关系和特殊关系以及文学史分期的具体标准的见解，全面涉及这场讨论的几个重大原则。

自曹文发表以后，关于分期问题理论探讨的文章已不多见。但严学宭在《光明日报》1961年5月26日发表了《罗膺中师说述闻之三》，专门就中国文学史的分期问题发表意见，认为中国文学的发展难以用朝代来划分。这是因为：（一）一切文学都起自民间，民间文学往往是新的艺术形式的最先创造者；（二）中国文学又受一定的外来影响。他认为从夏至五四运动的中国文学有四次大的变革：《诗经》、汉乐府、唐"子夜吴歌"和西域音乐的影响，民间小说的兴起。他所说的四次变革均是从民间文学、外来影响着眼的，全然未曾考虑到经济基础对上层建筑之一的文学的制约和影响。即使从文学本身的发展来看，此文也仅述及民间文学和外来影响两个方面，并不能全面反映文学本身的发展规律。因而，文章发表以后未见引起重视和讨论，自属意料中事。

总之，自从曹道衡的文章发表以后，在有关文学史分期的标准问题上，大家的认识逐渐趋向一致，但在具体处理上仍各有差别。综观这次讨论，自陆侃如、冯沅君提出他们的见解以后，参加讨论的同志几乎都提出了自己的分期意见，大致不外如下三类：一类是主要以朝代来标目的，如陆侃如、冯沅君、游国恩、时萌等；一类是按照社会发展史来分期的，如李长之、郑振铎、林庚、叶玉华、曹道衡等；还有一类是根据文学本身发展的某些规律来划分的，如严学宭的文章。主要是前两类，这两类均"以时代为序"，彼此又相互渗透。以社会发展史分期的必定要结合朝代，而根据朝代来分期的，显然也受到社会发展史的影响，有的甚至即按历史分期来区分文学史时代。至于具体分期的主要分歧，正如李长之所说"头尾问题少、中间问题多，小段问题少、大段问题多"。即封建社会以前和半封建半殖民地社会这"头尾"两段问题较少，不同意见大都集中在漫长的封建社会中的文学的分段上。

陆侃如、冯沅君在《中国文学史稿》里曾将周初至鸦片战争各时期的文学，根据文学的演变状况，分为四个时期，并分别标以"封建初期"、"封建中期"、"封建后期"、"封建末期"的章目，又把整个中国古代文学史具体化为六个阶段：（一）周以前，（二）周代，（三）秦至南北朝，（四）隋至元，（五）明清，（六）鸦片战争至五四运动。

他们认为周以前是古典文学的萌芽时期，鸦片战争以后是古典文学与新文学的过渡时期，自周初至清代中叶是古典文学的主要部分。周代八百年中，作品比较少、体裁变化不多，作者姓名大都不可考或者有问题，显然是古典文学刚成长的时候。秦汉至南北朝八百年中，作品渐多，样式也繁复起来，而且文艺创作渐成为专门业务，专集与总集大量出现，文艺评论的著作也产生了，这一时期古典文学逐渐成熟。隋唐至元的八百年中，是古典文学的丰收季节，历史上第一流的作家大部分都产生在这个阶段内。明清五百年是古典文学的第二个丰收的季节，特别是小说与戏曲方面的成就比较高。但其后他们出版的《中国文学史简编》（修订本）中，则删去了封建初期、中期、后期、末期等标目，而对于原来所分的六个阶段认为还是符合于文学发展的实况的，所以没有改动。但在六段中又划分了十四个时期，即：（一）上古至殷周之际止，（二）西周及春秋，（三）春秋末年至战国，（四）秦汉，（五）建安至隋统一，（六）隋及初盛唐，（七）中晚唐及五代，（八）北宋，（九）南宋及金，（十）元，（十一）明前期，（十二）明后期，（十三）清初至鸦片战争，（十四）鸦片战争至五四运动。这样，就形成他们的六段十四期说，由《史稿》的按照社会历史发展阶段分期改为《简编》的纯以朝代先后分期。

时萌也是依照朝代分期。他把中国文学史划为八期：（一）上古至殷商，（二）周秦，（三）两汉，（四）魏晋至隋，（五）初唐至北宋，（六）南宋至明前期（正德），（七）明中期（嘉靖）至鸦片战争，（八）鸦片战争到五四运动。他把初唐至北宋作为一期的理由是为了无损于唐诗发展的完整性，首尾无缺地叙述唐宋八大家与古文运动，兼顾到唐宋传奇这一概念与事实。同时从词来说，虽盛行于两宋，然而从中唐词的源头初起至北宋的苏轼，基本上概括了词之由萌芽到成熟，而北宋后的词乃在现实斗争土壤上更上一层，转而愈加积极奋发，可将唐宋词分为两个阶段。至于他将南宋到明前期归入一期的主要理由是：从散文来说，南宋尚有陈亮与朱熹可言，而元代却"无卓越贡献"的作家，显得平淡，到了明前期，"文运更是每况愈下"；从杂剧和传奇来看，明前期的作品基本上陈袭了宋元南戏、金元北杂剧的色彩；从章回小说来看，这一时期产生的作品与宋元话本及元曲中有关故事渊源密切，而与明后期个人独撰的作品迥然不同。可见，在依照朝代来划分文学发展的阶段这一点上,时萌与陆、冯的《中国文学史简编》(修订本)是一致的,只是在具体段落上有些出入。

按照社会发展史来划分文学史段落的,则如前文所说有叶玉华、曹道衡诸家。叶玉华主张中国古代文学的发展分为五期:第一期从古初至春秋,称上古文学史;第二期从战国至西汉,称古代文学史第一段落;第三期从东汉至隋,称古代文学史第二段落;第四期为唐宋,称中世纪文学史第一阶段;第五期从元至清前期,称中世纪文学史第二阶段。至于鸦片战争至五四运动这一时期则属近代文学,可作为全部文学史的第六期。曹道衡也按照中国社会历史的发展把文学史分为奴隶社会(商至春秋)、封建社会(战国至鸦片战争)、半封建半殖民地社会和新中国成立以后四个大段。其中封建社会又分为六期,半封建半殖民地社会以五四运动为界分为两期,这样一共是四段十期。而其主要时期则是第二段,即封建社会。在这一主要时期内,又以隋的统一作为封建社会前后期的分界。他认为,根据文学发展的情况,隋的统一在文学上的影响,要到唐代武后年间才反映出来。不过,尽管文学的变化虽较慢,但发展的大致情况却是和社会发展相适应的,所以可以将封建社会的文学史,相应地分作前后期两小段。而每段又可各分三期:从战国到汉武帝时代,是封建社会前期的第一个阶段,是文化上"百家争鸣"时代,是从《论语》到《淮南子》、从《左传》到《史记》这些哲学、历史名著产生的时代,伟大的散文家司马迁正是这一时代的最后一位伟大作家,伟大的爱国诗人屈原也出现在这一时代。在这一时期,现实主义与浪漫主义的创作方法也得到了进一步发展。汉武帝以后到魏末时代,是封建社会前期的第二个阶段,在汉乐府中,现实主义与积极浪漫主义出现了新的高潮,随之也影响于建安文学的出现。魏末以后到唐初的时代,是封建社会前期的最后一个阶段,大致相当于历史上南北分裂的黑暗时代。这一时期虽然有左思、刘琨、陶渊明、鲍照等杰出的作家,多数的作家却是与现实有些脱离的。唐代武后年间起一直到宋末为止,是封建社会后期的第一个阶段,为抒情诗的黄金时代(包括词),传奇文也于此时大大繁荣起来。元代到明代上半期,是封建社会后期的第二个阶段,这个时代的主要作品是戏曲和小说。明中叶到鸦片战争时代,是封建社会的最后一个阶段。这时代的特色是戏曲小说已经不但在下层知识分子中盛行,而且上层知识分子也常常采用这些形式进行创作。

从上面两派意见来看，无论他们是以朝代为标目，还是以社会发展阶段为标目，彼此在不同程度上明显地相互有所渗透。从社会发展的不同阶段来考虑文学史分期的诸家，似乎更多地考虑到经济基础对于上层建筑之一的文学所起的作用，但这并不等于说以朝代作为文学史分期的标目者，不重视社会历史和文学历史二者的关系，仅是他们的着眼点有所不同而已。

在曹道衡文章发表的前后，中国文学史分期问题的理论探讨，已逐步转入编著实践。50年代末至60年代初，继北京大学、复旦大学等中文系学生集体编著文学史后，中国科学院文学研究所与游国恩等人主编的两套《中国文学史》正在编著之中，并于1962年和1964年先后出版。这是两部迄今影响较大的文学史著作。显然，他们在编著实践中吸取了理论探讨的许多可取意见。在分期问题上，文学研究所的《中国文学史》，先将古代文学分为"封建社会以前的文学"和"封建社会文学"，可见大段落是以社会发展阶段来区分的，但在"封建社会文学"这一大段中，则按朝代先后为序分时代叙述。至于游国恩等人主编的《中国文学史》，在前面的"说明"里说，分期问题，学术界"尚有争论"，有些新的分期办法在"实际上做起来也有困难"，因此，他们"除末编按社会形态划分外"，"其余则基本以主要封建王朝作为分期的标志"。他们认为在我国封建社会漫长的发展中，封建王朝的更替，往往是长期阶级斗争的自然段落，"它或多或少为社会经济和文化的发展带来若干新的特点，它也对文学的发展起制约作用，影响着一个时代的文学风貌"。因此，他们认为这样划分虽然可能不够严格，也不十分科学，但在目前还是可行的，它毕竟"有助于我们掌握我国文学的发展"，所以，"我们还是采用了这种办法"。

在两部文学史编写过程中，也有参加编写的同志发表文章，谈及分期问题，如刘世德的《元明清文学分期问题琐谈》[①]一文，虽然仅就元明清文学这一段谈分期问题，但也可看出他们的分期标准。刘世德主张划分文学史的段落，应该考虑文学与社会生活的关系、作家与人民的关系以及文学形式三个方面。同时，他还主张应该更细致地划分不同时期，这样做有助于全面叙述文学的发展过程，有助于历史地评价作家、作品和其他文学现象，有助于阐明文学的发

---

① 《光明日报·文学遗产》1962年3月18日。

展规律。

当这两部文学史出版以后，也有一些评论文章涉及它们的分期问题，如廖仲安、施于力、沈天佑、邓魁英的《初读〈中国文学史〉》①，对文学研究所的《中国文学史》有所评述，肯定它"严格地以时代为序，以作家为纲"，"基本上以几个主要的封建王朝的交替作为分期的标志"的办法；还认为它在一定朝代、一定时期内又比较细致地区分文学发展的不同阶段的做法，可以显示不同阶段文学的不同面貌，便于比较深入地探讨每一阶段文学和社会生活的关系，这就与刘世德的主张相似。《初读〈中国文学史〉》一文并举出明代文学为例，认为将它分为四个时期"是经过比较深入研究的"，认为这种结构"远比过去一些分体合编结构的文学史优越"。因为按照分体合编的办法，读者反复来回数次，早就记不清公安派诗文和汤显祖戏曲和兰陵笑笑生小说同是万历前后的作品，当然也就更难看到它们之间的内在联系了。但廖仲安等人在文章中也指出这部书在分期上所存在的"明显的缺点"，并举秦汉文学为例，认为整个秦汉时代，划分为长短极不均衡的三个阶段，秦及西汉初约八十年，武帝到宣帝约九十年，而西汉末到东汉末一段竟长达二百三十多年，在这样漫长的时期中，政治屡经兴衰变乱，文体文风也屡经变化，因此，这最后一段的划分"既不足以较细致地区分文学发展的不同阶段，更不足以较深入地探讨每一阶段的文学现象和当时社会生活的关系"。此外，对隋代文学的处理，既不使之见于编，也不使之见于章，还不使之见于节，廖仲安等人认为更不尽妥切。

经过理论探讨、编著实践、再予总结的反复过程，文学史家和广大读者对于两套《中国文学史》的分期处理，虽然在一些具体问题上仍有些不同意见，但在分期的标准和主要段落的划分上已被大体认可。50年代中期开始的这场关于我国文学史分期问题的讨论，延续到60年代中期便基本结束。此后虽有一些零星文章发表，但未提出新的问题，也未引起新的讨论。

总之，中国文学史的分期问题的讨论，无疑是具有很大学术意义的。首先它使大家明确了分期对于编著文学史的重要意义，即妥切的分期能体现文学发展的阶段，分期愈接近正确，就愈能够使我们认识清楚文学发展的真实过程，也愈容易使我们从发展过程中逐渐明确发展的规律。其次，在对待分期的标准上，由认

---

① 《文学评论》1962年第5期。

识一般到比较深刻,从最初提出文学标准与历史标准平行到强调文学史发展过程必须遵循社会历史的发展过程再至后期一致主张文学标准与历史标准两者的辩证统一,大都认识到文学发展不能脱离社会的发展,但也要考虑到文学发展的特殊性。有了这样比较一致的认识之后,在具体编写时才有所依循。当然,认识是不断发展和深入的,存在的问题,有待于研究的深入和认识的提高再逐步予以完善,但这场关于分期问题的探讨,对于文学史的编著实践确实产生了有益的影响,文学研究所和游国恩等人分别主编的两套《中国文学史》在分期问题上之所以至今仍为大家所运用的两大范式,显然与这场讨论不无关系。

（原载《建国以来古代文学问题讨论举要》,
齐鲁书社 1987 年版,万建清协助）

关于文学史主流问题讨论的回顾

20世纪50年代末期,在文学史编写过程中,曾发生过一场如何看待我国文学发展史中所谓主流的学术讨论。参与者对以"民间文学"为主流和以"现实主义文学"为主流的理论及其实践展开了比较广泛和深入的讨论。当时,上海及全国各地报刊上都发表了不少讨论文章。

1958年以前,对于所谓的主流问题,已有少数文学史家在他们的著作中涉及,只是未引起重视和讨论而已。

早在1928年,胡适就将他在1921年为国语讲习所主讲的国语文学史讲义,经过几度修改、扩充后出版,题名为《白话文学史》。在这部著作中,他提出"白话文学史就是中国文学史的中心部分"的观点。他所谓的"中心部分",与"主流"的含义颇为近似。

新中国成立以后,蒋祖怡在1950年出版了《中国人民文学史》。在这部著作中,作者特别强调和突出民间文学的地位,给以热情的赞颂和充分的肯定。但同时,对我国文学史上大量优秀的文人作品采取了回避态度,因而招致了一些不同意见。不过尽管如此,这部著作的出现,仍可看作我国文学史家们在无产阶级取得政权后,"以辩证唯物的观点,来叙述中国人民文学源流的尝试"[①]。而将民间文学作为文学史的主流看待,便是这一尝试的重要组成部分。此后不久,在1953年9月召开的中国文学艺术工作者第二次代表大会上,讨论了关于社会主义现实主义问题。这次讨论后,陆侃如在1954年第1期《文史哲》上发表了《什么是中国文学史的主流》一文,提出"自原始的口头创作以来,几千年文学史的主流不可能不是现实主义"的观点。尽管陆侃如文章中所说的现实主义概念与今天我们理解的现实主义并非全然相同,可是这篇文章却比较早地提出"现实主义主流"说。这一论点提出不久,就有学者提出不同意见。刘大杰在《中国古典文学中的现实

---

① 赵景深:《中国人民文学史序》,北新书局1950年版。

主义问题》一文中认为，以现实主义和反现实主义的斗争来概括文学史，"就会遇到种种困难，其结果是不能很好地说明问题，不能真实地分析文学史的具体内容和各个作家的性格以及他们的作品的不同的艺术特点"。并说这将导致文学史家"采用最简便的方法，好像'破西瓜'似的，把中国文学史切成两半，这一半是现实主义，那一半是反现实主义"，这其实是"变了形的庸俗社会学"，是"一种新的形式主义"。

此后，茅盾在1958年撰写的《夜读偶记》中，对"以现实主义文学为中国文学史的主流"这一说法，作了比较全面和深入的阐述。茅盾在文章中分析了中国文学史上的若干现象后，对文学史上的"现实主义"作了较为系统的概括，其中的主要观点是：中国文学史上，进行过长期而反复的现实主义和反现实主义的斗争；反现实主义的文学屡屡以"正宗"面目出现，士大夫阶级的文人虽然屡次反对这"正宗"文学，可是最终构成对反现实主义的激烈斗争并且取得胜利的，是人民创造的、步步发展的现实主义文学。

到此为止，两种"主流"说都已初具规模。主张这两种说法的同志大都从运用马列主义观点重新认识我国文学史的良好愿望出发，对有关问题作了积极思考。但由于这两种"主流"说在提出之前，尚未及对我国文学史上诸多复杂现象作深入细致的研究，对一些具体问题也未能在充分研究的基础上作出详细的阐释，如"民间文学"的范围应如何规定；"现实主义"的准确内涵是什么；"主流"这一概念应如何使用，它的确切定义是什么等，都未有人详细论及，因而当北京大学、复旦大学等校同学编的文学史将两种"主流说"具体体现出来的时候，立即引起了热烈的讨论。当时讨论涉及的主要问题有：怎样看待民间文学和文人文学的关系；民间文学有无局限性；现实主义和反现实主义斗争能否概括文学史上一切现象；如何理解无产阶级领袖人物的有关论述等。讨论中，两部文学史所存在的一系列问题也就自然地暴露出来。

北京大学、复旦大学、北京师范大学等校中文系的学生是在1958年"大跃进"的热潮中集体撰写文学史的。北大本《中国文学史》将民间文学看作我国文学史的主流，认为我国文学史就是现实主义和反现实主义的斗争史。他们在《前言》中援引了高尔基关于人民创造精神财富和马克思关于古希腊神话的论述之后，断言"我国民间文学以铁的事实和内在的真实力量，雄辩地说明了它在整个中国文学发展中的决定作用";认为"我国民间文学也正像土地滋长万物一样,滋育和哺乳着进步的作家文学"。在《结束语》中明确地说:"民间文学是我国文学的主流——人民文学的核心和基础。"同时也明确地认为:"进步文学和反动文学的斗争主要表现在现实主义和反现实主义的斗争中。""现实主义文学始终没有间断过,始终是我国文学发展的主流。"稍后,复旦本《中国文学史》出版。这部文学史是在对刘大杰1957年再版的《中国文学发展史》进行全面批判的同时编写的。在《序》中,首先批判了"把民间文学排斥在文学正统地位之外","否认一部中国文学史就是一部现实主义文学与反现实主义文学斗争的历史"观点。在《导言》中更明确表示:"进入阶级社会后,我国古典文学中始终存在着两种对立的文学——现实主义文学和反现实主义的文学,进行着尖锐而复杂的斗争。一部文学史,就是由这样的斗争所构成。"因而他们这部文学史是以现实主义和反现实主义斗争为纲,又把民间文学"同样放在正统地位"[①]来编写的。这两部文学史的出版,可以看作是"民间文学主流"说和"现实主义文学主流"说的理论付诸实践的产物。而1958年出版的北师大同学编的《中国民间文学史》则是专门为民间文学的发展编写的一部文学史。这几种文学史,尤其是北大和复旦同学编写的文学史的问世,引起了社会的广泛注意和学术界的较大反响,也极其自然地把"主流"问题的讨论推向了高潮。

问题首先集中在对民间文学的看法上。程俊英、郭豫适二人率先以《应该把作家文学视为"庶出"吗?——"民间文学正宗说"质疑》为题,在1959年3月19日《解放日报》上发表文章,对"民间文学主流"说提出异议。他们在肯定民间文学的重要地位的同时,也指出它的局限,对于把作家文学视为"非正宗"的观点,则提出了不同看法。文章发表以后,沈鸿鑫、马明泉二人撰文对"民间文学主流"说作了进一步的阐述。为了说明民间文学的革命性、进步性,他们认为:"像《柳耆卿诗酒玩江楼》、《冯玉梅团圆》等反动作品,以及一些宣扬因果报应、色情庸俗、成仙出世、歧视妇女、贞操观念、忠孝节义等消极作品,绝不能算作民间语文学。"它们"有的被统治阶级篡改了,也有的是统治阶级捏造出来的假货"。不仅在内容上,即使在体裁上,他们认为"民间文

[①] 复旦大学中文系三年级学生盛钟健等:"探讨和希望——谈谈我们的《中国文学史》(上册)",《解放日报》1959年3月15日。

学也没有比作家文学有更大的局限性"①。同时,他们更把民间文学对文人文学的哺育和影响作用强调到绝对化的地步。这样,"民间文学主流"说就引起了更多的不同意见。

持反对意见的同志一致认为,强调和突出历代民间文学在中国文学史上的地位,这无疑是正确的。但认为唯有民间文学是"主流",是"正宗",就难免有不恰当、不准确、不科学的地方。他们从不同角度,对"民间文学主流"说进行了批评。

批评意见首先集中在民间文学和文人文学的关系问题上。反对者们历数了历代进步作家文学的成就后指出:"我国文学的优秀传统,也正是由劳动人民那些光辉创作和由这些伟大作家为代表的历代优秀作家的创作结合在一起所构成的。我们能够把这些伟大作家的艺术瑰宝看作是非正宗的吗?显然是不行的。"②

对于"民间文学"和"文人文学"之间的哺育和影响的关系,有的同志撰文说,民间文学对于进步文学的发展起了推动作用,这是应该承认的,但这只能说是一种影响,不能把这种影响强调到不适当的地位。另一方面,"在几千年来的文学发展过程中,文人文学对于民间文学也起了一定的影响。其中有坏影响,也有好影响"③,"只是片面地强调民间文学的'决定作用',而没有看到两者之间是相互影响的,这是不全面的看法"④。以群的文章则更进一步指出,这种关于"主流"、"正宗"的讨论,是从"把两者严格区别开来,甚至割裂两者之间的联系"出发的,这就不妥当、不科学,他认为讨论"民间文学"和"文人文学"的关系,"固然需要将两者适当区别开来",但"更重要的还在于研究两者的联系"。以群说:"严格的讲,今天用文字记录下来的古代民间文学,都或多或少经过历代文人的加工";"我们今天研究古代文学史,主要的任务似乎在于根据文字记录的各种材料,来分析民间文学和作家文学的相互联系,探索某些作品由粗到精、由野到文、由低级到高级的规律;其次,也要探索某些作品由健康到残疾、由有生命到

---

① 沈鸿鑫、马明泉:"民间文学是中国文学的主流",《解放日报》1959年3月21日。
② 程俊英、郭豫适:"应该把作家文学视为'庶出'吗?——'民间文学正宗说'质疑",《解放日报》1959年3月19日。
③ "文学的主流及其它",《光明日报·文学遗产》1959年4月19日。
④ 郭豫适:"民间文学主流论及其它",《解放日报》1959年7月8日。

无生命的规律"①。讨论文章中，大都认为："如实地指出民间文学的真正地位，并不需要也不应该对作家文学有所轻视，而'民间文学正宗说'过分地夸大了民间文学的地位，因而客观上产生了对作家文学的轻视，并在一定程度上起了把两者对立起来的副作用。"②

对于民间文学究竟有没有局限性的问题，北大同学所编的文学史在肯定民间文学为主流的同时，是承认它有一定的局限性的，但在争论中一些"民间文学主流"说的主张者却认为民间文学没有什么局限性，它"具有几乎不可超越的思想和形式完全调和的美"③。但不同意者认为不能全部地、丝毫不加区别地把所有民间文学的创作，都当作最优秀的作品，它也有消极落后的一面。"因为它是阶级社会中发展起来的，统治阶级的伦理观念、思想意识必然会影响它，这是毫不奇怪的"④。所以民间文学中有些作品"在实际上反映了统治阶级的腐朽思想。至于某些民间作品在文字、艺术技巧上的粗糙等现象，这主要是因为作者在旧社会里被剥夺了受文化教育的权利的结果"⑤。对于这些缺点和局限性，有的文章认为"把它的账记在劳动人民头上"固然是不对的，但"怕提到它，干脆一脚踢开"采取不承认主义，或在划分民间文学的范围时采取轻率的态度，随便将一部作品按自己的需要划为民间文学作品或文人文学作品，都是简单化的做法。正确的方法应该是"用马列主义观点，根据唯物史观"去研究民间文学，在肯定其巨大成就的同时，也分析它的局限性，指出形成局限的原因，"这才是实事求是的态度"⑥。这种看法虽然没有从正面批评"民间文学主流"说，但却指出了它的片面性和简单化，实质上也就是不同意"民间文学主流"说。

在讨论民间文学是不是文学史的主流过程中，又对如何理解马列主义一些经典论述进行了深入的讨论。北大同学为了确定民间文学是文学史的主流，曾

---

① 以群："对《中国文学史》讨论的几点意见"，《解放》1959年第11期。
② 程俊英、郭豫适："应该把作家文学视为'庶出'吗？——'民间文学正宗说'质疑"，《解放日报》1959年3月19日。
③ 袁世硕："必须确认民间文学是中国古代文学的正统"，《文史哲》1958年第10期。
④ 丁锡根、胡光舟："现实主义文学才是主流"，《解放日报》1959年3月26日。
⑤ 郭豫适："民间文学主流论及其它"，《解放日报》1959年7月8日。
⑥ 见上引丁锡根、胡光舟文。

引用高尔基在《个性的毁灭》一文中所说的"人民不但是创造一切物质财富的力量，同时也是创造精神财富的唯一无穷的泉源，它在创作的时间、美和天才上都是第一流的哲学家和诗人，这样的诗人写出了人间的一切伟大的诗篇和悲剧，也写出了其中最伟大的一篇——世界文化史"。乔象钟在他的文章中分析了这段论述的产生背景和主旨所在，认为高尔基这番话的原意是说文学起源于劳动，文学的最初的创作者都是劳动人民，劳动人民本身曾经创造了有价值的文学、艺术，并不等于说劳动人民的文学创作在整个文学发展中起决定作用，是主流。同时乔象钟的文章还就高尔基编撰的《俄国文学史》的实践，分析了高尔基"并不曾把俄国的民间文学看作是俄国文学发展的主流"，因而，无论从高尔基的言论还是实践来看，"似乎都不曾为民间文学是文学发展的主流这个论点提供任何论据"[①]。乔象钟的文章，实际上否定了"民间文学主流"论者的重要理论根据。

陈育德等人撰写的《评民间文学是不是中国文学史的主流之争》一文，将"民间文学主流"说的不妥之处归纳为三点："首先，用划成分的办法把民间文学和文人文学对立起来，这显然是一种简单化、庸俗化的做法；其次，'民间文学对文人文学起了决定性作用'的理论，表面上很'左'，实际上很'右'，因为它大大地缩小了劳动人民的生活与斗争对于文人文学和整个文学发展所起的决定作用；第三，民间文学决定了文学发展的理论，直接违反了文学艺术这一社会意识形态的发生、发展，归根结底是由社会经济基础决定的这一唯物主义原则，把文学的发展看作是不受社会经济基础制约的，而是文学自身独立发展的结果，这显然是一种唯心主义观点。"[②]

讨论过程中，"民间文学主流"说的不准确、不科学之处逐渐显露出来。赵景深同志便主张不要再提什么是"主流"，"只要是当时最进步、最好的作品，就是我们所推崇的，不一定要提谁是正宗主流"[③]。但更多的同志却试着从其他角度去寻找"主流"，于是，"现实主义主流"说越来越受到注意。丁锡根、胡

[①] 乔象钟："民间文学是我国文学的主流吗？"，《光明日报·文学遗产》1959年4月5日。
[②] 陈育德等："评民间文学是不是中国文学史的主流之争"，《合肥师范学院学报》1959年第1期。
[③] 赵景深："民间文学在文学史上的地位"，《解放日报》1959年3月24日。

光舟二人的文章就认为,不应该按作者的成分去划分两种文学,而应该从"文学的特征、作家作品的倾向性,以及在现实生活中产生的支配影响来考虑。因此,如果一定要谈'主流'的话,那末只有现实主义文学才是我国文学的'主流'"。问题又回到了茅盾提出的"现实主义和反现实主义文学的斗争贯穿整个文学史"的论点上。但到此为止,两种"主流"论者都没有对自己使用的"主流"概念作出正面解释,而是各各以意为之,所以在实际上,这两种"主流说"不仅不是从同一角度出发,而且所用概念的内涵也不同。从一些讨论文章来看,"民间文学主流"说中的"主流",意近于"正宗",与之构成矛盾的是"支流"、"庶出";"现实主义主流"说中的"主流",则意近于"进步",与之构成矛盾的是"逆流"、"倒退"。

主张"现实主义主流"说的同志在他们的文章中常引用列宁关于每一种民族文化中都有两种民族文化的学说作为理论根据,从而把文学史上两种对立着的基本倾向的斗争,用现实主义文学与反现实主义文学的斗争这一词语来概括,并且还认为这"是比较切合实际的,特别是切合我国文学发展的情况的"[①]。他们对现实主义的理解是:"真实地描写现实,就是现实主义的根本精神或基本原则。"[②] 在讨论中他们又声明自己所用的现实主义概念是"广义的现实主义",所以"它除了包括狭义现实主义的全部内容之外,还包括着一切进步的创作方法(流派)"[③]。这样,他们就可以把积极浪漫主义也归入现实主义,并且说:"在它(按:指现实主义)里面,依然有百花齐放,各种表现方法,只要不是歪曲现实的,仍有自由竞争的广阔天地。同样,当我们在论及反现实主义文学这一内容时,也是把一切歪曲现实逃避现实的形式主义、唯美主义、自然主义和消极浪漫主义等概括在内的。"[④] 这样,"现实主义和反现实主义的斗争"自然可以概括整个文学发展的历史了。

对于上述观点,刘大杰是不同意的,他在文章中对列宁关于两种民族文化的学说,谈了自己的理解。他认为列宁所指的是广义的文化,不仅仅是指文学,范围很宽,

---

[①] 唐耀:"一根贯穿整个文学史的红线",《解放日报》1959年4月9日。
[②] 马启:"试谈中国文学的现实主义及其它",转引蔡仪的观点,《解放日报》1959年5月24日。
[③] 吕恢文:"文学发展最本质的斗争规律不容抹杀",《解放日报》1959年4月15日。
[④] 唐耀:"一根贯穿整个文学史的红线",《解放日报》1959年4月9日。

而其主要意义,则是指文化中的思想内容。他认为,如果将这学说的精神引用到文学发展规律上来,"只能理解为进步文学与反动文学的斗争,或者是人民性的文学与反人民性的文学的斗争;不能理解为现实主义和反现实主义的斗争"[①]。

不同意"现实主义主流"说的同志,还从现实主义的准确内涵、现实主义能否概括一切进步文学以及现实主义与浪漫主义的关系等方面提出商榷意见。

针对"真实地描写现实,就是现实主义"的说法,不少同志列举大量文学现象说明:一方面,反现实主义的"自然主义"、"形式主义"的作品,也可能在某种程度上"真实地描写现实";另一方面,被归入"现实主义"的"积极浪漫主义"作品,却有可能根本不去"真实地描写现实"。所以刘大杰认为:"现实性和现实意义并不等于现实主义,现实文学并不等于现实主义文学。"这种"现实主义主流说"实际上是将"现实性"、"现实意义"和"现实主义"的概念混淆了。以群在文章中指出:"用现实主义和反现实主义来说明文学上的思想倾向、作家对社会现实的关系和态度,是可以的……但是,如果将现实主义和反现实主义的说法来概括创作方法,或是主要地用来说明创作方法的差别,那就显然是说不通。因为不是用现实主义的创作方法写成的作品,未必就是反现实主义的。"以群主张,要用历史唯物主义的观点来研究中国文学史,阐明中国文学的发展规律,首先要研究作家思想上的阶级倾向,以及在作品中所反映的思想倾向,因而一方面既要适当地将世界观和创作方法区别开来,另一方面又要将世界观和创作方法联系起来。基于这样的见解,以群在文章中说,"用现实主义和反现实主义的斗争来概括中国文学史上的思想斗争",其最大缺陷,就在于容易将这二者混淆起来,而不能加以适当的区别,这样也就不能将二者适当地联系起来,从而导致了"把某些并非表现反动的阶级思想的作品划到反现实主义文学的范围内去,而造成不恰当地缩小文学遗产的精华,扩大文学遗产的糟粕的结果"。

在讨论逐渐深入的过程中,越来越多的同志认识到用现实主义和反现实主义的斗争来概括我国文学史上的现象时,常常会发生左右两难的状况,有些作品似乎既不属于现实主义又不属于反现实主义。对于这一现象,茅盾认为是"作家的世界观的复杂性"的表现,他在《夜读偶记》中提出了一种"既非现实主义又非反现实主义"的中间派别的说法来解决这一矛盾。刘大杰在他的文章中不同意这

[①] 刘大杰:"列宁的两种文化说——谈现实主义和反现实主义的公式",《文汇报》1959年4月13日。

种中间派别说,他反问道:"如果在现实主义和反现实主义之外,另外还存在着'既非现实主义又非反现实主义'的文学流派,那末原来那个公式不是不能成立了吗?""中间派别说"既不能被普遍接受,那么一定要将文学史上的所有作品都归入"现实主义和反现实主义斗争"的公式,有同志在文章中就指出,这样势必要"将现实主义之外的各个流派的文学,都归到反现实主义一类里去",从而"夸大了反现实主义的比重"。所以,用这个公式去套整个文学史,就"不一定到处能行得通,相反的,有时会把文学发展的复杂、多样的情形简单化了的"[①]。

关于现实主义和积极浪漫主义的关系问题,不同意"现实主义主流"说的同志在文章中认为,现实主义与浪漫主义无疑有若干共同点,但归根结底,它是一种独立的创作方法。这从恩格斯对现实主义的论述,从我国一些文学作品的实际都可以得到证明。积极浪漫主义和现实主义的不同的一面,在于它们处理现实和解决问题的方法有着很大的区别(关于现实主义和浪漫主义关系的讨论,另有专文述及,此处不赘述)。

总之,许多讨论文章中都从不同角度指出"现实主义主流"说的缺失,马启的文章更将其不妥之处作了如下的归纳:一、"把不是属于现实主义的作品也都按入这一框子里去,势必抹杀了中国文学历史发展的丰富性、多样性,模糊了文学的历史真实性";二、"把反现实主义作为文学的基本潮流之一,就扩大了反现实主义的历史地位,并且把很多知名的作家,成群结队地,一齐赶到反现实主义的窄胡同里去,这就大大地壮大了敌对阵营的声势";三、"由于把现实主义和反现实主义斗争绝对化,描绘成为势不两立,你死我活的搏斗,就割断了现实主义发展的渊源,抹杀了文学上各种流派之间的相互影响、促进的事实"。同时,马启还认为茅盾提出的"中间派别"说"显然是不能成立的"。

鉴于"现实主义主流"说并不能完美地阐明我国文学发展的规律,于是有人提出:"还不如说是革命的进步文学和落后的反动文学的斗争更为全面恰当。现实主义和反现实主义的斗争只是革命的进步文学和落后的反动文学的斗争的一个方面。"[②] 与此同时,反对"民间文学主流"说的一部分同志,通过讨论,也得出了相同的结论。关于现实主义和反现实主义斗争的问题,后来又曾以两条路

[①] 程俊英、万云骏:"试谈现实主义和反现实主义的规律",《文汇报》1959年4月6日。
[②] 储松年:"关于文学史上两条道路的斗争",《解放日报》1959年3月31日。

线斗争的形式出现过多次争论,因为争论不再以"主流之争"的形式出现,故本文不予概述。

这一场讨论,反映了学术界有的同志企图用一两个公式来概括文学史的发展规律,这样做是难以从极纷繁复杂的文学现象中寻究出客观规律的,其中可以看到显然是"左"的思潮的影响。至于"文化大革命"中以"儒法斗争"为贯穿整个文学史发展的线索,那就完全脱离学术问题的范围了。

(原载《建国以来古代文学问题讨论举要》,
齐鲁书社1987年版,许永协助)

试论武则天以周代唐与儒道释之争

一

春秋战国时期，儒家与法家原是两种不同的思想体系。但自汉代而下，由于历史条件的改变，两者已相互渗透。中国自创的道教，由外传入的释教，自汉代以后也大为兴盛起来。作为上层建筑，儒道释必然要积极帮助自己基础的形成和巩固，也就是要为特定的集团夺取和巩固政权服务。李唐如此，武周也如此，只是根据各自不同的条件和不同时期的需要，对儒道释有不同程度的运用而已。

武则天以周代唐，释教出力颇多。她正式称帝第二年，即公开声称"释教开革命之阶"，她说："朕先蒙金口之记，又承宝偈之文，历教表于当今，本愿标于囊劫。《大云》阐奥，明王国之祯符；《方等》发扬，显自在之丕业。驭一境而敷化，宏五戒以训人。爰开革命之阶，方启惟新之运。"① 最明白不过地说明她曾利用符语图谶和释教经典为自己登极制造舆论。事实也确实如此，高宗刚死，"太后称制，四方争言符瑞"，嵩阳令樊文献瑞石，武则天如获至宝，"命于朝堂示百官"。及至"诸武用事"以后，又外平徐敬业之举兵，内除裴炎之反对②。其兄子魏王武承嗣一方面"讽则天革命"③，另一方面又于垂拱四年（688）四月，使人凿白石为文曰"圣母临人，永昌帝业"，令唐同泰奉表献呈，声称获之于洛水，则天大喜，命名为"宝图"，七月又改名为"天授圣图"④。在以符语图谶制造舆论的同时，她又重用释徒以排斥李唐尊崇的道教，积极为自己登极扫清道路。垂拱元年（685）"修故白马寺，以僧怀义为寺主"。怀义不但能自由"出

---

① 宋敏求编：《唐大诏令集》卷一一三《释教在道法之上制》。
② 《资治通鉴》卷二〇五。
③ 《旧唐书·武承嗣传》。
④ 《旧唐书·本纪第六》。

入禁中",而且"多聚无赖少年,度为僧",扩大释教势力,"见道士则极意殴之"①,释道矛盾一度极为尖锐,正反映武后图代李唐的激烈程度。垂拱四年(688)春二月,武则天"毁乾元殿,于其地作明堂,以僧怀义为之使"②。及至四月唐同泰献"宝图",则天即"御明堂,朝群臣","加尊号为圣母神皇"③。不久,载初元年(690)七月,僧怀义又与东魏国寺僧法明等十人撰《大云经》四卷,伪言"则天是弥勒佛下生,作阎浮提主,唐氏合微"④。九月丙子,由侍御史傅游艺纠集九百余人请则天称帝,武后假为不允,但却升傅为给事中。这无异使人效傅所为,因而随即又有一批人包括释徒在内再次上表劝进,至此条件成熟,即于"九月九日壬午,革唐命,改国号为周"⑤,登上女皇宝座。次年四月,为奖赏释徒之功,诏"令释教在道法之上,僧尼处道士女冠之前"⑥。十月,又"勅两京诸州各置大云寺一区,藏《大云经》,使僧升高座讲解,其撰疏僧云宣等九人皆赐爵县公"⑦,也就是由释徒在各地为其登极做女皇进行宣传。从此,释教也得到大发展,至则天晚年,天下"造寺不止,枉费财者数百亿;度人不休,免租庸者数十万"⑧,释徒成为武周政权的有力支柱。

　　武则天是极端崇释的杨隋后裔,武后之母为杨氏,《旧唐书·武承嗣传》:"初,(武)士彠娶相里氏……又娶杨氏,生三女……次则天。"杨氏父亲为杨达,《新唐书·杨恭仁传》:"杨恭仁,隋司空观德王雄子也。……武后母即恭仁叔父达之女。"杨达,隋时官"纳言",卒后赠吏部尚书,称安侯;与其兄杨士雄和隋文帝杨坚、隋炀帝杨广同出自杨渠一系⑨,而且杨士雄是"高祖(杨坚)族子"⑩。杨隋一代,极端崇释,所谓"有隋御宇,重隆三宝"⑪。则天之先人亦十分崇敬佛法,如隋文帝仁寿元年(601)"诏于京师大兴善寺起塔"以安置舍利,

---

① 《资治通鉴》卷二〇三。
② 同上书,卷二〇四,参阅《唐书·薛怀义传》。
③ 同上书,卷二〇四。
④ 《旧唐书·薛怀义传》。
⑤ 《旧唐书·本纪第六》。
⑥ 同上。
⑦ 《资治通鉴》卷二〇四。
⑧ 《旧唐书·辛替否传》。
⑨ 《新唐书·宰相世系一下》。
⑩ 《隋书·观德王雄传》。
⑪ 道宣:《续高僧传》。

而"上柱国司空公安德王雄已下,皆步从至寺,设无遮大会而礼忏"[①]。由此可见,武则天实为杨隋后裔,出自崇释世家。而她本人,据《大云经疏》"幼小时已被缁服"。当然武则天幼小时是否已正式出家,尚待进一查考。但太宗死后,她于二十七岁时居感业寺为尼数年,却是史有明文[②]。这样的家世,这样的历史,因而她倚重释徒,运用释典来为自己谋取皇位服务,就是十分自然的事了。

但更为重要的是释典确有可资利用之处。例如女人做皇帝,被儒家说成是"牝鸡司晨",是绝对不允许的。而释教大乘派经典中却有女子为王的教义。怀义等人所撰的《大云经》,乃取后凉昙无谶(385—433)所译旧经加以增窜利用[③]。据梁释僧祐之《出三藏记集》所载,昙所译经有十一部,均属大乘派经文。他所译的《方等大云经》中就有女子为王的记载,其中说南天竺有一无明国,"其王夫人产育一女,名曰增长",当国王死后,"诸臣即奉此女以继王嗣。女既承正,威伏天下。阎浮提中所有国土悉来承奉,无拒违者"。现藏伦敦博物馆之敦煌《大云经疏》残卷,其中也记有女子为王之事,如"经云汝于尔时实是菩萨,为化众生,现受女身";又如"天生圣人,出草中者,非男之称,此乃隐言预记神皇临驭天下";甚至明确说明君临天下的神皇即是曾为释徒的武后,"武后羽姓,在于北方,北方色黑,羽又为水,故曰黑河,又黑水成姓,即表黑衣",而"神皇幼小时已被缁服,固惟黑衣之义也"[④]。释经中伪造神授之事,由来已久,并常杂"金言"与"谣谶"为之,但将女人称帝之事说得如此直截,《大云经》可谓登峰造极。赞宁《僧史略》即指出"此经晋代已译,旧本便曰女王,于时岂有天后云云"。可见武则天为了篡位夺权,指使僧徒窜改旧经加以利用。这就是"《大云》"所"阐"之"奥"妙所在。

不仅上台之前如此,登极之后又故技重演。她曾说"朕曩劫植因,叨承佛记。金山降旨,《大云》之偈先彰;玉扆披祥,《宝雨》之文后及。加以积善余庆,俯集微躬,遂得地平天成,河清海晏。殊祥绝瑞,既日至而月书;贝牒灵文,亦时臻而岁洽"[⑤]。《大云》"表彰"的真相上面已说明;所谓"《宝雨》之文",乃指《佛说宝雨经》,此经见于明《藏》,其中有"言佛授月光天子长寿天女记,

---

① 道宣:《庆舍利感应表》,《广弘明集》卷十七。
② 《旧唐书·本纪第六》。
③ 王国维:《唐写本大云经疏跋》,《观堂集林》卷二十一。
④ 蒋斧辑,罗福苌补:《沙州文录》。
⑤ 《全唐文》卷九七《大周新译大方广佛华严经序》。

当于支那国作女主"的记载。但《佛说宝雨经》，文意均出自扶南国僧伽婆罗（460—524）所译的《佛说宝云经》，而其中偏偏"独无支那女主之说"，可见"《宝雨》文伪"，又是取《宝云》经加以增窜的[①]。这就是"《宝雨》""后及"的底细，《大云》、《宝雨》得到武则天的重视，正说明其利用释典，为自己登极制造舆论。

此外，释教传入中国之后至隋唐时有十宗之多。武后时，华严宗与禅宗特别兴盛，武则天又充分利用二者的教义。华严宗三祖法藏（643—712），原为康居人，随其祖父来唐，为武则天所罗致，参加《华严经》八十卷的新译，武则天还为之写序。平时他讲经宫廷，战时又道场作法，俨然一位"国师"。华严宗的教义认为一切客观事物是主观世界"心"的体现，所谓"三界所有法，唯是一心造，心外更无一法可得"；而"一切分别，但由自心，曾无心外境，能与心为缘。何以故？由心不起，外境本空"[②]。这就是说外界事物的种种矛盾纠纷，均是由主观世界所引起，如果主观世界没有纠纷也就不会引起客观世界的争斗，这就达到"天国"。武周替代李唐，使得各种社会矛盾激化，而华严宗这种教义，正好被利用来调和各种纠纷，有利于消除"武周革命"的阻力。

禅宗比华严宗更"简洁"，只要心中"顿悟"，所谓"菩提只向心觅，何劳向外求玄？听说依此修行，西方只在目前"[③]，也就是"放下屠刀，立地成佛"，而且各阶层的人均可受禅成佛。在神的世界中，只要心中一"悟"，"心地但无不善，西方去此不遥"。但"若怀不善之心，念佛往生难到"[④]。在现实世界中，武周正好利用这一教义，强调只要拥戴"神授"的"天皇"，立即能超擢使用。武则天将它和华严宗同视为"国教"。禅宗一些大师也受到优礼，如神秀"居于当阳山。则天闻其名，追赴都，肩舆上殿，亲加跪礼"，"王公已下及京都士庶，闻风争来谒见，望尘拜伏，日以万数"[⑤]，成为声名赫赫的"国师"。

由上述可知，武则天登极之前依靠释徒为其制造舆论，登极之后又利用释教巩固其统治，这个女皇帝实在得力于释教之助颇多。

---

① 参见俞正燮《僧家伪书》，《癸巳存稿》卷十二。
② 法藏：《修华严奥旨妄尽还源观》，《大正藏》卷四五。
③ 惠能、法海：《坛经》，《大正藏》卷四八。
④ 同上。
⑤ 《旧唐书·神秀传》。

二

李氏王朝则是采取崇道、尊儒、抑释的策略来巩固自己的统治。

先看崇道。在李氏举兵反隋，建立唐王朝的过程中，得到道教之助力不少。太宗曾说："鼎祚克昌，既凭上德之庆；天下大定，亦赖无为之功。"①事实也是如此，高祖李渊起兵反隋之前，即有方士传言"李氏当为天子"②，而参与制造这种舆论的就有道士王远知等，"高祖之龙潜也，远知尝密传符命"③。李世民为秦王时，道士薛颐就曾对他说："德星守秦分，王当有天下。"④而当李氏建立了自己的王朝以后，出于巩固统治的需要，革除魏晋南北朝以来门阀士族把持政权的习惯势力，形成以李唐宗室为核心的新的统治集团，就成为当务之急。这样就必须抬高李氏的社会地位。隋、唐政权虽已更迭，但统治基础的改变并非易事。例如太宗曾命高士廉、韦挺等人修《氏族志》，他们仍以山东望族崔干为第一等，太宗很不满意，说："我今特定族姓者，欲崇重今朝冠冕，何因崔干犹为第一等？"因而命令他们重新制定，"不须论数世以前，止取今日官爵高下作等级"⑤，直到他们将皇族李氏列为第一才告罢。由此可见，李氏的地位，在当时还不易被认为最尊。这样，他们就攀上道教教主李耳，太宗说："朕之本系，起自柱下。"并且为了使"敦本之俗，畅于九有；尊祖之风，贻苏万叶"，他命令"道士女冠，可在僧尼之前"⑥。崇道成了李唐的国策，如武德七年（624）七月，高祖"幸终南山，谒老子庙"⑦。贞观十一年（637）七月太宗"修老君庙于亳州"⑧。麟德三年（666）二月，高宗"次亳州，幸老君庙，追号曰太上玄元皇帝，创造祠堂"⑨。而武则天登极之后，即于天授二年（691）三月，"布告遐迩"，

---

① 《道士女冠在僧尼之上诏》，宋敏求编：《唐大诏令集》卷一一三。
② 《资治通鉴》卷一八二。
③ 《旧唐书·王远知传》。
④ 《旧唐书·薛颐传》。
⑤ 《旧唐书·高士廉传》。
⑥ 《道士女冠在僧尼之上诏》，宋敏求编：《唐大诏令集》卷一一三。
⑦ 《旧唐书·本纪第一》。
⑧ 同上。
⑨ 《旧唐书·本纪第五》。

命令"自今已后，释教宜在道法之上，缁服处黄冠之前"①。由此可知，李唐与武周对待道教的态度之所以截然相反，是由于争夺皇位的缘故。

次说尊儒。在封建社会中，儒学是为封建服务的。唐王朝也不例外。"高祖建义太原，初定京邑，虽得之马上，而颇好儒臣"。武德二年（619）即下诏褒崇周公、孔子，说"朕君临区宇，兴化崇儒，永言先达，情深绍嗣"，并"令有司于国子学立周公、孔子庙各一所，四时致祭"，还"博求其后，具以名闻，详考所宜，当加爵土，是以学者慕向，儒教聿兴"②；七年（624）二月，"幸国子学，亲临释奠"③。太宗也十分崇儒，贞观二年（628）"升夫子为先圣，以颜回配享"④；十一年（637）七月修"宣尼庙于兖州"；十四年（640）二月"幸国子学，亲释奠"⑤；还"大征天下儒士，以为学官"⑥。高宗亦不例外，麟德三年（666）正月，"次曲阜县，幸孔子庙，追赠太师，增修祠宇，以少牢致祭"；总章三年（670）五月，又诏修各地孔庙，"诸州县孔子庙堂及学馆有破坏并先来未造者，遂使生徒无肄业之所，先师阙奠祭之仪，久致飘露，深非敬本。宜令所司速事营造"⑦。李唐不仅尊崇孔子，对儒家经典也十分重视。汉立经学于学官，为经学统一之始。但汉末魏晋南北朝以来，由于师出多门，又众说纷纭，北朝经学与南朝经学各有不同传统⑧。唐太宗出自政治大一统的需要，为统一儒学起见，乃"诏国子祭酒孔颖达与诸儒撰定《五经》义疏，凡一百七十卷，名曰《五经正义》，令天下传习"⑨；到高宗永徽三年（652）三月，正式"颁孔颖达《五经正义》于天下，每年明经令依此考试"⑩。此为儒家经典注疏统一之始，从此结束了儒学内部各派相互讦难的现象，其意义不下于汉武帝的罢黜百家独尊儒学。因此，在李唐一代儒道释之争中，道释两家相互排斥，但却不敢明目张胆

---

① 《释教在道法之上制》，宋敏求编：《唐大诏令集》卷一一三。
② 《旧唐书·儒学传》。
③ 《旧唐书·本纪第一》。
④ 《唐会要》卷三五。
⑤ 《旧唐书·本纪第三》。
⑥ 《旧唐书·儒学传》。
⑦ 《旧唐书·本纪第五》。
⑧ 参见赵翼《北朝经学》、《南朝经学》，《廿二史札记》卷十五。
⑨ 《旧唐书·儒学传》。
⑩ 《旧唐书·本纪第四》。

地攻讦儒学。这也是武则天夺取皇权无法利用儒学，因而一度斥责儒生的缘故。

再述抑释。李唐一代不断限制释教。如高祖时，傅奕有鉴于"天下僧尼，数盈十万"，说他们"不忠不孝，削发而揖君亲；游手游食，易服以逃租赋"，而且还"窃人主之权，擅造化之力"，极不利于统治秩序，在武德七年（624）一连上疏十余次请废佛法。"高祖将从奕言"，沙汰僧尼，尚未及实行，"会传位而止"。太宗即位后，立即召见傅奕，要他"今后但须尽言"，傅奕说释教"于百姓无补，于国家有害"，"太宗颇然之"[①]。贞观二年（628），太宗对侍臣说梁武帝崇好释老，足为鉴戒，表示"朕今所好者，惟在尧舜之道，周孔之教，以为如鸟有翼，如鱼依水，失之必死，不可暂无耳"[②]；并在贞观五年（631）"诏僧尼道士致拜父母"[③]，十一年（637）又下《道士女冠在僧尼之上诏》，对释教屡加限制。高宗也用肯定周孔之教的手段来限制释教，显庆二年（657）二月下诏说："父子君臣之际，长幼仁义之序，与夫周孔之教，异轸同归。"认为释教"弃礼悖德，朕所不取"；并用法令形式规定"自今以后，僧尼不得受父母及尊者礼拜，所司明为法制，即宜禁断"[④]，极力要把释教纳于儒家轨道，便于维护封建秩序。李唐王朝采取如此政策，也是接受前朝的教训。萧梁、杨隋两朝极端崇释，从朝廷到地方竞相风靡，百事皆废。再加上李唐创立过程中，也曾遇到释徒的阻挠，如武德元年（618），沙门高云昙与僧五千人举事，"自称大乘皇帝，立尼静宣为邪输皇后"[⑤]。武德二年（619），刘武周进逼介州，有释徒为之助，"沙门道澄以佛幡缒之入城，遂陷介州"[⑥]。因而李唐王朝对于臣僚崇信释教防之甚严，如武德四年（621），"真乡公李仲文与妖僧志觉有谋反语"，结果"仲文伏诛"[⑦]。特别是对于杨隋、萧梁两朝的后裔、遗臣，防范更为严紧。例如裴寂，原为隋侍御史、晋阳宫副监，李世民举兵反隋时，曾请裴寂说动其父李渊起事。李渊做皇帝后曾对

---

① 《旧唐书·傅奕传》。
② 《贞观政要》卷六。
③ 《资治通鉴》卷一九三。
④ 宋敏求编：《唐大诏令集》卷一一三，《资治通鉴》卷二〇〇，《唐会要》卷四七。
⑤ 《资治通鉴》卷一八六。
⑥ 同上书，卷一八七。
⑦ 同上书，卷一八八。

他说"朕之有天下者,本公所推",任其为尚书左仆射,并特许他可以自为铸钱。太宗即位,恩礼有加。但一旦闻及他与释徒有了"干系"之后,立即严厉处理。贞观三年(629),"沙门法雅坐妖言诛",寂"尝闻其言"而未上闻,即被免官,令其归里。不久之后又有"狂人信行言寂有天命,寂不以闻,当死;流静州"[①]。再如萧瑀,为萧梁后裔,其高祖是梁武帝,父为梁明帝,归唐后,高祖李渊"委以心腹,凡诸政务,莫不关掌";太宗也曾赐诗"疾风知劲草,版荡识诚臣"加以褒美,令其"参预政事","并图形于凌烟阁"。但一旦萧瑀要求出家,太宗立即下手诏加以斥责,首先表明"至于佛教,非意所遵";继而又说"梁武穷心于释氏,简文锐意于法门",结果是"三淮沸浪,五岭腾烟","子孙覆亡而不暇,社稷俄顷而为墟";接着痛斥萧瑀"践覆车之余轨,袭亡国之遗风","朕犹隐忍至今,瑀尚全无悛改",立即将他贬离朝廷,"出牧小藩"[②]。从这几件事可以看出李唐抑制释教,实在是出自维护政权计。而武则天也正是利用释教之助取代李唐的。

三

武周崇释,李唐崇道、尊儒、抑释,是就其主要方面而言。其实,作为意识形态的儒道释,它们之间的争论,常常是统治阶级内部夺权斗争的表现。只要对夺取政权、巩固皇位有利,任何统治阶级对儒道释都会加以利用,只是根据不同的条件,不同形势的需要,时有偏重而已。历史事实也确实如此。《旧唐书·刑法志》开头就表明:"古之圣人,为人父母,莫不制礼以崇敬,立刑以明威,防闲于未然,惧争心之将作也。"这就是最好的说明。唐初大臣如房玄龄、杜如晦、魏徵等人,均为隋末王通的弟子[③],王通的学说就主张儒、道、释三教合一而以儒学为主,这正适应了调和地主阶级内部各派的纷争、巩固封建统治的需要,所以唐太宗十分称赞魏徵常用"礼"提醒他,"魏徵每言,必约我以礼也"[④];为子孙永保社稷计,萧瑀建议云"封建之法,实可遵行",他

---

① 《旧唐书·裴寂传》,《资治通鉴》卷一九三。
② 《旧唐书·萧瑀传》。
③ 皮日休:《文中子碑》,《皮子文薮》卷四。
④ 《旧唐书·魏徵传》。

也十分同意，并"始议封建"①，这些都是儒家的主张。对于释教，太宗既抑制，但亦时加利用。例如为阵亡者立寺②，为玄奘作《三藏圣教序》③，都为收揽人心，别具作用。对于道教，太宗虽然十分崇奉，但并不信道。贞观十年（636），他患病"累年不愈"，太子承乾对长孙皇后说："医药备尽，而疾不瘳。请奏赦罪人及度人入道，庶获冥福。"长孙皇后回答说："道、释异端之教，蠹国病民，皆上素所不为，奈何以吾一妇人使上为所不为乎！"④这很可说明他们只不过利用崇道来巩固统治而已。

　　武则天也是如此。她极端崇释，有时也加以限制。如僧怀义既曾参与《大云经》的撰制，又曾数次"督作"明堂，对武后做女皇来说，功劳至大。但一旦他放火烧去了登极用的"明堂"，又"度力士为僧者满千人"，对武周统治造成威胁时，她即令"壮士殴杀之"⑤，毫不手软。她一向贬道，但亦时加利用。在她"摄政"的前一年（高宗上元元年，674年），曾建言十二事，其中有"王公以降皆习《老子》"⑥，看似崇道，其实是因为尚未总揽大权，不能不顺着李唐政策办；而一旦做了女皇，立即于天授二年（691）"令释教在道法之上，僧尼处道士女冠之前"⑦，将道教地位压低。及至释教势力大张，为加以控制，又略将道教地位提高以平衡释道力量，于圣历元年（698）下《条流佛道二教制》，说"佛道二教，同归于善，无为究竟，皆是一宗"，而"比有浅识之徒""各出丑言"，"僧既排斥老君，道士乃诽谤佛法"，下令"自今僧及道士，敢毁谤佛道者，先决杖，即令还俗"⑧，目的也是出于巩固统治的需要。她建言十二事中有"以道德化天下"，就是顺从李唐的崇儒。而当她初为女皇，由于受到李唐宗室的极力抵制，就采用严刑峻法的手段，"以威制天下，渐引酷吏，务令深文，以案形狱"，历史上有名的酷吏周兴、来俊臣等"相次受制，推究大狱"⑨，受到重用。此后由于屠戮过多，引

---

① 《旧唐书·萧瑀传》。
② 参见《于行阵所立七寺诏》，道宣：《广弘明集》卷二八。
③ 道宣：《广弘明集》卷二二。
④ 《资治通鉴》卷一九三。
⑤ 同上书，卷二〇五。
⑥ 《新唐书·后妃列传》。
⑦ 《旧唐书·本纪第六》。
⑧ 宋敏求编：《唐大诏令集》卷一一三。
⑨ 《旧唐书·刑法志》。

起"满朝侧息不安",这对她的统治也极不利,所以在坐稳女皇以后,左台御史周矩上疏说"为国者以仁为安,以刑为助,周用仁而昌,秦用刑而亡,此之谓也。愿陛下缓刑用仁,天下幸甚"时,武则天立即接受这一建议,"由是制狱稍息"[①];又推行儒家的"仁政"。凡此可见儒道释之争,经常是由统治者所挑起,并利用它们为自己的政治需要服务。

丙子盛夏,改二十年前之旧作

(原载《南京师范学院学报》1977年第1期;修改稿刊于韩国《东方汉文学》1996年号)

---

① 《旧唐书·索元礼传》。

南京清凉山文化蕴涵的感受与思考

——为首届"清凉山文化与南京"主题论坛而作

　　南京清凉山虽不如山西清凉山为四大佛山之一那样有名，但其文化蕴涵却也十分深厚。早在杨吴顺义元年（921）就建有兴教寺。南唐昇元元年（937）改为清凉道场，是李煜诵经拜佛之处，寺后又建有避暑宫"德庆堂"，寺旁有开掘于保大三年（945）的"保大井"。宋太平兴国五年（980）广慧寺迁来此处，淳祐十二年（1252）在山巅建有翠微亭，又名暑风亭。明建文四年（1402）改称清凉寺。山中原有李璟书写的《祭悟空禅师》碑文、李煜书写的"德庆堂"榜石刻。但只不过保留二百年左右，宋代诗人陆游于乾道六年（1170）七月间来游时，已不可见及，只从清凉寺宝余禅师处得到墨本。宋时福建福清人郑侠曾在山中读书，其仕宦时，曾一度为王安石所倚重，但因绘"流民图"献给神宗而被贬，离任时身无长物，仅有一拂。后人钦仰其清节，便于其读书处建一拂祠以祭。据《石城山志》云，此处僻静幽深，树木参错，红枫绿竹，景色殊优，终日少有人迹，所谓城市而山林也。明代都御史、湖北黄安人耿定向所主讲之崇正书院即在山中。明清之际著名画家、江苏昆山人龚贤曾隐居山中之半亩园，左近又有扫叶楼，著名戏曲家孔尚任曾来山中访龚贤。清代著名小说家吴敬梓常来此山，其生父吴雯延早年曾读书于丛霄道院中。山中还有祀奉地藏王菩萨之小九华寺。笔者幼时即来游此山，中年以后又傍山而居。感受于清凉山之文化蕴涵多多，举其要者略作阐说，以为"论坛"之助。

一

　　笔者幼时多次来游此山，盖因山中之佛事活动，吸引了男女老少纷至沓来。

山中有小九华寺,为供奉地藏王菩萨而建。据《金陵岁时记·地藏篷》云,地藏菩萨"俗家姓金,名乔觉",在"唐高宗永徽四年"前去安徽九华山"端坐山头,凡七十五载,元宗开元十六年七月三十日夜成道,在世九十有九。肃宗至德二年七月三十日,显圣金陵之清凉山,俗名曰小九华",并引《金陵待征录》云:"清凉山,古无此山,近乃因寺名之,即石头山也。寺踞山巅,殿之四面各塑佛像,异于他寺佛座之制。沿途设茶篷以饮香客,中奉地藏画相,旁奉十殿阎罗画相,高悬九连灯,累如贯珠",而在"山麓有售毛栗并线穿山楂果,如一串牟尼珠,游人争购而归"。

清凉山的佛事活动盛于农历七月,平常依然是一座城市山林,少有人众。之所以七月为盛,则与盂兰盆节有关。《金陵岁时记·盂兰会》云:"盂兰盆者,天竺云倒悬救厄也,谓如解倒悬之苦。今人饰食味于盆,误矣!盖托始于目连比丘救母。吾乡是月,各街巷举行盂兰会,延僧道忏拜……"当年南京城中,各街区、各同业公会排定日期,逐一举行盂兰盆会。选一座大屋(大多是同业公会处所)内举行,中悬地藏王像,两旁挂十殿阎罗像,有斧锯、有油锅,状极狰狞可怕。请僧众办道场,放焰火,跑四方,热闹喧阗,最后一天"出会",即由僧众诵经念佛于前,执事人众高擎荷花灯、彩旗、罗伞,抬着供品于后,浩浩荡荡,敲锣打鼓,焚化纸钱,沿汉中门、龙蟠里奔清凉山九华寺而来。直到将供品奉献于地藏王像前、诵经礼佛之后,方算了却心愿,盂兰盆节的活动也就结束。因这一活动,正值暑假期间,一些中小学生经常随着"出会"队伍上了清凉山,但并不进寺礼佛,而是在寺前的庙会上闲逛,鳞次栉比的摊铺除了出售香烛外,还有各种食品和玩具,但幼时家贫,囊中羞涩,只能买一两串山楂和带刺的毛栗聊以解馋。

至于对这一节日之由来,还是后来方有所知晓。"盂兰盆"本是梵文 Ullambana,又译作乌兰婆拏。原意是孝顺、供养、解倒悬。宗密在《盂兰盆经疏》中也肯定这一层意思,但又认为"若随方俗",也可视"盆"为盛物之器皿,即"救倒悬盆"。

盂兰盆节乃由目连救母故事而发生。晋代署名竺法护所译的《佛说盂兰盆经》是最早叙说这一故事的经典。所记故事大略谓,目连见"其亡母生饿鬼中","即以钵盛饭,往饷其母",但"食未入口,化成火炭,遂不得食"。目连哀痛异常,向佛求救,佛告诉目连,因其母"罪根深结","当须十万众僧威神之力,乃得解脱",

可于"七月十五日""具饭百味五果、汲灌盆器、香油锭烛、床敷卧具、尽世甘美,以著盆中,供养十方大德众僧",其母方可"解脱苦难"。目连如法施行,果然救母于饿鬼之中,乃告诫"是佛弟子","应念念中常忆父母,为作盂兰盆,施佛于僧,以报父母长养慈爱之恩"。

较早记载盂兰盆节佛事活动的著作当为晋人宗懔的《荆楚岁时记》,书中有云"七月十五日,僧尼道众悉营盆供诸佛"。从此从宫廷到民间,每逢农历七月,都在操办这一佛事活动。梁武帝曾在南京同泰寺设会,武则天也在洛阳南门观看宫中所出之盂兰盆。宋人孟元老《东京梦华录》、周密《武林旧事》,明人刘侗《帝京景物略》等载籍中均可查到有关这一佛事活动的记载。而且这一活动遍及湖南、湖北、河南、河北、福建、广东、山东、山西、江苏、浙江、安徽、四川、云南、南北二京,无地不有,可见盂兰盆节的活动,影响民间风俗甚为深远,不仅南京一地而有。

目连救母的故事还影响及我国的文学创作,在《敦煌变文集》(王重民等辑编)中就收录《目连变文》多种。尤其是在戏曲创作中以这一题材写成的作品甚多,宋金杂剧中就有《目连救母》剧目,《东京梦华录》还记载了它的演出情况。及至明清,不仅有文人创作的目连救母戏曲,如郑之珍的《目连救母劝善戏文》,在地方戏中亦有这一题材的剧目,如福建的莆仙戏、浙江的绍兴戏,乃至川剧、徽剧等。

由此可见,清凉山的佛教文化蕴涵,并非清凉山所固有。而是从各地方、从历史上(空间和时间)传播、继承而来。即如文益禅师在清凉山所创立的法眼宗,也不能说是清凉山佛教蕴涵所固有,因为佛教本身就是西域传来,文益禅师(885—958)也非南京本地人,而是浙江余杭人,七岁时于淳安智通院剃发,二十岁在绍兴开元寺受戒,此后游历宁波、福州、漳州等寺院参拜大师。在其晚年,受到深耽佛教的南唐中主李璟的敬重,将他迎至南京报恩院,赐号净慧禅师,后又移居清凉道场。在弘扬佛法中,文益禅师主张多读书以求"圆融"而悟禅,因其圆寂后被谥为"大法眼禅师",世人乃将其主张称为法眼宗,清凉山乃成为法眼宗的发祥地。法眼宗宋初一度盛行,后渐衰落;不过,其再传弟子延寿曾收有三十六位高丽僧人学法,此宗乃传入朝鲜。可见,清凉山的佛教文化蕴涵既有外来的因子,又有自创的成分。

清凉山一度极盛的盂兰盆节活动,已不单纯是释家思想的表现,其中渗透、掺杂有儒、道二家的意识形态。"孝"的观念非释教所有,历来排佛者均以此指摘,如唐人傅奕曾上疏请除释教,有云:"佛在西域,言妖路远,汉译胡书,恣其假托。故使不忠不孝,削发而揖君亲;游手游食,易服以逃租赋。"① 这种意识形态与重视忠孝观念的儒家传统处于尖锐对立的地位,因而历代均有抵制,不断发生灭佛事件。最著名者有所谓"三武一宗法难",即北魏太武帝拓跋焘、北周武帝宇文邕、唐武宗李炎以及周世宗柴荣的灭佛行为。可说儒释之争、释道之争乃至清初释教与同是外来的基督教之争,连绵不断。而佛教为了能在中土立足、传播,必然要本土化,以本土的主流意识改造自身。因之后来有的释徒宣称释迦牟尼为来世主而皇上为现世主,以迎合当今国王;张扬目连救母的故事,以倡导孝。除吸收儒家思想外,释徒也从道家思想中借用有利于自身发展的成分,如地藏王生日本为农历七月十三,而盂兰盆节则选择七月十五中元节。所谓中元节本是道家节日。据《云笈七籤》卷五六:"夫混沌分开,有天地水三元之气,生成人伦,长养万物。"正月十五乃为上元节,七月十五为中元节,十月十五为下元节。每逢七月十五中元节,道观必作斋醮,借以吸引大量信众。而释徒乃借此节日从七月十三日地藏王生日起,直到十六日作盂兰盆会。唐人韩鄂在《岁华纪丽·中元》中就说:"道门宝盖,献在中元;释氏兰盆,盛于此日。"由此可见,盂兰盆节之佛事活动,乃至整个传入我国之释教,在其立足、发展过程中,不断地融入我国固有的儒、道二家的意识形态。

释教传入南京也甚早,东汉末年居士支谦便来到南京从事佛经的翻译工作,近人严复翻译《天演论》时提出之信、达、雅三条标准,即源自支谦《法句经序》所主张。吴赤乌十年(247)康僧会来南京,孙权为之建建初寺,为南京最早的佛寺。东晋、南朝佛教大盛,杜牧《江南春》绝句有云"南朝四百八十寺,多少楼台烟雨中",可见其空前盛况。隋唐以来,兴衰不一,但始终在持续发展中。明太祖朱元璋沙弥出身,改变元代重喇嘛教的政策而重视佛教,于是佛教大盛。天启七年(1627)编印之《金陵梵刹志》所记,当时南京大刹有三:灵谷、天界、报恩;次大刹有五:栖霞、鸡鸣、静海、弘觉、能仁;中刹有三十二,清凉寺为中刹之一;小刹有一百二十八,还有未曾具名的小刹一百余所。近日又在昔

---

① 《旧唐书·傅奕传》。

时三大刹之一的报恩寺遗址发现了长干寺地宫石碑，又出土阿育王塔。据有关人士推断，南京将有可能成为佛教文化圣地之一，而中心地带将在长干里一带。清凉山的佛教文化蕴涵也必然融入南京佛教文化整体之内，所以此次论坛题目定为"清凉山文化与南京"，将清凉山的文化蕴涵视为南京文化的一个组成部分是有识见的。

二

历史上有一些文人到过清凉山，前文已提及的南唐二主（李璟、李煜），宋代郑侠、陆游，明人耿定向，明清之际龚贤，清代吴敬梓等，他们在山中多少留下一些历史痕迹，丰富了清凉山的文化蕴涵。现仅就新中国成立后修复的崇正书院、扫叶楼以及笔者的重点研究课题《儒林外史》作者吴敬梓的相关事迹，略抒一己之感受。

书院乃私家讲学之所，不同于官办的太学、府学、县学，宋元明清以来历朝均有设置。明代初期重视科举和学校（官办），书院之设一度衰歇。而且明初仅有的几所书院如洙泗书院、尼山书院仍承袭南宋书院传统，重视客观唯心主义理学的传授。及至王守仁出，先后设置龙场书院、稽山书院，主讲贵阳书院，修复濂溪书院，以推行其主观唯心主义心学；他的众多门人，也效法乃师所为，到处设书院讲学。而其末流，愈传愈偏，近于禅学，乃有顾宪成、高攀龙等设东林书院以救其偏。在历代所设立的书院中，东林书院颇具特色，不但讲求学问而且讽议朝政，虽屡受迫害，影响却极大。明代南京亦有礼部侍郎湛若水所建之新泉书院，因地近国子学，士人大都进入南雍，入新泉书院者不多，又被御史游居敬弹劾而被嘉靖禁毁。督学御史耿定向在清凉山中所建之崇正书院，从之学者甚众。据《明史·焦竑传》，焦竑，字弱侯，江宁人，"嘉靖四十三年乡试，下第还"，"定向遴十四郡名士读书崇正书院，以竑为之长。及定向里居，复往从之。万历十七年，始以第一人官翰林修撰"。其所居在南京北门桥附近，有名的焦状元巷是也。焦竑一生著述颇丰，是南京著名的学者。从其本传可知，书院山长可以自行遴选学生，学生也自愿随师学习。正由于此，书院中师生之间关系迩密，形成尊师爱生的优良传统。这一传统自来有之，影响深远，直至清代书院仍然风气不变。如南京有钟山书院、尊经书院以及设立在清凉山下之惜阴书院等。其中名师辈出，如惜阴书院之俞正燮、胡培翚、冯桂芬等，而钟山书院山长更多名家，如钱大昕、卢文弨、姚鼐等辈。而从学者又极其尊师，极尽弟子之礼，据王昶《钱君大昕墓志铭》云："门下士积二千余人，其间为台阁侍从发名成业者不胜计，盖皆钦其学行，乐趋函丈，即当事亦均以师道尊礼之。"更有弟子即令是私淑弟子，也为其师成就事业而多作贡献，如清代著名学者全祖望，"生平服膺黄宗羲"，"宗羲《宋元学案》甫创草稿，祖望博采诸书为之补辑，编成百卷。"①又如清代另一著名学者仪征阮元就经常"命子常生从廷堪授《士礼》"②。廷堪身后，阮常生惧其著述散逸，乃从廷堪之家乡安徽歙县寻访到廷堪足迹所至之江苏海州，搜求到凌廷堪之书稿颇多，整理出《燕乐考原》等极有影响之著作多种。清凉山中之崇正书院、山下之惜阴书院正是一笔丰厚的文化教育遗产，发扬它们的优良传统，弃其不合时宜的规制，对于今天的文化教育事业也可起到借鉴作用。

耿定向之后来居此山者，有由明入清之画家龚贤。"龚贤，字半千，江南昆山人。寓江宁，结庐清凉山下，葺半亩园，隐居自得。性孤僻，诗文不苟作"；其所作画，"自谓前无古人，后无来者"，"与樊圻、高岑、邹喆、吴弘、叶欣、胡造、谢荪号'金陵八家'……诸家皆擅雅笔，负时誉，要以贤为称首"。③明末，龚贤与复社文人颇多交往；入清，更与遗老有所交接。他曾流落山东以及扬州、泰州、海安一带，结识了吴嘉纪、孔尚任等名家，晚年再来南京，初居钟山半山园，又迁中华门外长干里，再迁清凉山东北麓虎踞关附近。他曾记其所居云："余家草堂之南，余地半亩，稍有花竹，因之名之，不足称园也。清凉山有台，亦名清凉山。登台而观，大江横于前，钟阜枕于后，左有莫愁，勺水为镜。右有狮岭，撮土若眉。余家即在此台之下。"④今人将"半亩园"与扫叶楼混为一处，乃因扫叶楼原名扫公楼，是龚贤友人扬州僧宗元号扫叶上人所居。龚贤除画艺成就极高之外，画论也很有见解，著有《画诀》、《柴丈画说》等；而所作诗，力摹中晚唐，有《草香堂集》、《中晚唐诗纪》等。

龚贤于明季反对朝政腐败，入清后不满新朝入主，自号半亩、半亩居人、野遗、

---

① 《清史稿·全祖望传》。
② 《清史稿·凌廷堪传》。
③ 《清史稿·龚贤传》。
④ 李睿之：《清画家诗史》。

柴公、大布衣等。可见其不仕新朝、甘愿趋入下层民众之心态，最后却因"豪强"索画而备受迫害，孔尚任尚未及援之以手，他便撒手人寰，令后人惋惜不已。

龚贤之后来游此山者有著名小说家吴敬梓。敬梓字敏轩，安徽全椒人，早年曾数次来游金陵，中年更移家白下，晚年客死扬州而归葬江宁。敏轩移居金陵虽安家于淮清桥附近秦淮水亭，却经常来游清凉山。他作有《过丛霄道院》一诗，小序云："康熙丙子岁，先君子读书其中，今道士尚存，年九十矣。"其时，敏轩尚未出生，"先君子"乃其生父吴雯延。几十年后，吴敬梓曾多次来游清凉山，与探访先父之遗迹不无关系。据《盋山志》、《石城山志》所记，丛霄道院正在清凉山下虎踞关旁。①

吴敬梓在他的名著《儒林外史》中，曾描写书中的重要人物——杜少卿与其夫人携手畅游清凉山。这在封建礼教严密控制人们思想的时代，真是惊世骇俗之举，以致"两边看的人目眩神摇，不敢仰视"。但这部小说的伟大意义还在于作者对一些主张礼乐兵农理想的士人失望之余，更将探寻出路的眼光转移到"市井"中来，在最后一回书中描写了"四客"：做裁缝而能弹琴的荆元、卖纸火筒子而有棋艺的王太、吃斋饭度日而善书的季遐年、卖茶为生而擅画的盖宽，他们全凭一技之长谋生，保持着人格的独立和做人的节操。而能够理解这"四客"情怀的人，却正是在清凉山下种菜的于老者，每当荆元来游时，他们"席地坐下"，于老者泡了茶，荆元则"和了弦，弹起来，铿铿锵锵，声振林木"，"于老者听到深微之处，不觉凄然泪下"。这就意味着只有下层民众才能领会同阶层人的心态。吴敬梓这种描写不也正是与龚半千这位"大布衣"的心态有一脉相承之处吗？据《盋山志》卷四所记，吴敬梓"殁葬清凉山麓，或曰在凤台门"，当年已不可确知，近年曾有有心人及其后裔来清凉山探寻，笔者也曾应邀相伴寻找一次，但无结果。且不论是否能寻到其坟葬，但他的清凉山"情结"却是客观存在，不会消失。

总之，这几位文人虽来自外地，但却为清凉山的文化蕴涵作出了贡献，他们都有高尚的节操、过人的才艺，特别是从龚贤到吴敬梓，不仅创作了杰出的文艺作品，而且在一定程度上自觉地趋向十字街头，寄迹于广大民众间，这是极其难能可贵的人生选择。

---

① 参见拙作《吴敬梓"秦淮水亭"考》，收入《清凉文集》及《吴敬梓研究》中。

三

　　清凉山文化蕴涵给予我感受最深的并不是佛事活动——盂兰盆节。尽管儿时的嬉戏记忆犹新，但毕竟只是参与一种"娱乐"。感受深沉的倒是上述的几位文人，以及旧时清凉山的一些楹联。20世纪80年中期开始指导研究生，当年三年招生一次，每次招一二名，最多三名。经常与研究生漫步山中，讨论问题，切磋学问。那时的清凉山真是一座城市山林，地道的"清凉世界"。我还曾写过有关的散文、随笔，如1990年夏，《人民日报》、《光明日报》为配合十一届亚运会的召开特辟"名人与体育"、"我与体育"专栏。我也收到《光明日报》的约稿函，因为我唯一的体育活动就是散步，于是写了一篇《散步与散心》，在亚运会开幕的第二天刊出（9月23日）。此文就提到我的散步所在即清凉山。《雨花》1999年第1期发表了散文《清凉山，不了缘》（署名程凌）。2000年《散文》第6期在"中外序跋"栏中发表了《说清凉》一文，此文乃笔者八十万字的论文自选集《清凉文集》的跋语，文中引用了多副清凉山旧时的楹联，如"大地何须热，名山自清凉"等，从而引申出唐宋诗词中有关"清凉"的佳句并叙述"人之一生，惟有常处'清凉'，方能著书立论"的一种体验。至于1989年由江苏古籍出版社出版的《新批儒林外史》，序文之末注明作于清凉山下，此书印行七次后，经过大量增补修订，由北京新世界出版社于2002年出版，书名则更改为《清凉布褐批评儒林外史》，在书末的跋语中即说明之所以改为此名，乃受龚半千《西江月》词作影响。其词曰：

　　　　新结临溪水栈，旧支架壁山楼。何须门外去寻秋，几日霜林染就。影乱夕阳楚舞，声翻夜月吴讴。山中布褐傲王侯，自举一觞称寿。

"山中布褐"即"山中布衣"，即自号"大布衣"的龚贤。笔者住于清凉山左近，生平也未担任过有行政权力的干部，实在也是一个布衣，整整过了五十年的苜蓿生涯（1953—2003）。因此以"布褐"自况也很贴切，同时也希望此书能得到广大平民的认可。人类所创造的物质文明、精神文明，应该让最广大的民众享有。我所批评的《儒林外史》也不例外。教学之余，笔耕不已。80年代以后出版的著作，于前言后记之末，常注明作于清凉山下，如中华书局出版之《儒林外史人物论》、南京大学出版社出版的《吴敬梓评传》、南京师大出版社出版的三卷本《吴敬梓研究》等，在我已出版的三十八种著作中，说明作于清凉山下者不下十余种。我一般不为他人著作写序，因为我深知作序之难——非学术之"难"更胜于学术之"难"，但自己弟子的学位论文出版时要求作序则责无旁贷。少数有特殊情况的著作也偶有例外，如《明代南京学术人物传》，原先南京社会科学院周直院长约请我任主编，当时因公私鞅掌，乃转荐另一位先生任其职。校样出来后，他们仍希望我挂主编，另一位先生副之，我则认为谁做事谁挂名，坚决辞却。院方又要求我写一篇序，乃不能不应允。这些序文之末，大都注明作于清凉山下，大约也有二三十篇。此外，有电视台作专题节目来采访时，也常选择清凉山作场地，如南京电视台1984年拍摄专题片《吴敬梓和〈儒林外史〉》、1985年拍摄系列片《儒林外史》，约请我任文学顾问，其中一些镜头中的场景就是清凉山。1996年6月，中央电视台拍摄《吴敬梓和〈儒林外史〉》，是"中华文明之光"系列片之一，两度来人采访，清凉山也同样被我选定为一个重要的拍摄场所。罗列这些往事，无非是说清凉山文化蕴涵给予我的感受之深，有着浓郁的"清凉"情结。

但尽管如此，笔者以为清凉山的文化蕴涵仍不宜以"清凉山文化"称之。文化者，乃人类社会发展中所生产、所积累的物质财富与精神财富的总和。即令仅从精神财富而言，与清凉山有这种那种关联的名人、文人虽有，但也不比南京其他地区为多，例如，秦淮水域历代名贤聚居者颇众，《秦淮志》就说"六代贵游，夹淮立宅"，并具体列出不下六十名贤之住宅。果如此，又可提出"秦淮文化"。继而又可历数一些历代名贤足迹所至而提出"钟山文化"、"莫愁湖文化"等，从而导致"文化"的泛用。其实，清凉山也好，秦淮河也好，乃至钟山、莫愁湖等景点，都有着各自的丰富的文化蕴涵，都是南京文化的组成部分。而对于南京文化的特点，却应该认真研究。在2004年举办的"世界历史文化名城博览会·世界历史文化名城文化名人对话"会上，有位嘉宾认为南京文化多次流失，因而南京"在文化上处于一种相当尴尬的地位"，一再说"南京历史的传统……已微乎其微"。笔者也作为会议邀请的嘉宾之一，对这一种观点提出不同见解。但我们确也应该认真研究一下南京文化的特色。从20世纪80年代开始，这一课题就被提到日程上来，仅笔者应邀参加讨论或应邀撰写文章的活动就有1983年南京古都学会召开的有关会议，1983年城市科学研究会所办的刊物《南京城市研究》，

1987年首次南京文化讨论及南京文学讨论会，1991年南京文化第二次讨论会，1996年省社联召开的"如何开发南京文化资源座谈会"等，直到2008年还参加了海峡两岸在连云港召开的"文学名著与地域文化"的讨论会。在这些会议上，有人常常举出本地区一两部文学名著作为地域文化代表，从而意图显示这一地区的城市性格。如几次参加连云港的学术会议，有人力挺《西游记》为该地区文化的代表；又如80年代一次讨论南京文学—文化的会议上，有人举出清代南京文化的代表就是两部小说一部戏：《儒林外史》、《红楼梦》和《桃花扇》。尽管我对这三部名著都有研究成果发表，但并不认为它们能显示南京文学—文化的整体特色。因为一个城市的文化，不能仅仅依靠几部文学著作就能概括，它还涉及其他学科，需要多学科进行综合研究，除了文学、史学、哲学而外，城市设计和建筑科学、城市美学、社会学、经济学、人口学、民俗学、宗教学等；因为文化（即使是狭义上的文化）是多种意识形态以及与之相适应的多种规制和机构的反映，必须进行多学科的综合研究，不能简单化。何况我们研究和彰显某一地区文化特征的目的，无非是增强这一地区的竞争力或说是"软实力"。而所谓的"软实力"是依靠对外的吸引力和对内的凝聚力去实现所欲达到的目的，这就需要依靠自身的高度的物质文明和精神文明（二者的综合就是"文化"）去增强，让世人认为某一地区最适合人类居住、最有发展前途（或某一景点最能招引游客、留住游客），而对本地区居民而言也能感受到和谐社会的种种利好，愿意世世代代在此居住生活下去。

为此，必须注意文化事业与文化产业的联系与区别，我们要充分挖掘、彰显清凉山的文化蕴涵，使之具有逐渐增强的吸引力，但是修复文化的历史遗存应该让广大民众都能享受这一精神财富，不能将之归于"小众"所有，更不能随便占有清凉山公园的有限空间，为个人修建馆舍。以营利为目的文化产业当然可以发展，但宜放在公园以外的附近地段，使文化事业与文化产业共同兴盛繁荣，而不要形成相互挤兑。这样方能造福广大民众，从而使得优秀的文化传统代代相传、发扬光大。

（原载《南京师范大学文学院学报》2009年第1期）

物质文明、人文科学与中国古代人文精神

在21世纪来临之际，回顾人类历史的进程，展望社会的未来，总结文化的演进，继承优秀的精神遗产，前瞻学术的发展，为人类社会在新世纪中的更大进步设计蓝图，勾勒出物质文明与精神文明发展的新轨迹，虽然是一项十分艰巨的任务，却又是一项极有意义的工作。自然，这项工作有待于世界范围内的有识之士去共同进行。这里仅仅谈一点个人的肤浅认识。

一

人类在生存、发展过程中，改造自然、超越自然，以使自身摆脱野蛮、蒙昧状态，并不断完善自我，以使主、客观趋向一致和谐的境界，这就是文明——物质文明与精神文明。物质文明是人类改造自然、进行物质生产的积极成果，包括生产力的状况、生产的规模、物质财富的积累、物质生产的条件等。精神文明则是人类在改造自然的同时改造自我的成果，包括教育、科学、文化的发达和思想道德水平的提高。

物质文明与精神文明二者在人类进步、社会发展的过程中，是相互依存、彼此渗透、互为条件的。物质文明是精神文明的发展基础，人们首先必须解决生存必需的衣食住行问题，然后才能考虑其他事情，也就是说物质生产方式制约着整个人类生存、社会生活和精神产品，是物质的生产方式制约着物质文明和精神文明的状况以及发展的水平。精神文明则是物质文明发展的条件，对物质文明的发展起着重要的促进作用，决定着物质文明的方向。同时，精神文明中的教育、科学和文化，又可直接转化为物质文明；精神文明中的思想道德，则可提高人的素质，进而又增强人创造物质文明的能力。总之，物质文明与精神文明两者之间有着相辅相成的至为密切的关系。

精神文明的建设离不开人文科学。所谓人文科学就是研究人以及与人类利益有关的学问，诸如哲学、文化学、史学、文学、语言学、伦理学、艺术学、宗教学等。它是精神文明的重要标志，它的繁荣是精神文明繁荣的具体表现，而其繁荣也自然会促进精神文明的更趋繁荣。既然如此，作为精神文明标志的人文科学，自然就像物质文明与精神文明有着彼此依存、互为条件的关系一样，人文科学也与物质文明有着同样的辩证关系。物质文明的发展既拓展了人文科学的研究领域，提出了人文科学亟待研究的问题，并且为人文科学的研究提供了新的思维、新的方法和新的研究手段，有利于人文科学的发展；而人文科学研究的新成果，又可为物质生产活动中所产生的新的问题提供解决的思路，从而更好地促进物质文明的发展。物质文明与精神文明、科学技术和人文科学正是在这种互补的状态下不断向前发展。

对于物质文明、精神文明，以及自然科学技术和人文社会科学之间的这种互补关系，有些人未能充分认识，以致出现认识上的偏颇偏差、行为上的畸轻畸重，只看到自然科学技术对于经济发展的直接作用，而未能充分认识到人文社会科学的决策作用，以致在物质文明高度发展的形势下，人文科学的发展显得滞后。面对此种状态，有必要不断在理论上充分说明物质文明与精神文明、自然科学技术与人文社会科学的相互作用，并且在实际中大力加强人文社会科学的研究，改变滞后状态，使之能更完满地适应和配合物质文明和精神文明建设的日益增长的迫切需求。

二

物质文明是人文科学所赖以生成、兴盛的基础，这是不争之事实。仅以文学艺术的发展史即可证明。原始艺术的产生无不源于生产，这在各民族的文学艺术的历史中也是共同的现象。我国的文艺史也不例外，无论原始的艺术品或是原始的歌舞，都和原始社会中的生产劳动与物质生活密切相关。考古发掘出来的原始艺术品以陶塑、陶绘为主，最早的陶塑艺术品就是陶塑的猪头，是在距今已有七千年之久的河南密县、新郑新石器时代文化遗址中发现的。及至农业生产出现以后，又产生了表现植物形态的陶绘，这反映了从狩猎到耕植的演变，这是人类生活史上的一大进步，也是文化史、文艺史上的重大发展。原始歌舞也同样与生产劳动不可分开，《尚书·益稷》的"击石拊石，百兽率舞"，《吕氏春秋·古乐篇》的"昔葛天氏之民，三人操牛尾，投足以歌八阕"等记载，均表明原始歌舞是原始人用形象的语言、富有韵律的曲调以及具有节奏感的动作，以表达劳动的愉快或沉重、丰收的喜悦与欢乐、生活的不幸与忧伤。原始诗歌也是伴随着歌舞出现的，是原始人在集体劳动中为协调动作、交流感情而发出的劳动呼号与简单的语言结合，均是生产劳动的产物。《毛诗序》云："诗者，志之所之也，在心为志，发言为诗。情动于中而形于言，言之不足故嗟叹之，嗟叹之不足故永歌之，永歌之不足，不知手之舞之，足之蹈之也。"可见诗、歌、舞三位一体，都出自人们在劳作、生活中所激起的感情波动，所谓"男女有所怨，相从而歌，饥者歌其食，劳者歌其事"[①]，由此可知原始的文学艺术的产生，均是原始人创造物质文明的结果。

　　此后的文学的演变史，处处都可找出物质文明是人文科学赖以生成、发展基础的印证。例如在我国古代文学史中，散文占有重要位置，而散文的产生，也与物质生产活动密不可分。萌芽状态的散文，在甲骨文和金文中已出现，甲骨文中有年成、田猎的内容，金文中更有土地交易、勘定田界等内容。及至春秋战国时期，散文大为兴盛，这也与物质生产的发展有关。当时铁器产生并被广泛使用，牛耕代替人力日渐推广，劳动生产力得以大大提高，产品较前丰富，除养活力耕者本身而有余，于是出现"不耕而食"的劳心者，形成不同的社会分工，《荀子·荣辱》所云"农以力尽田，贾以察尽财，百工以技巧尽械器，士大夫以上至于公侯莫不以仁厚知能尽官职，夫是之谓至平"，即反映这一现实。当时这些"不耕而食"的"士"，便活跃于社会生活中，代表不同阶层的利益，针对当时的社会变革，发表各自的主张，相互展开驳难，于是形成百家争鸣的局面，并运用文字以表达他们的意见，这便形成先秦散文繁盛的局面。又如市民文学兴盛于两宋，也是与当时的经济发展、物质文明的繁荣分不开的。北宋首都汴梁（今河南开封）当时人口多达一百三十余万，南宋京城临安（今浙江杭州）的人口也已逾百万。这两座大都市中都有为数甚多的工商业主和手工业者，在临安甚至占城区居民的三分之一左右。由于工商业繁荣兴盛，城市格局也有所变化，居民住宅与商场店

[①] 何休：《春秋公羊传解诂·宣公十五年》。

铺交错并置。在这种经济繁荣的局面下，广大市民与手工业者需要有能满足他们艺术兴趣、适合他们的欣赏水平的新的文艺形式，于是说书、演戏的瓦舍勾栏大量出现。据《东京繁华录》记载，当时汴梁城中的瓦舍，有"街南桑家瓦子，近北则中瓦，次里瓦，其中大小勾栏五十余座"，大者"可容纳数千人"。《武林旧事》记当时临安城中有瓦子二十三处，仅北瓦内的勾栏便有二十三座。可见为满足为数甚多的市民的需要，戏剧、小说这两种文艺形式的创作和演出（说讲）在两宋期间已日趋成熟并逐渐成形。及至元、明、清三代，这两种文艺形式已成为那个时代的代表性的文学体裁；而且无论从作者还是从作品这两者的数量来考察，也是以经济繁荣的东南沿海一带最为兴盛。自然，每一种文艺形式的产生和兴衰，都有着种种条件，包含着十分复杂的因素，非此文所能尽述，但如果没有物质生产活动作为基础，没有物质文明的繁荣和精神文明的需求则是不可想象的事。

三

物质文明不仅如上节所述那样是各种文艺形式赖以生成的基础，而且物质文明所创造的"物"，对于文学、艺术以至整个人文科学的发展也产生极大的促进作用。这样的例证可以举出很多来。

例如造纸术的出现，对于我国乃至世界文明的影响，实在是难以估计的。我国古代是以甲骨、竹木为书写材料，古代埃及则以草茎之皮为书写材料，欧洲人则书写在羊皮上。到西汉时，我国有以丝絮制成的书写材料即絮纸。但竹简分量重，丝絮价格贵，这些不足之处就制约了文化的推广、普及。时至东汉，生产有了发展，情况有了变化，据《后汉书·宦者传·蔡伦》云："自古书契多编以竹简，其用缣帛者谓之为纸。缣贵而简重，并不便于人。伦乃造意，用树肤、麻头及弊布、鱼网以为纸。"蔡伦利用麻木、树皮以及破布、废旧渔网制成可以书写的纤维纸，成本既低又便于使用。从公元6世纪，这种造纸技术逐步传至海外，从东亚、中亚、西亚、转至欧洲之希腊、意大利、西班牙、法国、德国、英国、荷兰和美洲的美国。由于这种载体物质轻便价格低廉，又可批量生产，对于文化推广、教育普及，乃至政治交往、商业活动等一切社会生活的功效是显而易见的。至于印刷术的发明，对于文化知识的传播、人类思想的交流、科学技术的繁荣，更是有着不可估量的贡献。我国造纸术发明较早，因此印刷术的发明也早。远在隋、唐时期即有雕版印刷；到了北宋时期又发明了活字印刷（泥活字与木活字），而且制定了活字的制造、排版、刷印、拆版以及贮存的全部过程的措施；而后又有了金属活字。韩国在高丽朝也产生了木版印刷，在高丽朝末期又有木活字与金属活字的印刷出现。印刷术的发明，极大地方便了知识的流播，当然对于人文科学的发展也是极大的促进。即以小说、戏曲而言，它们虽在两宋时已然出现，但其兴盛却在元明之际尤其明中叶以后，特别是盛行于东南沿海一带，这显然也与印刷业的迅猛发展有关。李诩在《戒庵漫笔》卷八中就曾指出，在明朝隆庆、万历年间"满目坊刻，亦世华之一验也"。当东方发明的印刷术传到西方后，西方各国纷纷仿效，并作了各自不同的改进，尤以德人约翰·谷腾堡的改进为著，他糅合东西方的活字印刷技术，并做了许多优化处理。印刷技术的不断提高，更加速了知识的传播、思想的交流，这对人文科学的发展自然是极大的促进。及至20世纪七八十年代，计算机技术运用到出版事业上，更带动了出版事业的迅猛发展和空前繁荣。自然，计算机技术对于人文科学的影响不仅在于出版方面，可以说它已深入到许许多多领域，包括美术、音乐、影视、图书学、档案学，乃至史学、哲学、法学、社会学、经济学等，它对整个人文科学的影响也日益加剧。这正表明作为物质文明标志和第一生产力的自然科学技术对于人文科学的巨大贡献。

不仅如此，物质文明的发展还拓展了人文学者的思维方式，更新了人文学科的研究方法。例如，长期的农业生产方式培育了我国人民有耕耘方有收获的务实精神，形成了顺应季节变化的自然观以及本固民安、安土重迁的固守乡土的观念。随着工业生产的发展、航海技术的进步，沿海民众逐步漂洋过海，涉足更广阔的天地，见识到一个前所未见的新世界，从而使思想观念和思维方式必然会发生新的变化，这就大大有利于人文科学的发展和繁荣。至于科学技术不断发展而形成的新的研究方法，如科学质疑法、分析比较法、归纳演绎法、理论模型法等，以及系统论、控制论、信息论，更是对人文科学研究方法的更新产生极大的促进作用，从而推动了人文科学的不断发展。

凡此，都说明物质生产的不断发展、物质文明的日趋繁荣，对于精神文明的建设和昌盛具有十分重要的意义，也是影响和决定人文科学是否能持续发展的先决条件。因此，我们必须重视和大力发展物质生产，不断促进物质文明持久繁荣和长足进步，那种认为物质文明的发展导致道德沦丧、社会腐败的观念是有失公允的。不大力发展物质文明，没有强大的物质基础，就不能立足于迅猛发展进步的世界民族之林，自然也谈不上精神文明的繁荣和人文科学的兴盛。

四

物质文明虽然是人文科学赖以生成并有所发展的基础，但物质文明的发展如离开精神文明的同步发展，也会给人类社会带来许多问题甚至造成灾难，最显而易见的例子，如信息技术的发展，使得人与人的距离缩小，整个世界变成一座"地球村"，大洋两端、南北两极的人均可十分便捷地交流思想、共享信息资源。但如果沉溺于信息网络，尤其是未成年人，也会导致生理和心理的忧患，"互联网综合征"的出现，正说明信息技术发达所造成的不良后果。其他如克隆技术的发明与运用，固然给人类带来许多福音，但如运用不当，不但会造成许多伦理问题、社会问题，而且从生物医学的角度来考察，它也会对人类本身的生存构成极大的威胁。总之，由于新的科学技术的不断涌现，物质生产效率大大提高，改变了人们的生活方式、劳动方式，进而也改变了人们的思维方式以及人与人、人与自然的关系，因此在推进物质文明更趋繁荣的同时，人们的生活观、价值观以及道德观也都随之发生变化。在这种物质文明不断繁荣同时又出现许多新问题的局面下，就必须大力倡导精神文明，必须加强人文科学的研究，并以人文科学的新成果作为物质文明不断发展的支撑，如此方能让全人类不致遭受到物质文明发展中所形成的种种不利于人类自身持续发展进步的灾难。

人文科学的深入发展，可以促进精神文明的繁荣，而精神文明的提高，又可以引导、制约物质文明向正确的方向发展。物质生产活动的成果只是满足人类生存的物质需求，但并不能让人意识到自己的价值和尊严，人必须有信仰、有理想、有道德，否则又与动物没有任何区别。人一旦丧失信仰、理想和道德，也就丧失了精神家园。社会生产力的发展，决定生产关系以及其他社会关系的变动。生产力的发展如何遵循正确的方向，这就存在着对未来发展战略的预测以及对如何发展的决策，这就意味着人文社会科学的导向作用。对于物质生产的发展、物质文明的建设，必须从全人类的生存、发展的立足点来考虑，既要考虑各民族之间共同生存发展之所需，又要考虑人类与自然的关系，不要盲目开发自然，破坏人类赖以生存的自然环境，要对人类的未来承担责任。对此，人文社会科学应该也能够承担这一导向作用。例如，在商品经济长足发展、产品极大丰富的社会中，如果人们沉溺于物质的无限制追求，贪婪的物欲得不到有效控制，一切都商品化，这就必然破坏人际的和谐关系；如何调整人际关系，不但需要有伦理学的规范，也要有法学的限定。再以克隆技术而言，我们如何充分利用这一技术给人类造福而避免它可能造成的灾难，便要从法律上限制其负面效应，从道德上要求科学家自觉地以对人类负责的态度运用这一技术。但却不必限制克隆技术的研究，因为推动生产发展的科学技术是中性的，它像是一把"双刃剑"，既可以带来福音也可造成灾难。当然，由于克隆技术的出现，我们也不能完全以传统的道德观念和法律观念去看待新出现的种种问题，而必须以不断发展、进化的社会伦理和法律观念去适应社会的发展和人类的进步。凡此种种，都表明人文科学在新时代面临着的新问题，而解决问题的过程，也就促进了人文科学向新的高度发展。

此外，如同科学技术的研究方法对人文科学的研究产生促进一样，人文科学的思维方式，对于物质生产活动的发展、物质文明的繁荣，同样也具有积极意义。人文科学研究不仅需要有理性的抽象思维，而且要有感性的形象思维，人文科学中的文学、艺术学、哲学、史学乃至宗教学以及神话、传说等学科都能培养人们的想象力、创造力和对美好事物的执着追求，这种能力和精神，会成为促进人们改变现实、积极创造的巨大动力，从而推动生产力的发展，将物质文明推到新的高度。

总之，物质文明是人文科学赖以生成、发展的基础，而人文科学研究的拓展与深入，又支撑了物质文明的进一步繁荣，二者的关系是互相补益的。

五

"人文科学"一词源出拉丁文 humanitas，意为人性、教养。欧洲于 15 世纪始有这一词汇出现，原指与人类利益有关的学问，以别于曾在中世纪占统治地位的神学。但其含义多次演变，现在经常将它与"社会科学"通用（自然也有学者主张"人文科学"与"社会科学"在概念上有所不同）。在我国古代典籍中也曾出现"人文"一词，如《易·贲》："观乎天文以察时变，观乎人文以化成天下。"孔颖达疏："言圣人观察人文，则诗书礼乐之谓，当法此教而化成天下也。"《北齐书·文苑传序》："圣达立言，化成天下，人文也。"大多指礼乐教化。东西方文化中的"人文"一词所指的内容，既不完全一致，也有相通之处。"人文科学"所包含的哲学、文学、语言学、宗教学、艺术学、史学、经济学、政治学、伦理学、社会学、法学等，均与"人"有关，而礼乐教化又是用以培养人的。我们发展人文科学、讲究精神文明，其目的也在于培养具有高素质的一代新人。

　　人的高素质主要表现在对主客体的认知和对自身存在价值的把握两方面。人必须认识自我（主体）、认识他人和自然（客体），正确处理与人的关系、与自然的关系。对于自身存在的价值要有正确的把握，也就是要具有正确的人生观和价值观，妥善地处置"义"与"利"、摆好"个人"与"集体"的关系。社会的人既是物质文明和精神文明的创造者，又是物质文明和精神文明的享有者。文明的人，既是人文科学的创造者，又是人文科学的得益者。我国传统思想从来就极其注重人、注重人的社会本质、注重人的道德情操。孔子曾对曾子说"天地之性，人为贵"[1]；孟子认为"天时不如地利，地利不如人和"[2]，可见他们对"人"的重视。他们所重视的人，不是自然的人而是社会的人，孔子对门生子路等人说"鸟兽不可与同群"，认为人只能与人相处，表示"吾非斯人之徒与而谁与"[3]；孟子更指出人与禽兽之不同全在于人能"由仁义行"[4]，也就是说人具有精神文明。因此，他们主张"爱人"[5]，而对于自身，则要培养高尚的理想、远大的志向。孔子的志愿在于"老者安之，朋友信之，少者怀之"[6]，也就是关心民瘼，救助患难，让天下人都安居乐业。孟子则善养"浩然之气"[7]，认为人一旦具有这种浩然之气，就能成为"富贵不能淫、贫贱不能移、威武不能屈"[8]的大丈夫，也就是精神高

---

[1] 《孝经·圣治》。
[2] 《孟子·公孙丑下》。
[3] 《论语·微子》。
[4] 《孟子·离娄》。
[5] 《论语·颜渊》，《孟子·离娄》。
[6] 《论语·公冶长》。
[7] 《孟子·公孙丑上》。
[8] 《孟子·滕文公下》。

尚的人。至于人与自然的关系，我国传统思想中，从《周易》始，即有天人合一的观念萌芽，《庄子·齐物论》"天地与我并生，而万物与我为一"；董仲舒《春秋繁露·立元神》"天地人，万物之本也。天生之，地养之，人成之。天生之以孝悌，地养之以衣食，人成之以礼乐。三者相为手足，合以成体，不可一无也"；王充《论衡·变动篇》"人物系于天，天为人物主"、"天气变于上，人物应于下"等，虽然其含义不能全然相同，但都讲的是人与自然的关系。由此可见，人与人的关系、人与自然的关系，受到历代思想家的重视。他们的许多见解，在今日仍然有益于我们加强素质教育。

（原载《中国文化的昨天、今天和明天——名家演讲集》，武汉大学出版社2001年版）

中国传统思想与古代文学

——兼论和平环境对繁荣文艺的作用

中国传统思想文化博大精深,春秋战国时即分门结派,各自立说,百家争鸣,相互辩诘。但自秦汉独尊儒学以来,论及中国传统思想文化,则不得不首推儒学。两千余年来,儒学对我国人民生活(物质的、精神的)和社会发展的影响,至深至大,作为"人学"的文学亦莫能外。本文试就以儒学为核心的传统思想对古代文学的绵远影响略作论述。

一

儒学核心是"仁","仁"在古时与"人"通,《论语·雍也》"井有仁焉"的"仁"即"人"。儒学对"人"的理论探讨全面而深刻,他们提出的一些观念至今仍然闪烁着智慧的光芒。早在春秋时期,"仁"字已被较多地提及,如《国语》中出现二十四次,《左传》中出现三十三次,而在《论语》中更多达一百零四次。可见作为儒家核心思想的"仁"受到儒学大师孔子的重视程度。此后,又经孟子等人的进一步拓展,从而形成儒家的人学思想体系。他们的论题所及,涉及人的本质和价值、人与人相处的准则、人与天(自然)的关系以及人的修养和理想等内容。

首先,儒家人学思想极其重视人,重视人的本质和价值。《论语·乡党》中记述了这样一件事:"厩焚。(孔)子退朝,曰:'伤人乎?'不问马。"问人而不问马,这就表明了孔子对人的看重。他曾对曾子说:"天地之性,人为贵。"[①]在《易·说卦传》中又说:"是以立天之道曰阴与阳,立地之道曰柔与刚,立人

---

① 《孝经·圣治》。

之道曰仁与义。"将人与天、地并列,成为"三才"之一。历代思想家无不承袭这一重人的传统,如东汉王符在《潜夫论·赞学》中即云:"天地之所贵者人也,圣人之所尚者义也,德义之所成者智也,明智之所求者学问也。"宋人陆九渊更说:"天、地、人之才等耳,人岂可轻,人字又岂可轻!"[1]尤其难能可贵的是,儒家的人学思想不仅仅重视人,而且重视人的社会属性。孔子曾对子路等人说"鸟兽不可与同群",认为人只能与人交际,说"吾非斯人之徒与而谁与"[2]?孟子虽然不反对告子所说"食色,性也"[3],但又着重指出"人之所以异于禽兽者几希"。在孔、孟看来,人与"禽兽"是大不相同的。这不同之处就在于"庶民去之,君子存之。舜明于庶物,察于人伦,由仁义行,非行仁义也"[4]。人与兽的区别、人的社会属性全在于此。《礼记·曲礼上》亦云:"夫唯禽兽无礼,故父子聚麀。"这些论述,正说明儒家先贤们根据自己社会实践的经验,对人的本质所作出的判识,与近代理论家所作出的人首先必须吃喝住穿,然后才能从事政治、科学、艺术、宗教等活动,人的本质是一切社会关系的总和的理论判断极为近似。由此可见,儒家对人的重视、对人的本质的论述,长久以来一直为后代学人所重视,也就并非偶然。

其次,在充分尊重人的前提下,儒家人学思想又极其重视人际关系,强调人与人要和睦相处。《说文》释"仁"云:"仁,亲也。从人从二。"这就表明"仁"字必与二人以上发生关系。《国语·周语》说"言仁必及人";《中庸》记孔子答哀公问政时也说"仁者人也,亲为大"。孟子更将天、地、人三者加以并举分说,得出"天时不如地利,地利不如人和"[5]的判识。由此可以看出儒家人学思想对人际关系的重视。至于如何与人相处,儒家人学思想中论述极多,当樊迟向孔子问仁时,孔子回答是"爱人"[6]。孟子又据此引申为"仁者爱人"[7]。如何"爱人"?孔子主张的核心是推己及人:一方面是"己所不欲,勿施于人"[8],另一方面是

---

[1] 陆九渊:《象山先生全集》卷三十五《语录》,《万有文库》本,商务印书馆1935年版,第五册。
[2] 《论语·微子》。
[3] 《孟子·告子上》。
[4] 《孟子·离娄下》。
[5] 《孟子·公孙丑下》。
[6] 《论语·颜渊》。
[7] 《孟子·离娄下》。
[8] 《论语·颜渊》。

"己欲立而立人,己欲达而达人"①。如何做到推己及人地去爱人呢?孔子主张严格要求自己,从自我做起,所谓"君子求诸己,小人求诸人"②,先使自己成为一个有高尚道德的人。孔子的学生曾子说:"吾日三省吾身——为人谋而不忠乎?与朋友交而不信乎?传不习乎?"③孔子答复弟子颜渊问仁时又说:"一日克己复礼,天下归仁焉。为仁由己,而由人乎哉?"这些言论都表明儒家人学思想认为只有"克己"即严格要求自我,才能"复礼"即维持人际关系的平衡。当然,儒家所谓的仁者爱人并不是泛爱,而是既有爱的一面又有恶的一面,《论语·里仁》中明白地说:"唯仁者能好人,能恶人。"好与恶,是有明显的区别和具体的内涵的。儒家所重视的礼,同样也是有其鲜明的烙印的,即维护"君君、臣臣、父父、子子"④的伦常关系。不过,在上下尊卑的关系中,儒家又十分注意调节和缓冲功能,不使彼此之间失去平衡而产生对抗。例如对统治者和被统治者来说,孔子首先要求统治者能以身作则,说:"其身正,不令而行;其身不正,虽令不从。"⑤他对季康子说:"政者,正也。子帅以正,孰敢不正?"⑥次而主张对民要讲礼、义、信,认为"上好礼,则民莫敢不敬;上好义,则民莫敢不服;上好信,则民莫敢不用情"⑦。此外,又强调对民不能过于苛严,要"节用而爱人,使民以时"⑧。孔子明白,对民众的无尽诛求会遭到被统治者的殊死反抗,他曾公开表明替季氏搜刮的冉求"非吾徒也。小子鸣鼓而攻之,可也"⑨。《礼记·大学》中亦有言:"百乘之家,不畜聚敛之臣。与其有聚敛之臣,宁有盗臣。"这些言论,正表明儒家的人学思想极其重视调节人际关系。至于人与自然的关系,我国传统思想中,从《周易》始,即有天人合一的观念萌芽,《孟子·尽心上》曰:"尽其心者,知其性也。知其性,则知天矣。存其心,养其性,所以事天也",又云"万物皆备于我",就连《庄子·齐物论》也说"天地与我并生,而万物与我为一"。董

---

① 《论语·雍也》。
② 《论语·卫灵公》。
③ 《论语·学而》。
④ 《论语·颜渊》。
⑤ 《论语·子路》。
⑥ 《论语·颜渊》。
⑦ 《论语·子路》。
⑧ 《论语·学而》。
⑨ 《论语·先进》。

仲舒《春秋繁露·立元神》则曰:"天地人,万本之本也。天生之,地养之,人成之。天生之以孝悌,地养之以衣食,人成之以礼乐。三者相为手足,合以成体,不可一无也。"这些论述虽然其含义并不全然相同,但讲的都是人与自然的关系。由此可见,人与人的关系、人与自然的关系,受到历代思想家的重视,都主张人与人、人与天(自然)要和睦相处。

再次,儒家人学思想还强调君子必须有自己的高尚理想,而且要为坚持自己的理想付出一切。孔子甚至说:"朝闻道,夕死可矣。"[1]此所谓的"道"即理想,也就是他的志愿。子路曾向他请教"愿闻子之志",他回答是:"老者安之,朋友信之,少者怀之。"[2]就是关心民瘼,解除人们患难,让大家安居乐业,共同生活在理想社会中。儒家的理想社会即大同世界,《礼记·礼运篇》中有具体说明:"大道之行也,天下为公。选贤与能,讲信修睦,故人不独亲其亲,不独子其子,使老有所终,壮有所用,幼有所长,鳏寡孤独废疾者,皆有所养。男有分,女有归。货恶其弃于地也,不必藏于己;力恶其不出于身也,不必为己。是故,谋闭而不兴,盗窃乱贼而不作,故外户而不闭,是谓大同。"这种大同世界的理想,对后世思想家的影响极大,成为他们社会批判的思想武器。如明清之际进步思想家黄宗羲甚至在《明夷待访录·原臣》中提出"天下之治乱,不在一姓之兴亡,而在万民之忧乐"的主张。为了坚持自己的理想,实现自己的志愿,孔子一再表明"君子去仁,恶乎成名,君子无终食之间违仁,造次必于是,颠沛必于是"[3],也就是说在任何情况下都不能忘记实现自己的理想,甚至牺牲一己也在所不惜,所谓"志士仁人,无求生以害仁,有杀身以成仁"[4],"三军可夺帅也,匹夫不可夺志也"[5]。孟子更提出"我善养吾浩然之气",并对"何为浩然之气"作了说明:"其为气也,至大至刚,以直养而无害,则塞于天地之间。其为气也,配义与道,无是,馁也。是集义所生者,非义袭而取之也。"[6]他认为一旦具有这种浩然之气,就能成为"富

---

[1] 《论语·里仁》。
[2] 《论语·公冶长》。
[3] 《论语·里仁》。
[4] 《论语·卫灵公》。
[5] 《论语·子罕》。
[6] 《孟子·公孙丑上》。

贵不能淫，贫贱不能移，威武不能屈"的"大丈夫"①。这种浩然之气，成为后世无数仁人志士坚持民族气节和爱国情操的精神支柱。

总之，儒家主张"仁"，极为重视人的社会价值，讲究调节人际关系，而且还要重视人所赖以生存的"天"（自然），人与自然要和谐相处；同时强调个人节操，不惜牺牲一己以实现"大同"理想。当然，以儒学为核心的传统文化中人学思想内涵极其丰富，不是这简短的概述所可尽言，但上述数端则为荦荦大者。

二

在古代，"仁"与"人"可以互训已如上述。儒家学说核心"仁"，其实就是"人学"，也就是研究人的学问。儒家的"人学"研究人的精神境界，属于哲学范畴。而哲学与同为上层建筑的政治、法律、宗教、文学、艺术之间又都互相影响。至于被一些学人视作"人学"的文学，它所受到的时代思潮、哲学观念的影响更是巨大深远。当然，作为文学的"人学"与属于哲学范畴的"人学"在研究目的和研究手段上也同样大不相同，但它们却都是以"人"为研究或描写的对象，在这一点上，二者之间是契合的。

在我国思想史上，儒学一直占据统治地位，它的核心思想"仁"也即是"人学"，对广大士人的日熏月染十分浓重，成为他们日常生活的信念和文艺创作的准则。可以毫不夸张地说，在我国历史长河中，还没有任何一种思想体系能像儒学那样，对我国古代的文学思想和文学创作产生如此深刻的影响。在文学与社会生活、文学的社会功能、文人和文学创作的关系等方面，只要略加考察，即可发现这种影响几乎无所不在。

首先，儒家人学思想极为重视人的社会属性，在文学领域中则强调文学须反映人的社会生活。在儒家看来，文学与社会生活的关系至为紧密。孔子在《论语·阳货》中就曾说："小子何莫学夫诗？诗可以兴，可以观，可以群，可以怨。""兴"、"观"、"群"、"怨"，无不涉及"人"。黄宗羲就说："古之以诗名者，未有能离此四者。然其情各有至处。"② 王夫之也认为以此四者论诗"尽矣"，"人

---

① 《孟子·滕文公下》。
② 黄宗羲：《汪扶晨诗序》，《南雷文定》四集卷一，《丛书集成初编》本。

情之游也无涯,而各以其情遇,斯所贵于有诗"①。对"小子"学诗的目的,孔子在说明诗之兴、观、群、怨的功能后,又有所阐述:一是"迩之事父,远之事君";二是"多识于鸟兽草木之名"②。文学功能既然如此,正表明它之不能离开人的社会生活的特性。所谓"男女有所怨,相从而歌。饥者歌其食,劳者歌其事"③,正表明了文学是社会生活反映的观念。千百年来,这种观念可谓根深蒂固,刘勰在《文心雕龙·时序》中一再说明"故知歌谣文理,与世推移","故知文变染乎世情,兴废系于时序",就是这种观念的表述。陆游在告诫儿子时曾说:"汝果欲学诗,工夫在诗外。"④在另一首诗中,他对"诗外"有具体说明,即"君诗妙处吾能知,正在山程水驿中"⑤。袁宏道在《叙竹林集》中论及文艺创作与生活之关系时,也表达出同样的见解,他说:"……故善画者,师物不师人;善学者,师心不师道;善为诗者,师森罗万象,不师先辈。"⑥此种观念可谓深入人心。从儒家人学思想来探讨文学与社会生活之关系又有两个不同的层次:即国家政治与个人际遇。诚如杨维桢在《杨文举文集序》中所言:"文章非一人技也,大而缘乎世运之隆污,次而关乎家德之醇疵。"⑦前者,有如《乐记·乐本》所云"审声以知音,审音以知政,而治道备矣";后者,有如苏舜钦《石曼卿诗集序》所云"诗之作与人生偕者也。人函愉乐悲郁之气,必舒于言"⑧。由这些论述看来,文学与国家政治状况和个人生活际遇密切相关,这已成为儒家文艺观的重要内容。

其次,儒家思想既然重视文学与社会生活的关系,就必然重视文学的社会功能,主张文学作品要有益于世道人心,强调文学作品惩恶扬善的教化作用。《论语·泰伯》中即云:"兴于诗,立于礼,成于乐。"《毛诗序》承袭孔子兴、观、群、怨的观点,认为诗可以"经夫妇,成孝敬,厚人伦,美教化,移风俗"。《礼记·乐记》亦说:"乐也者,圣人之所乐也。……其移风易俗,故先王著其教焉。"文学作品不但可以转移世俗,而且也反映民风,《礼记·王制》即有"命太师陈诗以观

---

① 王夫之:《诗绎》,《薑斋诗话笺注》卷一,人民文学出版社1981年版。
② 《论语·阳货》。
③ 何休:《春秋公羊传解诂·宣公十五年》。
④ 陆游:《剑南诗稿校注》卷七十八,上海古籍出版社1985年版。
⑤ 陆游:《题庐陵萧彦毓秀才诗卷后》,同上书,卷五十。
⑥ 《袁宏道集笺校》卷十八,上海古籍出版社1981年版。
⑦ 杨维桢:《东维子文集》卷六,《四部丛刊》本。
⑧ 苏舜钦:《苏学士文集》卷十三。

民风"的记载。班固也认为乐府诗"可以观风俗,知薄厚"[1]。如此,为了实现文学社会功能,儒家文艺思想一方面强调文以载道,另一方面主张美刺并举。前者,当颜渊问及如何治理国政时,孔子即将"放郑声,远佞人"作为必要措施之一,在他看来"郑声淫,佞人殆"。由此可见,孔子极为重视文艺作品在内容上的纯正。同时,他主张"人能弘道,非道弘人"[2]。秉笔作文亦须"弘道"。子贡曾说:"夫子之文章,可得而闻也;夫子之言性与天道,不可得而闻也。"[3]唐人柳冕就此发挥道:"即圣人道可企而及之者文也,不可企而及之者性也。盖言教化发乎性情,系乎国风者谓之道。故君子之文,必有其道。"[4]柳开在《应责》文中更直截了当地表明:"吾之道,孔子、孟轲、扬雄、韩愈之道。吾之文,孔子、孟轲、扬雄、韩愈之文也。"[5]将"文"与"道"合而为一,在他们看来"尝谓文者,礼教治政云尔"[6]。后者,孔子曾云:"唯仁者能好人,能恶人。"[7]可见儒学思想主张的仁者爱人绝不是泛爱,既能好,又能恶。这反映在文艺观念中就是美刺并举,《毛诗序》即云"上以风化下,下以风刺上,主文而谲谏,言之者无罪,闻之者足以戒"。历来阐说美刺的文字极多,姑举程廷祚之说以见一斑,他认为:"汉儒言诗,不过美刺二端。……夫先王之世,君臣上下有如一体,故君上有令德令誉,则臣下相与诗歌以美之。……故遇昏主乱政而欲救之,则一托于诗。……然则刺诗之作,亦何往而非忠爱之所流播乎?"[8]可见刺之乃为救之。王充所谓"起事不空为,因因不妄作;作有益于化,化有补于正"[9],又谓"文人之笔,劝善惩恶也"[10],正体现了载道、美刺二端的统一,也都是为了强调文学的社会功能。不仅传统的诗文如此讲究,即连后起之小说、戏曲也莫不重视。凌云翰在为《剪灯新话》作序时就说:"是编虽稗官之流而劝善惩恶,动存鉴戒,不可谓之无补于世。"王守

---

[1] 《汉书·艺文志》。
[2] 《论语·卫灵公》。
[3] 《论语·公冶长》。
[4] 柳冕:《答衢州郑使君论文书》,《唐文粹》卷八十四,《四部丛刊》本。
[5] 柳开:《河东先生集》卷一。
[6] 王安石:《上人书》,《临川文集》卷七十七。
[7] 《论语·里仁》。
[8] 程廷祚:《诗论》十三,《青溪文集》卷二。
[9] 王充:《论衡·对作》。
[10] 王充:《论衡·佚文》。

仁亦说:"今要民俗反朴还淳,取今之戏子,将妖淫词调俱去了,只取忠臣孝子故事,使愚俗百姓人人易晓,无意中感激他良知起来,却于风俗有益。"① 凡此,都足以说明儒家文艺观十分重视文艺作品劝善惩恶的教化功能。

此外,儒家人学思想极为注意个人的道德修养,并由一己推展开去,由修身做起,从而齐家、治国、平天下,以实现"仁"。至于如何实行"仁"?首先要求自己有实现仁的愿望,所谓"仁,远乎哉?我欲仁,斯仁至矣"②;次而则要求反省自身,向仁者学习,所谓"见贤思齐焉,见不贤而内自省也"③。孔子要求学习礼、乐、射、御、书、数六艺的士人,务须"志于道,据于德,依于仁,游于艺"④,这表明儒家学说是将品德修养放在首位,然后方是辞藻文章,也就是说先讲究做人尔后考虑作文。"君子进德修业,忠信所以进德也;修辞立其诚,所以居业也"⑤的观念影响了千百年来的文学主张和创作实践,直到清季前期卧闲草堂本《儒林外史》评者,还郑重其事地说:"大凡学者操觚有所著作,第一要有功于世道人心为主,此圣人所谓'修辞立其诚'也。"(第三十九回回评)裴行俭"先器识而后文艺"⑥的见解,同样在《儒林外史》中有所反映。当乐清知县李本瑛向学道荐举匡超人的"孝行"时,学道就以"士先器识而后辞章"为据允其所请。这些论述都是讲究人品先于文品。至于文品也反映人品的论述,同样是历代都有。扬雄《法言·问神》云:"故言,心声也;书,心画也。"王充在《论衡·超奇》中亦云:"有根株于下,有荣叶于上,有实核于内,有皮壳于外。文墨辞说,士之荣叶皮壳也。实诚在胸臆,文墨著竹帛,外内表里,自相副称,意奋而笔纵,故文见而实露也。"元人杨维桢亦云"评诗之品无异人品也"⑦。明人屠隆也在《梁伯龙鹿城集序》中说:"夫草木之华,必归之本根。文章之极,必要诸人品。"⑧清人杜濬《与范仲闇》云:"人即是诗,诗即是人。"⑨直至近

---

① 王阳明:《传习录》下,《王文成公全书》卷三,上海中华图书馆民国二年(1913)石印本。
② 《论语·述而》。
③ 《论语·里仁》。
④ 《论语·述而》。
⑤ 《周易·乾文》。
⑥ 《旧唐书·王勃传》。
⑦ 杨维桢:《赵氏诗录序》,《东维子文集》卷七。
⑧ 屠隆:《白榆集》卷二。
⑨ 周亮工编:《尺牍新钞》卷二。

代刘熙载《艺概·诗概》中还说"诗品出于人品",足见儒家要求人品、文品统一的文艺观影响之深远。

总之,儒家人学思想对千百年来我国文学主张和文学创作都产生了深远的影响。自然,儒家文艺观绝不仅仅限于此,但上述几方面却是最为重要者。

三

儒家人学思想的积极意义及其对文学的正面影响,前文已略作申说,至于它的消极作用及其负面影响,也不能不稍予评骘。

"仁"的实现有赖于"礼",孔子说:"克己复礼为仁,一日克己复礼,天下归仁焉。"① 在他看来,仁是内在核心,而礼则是其外在形式。"爱人"的"仁",如果不以礼加以约束,则成为无差别的泛爱,这却是孔子所不取的。他重视以"礼"教导弟子,颜渊曾感叹地赞美"夫子"对他的循循善诱说:"博我以文,约我以礼。"②

对于何谓礼,《礼记·郊特牲》有所说明:"父子亲然后义生,义生然后礼作,礼作然后万物安。"《礼记·曲礼上》亦云:"夫礼者所以定亲疏、决嫌疑、别同异、明是非也。"可见制礼、守礼的目的在于辨别亲疏贵贱,使人安于现状,不可有越礼非分之想,不可作越礼非分之事:具体来说就是现存的伦常秩序不容怀疑,更不容破坏。当齐景公问政时,孔子说:"君君、臣臣、父父、子子。"景公满意地叹道:"善哉!信如君不君,臣不臣,父不父,子不子,虽有粟,吾得而食诸?"③ 儒家认为如果舍礼不讲,天下就要大乱,《礼记·礼运》云:"故坏国、丧家、亡人,必先去其礼。"《左传·桓公二年》所记更为直截了当:"天子建国,诸侯立家,卿置侧室,大夫有贰宗,士有隶子弟,庶人工商各有分亲,皆有等衰;是以民服事其上,而下无觊觎。"正因为此,孔子谆谆教诲弟子"非礼勿视,非礼勿听,非礼勿言,非礼勿动"④,即是说君君、臣臣、父父、子子之礼也就是上下尊卑的统治秩序,是要竭力维护的。

过去时代的绝大多数文人学者莫不笃信并恪守这种伦常观念,少有敢于背叛

---

① 《论语·颜渊》。
② 《论语·子罕》。
③ 《论语·颜渊》。
④ 同上。

者。当司马迁解说"昔孔子何为而作《春秋》"这一问题时,有云:"夫《春秋》,上明三王之道,下辨人事之纪,别嫌疑,明是非,定犹疑,善善恶恶,贤贤贱不肖,存亡国,继绝世,补敝起废,王道之大者也。"① 再看董仲舒对春秋笔法的解释,他说:"……然则春秋义之大者,得一端而博达之,观其是非可以得其正法,视其温辞可以知其塞怨,是故于外道而不显,于内讳而不隐,于贤亦然,此其别内外差贤不肖而等尊卑也,义不讪上,智不危身。"② 由此可见,以《春秋》为代表的许多著作,即使有一些对统治者的委婉批评,其目的仍在于维护伦常秩序,为统治者策划长治久安。尽管如此,历代有不少作品,虽然也是为统治者根本利益考虑,但却具有一些嘲讽性质,也不能为统治者或其帮闲文人所包容,更不能得到他们的首肯,甚至"忠而获咎"。例如屈原曾以他的作品对统治者有所劝诫,班固就批评他"责数怀王,怨恶椒兰"③。又如司马迁尽管在《太史公自序》中声明自己著作《史记》"非独刺讥而已也",但汉明帝仍然指责他"反微文刺讥,贬损当世,非谊士也"④。由此可见以讥谏之作"匡君之过,矫君之失"⑤,也并非易事,更遑论直接斥责统治者的诗文创作了。

作为仁的外在形式的礼,其实质既然是维护伦常秩序,不但对千百年来人们的生活和思想产生了极大的支配作用,而且对我国古代的文学思想和创作也产生了极其不良的影响。在林林总总、浩如烟海的古代文学创作中,极少能见到有直接抨击伦常秩序、敢于犯上作乱的作品。不仅以文人创作为主的诗文中少见,而且连出自市民阶层的小说、戏曲作品中也很少见有。即如对于《水浒传》这部小说的主旨,可谓言人人殊,如袁中道认为"崇之则诲盗"⑥,归庄斥之为"倡乱之书"⑦,田汝成甚至诅咒其书作者"坏人心术,其子孙三代皆哑"⑧。而另一些学人则以张扬"忠义"归之,如高儒在《百川书志》卷六中以《忠义水浒传》之名予以著录。李贽在《忠义水浒传序》中更说明何以被之以"忠义"之名,他说:

---

① 司马迁:《史记·太史公自序》。
② 董仲舒:《春秋繁露·楚庄王》。
③ 洪兴祖:《楚辞补注》引。
④ 班固:《典引序》,《文选》卷四十八。
⑤ 刘向:《说苑·正谏》。
⑥ 袁中道:《游居柿录》卷九。
⑦ 梁章钜:《归田琐记》。
⑧ 田汝成:《西湖游览志余》卷二十五"委巷丛谈",上海古籍出版社1998年版。

"独宋公明，身居水浒之中，心在朝廷之上；一意招安，专图报国；卒至于犯大难，成大功，服毒自缢，同死而不辞，则忠义之烈也。"大涤余人在《刻忠义水浒传缘起》中也说："亦知《水浒》惟以招安为心，而名始传，其人忠义也。"当然，金人瑞绝不同意此说，予以深恶痛绝的驳斥："后世不知何等好乱之徒，乃谬加以忠义之目。呜呼！忠义而在《水浒》乎哉？"①且不论批评者的见解如何分歧，就《水浒》的具体内容来看，"只反贪官，不反皇帝"的意旨还是有所体现的，早年吴沃尧在《说小说》中就指出："《水浒传》者，一部贪官污吏传之别裁也。"②而且，还有人将此书与《三国演义》合刊题名为《英雄谱》，并且主张"为君者不可以不读此谱，一读此谱，则英雄在君侧矣；为相者不可以不读此谱，一读此谱，则英雄在朝廷矣"③。由此可见，《水浒传》被冠以"忠义"之名也非偶然。

"犯上""作乱"的文艺作品，在我国戏曲创作中也同样难以见及。即如明清之际苏州派剧作家的重要人物李玉所著的传奇《清忠谱》而言，也存在同样的局限。此剧取材于现实事件，明代天启六年（1626），苏州爆发了以周顺昌为代表的东林党人和以颜佩韦为代表的广大市民结合在一起的反对阉党魏忠贤的斗争，最后周顺昌被逮至京师备受酷刑而死，颜佩韦等五人被屠戮于苏州。这是当时震动朝野的大事。崇祯即位之后，颁布阉党罪行，魏忠贤畏罪自缢身亡。一时之间，以此为题材进行创作的文艺作品如雨后春笋。以散文而论，有脍炙人口的名篇《五人墓碑记》；以小说而论，有《通俗演义魏忠贤小说斥奸书》、《皇明中兴圣烈传》、《警世阴阳梦》、《梼杌闲评》等；以戏曲而论，有《冰山记》、《请剑记》、《不丈夫》、《清凉扇》等十余种。在戏曲作品中，以李玉的《清忠谱》"最晚出"，但"事俱按实，其言亦雅驯。虽云填词，目之信史可也"④，最享盛誉而为人称道。然而就在这样一部"事俱按实"的传奇中，李玉在塑造暴动的市民英雄形象时，也依然存在只反贪官（魏忠贤阉党及其爪牙）而不敢触及皇帝（明熹宗朱由校）的局限，尽管作者热情地歌颂了颜佩韦等人的慷慨激昂的英勇气概和仗义救人不畏牺牲的精神，然而又赋予他以"忠义倬、真孝友"的品格，并予以浓墨重彩的渲染，从而将他的斗争精神约束在"忠义孝友"的规范之内，

---

① 金人瑞：《水浒传序二》。
② 吴沃尧：《说小说》，《月月小说》第一卷，1906年。
③ 杨明琅：《叙英雄谱》，转引自丁锡根编著《中国历代小说序跋集》，人民文学出版社1996年版。
④ 吴伟业：《清忠谱序》，《清忠谱》卷首，人民文学出版社1990年版。

因而大大损害了这一市民英雄的形象,削弱了这部传奇的批判力量。

　　总之,仅从上述两部最为人称道的小说、戏曲作品来看,"其为人也孝弟,而好犯上者,鲜矣;不好犯上而好作乱者,未之有也"①的思想可谓深入旧时代作家之心,以"仁"为内在核心、以"礼"为外在表现的儒家人学思想,长久以来束缚和支配着文人学者的思维,从而使得他们在自己的创作和著述中,不敢突破等级制度,不敢非议伦常秩序,批判的矛头总不敢直接指向最高统治者,至多不过"清君侧"而已。这不能不说是儒家的"人学"对作为文学的"人学"的负面影响。

四

　　儒家认为王朝的兴替,须顺天命而应人心。《易经·革卦·彖传》:"汤武革命,顺乎天而应乎人。"孔颖达疏:"殷汤周武,聪明睿智,上顺天命,下应人心,放桀鸣条,诛纣牧野,革其王命,改其恶俗。"至于夺得天下,又如何求其巩固?《礼记·祭法》则云:"文王以文治,武王以武功。"则是依赖文治、武功。据《汉书·陆贾传》,陆贾经常在刘邦面前宣讲儒家经典《诗》、《书》的功用,惹得刘邦极不高兴,斥之曰:"乃公居马上得之,安事《诗》、《书》!"陆贾毫不示弱地说道:"马上得之,宁可马上治乎?且汤武逆取而以顺守之,文武并用,长久之术也。"并反问刘邦,"象(向)使秦以并天下,行仁义,法先圣,陛下安得而有之?"刘邦虽不高兴但也无从反驳,便命陆贾总结秦亡、汉兴的缘由,于是陆贾乃著《新语》,刘邦也不得不承认陆贾之言不无道理。可见文治、武功并用,就成为历朝统治者的治国施政策略。

　　儒家所谓的"文治",不外乎施仁政,兴学校,开科举,辟逸贤,旌节义,劝农桑,征文献,修史书,制礼作乐,祀天祭祖等。这种种措施,自然有利于政权的巩固,当然也有利于文教事业的繁荣昌盛。不妨举宋朝为例略作探讨。赵宋王朝的建立,结束了五代十国以来长期分裂割据的局面。建国之初即以文臣代替藩镇,加强中央集权,并设立政事堂与枢密院,让军权、政事分开;又设御史台与谏院,作为监察机构。同时,招集流民,奖励垦荒,兴修水利,发展生产。此外,

---

① 《论语·学而》。

完善科举制度，扩大录取名额，兴办公私学校，又利用士人编纂图书文献，宋太宗曾令李昉等人编纂《文苑英华》一千卷、《太平御览》一千卷、《太平广记》五百卷，真宗命王钦若等人编纂《册府元龟》一千卷。四大书均成书于北宋年间，真可谓"盛世修史"、"太平编书"。在这种环境中，文学艺术也呈现出繁荣的景象。宋词自是无可争议的一代之胜；诗的成就也令人瞩目，诗人之众，诗作之多，并不逊于一代之胜的唐诗。《全唐诗》著录二千二百余人，《宋诗纪事》列诗人三千八百余人，陆游、杨万里等人各自的诗作更逾万篇。当然，此处并不是比较唐、宋诗之高下，只是说明宋诗亦自有其不容忽视的成就。

特别值得重视的是，在赵宋一代，以文人学士创作为主的抒情作品繁荣的同时，以市民艺人创作为主的叙事作品（小说、戏曲）也登上文坛。这同样是与当时的经济发展、物质文明的繁荣是分不开的。北宋首都汴梁（今河南开封）当时人口达一百三十余万，南宋京城临安（今浙江杭州）的人口也逾百万。两座大都市中都有为数甚多的工商业主和手工业者，在临安甚至占城区居民的三分之一左右。由于工商业繁荣茂盛，城市格局也有所变化，居民住宅与商场店铺交错并置。在这种经济繁荣的局面下，广大市民与手工业者需要能有满足他们艺术兴趣、适合他们欣赏水平的新的文艺形式，于是说书、演戏的瓦舍勾栏大量出现，据《东京梦华录》记载，当时汴梁中的瓦舍，有"街南桑家瓦子，近北则中瓦，次里瓦，其中大小瓦栏五十余座"，大者"可容纳数千人"。《武林旧事》记当时临安城中有瓦子二十三处，仅北瓦内的勾栏便有二十三座。可见为满足为数甚多的市民的需要，戏剧、小说这两种文艺形式的创作和演出（说讲）在两宋期间已日趋成熟并逐渐成形。及至元明清三代，这两种文艺形式已成为那个时代的代表性的文体体裁；而且无论从作者还是从作品这两者的数量来考察，也是以经济繁荣的东南沿海一带最为兴盛。自然，每一种文艺形式的产生和兴衰，有着种种条件，包含着十分复杂的因素，非此文所能详述，但若没有生产的发展、经济的繁荣、生活的稳定，广大民众就不可能有这样的精神需求，为满足市民需求的小说、戏曲也自然难以兴盛。

与赵宋王朝同时存在的尚有少数民族建立的辽、金政权，此后又是以同为少数民族建立的元王朝更替。既往学者论及辽、金、元文学时，目光大多聚焦于战争频仍、生产停滞、矛盾激化、民生困危、学术凋敝、士人沉沦诸因素对文学创作的制约和影响。此论自有根据，但如果我们深入探析，金、元两朝虽确不能说是"太平盛世"，但并非整个金、元两朝就一直处在动乱之中，而无相对"太平"的时期。为此，我曾对篇幅较大的董《西厢》诸宫调（八卷）和王《西厢》杂剧（五本，每本四折，另加楔子）的产生作了一些研析。前者产生于南宋孝宗隆兴元年即金世宗大定三年的"隆兴和议"（1163）以后至南宋宁宗开禧元年即金章宗泰和五年（1205）之间。在这期间，宋、金两朝没有发生过大的冲突。金世宗完颜雍鉴于前朝"干戈之荼毒，崎岖日久"而"心颇厌之"因而在"和好既成"之后，"三十年无寸兵尺铁之用"[①]。经劝民力田之后，形成"与民休息，群臣守职，上下相安，家给人足，仓廪有余"的局面[②]，一时"投戈息马，治化休明"[③]。同时，汲取汉民族文化典制，振兴文教。章宗继位之初，于大定二十九年（1189）二月，"命学士院进呈汉、唐便民事"以为借鉴，并"令有司稽考典故，许引用宋事"。改制以后，于明昌元年（1190）三月，"诏修曲阜孔子庙学"，"亲行释奠礼，北面再拜"[④]。在如此"文治"之下，不同民族间的融合增多。此外，金朝统治者对于盛行于北宋汴京和南宋临安两处的诸宫调、院本杂剧等说唱文艺也十分喜爱。在这样背景下，董解元的诸宫调《西厢记》乃应运而生，在卷一〔仙吕·醉落魄缠令〕中即云："吾皇德化，喜遇太平多暇"，"这世为人，白甚不欢洽?"于是就"剪裁就雪月风花，唱一本倚翠偷期话"。可以说董《西厢》正是时代"太平"、文人"多暇"的产物。而王实甫的杂剧《西厢记》虽也是少数民族入主中原的元朝作品，但其具体创作时代则为成宗元贞、大德年间（1295—1307），是元朝有国期间的"太平盛世"，史家有如此评说："承天下混一之后，垂拱而治，可谓善于守成者矣"[⑤]。笔者曾撰有《"太平多暇"与董、王〈西厢〉的产生》一文，探讨和平环境对于繁荣文艺的重要，并且引用明人朱权和王骥德的言论说明。朱权认为："盖杂剧者，太平之盛事，非太平则无以作。"[⑥]王骥德则说："唐

---

① 宇文懋昭：《大金国志》卷十八。
② 李有棠：《金史纪事本末》卷三十，中华书局1980年版。
③ 张金吾：《金文最序》。
④ 李有棠：《金史纪事本末》卷三十四。
⑤ 《元史·成宗本纪》。
⑥ 朱权：《太和正音谱》"群英所编杂剧"，《中国古典戏曲论著集成》（三），中国戏剧出版社1959年版。

之绝句,唐之曲也,而其法宋人不传。宋之词,宋之曲也,而其法元人不传。以至金、元人之北词也,而其法今复不能悉传。是何以故哉?国家经一番变迁,则兵燹流离,性命之不保,遑习此太平娱乐哉。"[1] 正说明在动乱的社会中,不仅作者不能安心创作剧本,演员也无可以粉墨登场之处,民众自然也无闲暇去观看欣赏。由此可见,文艺事业的繁荣昌盛,必须要有一个和平安定的环境。自古至今概莫能外。

(原载《江苏社会科学》2011年第3期)

---

[1] 王骥德:《曲律》卷三"杂论"第三十九上,《中国古典戏曲论著集成》(四)。

对文学研究工作的几点思考

——在江苏省哲学社会科学界第六届学术大会（2012.12.8）文学、历史与艺术学专场的主题演讲

一

进一步强调从文学本身来研究文学。改革开放以来，思想大解放，学术视野大扩展，这自然有利于文学研究的发展，出现了不少很有见地的优秀论著，它们从哲学、史学、文化学等学科来审视文学，这一趋势无疑是应该肯定的。但近年读了一些著作，参加了一些学术活动，发现偏离文学自身的特点来研讨文学问题的论著时有出现，特别是所谓运用"文史互证"的方法来评论文学作品，其结论难免失真。文学是形象思维的产物，史学等社会科学是逻辑思维的成果，艺术的真实与历史的真实也是有所区别的。文史可以互证，但不能彼此替代。尤其是校勘古代文学作品时，运用文史互证的方法要慎之又慎。例如一位年逾花甲的博导，校勘几种刊本的《儒林外史》，认为目今可以见及的最早的刊本卧闲草堂本第四十一回李老四送了两个妇女到仪征丰家巷妓院时，对妓院老板王义安说，南京的"生意"不好做，"所以来投奔老爷"。这位博导根据科举制度规定，举人才能称"老爷"，秀才只能称"相公"，认为卧本所云"老爷"是错的，因为几个通行本都将"老爷"改为"老爹"，改得对。殊不知，通行本是改错了，在第四十九回中，高翰林的家人就称武正字、迟衡山二人为"老爷"，而这二人并没有举人资格；再说在第二十二回中，这个王义安戴着秀才方能戴的"方巾"，公然招摇于市井，大观楼上下人众熟视无睹，若不是两个穷极了的秀才要讹他银两去追究，并无任何人干预。作为文学作品的《儒林外史》形象地描写了当时社会

中称呼之乱、服饰之乱，恰恰反映出彼时的真实的社会图景，怎能以朝廷的诏令、制度等去苛求呢？说回来，在今日，副教授、副厅长，被一般人称呼时常去掉"副"字；人大代表、政协委员也被一些宾馆服务人员称为"首长"；不开公司、不经商的研究生导师却被研究生称为"老板"；不是执法人员却弄一套制服穿穿，等等，这不是常见的社会现象吗？用这种文史互证方法硬套的结果则是对文学的消融。以这种方法校勘古典文学作品也是对作品的误读。段玉裁在《重刊明道二年国语序》中说："校订之学，识不到则指瑜为瑕，而疵类更甚。转不若多存其未校定之本，使学者随其学之浅深以定其瑕瑜之真固在。古书之坏于不校者固多，坏于校者尤多。坏于不校者，以校治之；坏于校者，久且不可治。"

过去的作家虽然不具有现代的文艺理论知识，但他们从创作实践中也悟出文学与史学的区别，如明人谢肇淛在《五杂俎》中说："凡为小说及杂剧、戏文，须是虚实相半，方为游戏三昧之笔。"清人孔尚任创作的传奇《桃花扇》，一向被誉为信史，作者在《凡例》中说："朝政得失，文人聚散，皆确考时地，全无假借。"果然如此吗？作者同时也承认"稍有点染"；在《孤吟》出中又借老赞礼之口说"世事含糊八九件，人情遮盖两三分"。可见《桃花扇》中仍有"点染"、"含糊"、"遮盖"之处，例如史可法也曾参加迎立福王的活动，但却被孔尚任有意忽略，这是为了突出马士英、阮大铖一辈的责任；又如左良玉是在九江病死的，但在《桃花扇》中却是被其子气死的，并有斥责其子之语，说"做出此事，陷我为反叛之臣"，作者如此"点染"，意在表现左良玉虽然有罪，但并非存心反叛，等等。这些改动，如按文史互证之法求之，则《桃花扇》必被否定。但孔尚任如此处理，即在当时一些当事人也能接受。在《小引》中，作者说："《桃花扇》一剧，皆南朝新事，父老犹有存者，场上歌舞，局外指点，知三百年之基业隳于何人，败于何事，消于何年，歇于何地。不独令观者感激涕零，亦可惩创人心，为末世之一救矣。"因为孔尚任不是客观地叙写历史，而是要通过他的艺术表现，总结南明王朝覆灭的原因，正如《拜坛》一出眉批云："私君、私臣、私恩、私仇，南明无一非私，焉得不亡！"正因如此，孔尚任的艺术审视感染了当事人以及后代无数观众。总之，文史互证不可否定，但不能以此法作为研究文学的不二法宝，还要更多地从文学本身的特点来研究文学。类似上述的例子尚有，限于时间不多举。

二

　　从文学本身来研究文学，要进一步扩展研究领域，注意文学诸多样式的沟通，审视民间文学与作家创作的嬗变。社会生活错综繁复、丰富多彩，存在着多样性和单一性、特殊性和普遍性、个性和共性，作为社会生活反映的文学，也就有多种样式存在。叙事的有小说、戏剧等，抒情有的诗词、文等，这多种多样的形式之间同样也存在着个性和共性，对它们进行分体研究，有利于专精；加以综合探讨，则有利于宏观把握，总之，对于文学的诸多样式的产生、演变，需要不断地进行分体、综合交替研究，如此方能更符合实际地审视文学的发展演变，更全面深刻地总结它们的艺术经验。刘勰在《文心雕龙·通变》中说："斯斟酌乎质文之间，而隐括乎雅俗之际，可与言通变矣。"早几年在东南大学举办的戏曲名家学术研讨会上，我应邀作了《"通变"中的〈牡丹亭〉》的发言，以汤显祖的《牡丹亭》为例，说明民间传说与文人创作、话本与传奇的交替演变。汤显祖在《题词》中明言，取材于陶潜《搜神后记》中的李仲文事、刘敬叔《异苑》中之冯孝将事和干宝《搜神记》中的谈生事。按照鲁迅的说法"中国本信巫，秦汉以来，神仙之说盛行，汉末又大倡巫风，而鬼道愈炽；会小乘佛教亦入中土"，因而此类志怪作品不断出现，其中有"出于文人者，有出于教徒者"。而出自"释道二家"者，"意在自神其教"；而"文人之作"，也并"非有意为小说"，不过"叙述异事而已"。但这些志怪故事常为后人摘取，予以改造、铺叙，作为话本，演为戏曲，而赋予不同的时代内涵。即以汤显祖提及的这些故事，在他创作为传奇《牡丹亭》前，已有《杜丽娘牡丹亭还魂记》的话本出现，但它们的思想内涵均无汤显祖之作的丰厚，艺术表现也逊于传奇《牡丹亭》之成熟。《牡丹亭》传奇面世四百余年来仍在"通变"之中，江苏近几年以来就有精华版、青春版之作演出。仅以此例就可说明文学多种样式（小说、戏曲等）之间以及民间文学与文人创作之间交织极其密切，为了阐释清楚，必须兼顾。犹记1990年年初，在南京和石家庄分别举办了海峡两岸古代小说会和戏曲会。小说会，笔者被推为组委会副主任；戏曲会，主办方河北师范学院（为今之河北师范大学）副院长王立辰教授亲来南京，一再邀请我与会（以前几次邀请均发贺信而未与会），并请我协助邀请中国台湾学者赴石家庄与会。根据这两个会议的报到册，我曾经作了一个统计分析，台湾代表二十余人，除个别成员外，都先后参加了两个会议。而大陆学人同时参加两个会议的不多，以小说会言，江苏学人参加南京小说会者六十余人，其中仅有二人同时参加戏曲会，但两会提交论文者仅一人；江苏尚有二人参加戏曲会，但未参加小说会。以戏曲会而言，河北学人参加者颇多，但其中也极少有参加小说会者，其他各地代表与会情况也与江苏、河北类似。在高校担任古代文学教学的同志，实际上也教小说、戏曲，而研究工作却重点在一个方面。2007 年在厦门召开第七届全国古代戏曲会，笔者被主办方指定为学术讨论作总结发言，因此会议期间将数十篇论文浏览一过，在七十余篇的论文中涉及古代戏曲研究的方方面面，讨论的问题不但广泛而且深入，充分体现了近几年来戏曲研究的新发展，而将戏曲与小说交叉研究的论文虽不多，但终于有了几篇，而将戏曲与诗、文联系起来进行研究者仍未见有。其实，八股文与戏曲也有相通之处，20 世纪 80 年代曾对外校几位来访学者谈及，其中一位后来写了不少这方面的论著，已成为知名教授了。而我的弟子中一直到 20 世纪末才有一位以八股文作为博士学位论文题目，当然现在也成为博导了。在 21 世纪之初，我曾对一位博士后谈及钱谦益在《致梅村书》中称赞吴伟业叙事诗中有"移步换形"的特点，而这种艺术手法在戏曲文学中常见。梅村不仅擅诗词，其所作《秣陵春》传奇亦是佳作，该剧场景多变，人物众多，线索纷纭，梅村却能缩成一体，毫不凌乱，的是叙事高手。而且在《秣陵春》中又融进南唐李后主的词作不少，如《赏音》出中"别时容易见时难，莫凭阑"，"一晌贪欢，叹罗衾正寒"，"现隔那无限江山，叹落花流水天上人间"等，显然是从李后主《浪淘沙令·帘外雨潺潺》一词化来，全不着痕迹。可喜的是这种交叉研究，综合考虑的论著逐渐多了起来，朱恒夫教授将他的近年论文汇集成的《走进中国传说与小说的世界》书稿寄来，嘱我为序。其中不少论文就是沟通文学诸样式、联系民间传说与文人创作之作。近日又收到《东南大学学报》（2012 年第 6 期），见到刘祯研究员（与朱恒失教授均为博导）的《略论中国戏曲雅俗审美思潮之变迁》，以及博士生刘芳的《略论昆曲对词体四声规律的继承与发展》，都能拓展研究领域，不限于一体，不局于一端，这是值得肯定和鼓励的。

三

加强文学创作与文学研究的沟通。在第七届全国古代戏曲学术讨论会的总结发言中，针对许多学人认为优秀的剧本不多，舞台上演出的古代戏曲无非是《桃花扇》、《牡丹亭》等几部名著，我曾提出大家都是研究戏曲文学的，何妨也"下海"动手写写剧本，并举清代诗人袁枚为康、乾时代的南京学者程廷祚写的《墓志铭》(《小仓山房文集》卷四)，称赞其人说"《儒林》、《文苑》古无界"，"先生先兼后割爱"；又云"黄河千年清可待，恐此人如未必再"，推崇备至。古代史籍"儒林传"收学者，"文苑传"则收文人，袁枚称赞程廷祚既是学者又是文人。从学者而言，廷祚治经极有成绩，戴望《颜氏学记》卷九中有评述其学术渊源的文字，说其继承颜元、李塨之学，批判程朱理学，不遗余力，有学术著作多种，如《易通》、《尚书通议》、《春秋识小录》等；又能文擅诗，有《青溪文集》、《岫云阁诗钞》，还有《青溪诗说》，特别是他还创作有《莲花岛》传奇，这就更值得称道。到了近代，特别是五四运动以后，许多大学教授既是作家，又是研究员，如闻一多、朱自清等，不一而足。笔者业师，被胡乔木称为"词学宗师"的夏承焘先生，以治词名世，但早年也曾写过小说，惜未出版，《天风阁学词日记》中有记。可是新中国成立后，文学创作与文学研究渐渐分为二途，了不相涉。改革开放以后，不少大学办了作家班，但执教于高校的教授、研究员动手创作的仍不多见。1950年笔者考入浙江大学中文系时，原先是想当作家的，曾在浙江文联负责人女作家陈学昭组织下，与另外两个同学去余姚庵东盐区体验生活，可是因语言不通，无功而返。毕业后又被分配当教师，由于教学任务重，没有足够时间去体验生活，作家梦由此中断。但以另一种"创作"替代。早在1958年江苏师范学院重办中文系时，笔者与钱仲联先生分任古代文学教研组正、副组长，钱先生表示不搞小说、戏曲，让我去教。当年古代戏曲作品尚未大量刊印，学生见不到剧本，教学便有困难，我便想起莎士比亚的许多剧作被散文作家兰姆姊弟改写为短篇小说（故事），风行一时，也成为名作，法国作家莫里哀的许多剧作也同样被改写为小说。便不自量力地效法动手改写起来，80年代初被江苏人民出版社王远鸿先生发现，携去刊发出版。这其实也是一种"创作"，为避免与自己的学术著作混淆，乃署笔名。岂料被北京外文出版社文教室主任周奎杰在图书馆读到，认为可以译成外文出版，便通过王远鸿先生找到我，先后出版了英、法、德文本，以及中英文对照本。当然，这是另一种的"创作"。近年已有少数大学教授创作小说，被称为教授作家，笔者以为此乃好事。近日又见《扬子晚报》报道，南京大学的研究生演出了自己创作的《蒋公的面子》，很成功。切盼今后能加强创作与教学、与研究的沟通。其实作家中也有从事古代文学研究的人，1993 年及 1995 年两次被省作协聘为高级作家职称评委，前一次由陆文夫任主任，在无锡进行；后一次由高晓声任主任，在南京开评。高晓声先生谈到我于 1989 年在江苏古籍出版社出版的《新批儒林外史》，便要了一本去，后来他为漓江出版社评点《三言精华》，也送了我一部。他的一些小说、散文如《陈奂生上城出国记》、《寻觅清白》等，也都送给我，在他生前偶或相聚一叙，彼此获益。所以建议社联与作协可加强联系，为教授、研究人员、作家的彼此交流创造条件。具体说来，尚有一事可办，有人问我南京图书馆与作协合办了江苏文学馆，陈列了我省作家的作品，不知有否陈列我省文学研究者的著作。之所以问我，是因为 2004 年我曾被南京图书馆聘为特聘学术顾问，颁证者为省文化厅一位王姓女厅长，仪式在南博举行，同时被聘者尚有东南大学齐康教授、南京大学卞孝萱教授、复旦大学葛剑雄教授、同济大学阮仪三教授等九人，笔者作为被聘代表在会上致答词。这位提问同志并不知道发过聘书以后，便再无联系，所以我回答不出。不过，笔者以为要展示江苏的文学成就，不仅要有作家的创作，也要有研究人员的研究著作。江苏作家队伍固然很强，但研究人员队伍也不逊色。如能将这两支队伍同时组合，当会更显示江苏文学界的成就。

四

关于文学的社会功能问题，在我国传统思想中一贯主张文以载道，虽然在不同的时代，"道"的具体内涵有所不同，但都主张以当时被认为的先进思想去教化人民，古籍中有关这方面的论述颇多，也为大家熟知，就不称引了。当前的大多数文学创作者和研究者都明白自己的任务，是以先进的思想去提高人民大众的文化素质和道德修养，促进社会的稳定和繁荣，这也无须多说。如今强调发展文化产业，各地也就将属地内的自然景点、人文胜迹推介出来，以图发展旅游事业。这就不时要借助于文学，为这一任务作出贡献也是义不容辞的。在古代有山水诗，却无旅游诗的名目，但诗词散文中也常有涉及"旅游"字眼者，如南朝诗人沈约《悲哉行》中有云："旅游媚年春，年春媚游人。"唐人王勃在《涧底寒松赋》中亦云："岁八月壬子旅游于蜀，寻茅溪之涧。"均说明山水诗也可称是旅游文学。既然有这样的传统，为当前的自然景观、人文胜迹的建设，在文学方面提供一些助力，也是顺理成章的事。记得省社联在 1996 年曾召开过一次座谈会，内容是如何利用南京的文化资源，与会者有卞孝萱、梁白泉、茅家琦以及笔者十余人。其实早在 80 年代，南京有关部门就召开过南京文化、南京文学的座谈会，记得当年《钟山》主编刘坪同志说过，有关南京的古代文学作品有两部小说一部戏，即《儒林外史》、《红楼梦》、《桃花扇》。的确，这三部作品均与南京有密切关系，尤其是《儒林外史》，作者是吴敬梓，虽然是安徽全椒人，却对故乡的上层社会极为厌恶，终于移家南京。无论在代言体的小说还是直言体的诗赋中，吴敬梓对故乡、对南京两种截然相反的感情表露无遗，从移家开始便逐渐融入南京社会，小说《儒林外史》也是在南京写成的，最后病死扬州，却叶落归根于南京而不是全椒。《金陵通传》已收入其子吴烺的传记，这部传记所收人物，如为外来者必居一世以后方可入传，极其严格。因此，可以确认吴敬梓已为南京人，但笔者经过十年努力，呼吁建成的其寓所秦淮水亭，立碑时邀请笔者撰文，首句即点明"皖人也"，这是肯定其出生于安徽，以免引起纠纷。因每见各地为争名家，甚至争名著中之人物，闹得不可分解，殊为无谓。各地都可纪念，只要史有记载，有迹可循。这些名家不是属于一县一市，而是属于全国乃至全世界。凡有类似争执，文学工作者最好不介入。在有关活动中，我一再强调，不能仅靠宣传一两部名著就能构成城市名片，显示自己的软实力。一个城市的文化，不能仅仅依靠几部文学名著就能弘扬，它还涉及其他学科，除了文学、史学、哲学而外，还需要城市设计和建筑科学、城市美学、社会学、经济学、人口学、民俗学、宗教学等。总之，增强城市的文化强度是需要不断提高自身的物质文明和精神文明方能奏效的。依靠一两部作品，生拉硬扯地往自家地区贴金，甚至不惜违背事实，压制不同意见等做法，都不可取。有个县旅游局局长亲自撰写考证文章，以证明某一作家的显赫家史，结果事与愿违，反揭示出这位作家家史中并不光彩的一页。但这不光彩的家史与作家不知相隔多少代，与作品的伟大意义并无关联。由此我想到，对于这些做法，我们从事文学研究的人最好不附和。当然，对于确实与某城市有关的作家作品，也应该实事求是地宣传。关于吴敬梓秦淮水亭修复的情况，我曾应省政协之约撰写《十年动议，政协促成》一文，发表在《江苏政协》2004 年第 9 期，全国政协编写的《人民政协纪事》也全文收录。去年应黄强同志之约为其《中国文人置业志》书稿作序，该书中提及秦淮水亭如今已衰败不堪、闭门谢客，问我对此有什么感想，而我又能说什么？秦淮水亭的问题只能有待于权力部门去处理，这就需要有识见的领导作出决定。黄强同志建议我再呼吁，便借此大会机会申说几句，但愿不要成为"不说白不说，说了也白说"的笑谈。

（原载《南京师范大学文学院学报》2013 年第 2 期）

代跋：萋兮斐兮　成此贝锦*

——陈美林教授访谈录

王廷信

王廷信：陈先生，您是中国古代文学教学和研究方面的资深专家，我有幸受《文艺研究》编辑部的委托对您进行专访，希望借此机会能够让读者对您的教学和研究工作有一个全面的了解。不知方便与否？

陈美林：可以。"专家"谈不上；"资深"不知道您是否指我所在学校的评聘。我校在21世纪初搞过一次，学校直接聘请了十二名所谓"资深"教授，聘书说明聘期直至退休，无须像一般教授那样，每一年评聘一次。十二人中退休年龄则按不同规定办理，六十岁、六十五岁、七十岁各不相同，国务院学位委员会评定的博士生导师是七十岁退休。这种聘评以后也未搞过。不过，从教学年限看，我也勉强可说是"资深"。我是1950年考入国立浙江大学文学院中文系的，当时校长为马寅初，院长为孟宪承，系主任为郑奠。根据政务院命令，1950年入学的本科生提早至1953年毕业以适应第一个五年计划期间建设需要。于是我从1953年9月起任教，而将最后一名博士后送出站已是2003年6月，整整教了五十年书。谈到研究，毕业之初首先是要在教学上站住脚，研究工作滞后几年才进行，但从2003年结束教学工作后，研究工作并未中止。所以无论从教学还是从研究的年限来看，勉强也可称得上"资深"了。只是五十年来，作为很少，贡献不多。从教学来看，从本科生到研究生到博士生，都教过、指导过；博士后和国外访问学者，

---

* 此题采自匡亚明先生题赠陈美林先生之横幅。横幅右题"美林先生雅正"；中间所书系化用《诗经·小雅·巷伯》"萋兮斐兮，成是贝锦"二句；左上书"预祝《吴敬梓评传》以传世之作早日面世"；左下题"一九九〇年二月，匡亚明，时年八十四"。

也都指导过、联系过。从研究来看，截止到目前，我的著述有三十七部（其中八部为合作），论文二百七十余篇。

一、博通与专精

王廷信：您的研究领域涉及面极广，在戏曲、诗文、文学史乃至文化史方面都有论著，但使您在学术界享有盛誉的，则是有关吴敬梓和《儒林外史》的研究成果。早在20世纪90年代初，我就见到《人民日报》海外版对您的专访《陈美林和〈儒林外史〉研究》，大约是1991年5月7日吧。您能全面地介绍一下吗？

陈美林：这实际上涉及职务研究和自主研究、博通和专精两方面的问题。我曾应中华书局编辑之约写了一篇谈治学之道的文章，刊发在《文史知识》1990年第3期上，文中谈到我的研究工作大都是为教学工作服务的，而教学内容比较广泛，因此必须作比较全面的涉猎，才能适应。20世纪50年代在江苏师院（今苏州大学）工作时，钱仲联先生与我分任教研组正、副组长，他申明自己不搞小说、戏曲，让我教。但我大学只读到三年级，而元明清文学一般是安排在第四学年讲授，因此读书时也未曾认真学过元明清文学；而且当时浙大的老师如夏承焘、徐震堮等古代文学教授中又没有专攻小说、戏曲的，因此，要完成教学任务只能依靠自学。而自学的方式主要是编写讲稿和教材。当时我的确编写了很多教材和讲稿，字数超过百万。《光明日报》1961年3月22日头版头条的报道《江苏师院积极培养红专师资队伍》中说"参加科学研究和编写教材等活动，也是青年教师系统掌握科学知识和资料的重要途径"，并举出我所编写的教材为例。这些讲稿和教材就成为我进行戏曲和小说研究的起点。60年代初，钱仲联先生去上海参加《中国历代文论选》的编选工作，他留下来的前半段古代文学教学工作（从先秦到唐宋），又由我与另一位老师负责代为讲授，这使我的研究成果中也有少量涉及前段的论著。至于吴敬梓和《儒林外史》的研究，同样是出于工作需要，因为1971年人民文学出版社约请我校（其时我已在南京师院工作）整理《儒林外史》并重新撰写"前言"。当时成立了老、中、青三结合的四人小组分头撰写，最后由我执笔写出初稿，这是属于职务研究。在我交出初稿并经人民文学出版社认可之后不久，由于政治形势发生变化，"前言"为他人取去重写（详细过程请参见拙作《〈儒林外史〉前言有四稿》，载《文史知识》2001年第11期），但我并未放弃对它的研究，当然这已属于个人自主研究了。在长期经营下，这一课题也就成为我的重点课题。总之，由于教学内容广泛，需要多方面的备课、探索，因而研究工作也就不能局限于一章一节、一人一题。

博通与专精的相互配合，则是问题的另一方面，如果不处理好二者的关系，无论是教学还是研究也难取得成绩。我在为弟子吴波教授的博士论文《阅微草堂笔记研究》写的序言中说，非专一家无以致精，而非兼讨众家也无以名一家，讲的就是要在博通的基础上力求专精，而唯有专精才能取得优异成绩。这道理很明白，就不多说了。

王廷信：我读过您的《清凉文集》，上编全是研究吴敬梓的论文，下编则是涉及其他小说、戏曲、诗文、文学史方面的论文。这正体现了您的专与博的结合，能分别介绍一下这几个方面的研究情况吗？

陈美林：当然可以。

王廷信：您对吴敬梓和他的《儒林外史》的研究下的功夫最多。据有人统计，从1976年到2005年，在全国发表的这方面的论文中，您的论文占有七分之一，在出版的专著中占四分之一，成果确实算多的了，就请从对吴敬梓及其《儒林外史》的研究谈起吧。

陈美林：成果多，不等于质量高。的确，在我的著述中有三分之一、论文中有近二分之一是研究吴敬梓及其《儒林外史》的。

王廷信：您能否谈谈这一课题的研究过程？

陈美林：好的，就过程而言，先是研究作者，再是研究作品，继而是"研究的研究"，即研究史的研究。次序大略如此，但在实际研究过程中，有时是同步的，有时是先后交错的。现在就按这一次序介绍，你以为如何？

王廷信：最好不过。

陈美林：先谈作家研究。虽然胡适曾编写过《吴敬梓年谱》，对吴氏家族状况作了勾勒，为后来的研究者提供了很大方便，有很高的价值。但在我以此谱对读吴敬梓的《文木山房集》以及吴敬梓友人撰写的有关篇什，发现胡《谱》仍然有一些问题未曾探索清楚，甚至有明显的抵牾之处。而不弄清这些问题，是无法评论其思想、著述的。章学诚在《文史通议·文德》中说："不知古人之世，不可妄论古人文辞也。知其世矣,不知古人之身处,亦不可遽论其文也。"鲁迅在《且介亭杂文二集·"题未定"草》中更说得透彻,他说:"我以为倘要论文,最好是顾及全篇,并且顾及作者全人,以及他所处的社会状态,这才较为确凿。要不然,是很容易近乎说梦的。"因此,我在广泛搜集资料的基础上,认真地加以排比考索,撰写了系列论文如《吴敬梓身世三考》、《吴敬梓家世杂考》、《关于吴敬梓的家世问题》以及《康熙〈全椒志〉中有关吴敬梓的先世资料》等论文,考证出吴敬梓生父是吴雯延,吴霖起只是他的嗣父,纠正了胡适以来一些学人的讹误;并在此基础上考订了吴敬梓进学的年龄、家难的实情等问题,为深入理解吴敬梓的生平经历、思想变化奠定了坚实的基础。直到新世纪,何满子先生在《伟大也要有人懂》(见《中华读书报》2002年3月27日)的书评中仍然这样肯定我的研究:"从基础性的研究着手,花力气探究作家吴敬梓的家世和生平,考证出吴敬梓是生父吴雯延出嗣给长房吴霖起的。这一出嗣关系加上上代的嫡庶和功名显晦等复杂的原因所导致的遗产纠纷,严重地影响了吴敬梓的人生选择,使之由缙绅子弟变成宗法制度的叛逆。因此,他的考证与'红学'界考证曹雪芹直追到'将军魏武之子孙'的烦琐考据有别,对作家研究有其必要性。"进入80年代,我又利用这些考据资料和结论,并结合中外一些小说作品,撰写了《吴敬梓的家世和创作》一文(见《文学遗产》1985年第1期),有的评论文章认为此文"将《儒林外史》与吴敬梓生平家世关系的研究向前推进了一步"。

  在考证吴敬梓家世生平的同时,我又从许多稀见的典籍中钩稽出大量资料,考证吴敬梓的交游。对前人已经提及的,则进一步深入拓展,有所补益;而对前人未曾涉及的,则提供自己考索所得,初步完善了吴敬梓的交游体系,撰写了如《陈毅及其〈所知集〉中所涉及的有关吴敬梓交游资料》、《吴敬梓与甘凤池》等文,后来又陆续有所发现,大都引入《吴敬梓评传》中。

  至于对吴敬梓思想的考察,则结合传统文化和现实思潮及其家族传统和本人经历,作了全面的探讨。我分别从四个方面加以具体剖析:儒家传统思想,魏晋六朝文化,颜元、李塨学说,重视科学技术的学风。传统儒家思想影响,前辈时贤已多有论述,我则另选视角加以补证,这就是《南京先贤祠的兴废及其与吴敬梓的关系》、《吴敬梓和释道异端》等文,前者选择他参加修理祭祀先贤祠的活动加以考索，从而说明他的儒家思想；后者则从他对释、道的厌恶态度以反证他的儒家思想。至于魏晋六朝文化的影响，除正面阐述的《魏晋六朝风尚和文学对吴敬梓的影响》一文外，还写有《吴敬梓"秦淮水亭"考》，从地域文化的角度探索这一影响。此外，《颜李学说对吴敬梓的影响》、《吴敬梓和科学技术》等文，也都从不同的角度探索吴敬梓思想的组成。后来还不断深入，如又撰写了三论、四论魏晋风尚和文学对他的影响等文章。同时，对吴敬梓的学术思想和文艺思想，也进行了一些探索，如《略论吴敬梓的"治经"问题》、《吴敬梓和戏剧艺术》等。这些问题，均是前贤未曾讨论研析过的。前文发表于1977年，二十几年后，《诗说》在上海被发现，吴敬梓治诗的问题方引起一些学人的重视，但拙作所论涉及《诗》、《书》二经，对于吴敬梓的《书经》见解，自拙作发表以后尚未见有人论及。而拙作论《诗经》部分，仅根据当年可以见及的资料立论，以之对照新发现的《诗说》，所论也可称允当。《吴敬梓和戏剧艺术》一文发表于1979年，此后见少数论文也涉及这一论题。

当然，在考察作者的同时，也不能不涉及作品以及前人的研究。因此，在《吴敬梓研究》一书中就有了关于《儒林外史》版本的文章《关于〈儒林外史〉"幽榜"的作者及其评价问题》；有了论讽刺艺术、结构艺术以及小说中盐典商人和文士关系的论文；也有了对五四时期《儒林外史》研究成绩卓著的两位大家鲁迅与胡适的评论，这自然是对研究的研究，是《儒林外史研究史》中最早写成的两章。总之，我的这一本有关吴敬梓研究的著作，选录了我在1982年前撰写的二十一篇论文，是以作家研究为主，也涉及作品和前人的研究。很多文章提出的问题均为前人所未曾注意，自然也就没有论著发表；有些问题虽有个别学者在文章中提及一二句，但也没有展开详论。

王廷信：的确，这部专著中一些考证结论和评论观点颇为学界所重视和采用。

陈美林：研究作家是为论析作品服务的。研究作家可以了解作家的思想（社会思想、哲学思想乃至文艺思想等）是如何影响乃至支配他的创作的；同样，从作品研究中可反映作家的思想，从艺术形象的研析中可以探寻作家的思想是如何折射到作品的艺术构思和形象塑造中去的。作家研究与作品研究从两个不同起点合成一个圆，彼此不可替代，又彼此不能分割。因此，我在作家研究的同时注意到作品研究；而在弄清作家的家世、生平、际遇和思想等情况后便着力研究作品。

王廷信：我注意到您对《儒林外史》的研究涉及这部作品的方方面面，就作品的思想内容而言，您发表了《〈儒林外史〉是我国文学史上第一部反映知识分子生活的长篇小说》、《试论吴敬梓对科举制度的批判及其对知识分子出路的探索》、《试论〈儒林外史〉对封建道德的暴露和批判》，以及盐典商人与文士、师生关系、社会势利等论文。从艺术特色而言，除了讽刺艺术、结构艺术等文章已收入《吴敬梓研究》之外，又在《文学遗产》等刊物上发表过《论〈儒林外史〉中人物的进退场》、《论〈儒林外史〉中的人物性格》、《论〈儒林外史〉的景物描写》等文章。除了您于80年代发表的论述这部小说的民族特色的文章之外，近年更见论述《儒林外史》地域特色的文章。您不仅在有关讽刺、结构等论文中以外国的文学作品为例作比较研究，还专门撰写了论及《金瓶梅》对《儒林外史》的影响以及《儒林外史》与《歧路灯》的比较研究文章。您在探讨艺术特色的文章中并未孤立地去研究《儒林外史》的艺术表现，而常常将它与作家的人生态度和作品的思想内容结合起来讨论。

陈美林：我总以为文学作品的表现形式和艺术手段的择定，实实在在离不开作家对他所欲表现的内容的把握，离不开作家对他所生活的社会现实的艺术认识。例如作品中人物的进退场，就与作家对当时社会的发展趋向的认识与探寻分不开；作品结构也如此。又如作品中人物的性格就与作家对他们的或美或刺以及美刺程度息息相关。因此，我在评论《儒林外史》的成就和缺失时，经常注意将作家与作品，作家的生活和思想、作品的内容与形式等综合考虑。

王廷信：陈先生，在作品研究方面，您的《新批〈儒林外史〉》印刷了七次后，又加以增订增补为《清凉布褐批评〈儒林外史〉》出版，同样受到读者欢迎。可否谈谈为何采用这一形式进行作品研究，在评点过程中又有哪些体会？

陈美林：袁无涯在《忠义水浒传全书发凡》中曾说："书尚评点，以能通作者之意，开览者之心也。"这种形式有它的优点，特别是对于发扬"伟大也要有人懂"的深意而言，这种形式特别适合，对于作品中人物和情节的叙写中所潜伏的深意，用这种形式予以揭示，对读者读"懂"这部小说是十分有利的。它的作用不是综合性的理论文章所能替代，也不是一般"套式"赏析文章所望其项背。徐柏容先生在1993年出版的《书评学》中就指出这一形式百年来少有成书面世。倘若以新的思想观点、新的审美意识来运用这一方式，也不失为一种有特色的方式。徐柏容先生还指出"文革"前也有出版社想出版《水浒》新评点本，印过几回试稿，但始终未见蒇事；因此希望拙作《新批〈儒林外史〉》是新的评点重新繁荣的开始。至于我如何进行评点的，细读原著当然是第一要务；其次就是选择前言、夹批、回评、注解四种方式来解读这部一般读者难以接受的小说。可是交稿后，总编未曾提出任何理由就决定不要注解，前言又限定为五千字。这一缺憾，直到修订本《清凉布褐批评〈儒林外史〉》出版才得以弥补。

二、批评与研究

王廷信：陈先生，对于您的批评本，包括《人民日报》海外版、香港《大公报》、《中国图书评论》等报刊发表书评不下数十篇，我认为何满子先生发表在《中华读书报》上的《伟大也要有人懂》书评要言不烦地说出您的批评特点，例如他说："每回后有就文起义的'回评'，相当于一篇紧凑的论文；正文中有点击文句的夹批，作较细微的导读；同时每页有词语名物的注解，都点明其出处并引用载籍的简要例证。"我想听听您自己的体会。

陈美林：首先，我在写每回评语时总是就这一整回进行综合研究，并联系上下回出场人物表现和情节发展以简明的文字作扼要的评论，有意将它写成一回一回的"情节论"，以与此后单独成篇的"人物论"相匹配，从而组成以情节论和人物论构成的《儒林外史研究》。其次，尽量避免旧时评点中经常见的感触式的随意加评的毛病，力求客观地揭示出每一回的思想内涵和艺术特点。再次，时时考虑作者和读者，力求通作者之意，启览者之心；力戒将自己的理解强加给读者和作者，避免主观妄断。对某一人物和情节的评论，有时提出几种不同理解，启发读者自己去体味、择定，如鲍廷玺因继母之虐待和王太太之哭闹而"苦不堪言"，作者如此描写，其意何在？我作批道："抑或因其父丧未满即行婚娶，故以此报应之焉？抑或借此写其出嗣后种种遭遇之需焉，抑或二者兼而有之焉？"明确地表示读者可自己择定，不必为我的识见所拘束，尽量避免作出论者以为然、作者未必然、读者更不以为然的论断。这种考虑，在对全书叙述时序的交代方面，也有体现。新加坡国立大学中文系辜美高博士在 1997 年 5 月 11 日《联合早报》发表的评论中说："陈氏的回后评对于全书的布局也不时点到，尤其对于作品中的时间设计，在回后评中有多处论及。这方面过去很多研究者注意得很不够。"但我仅仅指出这一特点，并不强行论定是吴敬梓所"精心"设计的。作者用意究竟如何，是无法起他于九泉而问之的。当然，一部研究论著，自不能不带有研究者的主观认识，但不宜强加于人（作者和读者）。

王廷信："清批"增加了"新批"所没有的大量注释，我见到《中国图书评论》（2002年第10期）上有一篇文章，题目就是《用详尽的今注诠释明清文化》，是专门评论"清批"注释的。文中说人民文学出版社张慧剑本、南师大本以及中华书局精校精注本三种本子的注释，分别为九百四十二条、一千零九十八条、八百二十四条，而您的"清批"本则有一千九百八十七条，增加了近一倍。该文认为"清批"注释于"详尽"之外，还注意"准确"。您对此必然是下了一番功夫的，能谈谈您所做的工作吗？

陈美林：很为难，我不能总是自我标榜。好在还有评论的文字在。何满子先生《伟大也要有人懂》的书评中，认为《清批》本功力"主要显示于词语注释"中，他说："小说中的成语、方言、俗谚、廋词，旧时的制度、名物、掌故等，都做了精当的诠释，引经据典出语源，示例证。这是很费心力，前人称之为'水磨工夫'……因此，这个评本注释的精善，在近几十年来出版的几部长篇小说经典新版中，也是很见功力的。"

王廷信：您的《儒林外史》人物论是20世纪90年代初在《文史知识》上连载，后来才汇集成书的。请问您对人物形象的研究是否从此时开始的，又是如何进行的？

陈美林：是，也不是。因为早在20世纪七八十年代就发表了有关论范进和严贡生、严监生的文章；1985年人民文学出版社出版的《中国古典文学论丛》第二辑中也收有我的《论〈儒林外史〉人物性格》的文章，因为研究文学作品是不可能不注意艺术形象的研究的。但系统考虑人物形象的研究则是在20世纪80年代末，首先是中华书局胡友鸣先生和另一位同志来舍间约定的。当时我正忙于《吴敬梓评传》的写作，在接受胡友鸣先生约稿时就讲明，要迟一些交稿，他们同意了，但要我先写一篇"治学之道"的文章，于是我在年底寄去《学林寻步》一文，刊发于《文史知识》1990年第3期。《吴敬梓评传》定稿后，我乃将先前零星写就的已发、未发的有关人物论的文章寻出来，再结合我作"新批"时的札记，进行深入分析和整合思考，拟出一二份拟写的人物名单来，并且列出每个人物拟写的主要性格特征，斟酌每个人物之间的联系，区别其异同，寻求其影响等。计划拟定后寄送《文史知识》编辑部征询意见，他们完全尊重作者意见，只是要求我第一次交稿至少三篇，然后每月不少于一篇，以便连续刊载。于是第一篇《"隐括全文"的"名流"王冕》便在 1991 年 7 月号刊出，在刊物连发十余篇后，编辑部建议再增写几篇汇集成书出版。于是 1993 年交稿，1994 年写了"后记"，1998 年见书。

我在"后记"中曾谈到自己在研究工作中，"比较重视主体与客体的关系"，认为对既往的文学作品，"每个时代的读者和研究者总是根据自己时代的文化思潮和审美要求去欣赏它、评价它，此乃从研究者和被研究者来看主客体关系"；另外，在作者和作品之间，同样存在着主客体关系，"文学作品不仅融会了被反映者的思想感情，也必然蕴藏着反映者的思想感情"。我认为"研究作者，可以了解作家的思想对作品的影响，而分析作品，则又可以审视形象大于思维的作用"。因此无论在撰写研究专论抑或作人物分析，我都考虑这两个方面的交叉，互补互证。

王廷信：其实，对您的这种体会，已有人评说，季羡林先生任名誉主编、段启明等先生主编的《清代文学研究》（北京出版社 2001 年版）中就认为在人物形象的研究论文中："陈美林的研究成果尤为引人注目。他从 1991 年以来，撰写了近 20 篇关于人物形象分析的文章，从而构成了《儒林外史》人物论的完整体系。值得注意的是，这些论文力求从文化背景、作者际遇、时代特色、作品内涵等方面分析人物性格及其形成的内外因素和主客观条件，从而颇为准确地把握了人物思想性格和艺术特征。"这样的评说颇为符合先生撰写此书的意图。

陈美林：段启明先生的评论对我的设想作了正确的揭示。

王廷信：您的《吴敬梓评传》以丰富的资料、翔实的考证、允当的评价而著称，出版十五年来已印刷三次，并且为香港大学馆藏图书印刷制成光盘，以便学子阅读。希望您能介绍一下是如何撰写这部书稿的。

陈美林：这是匡亚明教授主编的《中国思想家评传丛书》第一批出版的四种之一。既然是评传，当然以作家为主，但也要涉及作品。既然是思想家评传，也就必须在叙述其经历过程中从其作品中发掘出其思想（社会的、学术的、文艺的）

来予以深入探讨和客观评价。如此为其定位之后，就是如何组织内容，我设计了时代、家世、生平、思想和创作五章。但这五章并非平行叙述，而是纵横交错。在纵向叙述中，将他一生行实、重要交游、生活变迁、感情起伏、思想发展结合其不同时代创作的直言体诗词赋进行详尽描述，尤其是将其诗词赋创作中使典用事中隐藏的思想感情予以诠释、揭示，让读者熟悉和认知他的一生；而横向评论中，则结合社会思潮、学术发展、文学历史，分别研讨其思想渊源、学术见解以及文艺创作的长短得失，力求让广大读者既知其家世状况和生平经历，又了解其学术和创作成就。总之，该书以传人为主，评文为辅，是一部将作家研究和作品研究结合起来的著作。

王廷信：我读过《吴敬梓评传》，从几个章节标题看，与一般传记也类似，但读过每章内容之后，则感到有您自己的特点，例如"时代"一章就与一般研究著作的时代背景介绍有所不同，不少著作对于某一作家所生活的历史社会，仅仅作一般性描述，与史学著作区别不大，但您的"时代"却写得更符合这位作家、这部作品的具体情况。能谈谈您是如何组织这一章写作的吗？

陈美林：吴敬梓生活在所谓的清朝"康雍乾盛世"，我一直在考虑如何描述这一历史时代、反映这一时代的社会真相，并进而说明这一历史社会的现实是如何作用于作家吴敬梓，而吴敬梓又是如何以他的审美意识判断并评价这一时代社会的。吴敬梓所生活的"盛世"，其现实状况究竟如何？这样的"盛世"又如何造就出这样一位伟大的讽刺作家？鲁迅曾说"非写实决不能成为所谓'讽刺'"，透彻地说明了"讽刺"与"现实"之间的相互关系。在深入研究清史的基础上，便发现"盛世"背景下的阴影，现实社会实际上存在着种种不协调的矛盾现象，而正是这些矛盾现象的存在，才能为吴敬梓创作公心讽世的巨作《儒林外史》提供无比丰富的题材，没有这样的现实土壤，任何天才也难以凭空创造。于是，对"康雍乾盛世"的政治、经济、文化、士子几方面的状况细加梳理，分别以"新政权的逐步巩固和内部矛盾的日趋突出"、"经济的发展和劳动群众的穷困"、"文化学术的繁荣和凋敝"、"怀柔和镇压并用的知识分子政策"为四节小标题，对产生《儒林外史》杰作的时代进行描述。而在描述这种状况时，又有针对性地选择与吴敬梓时代相近、地域相邻的资料，可以更为贴切地说明。同时，还要考虑选择一些他人未用或很少使用过的资料，如从刘子壮《屺思堂文集》中寻出有关满汉官员相互牵制的生动描写,以说明民族隔阂等。

王廷信: 由您谈到资料的引用,我又想起一个问题。在您的论著中,每一见解都建立在翔实的资料基础上,征引的文献也十分繁富,其中有您自己发掘出的很多资料,但却未见您有资料汇编一类的著述。这是何故?

陈美林: 的确如此。我一向认为资料的发掘、整理、辨析是研究工作的基础。任何见解和结论都必须建立在扎实的文献资料的基础之上。因此,我也十分重视搜集资料的工作。在开始从事这一课题研究时,除在南京搜集资料外,还去合肥、滁州、全椒等地广泛搜集资料,访问吴敬梓族人的后裔,也曾整理发表过一些文章,如《康熙〈全椒志〉中有关吴敬梓先世资料》,这部志书为先前研究吴敬梓课题者所未曾征引过;又如《陈毅及其〈所知集〉中涉及的有关吴敬梓交游资料》,这部诗人选集,虽有人涉及,但其中所蕴藏的材料极多,我在仔细披阅之后根据其中某些线索又扩大搜寻范围,收获颇多。至于我所发掘的材料陆续引入我所研究的论著中,此处不能一一罗列。20世纪70年代中期,有学人知道我掌握一些资料,便通过我系当时任资料室主任的赵国璋先生与我联系,希望合编一本吴敬梓研究资料汇编。我以为搜集吴敬梓资料,新中国成立前以胡适贡献最大,新中国成立后以何泽翰成果最多。而我自己所掌握的一些未曾为胡、何所征引的资料尚不足以单独汇编成册,如勉强做去,必然要纳入胡、何二氏辛勤搜集所得,未必妥当,便婉言辞去。及至1990年夏,评传付印前夕,一位看过书稿的同道说书中新发现资料极多,应在"后记"中说明自己所发掘的资料。当时因出书时间紧迫,又要撰写"人物论",未遑做此工作。此后陆续见到一些论著所引资料,是在我征引以前未曾见有人征引过的,而引文与我所引完全一样,甚至连省略号也完全相同,但又未注明。在这种情况下,正好浙江古籍出版社建社二十周年文集约稿,便写了《吴敬梓研究资料的发掘和利用》,接着又发表了"再论"。短短两文并不能尽述我所发掘的资料,但也总算做了一点亡羊补牢的工作。

王廷信: 您在出版了《吴敬梓研究》、《新批〈儒林外史〉》、《吴敬梓评传》、《〈儒林外史〉人物论》等极有价值的著作后,并未停笔,仍继续笔耕不辍,就我所知您除了修订"新批"为《清凉布褐批评〈儒林外史〉》之外,近几年又出版了《清凉文集》和三卷本《吴敬梓研究》。能否介绍一下近年的著作呢?

陈美林: 好的。《清凉文集》有八十万字,分上下两卷,上卷为吴敬梓研究论文,下卷则为其他小说、戏曲、诗文和文学史等方面的研究论文。在上卷中，除选录了1982年以前的一些论文外，1982年以后的一些论文也选录不少。主要是回顾二百余年来《儒林外史》研究的文章，以及分别评论清代四种重要评本的文字，即对卧闲草堂评本、齐省堂评本、张文虎评本、黄小田评本的研究文章。上述的《清代文学研究》中在论及《儒林外史》研究之研究时说"这方面，陈美林用力尤勤"，并举出这几篇文章说"不但分论四家评本的特色，而且还比较了四种评本的得失"。至于三卷本的《吴敬梓研究》选辑了20世纪70年代以来的论文九十三篇和评传一部，其中有不少近年来发表的论文，而对既往研究的文章也近三十万字，全书总计一百三十四万字。

王廷信：我知道您正从事《儒林外史研究史》的著述，能否介绍一下这方面的情况。

陈美林：好的。我对前辈时贤研究成果的研究是与对吴敬梓研究同步进行的。这些研究的研究论文是三十余年来陆续写成的，可见我对《儒林外史》研究史的关注一直未曾停歇。当作家研究、作品研究取得一定成果后，便全力投入研究史的研究，因此申报了江苏"九五"社科项目。此时随我"攻博"的吴波君要求参加这一课题，我便同意了。在与其充分讨论之后，由他利用我的成果执笔撰写。于2000年暑期完成三十万字的初稿，并通过结项鉴定。但我认为作为一部学术著作，当力求精美，便与在身边工作的弟子李忠明反复研讨，征得已回湖南工作的吴波的同意，再由忠明进行磨合。在从事这一项目的过程中，吴、李二君先后晋升教授，他们有各自的研究领域，但同样对《儒林外史》有兴趣，并有研究成果发表。在二君执笔之前，我都与他们反复讨论，提出自己的意见。当然我的意见只供他们参考，我的成果也供他们采用。至于接受哪些意见，采用哪些成果，则由他们二人自行抉择。我未涉及的内容则由他们补写了一些。书稿五十余万字，已交出版社，年内可以出版。

王廷信：您认为撰写好这部研究史最重要的条件是什么？

陈美林：两条。一条是必须对吴敬梓和《儒林外史》有全面深入的研究，否则你如何去评价他人的成果？一条是必须出以公心，就是要讲史德，《文史通义·史德》中说："能具史识者，必知史德。德者何？谓著书者之心术也。"正派学人不会以自己好恶或关系亲疏去扬抑褒贬，炒一己或同好之作，而冷落贬斥异己之文。如果这样做,既有亏史德,又不能反映学术研究之真相,作出的评价必然失据、失误、失之公正,当然也就没有任何学术价值,徒见笑于识者。

王廷信:能否再具体地谈谈您对这一课题的构思与设计呢?

陈美林:已经谈了很多,如想详细了解,可参见我为该书写的序言《辨章学术,述往思来》,该文定稿虽尚未发表,但已附于该书卷首。年内大约可以出版。三卷本《吴敬梓研究》中也收有几篇相关文字,可以参看,此刻就不多谈了。抱歉。

王廷信:好的。吴敬梓研究仅仅是您的研究课题之一。我们还想请您介绍一下其他课题的研究情况,比如戏曲、诗文、文学史等。

陈美林:先说戏曲吧。也是从20世纪50年代与小说同时进行研究的。大约是1960年春,钱仲联先生对我说中华书局有约稿,他自己写也请我写。让我写的是《李玉和〈清忠谱〉》。因为收有李玉作品的《古本戏曲丛刊》三集,江苏师院原有的收藏已并入南京师院,便约了南京朋友合作。当时有关李玉的研究文字还不多见,一切得自己摸索,从头开始。直到撰写的过程中才见到为数不多的文章。1961年6月交稿,1962年9月修改,1963年发排。但由于众所周知的原因一直未曾开印,直到1979年编辑部来信说此书要印,并将1963年排印的校样寄来,经个别挖改后,在1980年印了出来。因为是合作的,就用了"苏宁"笔名。在此基础上,对这一课题在深入研究后,个人也有文章发表,如《论李玉剧作题材的现实性》、《关于李玉生平》等。我以李玉研究为研究戏曲的起点,逐步延伸,进而对董《西厢》、王《西厢》、《牡丹亭》、《玉簪记》、《桃花扇》、《息宰河》、《秣陵秋》以及元明清三代的杂剧都作了一番探索,发表和出版了一些论著。

三、考证与理论

王廷信:在您的小说研究中既有考证文章也有理论文章,而在李玉研究中也同样如此。您是如何看待这两类文章的?

陈美林:我认为这两类文章同样重要,无高下之分。考证自然也是一种研究,但毕竟要为理论研究服务。所谓研究应是发现问题、分析问题和解决问题。从文学研究来看,如果对一些问题,如作家的生平、作品的年代等外围问题不先行梳理清楚,就无法正确诠释内容,作出准确评价。例如《秣陵秋》传奇,20世纪60年代和80年代的论著中都说该剧作者为庄伯鸿,书前有乾隆四十五年序。但在仔细研读传奇后,发现其中有发生在道光十九年间的事,由此而生疑,如果不能确定作者和创作时代,是无法评论其内容的。因此在大量检阅资料、进行考辨研究后,便写成了《稿本〈秣陵秋〉传奇作者和创作时代考辨》的考证文章,发表在《文献》1988年第1期。而对《秣陵秋》思想与艺术的评论文章,一直到新世纪初才动笔,这就是发表在《艺术百家》2004年第1期上的《清代三部以南京为主要场景的传奇》,此文探讨了产生于清初的《秣陵春》、盛期的《桃花扇》和末期的《秣陵秋》三部传奇之间的递衍承传的影响,并评析了这三部传奇中所流露的兴亡之感的深浅和地域特色的浓淡。

王廷信: 先生的文章,不但追求新的理念,而且在研究方法上也多样化,但又并不让人感到生硬,例如您发表在《文学遗产》1986年第1期上的《试论杂剧〈女贞观〉和传奇〈玉簪记〉》,说《玉簪记》在当时享有盛名的原因之一是观众趣味的改变。文中说:"何良俊虽然不懂得近代外国流行的'接受美学'原理,然而他却正确地提出了戏曲观众(读者)的欣赏趣味和艺术水平,也影响着戏曲作品的生成过程。"虽然文中引用的是何良俊的言论,但我觉得其中也透露了先生是在运用接受美学的理念去审视古代文学,但又不露痕迹。

陈美林: 你的分析很中肯。我选择什么样的方法,运用什么样的理论主要取决于研究对象。什么样的理论和方法能更好地说明(评价)研究对象的实质,我就采取什么样的理论和方法,这是一条原则。还有一条原则是从文本出发,从对作家作品的探析中归纳出结论,自然这两条是相互关联的。我总以为不能先行主观决定用什么方法,以什么理念去范围作品,将文本作为例证,以证明什么方法什么理论。我曾经以"知人论世"、"见由己出"和"法不前定"三句话概括我对吴敬梓这一课题的研究,其实这也可用来概括我的整个研究。

王廷信: "知人论世"、"见由己出",您在前面已经谈得很多。能否对"法不前定"再稍作说明?

陈美林: 好的。"法不前定"是谭元春在《诗归序》中所说,即"法不前定,以笔所至为法",我的理解不是不要"法",而是要根据"笔所至"择法,也就是根据创作(研究)的需要选择"法"。对于各种理论,我们还是要重视的,要注意学习，以之为借鉴，但却忌生搬硬套，尤其不可标榜唯有什么理论或方法才是研究文学的唯一正确途径。我想借用贝弗里奇《科学研究与艺术》中的一句话："进行科学研究并无一定之规可循。研究人员应发挥自己的聪明才智、创造精神和判断能力，并利用一切有用的方法。"以此再次说明我的研究确实是"法不前定"。

王廷信：除了小说、戏曲之外，您的研究还涉及诗文、文学史乃至文化史方面，能为我们简略的介绍一下吗？

陈美林：那也大都是为了应付工作需要而为。前面讲过，我一度讲授过唐宋文学课程，这就有了一些论杜诗的文章如《论杜诗的形象思维》（《社会科学战线·形象思维论丛》，1979年版）、《从一首杜诗的评论谈起》（见《光明日报》1979年9月12日）；又应出版社之约，与人合作出版《杜甫诗选析》（江苏人民出版社1981年版）。1985年，因接待意大利罗马大学教授、研究张岱的专家焦里阿诺·拜尔突乔里先生，撰写了《晚明爱国学者张岱》一文，当时研究张岱的论文尚不多见。因为多次参加文学史的编写工作，所以发表了《重视对文学史著作的研究著作》（《南京师范大学学报》1980年第3期），又在1980年10月15日的《光明日报》上发表关于比较文学的短文。

王廷信：您这两篇文章发表时，重写文学史的讨论以及比较文学的研究，尚未在全国学术界开展或引起重视。

陈美林：是的。此后不久，卢兴基先生主编《建国以来古代文学问题讨论举要》（齐鲁书社1987年版）又约我撰写了关于文学史分期问题和主流问题两篇回顾文章。

关于意识形态在政权更迭和社会生活中的作用问题，早在《南京师范学院学报》1977年第1期上我就发表了《武则天以周代唐与儒道释之争的关系》，直到20世纪80年代，尚有一位治唐史的先生托人前来索要此文。为了参加1994年的国际儒学讨论会，我发表了《论儒学对文学的影响》（见韩国《中国学研究》第10辑）。

对于文学史与学术史所收人物的选择，我曾发表了《"恐此人如未必再"——清初学者文人程廷祚》（见《中国典籍与文化论丛》第二辑），认为学术史上的人物而能进入文学史者，在清代有顾炎武、王夫之、黄宗羲等人，但其实还有不少学者亦能文，但却未能进入文学史，并举程廷祚能诗能曲为例，说明文学史的编写应对此种现象有所考虑等。

还有少数论文所涉及的内容已越出文学范围，但也都是适应某种需要而为的。如韩国启明大学于 1999 年就中国文学与 21 世纪人文科学发展的展望举办"著名学者招请学术讲演大会"，聘请四名学者发表演说，论题由他们确定，我们按题演讲。据他们排定的讲演题目和次序是台湾师范大学王更生先生讲《人文科学的价值》、我讲《物质文明与人文科学》、台湾师范大学余培林先生讲《二十一世纪人文科学的使命》、复旦大学王水照先生讲《中国文学对二十一世纪的意义》。正当赴韩国之际，在香港大学举办的"中国传统文化与现代社会"论坛，我也应邀与会，据会议排定的演讲次序为饶宗颐、陈美林、吴宏一、王水照、李家树、赵令扬、傅璇琮、蒋广学等八人，我与王水照先生所讲的题目，正是预备去韩国所讲的。事后，武汉大学要出版《名家演讲集》（武汉大学出版社 2001 年版），因我曾被武汉大学聘请为兼职教授，向我约稿，便以此次演讲稿寄去。总之，这些论文涉及的问题都是因为工作要求而撰写，并非长期研究的产物，谈不上什么学术价值。

王廷信：您也太谦虚了，没有广博的知识，即使要应付工作，也不一定能写出这些论文来。我还想进一步请教，撰写这些论文，对您进行小说、戏曲研究是否有影响？

陈美林：这对我的研究工作还是起着良好作用的。因为，元明清文学是承继前代文学发展而来的，如果不了解这一承继发展过程，对前代文学一无所知，那对元明清文学的教学和研究也自然会造成重重困难。例如吴敬梓的《移家赋》，其中就运用了大量的魏晋南北朝的典故，如王粲、阮籍、陆机、任昉、氾腾、潘尼、左思、江淹、王志、孙绰、侯景、王源、嵇康、沈约等，他们的事迹大都见于《晋书》、《宋书》、《齐书》以及《南史》。此外，《世说新语》中所记叙的人物事迹，《移家赋》中也大量引用。这一历史阶段的文学名篇如陆机《文赋》、庾信《哀江南赋》、丘迟《与陈伯之书》、左思《咏史》、陶潜《归去来辞》、鲍照《尺蠖赋》、曹植《与吴季重书》等或直接引入或略作变化引用，又并不注明作者和篇名，这就需要对这一阶段的文史有一定程度的熟悉。再说用白话写成的《儒林外史》，其中也引用了许多诗句如"天下谁人不识君"、"无人知道外边寒"，前者为高适《别董大》一诗，后者是吴融《华清宫》一诗，但人民文学出版社出版的两个校注本和中华书局出版的精校精注本都未曾出注。这对于一般读者读"懂"这部"伟大"的小说是不利的。

王廷信：听您的谈话很受启发。还想问最后一个问题，那就是金两铭在吴敬梓三十岁时曾有诗相赠，诗中说吴敬梓"文章大好人大怪"，您是怎么理解这句诗的？

陈美林："文章大好"是肯定吴敬梓的文才的；"人大怪"不是"人大坏"，而是说吴敬梓的为人"怪"，也就是说他的性格不能见容于当地士绅。但吴敬梓并非生来就"怪"，而是恶浊的社会风气使他不得不"激愤"而"怪"……啊，对了，你提这个问题是不是项庄舞剑，意在本人……

王廷信：陈先生，您别生气，的确有这么一点意思。因为我听到一些传言，说您的学问很好，只是脾气很大。但据我了解，您是很好相处的，为人率真，待人诚恳，表里如一，是非分明。但确有这种传言，有的人似乎还言之凿凿，但只要与您真诚相处过的人就知道这些传言有诸多舛讹。为此，我也在思考何以出现这种情况。在您的书房中见到程千帆先生于1985年赠您的一副对联"遗世独立，与天为徒"，我想这正是为先生的画像。在先生《清凉文集》的跋语中知道先生多年过着"苜蓿生涯，清清凉凉"，只是"埋首牖下，仰屋著书"。既然常处"清凉"境界的先生，又何以有"脾气很大"之名呢？我读先生论及程廷祚的文章，称赞廷祚父亲程京萼"鲠直少容，不惮面斥人过"，肯定京萼所言"吾生平不解作伪"，乃恍然有悟。目今有些人的一些作为也确令人厌恶，让人不齿，但有些人对此却缄口不语，甚至装出"宽容"姿态，而实实在在是个"乡愿"。时下不少人身为知识分子，却甘愿放弃知识分子应守之准则，不能不让人遗憾。先生却不同，对于别人的不当之处常常当面指出，这本应是一件好事，但却容易得罪人。不知道我的认识符合不符合先生实情。

陈美林：我首先声明的是我的"文章"不是"大好"，"人"也不是"大怪"，但也的确有点脾气。你的分析是符合实情的。我想，我们读书学习，不仅仅在于掌握先贤所创造的知识，以之在服务社会和修养自我的过程中加以发挥和创造，使之代代相传，并以之去培养和教育下一代。因为我们的工作是教师呀！教育者必须先受教育，正人先正己嘛！要用正确的言行教育别人。我也知道，有人说我不懂得"游戏规则"，不随和从众，这就得罪人了。再加上我的涵养不够，见到一些令人难以容忍的现象，便忍不住要说两句，这就更遭非难了。但是我总以为读书人要像颜元说的那样"要为转世之人，不要为世转之人"，近年我的生活经验告诉我，要转变不良的世风，个人的力量是有限的，也曾出现这种情况，他们自知在某一事上理亏，便不再声辩，却在其他方面找你的"毛病"，甚至不惜编造"莫须有"的"罪名"。但我对这些人的言行仍然不趋同，不认可，努力保持头脑的清醒和人格的尊严，只要所作所为对得起天理良心，任这些人去搬弄，我努力做自己的事。当然，做到这点很不容易。同时，也应加强自我修养，尽量不发脾气，冷静对待。

——今天的谈话，不知有否火气太大？如有，我只得在此表示歉意了。

王廷信：没关系，我很欣赏您的为人原则。我觉得，一个知识分子总还是要保持知识分子的基本良知，您是一位能够保持良知的知识分子。我相信，绝大多数人都会赞同您的看法。感谢您接受我的采访，祝您身体健康。

陈美林：我也感谢你和《文艺研究》编辑部。

（原载《文艺研究》2006年第10期）

编选后记

美林师在吴敬梓与《儒林外史》研究方面，发表高水平的论著十余部、论文近两百篇，成为该领域海内外公认的权威。可是，先生在该领域取得的如此耀眼的成就，一定程度上掩盖了先生在古代文学研究其他领域的影响。其实，先生在古代小说其他作家作品以及古代戏曲、古代诗文、古代文学与文化等多方面，均取得了杰出的业绩，先后出版相关论著二十余部、发表论文近两百篇。因此欲全面了解先生的学术地位与学术贡献，仅仅研读先生有关吴敬梓与《儒林外史》的相关著述是远远不够的。这是愚在编选先生关于《儒林外史》的研究论文集《独断与考索》后，又编选先生读稗、读曲、读诗文的相关论文为《三读集》的动因。

愚1988年9月考入南京师范大学，拜在先生门下，连续攻读硕士、博士学位，1994年毕业留校工作，至2008年调离南京师范大学，追随先生二十年之久。先生不但手把手地教我从事学术研究，还指导我合作发表《中国古代小说的主题与叙事结构》、《小说与道德理想》、《中国章回小说史》（包括指导冯保善，三人合作完成）、《〈儒林外史〉研究史》（包括指导吴波，三人合作完成）等著作，以及《中国古代小说中的情感宣泄》、《中国古代小说的教化意识》等论文。我在从事小说研究的同时，先后关注明清诗文研究、明清科技史研究等其他领域，正是接受了先生的影响。惜愚驽钝，于先生学问之境界，未能窥其一二；邯郸学步，于先生学术之方法，未能发扬光大。于是编选先生的论文，希望能略做补救，以减心中之愧疚。至于编选是否全面、得当，能否完整体现先生之学术思想，则有待于读者诸君批评指正。

是为记。

李忠明

2012 年 12 月 30 日

作者附语

忠明在此书"编选后记"中回忆当年从学情况，有云"先生不但手把手地教我从事学术研究，还指导我合作发表《中国古代小说主题与叙事结构》等著作"。读到此处，不禁陷入沉思，四分之一世纪前的教学情景又浮现在眼前，乃就忠明未尽之言补而出之。

一

忠明是我第二届（1988—1991）硕士生、第一届（1991—1994）博士生，取得学位后留校工作十余年，直到2008年被南京信息工程大学以高端人才引进，现为该校语言文化学院院长兼书记、教授、博士生导师，在学术界也担任不少职务，如中国俗文学会常务理事、中国气象学会史志学会理事。离开身边已近五年，而我退休也整整十载，忠明犹不忘记二十几年前师生共同学习的情景，再次提及"手把手"的教育方式，让人深深感受到他的境界和情怀。

其实，忠明在2004年1月写的另一部书的"后记"中有更详细的追叙：

> 1988年9月，我考入南师，拜陈美林先生为师，先后攻读硕士、博士学位，迄今已十六年。美林师为人正直，治学严谨，于诸弟子宽厚仁慈、爱护有加。我在美林师身边时间较长，感受尤深。80年代末，正是美林师《儒林外史》研究佳作迭出、成果丰收之时，美林师毫不吝啬地将其《新批儒林外史》、《吴敬梓评传》等大作的手稿，供我与师兄陈欣反复阅读，并就具体问题详加解释，说明其思路演变、结论形成之过程，让我们从中揣摩治学之道。在此基础上，美林师开始手把手地教我们写作学术性的文字。当初浙江古籍出版社出版的《明清小说鉴赏辞典》之《儒林外史》"情节鉴赏"部分由美林师承担，美林师本有现成之材料，却将机会留给我与陈欣学兄。我们利用美林师已经完

成的《新批儒林外史》回评,组织成文。每数日完成一篇,美林师亲自到宿舍来取,并将他细细修改好的前一篇给我,分析得失。寒假之中,六楼仅我一人,师每登六楼,便大声呼叫弟子。虽时属隆冬,滴水成冰,但每闻师之呼唤,则如沐春风。师生合作,其乐融融。此情此景,至今思之,犹在眼前,正是在这样的精心培养之下,我逐渐走上了治学之路。

此篇"后记"原是忠明一人署名为《〈儒林外史〉研究史》所作,之后选刊了他与吴波二人署名的"后记",忠明仍将此篇交我,我也保存至今。近日又是一个天寒地冻、雾霾充满人间的严冬,重读忠明此记,似乎在雾霾中间看见阳光,在寒风中感受春意。

二

"手把手"是一种教学方式,"合作"也是一种培养方法。因为忠明在我身边久,又勇于承担任务,所以与他"合作"项目较多,分述如下。

最早合作的项目是校点《施公全案》,这是"八·五"重点选题"中国话本大系"中之一种,由江苏古籍出版社出版。在1990年2月召开的海峡两岸明清小说研讨会期间,该社将与会的徐朔方、陈翔华及笔者接去出版社讨论"大系"问题。后来收到他们的正式函件说,将改主编制为编委制,"由海内三至五名著名的话本专家组成编委会",鉴于"先生学识之渊博,蜚声学界,我社研究决定拟请先生担任编委",后见到书前之说明,方确切地知道"编委会由徐朔方、陈美林、陈翔华、陆国斌、程毅中、刘世德组成"。编委似乎也没有具体任务,只是承担项目。分配了两个项目给我:一项是《西湖二集》校点,自己做;一项是《施公全案》,由于该书篇幅大,便请已在政协工作的第一届硕士(1985—1988)万建清与李忠明参加,三人合作。《施公全案》于1994年7月出版,从三人名字中各摘一字组成"林建民"署名。

忠明攻博期间,我申报的国家教委"八·五"社科项目《中国古代小说主题与叙事结构》已获通过,正式立项。这一课题在我们日常教学中也是反复研讨过的,自然便吸收忠明参加。其时,我指导的博士生有三届八人同时在校,任务十分繁重。忠明却专攻这一课题,除不时与我商讨外,全由他执笔完成,这在该书"后记"中业已说明。

1994年忠明取得博士学位后，经过努力，终于将其留校——这也是我培养众多的研究生中唯一留校者，同时将其妻的工作也作了安排，使忠明能安心工作。2001年3月，卞孝萱先生到舍间，为其主编的"道德文化丛书"约稿，说该丛书八种，请八位博导主持，省领导很支持，拟申报"五个一工程"奖。卞先生似乎知道我无暇顾此，抢先说明具体工作可由弟子去做。听到此书拟申报奖项，便考虑让忠明去做，在向忠明说明后，便与其一同参加卞先生主持的作者座谈会。我向卞先生说明，《小说与道德理想》由忠明一人做，由他一人署名。卞先生回答是一人做，完全可以；署名事，再谈。会后，忠明自定中心、自拟提纲，独立完稿后让我看了一遍，经过几部书稿的合作，忠明的科研能力和水平大大提高，没有需要改动之处，便及时交了稿。我再次向卞老提出不署名，卞老说其他七册都署主持者姓名，这一册不便例外，忠明也说不妥。但为了让忠明一人署名、一人获奖起见，我坚持在为该书写的"后记"中交代清楚。

三

《中国章回小说史》原先是为万建清同届的硕士冯保善接受的项目。1995年春，保善得悉我被邀请为"中国小说史丛书"编委，即将去杭州参加编委会，便向我提出能否接一个项目由他与我合作，因前应其所邀参加"新刊四大古典小说"校点工作的经历，未免有些犹疑，但他一再要求，我考虑再三，毕竟也是我的弟子，终于表示同意。当年研究生不包分配，而是实行双向选择，要自行寻找单位接收，他获硕士学位后，并不如他在2009年一篇"后记"中所说"1988年6月，研究生毕业，分配至出版社"，而是我帮助他找单位。他原从河南考来，我曾于1982年应邀参加在洛阳召开的《歧路灯》学术会议，结识了不少中州学人，如已通讯数年而未曾晤面的开封师院任访秋先生，《歧路灯》整理者栾星，以及郑州大学何均地，还有中州书画社（中州古籍出版社前身）自副社长牟彬以下陆协琴、徐澄平、张弦生等，乃介绍他去郑州大学和中州社工作，他们都表示可以接收。但旋及冯保善又想留南京工作。其时江苏古籍出版社将拟编的《金元明清词鉴赏辞典》的体例和选目送我征求意见，我在提出意见的同时，又先后向几位负责人推荐冯保善去工作。该社总编室负责人陆国斌同志在接到我的建议后，于1988年5月10日复信表示感谢，说"能得到您如此热情的支持，真是太令人高兴了"，接着说关于"高足冯保善分配事，我们已定下来要他，已报新闻出版局，想来没有多大问题，因是您再三推荐的，我们都觉得较放心"。同时，保善告我其妻将于当年暑假从河南一所高校本科毕业，也希望能来南京，我便去找了江苏省教委人事处领导，得到他们的大力支持，当年即调入江苏，为此，冯保善自行撰写了《道德文章皆师表——记南京师范大学陈美林教授》一文，发表在《江苏高等教育》1989年第1期。他们夫妇各自从硕士和本科毕业的当年，就同在一地工作，无后顾之忧，想来保善一定能安心做好《中国章回小说史》这一课题，岂知中途却表示不愿再做下去。为了好向编委会交代，便请来身边工作的忠明协助，经过忠明的努力，于1998年12月出书，作者一栏署了三人名字。

《〈儒林外史〉研究史》是我个人系列研究中的重要一环，为此作了多年的准备，出版了许多论著，申报并被批准为江苏省哲学社会科学"九·五"项目。1998年吴波考取博士生入学后，便表示要从我做点《儒林外史》研究，正好春风文艺出版社来一编辑约我写《儒林外史趣谈与索解》，经再三推荐，出版社终于同意接受吴波与其同届博士生孙旭二人合作，同时由他们直接签约。后因出版社计划有变，吴波乃将其改名为《儒林探微》一书出版。吴波在"后记"中说"我们自始至终得到了陈美林教授的悉心指导，陈先生是造诣颇深的《儒林外史》研究专家，他的许多研究成果已为海内外专家所瞩目"，"书中还采用了他的许多观点，本来由他来领衔才是恰如其分的，但他以激励后学的高风亮节，坚持不挂名，这种淡泊名利、奖掖后学的精神令我们十分感动"。从此，吴波对《儒林外史》的兴趣更大，要求参加《〈儒林外史〉研究史》的项目，经考虑后同意所请，后来他在学位论文《阅微草堂笔记研究》一书的"后记"中说"入学之初，协助美林师写作《〈儒林外史〉研究史》"，正反映了这一历程。经过两年的努力，吴波将我业已发表的大量论著，按照提纲要求，剪裁成若干章节，组织成三十万字的一部专史，经我再次审阅后先行上报结项。项目评审小组的鉴定意见如下：

  陈美林、吴波同志合作的这部《〈儒林外史〉研究史》对清代中叶《儒林外史》面世直至二十世纪末的研究状况作了一个总体回顾，总结了不同历史时期《儒林外史》研究的特点，勾勒出了研究的演进的轨迹，选题新，文献资料丰富，论证周密。它的面世，对于指导我国的文学研究、拓展我国的文学研究领域，均具有重要意义。评审小组一致认为这是一部具有开拓性、具有很高学术品位的著作，同意通过鉴定。

稿件通过评审以后，有出版社愿意出版，但考虑到作为一部学术专史，要力求出精品，拟再作磨合。吴波也表示同意，但他即将毕业赴湘工作，经与其研究，便请忠明来承担磨合任务。忠明既撰写过《儒林外史》的情节鉴赏，在我主编一百一十万字的《儒林外史辞典》（南京大学出版社 1994 年版）过程中，他与同届博士皋于厚做了不少协助工作，在《儒林外史辞典》的"后记"中已有说明。他又早于吴波君十年从我学习，对我的研究成果和研究历程更为熟悉。在他磨合的过程中，我又撰写和发表多篇论文供他采用。经过几年努力，终于完成一部约五十余万字的书稿，于 2006 年 12 月出版。海峡文艺出版社以此申报国家"十一五"重点出版项目，在通过后很久，我方知著作责任人仅列我一人（吴、李二君早于我知道此事），便向出版社提出不应忽略吴、李二君。出版社负责人回答说：他们为此作了专门研究，该书内容大都是笔者成果，又考虑到知名度。既成事实，也无可奈何。但令人不可理解的是在正式出版时，仅列笔者为主编，而作者一栏却漏列。虽然来信道歉，正式合同作者仍为陈、李、吴三人，同样是既成事实，也只好听之任之了。后来，清华同方所出电子版作了改正。

四

除与忠明君（包括万建清、冯保善、吴波）合作外，尚与另两个弟子乔光辉、皋于厚有过合作。与乔、皋的合作则和台北三民书局的约稿有关。20 世纪 90 年代初，三民的徐志宏、张加旺、邱垂邦、罗文林等先生先后来南京向我约稿，并请我代为推荐作者，如罗文林先生 1996 年 3 月 1 日来信说："先生劳心劳力为敝局约稿，于此谨代敝局向先生致上感谢之意。"直到 2004 年 8 月 17 日，邱垂邦先生在给乔光辉的电子信函（因我不会使用电脑，光辉下载给我看）中还回顾了既往的交往，信中说："敝局与陈美林教授认识多年，借重其在古典小说、戏剧方面的学术地位与成就，陆续向其约稿，因而有《西湖二集》、《桃花扇》、《西湖佳话》等校注本的出版……《新译明传奇小说选》的选题，也由陈教授与皋于厚先生共同完成，近日即将出版。"这就概括地叙述了笔者与三民的关系，也反映了与乔、皋二君合作的情况。三民编辑，先见到我为"话本大系"做的《西湖二集》校点，便建议我增加注释，由他们于1998年7月出了校注本。其时，我正应新世界出版社之约，将《桃花扇》、《长生殿》以及《牡丹亭》改写为中篇小说，由他们出版中英文对照本，其中三种英译又为美国纽约一家出版社合成一册出版。为此，对这三部戏曲在既往研究的基础上，更进一步作了深入的探讨，又新发表了一些论文。三民乃将《桃花扇》一稿相约。在重新整理、分清正衬、撰写新的前言后，注释部分交与皋于厚博士去做。于厚原为老辈学者段熙仲先生硕士，毕业工作几年后再来报考博士，与忠明同届，此际任职于江苏公安专科学校（现武警学院），《桃花扇》校注乃成为二人合作之成果，于1999年6月出版。此后，笔者应新世界出版社之约，仿西洋歌剧形式整理《桃花扇》全剧，被纳入"大中华文库"出版了汉英对照本。不久，三民书局又以《新译明传奇小说选》向我约稿，邱垂邦、吴仁昌先生多次与我商量体例、选篇以及稿件处理等事项，乃及时转告于厚。由他执笔完成，交我看了一遍，便交三民书局，同时说明此稿乃于厚执笔，但三民书局仍以最初约稿时所议为准，署上二人名字，在此郑重声明。

在《西湖二集》校注本即将见书时，三民书局又约我做《西湖佳话》，当时手头事正多，而在攻博的乔光辉希望能有些成果面世，便希望与我合作。如此，便由他做成初稿，经我校改后定稿。此稿也于1999年9月出版。光辉以"剪灯"系列小说研究作为博士论文，获得学位后去东南大学任教，希望将"剪灯"三种校注出版，请我与三民书局联系。前引之邱垂邦先生电子信函中明说"《剪灯三种校注》的选题是陈教授向我们提出的，基于多年合作的基础，我们同意了此一选题"。2003年下半年，他们来了两位编辑，谈推荐作者事，同时希望看看"剪灯"的样稿，手边正好有两篇便交他们一阅。不久收到邱垂邦先生2003年11月1日来信说："日前敝局二同仁来访，蒙亲切招待，十分感激。同仁转述说先生为《剪灯新话》校注稿进行润饰工作，用力甚多，非常感谢，相信经您把关，本书质量一定在水平之上。"既然三民书局对样稿满意，光辉对"剪灯"的研究已很有成绩，书稿还是由他一人做、一人署名为宜，乃向光辉及三民书局两方面郑重提出；并表示我不会使用电脑，联系不便，由他们直接沟通，我不再过问此稿。

应三民书局要求和弟子之需要，我曾推荐了李忠明、冯保善、乔光辉、皋于厚以及同事、友人如吴家驹、张虹等人为他们的作者，他们都有书在三民出版。原先只是推荐，但三民有时对书稿的意见仍要我转达，如上所引之罗文林先生来信，对吴、冯样稿意见"随信附上，请先生代转。二位先生样稿大致无甚问题，惟保善先生须再附一份样稿，期使两造意见转述无误"云云。这让我确实感到太"劳心劳力"了，再三说明，请三民直接与作者联系，我不再过问。但三民也曾告诉我，某某作者又提出一些选题，他们以为其人已向我言及，便表示接受，但我却一无所知。他们颇以为怪，此人居然瞒过为其热心介绍的导师。这部书稿出版也已八、九年了，一直未向我提起，我也不过问。不过，当其向同道自称因其颇有文名乃有三民直接约稿的说辞后，明其底细者莫不另有看法。无独有偶，今春因病住院于5月出院后，有同道来舍间探视，提及此人出了本《话说吴敬梓》，问我看过没有，我一脸茫然，只能说别人写作什么、出版什么，没有义务要告诉我。友人又问道，他的另一位导师出版过《李渔评传》，他就写了一本通俗小册子《李渔》，知道不知道？我表示这事知道，两位作者都将他们各自的著作先后送我，只是还未曾认真看过。未曾想到，此次谈话一个月后，友人就将《话说吴敬梓》一书径直送来舍间，让我仔细看看，他说虽然书中个别引文注明出自大作，但如何借用《吴敬梓评传》、《吴敬梓研究》等著作"通俗化"而成，则无一字提及。我乃约略翻检，内容当然是熟悉的，版权页注明出版日期是2012年1月，至今已逾一年半，其间也与此君见过几次，但他从未提及此事、此书，未若《李渔》出版后将赠书很快送来；再问问身边几个弟子，他们也不知此事、此书，只能听之任之了。好在拙作《吴敬梓评传》早在1990年即出版，仅南京大学出版社就印了五次，香港还出了电子版，海内外书评不下二十余篇，曾获江苏省哲学社会科学优秀成果一等奖、全国高校首届人文社科优秀成果二等奖，还应邀赴京参加人民大会堂举行的颁奖大会，由李岚清副总理颁奖。其他有关吴敬梓的研究多种也早已出版，拙作尽在，任由读者见仁见智，无需笔者多言，相信公道自在人心，谨向关心拙作的同道表示感谢。

总之，在我已出版的四十一部著述中，如上文所述，与弟子合作者有七种。此外，《李玉和〈清忠谱〉》原是中华书局向我所约，当时在中学任教的丰、刘二君希望合作撰写，我同意了。三人虽有分工，但相互补充，彼此修改，成书后不宜各自认定。《杜甫诗选析》，乃应出版社之约与金启华先生合作，选目由金先生定，前言由我写，注析部分二人各自承担一半。这二书的合作情况也附带说明。

五

去夏住院期间信手翻书，读到张伯伟教授为祝贺其师程千帆先生八十大寿而作的文章《一件化俗为雅的小事》（见《文教资料》1992年第2期，南京师范大学古籍所编），乃记当年"穷教授"与"傻博士"双方如何处理"钱"这一"俗"事，颇有趣味。原来张教授应千帆先生之命，编了一册《程千帆诗论选集》，并撰写了后记，出版社付了"几千元稿费，让我们自行分配"。千帆先生先让张伯伟看了《邵氏闻见录》所记和凝"自以第十三人登第"，"范鲁公质举进士"时，"和凝为主文，爱其文赋"，但并未擢为前列而对他说"君之文宜冠多士，屈居第十三者，欲君传老夫衣钵耳"一事，随后对张伯伟说："我给先生汪辟疆先生编文集，出版社给了我陆佰叁拾元稿酬，我现在也想给你这么多稿酬，欲衣钵相传耳。"此"俗"事在高人手里正是处理得很"雅"。

笔者没有千帆先生如此化"俗"为"雅"的能耐，在分配稿酬时只能本着"义"、"利"分清的原则行事而已，师生间也从未为此"俗"事而心存隔阂。一般说来，均分耳。但若挂名而未出力者则拒不收酬。如《小说与道德理想》一书，忠明领到稿酬后欲留下一半给我，我坚决拒绝，最后留下十分之一作为审稿费，不便再拒。但这几百元也在一次弟子们相聚时予以消化，并说明此乃忠明稿酬。《新译明传奇小说选》一书的稿酬，也全部交给皋于厚，他取去整数，留下零数，以为审稿费，但也全部充作接待约稿人员的部分费用。至于为人介绍之书稿，则分文不取。一次三民书局来人向几位作者付酬，让我通知他们来舍间，我乃让出书室，让他们双方直接结算交付。弟子们有时设法让我多得稿酬，我只心领盛情却不接受。《〈儒林外史〉研究史》稿酬汇到时，忠明说出版社意见，主编可先提取百分之二十主编费，然后三人均分其余。我说主编不过是导师应尽的责任，不可提取报酬，所有报酬三人均分。同时，我又主动将自己这一份减少三成。当忠明电告吴波时，吴波说千万不可如此。我直接对吴波说："业已汇出，不必再议。"

我总以为师生合作既然是培养需要，岂能让"阿堵物"遮蔽师生之情！果然如此，就不会有此文开头所引忠明在"后记"中所追述的文字了。

当然，忠明所追述、笔者所回忆，均是二十几年前的事了。当年的"新松"已成为参天大树。文中提及的几位，于厚在取得硕士学位后工作数年才来考博，吴波也如此；其余几位均是从大学本科毕业后即来考硕士的，其中忠明、光辉继而又连攻博士。在学期间，大都二十余岁，同时，当年是三年招一次，每次二三名，也就是说三年之内只有二三名弟子在学，这才可能有"手把手"、"合作"等培养形式。不仅第二届硕士生李忠明如此说，第一届硕士生万建清在2011年4月23日的座谈会上也深情地回忆起当年从学的情况，他说："从我们几个学生（冯保善、吴亮）的情况来看，我们当时都有跟陈老师合作写作的经历。其实那时我们才本科毕业，什么都不懂，文章也不会写，陈老师有意识地去搞，先让我们去写，然后他再改。这种做法对我们的提高作用非常大。"[1]建清所言确实，当他们读研一时，吴文治先生主编《中国古代文学理论名著题解》向我约稿，乃与建清合作写成《陶宗仪和〈辍耕录〉》，与保善合作《钟嗣成和〈录鬼簿〉》，该书于1987年2月由黄山书社出版。保善在1989年发表的《道德文章皆师表》一文中也曾明白地写到我曾一再对他们说："做文容易做人难，要品学兼优，道德文章齐美"；"不必因自己的一时成绩而一笔抹煞前人的成就，对同辈学人，也要相互尊重"；还说我"对学生要求很严，他指导论文，不仅是看立论与论据是否相悖及论据能否支撑起论点，甚至连字句包括标点对错，字迹工草均不放过"。当然，毕业后经过他们自己的努力，都取得可喜的成绩。建清从政，八九年前就通过公开招聘考试，成为江苏省委党史办的负责人、厅级干部了，在文史资料、党史编纂方面贡献良多，他参与主持的《中共江苏地方史》于2012年获得江苏省第十二届哲学社会科学优秀成果一等奖。忠明的情况上文已涉及；保善近年也从出版社调去学校做教授了；光辉则在东南大学任教授、中文系主任；于厚早就当上教授；吴波不仅成为教授，而且还是党委副书记。他们的贡献远远超过老朽，岂能再以弟子视之？正如徐朔方教授在《明代文学史》"后记"中提及过去的弟子时所说："士别三日，尚当刮目相看，人家毕业已经十年二十年了，我还把他们看作是我的学生，我庆幸自己还不至于老悖到这等地步。"而此文中提到的几

---

[1] 陈美林：《清凉问学》，东南大学出版社2013年版，第193页。

位,已经毕业二十几年了,更不能如此。但大多数人(包括后来毕业的众多博士)虽然已成名家,但他们仍执弟子之礼,如上海大学二级教授、教育部高等学校中文学科教学指导委员会委员朱恒夫于壬辰年(2012)在其专著《走进中国经典传说与小说的世界》的"后记"中写道:"我博士后的指导老师是著名的小说史专家陈美林先生。陈先生之所以能在《儒林外史》的研究上取得举世公认的学术成就,全在于他既有厚实的文史素养,又有扎实的文艺理论功底,加之他无一日不专研的勤奋。在这样的老师门下求学,耳濡目染,做学生的自然就会有所进步。所以,许多人都想受教于陈先生。1999年,在我四十多岁的时候,陈先生不嫌我愚钝,让我入门,这是我永远要感激的。"自然,大千世界,物不相同,人不相类,亦不乏别具匠心地改写"往事"者,这些就不必细说了。

作为《独断与考索》一书的代跋,是众弟子委托忠明祝寿所作。此书的代跋则为博士后王廷信受《文艺研究》编辑部的委托而为。廷信为中国艺术研究院博士毕业,从我做博士后,出站后去东南大学任教,由于工作出色,被任命为艺术学院院长,在他带领下,艺术学院全体老师共同努力,将东大艺术学院办得有声有色,在国内同类学院中位居前列。现为博士生导师,中国戏曲学会常务理事、中国艺术人类学会常务理事。2006年他从北京参加学术会议归来,说《文艺研究》编辑部的赵伯陶先生在会上寻找认识我的人,廷信自陈乃我的博士后,问有何事相托。赵先生说,刊物拟做我的访谈录,但与我不认识。听廷信所言,便委托廷信来做。在我表示同意后,伯陶先生即于5月8日来信说"听廷信兄言,先生慨允敝刊访谈栏目约稿,甚喜。研究《儒林外史》,海内无出先生右者,盼能早聆高见"云云。访谈录乃于2006年10月刊出。廷信还与几位在宁师兄弟合作,将分散在北京、河北、广东、湖南、福建、上海等地及江苏本省各地工作的弟子请到榴园聚会,以庆祝笔者八十诞辰,因多种原因不能分身前来者也有信函,如陈传席教授一时健康欠佳,乃寄来诗、画各一幅。诗云:

呈吾师陈美林教授

　　吾师八十寿辰,余卧病京师,不得往贺。古人以庐山高喻师德,余故作此以呈。

　　庐山高处柏松青,枝向清凉更有情。却病思归寻旧地,白头再见老门生。

辛冬卯　陈传席

廷信还为这次活动，编成《清凉问学》一书，已经出版。建清则独自邀请在宁同门于西康宾馆一聚，以为祝贺。忠明是我最早的博士，廷信是我最后一届博士后，采用他们的文章作为二书的代跋，也颇有纪念意义。《独断与考索》、《三读集》两书的汇编工作又由忠明承担，先由我提供篇目，征求他的意见，然后由他去复印、汇总、校核，并仔细通读校样，令我着实感谢。此外，二书的出版还得到我校、我院有关领导的支持、关心，也一并表示谢意。

（原载《艺术学界》第九辑，江苏美术出版社2013年版。略有增补）